# 코드명
# 투어리스트

코드명

# 투어리스트

올렌 슈타인하우어 지음 / 신상일 옮김

해문

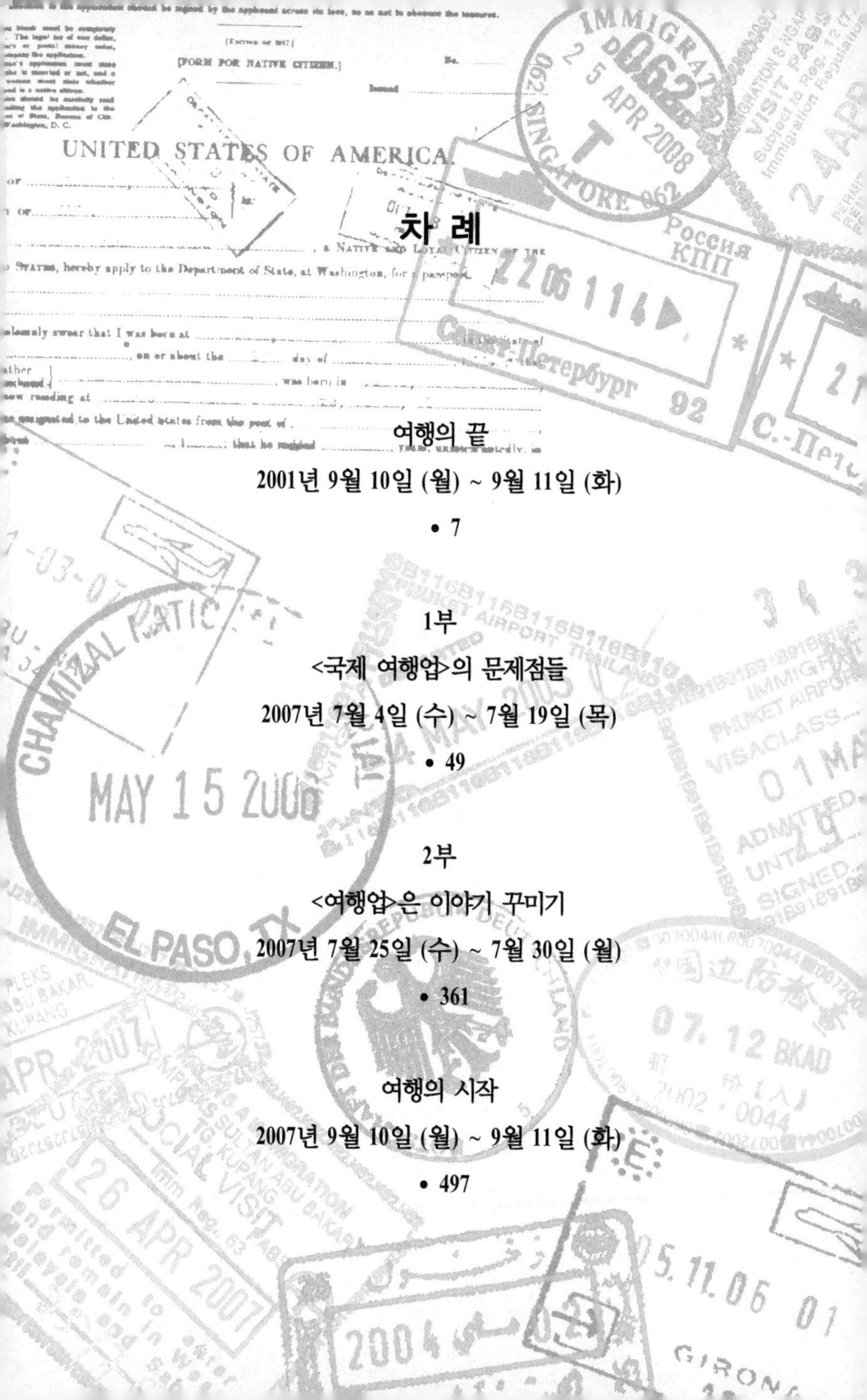
UNITED STATES OF AMERICA
[FORM FOR NATIVE CITIZEN.]
IMMIGRATION
25 APR 2008
SINGAPORE
Россия
КПП
Санкт-Петербург
PHUKET AIRPORT THAILAND
EL PASO, TX
26 APR 2007
GIRONA

# 차 례

마고를 위해

# 여행의 끝

2001년 9월 10일 (월)

~ 9월 11일 (화)

# 1

자살시도 실패 네 시간 후, 남자는 루블라냐 공항으로 향했다. 신호음이 울리고 머리 위로 안전벨트 착용신호가 켜졌다. 옆 좌석의 스위스 여성 사업가는 안전벨트를 매더니 창밖으로 슬로베니아의 푸른 하늘을 바라보았다. 말을 걸려다 거절당하자, 몸을 떨며 자기 옆에 앉아 있는 미국인이 대화를 원치 않는다고 확신한 듯했다.

그는 눈을 감고 그날 아침 암스테르담에서의 실패를 떠올렸다. 충격, 산산이 부서진 유리, 나뭇조각들, 사이렌 소리.

자살은 죄악이라지만, 죄악의 존재 자체를 믿지 않는 이들에게는 무엇일까? 그는 생각했다. 대체 무엇이지? 자연을 혐오하는 행위? 그럴지도 모른다. 존재를 유지하려는 본능은 자연의 절대 법칙이니까. 잡초, 바퀴벌레, 개미, 비둘기. 자연의 모든 생물들은 단 하나의 목적을 위해 움직인다. 바로 계속 살아남는 것. 논란의 여지없는 만물의 논리.

수개월 동안 자살을 다각도로 검토하며 몰두하다 보니 자살이라는 단어가 가진 무거움이 느껴지지 않았다. "자살을 하다"라는 동사구는 "아침밥을 먹다"라든지 "앉다"보다 비장하지 않았고, 목숨을 끊고 싶은 욕구의 강도는 잠을 자고 싶은 욕구와 비슷했다.

그런 욕구는 수동적인 형태로 표출되었다. 안전벨트를 매지 않고 위태롭게 운전을 하거나, 붐비는 거리를 눈을 감고 걸어 다니거나. 하지만 요즘은 능동적으로 자살을 실행하고 싶어졌다. 어머니가 "거대한 목소리"라고 불렀을 법한 목소리는 말하곤 했다. '저기 칼이 있어. 뭘 해야 하는지 알겠지? 창문을 열고 날아봐.' 그날 아침 네 시 반 암스테르담. 한 여자의 침실 창문이 총격으로 박살이 났다. 그는 여자를 방바닥에 밀착시킨 후, 보호할 요량으로 위에 엎드려 있었다. 그는 그때, 보란 듯이 일어나 남자답게 총알 세례를 받고 싶은 욕구를 느꼈다.

그가 일주일 동안 네덜란드에 머물렀던 것은 미국의 지지를 받고 있는 예순이 넘은 한 여성 정치인을 보호하기 위해서였다. 이민정책에 대한 보수적인 발언 탓에, 그녀는 암살 표적이 되어 있었다. 아침의 총격은 업계에서 "타이거"로 알려진 암살자의 세 번째 암살 시도였다. 성공했다면, 그녀가 제출한 보수적인 이민 법안에 대한 네덜란드 하원 투표가 무산되었을 것이다.

어째서 정치인 한 사람(이 경우는 겁먹은 농민들과 지독한 인종 차별주의자들의 변덕에 좌지우지되는 여자)을 살리는 것이 미국의 국익에 도움이 되는지는 알 수 없었다. "제국을 지키는 것이 제국을 얻는 것보다 열 배는 더 힘들지." 그의 상사인 톰 그레인저는 말하곤 했다.

이 바닥에서 행동 근거 따위는 중요치 않았다. 행동 자체가 근거였다. 그러나 깨진 유리 파편에 뒤덮인 채, 튀김처럼 탁탁거리며 갈라지는 창틀 소리와 몸 아래 깔린 여자의 비명을 들으며 그는 생각했다. '난 대체 여기서 뭘 하고 있는 건가?' 그는 몸을 일으키려고 나뭇조각이 널브러진 카펫 위에 손바닥을 얹었다. 일어나서 암살자와 마주하려는 것이었다. 바로 그때, 소란 속에서 휴대폰의 흥겨운 멜로디가 울렸다. 카펫에서 손을 떼어 전화를 받아보니 그레인저였다. 남자는 전화기에다 대고 외쳤다. "뭡니까?"

"강은 달리나니."

"이브와 아담 교회를 지나."

유식한 그레인저는 소설의 첫 번째 문장을 이용하여 지시용 암호를 만들었다. 이것은 제임스 조이스의 소설에서 나온 암호로서, 새로운 일거리가 생겼다는 의미였다. 하지만 더 이상, 아무것도 새로울 것이 없었다. 오랫동안 그의 삶을 이루어 온 도시와 호텔 객실과 수상한 얼굴들로부터의 끊임없는 호출은 무감각해질 만큼 지겨웠다. 끝은 없는 것일까?

그래서 전화를 끊고, 비명을 지르는 여자에게 움직이지 말라고 지시한 후, 남자는 일어나서 창가로 갔다. 하지만 결국, 죽지 못했다. 총알은 이미 멈췄고, 암스테르담 경찰차의 사이렌 소리가 울려 퍼지고 있었다.

그는 안전을 위해 정치인을 차에 태우고 트위드 카머로 운전하는 중, 그레인저와 통화를 했다. "슬로베니아. 포르토로즈라는 바닷가 마을이야. 내용은 나랏돈으로 가득 찬 가방과 프랭크 도들 소장의 실종."

"쉬고 싶습니다."

"휴가 같을 거야. 접선할 사람은 안젤라 예이츠라고 프랭크 도들의 사무소에서 일하는 여자야. 자네도 알고 있는 사람이지. 일 끝나면 바닷가에서 놀면서 좀 쉬라고."

그레인저가 최소한의 세부사항들을 읊조리는 사이, 위장에서 통증이 느껴지기 시작했다. 격렬한 통증이었다.

존재하려는 욕구가 존재하는 것들의 절대적 법칙이라면, 그 반대는 일종의 죄가 되는 것일까?

아니다. 자살을 죄로 여기려면 자연이 선악을 구별하여 인식한다는 전제가 있어야 한다. 하지만 자연은 단지 균형과 불균형을 인식할 뿐이다.

균형. 이것이 결정적일 게다. 나는 철저히 불균형한 멀고 먼 어딘가로, 외떨어진 극점極點으로 밀려와 있는 것이다. 터무니없이 불균형한 존재. 그러니 자연이 어떻게 나를 향해 웃어줄 수 있겠는가? 자연도 분명 나의 죽음을 바랄 것이다.

"손님, 안전벨트를 착용해 주십시오." 머리를 염색한 승무원이 미소를 지으며 말했다.

"안전벨트가 어떻다고요?" 혼란스런 표정으로 그는 눈을 깜빡였다.

"안전을 위해 착용해 주십시오. 곧 착륙할 예정입니다."

그는 그저 웃고 싶었지만 승무원을 배려해서 안전벨트를 맸다. 재킷 주머니에 손을 넣어 뒤셀도르프에서 구입한 덱세드린 알약이 든 작은 하얀 봉투를 꺼내어, 두 알을 입에 털어 넣었다. 죽고 사는 건 나중 문제. 일단은 정신을 차려야 한다.

그가 약을 먹는 광경을 스위스 여성 사업가가 수상쩍은 듯 바라보았다.

* * * * *

둥근 얼굴에 갈색 머리카락과 피부를 가진 아름다운 여자가 긁힌 방탄 유리 너머로 다가오는 그를 보고 있었다. 그는 여자가 무엇을 주목하는지 알 것 같았다. 예를 들어, 피아노를 잘 칠 것 같은 커다란 그의 손. 덱세드린 때문에 손은 아주 조금, 떨리고 있었다. 무심결에 소나타라도 치는 것으로 보일지도.

그는 여느 외교관들보다 빈번히 국경을 넘나드느라 너덜너덜해진 여권을 건넸다. 순회공연 중인 피아니스트라고 생각할까? 장거리 비행을 마친, 창백하고 피곤에 절어보이는 얼굴. 충혈된 눈. 비행공포증이라고 생각할지도.

그가 웃음을 지어 보이자, 여자는 관료 특유의 따분한 표정을 거뒀다. 참 아름다운 여인이다. 그녀의 얼굴을 보니, 슬로베니아에 온 걸 다정히 환영받는 것 같았다. 남자는 표정을 통해 그런 느낌을 알려주고 싶었다.

여권에는 그의 인적사항이 기재되어 있다. 키 180cm. 1970년 6월생. 31세. 직업은 피아니스트? 아니, 미국 여권에는 직업이 나오지 않는다. "찰스 알렉산더 씨?" 여자가 그를 올려다보며 불분명한 발음으로 물었다.

편집증 환자처럼 두리번거리는 자신을 문득 깨달으며, 남자는 다시 웃음을 지어 보였다. "맞습니다."

"슬로베니아에는 일 때문에 오셨나요? 아니면 여행?"

"여행입니다."

여자는 여권을 펼쳐 자외선 가시등에 비춰보고는 몇 장 안 남은 빈 페이지 위로 스탬프를 들어 올리며 물었다. "얼마나 머무르실 예정인가요?"

찰스 알렉산더의 초록빛 눈이 기분 좋게 그녀를 바라봤다. "나흘간입니다."

"나흘이요? 여행 오셨는데 일주일은 있으셔야죠. 볼거리가 많아요."

찰스는 잠시 웃다 머리를 끄덕였다. "맞는 말씀입니다. 생각해 보죠."

여직원은 만족한 얼굴로 여권에 스탬프를 찍어 건넸다. "즐거운 시간 보내세요."

수하물 찾는 곳에는 암스테르담-루블랴나 항공편의 승객들이 빈 카트에 기대어 황량한 컨베이어 벨트를 둘러싸고 있었다. 아무도 지나가는 찰스에게 눈길을 주지 않았지만, 그는 자신이 편집증에 걸린 마약밀매자로 보일까 봐 신경이 쓰였다. 탈이 난 위장과 덱세드린의 초기 약효 때문이었다. 하얀 세관용 책상에는 아무도 없었다. 그는 거울이 붙은 자동문을 통과했다. 누군가를 기다리며 자동문을 쳐다보던 얼굴들이, 찰스가 나타나자 실망한 표정을 지었다. 그는 넥타이를 풀었다.

1991년에 슬로베니아에 왔을 때는 "찰스 알렉산더"가 아닌 다른 가명을 사용했었다. 당시 슬로베니아는 열흘전쟁 끝에 구 유고슬라비아 사회주의 연방공화국으로부터 독립을 성취한 기쁨에 휩싸여 있었다. 오스트리아와 국경을 접한 슬로베니아는 유고 연방 안에서 외톨이 같은 존재였다. "발칸"스럽다기보다 "독일"스럽다고나 할까? 유고 연방의 다른 나라들은 나름의 근거를 가지고, 슬로베니아의 우쭐한 속물근성을 비난했다.

공항을 나오기 전에 찰스는 문 너머 붐비는 인도에 서 있는 안젤라 예이츠를 발견했다. 정장 바지와 비엔나 풍의 파란색 재킷을 입은 안젤라는 가슴 위로 팔짱을 낀 채 담배를 피우며, 흐린 아침의 공항 앞에 주차된 자동차들을 응시하고 있었다. 찰스는 안젤라를 만나러 나가지 않고 화장실로 가 거울을 살폈다. 창백함과 땀은 비행공포증 때문이 아니다. 넥타이를 풀고, 세수를 하고, 붉어진 눈가를 문질러 봤지만, 마찬가지였다.

"아침 일찍부터 미안." 공항을 나오며 찰스가 안젤라에게 말했다.

안젤라가 움찔하며 고개를 들었다. 두려움이 연보라색 눈가에 비치는가 싶더니, 다음 순간 얼굴에 웃음이 활짝 번졌다. 안젤라는, 당연하게도, 피곤해 보였다. 찰스의 도착시간에 맞추느라 새벽 다섯 시에 오스트리아의 빈을 출발하여 네 시간을 운전해서 왔던 것이다. 안젤라는 피우던 다비도프를 바닥에 던지고 찰스의 어깨를 툭 치고는 그를 껴안았다. 마음을 편안하게 해주는 담배 냄새. 안젤라는 팔을 쭉 뻗어 찰스를 붙들었다. "제대로 못 먹고 다녔구나."

"그 정도는 아닌데."

"꼴이 말이 아니야."

찰스가 어깨를 으쓱하자 안젤라는 입에 손등을 대고 하품을 했다.

"운전할 수 있겠어?" 찰스가 물었다.

"한 잠도 못 잤어."

"약이라도 좀 줄까?"

안젤라가 웃음을 거뒀다. "아직도 각성제를 밥 먹듯 하는 거야?"

"비상시에만 먹어." 그것은 거짓말이었다. 그는 아까 전에 단지 먹고 싶다는 욕구 때문에 덱세드린을 먹었던 것이다. 그리고 지금, 떨림이 혈관을 따라 흘렀고, 찰스는 남은 덱세드린을 모조리 목구멍에 털어 넣고 싶다는 충동을 느꼈다. "하나 줄까?"

"됐거든."

두 사람은 아침 일찍 시내로 향하는 택시와 버스로 막힌 진입로를 건너, 주차장으로 이어지는 콘크리트 계단을 내려갔다. 안젤라가 속삭였다. "요즘 이름은 '찰스'?"

"거의 2년째야."

"별로야. 너무 귀족 냄새가 나. 그 이름으로 부르고 싶지 않네."

"그렇지 않아도 새로운 이름을 찾고 있어. 한 달 전에 니스에 갔었는데, 웬 러시아인이 찰스 알렉산더에 대해서 들은 적이 있다고 하더라고."

"그랬어?"

"그 녀석 때문에 죽을 뻔했지."

안젤라는 농담에 반응하듯 웃었지만, 찰스는 농담을 한 게 아니었다. 팽팽히 긴장된 신경 탓인지, 쓸데없는 말을 너무 많이 했다는 걱정이 들었다. 안젤라는 찰스의 일에 대해 알지 못했으며, 알아서도 안 되었다.

"도들 소장 얘기를 해 봐. 같이 일한 지 얼마나 됐어?"

"3년." 안젤라는 열쇠고리를 꺼내 작은 검은 버튼을 눌렀다. 주차장의 세 번째 줄에서 그녀의 회색 푸조가 깜박거리는 것이 보였다. "프랭크는 상사였지만 우리는 서로 편하게 대했어. 대사관에는 〈회사〉 사람들이 많지 않으니까." 그녀는 잠시 말을 멈췄다. "상상이 안 되겠지만, 프랭크는 얼마 동안 나한테 빠져 있었어. 나에 대해서 아무것도 몰랐던 거지."

안젤라의 말에서 조금 히스테리컬한 느낌이 들었다. 안젤라가 울어버리지나 않을까 염려됐지만, 찰스는 밀어붙였다. "프랭크 도들이 돈을 빼돌렸을까? 어떻게 생각해?"

안젤라는 푸조의 트렁크를 열었다. "절대 아니야. 프랭크 도들은 남을 속이는 사람이 아니었어. 겁은 좀 있었지. 옷 입는 센스도 없었고. 하지만 정직했어. 프랭크가 돈을 빼돌렸을 리가 없어."

찰스는 가방을 트렁크에 넣었다. "그런데 왜 과거형으로 말하는 거지?"

"상황이 그렇잖아."

"뭐가?"

안젤라는 짜증을 내며 이마를 찌푸렸다. "프랭크는 죽었을지도 모르니까. 몰라서 물어?"

# 2

안젤라는 조심스럽게 운전을 했다. 틀림없이 2년간 오스트리아에서 살다 보니 생긴 습관일 것이다. 만일 이탈리아나 슬로베니아에 살았더라면, 방향지시등이나 성가신 속도제한 표시 따위는 신경 쓰지 않았을 것이다.

분위기를 풀 요량으로, 찰스는 런던의 미국 대사관에서 "수행원"이라는 모호한 직책으로 안젤라와 함께 일했을 때 만났던 동료들에 대해 물었다. 당시 찰스는 급작스럽게 대사관을 떠났는데, 안젤라는 찰스의 새로운 임무가 〈회사〉의 비밀 부서 관할이라는 것, 여러 개의 가명을 사용해야 하는 일이라는 것, 그리고 담당이 두 사람의 옛 상사였던 톰 그레인저라는 것 정도를 알고 있었다. 다른 사람들은 찰스가 해고됐다는 공지를 그대로 믿었다. "가끔 파티에 가기는 해. 항상 초대는 해 주더라고. 그런데 왜 그렇게들 사는지. 외교적인 인간들. 불쌍해 보인다니까."

"그래?" 무슨 말인지 알면서도 찰스는 물었다.

"철책으로 둘러싸인 자기들만의 작은 저택 안에서 산다고나 할까. 남들이 들어오지 못하게 하는 거라고들 말하지만, 사실은 자기들이 갇혀 있는 꼴이지."

적절한 비유다. 찰스는 톰 그레인저의 "제국"에 관한 망상을 떠올렸다. 적지敵地 안에 세워진 로마 제국의 전초기지.

남서쪽으로 뻗은 A1번 도로로 접어들자, 안젤라는 다시 일 얘기를 꺼냈다. "톰한테서 얘기는 다 들은 거야?"

"별로 들은 게 없어. 그거, 한 대 피워도 될까?"

"차 안에서는 금연."

"아하."

"알고 있는 걸 얘기해 봐. 모르는 부분을 보충해 줄게."

울창한 숲 속으로 접어들자 소나무들이 스쳐 지나갔다. 찰스는 그레인저와의 짤막한 대화를 요약했다. "프랭크 도들 소장이 돈 가방을 전달하기 위해 슬로베니아로 갔다. 내가 들은 건 그 정도야."

"3백만."

"달러?"

안젤라는 도로를 응시한 채 끄덕였다.

찰스는 말을 이었다. "프랭크 도들의 행방은 슬로베니아 정보부 요원이 포르토로즈의 호텔 메트로폴에서 본 것이 마지막이었다. 장소는 그의 방. 그리고 어디론가 사라졌다." 찰스는 안젤라가 줄거리의 무수한 공백을 채워주기를 기다렸지만, 그녀는 안전 운전에 집중할 뿐이었다. "좀 더 말해 주지 않겠어? 예를 들면, 누구한테 줄 돈이었는지?"

안젤라는 머리를 좌우로 번갈아가며 기울이더니 대답 대신 라디오를 틀었다. 주파수는 빈에서 장시간 운전해 올 때 맞춰진 그대로였다. 슬로베니아의 대중음악. 형편없었다.

"게다가 왜 프랭크 도들 소장의 마지막 행방을 우리 쪽 사람이 아닌 슬로베니아 정보부로부터 들어야 했는지?"

마치 아무 말도 못 들었다는 듯 안젤라가 라디오의 볼륨을 높이자, 보이 밴드의 화음이 차 안을 가득 채웠다. 이윽고 안젤라가 입을 열었고, 찰스는 그녀의 말을 듣기 위해 기어 레버 너머로 몸을 기울였다.

"처음에 지시를 내린 게 누군지는 몰라. 우리가 들은 건 뉴욕을 통해서였어. 톰의 사무소 말이야. 톰이 프랭크를 고른 이유는 뻔했지. 기록이 깨끗한 어르신이었으니까. 야망도 없고 술 때문에 소동을 일으킨 적도 없고 위험에 빠질 일도 없는 위인이랄까? 3백만 달러를 안심하고 맡길 수 있는 사람인 거지. 또 중요한 건, 이 동네 사람들에게 친숙한 얼굴이었다는 거야. 리조트 부근을 어슬렁거려도 슬로베니아 정보부가 수상쩍게 생각하지 않을 만큼. 여름마다 포르토로즈에 휴가차 오는데다가 슬로베니아 말도 유창하니까." 안젤라가 어렴풋이 웃음을 지었다. "슬로베니아 정보부 요원들하고 실없이 잡담도 하고 그랬지. 톰한테 들은 적 없어? 여기 도착한 날 기념품 가게에서 만난 정보부 요원한테 장난감 배를 사줬다니까. 프랭크는 그런 사람이야."

"그 사람 일하는 방식이 마음에 드는군."

안젤라는 빈정거릴 상황이 아니라는 표정을 지었다. "프랭크가 맡은 일은 아주 단순한 거였어. 토요일, 그러니까 이틀 전이지. 토요일에 돈을 가지고 선착장으로 간다. 평범한 형식의 암구어를 댄다. 가방을 넘겨주고 그 대가로 주소 하나를 알아낸다. 공중전화에서 빈의 사무소에 있는 나한테 전화를 걸어 주소를 알려준다. 그리고 돌아온다."

노래가 끝나자, 젊은 디제이가 방금 틀었던 "굉장히 좋은" 밴드에 대해 슬로베니아 말로 열광하며, 솜사탕 같은 발라드 곡을 이어서 틀었다.

"왜 지원인력이 없었던 거지?"

"있었어." 안젤라는 흘깃 백미러를 보았다. "레오 버나드. 너랑 몇 년 전에 뮌헨에서 만났었던."

찰스는 펜실베이니아 출신의 덩치 큰 사내를 기억했다. 뮌헨에서 독일 연방정보부와 함께 이집트 헤로인 밀매단에 맞설 때, 레오는 듬직한 지원자가 돼 주었다. 레오의 전투력을 실제로 활용할 기회는 없었지만, 그런 사내가 곁에 있다는 것만으로도 찰스는 든든했다. "그래, 레오. 재미있는 친구였지."

"죽었어." 다시 백미러를 들여다보며 안젤라가 말했다. "호텔 방에서. 프랭크의 방 바로 위. 총알은 9mm 구경." 안젤라는 침을 삼켰다. "레오 자신의 총이었던 것 같은데, 총을 발견하지는 못했어."

"총 소리를 들은 사람은?"

안젤라는 머리를 저었다. "레오의 총에는 소음기가 달려 있었어."

찰스는 좌석에 몸을 묻고 무심코 사이드 미러를 확인하며, 라디오의 볼륨을 낮췄다. 여가수가 높은 E음을 서툴게 내고 있었다. 찰스는 라디오를 꺼버렸다. 안젤라는 아직 사건의 핵심을 말하지 않았다. 애초에 돈을 전달하려 했던 이유는? 하지만 그건 차차 들으면 된다. 실제 발생한 일들을 파악하는 것이 먼저다. "프랭크와 레오가 여기 도착한 건 언제였지?"

"9월 7일 금요일 오후."

"신원은 위조했나?"

"프랭크는 안 했어. 이미 너무 잘 알려져 있었으니까. 레오는 예전처럼 벤자민 슈나이더라는 오스트리아인으로 행세했지."

"거래는 토요일, 그러니까 이튿날이었군. 장소는 정확히 선착장 어느 쪽이었지?"

"장소는 적어 놨어."

"거래 시간은?"

"저녁 7시."

"프랭크가 사라진 건?"

"마지막으로 행방이 파악된 것은 토요일 새벽 4시였어. 이 지역을 담당하는 복단 크리잔이라는 슬로베니아 정보부 요원과 술을 마시고 있었지. 둘은 오래된 친구사이였거든. 그리고 오후 2시쯤 호텔의 청소부가 레오의 시체를 발견했어."

"선착장 쪽은 어떻게 됐지? 7시에 무슨 일이 일어났는지 본 사람은 없나?"

안젤라는 다시 백미러를 보았다. "우리가 너무 늦게 갔어. 슬로베니아 정보부에서 프랭크가 장난감을 사주는 이유를 물어보려고 연락이라도 줬다면 더 일찍 갔을지도 모르지만. 레오가 죽었다는 사실도 7시가 지나서야 알았어. 서류가 아주 잘 꾸며진 탓에 오스트리아 대사관이 여덟 시간이나 허둥댔거든."

"3백만 달러나 됐는데, 지원인력을 더 보냈어야 했던 거 아닌가?"

안젤라는 입을 꽉 다물었다. "그럴지도 몰라. 후회해 봤자 소용없지만."

찰스는 어설픈 일처리에 경악하다가 문득 깨달았다. "누구의 판단이었나?"

안젤라는 입을 더욱 굳게 다물고 백미러를 들여다보았다. 찰스가 '안젤라의 판단 실수였나' 하고 생각하는 순간, 그녀가 말했다. "프랭크가 나더러는 빈에 남으라고 했어."

"과연……. 3백만 달러나 들고 지원인력 한 명만 대동하기로 한 것이 프랭크 도들 자신의 판단이었다는 거군."

"프랭크의 생각을 알겠다는 듯 말하지 마. 너는 나보다 프랭크에 대해 아는 게 없어."

안젤라는 입술을 움직이지 않고 말을 내뱉었다. 찰스는 자신도 프랭크를 안다고 말하고픈 충동을 느꼈다. 1996년에 프랭크 도들과 함께 어느 동유럽 국가의 은퇴한 공산당 간첩을 제거한 적이 있다. 하지만 말해서는 안 되었다. 동정심을 보일 생각으로 찰스는 안젤라의 어깨를 툭 건드렸다. "사건의 진상이 밝혀질 때까지는 톰에게 얘기하지 않도록 하지."

안젤라는 그제야 찰스를 바라보며 지친 미소를 지었다. "고마워, 마일로."

"찰스라니까."

안젤라의 미소가 냉소로 바뀌었다. "진짜 이름이 있기는 한 거야?"

# 3

두 사람은 이탈리아와 슬로베니아의 국경을 따라 한 시간을 운전했다. 해안이 가까워지자 주변의 나무들이 점점 줄어들고 고속도로가 나타났다. 코페르와 이졸라를 지날 때 따스한 아침 햇볕이 도로에 반사되어 반짝였다. 키 작은 관목, 지중해식 건물, 길이 갈라지는 곳마다 보이는 '빈 방 있음' 이라고 쓰인 독일어 표지판들. 찰스는 이 작은 해안가가 참 아름답다고 느꼈다. 수세기에 걸친 지역 분쟁으로 이탈리아, 유고슬라비아, 슬로베니아 사이를 오고 갔던 50km가 채 안 되는 지역.

오른쪽으로 아드리아 해가 언뜻언뜻 보였고, 열린 차창으로 소금냄새가 밀려 왔다. 찰스는 여기에 자신의 구원이 있을 것 같은 기분이 들었다. 사라진다. 그리고 바닷가의 뜨거운 태양 아래 여생을 보낸다. 내면의 불균형을 말려 태울 듯한 기후. 하지만 그는 곧 그런 생각을 떨쳐냈다. 지리적 환경은 아무런 문제도 해결해 주지 못한다.

"나머지 정보를 알려 줘. 안 그러면 일을 할 수가 없어."

"나머지?" 안젤라가 영문을 모르겠다는 듯 말했다.

"이유. 프랭크 도들이 3백만 달러를 들고 온 이유."

백미러를 보며 안젤라가 말했다. "전범戰犯. 보스니아계 세르비아인. 거물급 인사."

조그만 분홍색 호텔을 지나자, 태양빛에 반짝이는 포르토로즈 만灣이 나타났다. "그게 누군데?"

"그게 중요해?"

사실 중요하지 않았다. 그게 카라지치건, 믈라지치건, 아니면 수배 중인 또 다른 "지치"건, 스토리는 똑같았다. 적이었던 크로아티아계 열성분자들도 마찬가지겠지만, 그들은 모두 1995년 보스니아 인종학살의 주범이었다. 한때 다민족 국가로서 칭송받던 보스니아는 인종학살을 계기로 국제적 "왕따"가 되었다. 유엔의 구 유고슬라비아 국제형사재판소에 기소된 전범들은 1996년 이래 동조자와 부패한 관료들의 도움을 받아 도피생활을 하고 있었다. 죄목은 인권범죄, 생명과 건강을 위협하는 범죄, 인종학살, 제네바 협정 위반, 살인, 약탈, 전쟁 법규 및 관습의 위반. 찰스는 아드리아 해를 바라보며 바람 냄새를 맡았다. "유엔이 5백만 달러를 건 작자들 말이로군."

"우리한테 연락한 친구도 5백을 원했어." 슬로베니아, 독일, 이탈리아 국적의 번호판을 단 늘어선 자동차들 뒤로 속도를 낮추며 안젤라가 말했다. "하지만 녀석이 줄 수 있는 건 주소뿐이었고, 대가도 선불로 받고 싶어했지. 바로 도망칠 수 있게 말이야. 유엔은 놈을 신뢰하지 않았어. 한마디로 거절했지. 그래서 우리 CIA 본부의 머리 좋은 친구가 3백만 달러에 그 주소를 사자고 제안했어. 일종의 홍보 활동이랄까? 전범을 체포하는 영예를 얻고 유엔의 무능함을 조롱한다는 계획이었지." 안젤라는 어깨를 으쓱했다. "5백만이든 3백만이든, 녀석에게는 큰돈일 테니까."

"놈에 대해 아는 것은?"

"본인이 직접 말한 건 없지만 본부가 몇 가지 사실을 파악했어. 이름은 두산 마스코비치. 예전에 민병대에 가담했던 사라예보 출신 세르비아인. 거물급 전범들을 스르프스카 공화국 산중에 숨겨준 일당의 한 명. 2주 전에 무리를 빠져나와 사라예보에 있는 유엔 인권사무소와 접촉했지. 하지만 인권사무소는 그런 부류들이 종종 찾아오니까 그를 진지하게 상대하지 않았어. 그래서 두산은 빈에 있는 미국 대사관에 전화를 걸었는데, 반응이 나쁘지 않았던 거야."

"사라예보 쪽에서 처리하는 편이 낫지 않았나?"

차량 행렬은 꾸준히 앞으로 나아가고 있었다. 꽃과 국제신문을 파는 가게들이 보였다. "녀석이 보스니아 안에서 거래하는 걸 피했어. 사라예보의 미국 대사관을 통하는 것조차 피했지. 구 유고슬라비아 연방공화국에 속했던 나라에 위치한 기관들과 연루되지 않으려는 의도랄까."

"바보는 아니로군."

"크로아티아에서 보트를 타고 아드리아 해로 와서는 토요일 저녁 7시까지 기다릴 작정이었나 봐. 슬쩍 선착장으로 들어와서 거래를 하고, 선착장 관리인이 오기 전에 빠져나갈 생각이었겠지."

"그렇군." 찰스는 위경련을 느끼며, 이제 사건의 관련 인물들과 연결고리를 충분히 파악했다고 생각했다.

"호텔 방부터 가 볼까?"

"먼저 선착장으로 가지."

포르토로즈의 주 선착장은 만의 중간쯤에 위치해 있었다. 선착장 뒤로 60년대 건축 양식의 호텔 슬로베니아가 보였다. 흰색 콘크리트 위에 밝은 파란색으로 쓰인 호텔의 이름이 바닷가다운 느낌을 주었다. 둘은 큰길가에 차를 주차한 뒤, 모형 요트를 파는 가게들 주변을 돌아다녔다. 거기서 파는 티셔츠에는 '포르토로즈' 라든가 '아이 러브 슬로베니아', 또는 '슬로베니아에 다녀온 엄마, 아빠의 선물' 등의 문구들이 적혀 있었다. 샌들을 신은 가족들이 아이스크림과 담배를 들고 한가로이 옆을 지나쳤다. 가게들 뒤로 보이는 플랫폼들에는 휴가철의 보트들이 즐비했다.

"어느 플랫폼이지?" 찰스가 물었다.

"47번."

찰스가 주머니에 손을 찌른 채 앞장섰다. 두 사람은 마치 경치와 태양을 즐기러 나온 남녀처럼 길을 걸었다. 모터보트와 요트의 선원들과 선장들은 아무런 눈길도 주지 않았다. 이제 곧 낮잠을 자거나 술을 한잔할 시간인 정오가 된다. 독일인과 슬로베니아인들이 뜨거운 갑판에서 꾸벅꾸벅 졸고 있었고, 들려오는 건 잠들지 못한 아이들의 목소리뿐이었다.

47번 플랫폼은 비어 있었지만, 49번에는 이탈리아 국기가 달린 작은 보트 한 척이 묶여 있었다. 갑판에는 뚱뚱한 여자 하나가 소시지 껍질을 벗기느라 애를 쓰고 있었다.

"Buon giorno!(안녕하세요!)" 찰스가 이탈리아어로 인사를 했다.

여자가 예의 바르게 머리를 숙였다.

찰스는 이탈리아 말이 유창하지 않은 탓에, 안젤라에게 여자가 언제 포르토로즈에 왔는지 물어보도록 부탁했다. 안젤라는 욕설이라도 퍼붓듯, 로마 억양의 이탈리아어를 속사포처럼 쏘아댔다. 소시지 여인은 욕설을 되받아치듯, 미소를 지으며 손을 흔들었다. 대화는 안젤라의 "Grazie mille (정말 감사합니다)"로 끝을 맺었다.

찰스도 여자에게 손을 흔들었다. 그는 걸음을 옮기면서 안젤라에게 몸을 기울여 물었다. "뭐래?"

"토요일 밤에 왔대. 지저분한 모터보트가 한 척 있었는데, 자기들이 도착하니까 곧 떠났다고 하네. 시간은 7시 반이나 8시쯤."

몇 발자국 걷다 뒤를 돌아보니, 찰스가 멈춰 서 있었다. 엉덩이에 양손을 얹고 "47"이라고 적힌 작은 현수막이 걸린 텅 빈 플랫폼을 응시하고 있었다. "물이 깨끗할까?"

"예전보다는 깨끗한 편이야."

찰스는 재킷을 벗고, 셔츠의 단추를 풀며 신발을 떨궜다.

"저기, 설마……." 안젤라가 말했다.

"만일 거래가 시도됐다면, 분명 순조롭게 끝나지는 않았을 거야. 싸움이 났다면, 누군가 물속에 빠졌을지도."

"하지만 영리한 두산이라면 프랭크의 시체를 바다 저쪽까지 옮긴 다음 던졌겠지."

찰스는 이미 두산 마스코비치를 살인 용의자에서 배제했다. 주소 하나만 넘기면 바로 돈을 받을 텐데, 프랭크를 죽여서 얻을 게 없었다. 찰스는 안젤라에게 그 말을 하려다 그만뒀다. 논쟁할 시간이 없었다.

찰스는 사각팬티만을 남기고 옷을 벗었다. 위장의 통증을 참으며, 몸을 굽혀 바지를 다리에서 빼냈다. 날씨가 흐린 암스테르담에서 일주일을 지내다 온 탓에 가슴이 창백했다. "내가 올라오지 않거든……."

"나 쳐다보지 마. 수영할 줄 몰라." 안젤라가 말했다.

"그럼, 아까의 소시지 부인께 도움을 요청하도록."

안젤라가 대답도 하기 전에, 찰스는 얕은 물속으로 몸을 세운 채 뛰어들었다. 약물로 범벅이 된 신경이 쇼크를 받아서 그런지, 물속에서 하마터면 숨을 들이쉴 뻔했다. 발을 굴러 물 위로 올라온 후, 손으로 얼굴의 물을 닦아냈다. 선착장 가장자리에서 안젤라가 아래를 향해 웃으며 말했다. "벌써 끝난 거야?"

"셔츠 안 구겨지게 조심해." 찰스는 물속으로 들어가서 눈을 떴다.

태양이 수직으로 내리쬐고 있어서, 물속의 그림자들은 선명했다. 지저분하고 하얀 선체들의 밑면이 검은 곡선을 그리며 어둠 속으로 파고들었다. 찰스는 49번 플랫폼 이탈리아 보트의 표면에 손을 대고 보트의 앞쪽을 향해 나아갔다. 말뚝에 묶인 굵은 밧줄이 보트를 붙들고 있었다. 찰스는 보트에서 손을 떼고, 아래의 짙은 어둠 속으로 들어갔다. 어두웠기 때문에 손을 이용해서 물체들을 파악했다. 딱딱한 조개껍데기, 끈적이는 물질, 물고기 비늘 같은 생명체들. 하지만 물 위로 올라오려는 순간 다른 물체가 느껴졌다. 두꺼운 워크부츠. 밑창이 딱딱하다. 부츠에 이어진 것은 다리, 청바지, 그리고 사람의 몸. 찰스는 또다시 숨을 들이쉴 뻔했다. 싸늘하게 경직된 시체는 잡아당겨 봐도 빠지지 않았다.

찰스는 숨이 차서 물 위로 나왔다가, 안젤라의 놀림에 아랑곳없이 다시 물속으로 들어갔다. 이번에는 말뚝을 지렛대로 사용했다. 발로 차 생겨난 모래 구름을 뚫고, 시체를 이탈리아 보트 주변의 약한 불빛으로 끌고 나오자, 끌어내기 힘들었던 이유를 알 수 있었다. 턱수염이 짙은 시신은 물에 불어 있었고, 가슴이 무거운 금속 배관에 로프로 묶여 있었다. 배관은 엔진의 일부인 것 같았다.

찰스는 헐떡거리며 물 위로 나왔다. 이제 바다는 더 이상 깨끗하게 느껴지지가 않았다. 그는 입안의 물을 뱉어내고 손등으로 입술을 닦았다. 위에서 안젤라가 무릎에 손을 얹고 말했다. "나도 그것보다는 오래 숨을 참을 수 있겠다. 한번 보여줘?"

"올라가게 좀 거들어."

안젤라는 찰스의 옷가지들을 옆에 쌓아놓고, 무릎을 굽혀 손을 뻗었다. 찰스는 가장자리로 올라와 무릎을 꿇고 앉았다. 몸에서 물이 뚝뚝 떨어졌다. 미풍에도 몸이 떨렸다.

"어떻게 됐어?" 안젤라가 물었다.

"프랭크가 어떻게 생겼지?"

안젤라는 재킷 속에서 작은 사진을 꺼냈다. 프랭크의 행방을 물어볼 때 쓰려고 가져온 정면사진이었다. 표정은 시무룩했지만, 밝은 조명에서 찍혀 인상착의가 명확했다. 깔끔하게 면도한 얼굴. 윗머리는 대머리, 귀를 뒤덮은 흰 머리. 나이는 예순 정도.

"이 사진 찍고 나서 턱수염을 기르진 않았겠지?"

안젤라는 머리를 저으며 걱정스럽게 말했다. "하지만 최근 입수한 마스코비치의 사진에는……."

찰스가 일어서며 말했다. "포르토로즈에서 살인사건이 하루에 수십 건씩 일어나는 게 아니라면, 저 아래 있는 사람이 그 세르비아인 친구임이 틀림없군."

"그런 말도 안……."

찰스가 반박하는 안젤라의 말을 끊었다. "슬로베니아 정보부와 얘기를 해봐야겠지만, 우선은 빈에 전화를 걸어. 지금 당장 프랭크의 사무실을 조사하라고 해. 없어진 게 있는지. 떠나기 직전 컴퓨터로 뭘 하고 있었는지도."

찰스는 셔츠를 입었다. 젖은 몸에서 물이 번지자, 셔츠의 하얀 색상이 어두워졌다. 안젤라는 전화를 걸려고 했지만, 제대로 버튼을 누를 수 없었다. 찰스는 안젤라의 손을 잡고 그녀의 눈을 들여다봤다.

"심각한 일이야. 알겠지? 하지만 모든 걸 파악할 때까지 동요해선 안 돼. 슬로베니아 정보부에 시체 얘기는 하지 말자고. 심문이라도 받게 되면 곤란하니까."

안젤라는 고개를 끄덕였다.

찰스는 안젤라의 손을 놓고 재킷과 바지와 신발을 집어, 왔던 길을 거슬러 해안으로 향했다. 아까의 이탈리아 여자가 살찐 무릎에 턱을 대고 보트에 앉아, 낮은 휘파람을 불며 말했다. "Bello.(멋있네.)"

# 4

한 시간 반이 지난 후, 두 사람은 떠날 준비를 했다. 찰스가 운전을 하려 했지만 안젤라는 말을 듣지 않았다. 찰스는 한마디도 안 했건만, 안젤라 스스로 진상을 정리하고는 충격을 받은 것이다. 친애하는 상사인 프랭크 도들이 레오 버나드와 두산 마스코비치를 죽이고 미국 정부의 3백만 달러를 챙겨 달아났다는 충격.

빈에 전화를 걸었을 때 결정적인 증거가 나왔다. 프랭크 도들의 컴퓨터 하드드라이브가 없어진 것이다. 내부 전산 관리인은 전원 사용 상태를 근거로 하드드라이브가 탈착된 것이 금요일 오전, 즉 프랭크와 레오가 슬로베니아로 출발하기 직전이었다고 추정했다.

하지만 안젤라는 보다 긍정적인 가설에 매달렸다. 바로 슬로베니아 정보부의 소행일 가능성이었다. 슬로베니아 정보부 녀석들이 프랭크로 하여금 하드드라이브를 빼내도록 강요했을지 모른다. 프랭크를 협박한 것이다. 두 사람은 호텔 슬로베니아에서 슬로베니아 정보부의 지역담당관인 복단 크리잔을 만났다. 테이블 너머로 쏘아 보는 안젤라를 아랑곳하지 않고, 크리잔은 튀긴 칼라마리(오징어)를 게걸스럽게 먹으며, 금요일 밤 프랭크 도들과 함께 호텔 방에서 술을 마셨다고 진술했다.

"그러니까 당신이 프랭크를 찾아갔다는 건가요?" 안젤라가 말했다. "할 일이 없었나 보죠?"

크리잔은 먹는 것을 멈추고 헐겁게 포크를 쥐었다. 발칸 사람 특유의 과장된 몸짓으로 어깨를 으쓱하자, 그의 여윈 얼굴이 부풀어 오르는 듯했다. "프랭크와 나는 오랜 친구랍니다, 예이츠 씨. 오랜 스파이 친구란 말이죠. 종종 새벽까지 같이 마셔요. 실은, 샬롯 얘기를 들었거든요. 위로하느라 술 한 병 사가지고 갔던 거죠."

"샬롯?" 찰스가 물었다.

"프랭크의 부인이죠." 크리잔이 말을 정정했다. "'전' 부인이요."

안젤라가 고개를 끄덕였다. "6개월 전에 헤어졌어. 프랭크가 아주 힘들어했지."

"안된 일이에요." 크리잔이 말했다.

찰스는 어떤 상황이었는지 잘 알 것 같았다. "프랭크 도들이 포르토로즈에 온 이유를 당신에게 말하던가요?"

"아니요. 제가 여러 번 물어봤지만 윙크만 하더군요. 프랭크가 날 믿었더라면 좋았을 텐데."

"동의합니다."

"문제가 있나요?" 별로 걱정하는 기색 없이 크리잔이 물었다.

찰스는 고개를 저었고, 휴대폰이 울리자 안젤라가 자리를 떴다.

크리잔은 안젤라의 등을 보며 고개를 끄덕였다. "참 대단한 여자야. 프랭크가 예이츠 씨를 뭐라고 불렀는지 알아요?"

찰스는 머리를 저었다.

"푸른 눈의 미스터리." 크리잔이 활짝 웃었다. "순진한 친구. 예이츠 씨한테 코를 얻어맞는대도 그녀가 레즈비언이라는 건 몰랐을 테지."

찰스는 다시 칼라마리를 먹기 시작한 크리잔을 향해 몸을 기울였다.

"다른 생각나는 일은 없습니까?"

"저한테 무슨 일인지 얘기도 안 해주는데 생각나는 게 있을 리가 없죠." 크리잔이 음식을 씹으며 말했다. "없어요. 평소랑 똑같았지."

문가의 안젤라는 전화가 잘 안 들리는지 한 손으로 귀를 막았다. 찰스는 일어나서 크리잔과 악수를 했다. "도움 주셔서 감사합니다."

잡은 손을 좀처럼 놓지 않고 크리잔이 말했다. "혹시 프랭크가 사고를 쳤대도 심하게 대하지 말아요. 수십 년을 미국을 위해 일했으니까. 말년에 실수 좀 했기로서니 뭐라고 하면 안 된다고요." 과장된 어깻짓과 함께 그는 찰스의 손을 놓았다. "100퍼센트 완벽할 수 있는 사람이 어디 있겠어. 우린 신이 아니잖아."

찰스는 자기 철학을 늘어놓는 크리잔을 내버려두고, 통화를 마친 안젤라에게로 다가갔다. 그녀의 얼굴이 붉었다.

"무슨 일이야?"

"맥스 전화였어."

"누구?"

"빈 대사관에서 야간에 근무하는 직원이야. 목요일 밤에 프랭크의 정보원 하나가 우리가 지켜보던 러시아 녀석에 대한 정보를 보내왔대. 로만 우그리모프라는 거물."

찰스는 로만 우그리모프에 대해 알고 있었다. 그는 안전을 위해 러시아를 떠났지만, 전 세계 분산 투자를 통해 여전히 러시아에 영향력을 행사하고 있는 사업가였다. "어떤 정보였는데?"

"협박용 정보라고나 할까. 그 사람, 소아성애자小兒性愛者래."

"그 연락은 그냥 우연의 일치 아닐까?" 식당을 나서며 찰스가 말했다. 사회주의 분위기가 나는 길쭉한 연보라색 로비에는 세 명의 슬로베니아 정보부 요원들이 크리잔을 경호하기 위해 서 있었다.

"그럴지도 몰라. 하지만 어제 우그리모프가 베네치아에 있는 새로 산 저택으로 들어갔어."

찰스가 멈춰 섰다. 앞장서서 걷던 안젤라는 뒤돌아 찰스에게로 다가갔다. 로비의 밝은 창을 보며, 찰스는 마지막 퍼즐 조각이 맞춰지는 것을 느꼈다. "베네치아라면 아드리아 해 건너편이군. 보트를 타면 바로 이쪽으로 올 수 있어."

"그렇기는 하지만……."

"3백만 달러를 챙긴 인간에게 제일 필요한 게 뭐라고 생각해?" 찰스가 안젤라의 말을 잘랐다. "바로 새로운 신원이야. 로만 우그리모프 정도의 거물이라면 간단히 서류를 위조해 줄 수 있었겠지. 설득을 해야겠지만."

안젤라는 대답하지 않고 찰스를 쳐다볼 뿐이었다.

"빈에 전화를 걸어. 베네치아의 선착장 관리소에 확인해 보라고 해. 지난 이틀 동안 버려진 보트가 없었는지."

둘은 중심가의 카페에 앉아 회신이 오기를 기다렸다. 해안 마을 카페의 사람들은 탈공산주의 국가에서 온 두 손님이 영 낯선 듯했다. 함석판 카운터 뒤의 뚱뚱한 여주인은 커피와 맥주가 묻은 앞치마를 두른 채, 선착장의 저임금 노동자들에게 라스코 피보 생맥주를 서빙하고 있었다. 안젤라가 카푸치노를 주문하자 여주인은 좀 언짢은 듯 보였다. 마침내 나온 음료는 카푸치노라기보다 설탕이 과도하게 들어간 인스턴트커피 믹스였다. 항의하려는 안젤라를 말리며, 찰스는 왜 프랭크가 이혼했다는 사실을 알려주지 않았는지 물었다.

안젤라는 커피를 한 모금 마시더니 얼굴을 찌푸렸다. "이혼이 무슨 대수라고 그래."

"이혼은 스트레스가 심한 일이야. 사람을 변하게 한다고. 이혼을 하면 인생을 처음부터 다시 시작하고픈 충동을 느끼게 돼. 더 나은 방향으로 말이지." 찰스가 코를 문지르며 말했다. "프랭크는 뭔가 다른 것을 위해 일했어야 한다고 후회했을지도 몰라."

"이제 와서 다른 것이 어디 있겠어."

"있지. 바로 자기 자신."

안젤라는 여전히 무엇도 확신할 수 없었다. 휴대폰이 울리자, 안젤라는 전화를 받으며 머리를 흔들었다. 그녀는 프랭크에게, 찰스에게, 그리고 자기 자신에게 화가 났다. 전화는 로마의 사무소로부터 온 것으로, 두브로브니크에서 등록된 보트 한 척이 일요일 오전에 베네치아 리도의 선착장에서 발견되었다는 내용이었다. "보트에서 혈흔이 발견됐어." 전화를 건 로마 사무소장의 설명이었다.

안젤라가 전화를 끊자, 찰스는 자신이 운전을 하겠다고 말했다. 오스트리아스러운 느린 운전 때문에 지체하고 싶지 않아서였다. 대답 대신, 안젤라는 가운데 손가락을 쭉 펴서 들어 보였다.

하지만 결국은 찰스가 운전을 하게 되었다. 반도 위편의 산중을 지날 무렵, 안젤라가 결국 울음을 터뜨린 것이다. 둘은 차를 세우고 좌석을 바꿨다. 이탈리아 국경에 이르렀을 때, 안젤라는 자신의 히스테리컬한 행동을 해명했다.

"받아들이기 힘들어. 수년 동안 일하면서 손에 꼽을 만큼의 사람들만 신뢰하도록 조심했어. 지내는 데 필요한 만큼의 몇 명만을 말이야. 하지만 일단 신뢰하고 나면, 돌이킬 수 없는 거야. 그럴 수가 없어. 일을 하려면 다른 방법이 없다고."

찰스는 묵묵히 안젤라의 말을 들으면서, 이것은 자신에게도 해당되는 문제가 아닐까 자문했다. 임무를 지시하는 사람뿐 아니라 다른 사람들도 믿어보려던 생각은 오래전에 좌절되었지만, 아마도 몸은 그런 수준의 의심을 받아들일 수 없는 듯했다.

두 사람은 여권을 제시하고 이탈리아 국경을 넘었다. 찰스는 휴대폰을 꺼내 그레인저에게 전화를 걸어서는 전달 사항을 듣고 복창했다. "스쿠올라 베키아 델라 미세리코르디아. 세 번째 문."

"그게 뭔데?" 찰스가 전화를 끊자 안젤라가 물었다.

찰스는 두 번째 전화를 걸었다. 신호음이 울리고 복단 크리잔이 슬로베니아어로 조심스레 말했다. "Da?(여보세요?)"

"호텔 슬로베니아 건너편에 있는 선착장으로 가십시오. 47번 플랫폼 아래에서 두산 마스코비치라는 보스니아계 세르비아인의 시체를 찾을 수 있을 겁니다."

크리잔의 무거운 숨소리가 들렸다. "프랭크와 관련된 일인가?"

찰스는 전화를 끊었다.

# 5

베네치아까지는 세 시간이 걸렸다. 거기서 다시 수상택시를 타고 리도 선착장으로 향했다. 도착한 것은 5시 30분. 콧수염이 희미한 부루퉁한 표정의 젊은 이탈리아 경찰관이 버려진 모터보트 옆에서 기다리고 있었다. 방문자가 올 테지만 환영하지 말라는 지시라도 있었던 듯했다. 경찰관은 붉은 테이프를 들어 올려 찰스와 안젤라가 보트에 오르도록 했지만, 따라 들어가지는 않았다. 지저분한 선실에는 두브로브니크에서 등록한 서류, 흩어진 여분의 엔진 부품들, 태양에 말라붙은 핏자국 따위가 보였다.

두 사람은 보트 안에 오래 머물지 않았다. 프랭크 도들이 남긴 것은 지문과 살인의 흔적 정도였다. 찰스는 선실 중앙에 서서 권총 방아쇠를 잡는 자세로 두 손가락을 내밀었다. "이쪽에서 두산을 쏜 다음 끌어낸 거야." 찰스는 쪼그려 앉아 기름이 묻은 바닥을 살폈다. 희미한 혈흔이 보였다. "보트 안에서 시체에 금속배관을 묶었을까? 아니면 물속에서? 뭐, 중요한 문제는 아니겠지만."

"중요한 문제는 아니지." 찰스를 빤히 쳐다보며 안젤라가 말했다.

탄피는 발견되지 않았다. 포르토로즈의 물속에 빠졌을 수도 있고, 아니면 프랭크 도들이 〈회사〉의 매뉴얼에 따라 주워갔을 수도 있다. 하지만 그는 지문을 지우지 않았다. 패닉상태였을까? 그럴지도 모르지만 역시 중요한 문제는 아니었다.

두 사람은 경찰관에게 감사 인사를 했다. "Prego.(천만에요.)" 경찰관은 안젤라의 가슴을 쳐다보며 인사에 답했다. 수상택시 운전사는 불을 붙이지 않은 담배를 입에 물고 선착장에서 기다리고 있었다. 해가 나지막이 지고 있었다. 운전사는 미터기를 끄지 않아 요금이 77유로를 넘었음에도 찰스와 안젤라가 개의치 않자, 안심한 듯했다.

베네치아 대운하의 울퉁불퉁한 수로를 20분 정도 거슬러 올라 카나레지오로 향했다. 러시아 사업가 로만 우그리모프가 얼마 전 이사를 온 곳이었다. "오만가지 사업에 손 대고 있더군." 안젤라가 설명했다. "러시아 공익사업부터, 오스트리아의 토지개발에, 남아프리카 금광까지."

찰스는 더운 바람을 맞으며 눈을 가늘게 뜨고, 여행객들로 가득 찬 수상버스가 지나가는 것을 바라봤다. "우그리모프가 빈으로 간 게 2년 전이지?"

"우리가 조사를 시작한 것도 그때부터야. 집히는 건 많았지만 결정적인 게 없었지."

"보안이 철저해서?"

"보안 수준이 굉장해. 프랭크는 우그리모프가 소아성애자라는 증거를 잡으려고 했어. 여행할 때 열세 살짜리 여조카가 항상 곁에 있는데, 실은 조카가 아닌 거지."

"그런 정보들은 어떻게 얻었지?"

안젤라는 흔들리는 보트의 가장자리를 붙잡고 몸을 가누었다. "프랭크가 정보원을 찾았거든. 워낙 유능하니까."

"그 유능함이 걱정이야."

카 도로의 수상버스 정류장 앞에서, 찰스는 운전사에게 운임을 지불하고 팁을 후하게 얹어줬다. 보트에서 내린 두 사람은 여행객들의 무리를 지나 미로 같은 텅 빈 뒷골목으로 접어든 뒤, 어림짐작 끝에 리오 테라 바르바 프루타리올 광장을 찾아냈다. 그것은 광장이라기보다는 공터에 가까웠다.

낡았지만 화려한 우그리모프의 저택이 길모퉁이에 우뚝 솟아있었다.

저택의 정면은 바르바 프루타리올 광장 쪽을 향해 있었으며, 지붕이 덮인 긴 테라스가 옆길을 향해 나 있었다. 안젤라는 손차양을 만들며 테라스를 바라보았다. "멋진데."

"대개 전직 KGB 요원들은 멋진 집에서 살지."

"KGB?" 안젤라가 찰스를 쳐다봤다. "로만 우그리모프에 대해서 알고 있는 거야? 어떻게?"

찰스는 안정을 얻기 위해 주머니 속의 덱세드린 봉투를 만지작거렸다. "나도 듣는 게 있으니까."

"설명이 부족해."

찰스는 굳이 대답하지 않았다.

"그럼 네가 앞장설래?"

"아니. 〈회사〉 아이디카드도 안 가지고 있어."

"갈수록 묘하네." 안젤라는 정문의 초인종을 누르며 말했다.

머리가 벗겨진 흔한 인상의 경호원은 귀에 무전용 수신기를 끼고 있었다. 안젤라는 미국 국무부 아이디카드를 경호원에게 제시하며, 로만 우그리모프와 할 얘기가 있다고 말했다. 덩치 큰 경호원은 옷깃의 송신기에 대고 러시아어로 말을 전했다. 대답을 들은 후, 찰스와 안젤라를 어둡고 가파른 계단으로 안내했다. 계단의 돌은 닳아 있었고, 그 위쪽에는 육중한 나무문이 있었다. 경호원이 문을 열었다.

우그리모프의 방은 마치 맨해튼에서 통째로 옮겨온 것인 듯했다. 반들거리는 나무바닥, 모던한 디자인의 가구, 플라스마 TV. 이중유리로 된 미닫이문은 길쭉한 테라스로 이어져, 베네치아의 대운하와 지붕들이 펼쳐진 야경이 보였다. 찰스조차 감탄하지 않을 수 없는 아름다운 광경이었다.

우그리모프는 철제 테이블 뒤의 등받이가 긴 의자에 앉아, 노트북 컴퓨터를 보며 뭔가를 읽고 있었다. 그는 짐짓 놀란 듯 찰스와 안젤라를 향해 웃음을 짓더니, 일어서서 손을 내밀었다. "새집에 오신 첫 손님들이시군요. 환영합니다." 알아듣기 쉬운 영어로 우그리모프가 말했다.

우그리모프는 키가 컸고, 나이는 쉰 살 정도로 보였다. 곱슬곱슬한 머리카락은 반백이었고, 환한 미소를 가졌다. 찰스처럼 졸려 보이는 눈을 하고 있었지만, 젊은 생명력이 느껴졌다.

소개를 마치고 우그리모프는 디자인이 화려한 소파에 두 사람을 앉혔다. "자, 그럼, 미국에서 먼 걸음 하신 여러분들을 위해 제가 무엇을 도와드리면 되겠습니까?"

안젤라는 프랭크 도들의 사진을 우그리모프에게 건넸다. 우그리모프는 랄프 로렌 제의 폭이 넓은 이중초점 안경을 걸치고, 어둑한 석양 속에서 사진을 기울였다. "누군가요?"

"미국 행정부에서 일하는 사람입니다." 안젤라가 말했다.

"이 사람도 CIA입니까?"

"저희도 마찬가지이지만, 이 사람은 대사관 직원입니다. 사흘 전에 실종됐어요."

"이런." 우그리모프는 사진을 안젤라에게 돌려주며 말했다. "심각한 문제군요."

"네. 이 사람이 당신을 만나러 오지 않았나요?" 안젤라가 물었다.

"니콜라이, 다른 방문객들이 있었나?" 우그리모프가 경호원에게 러시아어로 물었다.

니콜라이라는 경호원은 아랫입술을 내밀며 고개를 저었다.

우그리모프는 어깨를 으쓱했다. "다른 방문객은 없었답니다. 그런데 왜 이분이 절 찾아왔을 거라고 생각하시는지? 저는 모르는 분인데."

찰스가 말했다. "이 사람은 실종되기 전에 당신에 대해 조사하고 있었습니다."

"허허." 우그리모프가 손가락을 추켜올리며 말했다. "그러니까, 빈 주재 미국 대사관 직원께서 제 생활과 사업을 감시하고 있었다?"

"댁이 워낙 거물이시니까요." 찰스가 말했다.

우그리모프가 활짝 웃었다. "알겠습니다. 술이라도 드릴까요. 근무 중이신 것 같지만."

찰스는 술이 아쉬웠지만, 안젤라가 일어서며 거절했다. "근무 중이라서 안 됩니다." 명함을 우그리모프에게 건네며 그녀가 말했다. "도들 씨의 연락을 받으면 전화 부탁드려요."

"물론이죠." 우그리모프가 찰스를 향하여 말했다. "Do svidaniya.(안녕히.)"

찰스는 똑같은 러시아 말로 우그리모프에게 작별인사를 했다.

두 사람은 저택을 나와 어두운 거리로 나섰다. 공기가 축축하고 따뜻했다. 안젤라가 하품을 하며 말했다. "어떻게 된 거야?"

"뭐가?"

"네가 러시아어 할 줄 안다는 거, 우그리모프가 어떻게 안 거냐고."

"그러니까 새로운 이름이 필요하다고 했잖아." 찰스가 길 저편을 올려다보며 말했다. "러시아인들의 공동체는 그렇게 크지 않으니까."

"작지도 않지." 안젤라가 말했다. "뭘 그렇게 찾고 있어?"

"저기." 찰스는 길 저편 모퉁이에 있는 이탈리아식 주점의 작은 간판을 고갯짓으로 가리켰다. "저기까지 걸을까? 밥이라도 먹으면서 감시하자고."

"우그리모프를 안 믿는 거야?"

"저런 작자를 어떻게 믿어? 도들을 만났더라도 우리한테 얘기 안 했을 거야."

"감시하고 싶으면 해. 나는 좀 자야겠어."

"각성제라도 먹을래?"

"공짜로 주는 거야?" 안젤라는 하품을 참으며 윙크를 했다. "대사관에서 약물 검사를 해서 안 돼."

"그럼 담배 한 대 주고 가."

"담배는 언제부터 피웠어?"

"끊는 중이야."

안젤라는 담뱃갑을 툭 쳐서 한 개비를 꺼내 찰스에게 건네려다가 물었다. "네가 이러는 거, 약 때문이야 아니면 일 때문이야?"

"이러는 거라니?"

"아니면 이름 때문인가……." 안젤라는 담배를 찰스에게 건넸다. "네가 이렇게 차가워 보이는 거, 이름 때문인가 봐. 마일로일 때는 이렇지 않았는데."

찰스는 안젤라를 보며 눈을 깜박거렸다. 생각을 해봤지만 대답이 떠오르지 않았다.

# 6

찰스는 주점 안에서 바르바 프루타리올 광장을 내려다보며 야간 감시를 했다. 식사는 해산물과 구운 야채로 만든 치케티와 맛 좋은 키안티 포도주였다. 바텐더가 말을 걸었지만 찰스는 대화할 생각이 없었다. 바텐더가 조지 마이클에 대해 "세계 최고의 가수죠"라며 떠들어도 딱히 반박하거나 동의하지 않았다. 바텐더의 혼잣말은 그에게 흐릿한 배경소음과도 같았다.

찰스는 누군가가 두고 간 헤럴드 트리뷴을 들어 기사를 살폈다. 도널드 럼스펠드 미 국방장관의 발언이 유독 눈길을 끌었다. '추산된 바로는 금융거래 도중 2조 3천억 달러의 돈이 유실됐다'는 내용으로, 그 돈은 미 국방성 예산의 4분의 1에 달하는 액수였다. 여기다 대고, 네이선 어윈이라는 미네소타 주 상원의원은 정당과의 유대를 깨뜨리며, "개망신"이라고 비난했다. 찰스는 기사에 대한 신경을 끄고 신문을 접어 옆으로 치웠다.

지금 찰스는 자살 대신 "거대한 목소리"에 대해 생각하고 있었다. 1970년대의 노스캐롤라이나. 어머니는 한밤중에 어린 찰스를 찾아와 "거대한 목소리"에 대해 얘기하고는 했다. "사람들을 보거라. 무엇이 그들을 움직이고 있을까? 바로 작은 목소리들이란다. TV, 정치인, 성직자, 돈 따위의 작은 목소리들 말이야. 그런 목소리들 때문에 우리 안의 크고 유일한 목소리가 들리지 않게 되지. 하지만 얘야, 작은 목소리들은 의미가 없단다. 우리를 속이기만 할 뿐이야. 무슨 말인지 알겠니?"

어린 찰스는 무슨 말인지 이해할 수 없었지만, 자존심 정도는 생겨난 나이였던 탓에 모른다고 인정하지 않았다. 어머니의 방문은 그녀의 가르침을 설명하기에는 늘 짧았다. 어머니는 한밤중에 찰스의 방 창문을 두드려 깨우고 피곤한 그를 근처 공원으로 데려가고는 했다.

"난 네 엄마지만, 나를 엄마라고 부르면 안 된단다. 그런 호칭에 얽매이기도 싫고, 반대로 너를 얽매고 싶지도 않아서 그래. 엘렌이라고도 부르지 말거라. 내가 노예였을 때의 이름이니까. 해방된 나의 이름은 엘자란다. 한 번 불러 볼래?"

"엘자."

"그래, 그렇지."

찰스의 어린 시절은 이렇듯, 어머니와의 꿈같은 만남으로 점철되어 있었다. 마치 살아 있는 어머니가 아니라 어머니의 유령이 찾아와 짤막한 가르침을 주는 "꿈" 같은 만남. 어머니는 1년에 세, 네 번 정도 찾아왔다. 그러다가 찰스가 여덟 살이던 해, 일주일 내내 매일 밤마다 찾아온 적이 있었는데, 그때 어머니는 찰스에게 찰스 자신의 해방에 관해 가르쳤다. 어머니는 찰스가 열두 살이나 열세 살이 되면 데리러 오겠다고 말했다. 그때쯤이면 찰스도 전면전을 할 준비가 되어 있을 거라는 말과 함께. 누구랑 전쟁을 하는데요? 작은 목소리들과의 전쟁이란다. 뜻을 이해하지 못했지만, 찰스는 한밤에 어머니와 함께 사라진다는 생각에 들떴다. 하지만 결국 그 계획은 실현되지 않았고, 어머니가 오는 꿈은 다시는 되풀이 되지 않았다. 오랜 시간이 지나서야, 어머니가 자신을 데리러 오기 전에 죽어버렸다는 것을 알았다. 장소는 독일의 감옥. 자살이었다.

그것은 "거대한 목소리" 때문이었을까? 슈투트가르트 슈탐하임 교도소의 석벽을 뚫고 들린 목소리가 어머니로 하여금 죄수복 바지의 한쪽 다리를 문 손잡이에, 다른 한쪽을 목에다 맨 채, 광신도처럼 꿋꿋이 바닥에 앉아 기다리도록 지시한 것일까?

만일 어머니가 진짜 이름을 버리지 않았다면, 자살을 할 수 있었을까?

그녀가 어머니라는 호칭을 버리지 않았다면? 나 자신은 어땠을까? 본명을 버리지 않았다면, 지금까지 살아남을 수 있었을까? 아니면 아무렇지도 않게 목숨을 끊었을까?

또다시 그는 자살을 생각했다.

10시가 되자 주점은 영업을 끝냈다. 찰스는 우그리모프 저택의 정문을 한 번 살피고 나서, 서쪽을 향해 걷기 시작했다. 막다른 골목들을 만나기도 하다가, 마침내 스쿠올라 베키아 델라 미세리코르디아의 물가 쪽 문들에 도달했다. 세 번째 문이라고 그레인저가 말했다. 찰스는 순서를 세어 문을 찾았다. 위장에 다시금 통증이 느껴졌지만, 그는 자갈길 위에 엎드려 냄새나는 운하에 이를 때까지 길 가장자리를 더듬으며 나아갔다.

어둠 속이라 잘 보이지 않는 탓에 손을 사용하여, 그는 마침내 찾고 있던 돌덩이를 발견했다. 그것은 50년 전에 CIA의 전신인 〈더 폰드〉가 종전 후 유럽 곳곳에 숨겨 놓은 보관함 중 하나였다. 이것은 훌륭한 선견지명이었다. 의도치 않게 발각된 경우를 제외하면, 발견된 보관함들은 매우 유용하게 쓰여 왔다. 찰스는 눈을 감고 촉각에 집중했다. 돌덩이의 밑부분에 걸쇠가 있는 것이 느껴졌다. 걸쇠를 당기자 돌덩이가 손 안에서 갈라졌다. 뚜껑인 부분을 옆으로 치우고, 안에 있는 무거운 물체를 꺼냈다. 물체는 비닐 포장으로 단단히 밀봉되어 있었다. 달빛 아래에서 포장을 찢자, 새것 같은 발터 P99 반자동 권총과 두 세트의 총알이 나왔다.

찰스는 뚜껑을 덮어 돌덩이를 원래 상태로 되돌린 후, 바르바 프루타리올 광장으로 돌아갔다. 우그리모프의 저택 정문이나 테라스의 기다란 불빛이 보이는 지점들을 골라, 주변의 어두운 거리를 배회했다. 이따금 사람의 형체가 보였다. 우그리모프, 경호원들, 그리고 길고 곧은 갈색 머리를 한 소녀. 바로 문제의 "여조카". 정문을 오고 간 것은 식료품이나 술, 담배가 담긴 나무 상자 따위를 든 경호원들뿐이었다. 자정이 지나 음악소리가 들렸다. 오페라. 희한한 선곡이었다.

그날 밤 길가의 고양이들은 찰스를 거들떠보지도 않았지만, 세 명의 술 취한 사내들이 친한 척 다가왔다. 처음에 말을 건 둘은 찰스가 잠자코 있자 이내 가버렸지만, 세 번째는 찰스에게 어깨동무를 한 채 네 가지 언어를 구사해 가며 대답을 강요했다. 급작스럽게 예기치 못한 분노에 휩싸여 찰스는 팔꿈치로 사내의 갈비뼈를 가격했다. 턱을 붙잡고 뒷머리를 강하게 두 번 주먹으로 후려갈겼다. 첫 번째 타격에 사내는 입에 거품을 물었고, 두 번째 타격에 의식을 잃고 말았다. 찰스는 잠시 축 늘어진 사내를 붙잡고 있었다. 그는 자기 자신에게 욕을 하며 리오 데이 산티 아포스톨리 강의 다리를 건너서 눈에 띄지 않는 골목까지 사내를 질질 끌고 갔다.

균형. 몸을 떨며 다리를 건너 돌아오는데, "균형"이라는 단어가 다시 떠올랐다. 균형 없이는 생의 어떠한 노력도 허사이다.

찰스가 지금의 일을 한 지는 6년, 아니 7년이 되었다. 도시에서 도시로 정처 없이 떠돌아다니며, 2년간 얼굴도 보지 못한 대서양 건너편의 상사로부터 전화로 지시를 받는 일. 전화가 곧 상사였다. 몇 주 동안 일이 없을 때도 있었는데, 그럴 때면 그는 잠을 자거나 술을 퍼마셨다. 하지만, 일단 일이 생기면 만사 제쳐두고 매달려야 했다. 동력을 공급하기 위해 각종 흥분제도 복용했다. 찰스 알렉산더라는 개인의 건강을 지키는 것은 일의 요건이 아니었다. 그의 임무는 소위 "세력권"을 조용히 눈에 띄지 않는 방식으로 유지하는 것이었다. "찰스 알렉산더" 따위가 중요한 게 아니었다.

안젤라는 "이제 와서 다른 것이 어디 있겠어"라고 말했지만 다른 것은 있다. 그것도 아주 많이. 러시아의 마피아, 중국의 산업화, 핵무기 유출, 또는 미국이 중동의 산유국에서 손을 떼게 하려고 애를 쓰는 아프가니스탄에 주둔한 강경파 무슬림들. 그레인저가 말하듯, "제국"이 포용하거나 흡수하지 못한 세력은 곧 제국의 적이며, 미개한 야만인들처럼 처리되어 마땅하다. 그런 생각을 하며 지내다 보면 어느새 휴대폰이 울리곤 했다.

찰스는 운하의 칠흑 같은 바닥에 얼마나 많은 시신들이 쌓여 있을지 생각했다. 그곳에 합류하면 왠지 편할 것 같았다. 죽음은, 죽음의 의미를 앗아간다. 죽음은, 또한 삶의 의미도 앗아간다.

'이번엔 끝내는 거다. 실수 없이. 이제 비행기나 국경이나 세관과는 이별이다. 미련 따위, 갖지 말자.'

5시경 찰스는 결심을 굳혔다. 동 틀 무렵의 희미한 빛이 하늘을 밝혔다. 그는 물 없이 두 알의 덱세드린을 삼켰다. 초조한 공포가 몰려왔다. 찰스는 어머니를, "거대한 목소리"만이 존재하는 그녀의 유토피아를 떠올렸다. 어머니가 알면 뭐라고 할까? 아마 혼절할 때까지 나를 두들겨 패겠지. 나는 어른이 된 후의 삶을 은밀한 작은 목소리들의 알선자와 제작자들을 위해 바쳤으니까.

아침 9시 30분에 조지 마이클의 팬인 주인이 주점의 문을 열었고, 찰스는 자신이 여전히 숨을 쉬고 있음에 놀랐다. 그는 두 잔의 에스프레소를 주문하고 창가에 앉아 음식을 기다렸다. 주인은 판체타, 달걀, 마늘, 기름, 링귀니를 조리하여 음침하고 병약한 손님에게 줄 음식을 만들었다. 음식은 맛있었지만, 찰스는 반 정도 먹었을 때 식사를 멈추고 창밖을 바라보았다.

세 명이 우그리모프의 저택을 향해 걷고 있었다. 어제 만난 니콜라이라는 경호원, 그 뒤를 따라 걸어오는 배가 많이 부른 임산부, 그리고 나이가 지긋한 사내. 바로 프랭크 도들이었다.

찰스는 휴대폰을 꺼냈다.

"왜?" 안젤라가 전화를 받았다.

"왔어."

찰스는 휴대폰을 주머니에 집어넣고 돈을 탁자에 올려놓았다. 나이 든 부부를 서빙 하던 바텐더가 언짢은 얼굴로 말했다. "음식이 맛이 없어요?"

"그냥 둬요. 금방 다시 올 테니까."

샤워를 하다 말고 나온 탓에 도착한 안젤라의 머리카락은 젖어 있었다. 세 명의 방문객들이 저택에 들어간 지 12분이 지났다. 길가에는 네 명의 여행객들이 있었고, 찰스는 그들이 어서 딴 데로 가버리기를 바랐다. "총은 있나?" 발터 P99를 꺼내며 찰스가 안젤라에게 물었다.

안젤라는 재킷을 펼쳐 견대肩帶에 걸린 시그 자우어 권총을 보였다.

"가지고만 있어. 쏠 일이 생기면 내가 쏠 테니까. 나는 사라질 수 있지만, 너는 그럴 수 없잖아."

"그러니까, 내가 접근하고 네가 엄호한다?"

"그래, 안젤라. 네가 접근하고 내가 엄호한다."

안젤라는 입술을 오므렸다. "내가 프랭크를 쏠 수 없을 거 같아서 그러는 거지?" 총을 쥔 찰스의 손이 떨리는 것을 보면서 안젤라가 물었다. "그런데 제대로 쏠 수나 있겠어?"

찰스는 떨림이 잦아들 때까지 발터 P99를 꽉 쥐었다. "괜찮아. 너는 저쪽에서 대기하고 있어." 찰스는 우그리모프의 저택 맞은편 건물의 문가를 가리켰다. "길목을 차단한 후, 프랭크가 나오면 바로 체포하는 거다. 간단해."

"간단하네." 안젤라는 짧게 대답하며 지정된 문가로 걸어갔다. 다행히 이제 여행객들은 보이지 않았다.

안젤라가 시야에서 사라지자 찰스는 다시 손을 살폈다. 물론 안젤라의 말이 옳다. 대개의 경우 안젤라 예이츠의 말은 옳다. 계속 이렇게 살 수는 없다. 살지 않을 거다. 참담한 일. 그리고 참담한 삶.

저택의 정문이 열렸다.

머리가 벗겨진 니콜라이가 문을 열었다. 테일러드 재킷을 입은 그는 임산부를 위해 붙어난 나무문을 붙들고 있었다. 임산부는 문지방을 넘어 자갈이 깔린 길가로 나왔다. 광장을 가로지르는 임산부의 초록빛 눈. 찰스는 그녀가 아름답다고 생각했다. 프랭크 도들이 정문을 나오며 임산부의 팔꿈치를 만졌다. 그는 62세라는 실제 나이보다 늙어 보였다.

니콜라이가 문을 닫고 저택 안으로 들어갔다. 임산부가 뒤를 돌아 도들에게 뭔가 말을 했다. 하지만 도들은 대답하지 않은 채, 달려오는 안젤라를 바라보고 있었다. "프랭크!" 안젤라가 외쳤다.

나가야 할 타이밍을 놓친 찰스는 발터 P99를 쥐고 달리기 시작했다.

머리 위에서 남성의 목소리가 알아듣기 쉬운 영어로 외치는 것이 들렸다. "난 그녀를 사랑한다고, 이 개새끼야!" 곧이어, 증기 기관의 경적과도 같은 통곡이 허공에 울려 퍼졌다.

임산부와 프랭크 도들과 안젤라는 위를 향해 고개를 들었지만, 찰스는 계속 앞으로 돌진했다. 한눈팔아서는 안 된다. 위를 쳐다보던 임산부가 비명을 지르며 뒷걸음질쳤다. 프랭크 도들은 발이 땅에 붙어버린 듯 서 있었다. 안젤라도 아무 말 못 하고 입을 벌리며, 멈춰 섰다. 그녀의 플레어 재킷이 땅에 떨어졌다. 임산부 옆으로 분홍색의 물체가 추락했다. 오전 10시 27분.

찰스는 휘청거리며 멈췄다. 폭탄인가? 하지만 폭탄이 분홍색일 리가 없다. 게다가 폭탄이었다면 떨어지면서 폭발하거나 굉음을 냈을 텐데, 땅에 떨어진 분홍색 물체는 부드럽고 가련하게 '쿵!' 하는 소리를 냈을 뿐이다. 그제야 찰스는 떨어진 것이 사람의 몸이라는 것을 깨달았다. 피로 흥건한 자갈 위에 기다란 머리카락이 흐트러져 있었다. 간밤에 테라스에서 보았던 아름다운 소녀였다.

위쪽의 테라스에는 아무도 없었다. 임산부는 비명을 지르다 발을 헛디뎌 뒤로 넘어졌다.

프랭크 도들은 권총을 꺼내어 미친 듯이 세 번 방아쇠를 당겼다. 총성의 반향 속에서 그는 뒤돌아 달렸다. "프랭크, 거기서요!" 안젤라가 프랭크 도들의 뒤를 따라 달리며 소리쳤다.

떨어진 소녀, 총성, 달아나는 남자. 찰스 알렉산더는 예기치 못한 상황에서도 행동을 멈추지 않는 훈련을 받았지만 지금 일어난 일들은 하나하나가 너무도 혼란스러웠다.

게다가 저 임산부는 누구지?

불현듯 숨쉬기가 힘들었지만 찰스는 임산부에게 다가갔다. 그녀는 비명을 멈추지 않았다. 얼굴은 빨갛게 달아올랐고 눈이 돌아가고 있었다. 뭔가 말을 했지만 알아들을 수 없었다.

찰스는 가슴에 통증을 느끼며 임산부 옆에 털썩 주저앉았다. 피. 소녀의 피는 아니다. 소녀는 히스테리에 휩싸인 임산부 건너편에 있었다. 피는 찰스 자신의 것이었다. 셔츠가 붉게 물들고 있었다.

기분이 어때? 찰스는 진이 빠졌다. 붉은 핏줄기가 자갈들 사이사이로 흘러들었다. 이제, 죽는 건가. 왼편에서는 안젤라가 사라져가는 프랭크 도들을 쫓고 있었다.

임산부가 내뱉는 소음 속에서 문장 하나가 또렷하게 들렸다. "애가 나오고 있어요!"

찰스는 임산부를 보며 눈을 깜빡였다. 그런데 저는 죽어가는 중이라 도와줄 수가 없습니다. 찰스는 그렇게 말하고 싶었다. 땀에 흠뻑 젖은 임산부의 얼굴에 절망의 빛이 떠올랐다. 그녀는 살고 싶어했다. 어째서?

"의사를 불러줘요!" 임산부가 외쳤다.

"저는……." 찰스는 주위를 둘러봤다. 안젤라와 도들은 보이지 않았다. 멀리 모퉁이에서 둘의 발걸음 소리가 들릴 뿐이었다.

"의사 좀 불러 달라고!!!" 임산부가 찰스의 귀에다 대고 소리를 질렀다. 멀리 모퉁이에서 안젤라의 시그 자우어의 짧은 총성이 세 번 들렸다.

찰스는 휴대폰을 꺼냈다. "진정해요……." 겁에 질린 임산부에게 속삭이며, 찰스는 이탈리아의 구급 전화번호인 118을 눌렀다. 찰스는 고통스러운 한쪽 폐로부터 딱딱하고 조용한 이탈리아어를 내뱉었다. 리오 테라 바르바 프루타리올 광장에 분만 중인 여성이 있습니다. 신고가 접수됐다. 그는 전화를 끊었다. 찰스가 흘린 피의 줄기들이 그물을 이루다가, 급기야 길쭉한 웅덩이로 변했다.

임산부는 아까보다 평정을 찾았지만, 여전히 숨을 헐떡이고 있었고 절망스러운 표정은 가시지 않았다. 찰스가 임산부의 손을 붙잡자, 그녀도 의외의 힘으로 찰스의 손을 꼭 쥐었다. 들썩이는 임산부의 배 너머로 분홍색 옷을 입은 소녀의 몸이 보였다. 저 멀리 안젤라의 조그만 형체가 고개를 숙인 채 비틀거리며 걸어오는 것이 보였다.

"그런데, 당신 누구예요……?" 마침내, 임산부가 제대로 된 말을 했다.

"뭐라고요……?"

임산부는 잠시 숨을 고른 후, 이를 악물었다. "그거 총…… 이잖아요……."

찰스는 여전히 발터 P99를 쥐고 있었다. 손을 펼치자 총이 덜커덕, 땅에 떨어졌다. 붉은 아지랑이가 시야를 가렸다.

"당신……." 임산부가 오므린 입술로 숨을 세 번 내쉬었다. "당신…… 도대체 뭐예요……?"

찰스는 말이 나오지 않자 임산부의 손을 꼭 쥔 다음, 다시 말을 시도했다. "저는…… 여행객입니다." 말은 그렇게 했지만, 자갈길 위에서 정신을 잃으며 찰스는 이제 더 이상 자신이 여행객 노릇을 할 수 없다는 것을 알았다.

1부

# 〈국제 여행업〉의 문제점들

2007년 7월 4일 (수) ~ 7월 19일 (목)

# 1

"타이거". 동남아시아와 인도에서 유명한 이름이었기에, 〈회사〉는 오랫동안 암살자가 아시아 사람일 거라고 추정했다. 입수한 몇 장의 사진으로부터 타이거가 백인임을 알게 된 것은 2003년이 지나서였다. 그렇다면 왜 굳이 "타이거"라는 이름을 사용하는 것일까?

늘 그렇듯 〈회사〉의 심리학자들은 의견이 제각각이었다. 프로이트를 신봉하는 어떤 이는 불감증을 숨기려는 의도라고 해석했다. 어떤 이는 숲 속에서 호랑이로 변신하는 소년들의 이야기인 중국 "호랑이 소년" 신화와 관련되었다고 추정했다. 한 뉴멕시코 출신 분석가는 "자신감, 자발성, 힘"을 상징하는 인디언의 호랑이 심벌에서 나온 것이라는 독특한 이론을 내세웠다. 프로이트 학파 분석가는 내부문서를 통해 그 의견에 관해 간결한 질문을 던졌다. "호랑이 원산지가 북미였던가요?"

그런 것은 마일로 위버의 관심사가 아니었다. "새뮤얼 로스"(이스라엘 여권 번호 #6173882, b. 6/19/66)라는 가명을 사용하여 여러 나라를 돌아다니던 타이거가 멕시코시티로부터 댈러스 시를 통해 미국으로 입국했다. 마일로는 댈러스 국제공항에서 렌트한 쉐비 자동차에서 사흘 밤을 지새우며 타이거의 뒤를 쫓았다. 추적의 실마리는 거의 없었다. 마일로는 희박한 힌트들을 근거로 동쪽으로 낡은 뉴올리언스 남쪽 변두리에 이를 때까지 달리다가, 미시시피 주를 지나쳐 북쪽으로 향했다. 그렇게 해서 파예트 카운티 근처까지 갔던 어젯밤, 뉴욕의 톰 그레인저로부터 전화가 왔다. "방금 연락이 왔어. 새뮤얼 로스가 테네시 주 블랙데일에서 잡혔다는군. 죄목은 가정폭력."

"가정폭력? 타이거가 아닐 것 같은데요."

"인적사항이 일치해."

"알겠습니다." 마일로는 따뜻한 저녁 바람에 펄럭이는, 콜라로 얼룩진 지도를 넘겼다. 지도에는 블랙데일이 조그만 점으로 표시돼 있었다. "제가 간다고 그쪽에 말해 두십쇼. 독방이 있으면, 놈을 독방에 가둬놓으라는 것도요."

마일로는 독립기념일 아침에 블랙데일에 도착했다. 사흘 치의 맥도날드 음료수 컵과 봉지, 고속도로 톨게이트 영수증, 사탕 껍질, 스미노프의 빈 병 두 개가 차 안에 널브러져 있었지만, 담배꽁초는 보이지 않았다. 아내와 약속한 것들 중, 적어도 금연은 지켰다. 마일로의 여정을 보여주는 영수증들로 두꺼운 지갑은 터질 듯했다. 댈러스의 퍼드러커스, 루이지애나의 바비큐 식당, 루이지애나 설파와 미시시피 브룩헤이븐의 모텔들, 주유소 영수증. 그는 이 모두를 〈회사〉의 신용카드로 계산했다.

사실 블랙데일은 마일로가 싫어할 만한 동네였다. 깃발과 칡덩굴로 뒤덮인 황무지인 하드먼 카운티의 블렉데일은 마일로에게 익숙한 21세기의 대도시들과는 영 딴판이었다. 테네시 주, 미시시피 주, 그리고 앨라배마 주가 접하는 경계선과 엘비스 프레슬리의 도시인 멤피스의 사이에 위치한 이곳은 미래의 전망과는 동떨어진 동네였다. 게다가 마일로는 블랙데일 안으로 차를 몰고 들어가며, 오후에 있을 딸의 독립기념일 장기자랑 공연에 맞춰 브루클린으로 돌아갈 수 없음을 깨달았다.

그럼에도, 마일로는 블랙데일과 이곳의 보안관인 매니 윌콕스가 마음에 들었다. 땀에 젖은 뚱뚱한 보안관은 경멸받아 마땅할 직업을 가진 마일로에게 놀랍도록 친절했다. 관할권의 문제, 즉 지금 유치장에 갇힌 남자를 누가 담당하는 것이 옳은가에 대해서는 한마디도 따지지 않았다. 덕분에 마일로는 기분이 나아졌다. 레슬리라는 콧수염 난 보안관보가 건네준 단맛이 강한 레모네이드도 한몫을 했다. 보안관 사무실에는 윌콕스의 아내 아일린이 가져다 놓은 꼭지 달린 커다란 40리터들이 오렌지음료수통이 있었는데, 이것은 마일로의 숙취해소에 적격이었다.

매니 윌콕스 보안관이 관자놀이의 땀을 훔쳐냈다. "죄송하지만 여기에 서명을 좀……."

"물론이죠." 마일로가 말했다. "저 남자를 어떻게 잡으셨습니까?"

윌콕스는 안경을 들어 올려 안경알에 맺힌 물방울을 보다가, 코를 킁킁거렸다. 마일로가 이틀 동안 샤워를 하지 못했다는 증거가 보안관의 얼굴에 나타났다. "저희가 잡은 게 아닙니다. 저 남자와 같이 있었던 캐시 헨드릭슨이라는 사람이 신고했어요. 뉴올리언스에서 일하는 매춘부랍니다. 잠자리 스타일이 과격했나 보죠. 녀석이 사람 죽인다고 911에 신고했답니다. 때렸나 봐요."

"그게 다입니까?"

"네, 그게 다입니다. 어젯밤 늦게 체포했어요. 선생님 쪽에서도 911을 통해 보고 받으셨죠? 매춘부는 멍이 좀 들고 입술에 피가 나는 상태였습니다. 생긴 지 얼마 안 된 상처였어요. 남자의 이름은 여권에서 확인했습니다. 이스라엘 여권이었어요. 그런데 차 안에 이탈리아 여권도 있더군요."

"파비오 란제티." 마일로가 말했다.

윌콕스는 굳은살이 박인 손바닥을 펼쳤다. "네, 맞습니다. 그리고 저 남자를 유치장에 막 가뒀을 때 선생님 쪽에서 연락이 왔죠."

믿기지 않았다. 마일로가 다른 이름으로 불균형한 인생을 살던 6년 전, 암스테르담에서 처음 타이거와 맞섰다. 그 후 지금까지 타이거는 이탈리아, 독일, 아랍 에미리트, 아프가니스탄, 이스라엘 등에서 발견되고 사라지기를 반복했다. 그랬는데 이제 와서 루이지애나 매춘부의 신고로 인해 미시시피 주 근처의 허름한 모텔에서 붙잡힌 것이다.

“다른 정보는 없습니까?” 마일로가 보안관에게 물었다. “다른 제보자는요? 그 매춘부뿐이었습니까?”

윌콕스 보안관이 턱살을 떨며 말했다. “없었습니다. 그런데 이 ‘샘 로스’ 라는 이름…… 진짜 이름인가요?”

마일로는 보안관이 베푼 친절에 보답하는 뜻에서 대답했다. “매니 씨, 저희도 녀석의 진짜 이름을 모릅니다. 감시망에 걸릴 때마다 다른 이름이었으니까요. 하지만 놈의 애인은 알지도 모르죠. 지금 어디 있습니까?”

당황한 보안관이 습기 찬 안경을 만지작거렸다. “모텔로 돌아갔어요. 붙잡아 둘 구실이 없었습니다.”

“만나보고 싶군요.”

“레슬리를 보내 다시 데려오겠습니다.” 윌콕스가 다짐하듯 말했다. “그런데 궁금한 게 있습니다만, 선생님 윗사람한테 듣기로는…… 저 남자가 타이거라고 불린다던데, 맞습니까?”

“만일 저기 있는 남자가 우리가 생각한 놈이 맞는다면, 그렇습니다.”

윌콕스가 재미있다는 듯 말했다. “흠, 그닥 호랑이는 아니던데요? 차라리 고양이랄까. 걸음걸이도 이상했어요. 아픈 데라도 있는 건지…….”

마일로의 빈 컵을 보며 윌콕스는 레모네이드를 더 권했다. 경관들이 윌콕스 부인의 음료수에 중독되는 이유를 알 것 같았다. “겉모습에 속지 마세요. 작년 프랑스에서 무슨 일이 있었는지 기억하십니까?”

“대통령 얘기 말인가요?”

“외무장관이었죠. 그리고 독일에서는 이슬람 집단의 우두머리와 관련된 사건이 있었고요.”

“테러리스트 말입니까?”

“종교 지도자였습니다. 자동차가 폭발했죠. 그리고 런던에서는 한 사업가가…….”

“아! 항공사를 사들인 사업가 말이죠?” 윌콕스는 자기가 알고 있는 사건이 언급되자 기뻐하며 외쳤다. “저렇게 별 볼일 없는 남자가 그 사업가를 죽였단 말입니까? 그러니까, 세 사람이나요?”

“작년 사건들 중 놈의 짓이라고 확언할 수 있는 것만 세 건입니다. 놈이 그 바닥에서 활동한 지가 십 년이 넘었죠.” 보안관이 눈썹을 치켜세우자, 마일로는 얘기를 멈춰야겠다고 생각했다. 보안관을 겁먹게 할 필요는 없다. “하지만 말씀드렸다시피, 저 남자가 정말로 타이거가 맞는지는 만나봐야 알 수 있습니다.”

윌콕스 보안관이 주먹으로 책상을 강하게 두드리자 컴퓨터 모니터가 흔들거렸다. “좋습니다. 안내해 드리죠.”

## 2

보안관이 취객 셋과 가정폭력범 둘을 다른 유치장으로 옮긴 터라, 새뮤얼 로스는 창문 없이 철문만 달린 작은 콘크리트 감방에 혼자 갇혀 있었다. 빗장문 너머, 천장의 타오르는 형광등이 좁은 침대와 알루미늄 변기를 비추고 있었다.

그레인저는 강박이라는 단어조차도 타이거를 잡으려는 마일로의 노력을 표현하기에는 부족하다고 말했었다. 마일로는 2001년 오스트리아 빈에서 입은 총상을 회복하고 〈여행업〉을 그만두었다. 그의 동료들은 아프가니스탄 어딘가에 있을 "세상에서 가장 유명한 이슬람교도"를 열심히 쫓았지만, 그는 대신 테러리즘의 "손발"을 찾기로 결심했다. 테러 행위란 대개 투박하고 마구잡이지만, 빈 라덴이나 알-자르카위 같은 이가 특정 인물을 제거하고자 할 때는, 세상의 평범한 사람들이 그렇듯 전문가를 고용한다. 바로 그 암살의 세계에서 타이거 정도의 실력가는 드물었다.

그래서 마일로는 지난 6년간 아메리카 애비뉴에 소재한 〈회사〉 건물 22층의 좁은 칸막이 공간에 앉아 이 한 명의 인간을 쫓아 세계의 온갖 도시들을 뒤졌지만, 체포하는 데는 실패했다.

그런데 지금 눈앞에, 민망하리만치 빈약한 자료 속의 바로 그 인간이 벽에 등을 기댄 채 간이침대 위에 아무렇지도 않게 앉아 있는 것이다. 오렌지색 바지를 입은 다리를 뻗고 양 발목을 꼰 자세로 앉아 있는 새뮤얼 로스. 또는 하마드 알-아바리, 파비오 란제티, 그 밖에 다섯 개의 다른 이름들. 그는 자신을 바라보는 마일로를 의식하지 않은 채, 그저 팔짱을 끼고 앉아 있었다. 마일로가 유치장 안으로 들어갔다.

"새뮤얼." 보안관보가 등 뒤로 철문을 잠그자 마일로가 입을 열었다. 그는 다가가지 않고 멈춰 서서, 남자가 쳐다보기를 기다렸다.

새뮤얼 로스의 얼굴에는 그늘이 짙게 드리워져 있었고 피부가 불빛 때문에 누렇게 물들어 있었지만, 그 얼굴이 사무실에 두고 온 세 장의 사진과 일치함을 마일로는 알 수 있었다. 한 장은 아부다비에서 찍힌, 하얀 터번에 얼굴이 반쯤 가려진 알-아바리의 사진. 두 번째는 밀란의 코르소 셈피오네의 카페에서 붉은 턱수염의 사내와 얘기하고 있는 란제티의 사진. 붉은 턱수염의 정체는 끝내 밝혀내지 못했다. 세 번째는 프랑크푸르트의 이슬람 사원 밖의 CCTV로, 검은 메르세데스-벤츠 밑에 폭탄을 설치하고 있는 것이 찍힌 사진. 지금 눈앞에 앉아 있는 남자의 진한 눈썹, 여윈 뺨, 검은 눈동자, 높고 좁은 이마는 그 세 장의 사진과 일치했다. 사진에서는 콧수염이나 짙은 턱수염이 얼굴을 가리기도 했지만, 지금은 사흘 동안 깎지 못한 턱수염이 광대뼈 위까지 자라 있을 뿐이었다. 조명 탓인지, 햇볕에 벗겨진 피부가 얼룩져 보였다.

마일로가 문가에 서서 말했다. "일단 새뮤얼 로스라는 이름을 사용하도록 하지. 그편이 발음하기도 쉬우니까."

로스는 대답 없이 그저 눈만 깜빡였다.

"내가 왜 찾아 왔는지는 알 거다. 여자 문제랑은 상관없는 일이라는 것도. 미국에는 왜 왔지?"

"Как вас зовут, мудаки?(네 놈은 이름이 뭐냐?)" 로스가 물었다.

마일로는 얼굴을 찡그리며, 내키지 않지만 놈의 의도에 맞춰야 할 것 같다고 생각했다. 게다가 다른 언어를 사용하면 경관들이 대화를 못 알아듣는 이점도 있을 터였다. 그가 러시아어로 대답했다. "나는 미국 중앙정보부(CIA)에서 온 마일로 위버다."

새뮤얼 로스는 마치 세상에서 제일 웃긴 이름이라도 들었다는 듯한 표정을 지었다.

"뭐가 그리 웃기지?" 마일로가 말했다.

로스가 한 손을 들어 올리며 유창한 영어로 대답했다. "미안, 미안. 일단 시도는 해봤지만, 이거 정말로 먹힐 줄은 몰랐네." 지금까지 지나치게 다양한 억양을 구사해 왔던 탓인지, 로스의 영어 억양은 높낮이가 없고 불규칙했다.

"뭐가 먹힐 줄 몰랐다는 건가?"

"다행히 당신이 누군지 아직 기억하고 있어. 요즘에 너무 많은 것들을 까먹거든."

"질문에 답하지 않으면 무력을 사용하겠다. 내겐 법적 권한이 있어."

죄수의 충혈되고 지친 눈이 커졌다.

"네가 위험을 무릅쓰고 미국에 들어올 이유는 하나뿐이다. 이번엔 누구를 제거하려는 거지?"

로스는 뺨의 안쪽을 깨물며 짧게 대답했다. "아마 당신일지도 모르겠군, 〈회사원〉 나리."

"바르셀로나에서부터 널 쫓고 있었다. 너는 렌트한 차를 타고서 멕시코와 댈러스를 거쳐 애인을 만나러 뉴올리언스로 갔지. 태풍 카트리나 속에서 그녀가 무사했는지 걱정이라도 됐나? 너는 거기서 여권을 파비오 란제티의 것으로 바꾸더니, 미시시피 주에서는 또다시 원래 것을 사용했지. 여권을 바꿔가며 사용하는 것은 영리한 수법이지만 완벽하진 않아."

로스는 고개를 갸웃거리며 말했다. "그래. 당신이라면 그 사실을 잘 알겠지."

"내가 잘 안다고?"

새뮤얼 로스는 손가락으로 마른 입술을 닦아내며 기침을 억눌렀다. 목에서 가래 끓는 소리가 났다. "당신에 대해서 들은 게 많거든, 마일로 위버 씨. 그거 말고도 이름들이 많잖아. 그렇지, 알렉산더." 로스가 마일로를 가리켰다. “그게 나한테 제일 익숙한 이름이야. 찰스 알렉산더.”

“무슨 말인지 모르겠군.” 마일로가 태연하게 말했다.

“당신 이력이 꽤 길더군.” 로스는 말을 이어갔다. “재미있는 이력이야. 당신은 〈여행객〉이었지.”

마일로는 어깨를 으쓱했다. “휴가 중에 여행을 하는 게 뭐가 이상한가?”

“2001년을 기억하나? 무슬림 놈들이 상황을 엉망으로 만들기 전인 그때의 암스테르담을 말이야. 그때만 해도 걱정거리는 당신처럼 정부에서 일하는 사람들뿐이었는데 요즘은…….” 로스는 머리를 흔들었다.

마일로는 2001년을 다른 어떤 해보다도 잘 기억하고 있었다. “암스테르담에는 가본 적도 없다.”

“당신 참 묘한 친구야, 마일로 위버. 많은 사람들의 자료를 봤지만 당신은…… 당신 이력에는 ‘구심점’이란 게 없어.”

“구심점?” 마일로는 로스에게 두 발자국 가까이 다가갔다. 팔을 뻗으면 닿을 거리였다.

로스의 눈꺼풀이 충혈된 눈 위로 처졌다. “당신의 행위들을 연결하는 하나의 ‘동기’라는 게 없다는 거야.”

“당연히 있지. 좋은 자동차와 여자. 네 놈의 동기는 그런 게 아닌가?”

새뮤얼 로스는 그 말이 마음에 드는 듯, 다시금 입을 닦으며 웃는 얼굴을 가렸다. 그의 뺨은 햇볕에 그을렸고 눈은 젖어 있었다. 어딘가 아파 보였다. “혼자 잘 먹고 잘 사는 것은 당신의 동기가 아니야. 그랬다면 여기가 아닌 다른 곳에 있었겠지. 예를 들면, 모스크바. 거기서는 자기네 요원들을 잘 챙겨주니까. 아니, 최소한 요원들이 스스로를 챙길 줄 알지.”

“그 말은 네가 러시아인이라는 뜻인가?”

로스는 질문에 대답하지 않고 말을 이었다. “당신은 그냥 이기는 편에 있고 싶었던 건지도 모르겠군. 사람들은 역사의 흐름에 따라 움직이려 하지만, 역사라는 건 믿을 게 못 돼. 한때는 신성한 돌기둥이었던 것도 시간이 흐르면 하찮은 돌덩이가 되어버리는 법이지. 그렇지만……." 로스가 고개를 흔들었다. "그렇군. 지금 당신에게 소중한 것은 가족이야. 그러면 이해가 가지. 당신의 아내와 딸…… 티나, 그리고 스테파니였던가?"

무심결에, 마일로는 과격한 동작으로 로스의 셔츠 단추를 잡아채어 그를 간이침대에서 끌어 올렸다. 가까이서 보니 로스의 메마르고 벗겨진 얼굴은 분홍색 상처투성이였다. 그것은 햇볕에 그을린 흔적이 아니었다. 마일로는 로스의 얼굴을 붙들기 위해 다른 손으로 그의 턱을 움켜잡았다. 로스의 숨에서 악취가 났다. "함부로 내 가족을 끌어들이지 마라." 마일로가 붙잡은 손을 풀자, 로스는 간이침대로 떨어지며 머리를 벽에 부딪혔다.

상황은 마치 심문자와 피심문자의 입장이 뒤바뀐 꼴이었다.

"대화 좀 하려고 했던 것뿐이야." 로스가 뒷머리를 문지르며 말을 이었다. "알겠지만, 내가 여기 온 이유는 당신을 만나기 위해서라고."

마일로는 로스의 말에 반응하지 않고 문가로 향했다. 이대로 유치장에서 나가버림으로써, 상대가 원하는 것 하나를 수포로 만들 셈이었다.

"어디 가는 거야?"

로스의 걱정스러운 목소리가 들리자, 마일로는 자신의 시도가 성공했음을 깨달았다. 그가 감방의 문을 두드리자, 보안관보 한 명이 자물쇠를 풀기 시작했다.

"기다려!" 로스가 외쳤다. "정보가 있어!"

마일로가 문을 흔들어 열자 로스가 다시 외쳤다. "기다려!" 마일로는 멈추지 않고 유치장을 걸어 나갔다. 보안관보가 철문을 닫았다.

# 3

무더운 한낮의 열기를 받으며 마일로는 〈회사〉에서 새로이 지급받은 노키아 휴대폰을 만지작거렸다. 사용법을 완전히 터득하지 못한 탓에, 전화번호를 검색하는 데 시간이 걸렸다. 보안관 사무실 옆에 주차된 경찰차와 죽은 관목 사이에서, 그는 먹구름에 뒤덮이는 하늘을 바라보았다. 전화를 받은 그레인저의 목소리가 날카로웠다. "뭐야?"

그것은 마치 성질 나쁜 사람이 잠을 방해받았을 때 짜증을 내는 듯한 목소리였지만, 지금 시간은 정오였다. "확인했습니다. 녀석이 맞아요."

"좋아. 놈이 특별한 말은 안 했나?"

"별말 없었습니다. 아, 저를 도발하더군요. 저에 관한 자료라도 읽었나 봅니다. 티나와 스테파니를 알고 있었어요."

"맙소사. 그걸 어떻게 알았지?"

"놈의 애인이 뭔가 알고 있을지도 모릅니다. 경관들이 지금 데리러 갔어요." 마일로는 말을 멈췄다. "그런데 아파 보였습니다. 병이라도 걸린 것 같았어요. 이동시키는 것이 가능할지 모르겠습니다."

"무슨 병이지?"

"아직 모르겠습니다."

그레인저가 한숨을 쉬었다. 마일로는 에어론 체어에 앉은 그레인저가 창문을 통해 맨해튼의 스카이라인을 바라보는 모습을 떠올렸다. 반면 마일로의 눈앞에는 블랙데일의 간선도로를 따라, 먼지 낀 희미한 벽돌 건물들이 늘어서 있었다. 건물들의 절반은 휴업 중이었고 독립기념일 깃발이 걸려 있었다. 그는 갑작스럽게 부러움을 느꼈다. "한 시간 줄 테니 놈이 사실을 털어놓게 하도록." 그레인저가 말했다.

"진담입니까?"

"진담이야. 본부에서 어떤 멍청한 녀석이 공개 서버로 이메일을 돌리는 바람에 국토안보부에서 항의가 들어왔어. 둘러대느라고 30분 동안 진땀 뺐다고. '관할권' 이란 단어를 한 번만 더 들으면 졸도해 버릴 지경이야."

보안관보 하나가 경찰차의 시동을 걸자, 마일로는 뒤로 물러서며 보안관 사무실의 정문 쪽으로 걸어갔다. "놈의 애인으로부터 뭔가 얻을 수 있기를 바라야죠. 무슨 놀이를 하려는 속셈인지 모르겠지만, 책잡을 거리를 찾지 못하면 제가 그 놀이를 주도하지는 못할 겁니다. 협박이라도 하면 모르겠지만요."

"협박하는 것은 가능하겠나?"

마일로는 방금 떠난 경찰차를 대신해 다른 경찰차가 그 자리에 들어오는 것을 지켜보며 생각했다. 윌콕스 보안관이라면 마일로가 무력을 쓰더라도 눈감아 줄지 모른다. 하지만 순진해 보이는 보안관보들은 확실치 않았다. "일단 그 여자를 만나 본 다음 생각해 보죠."

"아침부터 국토안보부가 시끄럽게 굴지만 않았어도 자네더러 놈을 빼내서 이쪽으로 보내라고 했을 텐데 말이지. 하지만 선택의 여지가 없군."

"국토안보부에서 이번 건을 공동으로 처리하려 하지 않을까요?"

그레인저가 말했다. "흠, 나는 그러고 싶지 않아. 국토안보부에서 놈의 신병을 원하면 순순히 내주도록 해. 하지만 놈이 자네에게 말하는 정보는 전적으로 우리 것이야. 알겠나?"

"알겠습니다." 마일로는 콧수염의 레슬리 보안관보가 경찰차에서 내리는 것을 보았다. 그는 캐시 헨드릭슨을 데리러 갔다가 혼자 돌아온 듯했다. "다시 연락드리죠." 마일로는 전화를 끊었다. "여자는 어디 있습니까?"

레슬리는 손에 쥔 챙 넓은 모자를 초조한 듯 빙빙 돌렸다. "체크아웃 했답니다. 지난 밤 늦게, 풀려난 지 몇 시간 후에요."

"알겠습니다. 고마워요."

다시 사무실 안으로 들어오며, 마일로는 집에 전화를 걸었지만, 이 시간에는 아무도 받지 않으리라는 것을 알았다. 티나는 마일로가 늦을 것이라는 낌새를 채고 직장에서 음성녹음 메시지를 확인할 것이다. 마일로는 스테파니의 공연을 못 봐서 미안하다는 내용의 짧은 메시지를 남겼지만 죄책감을 과장하지는 않았다. 그는 다음 주에 온 가족이 함께 디즈니 월드에 갈 테니, 오늘의 잘못을 충분히 보상해 줄 수 있으리라고 생각했다. 마일로는 티나에게 스테파니의 생부生父인 패트릭을 공연에 초대하라고 제안했다. "그리고 비디오로 찍어 줄래? 나중에라도 볼 수 있게."

휴게실에서는 윌콕스가 음료수 자판기와 씨름을 하고 있었다. 마일로가 말했다. "보안관님은 레모네이드만 마시는 줄 알았는데……."

윌콕스가 헛기침을 하며 말했다. "레몬은 이제 지긋지긋해요." 그는 마일로를 향하여 두꺼운 손가락을 흔들었다. "마누라한테는 말하지 말아요. 그러시면 저 화낼 겁니다."

"계약을 합시다." 마일로가 가까이 다가갔다. "부인께 비밀로 해 드릴 테니, 죄수와 한 시간만 혼자 있게 해주시죠."

윌콕스는 자세를 바로 하고 뒤로 돌아서, 마일로를 뚫어지게 내려다봤다. "그러니까, 혼자라는 게…… 죄수랑 단둘이요?"

"네, 보안관님."

"그래도 괜찮을까……."

"괜찮아요."

윌콕스는 살찐 목덜미를 긁었다. 베이지색 칼라가 땀에 절어 갈색이 되었다. "저기, 신문에서 선생님들을 못 잡아먹어서 안달이잖아요. 매일

기자 놈들이 CIA 부정부패에 대해 떠들어대고…… 그러니까…… 제 말은 저야 입 다문다 쳐도 이런 작은 동네라는 게……."

"걱정하지 마십시오. 제가 알아서 하겠습니다."

매니 보안관이 입술을 오므렸다. 커다란 코가 일그러졌다. "국가안보 사안이라 이거죠?"

"네, 보안관님. 상당히 국가적이고 안보적인 사안이죠."

# 4

마일로가 유치장으로 돌아오자, 새뮤얼 로스는 기다렸다는 듯 몸을 일으켜 앉았다. 마치 힘이 불쑥 솟아나는 듯 보였다. "다시 만나 반가워." 철문이 닫히자 로스가 말했다.

"나에 관한 자료는 누구한테서 얻었나?"

"친구. 아니, 한때 친구였던 녀석." 로스가 말을 멈췄다. "사실 지금은 천적이야. 그 자식 때문에 진짜 골치 아프다니까."

"내가 아는 사람인가?"

"나도 사실 누군지 몰라. 만난 적이 없거든. 연락은 다른 사람을 통해서 했으니까."

"고객이로군."

로스가 웃음을 짓자 그의 메마른 입술이 갈라졌다. "맞아. 그가 당신에 관한 자료를 줬지. 수고에 대한 일종의 답례라면서 말이야. 암스테르담에서 일을 망친 게 댁이라고 하더군. 그리고 당신이 나를 담당한다는 얘기도 들었지. 내가 여기 온 건 바로 그것 때문이야."

"네가 여기 온 건," 마일로가 유치장 한가운데로 걸어가며 말했다. "이런 꼴이 될 것도 모르고 여자를 때렸기 때문이다."

"정말 그렇게 생각해?"

마일로는 대답하지 않았다. 방금의 설명이 별로 그럴듯하지 않음을 그는 스스로도 알고 있었다.

"내가 여기 온 것은," 로스가 콘크리트 벽을 향해 손을 흔들며 말했다. "마일로 위버, 즉 한때 찰스 알렉산더였던 남자와 얘기를 나누고 싶었기 때문이야. 당신이 유일했지. 내 일을 망친 유일한 〈회사원〉. 그래서 당신에 대해 존경심이 생겼어."

"암스테르담에서 말인가?"

"그래."

"재미있군."

"재미있다고?"

"6년 전 암스테르담에서 나는 각성제에 취해 있었다. 제정신이 아니었지. 뭘 하고 있는지도 제대로 의식하지 못했어."

로스가 마일로를 쳐다보며 눈을 깜빡였다. "정말인가?"

"자살을 하려고 했다. 네가 퍼붓는 총알 속으로 걸어 들어가 목숨을 끊으려 했지."

로스는 새로 알게 된 이 사실에 대해 곰곰이 생각했다. "이거, 내 실력이 생각보다 별로였거나, 댁이 굉장한 실력자인 게로군. 취해서 눈을 가리고도 날 이길 수 있을 만큼 말이야. 역시 내가 사람을 잘 봤어. 나의 존경을 받을 만해. 큰 영광인 줄 알라고."

"나와 얘기를 나누고 싶었다면, 왜 전화를 걸지 않았나?"

새뮤얼 로스는 고개를 흔들었다. "그쪽에서 내가 누군지 확인할 길이 없잖아. 전화를 했다면 담당 직원이 한 시간은 이것저것 캐물었을 거고, 설령 전화 연결해주기로 결정했다고 해도 톰 그레인저라는 작자에게 보고했을 테지. 결국은 부서 전체가 개입하게 됐을 거야. 하지만 난 당신하고만 얘기하고 싶었거든."

"다른 손쉬운 방법도 있었을 텐데? 돈이 덜 드는 방법 말이다."

"돈 같은 건 이제 중요치 않아." 로스가 차분히 대답했다. "게다가 이게 더 재미있잖아. 최후의 술래잡기를 하고 싶었달까. 당신이 못 쫓아올 만큼 난이도가 높지 않지만, 댈러스에 도착했을 때 FBI나 국토안보부에 걸릴 만큼 쉽지도 않은 술래잡기. 그래서 당신이 찾아낼 만한 발자국들을 미국 밖에서부터 남겨놨던 거야. 당신이 몇 년 전부터 나를 담당하고 있다는 걸 알았으니까. 그리고 나를 따라 거대한 미국을 누비도록 일을 꾸몄지. 워싱턴까지, 아니, 당신 집이 있는 브루클린까지 가고 싶었지만 그러지는 못했어. 계획이란 게 그렇다니까. 당신을 더 멀리 끌고 다니면서 일을 좀 시키고 싶었는데 말이지."

"왜 여기서 붙잡힌 거지?"

"시간이 있었다면 지금 술래잡기를 끝내지 않았을 거야. 제대로 된 첩보원들은 상대가 말한 걸 곧이곧대로 믿으면 안 된다고들 생각하잖아? 그들은 상대를 두들겨 패서 정보를 빼내거나, 가능하다면 상대가 무의식적으로 정보를 흘리도록 유도하지. 하지만 유감스럽게도 시간이 없었어. 그래서 블랙데일 촌구석에서 이렇게 직설적으로 얘기하는 거야. 내일이면 나는 여기 없을 테니까."

"어디로 간다는 건가?"

로스의 얼굴에 또다시 웃음이 떠올랐다.

마일로는 그의 말을 믿고 싶지 않았다. 놈이 사흘 동안 자신을 갖고 놀았다는 사실을 인정하고 싶지 않았던 것이다. "그렇다면 캐시 헨드릭슨이라는 여자는 뭐지?"

"그냥 연기자야. 아, 상처는 진짜였어. 돈을 많이 줬지. 그 여자는 아무것도 몰라." 그때 갑자기 로스는 헐떡거리며 구역질과 기침을 해댔다. 진정이 되자 그는 자신의 손을 바라봤다. "이거, 생각보다 빨리 왔군." 그는 피로 범벅된 손바닥을 마일로에게 보였다.

"뭐가 말인가?"

"죽음 말이야."

마일로는 타이거의 얼굴을 바라봤다. 남부의 여러 주들을 질주하느라 지친 탓에 나타난 증상이라고 믿고 싶었지만, 그게 아니었다. 충혈된 눈,

피로감, 그리고 피부. 누렇고 창백한 얼굴빛은 조명 탓이 아니었다. "진단은?"

"에이즈."

"그렇군."

로스는 마일로의 동정심 없는 반응에 개의치 않았다. "스위스에 있을 때 병원에 갔었어. 취리히의 히어스란덴 클리닉이라는 병원이야. 확인하려면 해 봐. 하마드 알-아바리라는 이름으로 기록됐을 테니. 스위스 놈들, 머리가 좋던데. T세포의 수를 세서 바이러스 생장률을 조사하는 새로운 기술을 사용해서 언제 감염됐는지 알아내더군. 감염 시기는 5개월 전, 그러니까, 2월이었어. 그때는 밀란에 있었지."

"밀란에서 뭘 했나?"

"누굴 좀 만났지. 아까 얘기한 고객의 알선자. 얀 클라우스너라는 이름이었지만 독일어나 체코어를 사용하지는 않더군. 억양으로 보건데, 네덜란드 출신일 거야. 40대 중반. 특징은 붉은 턱수염."

마일로는 파비오 란제티의 사진을 기억했다. 밀란, 코르소 셈피오네, 붉은 턱수염의 남자. "너와 그가 같이 있는 사진을 봤다."

"좋은 소식이군."

"그가 일을 줬나?"

"몇 년간 그로부터 일을 받았지. 처음 일거리를 받은 것은 6년 전이었어. 암스테르담에서 그 일이 있고 얼마 안 됐을 때. 좀 놀랐지. 실패한 게 알려져서 일거리가 궁해질 거라고 걱정했었거든. 그런데 얀이 나타난 거야. 일은 1년에 한두 번꼴로 부정기적이었지만 벌이는 좋았어. 마지막 일은 1월, 수단의 하르툼. 표적은 물라 살리 아마드."

마일로는 기억을 더듬었다. 수단. 1월.

선동적 알카에다 지지 발언으로 알려진 명망 있는 이슬람 급진파 지도자 물라 살리 아마드가 1월에 실종됐다. 이틀 후, 교살된 그의 시체가 자택 뒷마당에서 발견됐다. 그 소식은 국제 뉴스에 5분 정도 방송되다가, 수단 서부 다르푸르 지역의 끝나지 않은 내전에 금세 바통을 넘겼다. 그러나 수단에서는 사건의 여파가 아직도 대단했다. 비난의 화살이 오마르 알바시르 수단 대통령에게 쏟아졌다. 그는 자신을 비판하는 사람들을 세상의 이목으로부터 멀리 떨어뜨리거나 감옥에 감금하는 것으로 악명이 높았다. 총으로 무장한 전투 경찰들이 연이어지는 시위를 진압했으며, 지난달에는 40명이 넘는 사람들이 시위 중 사망했다.

"누가 고용했지?"

로스는 힘이 다 떨어진 듯 보였다. 초점을 잃은 그의 눈동자는 마일로를 지나쳐 허공을 응시하고 있었다. 국토안보부 요원들이 SUV를 타고 테네시의 먼짓길을 질주해 오는 광경이 떠올랐지만, 마일로는 로스의 무아지경을 방해하지 않았다.

이윽고 로스가 고개를 흔들었다. "미안. 의사들 말로는 에이즈치매증후군이라더군. 정신을 놓기도 하고, 뭘 자꾸 까먹어. 걷기도 힘들어." 그는 어렵사리 침을 삼켰다. "어디까지 얘기했더라?"

"물라 살리 아마드. 그를 제거하도록 고용한 게 누구지?"

"아, 그렇지!" 고통스럽게 몸을 떨면서도, 로스는 기억을 떠올릴 수 있다는 것에 기뻐하며 말했다. "고용한 게 누군지 나도 몰라. 얀 클라우스너라는 알선자가 있었어. 아마도 네덜란드 출신에, 붉은 턱수염을 한 남자." 로스는 자신이 이미 한 말을 반복하고 있음을 깨닫지 못했다. "고용주에 대해서는 알려 주지 않아. 나도 뭐, 돈만 받으면 그걸로 오케이니까. 그런데 물라 살리 아마드 건에서는 의뢰인이 액수를 속였어. 약속한 액수의 3분의 2만 주더라고. 클라우스너 말로는 내가 지시를 따르지 않아서 그랬다더군. 시신에 중국 한자를 찍어 남기라는 지시 말이야."

"중국 한자?" 마일로가 말을 자르며 물었다. "그건 무슨 얘기지?"

"좋은 질문이지만 나도 자세한 건 들은 게 없어. 클라우스너는 왜 시킨 대로 안 했는지 묻기만 했지. 금속 세공소에 가서 낙인을 만들기는 했어. 그런데 수단에 그쪽 전문가가 부족해서 그런지 완성된 낙인을 보니까, 글쎄, 알루미늄이더라고. 그러니 어땠겠어? 불에 달궜더니, 새겨진 한자가 녹아 없어져 버린 거지.” 로스는 한 번에 여러 단어를 내뱉기가 힘들다는 듯 다시 기침을 했다. “아무튼 클라우스너는 그것 때문에 고용주가 돈을 다 주지 않은 거라고 설명하더군.” 로스가 다시 기침을 했다.

마일로는 재킷에 손을 넣어 작은 술병을 꺼냈다. “보드카 마시겠나?”

“고마워.” 암살자는 보드카를 벌컥벌컥 들이켜더니, 급기야 오렌지색 죄수복 위로 피를 토해냈다. 하지만 그는 보드카 병을 놓지 않았다. 로스는 한 손가락을 들어올린 채 기침이 잦아들기를 기다렸다. “얘기의 속도를 빨리 해야겠군.”

“무슨 의미의 한자였나?”

“ ‘약속한 대로 끝이다.’ 정도의 뜻이었어. 괴상하지?”

마일로가 고개를 끄덕였다.

“그냥 넘어갈까 하고도 생각했어. 그런데 아무래도 좋은 마무리가 아니겠더라고. 내가 고객한테 속고도 그냥 넘어갔다는 게 알려지면…….” 로스가 피로 얼룩진 입술을 닦았다. “무슨 말인지 알겠지?”

“물론.”

로스가 다시 기침을 했다. 이번에는 심하지 않았다. “어쨌든 그때 당연하게도 이번 건이 중국과 관련됐을 거라 생각했어. 중국이 수십억을 수단의 원유에 투자했고 수단 정부에 총기까지 제공했지. 그렇게 투자를 했는데 무슨 일이 일어나면 안 되잖아? 그런데, 웬걸. 신문을 보니까 다들 대통령이 한 짓이라고 그러더군. 대통령이 오랫동안 물라 살리 아마드를 괴롭혀 왔으니까 말이야. 그래서 이거다! 하고 생각한 거야. 저 대통령이야 클라우스너 배후의 고객이었구나 하고 말이야. 적어도 이번 건에서는.” 로스는 눈을 몇 번 깜빡였다. 마일로는 로스가 다시 정신을 놓을까 봐 염려했지만, 그는 곧 다시 정신을 차렸다. "난 일할 때 좀 충동적인 편이야. 보통은 충동이 실패를 초래하겠지만, 나는 충동을 잘 다룰 줄 알지. 이런 일을 하는 데는 순발력 있는 판단이 중요하잖아?"

마일로는 반박하지 않았다.

"알바시르 대통령은 카이로에서 해외순방 중이었어. 그래서 나도 충동적으로 비행기를 타고 그리로 갔지. 숙소는 경비가 삼엄한 화려한 저택이었어. 하지만 이 타이거 님께는 아무것도 아니었지. 경비를 뚫고 깊숙이 안으로 들어갔어. 대통령은 다행히 혼자 침실에 있더군. 그래서 물어봤지. '오마르, 왜 돈은 떼먹고 그러나?' 그런데 말이야, 20분 동안 장황하게 얘기하다 보니, 대통령은 진짜 아무것도 모르더라는 거야. 그가 아마드의 죽음을 바란 것은 맞아. 눈엣가시 같은 존재였으니까. 하지만 실제로 암살을 지시했는가 물어본다면," 로스는 고개를 흔들었다. "유감이지만 아니야. 그래서 나는 그대로 바람처럼 그곳을 빠져나왔지."

로스는 보드카를 한 모금 들이켜고, 혀끝에서 잠시 음미하다 목구멍으로 내려 보낸 뒤, 술병을 보며 물었다. "러시아 산?"

"스웨덴."

"좋은데."

마일로는 로스가 말을 이어가기를 기다렸다.

약을 복용하듯 보드카를 다시 한 모금 마신 후 로스가 말했다. "찬찬히 생각해 본 끝에 고객 대신에 얀 클라우스너를 찾아보기로 했어. 주위의 아는 사람들 도움을 받아서 조사를 좀 했지. 그리고 마침내 얀 클라우스너가 허버트 윌리엄스라는 미국인 신분으로 파리에 거주하고 있다는 걸 알아냈어. 입수한 주소로 찾아갔지만 당연하게도 가짜 주소더라고. 그런데 그게 치명적인 실수였어. 놈을 찾고 있는 내 모습이 발각되었던 거지. 일주일 후에 얀, 아니, 허버트라고 할까? 아무튼 그 녀석이 연락을 했어. 때는 2월이었지. 밀란으로 와서 나머지 돈을 받아가라고 하더군. 고용주께서 잘못을 뉘우친다고 말이야."

"그래서 밀란으로 갔군." 마일로는 자신도 모르게 흥미를 느끼며 말했다.

"그때만 해도 돈이 중요했으니까." 로스의 웃음은 이제 지쳐 보였다.

"일은 순조로웠어. 2월 14일, 카페에서 얀 클라우스너를 만났지. 유로가 가득 든 쇼핑백을 주더라고. 뿐만 아니라 사과의 뜻으로 한때 찰스 알렉산더였던 마일로 위버에 관한 자료까지 줬지. '지난 5년간 당신을 쫓아다닌 천적이야.' 라고 말하더군." 로스는 얼굴을 찌푸렸다. "왜 그랬을까, 마일로 씨? 왜 나한테 당신에 관한 자료를 줬을까? 집히는 거 없어?"

"전혀."

로스는 의아하다는 듯, 눈썹을 씰룩거렸다. "나중에 스위스 병원에서 HIV 감염 시기를 들었을 때 문득 깨달았어. 그 카페에는 금속 의자들이 있었지. 알루미늄으로 보기 좋게 만들어진 의자들 말이야. 그런데 당시 커피를 마시던 중 의자에서 뭔가 따끔한 게 느껴졌었어. 여기에." 로스는 오른쪽 허벅지 아래를 만졌다. "그 물체가 바지를 뚫고 다리를 찔렀지. 나는 제조상의 결함 때문에 의자의 쇳조각이 튀어나와서 그런 거라고 생각했어. 피까지 났지." 로스는 기억을 떠올리며, 재미있다는 듯 머리를 흔들었다. "클라우스너가 웨이트리스한테 고래고래 소리를 질렀어. 자기 친구, 그러니까 내가 카페를 상대로 소송을 할 거라면서 말이야. 그때 웨이트리스가 참 예뻤는데. 밀란에서는 웨이트리스들이 예쁘단 말이야. 결국 내가 상황을 진정시켰어."

"그것이 감염 경로라고 생각하나?"

로스는 힘들게 어깨를 으쓱했다. "다른 경로가 없잖아? 자료를 봐서 알겠지만, 나는 금욕주의라 섹스도 안 하고, 약을 하기 위해 주사바늘을 쓰지도 않으니까."

마일로는 고민하다가 결국 사실대로 말했다. "너에 대한 자료가 얼마 없다."

"아하!" 암살자는 그 말에 기분이 좋은 듯했다.

심문하는 내내 마일로는 유치장 한가운데 서 있었다. 문득 그 위치가 어색하게 느껴졌는지, 그는 로스의 발 옆으로 간이침대 발치에 걸터앉았다. 로스의 윗입술로 가느다란 콧물 자국이 반짝거렸다. "클라우스너의 고용주가 누구라고 생각하나?"

로스는 마일로를 쳐다보며 골똘히 생각했다. "알 수 없어. 클라우스너가 주는 일들에는 공통점이 없었으니까. 마치 당신의 이력과도 비슷했지. 클라우스너, 또는 윌리엄스가 대리하는 집단이 여러 개가 아닐까 늘 궁금했어. 하지만 고민 끝에 내린 결론은, 하나라는 거야." 극적 효과를 위해서인지 로스가 말을 잠시 멈췄다. "바로 전 세계적 지하드를 위한 이슬람 세력."

마일로는 머뭇거리다가 말을 내뱉었다. "그 점이 꺼림칙한가?"

"마일로 씨, 나는 장인이야. 내 관심사는 일의 실행가능성 뿐이라고."

"네 말대로라면 이슬람 테러리스트들이 자기들 동료인 물라 살리 아마드를 제거하라고 의뢰했다는 것인가?"

로스는 고개를 끄덕였다. "공적인 살인과 사적인 살인은 목적이 달라. 당신이 누구보다 잘 알잖아? 알카에다가 할 줄 아는 게 폭탄을 든 꼬마들을 순교자의 천국으로 보내는 것밖에 없다고 생각하진 않겠지? 그렇지 않잖아. 수단에서의 일은 처음엔 나도 잘 이해가 안 갔어. 그래서 한번 지켜봤지. 그랬더니, 이런, 지금 승리하고 있는 편이 어딘지 보라고. 다르푸르는 잠시 제쳐두고 수도 하르툼을 생각해 봐. 바로 이슬람 급진파들이 이기고 있어. 예전과는 비교도 안 될 만큼 대중들의 지지를 얻고 있는 거야. 아마드의 죽음은 그들에게 엄청난 선물인 셈이지. 시신에 중국 한자가 찍혔더라면 대통령을 지원한 중국 투자자들도 비난할 수 있었을 테니 금상첨화였겠지만." 로스는 고개를 흔들었다. "수단엔 이슬람 천국이 도래할 거야. 다 내 덕택이지."

이 새로운 정보는 마일로를 매우 흥분시켰지만, 그는 그것을 얼굴에 드러내지 않았다. 마일로는 로스의 말들 중에서 특별히 중요한 것은 없다는 듯, 차분하게 심문을 진행하고 있었다. "이해가 안 되는 게 있다. 너는 5개월 전 스위스의 병원에서 HIV에 감염된 것을 알았고, 지금 죽어가고 있다. 왜 항레트로바이러스 치료를 받지 않았지? 그렇게 하면 수십 년은 그럭저럭 살 수 있을 텐데."

로스가 거꾸로 관찰자의 입장을 취하며 마일로의 얼굴을 살폈다. "정말로 나에 대한 자료가 별로 없나 보군." 이윽고 로스가 다시 입을 열었다. " '믿음의 과학이 수원水原을 맑게 하여 물줄기를 정화한다.' "

"누가 한 말인가?"

"당신은 종교를 믿나? 가족을 따라서 믿는 거 말고 말이야."

"믿지 않는다."

로스는 그 말을 듣고 짐짓 진지해졌다. 마치 마일로와 자신의 길 중 어느 것이 나은지 자문하는 듯했다. "힘든 문제야. 신앙이란 하기 싫은 것을 강요하니까."

"아까의 인용문은 누구의 것이지?"

"메리 베이커 에디(Mary Baker Eddy: 크리스천 사이언스 교의 창시자). 나는 크리스천 사이언스(기독교 교파의 하나. 물질세계는 실재가 아니며 병도 기도만으로 치유할 수 있다고 믿음) 신자야." 로스는 다시 어렵사리 침을 삼켰다.

"놀랍군." 마일로가 말했다.

"놀란 것 같군. 하지만 놀랄 필요 있나? 천주교를 믿는 깡패들도 많잖아? 이슬람교 살인자들은 또 어떻고? 유대교 율법을 신봉하는 죽음의 천사들은? 그러니 놀라지 말라고. 나의 삶은 교회의 가르침에 반할지언정 나의 죽음은 그렇지 않아. 신이 나의 죽음을 결정한 거니까. 당연한 결말이지. 내가 신이었다면 더 일찍 그런 결정을 내렸을 거야." 그는 말을 멈쳤다. "물론, 스위스 의사들은 내가 제정신이 아니라고 생각했어. 치료를 받도록 강요했지. 하지만 나는 나무 아래에서 무릎을 꿇고 기도만 했어. 기도의 힘은 내 육신을 구원하지 못하더라도, 영혼은 구원할 거야."

"메리 베이커 에디가 복수에 대해서는 뭐라고 하던가?" 마일로는 로스의 예기치 못한 설교에 기분이 언짢았다. 이런 현상은 타이거와 같은 살인자들에게 흔히 나타난다. 섹스를 포함한 모든 인간적 유대를 기피하며 스스로를 고립시키는 자들. 그렇기에 주변에 그들의 생각을 반박하거나, 그들의 말이 지혜로운 것이 아님을 알려줄 사람들이 없는 것이다. 마일로가 밀어 붙였다. "그것이 나를 만난 이유인가? 너를 이 지경으로 만든 자에게 내가 대신 복수하게끔 하려고?"

로스는 잠시 생각하더니 관절에 피가 묻은 손가락을 들어 올리며 낮게 읊조렸다. " '죄, 욕정, 증오, 질투, 위선, 복수 안에 생명이 있다고 생각하는 것은 크나큰 잘못이다. 생명과 진실, 또는 그것들에 대한 생각은 사람을 질병, 죄악, 죽음에 빠지게 하지 않는다.' " 로스는 손을 내렸다. "복수는 생명을 갖지 않아. 하지만 정의는 생명을 갖지. 알겠어? 내가 놈에 대해 아는 것은 모두 당신한테 알려줬어. 많지는 않지만 당신은 머리가 좋으니까 그 정도 실마리라면 놈을 찾아낼 수 있을 거야."

"돈에 대해 얘기해 볼까?" 마일로가 말했다. "클라우스너가 어떻게 돈을 전달했지? 항상 쇼핑백에 담아서 줬나?"

"아니, 그렇지 않아." 로스는 마일로의 질문을 반기며 말했다. "보통은 은행에서 찾았어. 계좌에 입금된 돈을 찾아오는 방식이었지. 은행과 계좌 명의는 늘 달랐지만, 새뮤얼 로스라는 이름으로 내가 공동소유자로 등록되어 있었어."

마일로는 로스를 바라봤다. 로스의 마지막 소원은 지금까지 수많은 사람들의 목숨을 앗아간 암살자의 것으로서 어울리지 않는 것이었다. "결국 클라우스너라는 자는 너를 처리함으로써 내 일을 거들어 준 셈이군. 어쩌면 그는 나와 같은 편일지도 모른다."

"그렇지 않아." 로스는 주장을 굽히지 않았다. "이건 내 의지로 이루어진 거야. 나는 취리히에서 아무도 모르게 죽을 수도 있었어. 그게 보기에도 좋잖아. 하지만 나는 그 대신 당신을 돕기로 한 거야. 이제는 당신이 나를 도와야 해. 당신은 〈여행객〉이니까 놈을 잡을 수 있을 거야."

"나는 이제 〈여행객〉이 아니다."

" '난 이제 살인자가 아니다' 라고 말하는 거랑 다를 게 없군. 당신이 이름을 바꾸건, 업무를 바꾸건, 또는 중산층 패밀리맨이 되건, 달라지는 건 아무것도 없어."

그렇게 말함으로써 로스는 스스로도 알지 못한 채 마일로 위버가 가장 두려워하는 부분을 건드렸다. 마일로는 자신의 두려움이 드러나기 전에 화제를 바꿨다. "통증이 있나?"

"아주 아파. 여기랑 여기." 로스는 가슴과 사타구니를 가리켰다. "혈관에 쇳조각이라도 들어간 느낌이야. 내가 말한 것들은 다 기억하겠지?"

"한 가지 더 알려줘야 할 게 있다."

"할 수 있다면."

그것은 한때 타이거의 총알 속에서 목숨을 끊으려 했던 마일로가 전력을 다해 타이거를 추적하기로 결심한 6년 전부터 품어왔던 의문이었다. 그는 타이거에 관한 여러 가지를 파악해 왔다. 1997년 11월 알바니아에서 있었던 타이거의 공식적인 첫 번째 암살도 그중 하나였다. 암살대상은 "아드리안 무라니"라는 시네발라 공동체의 우두머리인 30세 남성. 사람들은 무라니가 지배층인 신新공산주의자들에 의해 살해되었다고 생각했다. 유독 그 해 알바니아에서는 갑작스럽게 죽은 인사들이 많았는데, 무라니의 경우는 국외자인 타이거가 암살자로 고용되었던 것이다. 그 후 이어진 암살들로부터 물질적 증거와 증언들이 더욱 축적되어 왔지만, 마일로는 암살자에 관한 가장 초보적인 수수께끼를 풀지 못했다. 바로 타이거의 신원이었다. "너는 도대체 누구인가? 우리는 너의 진짜 이름을 파악하지 못했어. 국적조차 모른다."

타이거는 얼굴에 홍조를 띠며 웃었다. "내가 이긴 셈이군."

마일로는 타이거의 탁월함을 인정했다.

"대답은 당신들의 문서 안에 있어. 아메리카 애비뉴에 있는 〈회사〉 건물 어딘가에 말이지. 나와 당신의 차이는 일을 그만두는 방법이 달랐다는 것뿐이야."

마일로는 로스의 말이 무슨 뜻인지 혼란스러웠지만 이윽고 깨달았다. "너도 〈여행객〉이었군."

"오, 나의 형제여!" 타이거가 활짝 웃었다. "그거 말고도 궁금한 게 있을 텐데?"

마일로는 타이거가 〈회사〉의 일원이었다는 충격에 휩싸여 어떤 다른 질문을 해야 할지 금세 떠오르지 않았지만, 다음 순간 매우 간단한 질문이 떠올랐다. 타이거도 복잡한 질문을 의도한 것은 아닐 것이다. "왜 '타이거' 라는 이름을 사용하는가?"

"바로 그거야! 그런데 실상을 들으면 실망할 걸? 왜냐하면 나도 왜인지 모르니까. 누군가가 나를 칭할 때 그 이름을 사용했지. 아마 신문기자였을 거야. '자칼' 이 등장한 후부터 암살자들에게 동물 이름을 붙이는 게 관례가 된 거 같아." 로스는 힘들게 어깨를 으쓱했다. "대머리 독수리나 고슴도치라고 불리지 않은 게 다행이지 뭐. 그리고 미리 말해두겠지만, 〈Eye of the Tiger〉(영화 '록키' 주제곡)에서 따온 건 아니야."

마일로는 웃을 상황이 아니라는 것을 알면서도 그 말에 웃을 수밖에 없었다.

"그런데 나도 물어보고 싶은 게 있어." 타이거가 말했다. "〈블랙북〉에 대해 어떻게 생각해?"

"무슨 책이라고?"

"시치미 떼지 마."

〈여행업〉에 종사하는 이들 사이에서 〈블랙북〉은 성배聖杯와도 같은 물건이었다. 그것은 어느 은퇴한 〈여행객〉에 의해 21부가 만들어져 세계 곳곳에 숨겨졌다고 알려진, 생존의 비법을 적어 놓은 안내서였다. 〈블랙북〉의 전설은 〈여행업〉이 시작되면서부터 생겨난 것이었다. "말도 안 되는 소문이야." 마일로가 말했다.

"나도 그렇게 생각해. 지금의 프리랜서 일을 시작할 당시 〈블랙북〉이 있다면 유용하겠다고 생각해서 몇 년 동안 찾아 다녔어. 하지만 결국은 지나친 상상력이 만들어낸 허구일 뿐이더군. 아마 〈블랙북〉의 전설을 퍼뜨린 것은 본부일지도 몰라. 아니면 그저 심심한 〈여행객〉이었을 수도 있고. 어쨌건 발상 자체는 훌륭해."

"그렇게 생각하나?"

"그럼. 정신 사나운 이 바닥에는 그런 안정적이고 명쾌한 지침이 필요하다고. 생존을 위한 성경 같은 거 말이야."

"운 좋게도 너에게는 진짜 성경이 있잖나?"

타이거는 고개를 끄덕이고는 사뭇 진지한 말투로 다시 입을 열었다.

"들어 봐. 당신과 나는 적이야. 나도 그 점은 잘 알아. 하지만 믿어 줘. 나를 이렇게 만든 놈은 나보다 훨씬 더 악질이야. 조사 정도는 해보겠지?"

"알겠다." 마일로는 그렇게 말했지만, 그 약속이 얼마나 갈지는 확신할 수 없었다.

"좋아."

타이거는 몸을 숙여 마일로의 무릎을 가볍게 두드리더니, 몸을 젖혀 등을 벽에 기댔다. 그리고 아무런 예고도 없이, 그는 이빨을 꽉 깨물었다. 그의 입속에서 견과류 따위가 으스러지는 소리가 들리더니, 그의 날숨에서 아몬드의 씁쓸한 향이 풍겨 왔다. 마일로는 그 냄새를 알고 있었다.

지나친 신념, 또는 지나친 공포에 사로잡힌 사람들이 택하는 방법. 그것은 개인의 가치관에 따라 아주 어려운 길일 수도, 또는 반대로 가장 손쉬운 길일 수도 있었다.

핏발이 선 암살자의 눈동자가 커지면서 마일로의 모습을 비췄다. 타이거는 재빠르게 세 번 발작을 했다. 간이침대에서 떨어지려는 그를 마일로가 붙들었다. 누런빛을 띤 타이거의 머리가 뒤로 넘어가고, 입에 하얀 거품이 일었다. 그는 이미 죽은 것이었다.

마일로는 시신을 침대에 떨어뜨리고 손을 바지에 문지른 뒤 감방의 문으로 뒷걸음질쳤다. 그가 마지막으로 이런 광경을 본 것은 몇 년 전이었다. 죽음을 지금보다 자주 목격했던 당시에도 그는 이런 장면을 담담히 받아들일 수가 없었다. 급작스러운 무게감. 급속하게 떨어지는 체온. 흘러나오는 체액. 의식의 재빠른 종결. 비열했건 고결했건, 한 사람이 겪은 모든 것의 종말. 오렌지색 죄수복의 사타구니 부분이 축축해지고 있었다. 마일로가 방금 전까지 타이거의 헛된 신앙심에 대해서 품었던 조롱은 이제 아무 의미가 없었다. 중요한 건 그게 아니었다. 중요한 건 이 콘크리트 유치장에서, 하나의 온전한 세계가 눈앞에서 눈 깜짝할 사이에 소멸되었다는 사실이었다. 죽음이란 바로 그런 것이었다.

등 뒤의 문이 흔들리자 마일로는 퍼뜩 정신이 들었다. 그가 문가에서 비켜서자 윌콕스 보안관이 들어오며 말했다. "저기, 밖에 누가 오셨……."

보안관이 말을 멈췄다. 두려움이 그의 얼굴에 드리워졌다.

"맙소사! 무슨 짓을 한 겁니까?"

"자결했습니다. 청산가리였어요."

"자결이라니…… 왜요?"

마일로는 고개를 저었다. 유치장 문을 나서며 그는 메리 베이커 에디가 자살에 대해서는 무슨 말을 했을지 궁금해졌다.

# 5

블랙데일의 한 취조실. 긁힌 자국이 있는 하얀 책상 너머로, 자넷 시몬스 요원이 마일로를 바라보고 있었다. 시몬스의 파트너인 덩치 큰 조지 오바크 요원은 물이나 커피나 레모네이드 따위가 든 스티로폼 컵을 들고 취조실을 들락날락거렸다. 시몬스보다 직급이 낮은 듯했다.

마일로는 시몬스의 유려하고도 우호적인 심문 방식이 국토안보부의 새로운 훈련의 결과라고 생각했다. 시몬스는 몸을 자주 앞으로 기울였다. 귀 뒤편의 짙은 머리카락을 뽑아낼 때를 제외하고, 그녀는 줄곧 손바닥을 펼치고 있었다. 나이는 30대 초반 정도. 오른쪽 눈이 사시斜視였지만, 인상은 날렵하고 매력적이었다. 시몬스는 심문자와 피심문자 간의 심리적 거리를 좁혀 적대적인 분위기를 완화할 목적으로 자신의 미모를 활용하는 듯했다. 그녀는 마일로가 발산하는 냄새마저 모르는 척했다.

시몬스는 커피에 넣을 우유를 가져오도록 조지 오바크 요원을 내보낸 뒤 마일로에게 말했다. "저기, 마일로 씨. 우리는 같은 편이잖아요. 그렇죠?"

"그럼요, 자넷 씨."

"그러면, 〈회사〉가 관할권을 위반해서 이번 사건에 손을 댄 이유를 가르쳐 주지 않을래요? 왜 우리에게는 비밀로 한 건지 말이에요."

윌콕스 부인의 맛 좋은 레모네이드로 인한 혈당 증가 탓에, 마일로의 기분은 고조되고 있었다. "설명해 드렸잖습니까. 저희 쪽에서는 수년 동안 타이거를 쫓고 있었다고요. 놈이 댈러스 주로 들어왔다는 소식을 듣고 제가 여기로 온 겁니다."

"저희 쪽에 연락할 생각은 못 하셨나요?" 시몬스는 눈썹을 치켜 올리며 물었다. "댈러스에도 국토안보부 사무소가 있는데요?"

마일로는 어떻게 말해야 좋을지 고민했다. "제 판단은……."

" '제 판단은'? 판단은 뉴욕의 톰 그레인저 씨 몫인 줄 알았는데요."

"제 의견은," 마일로는 말을 정정했다. "국토안보부가 일을 맡게 되면 분명 대부대를 투입할 텐데, 그렇게 되면 타이거가 곧바로 알아차리고 자취를 감췄을 거라는 거였죠. 놈을 잡으려면 한 사람만 투입하는 편이 낫다고 생각했습니다."

"바로 당신?"

"저는 오랫동안 놈을 담당했습니다. 놈의 수법을 잘 알죠."

"그래서 마무리가 이렇게 좋군요." 시몬스가 윙크를 했다. "CIA 성공 사례에 추가되겠는걸요."

마일로는 시몬스의 빈정거림에 굴하지 않았다. "저는 최대한 협조하고 있습니다. 말씀드렸듯이 타이거는 청산가리 캡슐을 입속에 숨기고 있었어요. 관타나모 수용소에 가기 싫었던 건지, 그걸 깨물어 터뜨렸던 거죠. 윌콕스 보안관이 입안을 확인하지 않은 것을 질책할 수도 있겠지만 그건 좀 심한 처사일 것 같군요."

"타이거와 얘기를 했죠?" 시몬스의 목소리가 부드러워졌다. 초점이 맞지 않던 오른쪽 눈이 제자리를 찾았다. "대화를 나누셨죠? 여자 같은 이름의 보안관보가 말하기를……."

"레슬리 보안관보."

"네. 그 사람한테 들었는데 타이거와 20분 동안 단둘이 계셨다고요?"

"15분일 겁니다."

"그리고요?"

"뭐가요?"

시몬스는 대견하게도 평정을 잃지 않고 말을 이었다. "그리고 무슨 얘기를 하셨나요?"

"그런 거물급 암살자로부터 제대로 된 얘기를 듣기에 15분은 턱없이 부족합니다."

"그럼 서로 마주보면서 앉아만 있었나요?"

"놈에게 질문을 했죠."

"무력행사는요?"

마일로는 머리를 옆으로 기울였다.

"정보를 얻으려고 타이거에게 폭력을 행사했나요?"

"아니요." 마일로가 말했다. "그건 위법 행위잖습니까?"

시몬스의 얼굴에서 웃음이 떠오르려다 사라졌다. "지금 무슨 생각이 드는지 아세요? 당신도, 당신네 〈회사〉도 정말이지 구제불능이에요. 대중들이 가지고 있던 한 줌의 신뢰마저도 저버렸다고요. 당신들은 밥줄을 지키기 위해서라면 무슨 짓이든 할 거야. 살인도 마다하지 않겠지."

"듣자하니 저희 생각을 많이 하신 것 같습니다?"

시몬스는 웃음을 지으며 마일로의 빈정거림을 무시했다. "타이거가 당신들한테 그렇게 치명적인 존재였던 이유가 뭐죠? 설마 타이거에게 지령을 내린 사람이 톰 그레인저였나요? 당신들 일하는 게 그런 식이잖아요. 그 소굴에서 무슨 짓을 꾸미는지는 모르겠지만 꽤나 지저분한 구석이 있다는 것쯤은 알아요."

마일로는 시몬스의 맹렬한 비난에도 놀랐지만 더욱 의외였던 건 그녀의 우월감이었다. "마치 국토안보부는 비밀 같은 게 없다는 듯 말씀하시는군요."

"물론 있죠. 하지만 대중들의 비난을 받을 만한 비밀은 아니에요. 저희 차례가 오려면 아직 멀었죠."

오바크 요원이 몸으로 문을 밀고 들어왔다. 손에는 종이 포장된 물건을 한 아름 들고 있었다. "우유는 없습니다. 대신 분말로 된 거 가져왔어요."

시몬스는 그 말을 듣더니 기분이 언짢은 듯했다. "상관없어요." 그녀는 팔짱을 끼며 말했다. "위버 씨는 이제 샤워를 하러 가셔야 되거든요. 우리는 그레인저 씨에게 연락을 해 보죠."

마일로는 주먹으로 책상을 누르며 일어섰다. "필요하시면 언제든 연락 주십시오."

"퍽이나 도와주시겠군요."

아침의 짧은 폭풍이 그치고 남은 것은 젖은 도로와 축축한 맑은 공기였다. 마일로는 운전 중에 다비도프 한 개비를 피웠다. 자동차 기름을 넣으러 주유소에 들렀을 때 견디지 못하고 결국 한 갑을 사버린 것이다. 담배를 피우니 기분이 좋아지는 듯했지만 곧 다시 나빠졌다. 마일로는 심하게 기침을 하면서도 흡연을 멈추지 않았다. 죽음의 악취를 약하게 할 수만 있다면 아무래도 좋았다.

마일로는 새로 지급받은 휴대폰의 조작 방법이 익숙하지 않은 탓에 아직 전화벨 소리를 바꾸지 못했다. 잭슨 시로 이어지는 18번 도로에서 휴대폰의 형편없는 기성품 벨소리가 울렸다. 아내의 전화인가 했지만 발신자는 톰 그레인저였다. "네."

"국토안보부에서 전화한 년이 말한 게 사실이야? 놈이 죽었다고?"

"네."

정적이 흘렀다. "오늘 사무실에서 좀 볼 수 있겠나?"

"안 됩니다."

"그럼 공항에서 만나도록 하지. 얘기 좀 하자고."

마일로는 전화를 끊고 라디오를 틀었다. 잡음이 심한 지방 라디오 채널들을 오고가다가 결국 포기하고, 운전하는 내내 들었던 아이팟을 꺼냈다. 이어폰을 귀에 꽂고 프랑스 음악 플레이리스트를 열어 5번 트랙을 틀었다.

세르쥬 갱스부르가 작곡하고, 1965년 룩셈부르크의 유로비전 콘테스트에서 우승한 프랑스 갈이 부른 〈Poupée de Cire, Poupée de Son〉의 재빠르고 정신없는 멜로디가 머릿속에 흘러들었다. 마일로가 스테파니의 장기자랑 공연을 위해 가르쳐 준 노래. 마일로가 놓친 오늘 공연에서 부를 노래였다.

마일로는 티나에게 전화를 걸었다. 지금은 부재중이니 메시지를 남기면 연락드리겠다는 내용의 음성녹음이 흘러나왔다. 마일로는 티나가 지금쯤 혼자 공연을 보고 있으리라고 생각했다. 스테파니가 갱스부르의 공전의 히트곡을 부르는 것을 지켜보고 있을 것이다. 마일로는 메시지를 남기지 않았다. 티나의 목소리를 들은 것으로 충분했다.

# 6

티나는 도대체 어떤 정신 나간 부모들이기에 딸을 저런 차림으로 무대에 세운 건지 이해할 수 없었다. 무대 위의 일곱 살 난 여자아이는 분홍색 팬티스타킹과 민소매 티셔츠를 입고 있었다. 아이의 연약한 등에는 분홍색 천사 날개가 달려 있었고 몸은 온통 반짝거리는 스팽글투성이었다. 반사되는 스포트라이트 때문에 무대를 뛰어다니는 아이의 모습이 제대로 보이지 않았다. 아이는 댄스 비트와 일렉트릭 기타 반주에 맞춰 (교장선생의 말에 따르면) "디즈니 사의 히트작"인 〈프린세스 다이어리 2〉의 〈I Decide〉를 재잘거리고 있었다. 괜찮은 곡인 것 같지만, 버클리 캐롤 학교 강당의 관람석 한가운데에서 느껴지는 것은 베이스 드럼의 낮은 울림과 심하게 휑한 무대 위를 이리저리 뛰어다니는 소녀의 작고 반짝거리는 윤곽 정도였다.

공연이 끝나자 티나는 박수를 쳤다. 관람객들도 모두 박수를 쳤는데, 그중에서 두 명의 관람객이 일어나서 환호성을 질렀다. 저 아이의 정신 나간 부모들일 거라고 티나는 생각했다. 마일로가 앉아 있어야 할 티나의 옆자리에는 패트릭이 앉아 있었다. 패트릭은 손뼉을 치며 속삭였다. "와, 이거 굉장한데! 크리에이티브 아티스트 에이전시(다국적 연예 매니지먼트사)에 있는 친구들한테 알려줘야겠어."

사실 티나는 패트릭을 데려오고 싶지 않았다. 하지만 마일로가 이번에도 나타나지 않자, 스테파니를 위한 관람객을 동원할 요량으로 그를 부를 수밖에 없었다. "설치지 좀 마." 티나가 말했다.

집 전화에 남아 있던 마일로의 짧은 음성 메시지에는 미안한 기색이 없었다. 단지 늦을 거라는 내용뿐이었다. 늘 그렇듯, "늦는다"는 말 이외의 설명은 전혀 없었다.

티나는 생각했다. '좋아. 당신 딸의 공연을 안 봐도 좋다 이거지. 그럼 진짜 아빠를 불러 주겠어.'

하지만 마일로 본인도 패트릭을 부르라고 제안했다. "스테파니를 위해서 말이야. 그리고 비디오로 찍어 줄래?"

그렇게 제안한 덕분에 티나는 화가 좀 누그러졌다.

사흘 전부터 패트릭은 티나와 스테파니가 자기에게 돌아오도록 설득하고 있었다. 갑작스러운 출장 때문에 멀리 떨어져 있는 마일로는 그 사실을 전혀 알지 못했다.

패트릭이 전화로 재결합에 대한 말을 꺼냈을 때, 티나는 스테파니가 듣지 못하도록 전화기를 들고 부엌으로 갔다. "패트릭, 혹시 약 했어?"

"그럴 리가." 티나의 전 남자친구였던 패트릭이 말했다. 두 사람은 결혼하지는 않았으므로 패트릭이 티나의 전 남편은 아니었다. "왜 그런 말도 안 되는 생각을 하는 거야? 내가 마약 싫어하는 거 알잖아."

"그럼 위스키라도 퍼마셨어?"

"있잖아," 패트릭이 짐짓 성실한 어조로 말했다. "돌이켜 보니 알겠더라고. 오래전 그때 말이야. 생각해 보면 정말 아름다운 2년이었지. 너와 함께였던 그때는 내가 유일하게 진정으로 행복했던 날들이었어. 그 말을 해주고 싶었어. 정말, 내 인생의 황금기였지."

"나는 폴라가 참 괜찮은 사람이라고 생각해." 티나가 무심코 얼룩진 알루미늄 싱크대를 스펀지로 문지르며 말했다. "똑똑한 여자야. 근데 뭐가 아쉬워서 너랑 결혼했는지 모르겠어."

"그러게 말이야." 패트릭의 말투를 듣고 티나는 그가 정말 취했다는 것을 알 수 있었다. 패트릭이 독한 시가릴로(가늘고 작은 여송연)를 빨아들이는 소리가 들렸다. "내가 진짜 웃긴 자식인 건 나도 알아. 그래도 생각은 좀 해 봐. 내 생각도 좀 해 주고. 우리가 사랑했던 때를 떠올려 보라고."

"근데, 폴라는 어디 간 거야?"

다시 시가릴로를 길게 빨아들이는 소리가 들렸다. "어디긴…… 뻔하잖아."

티나는 비로소 어떤 상황인지 깨달았다. "헤어졌구나. 그래서 6년이 지난 이제 와서 나한테 돌아오겠다고? 너 좀 많이 취했다. 아니면 정신이 나갔거나."

지금 무대 위에서는 슈퍼맨 의상을 입은 남자아이가 독백을 하고 있었다. 혀가 짧은 탓에 무슨 말인지 알아듣기가 힘들었다. 패트릭이 몸을 기울여 다가왔다. "좀 있으면 공중으로 날아오를 거야. 벨트에 줄이 묶여 있잖아."

"날아오르지 않을 거야."

"혹시 날아오르면 저 친구에게 생애 최초의 마티니를 사주겠어."

패트릭의 길쭉한 얼굴은 사흘간 자란 잿빛 턱수염으로 덮여 있었다. 그는 고리타분한 동료 변호사들과는 달리 활기차 보이는 외모 덕분에 〈버그 앤 디버그〉 법률사무소의 고객들을 더욱 많이 확보해 왔지만, 요즘 들어서 지친 그의 두 눈에 드리워진 어두운 그늘에서는 활기보다는 울적함이 느껴졌다. 패트릭의 애인인 폴라 셰이본은 레바논계 프랑스인으로, 요염한 금발 미녀였다. 그녀는 귀금속을 제작하여 전 세계 대도시의 부티크를 통해 판매하는 일을 하고 있었는데, 전에 사귀던 애인이 재결합을 원하여 지금은 베를린으로 떠난 상태였다. 패트릭은 자신도 그런 식으로 티나와 재결합할 수 있기를 바랐다. 이것은 실로 처량한 상황이었다.

"슈퍼보이"는 하늘을 나는 시늉을 하며 무대를 뛰어다님으로써 독백을 끝맺었다. 등에 망토가 애처롭게 매달려 있었지만, 소년의 발은 결국 땅에서 떨어지지 않았다. 패트릭은 기분이 언짢아졌다. "비디오 좀 켜." 의

무감으로 박수를 치고 나서 티나가 말했다.

패트릭은 주머니에서 조그만 소니 비디오카메라를 꺼냈다. 전원을 켜자 2인치 스크린에 불이 들어왔다.

무심코 티나는 패트릭의 무릎을 꼭 쥐었다. "우리 따님 나오신다!"

하지만 등장한 것은 버클리 캐롤 학교 교장이었다. 그녀는 손에 쥔 카드에 곁눈질을 했다. "이번 순서는 1학년 스테파니 위버 양입니다. 곡명은……." 교장은 얼굴을 찌푸리며 프랑스어로 된 제목을 읽었다. "뽀……삐 디…… 시크, 뽀…… 삐 디…… 손."

관중들이 키득거렸고 티나의 얼굴이 붉어졌다. '망할 년. 제목을 어떻게 발음하는지는 미리 알아 놨어야지!'

교장도 숨죽여 웃었다. "프랑스어가 예전 같지 않네요. 번역하면 '밀랍 인형, 톱밥 인형' 이라는 뜻입니다. 작곡자는 세르쥬 갱스부르."

관중들이 때맞춰 박수를 쳤다. 교장이 무대를 떠나자, 단조롭지만 당당하게 무대 중앙으로 스테파니가 걸어 나왔다. 스테파니의 옷차림은 출연자들 중 단연 최고였다. 주말에 마일로는 적당한 원피스와 팬티스타킹을 찾느라 스테파니와 함께 동네의 복고풍 옷가게들을 돌아다녔고, 인터넷을 뒤져 60년대 중반의 헤어스타일을 알아봤었다. 사실, 티나는 그런 차림들이 좀 과하다 싶었다. 딸을 마흔 살 난 여자처럼 꾸미는 것이 너무 법석을 떠는 짓이 아닐까 걱정했던 것이다. 하지만 지금 스포트라이트 아래에서 연하게 빛나는 색 바랜 갈색 드레스와 줄무늬 스타킹, 그리고 얼굴 옆으로 단정하게 드리워진 단발머리는 참으로 완벽했다.

티나 옆에 앉은 패트릭도 딸의 모습을 보고 감격했다.

스피커에서 딸깍 소리가 나더니 CD가 돌아갔다. 오케스트라 선율이 빠른 비트를 동반한 소리의 벽으로 확장되어 갔다. 스테파니가 온전한 프랑스어 발음을 구사하며 노래를 시작했다.

Je suis une poupée de cire,

Une poupée de son

흐르는 눈물 때문에, 딸을 보는 티나의 시선은 초점이 맞지 않았다. 마일로의 판단이 옳았다. 스테파니의 모습은 아름다웠다. 힐끗 옆을 쳐다보니 패트릭도 입을 벌린 채 카메라 스크린을 보며 감탄하고 있었다. 결국 그도 마일로가 괜찮은 사람이라는 것을 인정하지 않을 수가 없었다. 하지만 어제 컬럼비아 대학 에이버리 건축 미술 도서관의 티나의 사무실로 전화했을 때 패트릭은 그렇게 생각하지 않았다.

"그 자식 마음에 안 들어."

"뭐?" 패트릭이 전화를 받자마자 티나는 짜증을 내며 쏘아 붙였다. "그게 무슨 소리야?"

"마일로 위버 말이야." 티나는 여느 때처럼 마티니 다섯 잔을 곁들인 점심식사를 마치고 졸려 하는 패트릭의 모습이 눈앞에 보이는 것 같았다. "난 그 자식한테 너도 우리 딸도 맡긴 적이 없어."

"좋아하려고 노력이나 해 봤어?"

"하지만 너 그 녀석에 대해 아는 게 없잖아. 그냥 이탈리아에서 어쩌다 만난 놈팡이인데. 출신 성분도 모르잖아?"

"다 말해 줬잖아. 부모님은 돌아가셨고, 고향은……."

"노스캐롤라이나지." 패트릭이 티나의 말을 끊었다. "그렇고말고. 그런데 남부 억양은 전혀 없으시더구먼."

"여기저기 옮겨 다니며 살다보니 그럴 수밖에. 너는 짐작도 못할 만큼 자주 말이야."

"그래, 맞아. 마일로 씨는 여행을 즐겨 하시니까. 그런데 마일로 씨가 계셨다는 성 크리스토퍼 고아원 말인데, 1989년에 불타서 아무것도 안 남았더군. 꾸며대는 게 참 교묘하다고 생각하지 않아?"

"패트릭 씨께 걸린 걸 보니 진짜 교묘하네요. 너 뒷조사하고 다닌 거야?"

"딸의 행복이 걸린 일인데 당연히 뒷조사할 수 있는 거 아니야?"

티나는 당시의 대화를 잊어버리고 싶었지만 생각은 머릿속을 떠나질 않았다. 스테파니의 맑은 노랫소리가 강당 가득 울려 퍼졌다. 티나는 가사의 뜻은 모르겠지만 멋진 노래라고 느꼈다.

"내가 임신해서 널 가장 필요로 했을 때 날 떠난 거, 욕이라도 퍼부어 주고 싶었지만 이젠 상관없어. 덕택에 결과적으로 난 행복해졌으니까. 마일로는 좋은 남편이고 좋은 아빠야. 스테파니를 자기 딸처럼 아낀다고. 무슨 말인지 알겠어?"

주변을 감싸며 울리는 음악 소리 속에 스테파니는 목소리를 높였다. 마지막 노래가사가 크게 울려 퍼지더니 강당은 곧 조용해졌다. 노래의 막바지에서 스테파니는 무심하게 몸을 흔들었다. 마일로가 유튜브에서 검색한 동영상에 나왔던 유로비전 콘테스트의 프랑스 갈(France Gall: 샹송 가수)이 했던 것과 똑같은 동작이었다. 실로 "쿨" 하고 "힙" 한 모습이었다.

"와……." 패트릭이 다시금 감탄을 했다.

열광한 티나가 자리에서 일어나 소리를 지르더니, 주먹을 허공에 흔들어대며 휘파람을 불었다. 몇 명의 다른 관객들도 일어나 박수를 쳤다. 그들이 예의상 그랬더라도 상관은 없었다. 들뜬 나머지 티나는 머릿속이 아찔했다. 마일로가 봤으면 정말 기뻐했을 텐데.

# 7

최근 1년 반 동안 〈회사〉의 상황은 그야말로 엉망진창이었다. 불운이 어디서부터 시작됐는지는 알 수 없었지만 대중들의 비난이 지위 고하를 막론하여 쏟아졌고 많은 요원들에게 타격을 안겨 주었다. 언론사의 카메라들이 조기 퇴직과 급작스러운 해고를 쫓아 들이닥쳤다.

모욕적으로 해직당한 〈회사원〉들은 새로운 인생을 시작하기 전에, 일요일 아침 TV 토론 프로그램에 출연하여 〈회사〉로 집중된 비난을 희석시키고자 했다. 그중에서도 대체로 일치된 의견을 전달한 것은 전직 국장보였다. 한때 부드러운 공작원이었던 그는 억울함에 격해진 감정으로 열변을 토했다.

"이라크 때문이에요. 대통령은 처음에 저희가 잘못된 정보를 제공했다고 질책했습니다. 오사마 빈 라덴이 그 엄청난 사건으로 대중에게 널리 알려지기 전에 제거하지 못한 것도 지적했죠. 그러고는 이 두 건의 실패가 처참하고 끝없는 전쟁으로 이어졌다고 비난했습니다. 우리가 이라크를 족치라고 제안한 것도 아닌데 말이죠. 그래서 엄연한 '사실' 들을 가지고 자기 방어를 하고 있자니, 난데없이 국회의 대통령 측근들이 우리를 비난하기 시작한 겁니다. 이것이 과연 우연의 일치일까요? 특별조사위원회 말입니다. 돈과 노력을 그렇게나 많이 들여 조사를 하는데, 책잡히지 않을 조직이 어디 있겠어요? 그것이 엄연한 현실입니다."

그리고 2006년 4월, 조지아 주의 공화당원 할란 플레전스가 〈회사〉에 치명적인 공격을 가했다. 그는 제2차 특별조사위원회의 위원장을 맡으며,

3월에 열렸던 제1차 특별조사위원회의 결과를 근거로 CIA의 자금 출처를 집중적으로 조사했다. 플레전스 상원의원은 1949년 이래로 중앙정보국법에 의거하여 기밀 사항이 된 CIA의 예산내역을 입수한 뒤, 이런저런 사항들에 대해 공공연히 의문을 제기했다. 특히, 중국의 귀주 지방 산골짜기에 본부를 둔 "靑年團"(청년단)이라는 민주주의 무장세력(이는 역설적이게도 〈중국공산주의청년단〉과 같은 명칭이다)에 천만 달러 자금을 지원한 것이 밝혀졌음을 지적했다. 그로부터 석 달 후 CNN의 〈시추에이션 룸〉에 출연한 플레전스 상원의원이 공언한 바로는, 그 자금의 출처는 탈레반 죄수들이 미군 감시 아래에서 비밀리에 수확한 아프가니스탄 산 헤로인을 프랑크푸르트에서 판매해 얻은 수익이었다. 액수는 천팔백만 유로에 상당했다. "우리들한테는 그런 얘긴 한마디도 안 했죠."

그의 말이 사실일지언정, 서류들을 통해서는 절대 알아낼 수는 없다는 것이 CIA 본부의 공공연한 내부 의견이었다. 분명 플레전스 의원에게 정보를 제공한 기관이 있을 터였다. 국토안보부가 유력했지만, 마일로를 포함한 일부 요원들은 CIA와 오랫동안 불편한 관계였던 국가안보국을 의심했다. 하지만 그것은 중요한 문제가 아니었다. 밝혀진 사실들이 가관이었으므로, 대중들은 정보의 출처 따위에는 관심이 없었다.

CIA의 지속적인 출혈은 그 시작이 어떻든 간에 플레전스 의원의 개입을 통해 국내외적 파국으로 치달았다. 먼저 당황한 독일의 정보기관이 그동안 CIA에 제공했던 지원을 철회하고 공동 작전들을 중지시켰다. 뒤따라 몰락이 연이어졌다. 새로이 조직된 특별조사위원회의 군소 정치인들은 자신들의 지명도를 높일 요량으로 CIA의 재무기록을 요구했고, 본부는 급기야 하드드라이브를 소각하기에 이르렀다. 이것 때문에 루이스 워커라는 타이피스트가 체포되었다. 그녀는 유능한 변호사와의 장시간 면담 후, 책임을 다른 사람에게 전가하기로 했다. 해롤드 언더우드라는 직급이 낮은 관료였다. 그리고 해롤드 언더우드 역시 유능한 변호사의 도움을 받았다.

그런 식으로 상황이 전개된 18개월 동안 32명이 체포되어 17명은 무죄, 12명은 수감, 2명은 자살, 1명은 실종으로 귀결되었다. 인사 청문회가 신속히 열리고, 작은 체구의 목소리가 큰 퀜틴 애스콧이라는 텍사스 사람이 새로운 CIA 국장으로 임명되었다. 키높이 구두를 신은 그는 상원의원들 앞에서 자신의 입장을 공언했다. 검은돈도, 상원의 〈국토안보 및 정부행정 위원회〉가 승인하지 않은 작전도, 카우보이 같은 짓거리도 더는 없을 것이라는 입장이었다. "범죄를 일삼는 부서들을 철폐하겠습니다. 새롭게 태어나겠습니다. 세금을 내는 미국 국민들을 위해 일하겠습니다. 조직 운영을 투명이 하겠습니다."

그 결과 〈회사〉의 신음소리가 세계 곳곳에서 들리게 되었다.

아메리카 애비뉴에 소재한 〈회사〉 건물의 4개의 비밀층들에는 〈여행중개인〉들이 근무하고 있었다. 주 업무는 각 대륙에 퍼져 있는 〈여행객〉들의 운용 및 그들이 보내온 정보를 정리하는 것이었다. 바로 그 〈여행중개인〉들이 불가피한 예산 삭감의 주요 대상으로서 고려되고 있었다. 애스콧 신임 국장이 〈여행업〉 자체를 통째로 날려버릴 거라는 소문도 있었다. 국장은 영수증 처리 없이 재원을 무제한으로 쓸 수 있는 〈여행객〉들 때문에 〈회사〉가 파산할 지경이라고 말했다. 하지만 그러한 의견이 CIA 내부에서 충분한 지지를 받지 못한 탓에, 국장은 이 비밀 부서를 한 번에 없애는 대신 천천히 말려 죽일 심산이었다.

테네시에서 출발한 마일로는 뉴욕 라 과디어 공항에 도착했다. 그는 공항 보안실에서 톰 그레인저를 만나 애스콧 국장의 초반 공세에 대한 얘기를 듣게 되었다. 그레인저는 사전에 보안실에서 "경비원"들을 내보냈다. 그는 〈회사〉 이외의 안보 요원들을 대개 "경비원"이라고 불렀다. 거울 유리 너머로 붐비는 수하물 컨베이어 벨트 옆에서 사람들이 서로 밀쳐대는 모습이 보였다. 환승 노선들을 이용하는 수많은 여행객들의 불규칙한 흐름. 요즘 이곳은 미국을 위협하는 중심지 같은 곳이 되어버렸다. 마일로와 그레인저는 여행이란 것이 단지 새로운 장소에 도착하는 것을 의미했던 옛날이 그리웠다. 지금의 여행은 투박한 테러예방 보안검색을 뚫고 지나가는 절차였다.

"소 잃고 외양간 고치기야." 그레인저가 유리창을 쳐다보며 얼굴을 찡그렸다.

일흔 한 살인 톰 그레인저는 CIA의 기준으로도 나이가 든 편이었다. 흰 머리마저 많이 빠지고 수납장은 각종 약들로 가득한 나이. 사람들 앞에 나설 때는 항상 옷을 잘 차려 입어야 했다.

"대심문관께서 부하를 통해 공문을 보냈어. 테렌스 피츠휴를 통해서 말이야. 처형 준비를 하라더군. 애스콧 국장이 지루한 소모전을 계획하는 모양이야. 나더러 직접 부서원들을 자르라고 하겠지. 말하자면 느린 할복자살인 셈이야."

1990년. 톰 그레인저는 마일로에게 접촉하여 런던에 소재한 〈회사〉의 비밀 조직에서 일해 보지 않겠느냐는 제안을 했다. 그때부터 그는 언제나 본부에 관해서는 드라마 주인공 마냥 감정이 앞섰다. 맨해튼에 소재한 비밀 사무소는 톰 그레인저의 왕국이나 마찬가지였다. 저 멀리 버지니아 주의 본부에 자신을 조종하는 누군가가 있다는 것은 그로서는 불편한 현실이었다. 이튿날 아침 사무실에서 얘기해도 될 텐데 굳이 공항까지 나온 이유도 그 점과 관련 있을지 모른다. 여기라면 들킬 염려 없이 본부 욕을 할 수 있는 것이다. "더 안 좋은 상황도 겪어 봤잖습니까." 마일로가 말했다.

"이번이 최악이야." 그레인저가 단호하게 반박했다. "4분의 1. 삭감될 예산이 4분의 1이야. 그렇게 경고하더군. 당장 내년부터 적용될 텐데 그걸로는 기껏해야 작전 비용이나 충당할 수 있어. 〈여행중개인〉 일부는 해고하거나 전보해야 할 판이라고."

"〈여행객〉들은 어떻게 됩니까?"

"그래, 〈여행객〉! 인원이 너무 많다더군. 겨우 열두 명이 유럽 전역을 쉬지도 못하고 담당하고 있는 판인데 세 명을 자르라는 거야. 개새끼. 지가 뭔 줄 알고!"

"상관이죠."

"상관? 피랍 비행기들이 들이닥쳤던 그날에 대해 아무것도 모르는 놈이?" 그레인저는 유리창을 주먹으로 두드렸다. 바깥에 서 있던 소년이 거울에서 소리가 나자 얼굴을 찡그리며 쳐다봤다. "자네도 그 자리에 없었지? 하긴, 예전 건물에는 전혀 올 일이 없었겠군." 그레인저는 떠오르는 기억에 몰입했다. "자네는 그때만 해도 〈여행객〉이었으니까. 당시 우리는 사무실에 앉아 스타벅스 커피를 즐기고 있었지. 이제 곧 세상이 무너질 거라고는 짐작도 못 한 채."

예전부터 수도 없이 되풀이했던 이야기였다. 한때 CIA의 비밀 사무소가 소재했던 제7세계무역센터가 9. 11 테러로 무너졌다는 이야기. 그날 아침 비행기 네 대를 납치한 열아홉 명의 청년들은 세계무역센터 건물들 중에서 크기가 작은 7동을 무너뜨리면 CIA 부서 하나가 통째로 날아갈 거라는 사실을 몰랐다. 테러리스트들이 돌진한 것은 웅장한 1동과 2동, 즉 엠파이어스테이트 빌딩이었다. 그것들이 먼저 무너지면서 옆에 있던 7동이 함께 붕괴되기 전까지는 시간 여유가 있었기 때문에 그레인저와 다른 요원들은 공포에 질린 채 건물을 무사히 뛰쳐나올 수 있었다.

"베이루트 테러의 오십 배나 되는 피해였어. 단 몇 분 만에 드레스덴 폭격에 맞먹는 비극이 벌어진 거라고. 야만인들에 의한 최초의 로마 제국 약탈과도 견줄 만하지." 그레인저가 말했다.

"그렇지는 않은 것 같습니다. 아무튼 그 얘기 때문에 만나자고 한 건 아니겠죠?"

그레인저가 유리창에서 고개를 돌리더니 얼굴을 찌푸렸다. "지네 햇볕에 좀 탔군."

마일로는 라 과디어 공항 보안담당자의 지저분한 책상에 기대어 자신의 몸을 내려다봤다. 운전 도중 줄곧 차창 밖으로 내놓고 있었던 왼팔의 색조가 눈에 띄게 달랐다. "보고를 드릴까요?"

"국토안보부 자식들이 미치도록 전화질을 하고 있어." 마일로의 물음을 무시하고 그레인저가 말했다. "시몬스라는 년은 도대체 뭐야?"

"별 거 아닙니다. 화가 났을 뿐이에요. 저라도 화가 났을 겁니다."

창 밖에는 수하물들이 컨베이어 벨트 위로 덜컥거리며 떨어지고 있었다. 마일로는 그레인저에게 타이거와의 대화를 간추려 보고했다. "자기에게 HIV를 주입한 놈들을 잡아달라고 하더군요. 아마도 테러리스트들일 거라고 합니다. 수단과 관련이 있고요."

"수단이라…… 그거 괜찮네. 하지만 녀석이 알려준 거라곤 이름뿐이군. 허버트 윌리엄스, 또는 얀 클라우스너. 정보가 너무 빈약해."

"히어스란텐 클리닉도 있습니다. 타이거는 그곳에서 알-아바리라는 이름으로 진료를 받았죠."

"조사해 봐야겠군."

마일로는 뺨 안쪽을 깨물었다. "트리플혼을 보내시죠. 그 친구 아직 니스에 있습니까?"

"자네가 트리플혼보다 나아." 그레인저가 말했다.

"저는 〈여행객〉이 아니잖습니까. 그리고 월요일에 플로리다로 갈 예정입니다."

"알고 있어."

"정말 가야 합니다. 가족들과 함께 미키 마우스를 보러요."

"알고 있다니까."

지치고 흥분한 승객들이 서로 몸을 부딪치며 수하물 컨베이어 벨트로 몰려들었다. 그레인저가 크게 한숨을 쉬자 마일로는 신경이 곤두섰다. 그레인저가 일부러 라 과디어 공항까지 온 이유는 바로 그 한숨 속에 있었다. 그레인저는 마일로를 어디론가 다시 출장을 보내려 하는 것이다. "안 돼요, 톰."

그레인저는 대답 없이 여행객들을 바라봤고, 마일로는 그레인저가 입을 열기를 잠자코 기다렸다. 그는 타이거가 예전에 〈여행객〉이었다는 얘기를 꺼내지 않았다. 그게 사실이라면 톰은 이미 알고 있을 터였고 나름의 이유로 마일로에게 말하지 않았을 것이다.

애석하다는 듯 그레인저가 입을 열었다. "내일 오후에는 출발할 수 있겠나?"

"절대 안 됩니다."

"출장지는……."

"됐어요. 티나가 저를 죽이려 들 겁니다. 오늘 스테파니의 공연에도 못 갔어요."

"걱정하지 마. 한 시간 전에 부인한테 전화를 했네. 자네 출장 보내서 미안하다고 말이야. 욕은 내가 다 먹도록 하지."

"정말 성자시군요."

"그럼, 그럼. 자네가 세상의 자유를 지키는 일을 한다는 것도 말해 뒀어."

"티나는 벌써 오래전에 그런 믿음은 접었습니다만."

"사서들이란……." 그레인저가 여행객들을 쳐다보며 빈정거렸다. "내 말을 들었어야지. 머리 좋은 여자랑 결혼하면 안 된다고 했잖나."

실제로 그레인저는 마일로와 티나가 결혼하기 일주일 전에 그렇게 조언했었다. 그 말 때문에 마일로는 세상을 떠난 그레인저의 아내 테리가 항상 궁금했다. "일단 무슨 일인지 얘기나 해 보시죠." 마일로가 말했다. "하지만 약속은 못 드립니다."

그레인저는 커다란 손으로 마일로의 등을 두드렸다. "그렇게 어려운 일은 아니라네."

# 8

해 질 녘 내내 운전하여 그레인저와 마일로는 파크 슬로프에 도착했다. 5년간 이곳에 살다보니 마일로는 브루클린의 이 동네가 점점 좋아졌다. 스테파니가 아기였던 당시, 마일로와 티나는 새 집을 찾아 돌아다니다가 이곳을 발견했다. 티나는 적갈색 벽돌집들과 고급스러운 카페, IT 벤처사업가들과 출세한 소설가들이 공존하는 이 아늑하고 부드러운 동네를 보자마자 즉시 반해버렸다. 마일로가 이곳을 좋아하기까지는 시간이 조금 더 걸린 셈이다.

가정생활은 마일로가 생각했던 것과는 매우 달랐다. 〈여행업〉과는 다른 진짜 생활. 차츰 마일로는 가정이란 것이 무엇인지를 깨닫게 되었고, 일단 받아들이자 애정이 생겨났다. 그에게 있어서 이제 파크 슬로프는 복잡한 커피 메뉴를 가지고 졸부들의 돈을 빼먹는 카페촌이 아니었다. 파크 슬로프는 곧 마일로 위버 가족이 사는 동네였다.

타이거는 마일로를 중산층 패밀리맨이라고 불렀었다. 적어도 그 부분에서 암살자의 판단은 정확했다.

가필드 플레이스에 도착하자 마일로는 그레인저의 메르세데스에서 내리며, 출장 건을 의논하기 위해 다음 날 아침에 사무실로 가겠다고 약속했다. 하지만 그는 적갈색 건물의 좁은 내부 계단을 오르며 자신이 이미 마음을 굳혔음을 깨달았다. 패밀리맨이더라도 어쩔 수 없었다. 그는 파리로 가야 했다.

건물의 3층에서 TV 소리가 들려왔다. 마일로가 초인종을 누르자 스테파니가 안에서 소리쳤다. "엄마, 누가 왔어!" 티나의 재빠른 발소리가 들렸다. "지금 나가요." 셔츠의 단추를 잠그며 티나가 문을 열었다. 눈앞의 마일로를 보며 티나는 팔짱을 끼고 고음으로 속삭였다. "당신 딸 공연을 안 봤다 이거지?"

"톰이 아무 말도 안 했어?"

마일로가 들어가려 했지만 티나는 문가에서 비켜서지 않았다. "그 사람이야 당신 감싸주려고 무슨 말이든 하겠지."

티나의 말이 옳았기에 마일로는 아무런 반박도 할 수 없었다. 그저 티나가 들여보내주기를 기다릴 뿐이었다. 이윽고 티나가 마일로의 셔츠를 그러잡아 끌어당긴 뒤 그에게 한껏 입을 맞췄다. "당신, 정말 미워 죽겠어."

"들어가도 돼?"

티나 크로우는 진짜로 화가 난 것은 아니었다. 그녀는 화를 숨기지 않는 분위기에서 자랐다. 화는 밖으로 드러낼 때 오히려 그 위력이 없어진다는 사실을 오스틴에 있는 크로우 집안사람들은 알고 있었다. 텍사스에서 효과가 있는 것들은 보통 다른 지역에서도 통하기 마련이었다.

스테파니는 거실에서 인형 더미와 함께 바닥을 뒹굴고 있었다. TV 만화 속의 동물들은 뭔가 고난에 처해 있었다. "꼬마 아가씨." 마일로가 말했다. "공연 못 봐서 미안해요."

스테파니는 일어서지 않았다. "만날 그렇지, 뭐."

스테파니의 말투는 갈수록 티나를 닮아 갔다. 마일로가 몸을 숙여 머리에 뽀뽀를 하자, 스테파니는 코를 찡그렸다.

"아빠, 냄새 나."

"응, 알아. 미안."

티나가 마일로에게 수분 크림 튜브를 던졌다. "햇볕에 탄 데 발라. 맥주 마실래?"

"보드카는 없어?"

"밥부터 좀 드시죠."

티나는 라면을 끓여 내놓았다. 스스로가 시인하듯 그녀가 만들 수 있는 음식은 단지 다섯 개밖에 없었는데, 라면이 바로 그 중 하나였다. 마음이 조금 누그러진 스테파니는 소파에 앉은 마일로의 옆으로 기어 올라가 장기자랑에서 보았던 공연들의 상대적인 장단점들을 늘어놓기 시작했다. 사라 로튼의 〈I Decide〉가 우승한 것은 말도 안 된다는 비판도 잊지 않았다.

"네 공연은 어땠니? 아빠랑 같이 오랫동안 준비했잖아."

스테파니는 머리를 앞으로 기울이며 마일로를 쏘아 봤다. "아, 아주 멍청한 아이디어였어."

"왜?"

"아무도 프랑스어 가사를 못 알아들었거든."

마일로는 이마를 문질렀다. 그는 딸이 세르쥬 갱스부르의 히트곡을 부르는 것이 꽤 괜찮은 아이디어라고, 누구도 예상치 못한 참신한 공연이 될 거라고 생각했던 것이다. "네가 그 노래 좋아하는 줄 알았어."

"좋아해."

티나가 소파의 반대편 가장자리에 앉았다. "마일로, 애 굉장히 잘했어. 대단했다고."

"그래도 나 우승 못 했잖아."

"걱정 마." 마일로가 말했다. "네가 뉴욕 필하모닉을 운영할 날이 올 거야. 사라 로튼은 퍼드러커스에서 감자튀김이나 서빙하고 있을 테지."

"마일로." 티나가 경고했다.

"농담이야, 농담."

스테파니가 먼 곳을 응시하며 일그러진 미소를 지었다. "크크."

마일로는 게걸스레 라면을 먹으며 스테파니에게 물었다. "비디오로 찍었지?"

"아버지가 초점을 잘못 잡았어. 게다가 내가 너무 작게 나왔어." 스테파니는 자신의 생활 속의 두 남자를 그렇게 구분 지었다. 패트릭은 아버지, 마일로는 아빠.

"패트릭이 미안하다고 전해 달래." 티나가 말했다.

스테파니는 기분이 풀리지 않았는지, 다시 인형들이 널브러진 바닥으로 내려갔다.

"자, 그럼 얘기 좀 해 보실까?" 티나가 말했다.

"으음, 맛있어." 마일로가 입안 가득 라면을 물고 말했다.

"어디야?"

"어디냐니?"

"톰이 또 당신 출장 보낸다면서. 그래서 진정시킨답시고 나한테 전화하셨던데. 하여간 내가 아는 CIA 요원 중 제일 둔감한 사람이라니까."

"저기, 그게 말이지……."

"역시," 티나가 마일로의 말을 끊었다. "얼굴에 미안하다고 쓰여 있네요."

마일로는 라면 그릇 너머로 TV를 쳐다봤다. 화면에는 로드 러너(만화 캐릭터: 'Beep Beep' 소리를 내며 달리는 빠른 발을 가진 새)가 여느 때처럼 중력의 법칙을 거스르며 날아올랐고 와일 E. 코요테(살아가는 목적이 오직 로드 러너를 잡는 데 있는 코요테)는 인간들과 마찬가지로 물리법칙에 얽매인 평범한 존재의 운명을 겪고 있었다. 조용히 마일로가 말했다. "파리로 가야 해. 하지만 토요일까지는 올 수 있어."

"이제 '그런 일'은 안 하는 거잖아."

마일로는 대답하지 않았다. 티나가 말한 대로였지만 작년부터 마일로가 "출장" 때문에 집을 비우는 일이 점점 늘어났다. 티나의 염려는 기정사실화되고 있었다. 그녀는 마일로가 자신을 만나기 전에 어떤 삶을 살았는지 잘 알고 있었다. 그런 인생을 사는 남자를 반려자로 택할 수는 없었다. 그녀가 택한 것은 그런 인생을 버린 남자였다.

"왜 굳이 당신이 파리로 가야 하는데? 〈회사〉에는 당신 아니더라도 능력자들이 많이 있잖아."

마일로가 목소리를 낮췄다. "안젤라와 관련된 일이야. 지금 심각한 곤경에 처해 있어."

"안젤라? 우리 결혼식 때 본 그 안젤라?"

"기밀 정보를 빼돌리고 있다는 혐의를 받고 있어."

"말도 안 돼." 티나가 얼굴을 찌푸렸다. "국가 선전 포스터 모델 같은 안젤라가? 존 웨인보다 더 애국적인 안젤라가 말이야?"

"그래서 내가 가보려는 거야." 마일로가 말했다. TV에서는 와일 E. 코요테가 그을린 구덩이 속으로 곤두박질쳤다가 다시 기어 나오고 있었다. "내부 조사를 담당하는 녀석들은 안젤라의 애국심 따위는 신경 쓰지 않을 테니까."

"알았어. 하지만 토요일까지는 돌아와야 해. 당신 안 오면 우리끼리 디즈니 월드 갈 거니까. 그렇죠, 스테파니 양?"

"그럼요." 스테파니가 TV에서 고개를 돌리지 않은 채 대답했다.

마일로가 양손을 들어 올리며 말했다. "약속."

티나가 마일로의 무릎을 쓰다듬었고, 마일로는 티나를 가까이 끌어당겼다. 그는 방금 감은 티나의 머리카락 냄새를 맡으며 TV를 쳐다보다가 문득 자신의 생각이 잘못됐음을 깨달았다. 와일 E. 코요테는 인간들처럼 물리법칙에 얽매여 있지 않았다. 어떤 일을 당하더라도 그는 항상 살아남았다.

티나는 킁킁거리더니 마일로를 밀쳐냈다. "세상에, 당신 냄새 장난 아니야."

# 9

웨스트 31번가와 아메리카 애비뉴의 교차로에 위치한 고층빌딩 주변에는 카메라들이 설치되어 보도와 차도를 샅샅이 살피고 있었다. 따라서 마일로의 방문은 사전에 파악되었고, 그가 건물에 들어서자 접수대에 시무룩한 표정으로 앉아 있는 마흔 살의 글로리아 마르티네즈가 ID를 건넸다. 마일로는 글로리아에게 장난스러운 추파를 던졌고, 글로리아 역시 장난스럽게 퇴짜를 놓았다. 마일로의 아내가 절반은 라틴계라고 생각하는 글로리아는 이따금 마일로에게 주의를 주듯 말했다. "조심해요. 침대 근처에서 날카로운 물건은 치워놓고."

마일로는 글로리아로부터 조언과 함께 ID를 받아 상의 주머니에 넣었다. 그는 글로리아의 컴퓨터 화면과 연결된 카메라를 향해 웃음 짓고는, 이미 두 번이나 했던 약속을 반복했다. "나중에 같이 팜 스프링스로 놀러 갑시다. 다른 사람들 몰래요." 글로리아는 대답 대신 손가락으로 목 베는 시늉을 했다.

출입의 다음 단계는 엘리베이터 옆의 미식축구 선수처럼 거대한 경비원 세 명이었다. 이들은 19층부터 22층까지의 비밀층들로 통하는 열쇠를 가지고 있었는데, 그 네 개의 층이 바로 톰 그레인저의 왕국이었다. 오늘은 키가 크고 머리를 삭발한 로렌스라는 흑인이 마일로를 맞이했다. 5년 동안 보아 왔건만, 그는 여전히 엘리베이터 안에서 금속탐지기로 마일로의 몸을 검색했다. 엉덩이 근처에서 탐지기가 울리자 마일로는 어느 때처럼 열쇠와 휴대폰과 동전을 꺼내 보였다.

엘리베이터는 오싹하도록 삭막한 19층을 지났다. 좁은 복도에 늘어선 숫자가 적힌 방들에서는 심문이 진행되었는데, 필요하면 제네바 협약 따위는 얼마든지 무시되기도 했다. 여유공간인 20층은 비어 있었다. 21층에는 〈여행업〉 관련 서류와 백업된 컴퓨터 파일들이 보관된 방대한 자료실이 있었다. 엘리베이터의 문은 22층에서 열렸다.

설령 외부인이 우연히 〈여행중개소〉에 들르게 된다 해도, 특별히 눈에 띌 것은 없었다. 벽이 없는 사무실 안의 키 낮은 칸막이로 나뉜 작은 공간들에는 창백한 얼굴의 〈여행중개인〉들이 컴퓨터 위로 몸을 숙인 채 산더미 같은 정보를 헤집고 있었다. 톰 그레인저에게 제출할 격주 보고서, 그들의 언어로 표현하자면 〈여행 가이드〉를 작성하기 위해서였다. 이곳은 항상 찰스 디킨스 소설에 나올 법한 황량한 회계사무소 같은 인상을 주었다.

9. 11 테러로 예전 사무실이 소재했던 제7세계무역센터가 붕괴하기 전, 〈여행중개소〉는 지리적 구분에 따라 부서들을 나눴었다. 육대주 각각을 담당하는 여섯 개의 부서들. 새로운 사무실이 세워지고, 정보기관들에 대한 일괄적인 점검이 있었던 당시, 부서들이 주제별로 개편되었다. 현재는 일곱 개의 부서가 존재했고, 마일로의 부서는 테러와 조직범죄 및 그 교집합적 사건들을 담당하고 있었다.

각 부서에는 〈여행중개인〉 아홉 명과 부서장 한 명이 근무하고 있었다. 따라서 아메리카 애비뉴에 소재한 〈여행중개소〉의 총 직원 수는 톰 그레인저를 포함하여 71명이었다. 이 숫자에는 세계 곳곳에 비밀리에 흩어져 있는 〈여행객〉들은 포함되지 않았다.

4분의 1. 그레인저의 말에 따르면 이들 중 4분의 1이 이곳을 떠나야 했다.

톰 그레인저는 테렌스 피츠휴와 회의 중이었다. 본부의 비밀작전 담당 국장보인 피츠휴는 이따금 그레인저의 무능함을 지적하기 위해 갑자기 사무실로 들이닥치고는 했다. 마일로가 그레인저의 사무실 밖에서 기다리는데, 마일로의 부서에서 일하는 〈여행중개인〉인 이십 대의 해리 린치가 레이저 프린트로 뽑은 종이들을 부둥켜안은 채 복도를 내려가다 그에게 말을 걸었다. "어떻게 됐어요?"

마일로가 눈을 깜빡였다. "뭐가?"

"테네시 사건이요. 화요일에 라디오 교통 방송에서 소식 들었거든요. 우리 쪽 사람이라는 걸 딱 알았죠. 확인하는 데 시간이 걸리긴 했지만, 일단 등골에서 감이 오더라니까."

린치는 등골에서 여러 가지를 느끼고는 했고, 마일로는 그 능력을 적이 미심쩍어했다. "등골의 감이 맞아, 해리. 대단한데."

린치는 희색이 만면하여 자기 자리로 달려갔다.

그레인저의 사무실 문이 열리며 피츠휴가 나왔다. 피츠휴는 그레인저를 내려다보며 마닐라지로 된 봉투로 마일로를 가리켰다. "위버던가?" 마일로는 맞다고 대답하며 피츠휴의 기억력을 칭찬했다. 두 사람이 만난 지 벌써 반년이 지난데다, 만났을 당시에도 그나마 짧은 얘기를 나누었을 뿐이었기 때문이다. 동료애라도 보일 셈인지, 피츠휴가 마일로의 어깨를 툭 쳤다. "타이거 사건은 유감이구먼. 하지만 자네도 그런 것까지 예측할 수야 없었겠지."

뒤에 서 있는 그레인저는 왠지 잠자코 있을 뿐이었다.

"그래도 테러리스트 한 명이 없어졌으니 우리 편이 1점 더 얻은 셈이야." 피츠휴가 귓가의 두꺼운 흰 머리를 매만지며 말을 이었다.

마일로는 예의상 피츠휴의 경박한 은유에 동의했다.

"그래, 자네 다음 일은 뭔가?"

"파리 출장입니다."

"파리 출장?" 단어를 반복하며 피츠휴가 물었다. 염려하는 빛이 역력한 표정으로 그가 그레인저에게 물었다. "이 친구 파리 보낼 예산이 있었나?”

“에이츠 건입니다.” 그레인저가 말했다.

“에이츠?” 마치 청력이 안 좋기라도 한 듯, 다시 단어를 반복하며 피츠휴가 물었다.

“마일로는 에이츠의 오래된 동료입니다. 이번 임무에 적격입니다.”

“그렇구먼.” 피츠휴가 마일로의 팔을 토닥거렸다. 자리를 뜨며 그가 중얼거렸다. “허, 참…….”

“들어와.” 그레인저가 말했다.

그레인저는 맨해튼의 밝은 풍경을 등지고 에어론 체어에 앉아 한쪽 발목을 넓은 책상 한 귀퉁이에 걸쳤다. 그의 이러한 습관적인 자세는 마치 방문객들에게 여기가 자신의 사무실이라는 점을 인식시키려는 의도처럼 보였다.

“피츠휴는 왜 온 겁니까?” 마일로가 자리에 앉으며 물었다.

“말했잖나. 예산 가지고 못살게 굴려고 온 거야. 그런데 마침 자네가 파리 얘기를 꺼낸 거지.”

“죄송합니다.”

그레인저는 괜찮다는 듯 손사래를 쳤다. “파리 출장 건 논의하기 전에 할 얘기가 있어. 자네 친구 시몬스가 허둥지둥 타이거를 부검했다더군. 자네가 죽였다는 증거를 찾고 있는 거야. 그런 의심을 받을 만한 말이라도 했나?”

“적극 협조했을 뿐입니다. 부검 얘기는 누구한테 들은 겁니까?”

“살한테서 들었어. 국토안보부에서 일하는 친구 말이야.”

국토안보부에 “친구”를 둔 것은 그레인저뿐이 아니었다. 9.11 테러로부터 9일 후, 새로운 정보기관을 만들겠다는 대통령 연설 때문에 한바탕 난리법석이 일어난 적이 있었다. 당시 CIA, FBI, 국가안보국은 서로 단결하여 자신들의 직원을 중앙 정부 기관에 할 수 있는 만큼 심어 놓았는데, "살"은 바로 〈여행중개소〉의 첩자였다. 그레인저는 익명 이메일 서비스인 넥셀을 통해 살과 정기적으로 연락을 주고받았다. 마일로도 살과 넥셀을 이용한 적이 몇 번 있었다.

"자네 생각이 맞았어." 그레인저가 말을 이었다. "이빨의 충치 구멍 속에 숨긴 청산가리. 국토안보부 검시관 소견으로는 어차피 살 날이 1, 2주밖에 안 남았었다더군. 그런데 놈의 얼굴이 온통 자네 지문투성이였다던데. 설명 좀 해 보겠나?"

"심문 초반에 무력을 썼습니다."

"이유는?"

"말씀 드렸잖습니까. 놈이 티나와 스테파니 얘기를 꺼냈다고요."

"냉정을 잃었었군."

"잠이 부족했거든요."

"알겠네." 그레인저는 팔을 뻗어 참나무 책상을 두드리면서, 한가운데 놓인 회색 서류철을 가리켰다. "안젤라 건과 관련된 서류야. 가져가라고."

마일로는 의자에서 일어나 평범하게 생긴 서류철을 집었다. 눈에 띄지 않도록 일급비밀 서류에 아무런 표시도 하지 않는 것이 〈회사〉의 새로운 보안 방식이었다. 마일로는 서류철을 펼치지 않고 무릎 위에 올렸다. "스위스 병원은 어떻게 됐습니까?"

그레인저가 넓은 입술을 오므렸다. "놈의 말대로였어. 하마드 알-아바리라는 이름으로 기록이 있더군."

"트리플혼을 보낼 겁니까?"

"유럽에는 현재 〈여행객〉이 열한 명밖에 없어. 엘리엇이 지난주 베른 근처에서 죽었거든. 트리플혼을 포함한 나머지는 모두 임무 수행 중이야."

"엘리엇이? 어떻게요?"

"아우토반에서 교통사고로. 발견된 시체의 신원이 밝혀질 때까지 일주일 동안 행방불명 상태였었지."

보안 문제상, 마일로는 〈여행객〉들의 진짜 이름, 나이는 물론, 생김새마저도 알지 못했다. 그런 것은 그레인저와 피츠휴를 포함한 소수에게만 허락되는 정보였다. 엘리엇이 죽었다는 소식에 마일로는 마음이 심란해졌다. 그는 귀를 긁으며 암호명으로만 아는 그 사내에 대해 생각했다. 몇 살일까? 아이들은 있었을까? "사고가 분명합니까?"

"분명치 않다고 해도, 제대로 조사할 예산이 없어. 우리 상황이 얼마나 엿 같은지 알겠지?" 마일로의 얼굴에 떠오른 의구심을 보고, 그레인저는 말투를 누그러뜨리며 말했다. "아니, 사고가 맞아. 정면충돌이었어. 같이 있던 운전자도 죽었다네."

마일로는 서류철을 펼쳤다. 안에는 정보가 인쇄된 종이들과 한 장의 사진이 있었다. 인민해방군 대령 복장을 한 뚱뚱한 중국 남자의 상반신 사진이었다.

"영국놈들이 확보한 사진이야." 그레인저가 말했다. "'확보'라는 말은 좀 과분하겠군. 자식들, 운이 좋았어. 그저 일상적인 감시를 하다가 우연히 손에 넣은 걸 테지."

마일로가 아는 한 영국 해외정보국, 즉 MI6는 국내에 체류하는 외교관들을 일일이 감시할 만큼 인력이 충분하지 않았다. 사진 속의 이리엔 대령처럼 중요한 인물이라고 해도 마찬가지였다. 하지만 마일로는 딱히 이의를 제기하지 않았다.

"대령이 프랑스로 간 것은 특별한 일은 아니야. 주말마다 영국에서 배를 타고 프랑스로 건너가거든."

"해저터널은 이용하지 않았습니까?"

"자료를 보니 밀실 공포증이더군. 그래서 브르타뉴 시골에 있는 별장까지 배를 타고 가는 거지."

"별장은 본인 명의로 되어 있나요?"

그레인저는 컴퓨터 마우스로 팔을 뻗었지만 닿지 않자, 책상에 올려놓은 발을 내렸다. "물론 아니지. 명의가……." 그레인저는 두 번 클릭을 하고 모니터를 힐끗 쳐다봤다. "르네 베르니에. 26세. 파리 출신."

"애인이군요."

"신예 소설가라더군. 별장은 집필 장소로 사용할 테지."

"대령과의 만남의 장소이기도 하고요."

"임대료는 내야 할 테니까."

"정리 좀 해 보죠." 마일로가 말했다. "이리엔 대령은 배를 타고 프랑스에 있는 별장으로 갔다. 거기서 애인과 주말을 보냈다. 다시 배를 탔다. 그리고 사망했다."

"심장마비였지만 죽진 않았어."

"그러면 마침 거기 있었던 MI6가 심폐소생술을 실시했다?"

"그렇지."

"그리고 대령의 가방을 뒤졌다?"

"마일로, 자네 태도가 왜 그래?"

"죄송합니다. 계속 말씀하세요."

"대령은 다소 피해망상적이었어. 대사관의 어느 누구도 신뢰하지 않았지. 나름 그럴 만했어. 나이 예순 넷에 미혼. 경력은 점점 바닥을 향하고 있었지. 짐 싸서 북경으로 돌아가라는 권유를 받을 날이 얼마 안 남았던 거야. 그런데 그러고 싶진 않았겠지. 런던도 좋고, 프랑스도 마음에 들었을 테니까."

"분명 그랬겠죠."

"대령은 아무도 믿지 않았기 때문에 노트북 컴퓨터를 항상 가지고 다녔어. 보안상의 위험을 무릅쓰고 말일세. 그래서 MI6의 친구들이 대령의 배에서 하드드라이브의 파일들을 복사할 수 있었던 거지."

"솜씨 좋군요."

"그래." 그레인저는 다시 마우스를 클릭했다. 손도 대지 않은 고서들과 함께 책장에 박혀 있는 프린터가 작동하더니 종이 한 장을 뱉어 냈다.

"이리엔 대령은 어떻게 됐습니까?"

"심장마비 후 얼마 안 있어 북경으로 소환됐지. 정말이지 아이러니야."

그레인저가 일어날 기미를 보이지 않자, 마일로가 일어나 인쇄물을 집어 왔다.

그것은 파리 소재 미국 대사관의 일급비밀 공문이었다. 발신자는 미국 대사였고, 수신자는 프랑스에 있는 미국 외교안전국의 프랭크 바네스 국장이었다. 공문은 프랑스 주재 중국 대사에 관한 새로운 지침으로, 당분간 그에게 3인조 감시팀을 붙이라는 내용이었다.

"MI6가 이 공문을 공짜로 제공했습니까?"

"우리랑은 각별한 사이잖나." 그레인저가 웃으며 말했다. "실은 내가 사적으로 아는 각별한 친구가 보내준 거야."

"그 각별한 친구께서 안젤라가 이 공문을 이리엔 대령에게 넘겼다고 말한 겁니까? 아니면 MI6의 의견인가요?"

"진정해, 마일로. 그들은 공문을 보내줬을 뿐이야. 나머지는 우리 쪽 의견일세."

티나와 마찬가지로, 마일로도 "국가 선전 포스터 모델 같은" 안젤라 예이츠가 국가 기밀을 팔아넘겼다고는 믿을 수 없었다. "대령이 탔다는 배와 심장마비는 전부 확인된 사항입니까?"

"어제도 말했지만 이리엔 대령의 심장 발작은 영국 신문에도 실렸어. 공개된 사실이야." 그레인저가 인내심을 가지고 말했다.

마일로는 공문을 그레인저의 책상에 내려놓았다. "증거는 뭡니까?"

"공문은 세 명의 손을 거쳐 갔네. 대사, 프랭크 바네스, 그리고 파리 대사관의 보안팀장인 안젤라 예이츠. 그런데 바네스는 무혐의라는 게 밝혀졌어. 설마 대사까지 조사해야 한다고 생각하는 건 아니겠지?"

모두 어제 그레인저의 차 안에서 들은 얘기들이었다. 하지만 지금, 눈앞에서 공문을 직접 보자 마일로는 마음이 한층 불안해졌다.

"예이츠를 마지막으로 본 것은 얼마나 됐나?"

"1년쯤 됐습니다. 연락은 계속했고요."

"그럼 아직 사이가 좋겠군."

마일로는 어깨를 으쓱하고 고개를 끄덕였다.

"좋아." 그레인저는 마우스를 쳐다봤다. 둥그스름한 몸체에 파란 불빛의 스크롤 휠이 달려 있었다. "자네, 혹시 예이츠하고……."

"아니요."

"아." 그레인저가 실망한 듯한 표정으로 말했다. "상관없어. 예이츠에게 이것을 건네주도록 해." 그레인저는 서랍을 열어 검은색 USB를 꺼냈다. 엄지손가락 크기에 용량은 500MB였다. USB가 달그락하고 책상 위에 떨어졌다.

"뭐가 들어 있습니까?"

"중국의 카자흐스탄 석유 투자에 대한 보고서. 가짜야. 중국 쪽에서 관심 가질 만한 자료지."

"모르겠군요. 바네스의 혐의는 풀었다고 해도 안젤라가 범인이라는 건 확신하지 못하겠습니다."

"확신할 필요 없어." 그레인저가 말했다. "그쪽에서 접선할 친구가 자세하게 얘기해 줄 거야. 내 말 믿으라고. 증거가 있다니까."

"하지만 이리엔 대령이 없는 지금은……."

"개인이 없어졌다고 네트워크까지 없어지지는 않아. 자네도 알잖나. 지금은 단지 그 네트워크의 꼭대기에 누가 있는지를 모를 뿐이야."

마일로는 그레인저의 벗겨진 머리를 보며 생각했다. 임무는 단순했고 마일로로서는 개입하게 되어 오히려 기뻤다. 적어도 안젤라에게 불리한

편파 수사는 막을 수 있는 것이다. 물론, 〈회사〉가 수사의 공정성을 위해서 마일로에게 파리행 항공권을 제공한 것은 아니었다. 그것은 마일로가 안젤라의 신뢰를 얻고 있기 때문이었다. "시간은 얼마나 걸리겠습니까?"

"아, 오래 걸리지 않을 거야." 화제의 전환을 반기며 그레인저가 말했다. "파리에서 안젤라를 만나 USB를 넘기기만 하면 돼. 안젤라에게는 USB를 보관하고 있다가 월요일 파리로 올 짐 해링턴이라는 접선자에게 넘기라고 해. 파일을 복사할……." 그레인저가 양손을 올리며 말을 고쳤다. "혹시라도 안젤라가 범인이라면, 파일을 복사할 수 있는 여유가 이틀은 있는 셈이지."

"실제로 해링턴이라는 사람이 오는 겁니까?"

"베이루트에서 항공편으로 갈 거야. 임무의 내용은 알지만 내막은 모르지."

"그렇군요."

"금방 끝날 거야. 저녁 비행기를 타면 토요일 아침까지는 돌아올 수 있어."

"참으로 반가운 소식이군요."

"비꼬지 말게."

지금 마일로의 기분이 언짢은 이유는 아침에 커피를 마시지 못했거나 강렬한 흡연욕구를 견뎌내야 했기 때문도 아니었고, 심지어 친구의 간첩 혐의를 조사해야 한다는 슬픈 사실 때문도 아니었다. 안젤라의 일은 단지 꺼림칙한 느낌을 줄 뿐이었다. 마일로가 그레인저에게 물었다. "타이거에 대해서는 언제 얘기해 줄 겁니까?"

그레인저가 아무것도 모르는 표정으로 되물었다. "타이거가 어쨌단 말인가?"

"한때 〈여행객〉으로 일했다는 말을 들었습니다."

그레인저의 표정이 돌변했다. "그 말을 믿나?"

"저는 6년이나 놈을 쫓아 다녔습니다. 그런 정보를 알려주셨더라면 도움이 됐을 텐데요."

그레인저는 10초 정도 마일로를 바라보다가 주먹으로 책상을 두드렸다. "파리에서 돌아오면 얘기하자고. 지금은 시간이 없어."

"얘기가 깁니까?"

"길어. 비행기 출발 시각이 5시야. 그리고 출발하기 전에 사람들이 우리를 바보 천치로 생각하지 않도록 블랙데일 사건을 해명하는 글을 좀 적어야 할 거야. 아, 영수증도 제출하도록. 이제부터 영수증 없는 지출에는 돈을 줄 수 없으니까."

"알겠습니다." 마일로가 괴로운 듯 대답했다.

"파리에서 만날 연락책은 제임스 아이너야. 자네가 간다고 미리 말해 두지."

"아이너?" 마일로가 깜짝 놀라며 말했다. "이번 일에 〈여행객〉까지 참여하는 겁니까?"

"철저히 주의해서 나쁠 거 없지." 그레인저가 말했다. "가봐. 필요한 건 모두 자네 컴퓨터로 전송했네."

"타이거 얘기는요?"

"말했잖나. 돌아오면 얘기하자니까."

# 10

넓은 공항에 올 때면 마일로는 늘 편안함을 느꼈다. 하지만 그가 비행기 타는 것을 좋아한 것은 아니었다. 더욱이 9. 11 테러 이후 각종 보안단계에서 옷을 입고 벗어야 하는 불편함 때문에 비행기 여행은 더욱 견디기 힘든 일이 되었다. 해발 12km 위의 비행기 안에서 그에게 즐거움을 주는 것은 잘 포장된 기내식과 아이팟으로 듣는 노래들 정도였다.

하지만 일단 설계가 잘 된 공항에 착륙하고 나면, 마일로는 자그마한 도시 속을 걷는 느낌을 받았다. 샤를드골 공항도 그러한 곳이었다. 훌륭한 60년대 건축양식, 즉 60년대의 설계자들이 상상했을 법한 아름다운 미래적 건물은 오묘한 향수를 불러일으켰다. 군중을 통제하며 그들의 소비욕을 달래주는 유토피아. 스피커를 통해 부드럽게 들려오는 "딩동" 하는 소리와 세계 도시들의 이름을 읊조리는 여성의 아름다운 음성이 그러한 느낌을 더했다.

"향수"는 그 느낌을 적절히 표현하는 단어였다. 마일로가 너무 어렸을 때라서 기억할 수 없는 시대를 향한 상상적 향수. 1965년도 유로비전 콘테스트의 수상자들, 빙 크로스비가 전성기 때 출연한 영화들의 비현실적으로 과도한 색감, 공항의 바에서 (금연하기로 약속했지만) 즐기는 다비도프 한 개비와 상쾌한 보드카의 완벽한 조화. 마일로가 이런 것들을 좋아하는 이유는 바로 향수였다.

마일로가 마지막으로 샤를드골 공항을 찾은 지 몇 년이 지났기에 그곳이 예전과는 달라졌음을 금세 알 수 있었다. 마일로는 맥도날드와 베이커

리들을 지나, 그나마 아직 남아 있는 〈라 테라스 드 파리〉로 들어갔다. 바가 있던 자리에는 카페테리아가 들어서 있었다. 마일로는 보드카를 마시고 싶었지만 판매하는 주류라고는 소량의 레드 와인과 화이트 와인이 전부였다. 실망한 마일로는 9유로를 내고 대량 판매용의 차가운 카베르네 소비뇽 400ml 한 병을 구입했다. 계산원은 마일로에게 딸려 나온 플라스틱 컵이 무료라고 말했다.

뒤쪽 벽면에 빈자리가 하나 보였다. 마일로는 사람들과 수하물에 부딪혀가며 그곳으로 걸어갔다. 아침 6시의 카페테리아는 손님들로 가득했다. 자리에 앉자 휴대폰에서 듣기 싫은 멜로디가 울렸고, 마일로가 휴대폰을 안주머니에서 꺼낼 때까지는 시간이 조금 걸렸다. 화면에는 "발신자 표시 제한"이 떠 있었다. "여보세요?"

"마일로 위버 씨?" 가늘고 딱딱한 목소리가 대답했다.

"그런데요?"

"나야, 아이너. 도착했어?"

"도착했어. 지금……."

"뉴욕 사무소로부터 네가 물건을 가지고 있다고 들었는데. 맞나?"

"그럴 걸."

"예, 아니오로 대답해."

"가지고 있어."

"표적은 매일 정확히 12시 30분에 점심을 먹는다. 그녀의 사무실 밖에서 기다리도록 해."

마일로는 아련한 향수에 대한 욕구를 더욱 강하게 느끼며 재떨이를 찾았다. 재떨이는 없었지만, 그는 테네시에서 산 다비도프를 한 개비 꺼냈다. 컵에다 재를 떨고 와인은 병째로 마실 생각이었다. "낮잠 잘 시간이 있겠군. 장시간 비행을 해서 말이지."

"아, 그렇군. 연세가 있으시다는 걸 깜빡했습니다." 아이너가 말했다.

그 말에 기가 막힌 마일로는 마음속으로 중얼거렸다. '난 아직 서른일곱이야.'

"걱정 마. 휴가 일정에 맞춰서 떠나도록 해 드릴 테니. 애초에 왜 굳이 너를 보냈는지 납득이 안 가지만."

"얘기 끝났나?"

"표적이 너의 오랜 친구라고 들었는데, 맞나?"

"그래." 마일로는 담배 연기를 빨아들였다. 그는 농담할 기분이 아니었다. 누군가 옆에서 큰 소리로 기침을 했다.

"사적인 감정은 임무에서 배제하도록."

마일로는 버럭 화를 내고 싶은 것을 참고 그냥 전화를 끊어버렸다. 조금 떨어진 좌석에 앉은 젊은 남자가 손으로 입을 막은 채 격렬히 기침을 해대며 마일로를 노려보고 있었다.

불현듯 마일로는 그 이유를 깨달았다. 계산원이 눈을 동그랗게 뜨고 그가 플라스틱 컵에 재를 떠는 광경을 지켜보고 있었다. 마일로는 곧 조치가 취해지리라는 것을 깨달았다. 마일로의 범법 행위를 지켜보던 계산원은 커피 믹스 캔들 옆에 쭈그려 앉은 물품 관리 직원을 불러, 손가락으로 구석에 앉은 마일로를 가리켰다. 열여덟 정도로 보이는 어린 물품 관리 직원은 오렌지색 앞치마에 손을 닦으며 테이블들 사이사이를 솜씨 좋게 빠져나와 마일로를 향했다. "Monsieur, ici vous ne pouvez pas fumer. (선생님, 여기는 금연입니다.)"

마일로는 항변을 하려다가 몇 미터 떨어진 벽에 붙은 커다란 금연 안내 표시를 보았다. 그는 손을 들어 올리며 웃음을 지은 후, 담배를 마지막으로 한 모금 빨고 플라스틱 컵 안에 던지고 맛이 형편없는 와인을 조금 부어 불을 껐다. 소년은 손님을 쫓아낼 필요가 없어서 다행이라는 듯 수줍게 웃었다.

그레인저가 예약한 마일로의 숙소는 호텔 브래드포드 엘리제였다. 생

필립 뒤 루르 거리에 있는 고풍스럽고 숙박료가 비싼 크고 흉한 호텔. 〈여행중개소〉가 회계 감사를 받는다면 지적당해 마땅한 지출이었다. 마일로는 프런트에 네 시간 후인 11시 30분에 깨워달라고 요청한 후 〈헤럴드 트리뷴〉 한 부를 집어 들었다. 그는 화려한 호텔 엘리베이터에 올라탄 뒤 별로 유쾌하지 않은 헤드라인 기사들을 읽어 내려갔다.

이라크에서 또다시 일어난 자동차 폭탄 테러. 미국과 캐나다 병사 여덟 명이 숨졌다. 수단의 하르툼에서는 또다시 폭동이 일어났다. 수천 명의 분노한 사람들이 광장을 가득 메운 사진. 그들은 암살당한 물라 살리 아마드의 사진이 찍힌 현수막을 들고 있었다. 벗겨진 머리에 하얀 타끼야(Taqiyah: 이슬람교도 남자들이 착용하는 짧고 둥근 모자)를 쓴 하얀 턱수염의 성자. 사진 아래로는 현수막의 아랍어 문구들이 오마르 알 바시르 대통령의 처형을 촉구하는 내용이라는 설명이 적혀 있었다. 8면에는 이름을 밝힐 수 없는 정치 암살범이 국토안보부에 의해 체포됐다는 한 단락의 단신이 실려 있었다.

그러나 마일로에게는 신문에 실린 그런 기사들보다, 자신이 오랜 친구를 함정 수사하기 위해 파리에 왔다는 사실이 중요한 소식이었다.

마일로는 런던에 파견되어 안젤라와 함께 일했던 젊은 시절의 기억을 떠올렸다. 수많은 암호, 외떨어진 주점에서 가졌던 비밀회의, 탈 공산주의 세계를 망치는 미국과 영국에 관해 영국 정보 요원들과 함께 벌인 논쟁. 안젤라는 영리하고 차분한데다 유머 감각까지 갖춘 요원이었다. 특히 이 바닥에서 영리함과 차분함은 동시에 겸비하기 힘든 특징이었다. 안젤라처럼 장점을 고루 갖춘 첩보원은 매우 드물었기에 일단 만나면 놓쳐서는 안 되었다. 주변 사람들은 마일로와 안젤라가 많은 시간을 함께 하는 것을 보고 그들이 연인 사이라고 생각했다. 그런 오해는 두 사람 모두에게 도움이 되었다. 안젤라로서는 그녀의 동성애적 성정체성이 입방아에 오르내리지 않아 좋았고, 마일로로서는 외교관 부인들이 조카를 소개시켜

준다고 귀찮게 굴지 않아서 좋았다.

베네치아에서의 임무 실패 후 두 달 정도 안젤라는 마일로에게 얘기조차 할 수가 없었다. 자신의 상사인 프랭크 도들을 죽인 사실을 감당하기 힘들었던 것이다. 그러나 이듬해 마일로가 한 여자의 남편이자 어린 아기의 아빠가 되던 날, 안젤라는 텍사스에서 열린 그의 결혼식에서 신부인 티나를 입이 마르도록 칭찬했다. 그 후 마일로와 안젤라는 연락을 지속했고, 티나는 안젤라가 브루클린으로 올 때면, 항상 함께 식사하자는 제안을 했다.

마일로는 옷도 벗지 않은 채 호텔 침대에 드러누워 그레인저에게 전화를 할지 말지 고민했다. 뭐라고 말하지? 안젤라의 무혐의에 대해서는 이미 언쟁을 했다. 제임스 아이너가 작전을 제대로 수행 못 하는 얼간이라고 보고할까? 그레인저는 마일로가 아이너를 어떻게 생각하든 상관하지 않겠지만.

〈여행객〉이었던 6년 전만 해도 이런 것들은 아무런 문제가 아니었다. 그 사실을 떠올리자 마일로는 기분이 잠시 언짢아졌다. 그때였다면 이런 임무쯤은 간단명료했을 것이다. 그러나 그는 이제 〈여행객〉이 아니었다. 그 점에 후회는 없었다.

# 11

미국 대사관과 샹젤리제 사이에는 손질이 잘된 기다란 샹젤리제 공원이 있었다. 마일로는 프랭클린 D. 루스벨트 애비뉴에 차를 세우고 공원의 길을 따라 걸었다. 파리의 노인들이 빵 부스러기가 든 봉지를 무릎 사이에 늘어뜨린 채 비둘기를 유인하며 벤치에 앉아 있었다. 한낮의 태양은 뜨겁고 공기는 축축했다.

7월의 파리는 머물기 괴로운 장소였다. 파리의 시민들은 복지의 혜택을 누리며 어딘가로 휴가를 떠나 있었고, 그들을 대신해 일본인, 네덜란드인, 미국인, 독일인, 영국인들이 티켓 판매소 앞에서 목을 길게 뺀 채 서 있었다. 그들은 땀이 흐르는 얼굴에 브로슈어로 부채질을 하면서, 날뛰는 아이들을 향해 소리를 지르고는 했다. 그 밖에도, 보행 보조기와 휠체어에 의지하여 움직이는 나이 지긋한 여행객들이나 이따금씩 멈춰 서서 딱딱한 보도에 짜증을 내거나 파리에 의외로 흑인이 많다고 속닥거리는 젊은 여행객들을 볼 수 있었다.

아마 그들은 파리로 오기 직전에 진 켈리와 레슬리 카론이 예스러운 파리의 거리에서 춤을 추는 영화 속의 장면을 보았을 것이다. 하지만 오늘날의 파리는 그것과는 딴 판이었다. 술과 치즈를 파는 뚱뚱한 콧수염 아저씨들은 이제 사라졌고, 대신 낡은 기타로 영화 사운드 트랙을 연주하는 지저분한 레게 머리의 백인 소년들이라든가, 에펠탑과 루브르 박물관의 모형을 가지고 호객 행위를 하는 미심쩍은 아프리카인들, 또는 알록달록한 깃발을 흔들며 여행객들을 안내하는 무서운 얼굴의 프랑스 아줌마가 그 자리를 채우고 있었다.

물론 파리에는 아름다운 것들도 많이 있었지만 여기 온 이유가 이유인 만큼, 마일로의 눈에는 그런 것들이 보이지 않았다.

마일로는 공원 끝에 있는 콩코드 광장 벤치에 앉았다. 맞은편에는 나무가 늘어선 가브리엘 애비뉴 2번지에 위치한 미국 대사관이 보였다. 마일로의 옆에는 노파 한 명이 비둘기들에 둘러싸여 앉아 있었다. 그는 노파를 향해 웃음을 지었다. 노파도 답례로 웃음을 지어 보이며 비둘기들에게 빵 부스러기를 던졌다. 시간은 아직 12시 10분. 마일로는 죄책감이 들기 전에 담배를 꺼내려고 주머니를 뒤지다가 생각을 바꿨다. 그는 팔짱을 낀 채 하얀 웨딩 케이크 같은 대사관 건물을 바라보았다. 마당에 해병대 유니폼을 입은 남자 세 명이 자동 소총을 들고 서 있었다.

"Bonjour, monsieur.(안녕하세요?)" 노파가 말을 걸었다.

마일로는 예의상 어색한 웃음을 지으며 말했다. "Bonjour."

"Etes-vous un Touriste?(여행객이신가요?)"

웃음 짓는 여자의 치열에는 앞니 하나가 빠져 있었다. 그녀가 윙크를 하자 마일로가 대답했다. "Oui.(네.)"

"Monsieur Einner voudrait savoir si vous avez le paquet.(당신이 물건을 가지고 있는지 아이너 씨가 알고 싶어합니다.)"

마일로는 주위를 둘러봤다. 가브리엘 애비뉴 쪽에 "FLEURS(꽃)"라는 광고 문구가 쓰인 하얀 승합차가 주차해 있는 것이 보였다. 승합차의 배기관을 통해 연기가 나오고 있었다. 주차된 것들 중 유일하게 시동을 걸고 있는 자동차였다.

꽃배달 차. 필경 아이너는 훈련 기간 동안 옛날 첩보영화를 너무 많이 보았던 것이다.

마일로가 노파를 향해 영어로 말했다. "직접 와서 물어보라고 전해요."

노파는 계속 웃음을 짓고 있었지만 대답하지 않았다. 마일로의 말은 그녀가 착용한 무전기를 통해 이미 전달되었다. 공원 너머 꽃배달 차의 뒷문을 열고 키 큰 금발의 남자가 나오더니 잔디밭을 가로질러 마일로에게로 다가왔다. 제임스 아이너의 얼굴은 벌겠고 새빨간 입술은 굳게 다물어져 있었다. 그가 주먹질이 가능할 정도의 거리까지 다가오자, 마일로는 아이너의 입술이 벗겨졌음을 알 수 있었다. 헤르페스라도 걸린 건가? 뉴욕으로 돌아가면 아이너의 자료를 업데이트해야겠군.

"안녕, 제임스." 마일로가 말했다.

"씨발, 묻는 말에 대답이나 해. 보안 문제라도 생기면 어쩔 거야?"

마일로는 터져나오는 웃음을 참을 수 없었다. "그래그래, 제임스. 내가 물건을 가지고 있어."

아이너는 전혀 웃을 기분이 아니었다. "여긴 사무실이 아니야. 현장이라고."

마일로는 아이너가 승합차를 향해 미친 듯이 달려가는 것을 바라봤다. 노파는 무전기 마이크로 들릴세라 소리가 나지 않도록 입술을 꼭 깨물며 웃음을 참고 있었다.

12시 30분이 지나자 마일로는 걱정이 되기 시작했다. 대사관 주변이나 가로등에 부착된 검은 반달 모양의 카메라들이 그를 포착하고 있을 터였다. 하루 종일 대사관 지하실의 모니터 앞에 앉아 있을 창백한 기술자들은 지금쯤 마일로가 어슬렁거리는 낌새를 눈치채고 얼굴 인식 소프트웨어로 검색해 보았을 것이다. 분명 그의 신원을 파악했겠지만 그 사실을 안젤라 예이츠에게 전달했는지는 확실치 않았다. 만일 전달했다면, 안젤라는 마일로를 피하기 위해 밖으로 나오지 않는 것일지도 몰랐다. 그녀가 기밀을 넘긴 것이 아니더라도, 대사관의 의심을 받고 있다는 생각에 마일로를 멀리하려는 것인지도 몰랐다. 마일로는 차라리 그랬으면 좋겠다고 생각했다.

이윽고 12시 57분. 안젤라가 대사관 건물을 나서며, 문을 열어준 경직된 자세의 해병대원을 향해 고개를 끄덕이는 것이 보였다. 얇고 색이 화려한 스카프를 보니 그녀가 프랑스 패션에 푹 빠져 있음을 알 수 있었다. 가슴의 윤곽이 드러나는 타이트한 연보라색 스웨터, 무릎까지 오는 베이지색 스커트, 그 아래로 이어지는 에나멜가죽 부츠. 5년 동안 파리 생활을 하더니, 위스콘신 매디슨 시 출신의 안젤라 예이츠는 멋있게 변모한 것이었다.

안젤라는 전기로 작동하는 대사관 정문을 통과하여, 서쪽을 향해 보도를 걸었다. 그녀는 포부르 생-오노레 거리를 향해 북쪽으로 방향을 틀고는, 로스차일드 은행 ATM에 들러 유로를 출금했다. 마일로는 반대편 보도에서 그녀를 쫓았다.

안젤라의 걸음은 빨랐다. 아마도 마일로의 미행을 눈치챘는지도 몰랐다. 하지만 그녀는 확인을 위해 뒤를 돌아보거나 하지는 않았다. 런던에서도 가장 우수한 요원이었던 그녀는 일을 할 때 조바심을 내는 법이 없었다.

마일로가 안젤라를 마지막으로 만난 것은 1년 전 피터 루거 스테이크하우스에서였다. 티나와 스테파니도 함께였었고, 그들은 식사를 하며 많이 웃었다. 세미나 참가차 브루클린에 왔던 안젤라는 5센티미터가 넘는 두께의 스테이크와 구운 감자를 먹으며 세미나 참가자들의 단조로운 목소리를 흉내 냈다. 어린 스테파니조차도 그녀의 농담을 재미있어했다.

안젤라는 뒤라스 거리로 들어서더니 창문틀에 금박을 입힌 작은 비스트로에 들어갔다. 식당은 손님으로 가득했다. 마일로는 르노 자동차가 질주하는 도로를 가로질러 안젤라가 있는 쪽의 보도를 향해 달려갔다. 그는 메뉴판이 든 액자 앞에 서서 유리창 너머로 안젤라가 바 카운터를 향해 다가가는 것을 바라보았다. 앞치마를 두른 뚱뚱한 남자가 활짝 웃으며 그녀를 맞이하는 모양을 보니, 안젤라는 이곳의 단골인 듯했다. 뚱뚱한 매니저는 그녀의 어깨에 손을 얹더니, 등을 굽힌 채 앉은 손님들과 우왕좌왕하는 웨이터들 사이를 지나 안쪽 벽의 작은 2인용 테이블로 그녀를 안내했다. 안젤라가 누군가 일행을 기다리고 있을지도 모른다고 생각하며, 마일로는 식당 안으로 들어갔다.

안젤라의 안내를 마친 매니저는 재빠르게 마일로에게로 다가와 유감스럽다는 듯 말했다. "Je suis désolé, monsieur. Comme vous pouvez voir, pas d'place.(죄송합니다, 손님. 보시다시피 빈자리가 없네요.)"

"괜찮습니다." 마일로는 영어로 대답했다. "저기 계신 분이 일행입니다."

매니저는 고개를 끄덕이더니 이어서 들어온 젊은 남녀에게 만석임을 알리러 갔다. 키 크고 잘 생긴 남자와 눈이 부어오른 "부치"(레즈비언 중 외향이나 성격이 남성스러운 쪽)처럼 생긴 여자였다.

마일로가 안젤라에게 다가갔을 때, 그녀는 "오늘의 스페셜"이 유려한 손글씨로 적힌 알기 힘든 메뉴판을 보고 있었다. 검은 머리카락이 그녀의 얼굴에 드리워져 있었다. 마일로가 테이블의 반대편에 서자 안젤라가 고개를 들었다. 그녀의 연보랏빛 눈이 놀라움으로 가득 찼다. "깜짝이야! 마일로! 여기서 뭐 해?"

그렇다. 안젤라는 대사관의 카메라를 통해 이미 마일로를 본 것이었다. 그녀가 기다리던 일행은 바로 마일로였던 것이다. 마일로는 몸을 굽혀 안젤라의 상기된 뺨에 키스를 했다. "길가에 있는데, 보니까 웬 아름다운 레즈비언이 여기로 들어오는 게 아니겠어?"

"미친놈. 이리 앉아. 어찌 된 영문인지 처음부터 끝까지 몽땅 보고하라고."

둘은 하우스 와인을 한 병 주문하고 곧 잡담을 나누기 시작했다. 첩보 훈련의 일환으로 잡담을 활용하는 법을 배운 적이 있지만, 지금은 전략적으로 그러는 것이 아니었다. 마일로는 안젤라를 다시 만나 반가웠고, 그녀가 어떻게 지냈는지 궁금했다.

안젤라는 그동안 별다른 일은 없었다고 말했다. 1년 전 마일로와 피터 루거 스테이크 하우스에서 저녁을 함께 한 지 얼마 안 되어, 안젤라는 프랑스 귀족 같은 애인과 사이가 틀어졌고, 이후 줄곧 일에 매진했다. 사교 생활에 흥미가 없었기에, 그녀는 대신 승진으로 실연의 아픔을 달랬다. 그녀는 대사관 내부의 CIA 사무소뿐만 아니라 프랑스에 소재한 미국의 외교 네트워크 전반을 감독하게 되었다. 즉 파리, 보르도, 릴, 리옹, 스트라스부르, 마르세유, 니스, 툴루즈의 미국 영사관들을 전부 담당한 것이다.

마일로는 안젤라가 자신의 성과를 자랑스러워하고 있음을 알 수 있었다. 지난 9개월간 그녀는 기밀누설 행위 적발 세 건을 몸소 지휘했다. 마지막 사례를 얘기할 때 안젤라의 얼굴에 나타난 들뜬 표정은 예전과 변함이 없었다. 6년 전 마일로가 결혼 소식을 알렸을 때도 그녀는 똑같은 표정을 지었었다. 그녀는 변하지 않았다. 마일로보다 애국심이 강한 것도 여전했다.

"정말 짜증 난다니까." 안젤라가 말했다. "프랑스 녀석들, 만날 미국이 굼뜨고 호전적인 거인 같다고 불평해. 우리가 세계를 위험하게 만들고 있다나. 아무도 미국의 실수를 진짜 실수로 보지 않아. 무슨 말인지 알겠어? 녀석들 마음에 안 드는 뭔가를 할 때마다, 석유 시장을 조종하거나 유럽을 세계무대로부터 밀어내려는 의도로 그러는 거라고 매도한다니까." 안젤라는 머리를 흔들었다. "지금이야말로 유례가 없는 상황이란 걸 왜 모를까. 역사상 오늘날의 미국만큼 힘과 책임을 가진 나라는 없었어. 우리야말로 참다운 세계 제국이라고. 하지만 실수를 전혀 안 할 수야 없는 거잖아!"

재미있는 관점이지만 마일로는 동의하지 않았다. 그레인저가 "제국"이라는 단어를 즐겨 쓰는 반면, 마일로는 미국을 "제국"이라고 부르는 것을 싫어했다. 그는 "제국"이란 말이 로마 제국을 본떠 스스로를 신화적 존재로 만들려는 미국인들의 허영심을 반영할 뿐이라고 생각했다. 하지만 그는 그런 생각을 입 밖에 내지는 않았다. "프랑스인들이 골치 아프게 하나?"

"대중의 눈에 띄지 않는 곳에서는 꽤나 협조적이야. 사실은 내 개인 프로젝트를 도와주고 있지."

"그래?"

안젤라는 입술을 다물며 웃었고, 그녀의 뺨은 상기되었다. "굉장한 경력이 될지도 몰라. 거물이거든."

"이거, 궁금해지는데."

안젤라는 요염하게 윙크를 했다. "힌트는 동물 이름."

"동물?"

"어흥." 안젤라는 우스꽝스럽게, 유혹하는 듯 숨을 내쉬었다.

마일로의 얼굴이 달아올랐다. "타이거?"

# 12

안젤라는 몸을 앞으로 기울인 채 지난 8개월간의 수사 경과를 속닥이며 자랑했고, 마일로는 그 모습을 보는 것이 왠지 불편했다. "착수한 건 11월부터야. 놈이 미셸 부샤르 외무장관을 제거하고 나서 말이야. 그 사건 기억해?"

마일로는 기억하고 있었다. 당시 그레인저가 사건의 조사를 위해 트리플혼을 마르세유로 보냈지만, 프랑스 관계자들은 트리플혼에게 협조하지 않았다. "우리 쪽에서도 사람을 보냈지만 수확은 없었지."

안젤라는 당연하다는 듯 한 손을 펼쳐 보였다. "마르세유 영사관을 통해서 알게 된 폴이라는 친구가 그 사건을 담당하고 있었어. 내가 거들겠다고 제안했더니 다른 프랑스 친구들과는 달리 의외로 거절하지 않더라고. 어쨌든 난 그게 타이거의 짓인 줄 진작부터 알았어."

"몇 개월 후에 프랑스 쪽에서 타이거의 소행이란 걸 확인했다던데?"

"나 참, 프랑스라니. 내가 한 거야. 물론 폴의 도움을 받았지만." 안젤라는 윙크를 하고 와인을 들이켰다. "부샤르는 정부情婦하고 소피텔에 묵고 있었어. 잠깐 아내로부터 휴가를 떠났던 거지." 안젤라는 헛기침을 했다. "유럽 대륙 스타일이지."

마일로가 웃음을 지었다.

"어쨌든, 부샤르와 정부는 그날 어떤 파티에 참석했어. 여기 사람들은 그런 부도덕한 행동을 숨길 생각조차 안 한다니까. 둘은 만취 상태로 호텔에 돌아왔어. 부샤르는 방까지 경호원들의 부축을 받고 올라갔지. 방은 사전에 점검된 상태였고. 경호원들은 부샤르를 방에 두고 나갔어. 그 다음은 짐작하는 대로야. 이튿날 아침 일찍 여자가 비명을 지르며 깨어났지." 안젤라는 손을 뻗어 와인잔을 집었지만, 쳐다보기만 하고 마시지는 않았다. "여자는 아무것도 듣지 못했대. 검시관에 따르면 부샤르의 목이 베인 것은 새벽 3시경이었어. 암살자는 발코니를 통해 들어와서 일을 처리한 뒤, 다시 발코니로 빠져나간 거 같아. 지붕에서 로프를 타고 내려온 흔적이 발견됐어."

"여자는 아무것도 몰랐나?"

"인사불성이었거든. 폴이 들은 바로는, 몸이랑 침대가 피로 물드는데, 고작 오줌을 지리는 꿈을 꿨다나. 그게 일이 터졌을 때 여자가 느꼈던 전부야."

마일로는 병의 와인을 전부 따라 자신과 안젤라의 잔을 가득 채웠다.

"타이거의 짓이라고 생각할 근거는 없었어. 미셸 부샤르 같은 인간은 적이 많으니까. 까놓고 말해, 우리한테도 솔직히 희소식이었지. 혹시 부샤르가 휴전 기념일 때 연설했던 거 들었어?"

마일로는 고개를 저었다.

"미국이 아프리카를 차지하고 싶어한다고 비난하더라니까. 프랑스인들은 자기들이 무슨 아프리카 대륙의 수호자라도 되는 줄 알아. 게다가 부샤르는 에이즈 치료제를 무차별적으로 제공하라고 미국에 로비를 하고 있었어."

"그게 잘못된 일인가?"

안젤라가 마일로를 쳐다봤지만, 마일로는 그 시선의 의미를 이해하지 못했다.

"글쎄. 하지만 다른 유럽인들처럼, 부샤르는 미국이 치료제 제공을 거절한 것이 아프리카 대륙의 인구를 감소시킨 후 그곳에 침투하여 석유를 차지하려는 음모라고 생각했거든. 그게 아니더라도 그 비슷한 다른 음모라고 말이야.” 안젤라가 말을 마치고 와인을 마셨다. “어쨌든 연설이 끝난 열흘 후 암살당했지.”

“미국의 짓이라고 생각해?”

안젤라가 어렴풋이 웃었다. “설마. 다른 중요한 인사들을 제쳐두고 프랑스 외무장관 따위를? 암살 동기는 보다 고전적인 이유인 것 같아. 돈 말이야. 부샤르는 부동산 투기에 한참 열을 올리고 있었거든. 그것 때문에 여기저기서 돈을 지나치게 많이 빌렸지. 검은돈 말이야. 외무장관으로서 우간다와 콩고의 개발차관을 논의하면서, 사적으로는 몰래 수백만 유로를 그곳에 투자하고 있었던 거야. 만일 살아 있었다면 조사를 받았겠지. 다행히도 돈 빌려준 이들 중 누군가가 문제를 잘 해결해 준 셈이야.” 안젤라는 어깨를 으쓱했다. “죽어서 영웅이 된 거지.”

“타이거의 소행이라는 건 어떻게 알았지?”

숨을 들이쉬는 안젤라의 두 눈이 반짝였다. 지금부터가 본격적인 이야기였다. “정말 운이 좋았어. 아까도 말했지만 난 처음부터 타이거의 짓이라고 확신했어. 녀석의 평소 방식하고 맞지는 않았지만 이런 일을 완수할 만한 암살자가 달리 없으니까. 그래서 여기저기 알아봤는데 마침 톰 그레인저가……, 참, 아직 그 사람 밑에서 일해?”

마일로가 끄덕였다.

“그가 타이거의 사진을 세 장 가지고 있더라고. 밀란, 프랑크푸르트, 아랍 에미리트에서 찍힌 거 말이야. 폴하고 나는 호텔 보안 카메라 영상을 뒤졌어. 시간을 엄청 들였지만 수확은 없었지. 그래도 난 포기하지 않았어. 내가 얼마나 질긴지 잘 알잖아? 그런데 너 표정이 왜 그래?”

마일로는 자기가 어떤 표정을 짓고 있는지 모르겠다고 안젤라에게 말했지만, 실은 그레인저가 왜 그녀의 사진 요청에 대해 자신에게 말해 주지 않았는지 의아해하고 있었다. 안젤라는 따져 묻지 않고 말을 이었다.

“그래서 시민들의 도움을 받기로 했어. 때는 1월이었고 그것밖에 더는 방법이 없었지. 밀란에서 찍힌 사진을 인쇄해서 마르세유 전역에 돌렸어. 가게, 은행, 호텔, 가능한 모든 곳에. 하지만 실패. 성과가 전혀 없었지. 몇 주 후에 난 파리로 돌아왔어. 그런데 2월에 폴에게서 연락이 온 거야. 스위스 유니언 은행 직원 하나가 사진 속의 얼굴을 기억했다고."

"갑자기 기억이 떠올랐다는 말인가?"

"원래 프랑스 사람들 휴가가 굉장히 길잖아. 스키 타러 갔었다더군."

"아."

"마르세유로 돌아가서 폴과 함께 은행의 보안 카메라에 찍힌 영상을 살펴봤어. 당첨. 녀석이 맞았어. 암살 사흘 전인 11월 18일에 30만 달러가 든 계좌에서 돈을 전부 출금하고 해지했더군. 계좌의 공동 명의자인 새뮤얼 로스라는 이름으로 말이야. 바로 타이거의 가명 중 하나였지. 신원확인을 위해 여권을 제출했기 때문에 은행에 보관된 여권 사본을 입수할 수 있었어. 하지만 그것보다 중요한 건 계좌 정보를 입수했다는 거야."

테이블에 올려진 마일로의 손은 와인잔을 붙잡고 있었다. "그리고?"

뜸을 들이느라 안젤라는 와인을 한 모금 마셨다. 그녀는 이 상황을 즐기고 있었다. "계좌는 11월 16일 취리히에서 롤프 빈터버그라는 명의로 개설된 것이었어."

마일로는 몸을 뒤로 기댔다. 그는 자신이 6년간 추적해낸 것보다 더 많은 것을 안젤라가 수개월 만에 알아냈다는 사실에 내심 놀랐다. "그렇군. 그 롤프 빈터버그라는 건 누구지?"

"정확한 건 몰라. 주소지는 취리히로 되어 있었어. 은행에서 현금 계좌를 개설했더군. 스위스 유니온 은행 취리히 지점의 보안 카메라에 키 큰 남자의 모습이 잡혀 있었어. 모자를 쓰고 있었지. 이름은 가짜였고."

"나는 그런 일이 있었다는 걸 전혀 듣지 못했는데. 보고를 하지 않은 건가?"

안젤라가 불안한 표정을 지으며 고개를 끄덕였다.

마일로는 경탄과 불만을 동시에 느꼈다. 안젤라가 단독 처리를 고집하지 않았더라면, 뉴욕 사무소에서 도움을 줄 수 있었을 것이다. 하지만 그녀는 성과를 온전히 자기의 것으로 하고 싶었던 것이다. 타이거 정도의 거물을 체포하는 일은 굉장한 경력이 될 것이었다. 마일로가 말했다. "내가 몇 년 전부터 타이거를 쫓고 있었다는 건 알고 있었나?"

안젤라가 그 사실을 알고 있었으리라 생각할 이유는 없었다. 그녀는 와인잔을 들여다본 후 어깨를 으쓱하며 "미안해."라고 말했지만 진심으로 미안해 보이지는 않았다.

"수요일에 놈을 만났어. 미국에서."

"타이거를 말이야?"

마일로가 끄덕였다.

안젤라의 뺨을 물들였던 홍조가 사라졌다. "농담이지?"

"죽었어. 청산가리를 먹고. 그리고 놈의 고객 하나가 그에게 HIV를 주입했다는 사실이 밝혀졌지. 그 고객은 타이거가 크리스천 사이언스 신자라는 것을 알았던 모양이야. 우리는 몰랐지만."

"크리스천 뭐?" 안젤라는 이해하지 못한 것 같았다. "타이거가 뭐였다고?"

"타이거가 에이즈 치료를 받지 않으려 했다는 뜻이야. 그래서 그렇게 죽어간 거지."

안젤라는 할 말을 잃고 와인을 마시며 마일로를 바라볼 뿐이었다. 그녀는 지난 8개월간 차근차근 수사를 진행시켜 왔다. 마일로가 봐도 훌륭한 솜씨였다. 잘 됐으면 진급할 수 있었을 텐데, 지금 마일로의 몇 마디 말이 그런 희망을 완전히 뭉개버린 것이다.

그러나 안젤라는 현실적인 사람이었다. 인생에서 실망스러운 일들을 여러 번 경험했던 탓에, 그로부터 헤어나오는 법을 잘 알고 있었다. 그녀는 마일로를 향해 잔을 들며 말했다. "축하해, 마일로."

"축하할 일이 아니야." 마일로가 말했다. "난 그저 타이거의 의도대로 따라갔던 것뿐이었어. 쫓아올 수 있게끔 놈이 일부러 흔적을 남긴 거야. 자기의 마지막 바람을 전하기 위해."

"그게 뭔데?"

"자신을 죽음으로 내몬 사람이 누군지 밝히는 것." 안젤라가 반응하지 않자 마일로가 말을 이었다. "따라서 너의 수사도 아직 끝나지 않았어. 타이거의 살해를 지시한 게 누군지 알아내야 하니까."

안젤라가 와인을 홀짝였다. "좋아, 마일로. 자세히 얘기해 봐."

마일로는 타이거와 나눴던 대화의 내용을 15분에 걸쳐 하나하나 풀어놓았다. 안젤라의 얼굴에서 여러 가지 감정들이 스쳐 지났고, 서서히 희망의 빛이 되살아났다.

얘기 도중에 안젤라가 마일로의 말을 끊으며 물었다. "살리 아마드? 수단 말이야? 타이거의 짓이었어?"

이유를 알 수 없었지만, 안젤라는 살리 아마드의 이름을 듣고는 흥분한 듯 보였다. 마일로가 대답했다. "타이거가 그렇게 말하더군. 왜 그러지? 아는 게 있어?"

"아니." 안젤라가 황급히 대답했다. "계속해."

얀 클라우스너 = 허버트 윌리엄스에 대해 얘기하면서 마일로는 한 가지 사실을 떠올렸다. "너에게도 그의 사진이 있겠군. 밀란에서 찍힌 타이거의 사진 속에 같이 있는 남자야."

안젤라는 얼굴을 찌푸렸다. "뉴욕 사무소에서 준 사진에는 지워져 있었어."

"나중에 온전한 사진을 주지."

"고마워."

마일로가 얘기를 끝냈을 때, 안젤라는 앉은 자세를 바로 하고 기대에 찬 표정으로 아랫입술을 깨물고 있었다. 마일로는 그녀가 기운을 되찾은 것을 보고 마음이 놓였다. 그러나 증명할 수는 없었지만, 안젤라가 뭔가 숨기고 있음을 느낄 수 있었다. 그녀가 털어놓지 않은 무언가가 있었다. 마일로는 임무의 주도권이 안젤라에게 있음을 상기시킬 요량으로 서두에 꺼냈던 말을 강조했다. "미국에서 이 조사를 진행하기는 힘들 테니 네가 맡아줬으면 해. 난 너의 지시를 따를 테니까. 괜찮겠어?"

"분부대로 하죠." 안젤라는 웃으며 대답을 하고는 입을 다물었다. 그녀가 무엇을 숨기고 있는지 모르겠지만, 아직은 추궁하지 말고 내버려 두어야 한다. 안젤라가 가느다란 손을 들어 올렸다. "일 얘기는 여기까지. 가족들은 어때? 스테파니 이제 몇 살이지? 일곱 살?"

"여섯 살." 마일로는 유리병에 손을 뻗다가 병이 비어 있음을 깨달았다. "입이 뱃사람처럼 걸어. 하지만 아직 딴 데 팔아넘길 생각은 없어."

"티나는 여전히 아름답고?"

"더 예뻐졌지. 안 데려오길 잘했군."

"조심하라고." 안젤라가 윙크를 하더니 웃음을 누그러뜨렸다. 그녀는 바보가 아니었다. "자, 이제 날 만나러 온 진짜 이유를 얘기해 봐."

"왜 다른 이유가 있다고 생각하는 거지?"

"대사관 밖에서 나를 한 시간 넘게 기다렸으니까. 나와 만났다는 기록이 남지 않도록 일부러 전화하지 않은 거겠지? 게다가 너에겐 가족이 있잖아. 너 혼자 파리에 놀러 오는 것을 티나가 허락했을 리가 없어." 안젤라는 진지한 표정으로 말을 멈췄다. "다른 이유가 있다고 생각할 만하지?"

비스트로의 손님은 대부분 프랑스인이었지만, 이따금 미국인의 모습도 보였다. 창문 밖에는 들어올 때 봤던 키 크고 잘 생긴 남자가 자리가 나길 기다리고 있었다. 마일로는 그의 눈이 부은 여자친구가 어디로 갔는지 궁금했다.

마일로는 깍지 낀 양손 위에 턱을 받쳤다. "네 말이 맞아. 필요한 게 있어. 약간의 부탁."

"고생스러운 일?"

"전혀. 약간의 수고. 물건을 좀 보관해 뒀다가 다음 주 월요일에 누가 찾으러 오면 건네주기만 하면 돼."

"크기는?"

"아주 작아. USB."

안젤라도 식당을 한 번 둘러보고는 속삭였다. "정보가 더 필요해."

"물어봐."

"뭐가 들었지?"

"보고서. 이메일로는 보낼 수 없었어. 통신은 외부로 노출될 가능성이 있으니까."

"물건을 가지러 올 사람은 파리에 있어?"

"베이루트. 하지만 월요일 아침 비행기로 파리에 도착해서 미국 대사관으로 찾아갈 거야. 그 사람이 물건을 찾기만 하면 일은 끝나."

"그런데 왜 하필 나한테 부탁하는 거지?"

마일로는 안젤라가 한때 런던 현지 사무소에서 친하게 지냈던 마일로 위버 요원을 신뢰할 거라고 생각했지만 확신하지는 못했다. 지난 몇 년간 가끔씩 만나긴 했지만, 두 사람의 관계는 예전 같지 않았기 때문에, 안젤라가 자신의 말을 곧이곧대로 믿어줄지 알 수 없었던 것이다. 마일로는 한숨을 쉬며 말했다. "사실 내가 직접 물건을 넘겨주게 돼 있어. 하지만 여기 계속 있을 수 없어서 말이야."

"왜?"

마일로는 곤란한 척 코를 긁었다. "그게…… 지금 휴가 중이야. 티나가 벌써 플로리다에 호텔을 예약해 뒀어. 디즈니 월드에 가기로 했거든. 인터넷 할인 요금으로 예약한 거라 취소할 수도 없어." 그것은 거짓말이 아니었다.

안젤라가 웃었다. "설마 부인 앞에서 벌벌 떠는 거야?"

"그냥 휴가를 휴가답게 보내고 싶은 거야. 말싸움 같은 거 하지 않고 말이야."

"이거, 이거, 예전의 마일로 위버 씨가 아니잖아." 안젤라가 윙크를 했다. "뉴욕 사무소에 있는 사람을 시키지 그랬어."

"다른 사람은 안 돼." 마일로가 말했다. "지난달 내내 보고서를 작성했다고. 다른 사람한테 보여주고 싶지 않아."

"그래서 내 생각이 났다 이거지?"

"오랜 벗인 안젤라 예이츠 님이 생각났다 이거지."

"톰한테는 얘기하지 않았겠네."

"알면 가만두지 않을걸."

안젤라는 마일로의 등 뒤로 사람들을 살폈다. "무슨 보고서인지 알려줄래?"

마일로는 톰이 시킨 대로 중국의 카자흐스탄 석유 투자 건에 대한 분석이라고 말하려다가 생각을 바꿨다. 호기심이야말로 안젤라의 약점이었다. "아시아 석유 관련 사안. 더 자세한 것은 말 안 해도 되겠지?"

"그래." 잠시 말을 멈춘 후 안젤라가 말했다. "좋아, 마일로. 그대를 위해서라면야."

"덕분에 살았다." 마일로는 지나가는 웨이터의 팔을 잡아 세우고 모엣 샹동 샴페인 한 병을 주문했다. 그는 몸을 기울여 안젤라에게 다가가며 말했다. "손 좀 줘 봐."

안젤라는 의아해하면서 시킨 대로 손을 내밀었다. 손가락이 길었고 손톱은 손질되어 있었지만 매니큐어는 칠하지 않았다. 마일로는 마치 연인인 양 안젤라의 메마른 손을 양손으로 부드럽게 감쌌다. 손바닥으로 USB가 들어오는 것이 느껴지자 안젤라의 눈이 살짝 커졌다. 가볍게, 마일로는 그녀의 손가락 마디에 키스를 했다.

# 13

호텔에 돌아오니 마일로 앞으로 두 건의 메시지가 도착해 있었다. 하나는 일이 계획대로 됐는지 궁금해하는 제임스 아이너의 메시지로, "돈이 잘 전달되었는가?"라는 은유로 표현되어 있었다. 마일로는 쪽지를 구겨서 주머니에 넣었다. 다른 하나는 그레인저로부터 온 것이었다. 아무런 내용 없이 "아버지"라는 서명만 있었다. 점심때 마신 술이 아직 깨지 않았지만, 마일로는 방에 들어와 냉장고에서 작은 보드카 병을 꺼내 잔에 술을 따랐다. 길쭉한 프랑스식 창문을 열고 몸을 내밀어 아래를 보니 생 필립 뒤 루르 거리는 퇴근길 교통 정체로 혼잡했다. 전화를 걸기 전에 마일로는 담배를 한 개비 꺼내 불을 붙였다.

졸린 목소리의 티나가 전화를 받았다. "여보세요?"

"나야, 여보."

"누구요?"

"힌트는 바보."

"아, 마일로. 아직 파리야?"

"그래. 그쪽은 좀 어때?"

"몰라. 지금 일어났어. 근데 당신 목소리가…… 술 마셨어?"

"응. 조금."

"거기 지금 몇 시야?"

마일로는 손목시계를 봤다. "이제 곧 3시."

"마실 만한 시간이네."

"저기 말이야, 나 일요일에나 갈 수 있을 것 같아."

티나는 잠시 말이 없었다. 그녀가 자리에서 일어나 앉았는지, 이불이 부스럭거리는 소리가 났다. "왜?"

"좀 복잡해."

"얼마나 복잡한데?"

"위험한 정도는 아니야."

"좋아." 티나가 말했다. "비행기 출발 시각 알지?"

"월요일 오전 10시."

"그때까지 안 오면……."

"휴가는 나 혼자 알아서 보낼 것."

"잘 알고 있네." 티나가 말했다. 마일로는 담배를 한 모금 빨아들였다. "잠깐만요, 선생님."

"왜?"

"담배 피우고 있지?"

마일로는 짐짓 억울한 척 말했다. "무슨 소리야."

"당신, 여러 가지로 각오해 둬. …… 야, 꼬마."

"야, 뭐?"

"스테파니가 옆에 있어." 티나의 목소리의 감이 멀어졌다. "아빠랑 통화할래?"

"왜 그래야 하는데?" 스테파니의 목소리가 들렸다.

"착하게 굴어야지." 잠시 후 스테파니가 전화를 받아 들었다.

"스테파니 위버입니다. 누구신가요?"

"마일로 위버입니다." 마일로가 말했다.

"통화하게 돼서 반갑습니다."

"임마!" 마일로가 소리를 지르자 스테파니가 웃어댔다. 장난치는 것이 끝나자, 스테파니는 여섯 살 난 어린아이답게 목요일에 있었던 일들을 조목조목 재잘대기 시작했다. 마일로는 딸의 이야기에 푹 빠져들었다.

"개를 뭐라고 불렀다고?"

"샘 애스톤은 나쁜 놈이야. 개가 나더러 공주병이라고 놀렸단 말이야. 그래서 난 개를 더러운 쥐새끼라고 불렀어. 뭐 어때."

스테파니의 애깃거리가 떨어지자, 티나가 전화를 이어받아 시간 내에 돌아오지 못하면 큰일 날 거라고 은근히 협박을 했고, 마일로는 은근히 기죽는 소리를 했다. 마일로가 전화를 끊자 들려오는 것은 자동차의 소음뿐이었다. 세상의 활기가 사라진 듯했다. 그는 이번에는 그레인저에게 전화를 걸었다.

"뭐야?" 그레인저가 소리를 질렀다.

"접니다."

"아, 마일로."

"무슨 일 있습니까?"

"아무것도 아니야. 일은 잘 끝났나?"

"네." 아래에서 들려오는 자동차의 소음이 시끄러워, 마일로는 창가에서 물러났다.

"거 봐. 내가 말한 대로잖아. 오늘 저녁 비행기로 돌아와. 1분도 늦지 않고 휴가를 갈 수 있을 테니까."

"감시는 아이너가 담당합니까?"

"무슨 감시?"

"안젤라에게 전달한 보고서가 북경에서 나타나기를 기다릴 작정은 아니잖아요."

"아, 물론 아니지. 아이너가 감시할 거야."

"그렇다면 파리에 잠깐 더 있다 가겠습니다."

그레인저가 헛기침을 했다. "왜 일을 복잡하게 만드나?"

"안젤라는 결백하니까요."

"아이너가 증거를 보여주지 않았나?"

"증거 같은 건 볼 필요 없습니다. 안젤라와 두 시간이나 얘기했어요. 그녀는 결백합니다."

"백 프로 확신하나?"

"97퍼센트라고 해 두죠."

"3퍼센트 정도라면 의심해 볼 만하잖나."

"하지만 안젤라는 여기서 중요한 일을 하고 있잖습니까." 마일로가 고집을 부렸다. "그런 중요한 일에 차질이 빚어지면 안 되니까요."

"그래 봤자 보안팀장이야. 그게 무슨 대수라고."

"타이거를 쫓는 일 말입니다."

정적이 흘렀다.

"모르는 척하지 마십시오. 몇 개월 전 안젤라에게 타이거의 사진을 보내줬다면서요? 왜 저한테 말 안 했습니까?"

"마일로." 그레인저가 다소 권위적인 투로 말했다. "자네가 여기서 돌아가는 모든 일들을 이해하고 있다고 생각하지 말게. 최선의 결정을 내리는 건 나야. 게다가 안젤라 자신도 조용히 일을 처리하고 싶어했지. 난 그 의견을 존중했어."

"그랬군요."

"그래, 안젤라가 뭘 알아냈던가?"

"제가 여태껏 알아낸 것보다 많은 것을요. 스위스 유니온 은행 마르세유 지점에서 찍힌 타이거의 영상을 입수했더군요. 미셸 부샤르를 암살한 대금을 받으러 갔을 때 찍힌 거랍니다. 금액은 30만 달러. 계좌는 롤프 빈터버그라는 이름으로 취리히에서 개설됐습니다."

"빈터버그." 그레인저가 천천히 복창했다. 아마도 이름을 적어 놓는 것 같았다.

"처음부터 안젤라를 타이거의 추적에 참여시켜야 했습니다. 그랬다면 놈을 진작에 잡았겠죠. 안젤라에 비하면 저는 머리도 나쁘고 무능하니까요."

"앞으로 참고하도록 하지. 하지만 일단 안젤라의 기밀 유출 혐의를 확인해야겠어."

"알겠습니다."

"그 친구 속 썩이지 말도록 해."

"누구 말입니까?"

"아이너."

"잘 아시잖습니까. 기쁜 마음으로 도와줄 생각입니다."

# 14

4시가 지나서 마일로는 다시 아까의 공원으로 향했다. 이번에는 대사관 카메라에 쉽게 포착되지 않도록 차려 입었다. 티셔츠, 청바지, 호텔 근처에서 산 중절모, 그 아래로 아이팟의 이어폰, 그리고 선글라스. 혹시라도 자세히 들여다본다면 발각될 가능성도 있겠지만, 마일로는 대사관에서 그렇게까지는 하지 않을 것이라고 생각했다.

아까 본 노파 대신, 이번엔 때 묻은 재킷을 입은 나이 든 남자가 태양 쪽으로 얼굴을 향한 채 벤치에 등을 기대고 있었다. 그의 옆에는 지저분한 비닐봉지가 동그랗게 구겨져 있었다. 아이너의 꽃배달 차는 여전히 가브리엘 애비뉴에 주차되어 있었다.

5시까지 딱히 할 일이 없어서 마일로는 기분전환을 위해 아이팟에 선곡해 놓은 노래들을 틀었다. 60년대의 프랑스 음악. 프랑스 갈, 샹탈 고야, 제인 버킨, 프랑스와즈 아르디, 안나 카리나, 그리고 브리짓 바르도와 갱스부르가 함께 부르는 〈Comic Strip〉.

SHEBAM! POW! BLOP! WIZZ!

5시 10분. 공원은 귀가하는 사람들로 가득했다. 옆자리의 노인도 자세를 바로 하고 대사관 쪽으로 고개를 돌렸다.

마일로는 앉은 자리에서 대사관이 보이지 않자 가브리엘 애비뉴까지 걸어가기로 하고, 마치 아이팟에 문제가 생긴 양 얼굴 가까이 가져갔다.

노인도 늙은 몸을 천천히 힘겹게 일으키다가, 다시 몸을 숙여 신발끈을 만지작거렸다.

그때 꽃배달 차를 지나 안젤라가 다가오는 것이 보이자, 마일로는 얼굴을 숨겼다. 그녀는 공원을 지나 동쪽 콩코드 광장 지하철역으로 향하는 중이었다. 마일로는 자연스럽게 군중에 섞여 안젤라로부터 멀어졌고, 노인은 안젤라의 뒤를 따라갔다.

마일로는 황급히 가브리엘 애비뉴에 주차된 꽃배달 차로 향했다. 차는 빽빽한 주차 열에서 빠져나오기 위해 막 후진을 하던 참이었다. 마일로는 선팅을 한 뒷문 유리창을 두드렸다.

아이너는 그에 반응하지 않고 바깥에 서 있는 마일로를 바라보며 그가 가버리기를 기다렸지만, 결국 어쩔 수 없다는 듯 문을 열었다. 마치 계속 씹어대기라도 한 듯, 그의 입술은 상태가 심각했다. "여기서 도대체 뭐 하는 거야?"

"좀 태워줘."

"꺼져. 집에 가."

아이너가 문을 닫으려고 했지만 마일로는 이미 문틈을 비집고 들어왔다. "제임스, 부탁이야. 나도 같이 가게 해 줘."

"집에 가라니까."

"들어 봐." 마일로가 친근하게 굴며 말했다. "혹시라도 안젤라를 체포할 일이 생기면 내가 도움이 될 거야. 내가 있는 걸 보면 안젤라는 달아나지 않을 테니까 말이야."

아이너는 그 말에 대해 곰곰이 생각했다.

"믿어 줘. 돕고 싶어서 이러는 거라고."

"톰하고는 얘기가 된 건가?"

"전화해서 확인해 봐."

아이너는 다시 차 문을 열고 자신이 그리 나쁜 놈은 아니라는 듯 활짝 웃으며 말했다. "나이도 먹은 녀석이 애처럼 굴기는."

마일로는 그 말에 굳이 토를 달지 않았다.

아이너의 이동식 통제실은 만드는 데 공이 많이 들어간 듯 보였다. 안에는 노트북 컴퓨터 두 대, 중앙 컴퓨터와 연결된 평면 모니터 두 대, 발전기, 마이크, 스피커가 있었고, 의자들이 장비들의 맞은편인 오른쪽 면에 바짝 붙어 있었다. 몸이 마른 운전사가 겨우겨우 페달을 밟으며 운전할 수 있을 정도로 차 안은 빽빽했다. 파리 11구에 있는 안젤라의 아파트로 가는 동안, 아이너는 미행자들과 연락을 취했다. 보고에 따르면 안젤라는 지하철을 타고 나시옹 광장에 내려서, 나무가 늘어선 필립 오귀스트 애비뉴를 한참 걸어 알렉상드르 뒤마 거리에 있는 아파트에 도착했다.

"일 처리가 훌륭하군." 마일로가 말했다.

아이너는 안젤라의 아파트 건물이 찍힌 영상에 열중하고 있었다. 미행자의 넥타이핀에 설치된 광각렌즈 카메라로부터 송신되는 영상이었다. 안젤라가 유리문을 밀고 아파트로 들어가는 것이 보였다. 아이너가 말했다. "계속 빈정거리면 공항에 떨궈 주는 수가 있어."

"미안, 미안."

그들은 조용히 차를 몰아 안젤라의 동네에 도착했다. 파리에는 각 나라의 영사관 직원들이 많았다. 그 숫자는 마음만 먹으면 따로 동네 하나를 만들 수 있을 정도였는데, 그들 중 일부가 바로 이곳 11구의 동쪽에 거주하고 있었다. 거리에 BMW와 메르세데스들이 주차되어 있는 것이 보였다.

스피커에서 딸칵 하는 소리와 함께 전화기의 발신음이 들렸다.

"안젤라의 전화를 도청하는 건가?" 마일로가 물었다. 825.030.030. 모니터에 안젤라가 누르는 전화번호가 떠올라 있었다.

"왜 그래? 아마추어처럼."

"안젤라도 아마추어는 아니야. 도청하는 것쯤 이미 알아차렸을걸."

"쉿."

여자의 목소리가 들렸다. "피자헛입니다."

컴퓨터가 전화번호부에서 실제로 피자헛의 번호임을 확인했다.

안젤라는 하와이안 피자, 그리스 샐러드, 스텔라 아르투아 맥주 여섯 캔을 주문했다.

"많이도 먹네." 아이너가 말하며 노트북 자판을 두드렸다. 자동차 천장에 고정된 두 번째 모니터가 점멸하며 켜지더니, 거실을 내려다보는 화면이 떠올랐다. 안젤라는 전화기에서 소파 쪽으로 하품을 하며 걸어가고 있었다. 점심때 마신 샴페인 때문에 오후의 업무가 고생스러웠을 것이다. 안젤라는 쿠션 사이에서 리모컨을 꺼내어 털썩 주저앉더니 TV를 켰다. 화면은 보이지 않았지만 사전에 녹음된 듯한 방청객들의 웃음소리가 들렸다. 안젤라는 부츠의 지퍼를 열어 벗은 다음 탁자 옆에 놓았다.

자동차의 속도가 줄어들더니, 운전자가 뒤를 돌아보며 말했다. "다 왔어요."

"고마워, 빌." 아이너는 마일로를 힐끗 쳐다보더니 모니터로 고개를 돌렸다. "알겠지만, 며칠이 걸릴지 몰라. 안젤라가 수상한 짓을 할 때 부르도록 하지."

"수상한 짓을 '하면' 이겠지."

"여하간에 말이야."

"나도 함께 있겠어."

30분 후 길 너머로 해가 저물기 시작하자, 햇살이 자동차의 뒤 창문으로 들어왔다. 어서 빨리 근무복을 벗어 던지고 싶은 행인들의 귀가 행렬. 아름다운 거리를 보고 있자니 마일로는 문득 브루클린의 집이 그리워졌다. 사실 그는 오늘 저녁 비행기를 타지 않은 이유를 스스로도 납득할 수 없었다. 과연 내가 어떻게 안젤라를 도울 수 있을까? 아이너는 건방지긴 하지만 안젤라를 모함할 녀석은 아니다. 게다가 내가 틀렸다면, 즉 안젤라가 실제로 기밀을 팔아넘기고 있다면 어차피 도와줄 방법은 없다.

"사건의 발단은 뭐지?" 마일로가 물었다.

아이너가 의자에 등을 기대며 모니터 화면을 주시했다. 화면 속의 안젤라가 TV를 보며 웃고 있었다. "알잖아. 이리엔 대령의 노트북."

"하지만 애초에 MI6가 대령을 주시한 이유가 뭐야?"

아이너는 안젤라를 잠시 바라보다가 어깨를 으쓱했다. "MI6는 계속 대령을 추적하고 있었어. 2인조의 일상적인 감시였지. 경쟁 국가 견제의 일환이었어."

"MI6에서 직접 들은 건가?"

아이너는 어린애를 보듯 마일로를 쳐다봤다. "잘도 〈여행객〉한테 그런 얘기를 해주겠다. 그런 비밀 정보는 톰 그레인저의 귀에나 들어가는 거야."

"얘기를 계속해 봐."

"주말마다 대령은 포츠머스에서 배를 타고 캉으로 갔어. 리발 시 북쪽에 작은 별장이 있었지. 농장을 리모델링한 거 말이야."

"대령의 애인에 대해서는 알고 있어?"

"르네 베르니에. 프랑스인."

"신예 소설가라던데?"

아이너는 뺨을 긁적였다. "작품을 좀 읽어봤는데 나쁘지 않더군." 안젤라가 일어서는 것이 보이자 아이너는 다시 자판을 두드렸다. 모니터가 전환되고 안젤라가 느릿느릿 스커트의 단추를 풀면서 화장실로 들어가는 것이 보였다.

"모니터 끌 거지?"

아이너가 떨떠름한 표정을 지었다. "이봐, 나는 이런 걸로 흥분하지는 않아."

"공문을 입수한 게 르네 베르니에일 가능성은 없나?"

아이너가 마일로의 단순함에 질렸다는 듯 고개를 저었다. "우리가 여기서 놀고먹는 줄 알아? 그 여자는 벌써 조사했어. 골수 공산주의자더군. 소설이 완전히 반자본주의 선전문이야."

"아까는 소설이 나쁘지 않다고 했잖아?"

"그 정도 분별력은 있어. 잘 쓴 소설인지 아닌지 정도는 읽어 보면 알 수 있다고. 유치한 정치적 관점과는 별도로 말이야."

"개방적인 태도로군."

"그렇지?" 아이너는 으르렁거리더니, 안젤라를 쫓아 카메라 화면을 바꿨다. 그녀는 화장실 물을 내리고 플러시 천으로 된 하얀 가운 차림으로 소파로 돌아가는 중이었다. "어쨌건 그 다음 얘기는 너도 들어서 알 거야. 이리엔 대령은 방탕한 주말 행사를 끝내고 배를 타고 캉에서 돌아오다가, 해협을 반쯤 건넜을 때 그만 쓰러졌어. MI6 요원 두 명이 심폐소생술을 실시했는데, 그때 대령의 하드드라이브를 카피한 거지."

"어째서 안젤라지?"

아이너가 눈을 깜빡였다. "뭐?"

"왜 다들 공문을 넘긴 게 안젤라라고 생각하냐고. 정황적인 증거밖에 없잖아."

"정말 몰라서 묻는 건가?"

마일로가 고개를 저었다. 아이너가 물집투성이 입술로 미소를 지었다.

"그래서 그런 식으로 고집을 부리는 거였군." 아이너가 두 번째 노트북의 자판을 두드렸다. "제비"라고 표시된 폴더가 떠올랐다. '새의 이름을 딴 폴더라. 1965년 마이클 케인이 출연한 〈국제 첩보국〉을 따라 했군.'

아이너가 이제까지의 조사 경위를 설명하기 시작했다.

이어지는 설명들을 따라가기는 쉽지 않았다. 아이너는 마일로에게 감시 카메라에 찍힌 사진들, 문서의 사본들, 오디오 파일들, 두 달 동안 수집한 비디오 클립들을 보여줬다. 마일로의 옆에 앉은 이 〈여행객〉은 꾸준

한 감시를 통해 얻은 자신의 성과를 자랑스러워하고 있었다. 아이너는 결정적인 증거는 아니지만, 안젤라가 중국 대사관이 주최하는 파티에 갔었다는 사실들도 언급했다. 그는 또한 안젤라가 매일 수면제를 복용하는 이유가 죄책감 때문일 거라는 의견도 제시했다. 그러고 나서야, 아이너는 가장 핵심적인 증거를 보였다.

"여기 이 남자 보여?" 사진 속의 턱수염이 붉은 남자를 가리키며 아이너가 말했다. 삼십 대로 보이는 남자는 몸에 딱 붙는 정장 차림으로 개선문 옆 횡단보도에 서 있었고, 그 앞에 안젤라가 서 있었다. 두 사람은 신호등이 바뀌기를 기다리는 중이었다. 마일로가 전에 본 적이 있는 남자였다. 그의 뺨이 달아올랐다. 아이너가 말을 이었다. "5월 9일. 장소는 바로 이곳." 트랙패드를 누르자 아까의 남자가 택시 운전석에 앉아 있는 사진이 나타났다. 그는 이번에는 정장 차림이 아니었고, 택시의 뒷자리에는 안젤라가 앉아 있었다. "5월 14일. 장소는 16구." 그 다음 사진은 마일로가 안젤라를 만났던 비스트로에서 찍힌 것이었다. 안젤라와 붉은 턱수염의 남자는 인접한 두 개의 테이블에 각각 앉아 있었다. 그리고 안젤라의 테이블에는 진지한 얼굴의 흑인 청년이 손바닥을 펼친 채 열을 올리며 얘기하고 있었다. "6월 20일." 아이너는 또 다른 횡단보도 사진을 띄웠다. 역시 붉은 턱수염의 남자가 찍혀 있었다. "이 남자에 대해 우리가 아는 건……."

"아까 어린 녀석은 누구지?"

"뭐?" 마일로가 끼어들자, 아이너가 짜증을 내며 말했다.

"돌려 봐." 다시 비스트로의 사진이 나타나자 마일로가 화면을 건드리며 말했다. "이 사람."

"이름이 라만…… 뭐더라." 아이너는 눈을 꼭 감았다. "가랑. 그래, 라만 가랑. 테러리스트 용의자."

"흠?"

"안젤라의 보고에 따르면 그렇다더군." 아이너가 말했다. "안젤라는 녀석한테서 정보를 얻으려고 했어."

"이렇게 노출된 장소에서?"

"상대방 쪽에서 제안했겠지. 뭘 잘 모르는 녀석이야. 여하간 안젤라는 그 제안을 따른 거야.

"안젤라가 무슨 정보를 얻었나?"

아이너가 고개를 저었다. "저 녀석, 수단으로 다시 토꼈을걸."

"수단이라……." 마일로가 관심 없다는 듯한 표정을 지으며 숨을 들이쉬었다.

"혹시 물어볼까봐 미리 얘기해 두는데," 아이너가 말했다. "안젤라가 테러리스트를 돕고 있다고 생각하지는 않아. 그 정도로 막 나가는 인간은 아닐 거야."

"알아줘서 다행이군."

아이너는 다시 마지막 사진으로 돌아갔다. 안젤라가 붉은 턱수염의 사내와 길을 건너고 있었다. "여하간, 이 남자는……."

"허버트 윌리엄스." 마일로가 말했다.

"제기랄, 위버! 말 좀 끊지 마."

"이 남자 이름이 맞잖나?"

"그래, 맞아." 아이너가 투덜거렸다. "프랑스 국립경찰에 등록된 녀석의 이름이야. 그건 또 어떻게 알았어?"

"다른 정보는 없나?"

아이너는 대답부터 듣기를 원했지만, 마일로의 표정을 보니 답할 마음이 없는 듯했다. "경찰에 등록한 주소가 파리 3구에 있는 거였는데, 확인해 보니 노숙자 쉼터였어. 거기 사는 사람들은 이 남자를 본 적도 없다더군. 출신지는 캔자스 시로 되어 있어. FBI에 조사를 의뢰했는데, 허버트 윌리엄스라는 이름으로 1991년에 여권을 신청한 기록이 있었지."

"사회 보장 번호는 없었나?"

"뻔하지. 위조야. 허버트 윌리엄스라는 흑인. 1971년 세 살의 나이로 사망."

"다른 정보는?"

"미꾸라지 같은 놈이야. 6월에 두 번, 놈이 안젤라와 만난 직후 사람을 붙였지만 놓쳤지. 상당한 프로야. 하지만 이걸 봐." 다시 트랙패드를 누르자, 시골 지역의 풍경 사진 나타났다. 마일로는 단번에 아름다운 광경이라고 감탄했다. 넓게 펼쳐진 공간, 광활한 하늘, 왼편에 보이는 조그만 오두막. 사진의 중앙에는 자동차가 한 대 서 있었다. 아이너는 커서를 돋보기 모양으로 바꾸고 화면을 확대했다. 해상도가 낮았지만 알아보기에는 충분했다. 두 명의 남자가 자동차 옆에서 얘기를 나누고 있었다. 한 명은 허버트 윌리엄스=얀 클라우스너. 다른 한 명은 뚱뚱한 중국인. 바로 이리엔 대령이었다.

"어디서 입수했나?"

"〈회사〉가 작년에 입수한 사진이야. 톰이 대령에 대한 얘기를 듣더니 뒤져서 건져냈지."

마일로는 아이너의 입술만큼이나 건조한 자신의 입술을 문질렀다. 톰 그레인저의 철저한 보안 개념에 점점 짜증이 났다. "안젤라를 두 달 동안이나 추적한 셈인데, 애초에 추적하게 된 계기가 뭔가?"

"몇 년 동안 프랑스 사무소에서 기밀 유출이 많았어. 본부는 통상적인 채널을 거치지 않은 조사를 원했지. 우리는 안젤라 예이츠로부터 조사를 시작하기로 했어."

"우리라니?"

"나랑 톰."

〈여행업〉의 특성상 마일로는 뉴욕 사무소에서 진행되는 모든 작전을 알지 못했다. 그는 안젤라에 대한 조사가 진행되는 낌새가 있었는지 곰곰이 떠올려 보았다. 그나마 기억난 것은, 한 달 전쯤 로마에서 시칠리아 마피아와 이슬람 과격 단체의 회의를 도청하기 위해 감시 전문가인 아이너의 파견을 요청했을 때 있었던 일이었다. 당시 그레인저는 구체적인 이유는 말하지 않은 채, 아이너를 보낼 수 없으니 레이시를 대신 보내라고 말했었다. 마일로가 아이너에게 물었다. "이 정도 증거라면 안젤라를 범인이라고 생각할 만하다는 건가?"

"당연히 아니지. 그랬다면 바로 체포하고 여자친구 만나러 갔지 왜 너랑 여기 앉아 있겠어?" 아이너가 헛기침을 했다. "자, 이제 네 차례다. 윌리엄스에 대해 어떻게 아는 거지?"

"오토바이에요." 운전석의 빌이 긴장하며 말했다.

마일로와 아이너가 창가 쪽으로 몸을 기울였다. 날이 거의 저물어 있었다. 가죽옷 차림의 운전사가 오토바이를 타고 이쪽으로 달려오는 것이 어렴풋이 보였다. 아이너가 창가에서 몸을 떼고 견대의 권총집에서 작은 베레타를 꺼냈다. '아니나 다를까, 베레타로군.' 그렇게 생각하며 마일로가 말했다. "쏘면 연기 한번 자욱하겠는걸."

오토바이는 두 대의 차 사이를 비집고 들어가더니 보도 위로 올라갔다. 뒷좌석의 붉은 상자에는 "피자헛"이라고 적혀 있었다.

배달원이 그들의 차를 지나쳐 안젤라의 아파트로 향하자 아이너는 베레타를 다시 권총집에 넣었다. "자, 이제 얘기 좀 들어보자."

마일로는 아이너에게 클라우스너 = 윌리엄스와 타이거의 관계에 대해 알려줬고, 얘기를 들은 아이너는 마치 승부에서 진 듯한 표정을 지었다. 스피커에서 안젤라의 현관문에서 울리는 부드러운 초인종 멜로디가 들렸다. 아이너의 양손이 무릎 위에서 허둥대고 있었다. "음, 타이거라…… 그렇다면 상황이 완전히 달라지겠군."

"그렇지는 않아." 마일로가 말했다.

아이너는 생각을 가다듬고 다시 입을 열었다. "만일 안젤라가 타이거를 조종했던 누군가와 연결되어 있다면, 단지 기밀을 유출한 것에서 그치는 게 아니잖아. 거물급 인사들과 연결된 건지도 몰라. 이미 프리랜서 활동을 하고 있을지도 모른다고. 그 바닥은 누구에게나 열려 있으니 말이야."

"우리 계획에는 변동이 없어." 마일로가 말했다. "안젤라의 접선자를 알아내어 신병을 확보한다. 접선자가 나타날 때까지는 안젤라를 함부로 건드리지 않는다."

"그래." 아이너가 넋이 나간 듯 침울한 표정을 지었다. "네 말이 맞아."

마일로가 차 뒷문을 열며 거리로 나섰다. "밥 먹으러 갔다 올게. 자동차 위치가 바뀌면 연락하도록."

"알았어." 아이너가 뒷문을 닫았다. 파리의 공기에서 따끈한 햄과 파인애플의 냄새가 났다.

# 15

마일로는 레옹 블룸 광장 근처에서 네온사인이 켜진 작은 터키 식당으로 들어가 그리스식 샌드위치를 하나 시켜 스탠딩 테이블에 놓고 먹었다. 어떤 가설도 납득이 가지 않았다. 물론 안젤라가 무죄이기를 바랐지만, 설령 그녀가 기밀을 빼내고 있었다고 해도 상대가 중국이라니? 안젤라라면 차라리 그녀가 동조할 수 있는 다른 나라를 택했을 것이다. 예를 들자면, 폴란드. 폴란드계 미국인 3세인 안젤라는 어릴 적부터 그 어렵다는 폴란드어를 들으며 자라났고, 그녀의 유창한 폴란드어는 〈회사〉가 안젤라를 채용한 이유 중 하나였다. 그녀의 이상주의 역시 채용 결정에 한몫했다. 안젤라가 남을 배신하게끔 하려면 돈 가지고는 부족했다.

아이너의 수사가 안젤라에게 공정했건 아니건, 그는 이 두 달간의 감시에 이미 많은 시간과 노력을 투자했다. 따라서 안젤라의 수사를 지금 중단하는 것은 세금 낭비와 다름없었다. 예산 절감의 소용돌이 속에서 그것은 위험을 자초하는 행동이었다.

더욱이 증거가 있었다. 안젤라는 타이거의 알선자인 허버트 윌리엄스와 연결되어 있었고, 허버트 윌리엄스는 이리엔 대령과 연결되어 있었다. 과연 안젤라는 자신이 그토록 잡고 싶어하는 타이거와 허버트 윌리엄스가 연결되어 있다는 사실을 알았을까?

또 다른 의문은 수단의 빈번한 등장이었다. 안젤라는 타이거가 수단에서 실행한 암살에 대해 듣고 놀란 표정을 지었었다. 그때 그녀가 마일로에게 숨겼던 것은 수단 출신의 젊은 테러리스트 라만 가랑에 대한 정보였을 것이다.

하지만 어째서?

구운 양고기 조각을 입에 넣다가 마일로는 문득 얼마 전 공항 카페테리아에서 담배를 피울 때처럼 누군가가 자신을 지켜보고 있다는 느낌을 받았다. 유리창에 좁은 식당의 광경이 비쳤다. 금전 등록기가 놓인 낮은 카운터와 뾰족한 노란 모자를 쓴 지루한 표정의 여자아이. 마일로의 뒷자리에 앉아 몸을 서로에게 가까이 기울이고 뜻 모를 사랑의 한담을 나누는 젊은 연인들. 벽 근처 테이블에서 말없이 환타를 들이켜는 두 명의 아랍 남자들. 마일로는 아랍인들을 유심히 관찰했다. 그들은 마일로에게 흥미가 없었다. 그렇다면 연인들?

그렇다. 키 크고 잘 생긴 남자와 부치처럼 생긴 여자. 그녀의 졸린 눈은 마치 얻어맞기라도 한 듯 부어 있었다. 그들은 바로 안젤라를 만났던 카페에서 본 연인들이었다.

마일로의 시선이 거리를 향했다. 시각은 9시 30분. 동네는 조용했다. 마일로는 샌드위치를 조금 더 먹은 다음, 자리를 치우지 않고 식당을 나섰다.

마일로는 사거리를 향해 걸었다. 오른쪽으로 돌면 안젤라의 집으로 이어지는 붐비는 거리가 나온다. 뒤를 돌아보자 아까의 연인들이 식당문을 나서는 것이 보였다. 그들은 서로의 손을 잡고 태연하게 마일로 쪽을 향해 걸어오고 있었다.

모퉁이를 돌아 그들의 시야에서 벗어나자 마일로는 달리기 시작했다. 그는 자동차들을 쏜살같이 지나치고, 산책 나온 다양한 연령층의 연인들을 스쳐 달려갔다. 우연의 일치일까? 하지만 마일로의 근거 있는 편집증은 그 가설을 채택하지 않았다. 아마도 프랑스 정보부인 SGDN, 즉 국가방위총사무국의 요원들일 것이다. 그들은 마일로에 대한 자료를 입수했을 것이고, 그가 혼자 파리에 와서 안젤라를 만났다는 사실을 파악했을 것이다. 마일로가 자기네 땅에서 대체 뭘 하고 있는지 알고 싶을 터였다. 한편 마일로는 SGDN이 안젤라의 불안정한 상황을 모르게끔 할 필요가 있었다.

마일로는 다음 나온 사거리에서 직진하는 대신 오른쪽으로 돌아 코너 뒤에 숨어서, 거리에 그 연인들이 나타나는지 살폈다. 이윽고 두 사람이 나타나더니, 키스를 한 다음 다른 길로 헤어졌다. 남자는 왼쪽을 향해, 여자는 앞을 향해 걸어가며 마일로로부터 멀어졌다. 그들의 모습이 사라지자 마일로는 아이너에게 전화를 걸었다.

"미행당하고 있어."

"흐음. 프랑스 녀석들은 국가 주권에 민감하니까." 아이너가 말했다.

"안젤라가 조사받고 있다는 걸 알게 해선 안 돼. 그들이 안젤라를 신뢰하지 않게 될 테니까."

"그럼 넌 이제 돌아가는 게 어때, 꼰대?"

"아무 일 없었나?"

"별로. 안젤라는 지금 잠잘 준비를 하고 있어."

"그녀는 자신이 감시당하고 있다는 걸 알 거야."

"그렇지." 아이너가 말했다. "감시자들이 지쳐 떨어지길 기다리는 게 최선이라는 것도 알겠지. 하지만 지쳐 떨어지지 않는 것이야말로 우리가 할 일 아니겠어?"

마일로는 반박하고 싶었지만 딱히 그럴 가치가 없음을 깨달았다. "나는 호텔로 돌아갈게. 안젤라의 집에 들어가기 전에 연락해."

"연락해야 하면."

"잔말 말고 연락해."

지하철역으로 가는 도중 휴대폰이 울렸다. 마일로는 알 수 없는 프랑스 전화번호에 얼굴을 찌푸리며 인적 없는 골목으로 들어갔다. "여보세요?"

"아직 파리에 있어?" 안젤라였다.

마일로는 망설이다 대답했다. "내일 아침에 떠나. 9시 비행기."

"괜찮으면 네 호텔방에서 술 한잔 어때? 잠이 안 와서 그래. 그리고 네가 관심 가질 만한 얘기도 있고."

"무엇에 관한?"

"어흥!"

마일로는 애써 아무렇지 않은 척 웃어 보였다. "아까는 나한테 뭘 숨기고 있었던 건가?"

"설마."

"내가 그쪽으로 가도 될까? 술 한 병 들고 가지. 실은 프랑스 녀석들이 날 감시하는 것 같아. 우리가 호텔에 같이 있는 광경을 그들에게 보여줄 필요는 없잖아?"

"아니, 너 같은 능력자를 미행할 수 있단 말이야?"

"하하." 마일로가 말했다. "집주소나 읊어 봐."

# 16

마일로는 24시 편의점에서 다비도프 몇 갑과 스미노프 한 병을 산 후, 아이너에게 전화를 걸었다. 물론 아이너는 이미 전화 내용을 들어서 알고 있었다. "안젤라는 잠들려고 애썼지만 실패. 수면제를 만지작거리더니 차라리 너랑 얘기하는 게 낫겠다고 생각한 모양이군."

"부탁이 있어. 감시를 잠깐 중단해 줘. 사적인 얘기를 할 거라서 말이야."

"섹스할 거면 해. 내 허락 안 받아도 되니까."

"진지하게 얘기하겠는데 맞기 싫으면 입 조심하라고."

"기대된다, 꼰대."

"남들은 알 필요 없는 얘기야. 조사와 관련 있는 화제가 등장하면 너한테 연락을 하지."

"암호는?" 암호의 세계로 돌아온 것을 기뻐하며 아이너가 말했다.

"시끄러워. 내 목소리 들으면 알 거 아니야."

"안젤라에게는 부인한테 전화한다고 해." 아이너가 말했다. "부인한테 전화하기로 했는데 깜빡했다고 해."

"하지만 안젤라와 집사람은 친구 사이야. 안젤라도 통화하고 싶어할 텐데?"

"부인이 뭔가를 하던 중이라 통화할 짬이 없다고 말하면 되잖아."

마일로는 만족하고 계획에 동의했다. "내가 들어가는 즉시 감시 장비는 꺼 주겠지?"

"좋아. 약속하지."

마일로는 미심쩍었지만, 감시 카메라의 대략적인 위치를 알고 있으니 민감한 상황에서는 카메라의 시야를 막을 수 있었다. 하지만 도청기는 어떻게 하지? 테라스로 나가면 괜찮을까?

아파트의 출입문이 열리며 5층으로 올라오라는 안젤라의 목소리가 스피커를 통해 들렸다. 마일로는 위태로워 보이는 엘리베이터를 타고 올라갔다. 청바지와 티셔츠를 입은 안젤라가 화이트 와인이 든 유리잔을 든 채 현관문 앞에서 기다리고 있었다. "빨리 왔네. 자는데 깨운 거 아니야?"

"설마." 마일로가 스미노프 병을 흔들며 말했다. "나한테는 아직 오후 5시라고." 마일로는 안젤라의 뺨에 키스를 하고 함께 집으로 들어갔다.

곧 마일로는 안젤라가 후회하고 있다는 느낌을 받았다. 마일로에게 전화를 걸기는 했지만, 기다리는 도중 실수였다고 생각한 것 같았다. 두 사람은 나중에 마시기로 하고 스미노프를 냉장고에 집어넣은 다음 소파에 앉아 대신 와인을 마셨다. 감시 카메라를 통해 봤던 바로 그 소파였다.

마일로는 안젤라의 긴장을 풀 요량으로 그녀의 연애 생활을 물었다. "1년 전 사귀다 헤어진 귀족의 따님은 그렇다 치고 그 후에는? 여자 없이 혼자 진득하게 있어 본 적이 없잖아?"

안젤라는 웃음을 터뜨렸지만, 그녀는 최근의 연애 이후 다른 사람과 관계를 가진 적이 없었다. "힘들었지. 프랭크 도들 사건이 터지고 내가 어땠는지 기억해? 연애도 그랬어."

"신뢰의 문제라는 건가?"

"그런 거지." 안젤라는 와인을 홀짝였다. "담배 피워도 돼."

마일로는 다비도프를 꺼내어 한 대 권했으나 안젤라는 담배를 끊었다고 말했다. "애인과 헤어졌을 때 다시 피울 뻔했지만 참았어. 패배를 인정하는 것 같아서."

마일로는 미소를 지어 보이고 나서 안젤라에게 물었다. "나한테 하고 싶다는 얘기는 뭐지?"

대답을 하는 대신 안젤라는 부엌으로 갔다. 이때가 기회였다. 아이너에게 전화를 걸어 진짜로 감시 장비의 전원을 꺼 놨다면 다시 켜라고 알릴 기회. 하지만 마일로는 전화를 걸지 않았다. 바로 이 결정이 몇 주 후 마일로 위버의 인생에 있어 작지만 치명적인 오점이 될 것이었다.

안젤라는 화이트 와인을 한 병 들고 돌아왔다. 그녀는 잔들을 가득 채우고 다시 부엌으로 돌아가 빈 병을 재활용 수거함에 넣었다. 이런 움직임들을 마치고 소파로 돌아왔을 즈음, 안젤라는 자신의 대화 전략을 결정한 듯했다. "수단의 상황에 대해서는 얼마나 알고 있어?"

"남들 아는 만큼은 알 거야. 길고 끔찍한 남북 내전이 미국의 중재로 몇 년 전에 끝났지. 하지만 다르푸르 지역에서 정부의 지원을 받는 잔자위드 민병대와 수단 인민 해방군 사이에 다시 내전이 일어났어. 최신 통계로는 사망자가 20만이 넘고 난민은 200만이 넘는다더군. 그런데 동쪽, 그러니까 수도 하르툼에서 1월에 일어난 물라 살리 아마드의 암살을 계기로 또 다른 내전이 촉발됐어. 다들 대통령이 꾸민 일이라고 생각하고 있지. 하지만 사실이 그렇지 않다는 걸 우리는 알고 있잖아?" 마일로는 웃었지만, 안젤라는 웃지 않았다. "또 뭐가 있더라? 그렇지. 심각한 경제상황. 수단의 주요 수출품은 원유." 마일로는 눈을 가늘게 뜨고 안젤라를 바라보다가 무언가를 기억해 냈다. "하지만 수단은 미국에 원유를 팔지 못해. 미국이 금수 조치를 내렸으니까. 하지만 중국이 수단의 원유를 사고 있지."

"바로 그래." 중국의 언급에 동요하지 않고 안젤라가 말했다. "현재 수단은 중국이 사용하는 원유의 7%를 공급하고 있어. 중국은 국민을 살상하는 데 쓸 무기를 수단 정부에 공급하고 있고. 정말이지 석유 때문이라면 못 할 짓이 없나 봐." 안젤라는 아랫입술을 만지작거렸다. "웃기는 일이야. 유엔은 수단의 알바시르 대통령이 다르푸르 사태를 진정시키도록 설득하라고 중국을 압박해 왔어. 마침내 지난 2월 중국의 후진타오 주석이 다르푸르 문제를 논의하느라 알바시르 대통령을 만났지. 그런데 그와 동시에 후진타오 주석은 수단이 중국에 진 빚을 탕감해 주고 심지어는 대통령궁을 만들어 주겠다는 약속까지 했어. 어처구니없지 않아?"

"그래. 매우 어처구니없군."

"여하간 다시 살리 아마드 얘기로 돌아가자. 아까 오후에 만났을 때 타이거가 아마드를 죽였다고 말했잖아? 그런데 의뢰자는 수단 정부가 아니라고 말이야."

"타이거의 생각이 틀렸을 수도 있어. 결국 그도 고객이 누군지는 모르니까. 이슬람 급진파 세력일 가능성이 제일 크다고 추측하더군."

안젤라는 얼굴을 찌푸리며 말했다. "지난 5월에 누굴 좀 만났었어. 라만 가랑이라는 수단 사람. 살리 아마드 일파의 한 명."

"테러리스트?"

안젤라는 머리를 기울이다가 고개를 끄덕였다. "라만이 실제로 무슨 짓을 했는지는 몰라. 하지만 테러리스트라고 불러도 되겠지. 신출내기 테러리스트. 그의 가족은 5년 전부터 파리에서 살고 있었어. 라만 가랑은 5월에 가족을 만나러 왔다가 프랑스 쪽에 체포됐어. 리옹에 있는 감옥으로 이송됐지. 굉장히 완고한 성격의 독설가였다더군. 밝혀진 바로는 테러를 할 계획은 없었던 같아. 대신 물라 살리 아마드의 죽음을 가지고 심문자들을 비난했지. '당신들과 미국 놈들' 이라는 표현을 썼다나. 그래서 내 전 애인이 나한테 연락을 한 거야. 아, 그녀는 진짜로 귀족 집안 따님은 아니야. 귀족처럼 행동하긴 했지만. 사실 프랑스 정보부 요원이었어. 나한테 연락한 건 일종의 화해의 제스처였던 거지. 덕분에 나는 감옥에 있는 라만 가랑과 얘기를 나눌 수가 있었어. 라만은 내가 두렵지 않다고 말하더군. 내가, 즉 미국과 그 우방국들이 물라 살리 아마드를 죽였고, 다음은 자기가 당할 차례인 걸 안다고 말이야. 결국 증거 부족으로 프랑스 정보부는 라만 가랑을 석방시켰어.

하지만 좀 이상하다는 생각이 들었어. 뉴스를 봐서 알겠지만 라만 가랑이 비난해야 할 것은 알바시르 대통령이잖아? 내란의 목적도 대통령을 몰아내는 것이고. 그래서 일주일 후 라만 가랑의 가족을 추적해서 그를 찾아냈어. 다시 한 번 얘기하지 않겠냐고 라만 가랑을 설득했지. 오늘 너와 만났던 시내 중심가의 식당에서 그와 점심을 먹었어. 형인 알리가 라만을 보호하기 위해 따라오겠다고 했지. 나는 동의했지만, 얘기하는 동안은 알리는 식당 밖에서 기다리도록 했어."

5월 16일. 마일로는 아이너가 보여준 사진의 날짜를 떠올렸다. 안젤라가 와인을 벌컥벌컥 마시는 동안 마일로가 말했다. "라만 가랑이 허튼소리나 하진 않던가? 뭔가를 진짜 알고 있었어?"

안젤라는 잔을 비우고 내려놓았다. "라만은 아마드의 시체가 발견된 날 밤 하르툼에 있는 아마드의 자택에 있었어. 여러 명의 친구들과 같이 있었지. 가족들과 함께하는 야간 경비 같은 거였어. 라만은 화장실로 가다가 창문으로 뒷마당을 봤는데 그때 유럽인, 그러니까 백인 하나가 아마드의 시체를 옮기고 있는 걸 봤다고 해. 그게 라만이 주장하는 핵심이야."

"타이거의 사진을 보여줬나?"

안젤라는 당황스러운 듯 머리를 저었다. "생각도 못했어. 라만에게는 조사해 보겠다고 말했지. 여자라서 그런지 나를 신뢰하더군. 일단은 내가 괜찮은 사람으로 보였나 봐. 라만과 알리를 집까지 태워다 주고 며칠간 조사에 착수했어. 하지만 아무런 단서가 없었지. 나로서는 타이거의 소행이라고 생각할 이유가 전혀 없었어. 세상에 수두룩한 게 백인이잖아? 게다가 알바시르 대통령이라면 그 지역의 암살자를 고용했을 것이라고 생각했지."

"보고는 했나?" 마일로가 물었다. "네가 라만 가랑을 돕고 있다는 보고 말이야."

다시 안젤라는 고개를 저었지만 이번엔 위축된 표정은 아니었다. "보고했다면 뻔하잖아. 잠재적인 자살 폭탄테러리스트의 음모론에 누가 귀를 기울이겠어? 그냥 정보제공자로 활용하고 있다고만 보고했어."

"그랬군."

"닷새가 지났지만 조사의 성과는 없었어. 그걸 알려주러 라만을 찾아갔지. 그런데 가족들이 나를 문전박대하더군. 그의 어머니, 아버지, 누나 모두 나를 나환자 취급하더라니까. 그런데 그때 알리가 나오더니 라만이 행방불명됐다는 걸 알려줬어. 함께 점심을 먹은 날 집으로 걸려온 전화를 한 통 받더니 어머니에게 중요한 회의가 있다고 한 다음 나갔는데 그게 마지막이었다고 말이야."

"하르툼으로 돌아가지는 않았나?"

안젤라는 고개를 저었다. "그럴 수는 없었어. 그에겐 스파이들이 쓸 법한 기술이 없었거든. 위조 여권을 쓰지도 않았지." 안젤라는 잠시 말을 멈췄다. "그러던 지난주에 라만의 시체가 고네스에서 발견됐어. 샤를드골 공항 비행경로로부터 멀리 떨어지지 않은 곳이었지. 가슴에 총알 두 발을 맞았어. 부검 결과로는 죽은 지 한 달 반 정도. 나와 얘기를 나눈 직후였던 거지."

이번에는 마일로가 무릎을 비비며 일어서더니 차가운 보드카를 가지러 부엌으로 갔다. 티나에게 전화를 거는 척하면서 아이너에게 전화를 걸 시점이었지만, 그는 어차피 아이너가 도청하고 있으리라 생각했다. 안젤라는 마일로가 보드카를 빈 와인잔에 따르는 것을 만류하지 않았다. "다른 부검 결과는?"

"9mm 구경 발터 PPK. 세계 어디서든 볼 수 있는 흔한 모델이지."

"라만 가랑의 동료들이 그와 네가 얘기하는 걸 본 모양이군."

"알리도 그렇게 생각했어."

"알리와 얘기를 했나?"

"시체가 발견되자마자 알리가 나에게 전화를 했어. 그래서 라만 가랑이 죽었다는 걸 안 거야."

그 후 한 시간 동안 두 사람은 보드카를 마시며 이 모든 사건들의 연결고리를 생각했다. 하지만 도출된 결론은 결국 가설의 수준을 넘을 수가 없었다.

"X"라는 자가 타이거를 고용하여 수단의 급진파 종교지도자 물라 살리 아마드를 암살했다. 타이거가 고객의 정체를 조사하고 다니자 X가 타이거를 죽였다. 두 사람이 동의한 사건의 경위는 그 정도였다.

"사실 누가 라만을 죽였다고 해도 이상할 게 없어." 마일로에게 초점을 맞추느라 눈을 깜빡이며 안젤라가 말했다. "예를 들어, 라만의 동료들. 라만과 내가 얘기하는 걸 보고는 그를 이중 첩자라고 생각했을지 모르지. 아니면 아마드의 암살을 명령한 X. 나와 라만이 그의 정체를 알아내려 한다고 생각하고는 타이거를 죽인 것과 똑같은 이유로 라만을 죽인 걸 수도 있지."

마일로는 내뱉고 싶은 말을 참아야 했다. 그 말을 하면 안젤라에게 숨겨야 할 사실이 드러나기 때문이었다. 그것은 바로 X의 대리인인 허버트 윌리엄스와 안젤라가 함께 있는 것이 목격됐다는 사실이었다. 허버트 윌리엄스는 안젤라의 접선자가 아니라 감시자였을까? 라만이 안젤라와 만난 그 순간, 허버트 윌리엄스도 바로 그 식당 안에 있었다.

이리엔 대령과 비밀문서를 제쳐 둔다면 상황은 전혀 다르게 해석될 여지가 있다. 안젤라가 기밀 누설자가 아니라 오히려 누군가의 표적이라는 해석.

그러나 타이거가 죽기 직전 남겼던 의문은 여전히 풀리지 않았나. X는 누구인가? 대체 누가 물라 살리 아마드와 프랑스 외무장관의 암살을 의뢰

했단 말인가? 과연 두 인물의 죽음을 동시에 원하는 테러 집단이 있을까? 아마드의 죽음은 결과적으로 수단의 이슬람 무장 세력에게 득이 되었다 치더라도, 외무장관의 죽음은 아무런 도움이 되지 않았다.

허버트 윌리엄스가 타이거의 알선자가 된 2001년 이후의 암살들을 관통하는 설명은 과연 무엇일까?

어쩌면 허버트 윌리엄스 이외의 X라는 배후 인물은 존재하지 않는 것일지도 모른다. 누군가를 숙청하고 싶은 불특정한 권력자들, 중개인, 그리고 암살자가 상황의 전부라면 지금까지의 암살들에 연관성이 없는 것은 당연한 일이다.

"살리 아마드의 시체에 찍혀야 했던 한자 낙인은 이슬람 급진파들을 향한 직설적인 경고인 것 같아. 우리 친구를 그만 괴롭혀라, 안 그러면 이 시체처럼 될 것이다. 하지만 그건 너무 뻔한 얘기잖아?" 안젤라가 말했다.

마일로가 고개를 끄덕이며 대답했다. "중국이 좌충우돌하긴 해도 근시안적이진 않아. 공산당 중앙위원회는 수단의 민중들과 싸울 생각은 아닐 거야. 아프리카 파병이나 국제적인 비난을 원하지도 않을 테고. 1년 후에 올림픽을 개최해야 하니까. 낙인은 반 중국, 반 제국주의 감정을 불러일으켰을 테지." 마일로는 숨을 들이쉬었다. "나는 타이거의 의견에 동의해. 고객은 지하드 세력이었을 거야."

"확인하려면 허버트 윌리엄스를 찾아내는 수밖에 없겠군." 안젤라가 말했다.

비록 확고부동한 답은 찾지 못했지만 마일로는 지금의 상황을 즐기고 있었다. 안젤라와 앉아서 세부사항과 변수들을 검토하며 가능한 해법들을 살피다 보니, 두 사람이 함께한 십 년 전이 떠올랐던 것이다. 당시 두 사람은 어렸고, 싱글이었고, 자신들의 임무와 국가에 대해 열정적이었다.

이윽고 열띤 분위기가 누그러졌다. 지금까지 풀어놓은 병적인 얘기들이 소름 끼친다는 듯 안젤라는 팔을 문질렀다. 1시가 조금 지나자 안젤라가 말을 꺼냈다. "택시 부를게. 디즈니 월드에 지각하고 싶진 않겠지?"

택시를 부른 다음 안젤라는 화장실에 갔다가 나오며 약병에서 알약을 꺼내 입에 털어 넣었다.

"무슨 약이야?"

"수면제."

마일로는 눈썹을 들어 올렸다. "정말로 필요해서 먹는 거야?"

"주치의라도 되는 것처럼 말하네?"

"내가 각성제 먹던 때 기억해?"

안젤라는 무슨 말인지 어리둥절해하다가 기억났다는 듯 웃었다. "그때 너 진짜 폐인이었지."

밖으로 나가면서 마일로는 안젤라에게 키스를 했다. 안젤라는 마일로에게 아직 술이 3분의 2나 남은 스미노프 병을 건넸다. "이번 건과 관련해서 계속 연락하자." 마일로가 말했다. "넌 내가 꿈도 못 꿀 만큼 많은 걸 해낸 거야."

안젤라는 어서 가라고 마일로의 엉덩이를 두드렸다. "그거야 내가 너보다 똑똑하니까 그렇지."

밖에는 택시가 기다리고 있었다. 마일로는 택시에 타기 전에 꽃배달 차를 바라보았다. 조수석의 아이너가 마일로를 응시하며 엄지손가락을 추켜올림으로써 질문을 던졌다. 마일로 역시 엄지손가락을 추켜올려 답을 보냈고, 아이너는 다시 뒷좌석으로 돌아갔다. 나중에 알고 보니 놀랍게도 아이너는 마일로와 안젤라의 대화를 엿듣지 않았다. 마일로가 아이너의 입장이었다면 그렇게까지 관대하지는 않았을 것이다.

# 17

마일로는 토요일 아침 일찍 일어났다. 숙취는 가시지 않았고 폐에서 마른 악취가 났다. TV에서 누군가가 프랑스어로 소리를 지르며 일기예보를 하고 있었다. 그는 겨우 눈을 떴지만 방 안이 흐리게 보여 다시 눈을 감았다.

이것은 그가 가족과 떨어져 있을 때 늘 겪는 일이었다. 밤새 보드카를 마시고 담배를 피워대며 프랑스 심야 방송 보는 것을 말릴 사람이 주변에 아무도 없었던 것이다. 〈여행객〉 시절에는 이렇지 않았다. 하지만 이제 패밀리맨 마일로는 여행을 나서면 집에서 탈출한 미성숙한 십 대 소년이 되어 버리는 것이다.

끼익 하고 뭔가 움직였다. 다시 눈을 뜨자 색깔을 띤 얼룩들이 눈앞에 어른거렸다. 몸을 머리맡으로 밀며 주먹을 들어 올렸다. 아이너가 침대 뒤편 의자에 앉아 마일로를 쳐다보며 웃고 있었다.

"정신이 좀 드나?"

마일로는 침대 머리판에 기대어 앉으려고 했지만 쉽지 않았다. 그는 기억을 더듬었다. 보드카를 퍼마셨고, 호기심에 호텔 냉장고의 조그만 브랜디 병을 꺼내 마셨고, 그리스 술인 우조도 한 병 마셨다. 마일로는 씁쓸한 가래를 게워내고 다시 삼켰다.

아이너가 보드카 병을 들어 올려 살폈다. 서너 잔 정도의 분량이 아직 남아 있었다. "다 비우진 않았군."

마일로는 새삼스럽게 자신의 생활이 건실하지 않음을 깨달았다.

아이너가 보드카 병을 바닥에 내려놓았다. "다 깼어? 얘기 좀 할 수 있겠어?"

"아직 덜 깼어."

"커피 좀 시킬게."

"몇 시야?"

"오전 6시."

"이런." 기껏해야 두 시간 반을 잔 것이었다.

아이너가 프런트에 커피를 주문하는 동안, 마일로는 세수를 하러 갔다. 아이너가 화장실 문 앞에 나타나 히죽거렸다. "젊었을 때랑은 다르지?"

마일로는 칫솔로 혀 안쪽에 묻은 위액을 닦아냈다. 토할 것 같았지만 아이너 앞에서는 절대로 그러고 싶지 않았다.

화장실에서 나오자 마일로의 시야는 선명해졌다. 아이너는 TV 채널을 돌리더니 CNN 국제 뉴스 채널에 고정시켰다. 놀랍게도 그는 충분한 휴식을 취한 듯 보였다. 마일로는 자신도 저런 모습이었으면 하고 바랐다. 샤워라도 하면 나아질까?

"찾아온 용건이 뭐야?"

아이너가 TV 볼륨을 높였다. 그의 표정은 어두웠다. "안젤라 때문이야."

"무슨 일인데?"

아이너는 말하려다 말고 방을 둘러보더니 재킷 주머니에서 기름에 얼룩진 영수증과 펜을 꺼냈다. 그는 침대 옆 탁자에 기대어 뭔가 쓰고는, 종이를 들어 마일로에게 보였다.

죽었어

마일로의 다리가 얼얼해지더니 힘이 빠지기 시작했다. 그는 침대로 걸어가 주저앉고는 손으로 얼굴을 문질렀다. "그게 무슨 소리야?"

아이너는 망설이며 펜을 들다가 생각을 바꿨다. 그는 정보가 드러나지 않도록 조심해서 구두로 설명하기로 했다. "어젯밤 네가 나가면서 엄지손가락을 올려서 사인을 보냈잖아? 그래서 감시 장비 전원을 다시 켰어."

"그래. 그런데?"

"안젤라는 침대로 들어가더니 완전히 곯아떨어졌지."

"수면제." 마일로가 말했다. "나하고 있을 때 수면제를 먹었어."

"맞아. 그래서 그렇게 잠이 든 거지. 난 한 시간 후 식사를 하러 나갔어. 빌이 교대로 감시를 맡았지. 내가 돌아온 건 그로부터 한 시간 후였어. 그때 퍼뜩 깨달은 거야. 안젤라가 움직이지 않았다는 걸. 조금도. 안젤라는……." 아이너가 말을 멈췄다. 그는 종이와 펜을 보면서 고민하다가 마일로의 귀에 대고 속삭였다. "한 시간 동안 한 치도 안 움직였어. 코도 골지 않았지. 그리고 다시 한 시간이 지났는데도 똑같았던 거야."

"확인한 건가?" 마일로도 속삭여 말했다.

"40분 전에. 들어가서 맥박을 확인했어. 반응이 없었지. USB는 가지고 나왔어."

"하지만……." 마일로가 말을 꺼냈다. "하지만 어떻게?"

"빌은 피자에 뭔가 들어갔던 거라고 추측했지만, 내 생각엔 그 수면제가 원인이었을 거야."

마일로는 위경련을 느꼈다. 그는 안젤라가 의도치 않게 자살하는 순간을 그대로 지켜보고 있었던 셈이다. 마일로는 숨을 고르며 말했다. "경찰에 신고했나?"

"이봐, 너 정말 내가 덜떨어졌다고 생각하나 본데……."

마일로는 딱히 대꾸할 심정이 아니었다. 그의 마음은 격렬한 공허함으로 가득 찼다. 지금의 충격에 이어 폭풍이 닥쳐올 것이다. 그는 아이너로부터 리모컨을 받아 TV의 음을 소거했다. 화면에서는 팔레스타인 어린이

들이 뭔가를 축하하며 거리를 뛰어다니고 있었다. "샤워하고 올게."

아이너는 리모컨을 가지고 침대로 간 뒤, 채널을 MTV 유럽으로 돌리고 볼륨을 올렸다. 프랑스 랩 음악이 방을 가득 채웠다.

마일로는 창가로 가서 블라인드를 내렸다. 몸에 감각이 없었다. 단지 극도로 시끄러운 맥박이 머릿속을 휘저을 뿐이었다.

"블라인드는 왜 내려?"

마일로는 그 이유를 몰랐다. 그저 본능적으로 블라인드를 내렸던 것이다.

"편집증." 아이너가 말했다. "너 편집증이 좀 있는 것 같아. 전에도 느꼈지만 왜 그런지는 몰랐지. 그런데 어젯밤에 확인해 봤더니 너도……." 아이너는 다시 속삭였다. "너도 〈여행객〉이었더군."

"오래전 일이야."

"사용한 가명은?"

"잊어버렸어."

"얘기해 봐."

"마지막으로 사용한 것은 찰스 알렉산더."

아이너가 TV의 소리를 끄자 방에 정적이 흘렀다. "미치겠군."

"무슨 소리야?"

"그러니까……." 침대 위에 꼿꼿이 앉으며 아이너가 말했다. 잠시 생각에 잠기더니 TV 볼륨을 높였다. "찰스 알렉산더는 아직도 인구에 회자되는 이름이거든."

"그래?"

"그래." 아이너는 힘껏 고개를 끄덕였다. 마일로는 그의 느닷없는 경외심이 왠지 불안했다. "너는 유럽 대륙에 약간의 친구와 무수한 적들을 가지고 있어. 베를린, 로마, 빈, 베오그라드까지. 다들 너를 못 잊어하고 있지."

"아까부터 계속 희소식이로군."

마일로의 휴대폰이 울렸다. 티나였다. 마일로는 시끄러운 음악 소리를 피해 전화기를 들고 화장실로 갔다. "그래, 여보."

"마일로? 지금 클럽이야?"

"TV 소리야." 마일로가 화장실 문을 닫으며 말했다. "무슨 일이야?"

"집에 언제 와?"

마일로는 티나의 목소리가 겁에 질린 듯하다고 느꼈지만 곧 그렇지 않음을 깨달았다. "당신 술 마셨어?"

티나가 웃었다. 역시 그녀는 술에 취한 것이었다. "패트릭이 샴페인 가지고 왔어."

"왕자님 납셨군." 마일로는 패트릭에게 질투심을 느끼지는 않았다. 그는 마일로의 인생에 있어서 그저 약간 성가신 존재일 뿐이었다. "무슨 일이라도 생긴 거야?"

티나는 대답을 망설였다. "아니, 아무 일도 없어. 패트릭은 갔어. 스테파니는 자고 있고. 그냥 목소리 듣고 싶어서."

"저기, 통화 오래는 못해. 안 좋은 일이 생겼어."

"안젤라 일이야?"

"그래."

"설마 안젤라가…… 그러니까……." 티나가 말꼬리를 흐렸다. "문제를 일으킨 건 아니지?"

"그보다 더 안 좋은 상황이야."

티나는 입을 다물고는 국가 반역죄로 잡히는 것보다 안 좋은 상황이 뭐가 있는지를 생각했다. 그러더니 그녀는 결국 해답을 얻었다. "말도 안 돼." 티나는 취하거나 긴장할 때의 습관인 딸꾹질을 했다.

한때 어떤 이탈리아 남자가 마일로에게 다음과 같이 말한 적이 있었다. '슬픔이란 감정은 재미가 없지. 너무 식상하고 천박해서 속이 뒤집어질 지경이라니까.' 남자는 암살자였고 그러한 사고방식은 그의 일에서 파생되는 감정적 흔들림으로부터 그를 보호하는 기능을 했다. 마일로는 샤워를 하면서 그 남자가 말했던 바로 그 기분을 느꼈다. 안젤라의 특징들, 목소리, 밝고 아름다운 얼굴, 파리의 패션이 머릿속에 떠오르자 그는 속이 뒤집어질 것 같았다. 안젤라의 우스꽝스럽고 유혹적인 '어흥!' 하는 목소리. 이제 충격과 공허함을 대신하여 식상하고 천박한 죽음이 온몸을 꽉 채우는 것만 같았다.

마일로가 허리에 수건을 두른 채 화장실에서 나왔을 때 아이너는 쟁반의 룸서비스 커피를 마시며 TV를 보고 있었다. 화면에는 200명가량의 아랍인 시위대가 주먹을 추켜올리고 높다란 쇠 울타리를 밀치면서 소리를 지르고 있었다.

"어디야?" 마일로가 물었다.

"바그다드. 1979년의 이란인가?"

마일로는 줄무늬 셔츠를 입었다. 아이너는 다시 볼륨을 높였는데, 그 동작은 마치 중요한 얘기를 하기 전의 전조처럼 느껴졌다. 하지만 아이너는 옷을 입는 마일로를 지켜보며 뭔가를 생각할 뿐이었다. 마일로가 바지를 끌어올리는 것을 보며 아이너가 다시금 속삭이며 물었다. "너 진짜로 〈블랙북〉을 발견한 거야? 아니면 그것은 그저 〈여행업〉에서 떠도는 소문일 뿐인가?"

마일로는 순진한 기대감으로 가득 찬 젊은 〈여행객〉의 얼굴을 보며 거짓말을 하기로 결심했다. 이유는 여러 가지였지만, 일단은 아이너가 쓸데없이 넘겨짚어 생각하는 것이 싫었던 것이다. 그런 점에서 타이거가 그로부터 〈블랙북〉에 대한 정직한 대답을 끌어낸 것은 묘한 일이었다. "〈블랙북〉은 실재하는 물건이야." 마일로가 대답했다. "나는 90년대 말에 그 사본을 하나 발견했지."

아이너가 눈을 깜빡이며 몸을 가까이 기울였다. "이거, 진짜 미치겠군.”

“농담이 아니라고.”

“어디서 찾았지? 나도 찾아보려고 했지만 근처에도 못 갔는데.”

“그건 네가 〈블랙북〉을 찾을 운명이 아니었기 때문이지.”

“말도 안 되는 소리.”

마일로는 젊었을 적 숱하게 들었던 구절 하나를 읊었다. 그 구절로 인해 〈여행업〉의 〈블랙북〉은 그 실존 여부와 관계없이 실제 가치보다 더 큰 후광을 입게 되었다. “책이 너를 찾는 거야, 제임스. 만일 네가 책을 소유할 가치가 있는 존재라면 책으로 인도하는 길 위에 저절로 서게 되겠지. 책은 아마추어들과 시간 낭비를 하지 않거든.”

아이너의 뺨이 달아오르고 숨이 가늘어졌다. 불현듯 아이너는 자신의 입장을 떠올린 듯 웃음을 짓더니 TV 볼륨을 낮췄다. “그거 알아?”

“뭐?”

“넌 A급 뺑쟁이야.”

“잘 아네.”

아이너는 웃음을 짓다가 멈췄다. 과연 어느 말을 믿어야 할지 갈피를 잡을 수 없었다.

# 18

마일로의 제안으로 두 사람은 뒷계단으로 내려가 업무용 출입구를 통해 호텔을 빠져나갔다. 아이너가 운전을 맡았다. A1 도로를 타고 샤를드골 공항으로 가는 도중, 마일로는 전날 밤 안젤라와 나눴던 대화를 들려주었다.

"나한테 전화했어야지. 그렇게 하기로 했잖아?"

"마이크 정도는 켜 놨으리라고 생각했어."

아이너는 불만스럽게 고개를 저었다. "약속을 했잖아. 난 약속은 지킨다고."

"톰하고 상의는 했겠지?"

잠시 침묵이 흘렀다. "처음에 톰이 안 된다고 했어. 그러더니 다시 전화를 걸어서 네가 요청한 대로 하라더군. 여하간 넌 전화를 걸었어야 했어."

"미안." 마일로는 안젤라의 이야기를 이어갔다. 자신의 물라가 서양인에게 암살당했다고 믿는 젊은 이슬람 급진파 수단인에 대한 이야기에 이르렀을 때 아이너가 물었다.

"그러니까 그가 유럽인의 얼굴을 봤다는 거군. 거기엔 어떤 의미가 있는 거지?"

"타이거가 거짓말하지 않았다는 거지. 그는 진짜로 살리 아마드를 죽인 거야. 의뢰인은 대통령이 아닌 다른 사람이고. 난 안젤라를 믿어. 안젤라의 말대로라면, 그녀는 허버트 윌리엄스와 접촉한 게 아니야. 오히려 윌리엄스로부터 감시를 당한 거지. 그는 아마 안젤라가 자신의 정체를 파헤치고 있다고 생각했을지도 몰라. 안젤라가 취리히의 롤프 빈터버그를 추적하고 있었고, 빈터버그가 윌리엄스와 연계되어 있다면……." 분명 무엇이든 가능한 상황이었다. "확실한 건 안젤라가 타이거와 관련된 증거를 모으기 시작했고 그러던 중 죽었다는 거야."

"이리엔 대령은?" 아이너가 물었다. "상황이 아무리 복잡하다 해도 안젤라가 입수 가능한 정보가 대령에게 넘어갔다는 사실에는 변함이 없어. 윌리엄스와 대령이 같이 있는 사진도 있고 말이야. 넌 상황을 직시하고 있지 않아."

"하지만 앞뒤가 맞지 않잖아." 마일로가 반박했다. "안젤라가 기밀을 빼내고 있었다면, 왜 그것을 의뢰한 자가 안젤라를 죽였겠어? 쓸데없이 이목을 끌 뿐인데."

"안젤라가 자신의 정체를 누설하지 못하도록." 뻔하지 않느냐는 듯, 아이너가 말했다.

"아니야." 마일로는 다시 반박했지만 이어질 말을 찾지 못했다.

"이유야 어떻든 안젤라를 죽일 필요가 있었던 거야. 그게 뭔지 모를 뿐이지." 아이너가 말했다.

아이너가 옳다는 것을 마일로도 알고 있었다. 그때 문득 운전대를 잡은 아이너의 손이 떨리는 것이 보였다. 이것이 아침 일찍 그렇게 정신이 맑았던 이유였다. "각성제 복용하고 있어?"

아이너가 곁눈질로 마일로를 쳐다보았다. 자동차는 공항으로 이어지는 도로에 들어서고 있었다. "뭐라고?"

"암페타민, 코카인, 뭐든 말이야."

"내가 약물 중독자처럼 보여?"

"그냥 물어 보는 거야. 일을 하려면 각성제가 필요할 때도 있으니까."

도로의 표지판 다발에 항공사들의 이름이 열거되어 있었다. "뭐, 가끔은 복용해. 필요할 때만."

"조심해. 나도 각성제를 먹다가 심하게 망가진 적이 있어. 진짜 폐인이 었지."

"기억해 두지."

"진지하게 들어, 제임스. 너는 훌륭한 〈여행객〉이야. 너를 잃으면 우리로선 손해라고."

아이너는 혼란을 떨치려는 듯 고개를 흔들었다. "그래. 알았어."

두 사람은 머리를 삭발한 아름다운 얼굴의 매표원으로부터 델타 항공의 표를 구입하고 카페테리아에 앉아 비행기 출발 시각을 기다렸다. 카페테리아에서 강한 술을 판매하지 않았기에 아이너는 버번위스키가 담긴 가죽 케이스의 작은 휴대용 술병을 꺼낸 뒤, 테이블 위에 올려놓고 마일로에게 마실 것을 권했다. 뜨거운 위스키가 목을 타고 들어가자, 마일로는 문득 생각이 떠올랐다. "무인無人 연락."

"뭐라고?"

"도무지 납득할 수 없는 점이 있어. 안젤라가 허버트 윌리엄스에게 정보를 넘기고 있었다고 해도 직접 그를 만났을 리가 없어. 보통은 그렇게 하지 않아. 최초 접선자를 만났을 때 무인 연락 방식을 정한 다음, 다시는 직접 만나는 일이 없지. 첩보 활동의 상식이야."

아이너는 잠시 생각에 잠겼다. "직접 만나는 사람들도 있어."

"맞아." 마일로가 말했다. "애인이거나, 동료거나, 친구라면 말이야. 하지만 안젤라는 윌리엄스의 애인이 아니야. 이런 방식으로 연락하면 노출될 위험이 있다는 걸 모를 만큼 바보도 아니고."

두 사람은 그 문제를 생각하며 주변의 얼굴들을 둘러보았다. 몇 사람이 둘의 응시에 반응하여 쳐다보았다. 어린아이들, 나이 든 여자들, 그리고 바로 "그들". 마일로는 앉은 몸을 곧게 폈다. 지저분한 금발 머리와 부은 눈의 여자. 저 멀리 거품 모양으로 돌출된 창가에 앉은 여자는 별 생각 없는 표정으로 마일로 쪽을 보며 웃고 있었다. 옆자리의 잘 생긴 남자는 웃고 있지 않았다.

마일로는 쓸데없는 의문이라고 느끼면서도, 왜 유독 식당에 있을 때만 이 두 사람이 나타나는 것인지 의아했다.

"잠깐 기다려." 마일로는 아이너에게 말하고는 연인들에게로 다가갔다. 마일로가 다가오는 것을 보고 여자가 웃음을 거뒀다. 그녀가 파트너에게 뭔가를 말하자 파트너인 남자는 재킷의 깃 아래로, 마치 총이라도 뽑으려는 듯, 손을 집어넣었다. 아마도 실제로 총이 들어 있었을 것이다.

남자가 재킷 안에 집어넣은 손을 꺼내기 전에, 마일로는 몇 발자국 앞에서 멈춰 여자를 향해 말했다. "정보는 많이 얻으셨는지? 비행 일정이라도 알려드릴까요?"

가까이서 보니, 여자의 뺨에 옅은 주근깨가 드문드문 보였다. 여자는 영어를 구사했지만 프랑스 억양이 심한 탓에 단어 하나하나에 주의를 기울여야 했다. "정보는 이미 충분합니다, 위버 씨. 고맙군요. 그래도 저기 계신 친구분이 누군지 알려주시면 좋겠어요."

세 사람은 일제히 마일로가 앉아 있던 테이블로 눈을 돌렸다. 그러나 아이너는 이미 자리에 없었다. "무슨 친구요?" 마일로가 물었다.

여자는 머리를 갸웃거리며 마일로를 향해 눈을 깜빡였다. 그녀는 주머니에 손을 넣어 ID 카드가 든 가죽 수첩을 꺼냈다. 노란색 ID 카드에는 SGDN의 외부안보부, 즉 DGSE 요원이라는 직위가 명시되어 있었다. 마일로가 다이안 모렐이라는 이름을 읽자, 여자는 탁 소리를 내며 수첩을 닫았다. "위버 씨, 다음번 프랑스에 오실 때는 저희에게 연락을 주셨으면 좋겠군요."

마일로가 뭔가 말을 하려 했지만, 여자는 이미 몸을 돌렸다. 그녀는 파트너에게 그만 가자는 뜻으로 고개를 끄덕이며 복도로 나섰다.

마일로는 이 꺼림칙한 상황에 대해 고민하며 원래의 자리로 돌아왔다.

유대교도 복장을 한 가족들 뒤로 아이너가 보였다. 두 사람은 중간에 있는 자리로 이동했다.

아이너가 동그라진 눈으로 마일로를 쳐다보자 마일로가 한 손을 들어 올렸다. "그래, 알아. 내가 정신이 나갔지."

"도대체 저 여자를 어떻게 아는 거야?"

"저 두 사람이 날 미행하던 자들이야."

"왜?"

"사고 치지 않을까 감시했던 거겠지."

아이너는 복도를 바라보았다. 아까의 두 사람이 점점 멀어져가는 것이 보였다. 아이너는 마일로에게로 몸을 돌려 말했다. "잠깐. 너 저 여자가 누군지 안다고? 정말이야?"

"DGSE 요원이야. 이름은 다이안 모렐. 위조한 ID 카드는 아닌 것 같았어."

"DGSE?"

마일로는 아이너의 어깨에 손을 올려 그를 플라스틱 의자에 앉혔다.

"뭘 그렇게 놀라?"

아이너는 입을 벌렸다가 다물었다. "저 여자가 바로 그 여자야. 르네 베르니에."

"이리엔 대령의 애인? 그 소설가 말이야?"

"그래. 사진을 여러 장 봤어."

마일로는 반사적으로 일어섰지만 이미 늦었다. 프랑스 정보부 요원들의 모습은 보이지 않았다.

# 19

여덟 시간의 비행 동안 기류 변화로 인한 흔들림은 없었고, 마일로는 세 시간 정도 잠을 잘 수 있었다. 토요일 정오를 조금 지나 비행기는 JFK 공항에 착륙했다. 긴 줄을 기다려 여권 확인을 마친 후, 마일로는 여행가방을 끌며 지친 사람들을 뚫고 공항 문을 지나다가 멈춰 섰다. 그레인저가 선팅을 한 검은 메르세데스에 기대어 팔짱을 낀 채 마일로를 쳐다보고 있었다. "태워줄까?"

"차 있어요." 마일로가 움직이지 않고 말했다.

"차 있는 데까지 우리가 데려다 주지."

"우리?"

그레인저가 얼굴을 찌푸렸다. "자, 마일로. 어서 타라고."

"우리"의 나머지 한 명은 본부에서 온 테렌스 피츠휴였다. 그레인저의 안색이 안 좋은 이유를 알 수 있었다. 비밀작전 담당 국장보는 다리가 긴 탓에 운전석 뒷좌석에 불편한 자세로 앉아 있었다. 마일로는 가방을 트렁크에 들여놓고 시키는 대로 피츠휴의 옆자리에 앉았다. 그레인저는 졸지에 운전기사로 전락한 셈이었다. 마일로는 피츠휴가 혹시라도 있을 저격수의 습격에 대비해 그레인저를 방패막이로 삼고 그 뒤에 앉은 것이 아닌가 하는 생각이 들었다.

"톰한테 듣기로는 파리에서 문제가 있었다고?" 차가 움직이자 피츠휴가 마일로에게 물었다.

"그냥 있었던 정도가 아닙니다. 많이 있었죠."

"안젤라 예이츠가 살해당한 것 말고도 말인가?"

"공문의 소유자였던 이리엔 대령은 프랑스 쪽에 조종당한 것 같더군요." 마일로는 그레인저를 바라보았다. 그레인저는 백미러로 두 사람을 보고 있었다. "대령의 애인인 베르니에는 DGSE 요원이었습니다. 진짜 이름은 다이안 모렐. 그녀가 대령과 뭘 했는지는 모르겠지만 프랑스 정보부가 대령의 하드드라이브 내용물을 입수한 것은 틀림없습니다."

"지금 재미없는 농담이라도 하는 건가?" 피츠휴가 물었다.

"아닙니다. 사실을 말씀드릴 따름입니다."

"톰, 어떻게 우리가 그 사실을 몰랐을 수 있지?"

그레인저는 주차장으로 향하는 차들에 시선을 고정하고 있었다. "프랑스 쪽에서 알려 주지 않았거든요."

"우리가 이리엔 대령을 주시하고 있다고 그쪽에 알려줬나?"

정적이 흘렀다.

피츠휴는 왈가왈부하지 않고 다시 마일로를 향해 말했다. "그래. 그러니까 항공료와 비싼 호텔비를 지불하고 얻어낸 게 고작 우리의 정보력이 모자라다는 사실과 요원 한 명이 사망했다는 사실 뿐이라 이건가?"

"말고도 더 있습니다." 마일로가 말했다. "안젤라의 잠재적인 접선자로 추정됐던 허버트 윌리엄스는 바로 타이거에게 암살 청부를 알선하던 남자였습니다. 타이거를 직접 살해한 자이기도 하죠. 안젤라는 그자에게 기밀을 넘긴 것이 아니었어요. 오히려 그자에게 미행을 당하고 있었습니다."

"갈수록 가관이군." 피츠휴는 그레인저가 앉은 좌석 등받이를 두드리며 골똘히 생각했다. "좋은 소식은 없나? 본부로 돌아가서 〈여행업〉에 관해 보고해야 한단 말일세. 아메리카 애비뉴에서 일을 훌륭히 해내고 있다는 것을 증명해야 한단 말이야. 물론 자네들 사무실에는 DGSE 요원도 제대로 알아보지 못하고 미행자를 접선자로 오인하는 바보천치들밖에 없다고 보고할 수도 있어. 하지만 그러면 부서를 통째로 날려 버리려 할지도 몰라."

마일로는 대답을 하기 전에 입술을 만지작거렸다. 〈여행업〉의 강점 중 하나는 요원 개개인이 전체 상황에 대해 알지 못한다는 것이었다. 〈여행객〉이 알아야 하는 것은 전달된 지시의 내용뿐이었다. 하지만 마일로는 현장을 떠난 후부터 줄곧 피츠휴 같은 관료들에게 이런 식으로 자기변명을 해야 한다는 것에 질려버렸다. "제 생각에 작전 자체는 문제가 안 됩니다. 아이너가 일을 잘한 덕분에 허버트 윌리엄스의 다른 사진들을 입수할 수 있었습니다. 또 안젤라 덕분에 타이거가 롤프 빈터버그라는 남자로부터 취리히 은행을 통해 대금을 수령하고 있었다는 사실을 알아냈고요."

"빈터버그? 그건 또 뭐하는 놈이야?"

"가명입니다. 타이거에게 돈을 주는 사람이지요. 덧붙여 안젤라는 수단 출신의 이슬람 급진파 테러리스트와 접촉했습니다. 그는 타이거가 물라 살리 아마드의 시체를 자택 뒷마당으로 옮기는 걸 봤다더군요."

"그렇군." 피츠휴가 고개를 끄덕이며 말했다. "그러니까 수단 대통령이 타이거를 고용했다 이거군. 알겠나? 그런 게 바로 쓸만한 정보라는 거야."

"대통령에 관한 정보는 아무것도 없습니다. 사실 제 생각에 대통령은 타이거의 고객이 아닙니다. 타이거도 그렇게 판단했죠."

"정말 헛갈려서 환장하겠군." 피츠휴가 말했다.

"이렇게 생각해 보시죠." 마일로가 짐짓 사무적인 투로 말했다. "우리가 찾고 있는 것은 타이거를 죽인 사람입니다. 제 생각에는 바로 그자가 안젤라를 죽였고, 더불어 물라 살리 아마드의 암살도 지시했다는 겁니다."

피츠휴는 눈도 깜빡이지 않고 마일로를 바라보며 그 말을 되새겼다.

그레인저는 목을 창밖으로 쭉 빼고는 차를 돌려 레퍼츠 대로 B 주차장으로 들어가며 물었다. "자네 차는 어디 있나?"

"여기서 내려 주십시오."

그레인저는 먼지 낀 차들의 주차 열 사이에 차를 세웠지만 그들의 대화는 아직 끝나지 않았다. 마일로는 피츠휴의 말을 기다렸다. 피츠휴는 상황을 유심히 생각하더니 입을 열었다. "놈은 죽었네, 마일로. 타이거라고 부르고 싶진 않으니 녀석의 이름을 하나만 대 봐."

"새뮤얼 로스입니다."

"좋아. 새뮤얼 로스는 죽었네. 이 소식을 본부에 알리겠지만, 본부로서는 그저 미해결 종결 사건일 뿐이야. 아니, 정확히 말하면 국토안보부의 미해결 사건이지. 누가 놈을 죽였고 누가 놈에게 돈을 주었는지는 본부로서는 중요치 않아. 대통령은 그 정도로는 기뻐하지 않을 거란 말이지. 대통령을 흥분시키려면 좀 더 자극적인 정보가 필요해. 본부가 원하는 것은 CIA의 몰락을 막을 만한 정보라고. 온 세상이 누가 물라 살리 아마드를 암살했는지 안다고 우쭐대는 판에, 그게 틀렸다는 것을 굳이 돈 들여서 증명할 필요 없다 이거야. 게다가 그놈의 물라가 없어져서 세상이 더 좋아졌잖아. 무슨 말인지 알겠나?"

마일로는 고개를 끄덕였다.

"지금 자네들이 해야 할 것은 아직 남아 있는 지하드 세력을 척결하는 거야. 아직까지 살아서 세계 평화와 경제를 위협하는 놈들 말일세. 버지니아의 본부가 원하는 것은 바로 그런 거라고."

"알겠습니다." 마일로가 말했다.

"좋아. 의견이 일치돼서 기쁘군." 피츠휴가 손을 내밀자 마일로는 그의 손을 잡았다.

그레인저는 마일로가 트렁크에서 짐을 꺼내는 것을 도우며 속삭였다. "고마워."

"뭐가요?"

"알잖나. 타이거가 〈여행객〉이었다는 사실을 얘기하지 않은 거 말이야. 그랬으면 정말 끝장이었을 거야."

"저한테 자세히 알려주기로 하셨죠?"

그레인저가 마일로의 어깨를 두드리며 말했다. "내일 사무실에 들르게. 자료를 보여줄 테니까. 됐나?"

"좋습니다."

# 20

피츠휴와 얘기를 나눈 뒤 마일로의 불안은 가라앉기는커녕 더 심해졌다. 공항을 나선 마일로는 휴대폰의 배터리를 빼고, 길을 몇 번 돌아 멀리 롱아일랜드로 향했다. 그는 도중에 도로를 빠져나와 낡은 판잣집들 사이에 차를 세웠다. 십 분 동안 아이들이 집 현관에서 노는 것을 지켜보며 미행자가 없음을 확인한 뒤, 그는 유턴을 해서 롱아일랜드의 중심으로 이어지는 길로 접어들었다. 마일로는 "스팅어 창고"라고 써 붙여진 철망 울타리 근처에 차를 세웠다. 폭이 좁은 창고들이 울타리에 둘러싸여 있었다.

마일로는 항상 열쇠를 한 아름씩 들고 다녔다. 자동차 열쇠, 아파트 열쇠, 사무실 책상 열쇠, 오스틴에 있는 티나 부모님 댁의 열쇠, 그리고 아무 표시가 없는 열쇠. 그 열쇠는 명목상으로는 아파트의 공동 지하실 열쇠였지만, 실은 이곳의 창고를 여는 열쇠였다.

열쇠는 잘 들어갔지만 자물쇠가 너무 오랫동안 잠겨 있던 탓에, 문이 열리는 데 시간이 걸렸다. 이윽고, 마일로의 비밀이 숨겨진 깊숙한 창고가 열렸다.

창고는 자동차 한 대를 수용할 정도의 크기였다. 마일로는 몇 년에 걸쳐 언젠가 유용하게 쓰일지도 모를 물건들로 그 공간을 채워 왔다. 다양한 화폐들. 다른 이름들로 등록된 신용카드와 운전면허증들. 권총과 총탄. 임무 종료 후 반납했어야 할 CIA 발급 여권들도 분실했다고 보고하고는 이곳에 보관했다.

창고 안쪽에 놓인 비밀번호 금고 안에는 금속상자 두 개가 들어 있었다. 한 상자에는 마일로의 가족과 관련된 서류가 들어가 있었다. 그가 어머니의 삶을 추적하며 몇 년 동안 수집한 문서들. 그는 자신의 진짜 어머니, 즉 유령 어머니에 관해서 티나는 물론 〈회사〉에도 얘기하지 않았다. 상자에는 또 다른 비밀인 그의 생부에 관한 〈회사〉 서류들도 들어 있었다. 하지만 오늘은 이 상자 때문에 온 것이 아니다. 마일로는 나머지 상자를 꺼냈다.

그 안에 담긴 서류들은 〈회사〉와는 관련이 없었다. 그것은 몇 년 전 남편, 아내, 어린 딸로 구성된 일가가 교통사고로 전원 사망했다는 기사를 읽고 마일로가 모은 서류들이었다. 마일로는 그 가족의 사회보장번호를 알아내어 서서히 그들을 사회 속으로 재등장시켰다. 은행계좌, 신용카드, 뉴저지의 조그만 집, 집에서 멀리 떨어지지 않은 곳의 우편 사서함. 마일로는 그들의 이름으로 된 여권도 신청했다. 하지만 여권에 실린 사진은 마일로 가족의 것이었다. 상자 속 서류에 의하면 로라, 라이오넬, 어린 켈리로 이루어진 돌란 일가는 여전히 건강하게 살아 있었다.

마일로는 세 개의 여권과 두 개의 신용카드를 재킷 주머니에 집어넣고 상자와 금고를 잠근 후 창고를 나섰다. 그는 오는 도중 맨 처음 방향을 바꿨던 간선도로에 이르러, 휴대폰에 배터리를 끼우고 전원을 넣었다.

마일로가 이렇게나 조심스러운 데에는 명확한 이유가 없었다. 아마도 물고 늘어지는 피츠휴 때문일까? 아니면 갑작스러운 안젤라의 죽음 때문일지도 모르겠다. 그녀의 죽음에 보기보다 많은 의미가 있으리라는 불안감. 현재의 상황은 조금이나마 이전보다 불안정했다. 합당한 근거가 있어서, 또는 단순한 편집증으로 인해 마일로는 이따금 그런 기분에 휩싸이고는 했다. 그럴 때 돌란 일가의 서류들을 꺼내어 품 속에 소지하면 그의 마음은 안정되었다. 그와 가족들은 언제든 마음만 먹으면 관료적 행정 체계에서 파생한 익명의 물결 속으로 사라져 버릴 수 있는 것이다.

마일로는 예전처럼 집의 문 앞에서 귀를 기울였다. TV 소리는 들리지 않았다. 다만 조용히 〈Poupée de Cire, Poupée de Son〉을 부르는 스테파니의 목소리가 들렸다. 마일로는 열쇠로 문을 열고 들어가 여행가방을 코트 옆에 내려놓은 뒤, TV 드라마 속 남편의 목소리로 외쳤다. "여보, 나 왔어!"

거실에서 나온 스테파니가 마일로의 배를 덥석 안는 바람에 그는 헉하고 숨을 내뱉었다. 뒤이어 티나가 천천히 걸어 나왔다. 그녀는 헝클어진 머리카락을 가다듬으며 웃는 얼굴로 하품을 하고 있었다. "돌아와서 반가워."

"술은 좀 깼어?"

티나는 웃으며 고개를 저었다.

20분 뒤 마일로는 소파에 앉아 저녁 식사에서 남은 볶음 요리를 먹고 있었다. 티나는 마일로의 몸에 밴 냄새에 대해 잔소리를 했다. 그녀는 그것이 아마도 담배 냄새일 거라고 생각했다. 스테파니는 디즈니 월드를 위한 자신의 계획을 늘어놓다가 TV 리모컨을 찾으러 소파를 내려갔다. 이윽고 티나가 마일로에게 물었다. "얘기해 줄 거야?"

마일로는 먹고 있던 음식의 마지막 한 입을 꿀꺽 삼켰다. "일단 샤워부터 하고."

# 21

티나는 마일로가 소파에서 일어나 커피 테이블을 지나쳐 거실을 나가는 것을 지켜보았다. 출장지에서 마일로의 절친한 친구가 죽었고 마일로는 집으로 돌아왔다. 마치 아무 일도 없는 것처럼. 이것은 분명 비현실적인 상황이었다.

티나는 매우 극단적인 상황에서 마일로를 만났다. 그녀의 부모들조차도 베네치아에서 있었던 일을 알지 못했다. 아무 설명이나 해명도 없이 마일로는 불현듯 그저 거기에 있었다. 마치 수년간 습한 베네치아의 길거리에서 티나가 나타나기를, 자신의 인생을 바칠 누군가가 나타나기를, 줄곧 기다려온 것처럼.

"저는 스파이입니다." 일주일간 두 사람의 관계가 급진전하고 나서, 마일로가 티나에게 말했다. "아니 스파이였죠. 우리가 만날 때까지는."

티나는 웃었지만 그것은 농담이 아니었다. 처음 봤을 때 마일로는 손에 권총을 쥐고 있었기 때문에 티나는 그가 경찰이거나 사설탐정일 거라고 생각했다. 하지만 스파이? 아니, 스파이라고는 생각하지도 못했다. 그렇다면 어째서 두 사람이 만난 후 스파이 일을 그만둔 것인가?

"감당하기 힘들었어요. 너무 힘들었죠." 끈질긴 티나의 물음에 마일로는 결국 대답을 했지만, 티나가 그 대답을 수긍하기까지는 시간이 걸렸다. "수차례 자살을 시도한 적이 있습니다. 관심을 끌려고 그런 건 아니에요. 이쪽 세계에서는 자살 시도 따위로 관심을 끌 수 없으니까요. 그냥 해고당할 뿐이죠. 진짜로 죽고 싶었어요. 그러면 더는 살아남지 않아도 될 테니까. 살려고 애를 쓰는 게 미칠 것 같았거든요."

티나는 혼란스러웠다. 나는 과연 자살할 가능성이 있는 남자를 인생의 반려자로 원하는가? 더욱 중요한 건, 그런 남자가 스테파니의 아버지가 되어도 괜찮은가?

"고향은 노스캐롤라이나입니다. 롤리 근처. 양친은 제가 열다섯 살 때 교통사고로 돌아가셨어요."

그 말에 티나의 얼굴이 굳어졌다. 엄밀히 말해 아직은 남이었던 마일로를 향한 사랑이 갑자기 샘솟은 것은 아마도 그의 슬픈 과거 때문이었을 것이다. 누구라도 그런 일을 겪었다면 가끔씩 격렬한 우울함에 사로잡혀 심지어 자살을 생각한다 해도 이상할 것이 없었다. 티나가 그런 생각과 안타까움을 표현하기 전에, 마일로는 마치 자신이 꺼낸 이야기에서 서둘러 빠져나오기라도 하려는 듯 말을 이어나갔다.

"작은 가족이었습니다. 아버지 쪽 친척들은 모두 오래전에 죽었고, 어머니 쪽 친척들도 제가 태어나고 얼마 안 있어 돌아가셨죠."

"부모님이 돌아가신 후에 어떻게 됐어요?"

"선택의 여지가 별로 없었죠. 그때 아직 열다섯이었으니까요. 옥스퍼드 시에 있는 고아원으로 보내졌어요. 아, 영국이 아니라 노스캐롤라이나 주의 옥스퍼드요." 마일로는 어깨를 으쓱했다. "생각보다 나쁘진 않았어요. 성적도 올랐고 장학금도 받았죠. 록 헤이븐 대학교에 들어갔습니다. 펜실베이니아 주에 있는 작은 학교예요. 영국에 교환 학생으로 갔을 때 그곳 미국 대사관 사람들이 저를 찾아왔어요. 당시 런던에 있던 톰 그레인저라는 사람에게 저를 데리고 갔죠. 제가 조국을 위해 일할 마음이 있을 거라고 생각했다더군요."

마일로의 이야기에 거짓말이라고 단정할 만한 점은 없었고, 티나로서도 믿지 않을 이유가 없었다. 비록 몇 가지 세부사항 정도는 지어냈다 하더라도 그것은 중요하지 않았다.

티나로서는 마일로 위버에게 불만을 가질 합당한 이유가 없었다. 설령 그에게 비밀이 있다 하더라도 일의 성격상 어쩔 수 없는 것이었다. 결혼에 앞서 티나는 이 점을 숙지하고 있었다. 중요한 것은, 마일로가 여느 남편들과는 달리 티나와 스테파니에 대한 사랑을 거리낌 없이 드러낸다는 점이었다. 티나는 그가 가족과 떨어져 있을 때조차도 가족 생각을 하고 있음을 알 수 있었다. 마일로는 술을 마셔도 주정을 부리지 않았다. 가끔 몰래 담배를 피우긴 했지만 딱히 불평거리는 아니었다. 때때로 터놓을 수 없는 일들 때문에 부루퉁한 얼굴로 퇴근해 돌아오기는 했지만, 절대 가정생활 속으로 일 문제를 끌어들이는 법은 없었다. 적어도 티나와 스테파니 앞에서 마일로는 그런 남자였다.

그런데 지금, 두 사람이 함께 알고 지내던 친구가 죽었다. 스테파니는 바닥에 앉아 꼬마 도깨비가 나오는 영화를 보고 있었고, 마일로는 밥을 먹더니 샤워를 핑계로 사라졌다. 티나는 철저한 외로움을 느꼈다.

샤워기의 물소리가 들리자 티나는 문가에 놓인 마일로의 여행가방을 열어 보았다.

지저분한 옷가지, 여분의 양말과 속옷. 아이팟. 운동화 한 켤레. 립밤, 면봉, 데오도란트, 강도 60의 자외선 차단제, 칫솔, 치약, 치실. 휴대용 티슈. 종합 비타민제. 멀미 방지용 손목밴드. 비누. 피하 주사기와 주삿바늘, 붕대, 봉합용 실과 바늘, 산화아연 테이프, 고무장갑 따위의 의약품이 든 지퍼 달린 비닐 봉지. 이 밖에도 독시사이클린, 지스로맥스, 이모디엄, 베나드릴, 애드빌 사의 감기약, 프릴로섹 OTC, 엑스락스, 펩토비스몰 정, 타이레놀 따위의 의약품들이 있었다.

가방 맨 밑에는 도수 없는 안경, 4온스짜리 금발 염색약 한 병, 빳빳한 20달러 지폐 스물다섯 장. 그리고 강력 접착테이프가 있었다. 티나에게는 이것들이 왠지 주사기보다 더 꺼림칙하게 느껴졌다.

티나는 물건들을 집어넣고 가방을 닫은 후, 김이 무럭무럭 나는 욕실로 들어갔다. 불투명한 샤워실 문 너머로 마일로가 소란스럽게 샤워를 하고 있었다. 노래를 흥얼거렸지만 무슨 노래인지는 알 수 없었다.

"누구야?" 마일로가 물었다.

"나야." 티나가 변기 위에 걸터앉았다. 더운 김 때문에 코 안이 이완되었다. 티나는 화장지로 흘러내리는 콧물을 닦았다.

"아, 이거 참." 마일로가 말했다.

"왜?"

"집에 오니까 진짜 좋다."

"흐음."

잠시 후 마일로가 물을 잠그고 샤워실 문을 열었다. 벽에 걸린 수건을 향해 긴 팔을 뻗자, 티나가 수건을 건넸다. "고마워." 마일로가 반사적으로 대답했다.

대부분의 남편들이 그러하듯 마일로가 아내가 보는 앞에서 대수롭지 않게 벌거벗은 몸을 닦아내는 것을 티나는 지켜보았다. 그의 오른편 가슴에 두 개의 자국이 보였다. 바로 두 사람이 만났을 당시 마일로가 입었던 상처. 6년 전만 해도 마일로의 몸은 매력적이었다. 그는 대화의 소질은 별로 없었지만 외모가 괜찮았고, 잠자리에서의 기술도 나쁘지 않았다. 두 사람이 보스턴에 살았을 때 마거릿이라는 친구는 마일로를 "섹시"하다고 평가했었다.

하지만 도시에서 6년간 가정생활을 하고 난 뒤 마일로의 배는 불룩해졌고, 탄탄했던 엉덩이는 늘어져 버렸으며, 두드러졌던 가슴 근육은 지방으로 변해 버렸다. 통통한 회사원 아저씨가 되어 버린 것이다.

'그래도 아직 매력적이야.' 티나는 미안함을 느끼면서 그렇게 생각했다. 하지만 남편에게는 더 이상 자기 몸을 잘 가꾸는 이들만이 유지할 수 있는 날렵함이 없었다.

몸을 다 닦은 마일로가 웃으면서 티나를 내려다보았다. "뭐 마음에 드는 거라도 보여?"

"미안. 그냥 머리가 멍해서."

대꾸 없이 마일로는 허리에 수건을 둘렀다.

티나는 마일로가 칫솔에다 치약을 짜는 것을 지켜보았다. 그가 한 손으로 거울의 김을 조금 닦아내자, 티나는 이빨을 닦는데 과연 거울을 볼 필요가 있는지 의아해했다. "안젤라 얘기를 좀 해 줘."

마일로는 동작을 멈추고는 칫솔을 입 밖으로 꺼내며 말했다. "모르는 게 나아."

"죽었어?"

"응."

"어떻게?"

"말할 수 없다는 거 알잖아. 일단은 조사 중이야."

마일로는 더 할 얘기가 없다는 듯 다시 양치질을 시작했다. 왠지 모르게 티나는 이번만큼은 마일로의 단호함에 화가 났다. "난 당신이 누군지 모르겠어."

마일로는 침을 뱉어내고 수도꼭지를 잠근 뒤, 티나에게 몸을 돌려 말했다. "그게 무슨 소리야?"

티나는 한숨을 쉬며 말했다. "온갖 비밀들 말이야. 작년부터 당신 출장이 계속 늘었어. 돌아올 때면 몸은 멍이 들어 있지, 얼굴은 불만투성이지. 그런데도 나는 내 남편이 무슨 일을 당하는지 알 권리조차 없잖아."

"권리의 문제가 아니잖아."

"알아." 티나는 짜증을 냈다. "당신이 우리 가족을 보호하느라 그러는 거. 하지만 결국은 사소한 규정문제인 거잖아. 그런 건 나한테 아무런 도움이 안 돼. 스테파니한테도 마찬가지야."

"배우자를 아예 속이는 사람들도 있어. 잘 알잖아? 그런 사람들의 아내는 자기가 보험 외판원이라든지, 종군 기자라든지, 재무 상담사랑 결혼한 줄 안다고. 당신은 그보다는 많이 아는 거잖아?"

"하지만 그 사람들은 남편이 〈회사〉에 들어가기 전에 어떻게 살았는지는 알 걸?"

마일로가 차가운 어조로 말했다. "내가 어떻게 살아왔는지 전부 얘기해 줬을 텐데? 성에 안 찼다면 미안하군."

"그 문제는 됐어." 티나가 일어서며 말했다. "얘기해 줘. 안 그러면 여기저기 캐내면서 다닐지 몰라. 그러면 보기 안 좋겠지?"

마일로는 티나의 어깨를 붙잡고 그녀의 얼굴을 들여다보았다. "파리에서 무슨 일이 있었는지 알고 싶어? 말해 주지. 안젤라 예이츠는 독살당했어. 누구 짓인지는 몰라. 하지만 그렇게 죽었어."

문득 티나의 눈앞에 연보랏빛 눈을 한 사랑스러운 안젤라의 모습이 선명하게 떠올랐다. 티나의 가족들과 스테이크를 먹으며 저녁 식사 내내 웃음을 선사했던 안젤라의 모습. "알겠어." 티나는 침을 삼켰다.

"아니, 당신은 몰라." 마일로가 말했다. "안젤라가 죽은 건 〈회사〉가 잘못된 정보를 근거로 판단했기 때문이야. 다시 말해 내가 잘못된 정보를 가지고 안젤라의 조사를 진행했다는 거야. 내가 안젤라의 죽음에 책임이 있다는 뜻이라고."

티나는 다시 알겠다는 말을 할 수가 없어, 그저 마일로를 쳐다보았다.

마일로는 티나의 어깨에서 손을 떼고 습관대로 어색한 웃음을 지었지만, 그 웃음은 슬퍼 보였다.

마일로가 말했다. "댈러스에서는 타이거를 추적하고 있었어."

"타이거?" 티나가 말했다. "그 유명한……."

"그래, 암살자. 테네시의 작은 동네에서 놈을 만났지. 타이거는 내가 보는 앞에서 자살했어. 끔찍했지. 타이거의 죽음과 안젤라의 죽음은 연관이 있는 것 같아."

"하지만…… 어떻게?"

마일로는 대답하지 않고 화제를 흐릴 요량으로 말을 이었다. "티나, 난 멍청한 놈이야. 알아야 할 것의 절반도 몰라. 그래서 답답해. 사실 그것 때문에 문제가 생기고 있어. 본부에서 온 사냥개 같은 놈은 나한테 짖어대고, 국토안보부 여자는 내가 타이거를 죽였다고 의심을 해. 녀석의 얼굴에서 내 지문이 나왔거든. 그건 내가 타이거를 공격했을 때 남은 거야. 내가 무력을 행사한 이유는 놈이 당신과 스테파니의 이름을 거들먹거렸기 때문이었어. 당신과 스테파니 생각을 하니 겁이 났어."

티나는 말을 하려고 입을 벌렸지만, 욕실 안이 너무 습한 탓에 숨을 들이쉬는 것은 마치 물을 들이켜는 듯한 느낌이었다. 마일로는 티나의 어깨를 붙들고 거실을 지나 그녀를 침실까지 데리고 갔다. 그는 티나를 침대에 앉힌 뒤 그 앞에 쭈그리고 앉았다. 허리에 둘렀던 수건이 벗겨진 탓에 그는 다시 벌거벗은 상태가 되었다.

마침내 티나가 말을 꺼냈다. "뭔가 해야 하는 거 아니야? 당신이 타이거를 죽이지 않았다는 걸 증명해야 하잖아."

"방법을 찾을 거야." 마일로가 말했다. 지금 이 순간만큼은, 티나는 마일로를 믿을 수 있었다. "됐지?"

티나는 고개를 끄덕였다. 원하던 진실을 어느 정도 알아냈지만, 그것은 티나가 받아들이기 힘든 것이었다. 마일로가 말하지 않는 데에는 그럴 만한 이유가 있다는 것을 진작 알았어야 했다. 티나는 고작해야 세상 물정 모르는 사서일 뿐이다. 마일로가 티나를 포함해, 순박하고 선량한 시민들에게 비밀을 털어놓지 않는 데에는 그럴 만한 까닭이 있는 것이다.

티나가 침대에 드러누웠다. 마일로는 그녀의 다리를 침대에 올려주며 천장을 바라봤다. 티나가 속삭였다. "안젤라가 불쌍해."

"누구?" 고음의 목소리가 들렸다.

티나가 머리를 들어 바라보니, 마일로의 성기 너머로 스테파니가 문가에 서 있는 것이 보였다. 스테파니는 입을 딱 벌리고 벌거벗은 아빠를 바라보고 있었다. 아이의 손에는 마일로가 떨어뜨린 수건이 쥐어져 있었다.

"문 닫아야 하는 거 아니야?" 스테파니가 말했다.

마일로가 놀랍도록 자연스러운 웃음을 터뜨렸다. "수건 이리 줘."

스테파니는 수건을 건넸지만 방을 나가지 않았다.

"썩 나가요, 꼬마 아가씨! 옷 좀 입은 다음에 디즈니 월드에서 뭘 할지 의논해 보자고."

그 말을 들은 스테파니는 만족하며 침실을 나갔다. 티나가 마일로에게 물었다. "디즈니 월드 가도 될까?"

마일로는 다시 허리에 수건을 둘렀다. "내가 가족들 데리고 휴가 가겠다는데 누가 말려? 아무도 우리의 즐거운 시간을 빼앗을 수는 없어."

한 시간 전만 해도 티나는 바로 그런 대답을 원했다. 하지만 많은 걸 알아버린 지금, 마일로의 단호하고 사나운 목소리를 듣자 그녀는 자신이 무엇을 원해야 하는지 혼란스러웠다.

# 22

여느 때와 똑같은 일요일 아침이 밝았다. 대부분의 패밀리맨들이 처음에는 적응하지 못해서 쩔쩔매지만 결국은 즐기게 되어버리는 일요일 아침. 커피, 계란 프라이와 토스트의 냄새. 가끔은 베이컨. 신문의 펄럭이는 소리. 버려지는 광고 전단. 느슨한 가운을 걸치고 느릿느릿 돌아다니는 사람들. 마일로는 〈뉴욕타임스〉의 사설을 읽었다. 내용은 미국이 9. 11 테러에 대응하여 아프가니스탄으로 쳐들어간 지 6년이 지났건만, 미 행정부가 그곳에 안정된 정부를 세우지 못한 채 퇴각했음을 비판하는 것이었다. 유쾌한 얘기는 아니었다. 맞은 편 페이지의 내용은 컬럼비아 대학의 마르완 L. 캄불레 박사가 편집자에게 보내는 글로서, 미국의 수단 금수 조치에 관한 것이었다. 안젤라가 아니었다면 마일로는 그 기사를 읽지 않고 지나쳤을 것이었다.

금수 조치의 목적, 즉 다르푸르 지역의 평화적 안정을 강제한다는 명분은 비록 훌륭하기는 하지만, 그 결과는 참담하다. 중국의 석유 투자 덕분에 수단의 알바시르 대통령은 서구의 자금으로부터 자유로워졌다. 알바시르 대통령은 현재 자금뿐만 아니라 무기까지 제공 받음으로써 다르푸르에서의 싸움을 유지할 수 있게 되었으며, 자신의 통치권을 지키기 위해 수도 하르툼의 급진파들과 맞서 싸울 수 있게 되었다.

반면 이번 무역 금수 조치는 다르푸르 지역에 갇힌 시민들의 유일한 수입원을 막아 버렸다. 그들은 중국의 수단 지원으로부터 아무런 혜택을 얻을 수 없기 때문이다.

캄불레 박사의 계속되는 해설에 따르면 알바시르 대통령을 평화 협상 테이블로 끌어들이는 보다 적절한 방법은 그가 수도 하르툼의 격렬한 지하드를 진정시키도록 도와주는 것이었다. 말하자면 채찍보다 당근이라는 것이다.

10시가 조금 지나 톰 그레인저가 찾아왔다. 그레인저는 현관에서 티나를 마주하고 서 있었고, 손에는 두꺼운 신문으로 무거워진 비닐봉지를 들고 있었다. "방해하는 게 아니었으면 좋겠구먼."

스테파니는 자신의 대부(代父)인 그레인저를 "톰 삼촌"이라고 불렀는데, 이는 마일로와 티나가 좀처럼 고칠 수 없는 입버릇이었다. 이번에도 스테파니는 "톰 삼촌!" 하고 외치며 그레인저에게 달려가 안겼다. 그는 스테파니를 부드럽게 붙들더니 힘 좋게 들어 올렸다. 그가 들고 있던 비닐봉지가 바스락거렸다.

"미국에서 제일 예쁜 아가씨, 어떻게 지내셨나요?"

"모르겠는데요. 사라 로튼이라면 이 동네 반대쪽에 살아요."

"당신 얘기예요, 이 꼬마 아가씨야."

"뭐 가지고 왔어요?"

재킷 주머니에서 그레인저는 허쉬 초콜릿바를 꺼냈다. 스테파니가 손을 뻗었지만 그레인저는 초콜릿바를 티나에게 넘겼다. "엄마께서 허락하시면."

"어쨌든 고마워요." 스테파니가 말했다.

그레인저와 마일로는 부엌 식탁에 서로를 마주 보고 앉았다. 그레인저는 커피를 가져다준 티나를 향해 고맙다는 뜻으로 처량한 웃음을 지어 보였다. 티나는 스테파니가 있는 거실로 들어가며 부엌문을 닫았다. "부인에게 무슨 안 좋은 일이라도 있나?"

마일로가 얼굴을 찌푸렸다. "없는데요."
"밖으로 나갈까?"
"우리 집 도청하고 있습니까?"
"가능성이 없진 않지."
그레인저는 신문이 담긴 비닐봉지를 집어 들고 티나에게 작별인사를 했고, 마일로는 돌아오는 길에 우유를 사오겠다고 약속했다. 스테파니가 그레인저에게 자신은 헤이즐넛이 든 초콜릿이 더 좋다고 지적하자, 그는 다음에는 명심하겠다고 대답했다. 두 사람은 말없이 계단을 내려가 가필드 플레이스로 나선 뒤, 유모차와 다양한 피부색의 가족들로 번잡한 7번 애비뉴까지 걸어갔다.
두 사람은 스타벅스를 베낀 듯한 카페로 들어갔다. 그곳에서는 신선한 프랑스 패스트리와 커피를 팔고 있었다. 그들은 커피잔을 들고 길가에 접한 테이블에 앉았다. 따뜻하고 부드러운 햇살. 산책하는 가족들이 옆을 지나쳤다.
"얘기해 보시죠." 마일로가 말했다.
그레인저의 표정이 걱정스러웠다. 그는 비닐봉지를 들어 올려 속에서 두꺼운 〈뉴욕타임스〉를 꺼내 테이블에 올려놓았다. 마일로는 그것의 얄팍한 앞부분만이 〈뉴욕타임스〉라는 것을 알아차렸다. 그 안에는 서류들이 담긴 마닐라지 폴더가 숨겨져 있었다. "사본이야." 그레인저가 말했다.
"타이거에 관한 자료인가요?"
그레인저가 고개를 끄덕였다. "벤자민 해리스. 1989년에 보스턴 대학에서 언론학 학위를 취득했지. 1990년 CIA에 들어와 북경으로 파견되었다가 1993년 거기서 교통사고로 죽었어."
"죽었다고요?"
"물론 죽은 게 아니었지."
"그 후 얼마 동안 더 일을 한 겁니까?"

"3년. 그러다가 사라진 시점은 1996년 11월." 그레인저는 흡족한 표정으로 짧은 스커트를 입은 두 명의 여인을 힐끗 쳐다보고는 다시 고개를 돌렸다. "레이시, 데커, 그리고 브램블이라는 〈여행객〉들이 녀석을 추적했어. 생포하지 못하겠거든 죽여도 좋다는 지시가 있었지. 레이시와 데커는 빈손으로 돌아왔고, 브램블은 리스본에서 죽은 채 발견되었어. 자네를 보낼 생각도 했지만, 자네는 빈에서 한때 공산주의 스파이였던 사내를 처리하느라 바빴지."

"그때 프랭크 도들의 도움을 받았죠." 마일로가 말했다.

"도들." 그레인저가 되뇌었다. "도들이 결국 그렇게 되어 버리다니. 나는 그를 친구처럼 대했었는데. 이제 와서 생각해보면 내가 너무 순진했어." 그레인저는 무릎 사이에 끼워진 양손을 바라보았다. "도들이 왜 그렇게 갑자기 무너졌는지 알겠더군. 내가 너무 많은 것을 알려줘 버렸기 때문이야. 우리는 도들을 은퇴시킬 계획이었어. 그래서 나는 그에게 포르토로즈에서의 접선 임무가 경력을 멋지게 마무리해 줄 거라는 언질을 줬지." 그레인저는 다시 말을 멈췄다. "내가 조금만 더 신중했더라면 그렇게 죽진 않았을 텐데."

마일로는 그레인저의 양심의 가책에 반응하지 않은 채, 신문을 가장한 두꺼운 서류를 끌어당겨 무릎 위에 올려놓았다. "해리스는 1996년에 사라져 단독 행동을 시작했고 유능한 암살자로서 명성을 떨쳤다. 그러던 중 그의 고객 하나가 그에게 HIV를 주입했다. 그렇게 될 때까지 줄곧 놈의 정체를 모르는 척하셨단 말입니까? 제가 놈을 잡으러 정신없이 돌아다니고 있다는 걸 알고도요?"

"자료를 읽어 봐. 보면 알 거야." 그레인저가 지친 표정으로 말했다.

"어째서 놈을 숨겨주고 있었던 겁니까?"

그레인저는 마일로의 짜증을 받아줄 마음이 없었다. 상관이라면 몰라도 부하 직원에게까지 이런 대접을 받을 이유는 없었다. 그는 테이블 너머로 마일로에게 몸을 기울이더니 말했다. "3쪽을 봐. 놈을 담당한 요원이 누군지 알 수 있을 거야. 놈을 〈회사〉로 불러들여 심사하고 〈여행객〉으로 채용한 사람 말이야."

"당신인가요?"

"허!" 그레인저가 손을 저었다. "그 정도로 생각이 짧진 않아."

마일로는 마침내 알아챘다. "피츠휴군요."

"바로 그래." 마일로의 표정을 살피더니 그레인저가 말을 이었다. "물론 내가 피츠휴 자식을 보호하느라 이 사실을 숨긴 건 아니야. 지금 상황에서 이 일이 밝혀지면 CNN이 어떤 방송을 내보낼지 뻔하잖아."

"CIA가 테러리스트를 양성했다고 하겠죠." 마일로가 말했다. "그다지 놀랄 일은 아닌 것 같습니다만."

"〈여행객〉에게 놀랄 일이 뭐가 있겠나."

두 사람은 말없이 뜨거운 태양 아래를 지나가는 가족들의 무리를 바라보았다. 그레인저는 어느새 땀으로 범벅이 되었다. 그의 반소매 셔츠의 겨드랑이 부분이 땀에 젖어 어두워졌다. "그런데 왜 이렇게 하신 거죠?" 마일로가 서류를 들고 말했다.

"뭐가 말인가?"

"왜 보안 규정을 깨고 사본을 만드셨냐는 거죠. 제가 사무실에 들러서 원본을 봐도 됐을 텐데."

그레인저는 이마의 땀을 닦아냈다. "자네가 서류를 봤다는 기록이 남으면 안 되니까 그런 거야. 설마 기록이 남길 바라는 건 아니겠지?"

"피츠휴가 자료실 기록을 체크할 테니까?"

"분명 그럴 테지."

산만한 골든 리트리버 한 마리가 그레인저의 발에다 코를 대고 킁킁거렸다. 피부색이 서로 다른 게이 커플 중 흑인이 팽팽해진 개의 목줄을 붙들고 있었다. 그가 개를 혼내며 말했다. "진저! 떨어져!"

"죄송합니다." 아시아계인 연인이 웃으며 말했다. "빨리 훈련 시켜야 하는데……."

"훈련 같은 거 안 시켜도 돼." 흑인이 딱 잘라 말했다.

"괜찮아요." 늙고 당황한 노인의 목소리로 그레인저가 대꾸했다.

마일로는 불현듯 사무실이 아니라 수많은 가족들로 붐비는 이곳에서 대화를 한 것이 실수일지도 모른다는 생각이 들었다.

"저기," 게이 커플이 나가는 것을 바라보며 그레인저가 말했다. "자네 휴가 말인데……."

"그만 해요."

"플로리다로 놀러 가기엔 최악의 시기야."

마일로가 고개를 저으며 말했다. "피츠휴 말대로 이건 미해결 종결 사건입니다. 빈터버그는 다시 스위스 유니온 은행에 나타나지 않을 거예요. 돈을 지불해야 할 타이거가 더 이상 존재하지 않으니까요. 죽은 안젤라가 중국에 비밀을 팔아넘길 일도 없겠죠. 누가 안젤라를 죽였는지 조사하는 것은 프랑스의 몫입니다. 조사가 어떻게 진행되는지 정도는 우리 쪽에 알려줄지도 모르죠. 그건 휴가 갔다 와서 알아보겠습니다."

"자넷 시몬스는 어쩔 건가?" 그레인저가 말했다.

"자넷 시몬스가 어쨌단 말입니까? 만일 제가 타이거를 죽였다고 주장하거든 증거를 대라고 하세요."

그레인저가 콘크리트 바닥에 놓인 발의 위치를 바꾸며 신고 있는 단화를 쳐다봤다. "자넷 시몬스가 내일 피츠휴와 만날 예정이야. 자네에 대해 의논하고 싶다고 했다더군."

"저기, 톰. 시몬스는 진지한 게 아니에요. 자기가 심문을 담당하지 못해서 화가 난 것뿐입니다. 금방 괜찮아지겠죠."

마일로의 말이 허점투성이라는 느낌으로 그레인저가 어깨를 으쓱했다. "그 서류나 잘 챙기게."

# 23

"도대체 신문을 몇 부나 읽는 거야?" 집에 돌아온 마일로에게서 우유를 건네받으며 티나가 물었다. 마일로는 신문으로 가장한 서류를 양말 서랍에 몰래 집어넣었다. 그날 저녁, 스테파니가 잠든 뒤 그는 다시 서랍에서 서류를 꺼냈다. "안 잘 거야?" 옷을 벗으며 티나가 물었다.

"좀 읽다가 자려고."

"너무 늦게까지 읽지는 마. 내일 아침 6시에는 차 타고 출발해야 해. 보안 검색받는 데 얼마나 오래 걸리는지 알잖아."

"알았어."

"알았다고 말만 하면 되는 게 아니랍니다, 아저씨." 옷을 벗은 채 침대 속으로 기어들어 오며 티나가 말했다. "키스해 줘."

마일로는 티나에게 키스를 하고 말했다.

"그만 자."

30분 후, 티나가 잠들자 마일로는 속옷을 입은 채 하품을 하며 서류를 들고 거실로 나갔다. 담배 생각을 떨쳐내며 보드카를 한 잔 따른 후, 한때 〈회사원〉이자 〈여행객〉이자 타이거였던, 그리고 살아 있는 한 사람의 인간이었던 벤자민 해리스에 대한 자료를 읽기 시작했다.

벤자민 마이클 해리스. 1965년 2월 6일 매사추세츠 주 서머빌에서 아델 해리스와 데이빗 해리스 사이에 출생. 양친은 크리스천 사이언스의 신자라고 기록되어 있었지만, 정작 본인은 "무교無敎"라고 표시되어 있었다. 이상할 것은 없었다. 현장에서 일하고 싶었을 텐데, 그런 게 알려지면 그냥 사무직원으로 배치됐을지도 모르기 때문이다.

1990년 1월, 테렌스 A. 피츠휴가 최초로 해리스와 접촉했다. 당시 아시아 지역 전문가였던 피츠휴는 이제 막 작전 본부(2005년 국가 비밀 활동부에 흡수됨)에 합류한 참이었다. 해리스는 전년도에 언론학 전공으로 보스턴 대학을 졸업했으며 부전공은 아시아어였다. 뉴욕에서 피츠휴를 만났을 당시, 해리스는 〈뉴욕 포스트〉에 자유 기고를 하고 있었다. 피츠휴가 최초로 작성한 해리스에 관한 보고는 다음과 같았다. "남들의 신뢰를 얻는 능력이 뛰어나다. 본 검토자의 의견으로 그러한 능력은 현장 요원이 갖춰야 할 중요한 특징 중 하나이다. 지금까지 우리는 기술적 기량에 지나치게 의존해 왔다. 그 결과, 작전을 치른 요원들은 종종 심리적으로 피폐해졌다. 상대의 신체를 넘어 정신까지도 조종할 수 있는 현장 요원을 양성함으로써 이러한 문제를 개선할 수 있다고 본다. 즉, 강압이 아닌 설득의 능력을 배양하는 것이다."

피츠휴를 좋게 생각하지는 않았지만, 마일로는 그 점에 동의했다. 그 자신도 그레인저에게 비슷한 말을 한 적이 있었다. 〈여행객〉을 "깃털"이 아닌 "망치"로 훈련시키는 것은 실수라는 말이었다. 그레인저가 비유의 어설픔을 지적했지만, 마일로는 주장을 멈추지 않았다. "〈여행객〉은 '움직이는 프로파간다(Propaganda: 선전, 선동) 머신'이 되어야 합니다. 사적인 동시에 정치적인 프로파간다 말이죠." 탐탁지 않은 표정으로 그레인저는 마일로의 의견을 고려하겠다고 말했었다.

〈농장〉이라고 불리는 CIA 비밀 훈련소에서의 긴 훈련을 끝내고, 해리스는 북경으로 파견되어 당시 유명했던 잭 퀸이라는 요원 밑에서 견습 생활을 하게 되었다. 〈회사〉의 전설에 따르면 잭 퀸은 베트남, 캄보디아, 홍콩, 중국, 말레이시아 안팎에서 인력과 정보를 운용하며 아시아 냉전 관련 작전들을 도맡아 처리했다고 한다. 하지만 그런 그도 일본에서만큼은 실패했다. 1985년부터 암으로 사망한 1999년까지, 잭 퀸은 일본으로부터 출국 요청을 받았다.

신참인 해리스에 대한 퀸의 최초 평가는 열성적이었다. 정보를 신속히 흡수하는 능력, 원어민 수준의 유창한 표준 중국어, 뛰어난 첩보 기술적 감각. 해리스는 1991년 8월부터 11월까지 4개월간, 중국 정부의 기록 담당자 열두 명으로 이루어진 정보 네트워크를 만들었다. 이는 계산해 보면, 중국 공산당 중앙위원회 내부에서 벌어지는 긴장과 책략이 수록된 월간보고서를 한 달 평균 세 건씩 입수했다는 뜻이었다.

그러나 1992년 북경 사무소에서 불화가 일어났다. 퀸과 해리스가 작성한 공문을 비교해 보면 무슨 사태인지는 명확했다. 떠오르는 별인 해리스가 사무소의 통제권을 가로채려 하자, 전성기가 지난 퀸이 모든 수단을 동원하여 자기의 입지를 유지하려 했던 것이다. 첨부된 다른 공문에 따르면, 본부는 퀸의 지위를 확고부동한 것으로 인정하고 해리스에 대한 징계를 수락했다. 3개월간의 강제 휴가 조치에 처해진 해리스는 보스턴으로 돌아가 가족과 함께 시간을 보내게 되었다.

이 시점에서 다시 피츠휴가 등장했다. 그는 보스턴을 방문한 뒤 자기가 발굴해 낸 젊은 요원에 대한 보고서를 작성했다. 피츠휴는 해리스가 부당한 처사에 대해 분노했음을 언급하면서도, 그가 젊은 나이에 비해 월등한 첩보기술과 정신력을 갖췄다고 평가하며 계속적인 채용을 제안했다. 피츠휴의 보고서는 그 지점에서 갑작스럽게 끝을 맺었고, 이후의 내용은 검게 지워져 있었다.

해리스는 1993년 2월에 북경으로 돌아왔다. 그리고 한 달간 별일 없는 듯하더니 또다시 문제가 터졌다. 퀸은 해리스가 다시금 자신의 자리를 노리는 것에 대해 불만을 토로했고, 본부는 마지못해 징계를 수락하면서도 해리스를 미국으로 돌려보내는 것만큼은 허락하지 않았다. 해리스는 강등됐고, 그가 운용하던 네트워크는 퀸의 관할로 넘어갔다. 손으로 급하게 휘갈겨 쓴 문서에서, 퀸은 자신의 조치가 지나쳤던 건 아닌지 걱정하고 있었다. 해리스는 술에 빠져 지각을 일삼더니 북경의 술집 여종업원들과 놀아나는 생활을 하게 됐다. 그는 심지어 두 차례 공공장소에서 풍기문란죄로 경찰에 붙잡히기도 했다. 친절한 중국 외교부 공무원이 퀸을 찾아와서는 그런 식의 행동이 자연스럽게 받아들여지는 미국으로 이 불량한 청년을 돌려보내라고 제안한 적도 있었다.

1993년 7월 12일 자로 기록된 외교부 공무원의 제안에 이어, 닷새 후 일어난 자동차 사고에 관한 경찰 보고서의 사본과 번역본이 첨부되어 있었다. 사고는 귀주 지방의 귀양-필절 고속도로에서 일어난 것으로, 해리스의 이름으로 등록된 관용 차량이 305m 육광하 대교 아래로 떨어졌다는 내용이었다. 소식을 들은 퀸은 자동차의 잔해를 뒤지기 위해 미국인 조사단을 보냈고, 중국 정부는 이를 너그럽게 묵인했다. 조사단은 잔해를 치우고 해리스의 유해를 서머빌에 있는 가족 묏자리로 이송했다.

서류에는 해리스가 〈여행객〉으로 재탄생한 절차라든가, 그가 〈여행객〉으로서 수행한 업무나 그에 근거하여 작성된 〈여행 가이드〉는 들어 있지 않았다. 그렇게까지 보안 규정을 초월하는 것은 그레인저로서도 역부족이었던 것이다. 하지만 그 대신 해리스의 1996년 실종에 관한 보고서가 첨부되어 있었다. 보고서에서 해리스는 잉거솔이라는 〈여행객〉으로 등장하고 있었다.

마지막으로 해리스의 소재가 파악된 것은 베를린 프로벤 슈트라세에 있는 아파트였다. 당시 〈여행중개소〉를 운영한 지 2년 정도 된 그레인저는 새로운 임무 건으로 해리스와의 접촉을 시도했지만, 일주일 동안 연락이 닿지 않자 레이시를 베를린으로 보냈다. 베를린의 아파트는 텅 비어 있었다. 그레인저는 피츠휴에게 공문을 보내어 반대 의견이 있는지를 물었고, 피츠휴가 없다고 답하자 즉시 레이시에게 잉거솔=해리스를 추적하라는 지시를 내렸다.

일주일 동안 해리스의 주변인물들을 만나 추적한 결과, 레이시는 해리스가 훔친 트라반트 자동차를 동쪽의 프라하에서 발견했다. 그레인저는 체코 경찰을 통해 버려진 트라반트와 두 거리 정도 떨어진 곳에서 메르세데스 한 대가 도난당했음을 알아냈다. 레이시는 다시 서쪽으로 향했고, 오스트리아에 도착해 데커와 합류했다. 문제의 메르세데스는 잘츠부르크의 배수로에서 발견됐다. 도난당한 차들에는 지문이 전혀 묻어 있지 않았는데 오히려 그것이 일종의 지문 역할을 했다. 그 정도의 완벽함은 〈여행객〉이 아니고서는 구사하기 힘든 것이었기 때문이다.

추적은 밀란까지 이어졌지만, 그곳에서는 차량 절도가 흔한 일이었기에 해리스가 훔친 차량이 어떤 것인지 파악할 수 없었고, 결국 추적은 일단락되었다.

그러나 석 달 후 튀니지에서 운 좋게도 실마리가 나타났다. 당시 데커는 임무를 끝내고 아리아나의 튀니스 만에 위치한 호텔 바스티아에서 휴가를 즐기고 있었다. 레이스와 합류했을 때 잉거솔=해리스의 사진을 봤던 데커는 호텔 바스티아의 식당에서 바로 그 사진 속의 인물을 발견했다. 해리스와 똑같이 생긴 남자가 수프를 먹으며 바다를 바라보고 있었던 것이다. 데커는 자신의 호텔방으로 돌아가 권총을 집어 들었지만 식당에 돌아왔을 때 해리스의 모습은 보이지 않았다. 4분 후 그는 해리스가 묵었던 방에 들어갔지만, 방은 이미 비어 있었다.

데커는 튀니스의 미 대사관에 전화를 걸어 기차역, 선착장, 공항을 감시하도록 요청했다. 카르타고 공항에서 은행업무를 하다가 보안팀으로 옮겨온 젊은 직원으로부터 해리스를 보았다는 연락이 왔다. 데커가 도착했을 때는 이미 경찰들이 남자화장실 앞에서 목이 졸려 죽은 그 젊은 직원의 시신을 살피고 있었다.

데커는 해리스가 갈 만한 목적지의 목록을 뽑았다. 그가 실제로 항공편을 이용한다면 리스본, 마르세유, 빌바오, 로마, 트리폴리 정도가 유력했다. 그레인저는 각 지역의 〈여행객〉에게 연락을 취해 현재 진행 중인 업무를 중단하고 공항에서 대기하라는 지시를 내렸다. 이튿날 포르텔라 공항에서 브램블 요원의 시체가 발견되어서야 그들은 해리스의 목적지가 리스본이었음을 알게 되었다.

마일로가 자료를 다 읽었을 때는 새벽 1시가 다 되어서였다. 그는 아침에 힘들 것을 생각하니 짜증이 났다. 이 시간까지 잠도 안 자고 읽었건만 딱히 새로운 정보는 없었다.

그는 기지개를 켜고 긴 유리잔을 보드카로 채운 후 라이터를 주머니 속에 떨궜다. 그는 샌들을 신고 서류와 보드카 잔을 든 뒤 계단으로 향했다. 지붕으로 이어지는 문을 열고 밖으로 나가자 불빛이 희미한 프로스펙트 공원까지 펼쳐진 다른 집들의 지붕들이 보였다. 마일로는 술을 한 모금 마시고, 서류를 콘크리트 지붕 바닥에 올려놓은 다음 보드카로 적셨다. 그는 안쪽까지 젖도록 서류를 펼쳤다.

마일로는 마치 화장터의 조그만 장작더미를 태우듯 젖은 서류에 불을 붙이고는 타오르는 불꽃을 오랫동안 바라보았다. 불어오는 바람에 재가 날아다녔다. 그는 해리스가 〈여행객〉에서 암살자로 변모하는 동안 자신은 무엇을 하고 있었는지를 돌이켜봤다. 오스트리아의 빈. 그는 당시 빈 사무소의 소장이었던 프랭크 도들과 함께 브라노 세브라는 이름의 은퇴한 동유럽 육군 중장을 처리할 계획을 세우고 있었다. 그가 기억하기로 당시 늙은 도들은 긴장하고 있었다. 도들은 70년대에는 현장 활동을 했지만, 80년대와 90년대를 줄곧 사무실에서만 보냈던 것이다. 하지만 그는 동시에 보조자로서의 역할일 뿐이더라도 다시금 현장 활동을 할 수 있다는 사실에 들떠 있었다. 도들의 역할은 세브의 집을 감시하다가 그의 부인과 딸이 여느 토요일과 마찬가지로 장을 보러 시내로 나갈 때 마일로에게 신호를 보내는 것이었다. 세브는 토요일에 항상 집에 머물러 있었다. 정보에 따르면 세브는 회고록을 집필하고 있었다. 마일로는 나중에 그레인저로부터 동유럽의 친구들이 세브의 기억을 묻어달라고 부탁했기에 그 임무가 계획된 것이었다는 배경 설명을 들을 수 있었다. 그레인저는 세브의 회고록이 미국으로서도 달갑지 않았을 것이라는 사실도 덧붙였다.

임무는 순조롭게 진행됐다. 도들이 신호를 하자 마일로는 1층 창문을 통해 집 안으로 잠입했다. 그는 삐걱거리는 소리가 나지 않도록 벽 쪽 가장자리를 따라 계단을 올랐다. 집무실에는 나이 지긋한 냉전 시대의 전사가 종이 위로 펜을 들고 앉아 있었다. 마일로는 그의 왜소하고 연약한 모습에 놀랐다. 권총을 꺼내는 소리를 듣고 세브가 뒤를 돌아봤다. 놀란 얼굴이었지만, 그 놀라움은 믿기지 않을 정도로 금세 사라졌다. 두꺼운 안경알 너머 확대된 두 눈에서 긴장이 풀리더니 브라노 세브는 고개를 저었다. 독일어로 그가 말했다. "시간이 오래 걸렸구먼." 그것이 그의 마지막 말이었다.

마일로는 타다 남은 불씨를 발로 차고 그 위로 보드카를 쏟아 부은 뒤, 남은 종이에 다시 불을 붙였다. 시간이 조금 걸렸지만 끝내 모두 재가 되었다.

# 24

티나가 예약한 숙소는 "디즈니 캐리비안 비치 리조트"라는 이름의 길쭉하고 흉한, 붉은 지붕의 건물이었다. 로비에는 줄 서는 곳을 표시하기 위해 낮은 기둥들과 두꺼운 로프들이 설치되어 있었다. 사람들이 가지런히 줄을 서 있는 모양이 마치 놀이 기구 타는 곳처럼 보였다. 리조트 곳곳에는 이 세상의 음식인가 싶은 먹거리를 파는 식당들이 즐비했다. 스테파니를 따라 수많은 놀이 기구들을 순회하느라 녹초가 된 마일로와 티나는 식당에 쓰러져 앉아 나초와 스파게티를 주문해서 먹었다. 식사가 끝나고 나서는 인공 호수라고 해도 좋을 혼잡한 해변가를 돌아다녔다.

처음에는 빈정거리기만 하던 티나는 둘째 날이 되자 디즈니 월드의 실상에 대한 짜증이 조금은 가셨다. 뻔하게 예측할 수 있는 상황들이라든가, 매 순간 주위를 둘러싸는 부드럽고 폭신한 안전장치들에는 중독적인 맛이 있었다. 어린아이들의 갑작스러운 소동을 제외하면 이곳에는 혼돈이라든가 예상할 수 없는 변수 따위는 존재하지 않았다. 세상의 어두운 면, 즉 마일로가 일하는 평행 세계의 비참한 얘기들과는 상관없는 곳.

화요일 밤 마일로는 저녁 식사 중 걸려온 그레인저와의 긴 통화 후 이제 〈회사〉를 그만둘 때가 온 게 아닐까 하는 말을 꺼냈다. "이런 일은 이제 그만 하고 싶어." 티나가 위로의 말을 건넬 줄 알았는데 그러지 않자 마일로는 조금 놀랐다.

"그럼 뭐 하려고?"

"아무거나."

“하지만 당신이 가진 기술이 어떤 건지 생각해 봐. 이력서에는 뭐라고 쓸 건데?”

마일로는 그 말을 곰곰이 생각하더니 입을 열었다. “컨설팅. 대기업의 보안 컨설팅.”

“아하.” 티나가 말했다. “국가 보안에서 산업 보안으로 넘어가시겠다? 이거 문제가 복잡하겠는걸.”

마일로가 웃자 티나는 기분이 좋아졌고, 그러고 나서 가진 섹스는 더욱 즐거웠다.

이런 순간은 늘 찾아오는 것이 아니었다. 사람들은 나이가 들어야 비로소 이런 순간이 다시는 돌아오지 않을 수 있다는 것을 깨닫고는 고마움을 느끼게 된다. 이것이 바로 행복이었다. 마일로의 세상에서는 온갖 사건들이 벌어지고 있었지만, 디즈니 월드라는 허구의 세상은 그들에게 조그만 오아시스와도 같았다.

하지만 좋은 일들이란 것이 늘 그렇듯, 그런 상황은 오래 지속되지 못하고 사흘째 되는 날 무너지고 말았다.

“스페이스 마운틴!” 주변이 시끄러운 탓에 스테파니는 소리를 지르며 말했다.

마일로는 앞서 걸어가는 스테파니의 손을 붙잡고는 혼란스러운 표정으로 내려다보며 말했다. “그래, 저기 있다.” 마일로는 손가락으로 가리켰다. “스페이스 파운틴.”

“파운틴이 아니야. 마운틴이라니까!”

마일로는 고개를 돌려 눈을 동그랗게 뜨고 티나를 바라봤다. “얘가 무슨 말 하는지 알아듣겠어?”

스테파니가 매우 신속 정확하게 마일로의 정강이를 발로 걷어차자, 그는 정강이를 부여잡고 한쪽 발로 펄쩍 뛰어올랐다. “알았어! 마운틴이야!”

티나는 서둘러 줄을 섰다.

그들은 패스트 패스 티켓을 이용하여 대기자 명단에 등록했기 때문에 45분의 예상 대기시간 동안 다른 곳을 돌아다닐 수 있었다. 마일로와 티나는 미니 마우스를 향한 스테파니의 일방적인 재잘거림을 듣다가, 20분 동안 줄을 선 끝에 간식을 샀다.

스테파니가 오렌지에 별 관심을 보이지 않자, 마일로는 이제 곧 시작될 우주여행에는 비타민이 반드시 필요하다는 설명을 늘어놓았다. "우주비행사들은 과일을 엄청 많이 먹고 나서야 우주 비행선에 접근할 수 있단 말이야."

스테파니는 5초간 그 말을 믿는 듯싶더니, 어설픈 웃음과 함께 마일로를 노려보며 반박했다. "아빠, 그건 아니잖아."

"왜?"

스테파니가 짜증 섞인 한숨을 쉬었다. "우주비행사들은 오렌지가 아니라 비타민제를 먹잖아."

"우와, 너 비행선 타고 우주로 나가 본 적이 있단 말이야?"

"아이, 그만해."

승객들이 스페이스 마운틴의 줄 서는 곳을 표시한 기둥들 안으로 서 있는 것이 보였다. 구불구불한 대기열은 열 겹은 되어 보였다. 스테파니가 1m짜리 표지판에서 키를 재고 있을 때, 마일로의 휴대폰이 울렸다. 마일로가 몸을 돌려 전화를 받은 탓에 티나에게는 통화 내용이 들리지 않았다. 1분 정도 지나 전화를 끊은 마일로는 다시 티나와 스테파니에게 몸을 돌리며 웃음을 지었다. "둘이 같이 앉아. 알았지?"

"당신은 안 탈 거야?" 티나가 물었다.

"아빠도 타야 해!" 스테피니가 말했다.

"난 뒤쪽에 앉을게. 당신이랑 스테파니는 앞에 앉아. 옛날 친구 하나가 여기 와 있더라고. 난 그 친구랑 같이 앉을게."

"무슨 친구? 누군데?"

"레바논 출신의 여자 댄서." 티나의 얼굴 표정을 보더니, 마일로는 활짝 웃음을 지었다. "농담이야. 오래된 친구인데, 나한테 할 말이 있는 거 같아."

티나는 기분이 언짢았지만 이곳으로 오기 전에 마일로는 일 때문에 이따금 양해를 구해야 할지도 모르겠다고 미리 얘기했었다. 하지만 아무리 그렇더라도 스페이스 마운틴과 비밀회의는 어울리지 않았다. "이거 탄 다음에 친구 소개해 줄 거지?"

마일로의 아랫입술이 살짝 떨렸다. "그래, 그럴게. 친구가 시간이 있을지 모르겠지만."

스테파니가 양손을 추켜올리며 말했다. "디즈니 월드에서 시간 없는 사람이 어디 있어?"

'그렇죠, 꼬마 아가씨.' 마일로는 생각했다.

줄 앞에 도착하니 두 대의 열차가 플랫폼에서 승객들을 기다리고 있었다. 각 열차는 기다란 두 대의 차량으로 구성되어 있었고 한 차량에는 세 개의 좌석이 한 줄로 늘어서 있었다. 마일로는 티나와 스테파니에게 키스를 한 다음 자신은 뒤쪽의 열차를 타겠다고 말했다. 유니폼을 입은 십 대 소년이 그들을 앞쪽 열차로 안내했지만, 마일로는 소년에게 〈회사〉 배지를 내보이며 무언가를 속삭이더니 뒤쪽 열차의 끝에서 두 번째 좌석에 앉았다. 앞쪽 열차에 탄 티나는 스테파니의 뒤에 앉았다. 마일로를 보려고 뒤돌았지만 다른 승객들이 시야를 가려서 보이지 않았다. 차량 밖으로 몸을 내밀자, 유니폼을 입은 십 대 소녀가 만류했다. "손님, 위험합니다. 좌석에 앉아 주세요."

티나는 소녀에게 알려줘서 고맙다는 인사를 했다.

"정말일까?" 스테파니가 말했다.

"뭐라고? 잘 안 들렸어."

"지금 정말로 우주여행 떠나는 걸까?"

"응, 아마도." 티나는 마일로를 쳐다보기 위해 다시 고개를 돌렸다. 열차가 덜컹거리더니, 어두운 터널 속을 향해 천천히 앞으로 나아갔다.

잠시나마 티나는 남편을 찾아온 수수께끼의 방문객에 대해 잊을 수 있었다. 촌스러운 미래적 음악, 낡아빠진 소행성과 우주선, 거대한 돔 안의 번쩍이는 조명은 티나의 정신을 쏙 빼놓았다. 스테파니도 이번만큼은 한마디도 빈정거리지 않고 열차가 상승했다가 세차게 곤두박질칠 때마다 신나게 소리를 질렀다.

이윽고 종착점에 다다른 열차가 덜컥거리며 멈춰 섰다. 본래의 목소리로 돌아온 스테파니가 열차를 나오며 말했다. "한 번 더 타!"

"얘, 숨부터 좀 돌리자."

둘은 철제 울타리 옆에서 마일로가 도착하기를 기다렸다.

"아빠는 왜 다른 열차 탄 거야?" 스테파니가 물었다.

"아마 친구가 좀 늦게 왔나 봐."

스테파니는 턱을 철책에 눌러대며 생각에 잠기더니, 고개를 들어 올리며 외쳤다. "아빠다!"

마일로가 탄 열차의 앞쪽 네 좌석에는 밝은 오렌지색 셔츠를 입은 가족이 타고 있었다. 다섯 번째 좌석에는 마일로가 무표정하게 앉아 있었고 그 바로 뒤에 칠십 대 정도의 남자가 타고 있었다. 티나는 두 사람이 내리는 것을 유심히 지켜보았다. 노인의 얼굴은 부드럽게 주름이 졌고 턱이 넓었다. 눈은 깊고 졸린 듯한 것이 마일로의 눈과 비슷했고, 숱이 적은 흰머리는 70년대 티나의 아버지처럼 운동선수 스타일로 짧게 깎여 있었다.

쇠약해 보였지만, 노인은 도움 없이 혼자 열차에서 내렸다. 똑바로 선 그의 모습은 키가 크고 풍채가 좋았다. 두 사람이 웃으며 티나 쪽으로 다가왔다. 노인은 파리를 쫓듯 뺨에다 손을 저었다. 마일로가 말을 꺼내기 전에 노인은 티나에게 손을 내밀며 러시아 억양이 심한 영어로 인사를 했다. "만나뵙게 되어 반갑습니다, 워버 부인."

노인은 티나의 마른 손을 잡고 손가락 마디에 키스를 했다.

"이분은 예브게니 프리마코프." 마일로가 티나에게 말했다. "예브게니, 이쪽은 티나입니다. 그리고 여기 있는 꼬마 아가씨는……." 마일로가 스테파니를 들어 올리며 말했다. "에디트 피아프의 뒤를 잇는 최고의 샹송 가수 스테파니랍니다!"

프리마코프는 활짝 웃으며 스테파니가 내민 손에 키스를 했다. 스테파니가 바지에 손을 문질러 닦자 프리마코프는 웃음을 터뜨렸다.

"그럼, 그래야지." 러시아 노인이 말했다. "머리가 좋구나."

"마일로의 오랜 친구시라고요?" 티나가 물었다.

"그런 셈이지요." 프리마코프가 미소를 지었다. "같이 일하자고 예전부터 설득 중인데, 이 친구가 말을 안 듣는 군요. 정말 애국자예요."

"뭣 좀 마실래요?" 마일로가 프리마코프의 말을 끊었다. "목말라 죽겠어요."

예브게니 프리마코프는 고개를 저었다. "그러고 싶지만 가족들 있는 데로 가야 해. 가서 마시게나. 나중에 다시 만나세." 그는 티나를 향해 말했다. "마일로가 부인이 아름답다는 말은 많이 했지만, 실제로 만나보니 참으로 미인이십니다."

"고맙습니다." 티나가 조그만 목소리로 말했다.

"잘 가요, 예브게니." 인사를 마친 마일로는 가족들을 데리고 출구를 나섰다.

실로 기묘한 만남이었다. 티나가 끈질기게 물어보자, 마일로는 예브게니가 은퇴한 첩보원임을 밝혔다. "한때 최고의 실력자였지. 나한테 괜찮은 기술들을 좀 가르쳐줬어."

"러시아 첩보원이 당신한테 기술을 가르쳐 줬다고?"

"첩보 기술에 국경 같은 건 없어. 게다가 지금은 러시아 첩보원도 아니야. 유엔에서 일해."

"스파이가 유엔에서 할 일이 있단 말이야?"

"유엔에 도움이 될 만한 역할을 찾은 거지."

마일로의 말을 들으며 티나는 그가 프리마코프와의 만남으로 인해 고민거리가 생겼음을 알 수 있었다. 그것이 무엇인지는 모르겠지만 그들 가족의 즐거운 시간을 망쳐놓을 무언가임이 분명했다. "안젤라에 대해 얘기했어?"

"응." 마일로가 말을 멈췄다. "예브게니도 안젤라와 아는 사이였으니까. 일이 어떻게 되어 가는지 알고 싶어하더군."

"얘기 많이 해 줬어?"

"별로." 마일로는 티나에게서 등을 돌려 스테파니를 향해 말했다. "배고픈 사람?"

그들은 캐리비안 비치 리조트의 개성 없는 식당에서 저녁을 먹었다. 스테파니는 스페이스 마운틴의 재미들을 늘어놓았고, 마일로는 애써 밝고 즐겁게 대화를 이어나갔다. 숙소에 돌아왔을 때는 9시 30분이었다. 기진맥진한 상태로 몸을 씻고 스테파니를 재운 후, 티나와 마일로도 잠자리에 들었다. 섹스를 하기에는 진이 빠진 터라 두 사람은 그냥 침대에 누워 테라스 유리문 너머 풍경을 바라보았다. 달빛이 인공호수 위로 반짝였다.

"재미있는 거지?" 마일로가 물었다.

티나는 고개를 끄덕이며 마일로의 품으로 파고들었다. "도서관에서 벗어나니까 좋아."

"내년에는 스위스 가자. 가 본 적 없지?"

"갈 여유가 있으면."

"은행이라도 털게."

티나는 입을 다물고 부드럽게 웃었다. "마일로."

"응?"

티나가 진지한 얘기를 할 준비를 하듯 일어나 앉았다. "화내지 말고 들어."

마일로도 일어나 앉았고 그의 가슴께에서 담요가 흘러내렸다. "음…… 그럼, 화나게 하지 마."

그것은 티나가 바란 대답은 아니었다. "저기, 나 느낌이 안 좋아."

"어디 아픈 거야?"

티나는 고개를 저었다. "여기 말이야, 뭔가 이상해. 확실히 이상해. 웬 러시아 남자가 불쑥 나타나질 않나…… 당신이 그 사람에 대해 말해 준 거, 하나도 못 믿겠어."

"나를 믿지 않는 거구나." 그것은 의문문이 아닌 평서문이었다.

"그런 거 아니야."

"그런 거야." 마일로는 언쟁을 할 때면 이따금 자리에서 일어나거나 대화를 끊으려 하곤 했지만 이번에는 그러지 않았다. 대신 그는 티나 너머로 창문을 바라보았다.

"예를 들어, 당신 그 러시아 말은 어디서 배운 거야?"

"뭐?"

"너무 유창하잖아. 톰의 말로는 거의 원어민 수준이라던데."

"공부했어. 당신도 알잖아. 내가 다른 건 몰라도 외국어에는 소질이 있다는 거."

티나는 무심결에 의미 없는 단어들을 내뱉으며 한숨을 쉬었다. 그녀는 어떻게 대답해야 좋을지 몰랐다. 뼛속 깊이 스며들어 신경을 건드리는 이 불안감을 어떻게 말로 표현할 수 있을까?

갑자기 두 사람은 몸을 움찔했다. 침대 옆 탁자 위에서 마일로의 휴대폰이 불을 밝히며 진동하고 있었다. 마일로는 휘둥그레진 눈으로 티나를 바라보며 휴대폰을 집어들었다. "여보세요?" 티나에게서 눈을 떼지 않은 채, 마일로는 표정을 굳히며 대답했다. "이브와 아담 교회를 지나." 곧 다시 그가 당황스럽게 말을 이었다. "네? 지금요? 하지만 저 지금 가족들하고……." 티나는 마일로의 얼굴에서 알 수 없는 표정이 떠오르는 것을 바라보았다. "알겠습니다."

마일로는 티나를 향한 시선을 고정시킨 채 휴대폰을 내려놓았다. 그제야 티나는 마일로가 자신을 바라보는 게 아님을 깨달았다. 그의 시선은 티나 너머의 어딘가를 보고 있었다. 마일로는 벌거벗은 채 일어나 테라스의 유리문을 향했다. 그리고 밖을 내다보더니 서랍으로 다가가서 마치 불이라도 난 듯 서둘러 옷을 입었다.

"마일로?"

마일로가 셔츠를 입으며 말했다. "설명 못해 줘서 미안해. 지금은 시간이 없어. 시간이 있으면 전부 다 얘기해 줄 수 있을 텐데……." 그는 옷장 문을 벌컥 열고 여행가방을 꺼낸 뒤 그 옆에 쭈그리고 앉은 채 티나를 돌아보며 말했다. "당신 말이 맞아. 내겐 비밀이 너무 많아. 미안해. 정말 미안해. 하지만 지금은 떠나야 해."

티나도 벌거벗은 채 침대를 나왔다. "나도 같이 갈래."

"안 돼."

마일로답지 않은 강압적인 목소리였다. 티나는 그 목소리에 떠밀려 침대로 들어가 담요를 끌어당겼다.

마일로가 침대 모서리로 다가왔다. "부탁이야. 당신은 여기 있어. 잠시 후 사람들이 날 찾으러 올 거야. 질문을 하거든 전부 말해 줘. 아무것도 숨기지 말고. 어차피 다 알고 있을 테니까."

"뭘 안다는 거야?" 티나가 말했다. "당신 무슨 짓을 한 거야?"

다시 마일로의 표정이 멍해졌다. 그러더니 얼굴에 희미한 미소가 떠올랐다. "정말로 난 아무 짓도 안 했어. 적어도 나쁜 짓을 하진 않았어. 내 말 잘 들어. 듣고 있지? 오스틴으로 가. 잠시 부모님과 함께 지내. 일주일 정도."

"왜?"

"가서 좀 쉬어. 알겠지?"

얼이 빠진 표정으로 티나는 고개를 끄덕였다.

"좋아." 마일로는 여행가방에서 납작하게 눌린 작은 배낭을 꺼내어, 그 안에 여행 때마다 가지고 다니는 작은 물건들을 채워넣었다. 그중에는 자신의 아이팟과 옷장에서 꺼낸 철사 옷걸이도 포함되었다. 티나는 도대체 무슨 영문인지 알 수 없었다. 짐 챙기는 것은 1분 30초도 채 걸리지 않았다. 마일로는 배낭의 지퍼를 잠근 다음 전화를 집어 들고 운동화를 신고 침대 위 티나의 옆에 앉았다. 마일로가 한 손을 들어 올리자 티나는 무심결에 몸을 움츠렸다. 마일로의 눈에 충격과 실망의 빛이 떠오르는 것을 보고, 티나는 마음이 아팠다.

"이리 와." 티나가 마일로의 입술에 키스를 했다.

마일로가 티나의 귀에다 대고 속삭였다. "이러고 싶진 않아. 하지만 어쩔 수 없어."

"뭐가 뭔지 하나도 모르겠어."

"이해해."

"예전에 하던 일 다시 하는 거야?" 티나가 속삭였다.

"달리 방법이 없어."

마일로는 티나에게 키스를 한 뒤 문가로 걸어갔다. 그는 뒤돌아 보며 말했다. "스테파니에게 사랑한다고 전해 줘. 일 때문에 떠났다고 해." 그리고 한탄하듯 말했다. "또 만날 이렇다고 하겠지."

그 말을 남기고 마일로는 사라졌다.

이해할 수 없는 갑작스러운 상황에 멍해진 티나는 마일로가 사라진 문가를 바라보았다. 7분, 아니면 8분. 얼마가 지났는지 알 수 없었지만, 밖에서 소음이 들렸다. 부자연스럽도록 푸른 디즈니 월드의 잔디밭을 지나가는 희미한 발소리. 이어지는 정적. 티나는 가운을 입었다. 이윽고 현관 문을 날카롭게 두드리는 소리가 들렸다. 티나는 스테파니가 깰세라 서둘러 현관으로 달려갔다. 문을 여니 여자 하나가 티나를 바라보고 서 있었다. 여자의 한쪽 눈은 초점이 다른 곳을 향해 있었다. 여자는 ID 수첩을 펼쳐 보이며 물었다. "마일로 위버는 어디 있죠?"

티나는 용맹한 기세로 ID 수첩의 모퉁이를 그러잡았다. 국토안보부, 자넷 시몬스, 그리고 여자의 사진. 티나는 영장을 보여달라고 요구할 참이었으나, 자넷 시몬스와 덩치 큰 남자는 아무런 서류도 제시하지 않은 채 문을 열어젖히고 숙소 안으로 들어섰다.

그때 잠에서 깬 스테파니의 목소리가 들렸다. "조용히 해! 잠 못 자겠잖아!"

# 25

마일로는 아내에게 키스를 한 뒤 문가로 걸어갔다. 뒤돌아보니 디즈니 월드의 커다란 침대 위의 아내가 매우 작아 보였다. "스테파니에게 사랑한다고 전해 줘. 일 때문에 떠났다고 해." 마일로가 늘 되풀이하는 변명이었다. "또 만날 이렇다고 하겠지."

그는 옥외 계단을 달려 내려가 주차장으로 향했다. 귀뚜라미의 울음소리에 섞여 다가오는 두 대의 자동차 엔진 소리가 들렸다.

마일로는 땅바닥으로 몸을 숙인 채, 손질된 잔디 위를 조심스레 걸어 주차장으로 갔다. 헤드라이트의 불빛이 리조트 건물을 요란스럽게 비췄다. 10시가 조금 넘은 시각. 휴가객들은 근처의 가족용 클럽에서 시간을 보내거나, 하루 종일 무더운 날씨 속에 줄을 서느라 피곤해진 몸을 잠재우고 있을 터였다. 그것은 무슨 일이 일어나더라도 깨지 않을 만큼 깊은 잠일 것이다.

마일로는 텍사스 번호판을 단 스바루와 플로리다 번호판이 달린 마쓰다 사이에 숨었다. 아까의 자동차들이 주차를 하더니, 차 문이 열리는 소리와 사람들의 목소리가 들렸다. 그중에는 익숙한 여자의 목소리가 있었다. 마일로는 스바루의 운전석 유리창 너머로 그들이 잔디밭을 가로지르는 것을 보았다. 파란색의 국토안보부 제복을 입은 특수 요원 자넷 시몬스가 앞장서 걷고 있었고, 그 뒤로는 국토안보부에서 지급받은 시그 자우어를 쥔 세 명의 남자가 따르고 있었다. 시몬스가 계단을 오르자, 조지 오바크가 그 뒤를 따라 올랐다. 나머지 두 남자는 아래에 남아 퇴로를 살피고 있었다.

'강은 달리나니.'

'이브와 아담 교회를 지나.'

'떠나, 마일로.'

'네? 지금요? 하지만 저 지금 가족들하고…….'

'시몬스가 자네를 체포하러 가는 중이야. 거의 도착했을 거야. 어서 떠나.'

마일로는 리조트 건물을 향해 고개를 들어 아직 불이 켜진 침실 테라스를 바라보았다. 그는 그곳에 시선을 고정시킨 채 휴대폰을 꺼내 배터리를 빼고 SIM 카드를 뽑아냈다. 그는 그것들을 전부 주머니에 담고 다음에 취해야 할 조치에 대해 생각했다.

침실 테라스 오른쪽의 거실 창문에서 불이 밝혀졌다. 시몬스가 일단 노크는 한 모양이라고 생각하며, 마일로는 고마운 마음이 들었다. 잔디밭에서는 요원 하나가 뒷걸음질을 치며, 혹시라도 누군가 테라스를 통해 빠져나오지 않나 살피고 있었다. 창문에 어렴풋한 윤곽들이 보였다. 티나, 자넷 시몬스, 조지 오바크. 마일로는 잠자코 스테파니가 깨어난 기척은 없는지 귀를 기울였다. 하지만 들리는 것은 귀뚜라미의 울음소리와 희미하게 중얼거리는 어른 목소리들뿐이었다. 윤곽들이 거실을 가로지르고 있었다.

마일로는 여전히 몸을 웅크린 채 발소리를 죽이며 자동차들 사이를 지나 주차장 끝으로 향했다. 거기서 그는 배낭의 지퍼를 열어 옷걸이를 꺼내 곧게 폈다. 잔디밭에서 사람의 형체들이 움직였다. 그들은 결국 마일로가 숙소에 없다고 확신한 듯했다. 마일로는 옷걸이의 끝 부분을 갈고리 모양으로 구부린 후 구식 모델의 자동차를 찾았다. 이런 중급 리조트를 이용하는 것은 대개 4년마다 한 번씩 차를 바꾸는 중산층 가족들이었기에 오래 된 차를 찾기란 쉬운 일이 아니었다. 하지만 그는 마침내 80년대 후

반에 생산된 녹슨 도요타 터셀 한 대를 발견했다. 그는 옷걸이를 도요타의 유리창과 창문틀 사이로 집어넣었다.

15분 후 마일로는 I-4번 도로를 타고 남서쪽을 향해 달리고 있었다. 자넷 시몬스가 상식적인 사람이라면 가까운 올랜도 국제공항으로 사람을 보낼 테니, 마일로는 대신 탬파를 통해 빠져나가기로 했다. 아직 어디로 가야 할지는 모르겠지만, 일단은 플로리다를 떠나야 했다. 여기서는 아무런 해답도 얻을 수 없었다.

마일로는 영업이 끝난 바비큐 식당 옆에 차를 대고, 휴대폰을 원래 상태로 되돌렸다. SIM 카드, 배터리, 그리고 전원 버튼. 환영을 알리는 노키아의 문구가 뜨더니, 곧이어 "발신자 표시제한"과 함께 전화가 울렸다. 누구의 연락인지는 뻔했다. 마일로는 전화를 받지 않고 끊은 뒤, 시몬스가 다시 전화를 걸기 전에 411을 눌렀다. 그는 교환원에게 올랜도 국제공항의 아메리칸 항공의 수속하는 곳으로 연결을 요청했다. 통화 도중에 걸려온 전화를 알리는 신호음이 울렸지만, 마일로는 신호음을 무시한 채 전화를 받은 여직원에게 댈러스로 가는 다음 비행편을 문의했다. "오전 6시에 있습니다, 손님."

"좌석을 예약하겠습니다."

"신용카드가 있으신지요?"

마일로는 지갑을 꺼냈다. "이름은 마일로 위버. 마스터 카드로 결제하겠습니다."

마일로가 예약을 마치는 5분 동안, 시몬스로부터 세 번 더 연락이 왔다. 전화를 마친 그는 다시 휴대폰을 분해하고 올랜도로부터 멀리 남서쪽을 향해 운전해 갔다.

포크 시를 나오자 쇼핑몰 하나가 보였다. 주차장에 차가 몇 대 주차되어 있었다. 마일로는 2분의 시간을 들여서 포드 템포 한 대의 문을 연 후, 다시 2분을 들여 타고 온 도요타 터셀을 배낭 안의 셔츠로 닦아냈다.

그는 레이크랜드를 지나 다시 한 번 차를 세웠다. 그곳에서 라이오넬 돌란의 신용카드를 사용하여 ATM에서 300달러를 인출하고 24시간 주유소에서 자동차의 기름을 가득 채웠다. 편의점에 들러 담배, 완충재가 든 봉투, 우표 한 묶음, 스프링 공책, 검은색 매직펜도 구입했다. 그는 차로 돌아와 공책에 글을 적었다.

미구엘, 한나. - 이 메모는 읽고 나서 태우십시오.

그리고 동봉한 물건들을 티나와 스테파니를 위해 안전한 곳에

보관해 주십시오.

명심할 점은, 절대 아무에게도 알리면 안 됩니다.

믿어주심에 감사드리며. - 마일로 드림.

마일로는 쪽지를 접어 봉투에 담은 후 배낭에서 세 개의 여권을 꺼냈다. 그는 로라 돌란과 켈리 돌란의 여권은 봉투에 담고 라이오넬 돌란의 여권은 자신의 주머니에 넣었다. 그리고 밀봉한 봉투 위에 텍사스 오스틴의 티나 부모님 댁 주소를 적고 필요한 것보다 많은 우표를 붙였다.

두 시간 후 탬파 국제공항에 도착했다. 단기 주차장에 차를 세웠을 때는 자정이 조금 넘은 시간이었다. 그는 운전대를 깨끗이 닦아낸 후 배낭을 들고 북쪽 입구로 들어섰다.

유리문을 지나 공항으로 들어간 마일로는 무료 공항 지도를 집어 들고 벤치에 앉았다. 환승하는 곳 한 층 위에 우편함이 있었다. 마일로는 자리에 앉아 출발편의 도착지와 시각을 알리는 모니터를 바라봤다. "국제" 공항이라고는 하지만, 실제로 미국 밖으로 나가는 비행기는 하루에 한 번 있는 런던행 비행편과 몇 건의 캐나다행 비행편뿐이었다. 하지만 그는 아직 미국을 떠날 생각이 없었으므로 문제될 것은 없었다.

오전 7시 31분 JFK 공항으로 출발하는 델타 항공의 비행편. 그 시간이

면 마일로가 올랜도 공항에 오지 않으리라는 것을 시몬스가 깨달은 지 한 시간 반밖에 되지 않을 터였다. 마일로는 그 정도면 충분한 시간이기를 바랐다.

델타 항공의 수속하는 곳에는 세 사람이 줄을 서 있었다. 아빠와 엄마, 십 대 아들로 이루어진 가족. 그들도 뉴욕으로 가는 중이었다.

그 순간 마일로는 현기증을 느꼈다. 자넷 시몬스가 숙소로 돌아가 가족들을 심문하는 광경이 머릿속에 떠오른 것이다. 그는 달아난 것을 후회했다. 자신의 일 때문에 티나가 다치지 않도록 6년간 애써 왔는데, 그 노력이 한순간에 물거품이 되어버린 셈이다. 티나에게 안젤라의 사건에 대해 그렇게 많이 알려주는 것이 아니었다. 티나는, 자신은 물론 마일로조차도 제대로 이해하지 못하는 상황의 한복판에 남겨지게 된 것이다. 도대체 나는 왜 그렇게 도망쳐 나온 것인가?

바로 지시용 암호 때문이었다. 6년이 지난 지금도 암호는 마일로의 뇌리에 강하게 박혀 힘을 발휘했다. 그레인저는 마일로를 움직일 다른 방법이 없다고 판단될 때 단지 그 암호를 사용하면 되는 것이었다.

"손님?" 델타 항공의 직원이 물었다. "어디까지 가십니까?"

* * * * *

747 항공기는 오전 10시에 JFK 공항에 착륙했다. 기장은 9분 연착된 것에 대해 승객들에게 사과 방송을 했다. 비행하는 동안 마일로는 옆 좌석의 몸집이 큰 여자 승객 때문에 창가에 딱 붙어 앉아야 했다. 알고 보니 여자는 비행 공포증이 있었다. 그녀는 산만한 남부 억양으로, 무사히 땅을 밟을 수만 있다면 몇 시간 연착되든 상관없다고 말했고, 마일로는 무슨 말인지 이해한다고 대답했다. 여자의 이름은 샤론이었고, 마일로는 자신을 라이오넬이라고 소개했다. 여자가 출신지를 묻자 그는 라이오넬

돌란의 이력에 근거하여 자신은 뉴어크 출신이며 아내와 딸은 아직 플로리다에 있다고 대답했다. 그는 갑자기 일이 생겨서 뉴욕으로 돌아오게 됐다는 말도 덧붙였다. 여자는 그의 대답을 듣고 실망한 눈치였다.

마일로는 자신의 소지품들을 살펴보았다. 탬파 공항 보안 검색에서 곤란한 질문을 받을까 봐 옷걸이는 플로리다에서 버렸다. 필요하다면 자동차를 구할 방법은 그것 말고도 일곱 가지 정도는 더 있었다. 라이오넬 돌란의 여권과 신용카드가 있었지만 카드 사용은 최소화하고 싶었다. 현금을 사용하는 편이 제일 좋았다. 지갑에 아직 260달러가 있었지만 이것으로는 먼 곳까지는 갈 수 없었다.

마일로는 25달러짜리 공항 셔틀을 타고 시내로 향했다. 버스는 1시경에 그랜드 센트럴 터미널에 도착했다. 그는 메트라이프 건물의 그림자를 지나 그랜드 하얏트 호텔로 가서 관광안내 지도를 집어 들고, 거울이 붙은 넓은 로비에 자리를 잡았다. 옆으로 대리석 분수대가 보였다.

그는 5분 정도의 시간을 들여 다음 행로를 고민했다. 그레인저에게 연락해 다른 접선지를 정할 수 있겠지만, 〈회사〉가 마일로를 어떻게 대할지 알 수 없기 때문에 아메리카 애비뉴로 갈 수는 없었다. 그레인저는 "떠나"라는 한마디 말을 남겼을 뿐이었다. 마일로는 간밤의 연락도 위험을 감수하고 했을 그레인저를 더욱 곤경에 빠트리고 싶지 않았다.

마일로는 지하철로 내려가 7달러를 내고 1일 승차권을 구입한 뒤, 전철을 타고 북쪽 53번가의 현대미술관으로 향했다. 미술관 앞에 빽빽이 줄을 선 입장객들을 지나쳐 그는 기념품점으로 들어갔다. 마일로는 한 달 전 가족과 함께 천 번째 반 고흐 전시회를 보러 이곳에 들른 적이 있었다. 스테파니를 위해 온 것이었지만 색감에 대한 평을 제외하면, 스테파니가 한쪽 귀를 잃은 네덜란드 남자로부터 도움받을 만한 것은 별로 없었다. 스테파니는 오히려 기념품점에서 즐거운 시간을 보냈다. 마일로 역시 기념품점이 마음에 들었는데, 특히 인상적인 귀금속 공예품 하나가 그의 시선을 오랫동안 붙들었다. 그는 그 공예품이 아직 기념품점 안에 있기를 바라며 유리 진열장 근처를 돌다가 마침내 물건을 찾아냈다. 그것은 테렌스 켈러먼이 디자인한 자석 팔찌 컬렉션이었다.

"손님, 찾으시는 물건이 있으십니까?" 현대미술관의 로고 "MoMA"가 적힌 티셔츠를 입은 십 대 소년이 진열대 너머에서 마일로에게 물었다.

"저 팔찌 좀 볼 수 있을까요?"

팔찌는 단순하지만 뛰어난 작품이었다. 100개 정도의 0.6cm 길이 니켈 도금 막대들이 자력으로 서로 이어져 있었다. 마일로는 자력의 강도를 살피기 위해 팔찌의 연결을 떼어보았다가 다시 붙였다. 다른 부분도 확인해 본 뒤, 그는 이 정도면 적당하겠다고 판단을 내렸다.

"이걸로 하겠습니다." 마일로가 소년에게 말했다.

"선물 포장 해 드릴까요?"

"아니요. 그냥 착용하겠습니다."

마일로는 45달러를 지불하고 다시 남쪽으로 향했다. 20분 후 그는 5번 애비뉴와 웨스트 38번 애비뉴에 위치한 로드＆테일러 백화점에 도착했다. 그는 입구의 드넓은 화장품 매장 언저리에 서서 보안 장비를 살폈다. 두 개의 기둥으로 구성된 단순한 경보장치의 피복된 전선이 벽까지 이어져 있었다. 문제 될 것은 없겠지만 알아두는 편이 좋았다.

마일로는 계단을 통해서 남성복이 진열된 3층으로 올라갔다. 30분 정도 둘러보다가 그는 재킷에 단추가 3개 달린 중간 가격의 케네스콜 정장 세트로 결정했다. 소매가 팔찌를 가릴 정도로 조금 길었지만 대체로 잘 맞았다. 정장은 지나치게 호화롭지도, 그렇다고 저렴해 보이지도 않았다. 비즈니스맨처럼 차려입고 다니라는 〈여행업〉의 중요 규칙에 잘 들어맞는 수준이었다.

옷 입는 곳에 들어간 마일로는 팔찌를 벗어 그 끝 부분을 상품들의 도난방지용 태그에 문질렀다. 이론상으로는 성공하리라는 것을 알았지만 확신할 수 없었다. 1분 정도 문지르자 마침내 딸칵 하고 태그가 풀리는 부드러운 소리가 들렸다. 마일로는 태그를 조심스레 제거해냈다. 그는 셔츠, 바지, 구두에도 똑같은 조치를 취한 후 자신의 지갑과 열쇠를 새로이 획득한 정장 주머니에 집어넣었다.

밖으로 나오자 젊은 직원 하나가 그를 지켜보고 있었다. 마일로는 과장된 몸짓으로 두리번거리더니 진열된 옷 너머를 바라보며 말했다. "자넷?" 마일로는 직원에게로 다가가 물었다. "혹시 키 작은 여자 하나 못 봤어요? 이 정도 키에, 코걸이를 하고 있었는데……."

점원은 마일로를 도와 주변을 살펴보았다. "아래층 여성복 코너로 가신 게 아닐까요?"

"나 참, 도대체 가만히 있지를 못한다니까……." 마일로는 계단을 가리키며 점원에게 말했다. "내려가서 옷 입은 거 좀 보여주고 와도 될까요?"

점원은 어깨를 으쓱했다. "네, 그러세요."

"고맙습니다." 마일로는 다시 옷 입는 곳으로 들어가 배낭을 챙겼다.

"그건 두고 가셔도 됩니다." 점원이 말했다.

"범죄 드라마를 보니까 이런 데 물건을 두고 가면 안 되던걸요? 들고 갈게요. 괜찮겠죠?"

"네. 입고 계신 옷만 되돌려 놓아주세요."

"말씀드렸지만, 제가 범죄 드라마를 좀 본다니까요. 설마 경찰차에 실려 가고 싶겠어요?"

점원이 웃음을 터뜨리자 마일로는 그에게 윙크를 했다.

3시경 케네스콜 정장을 입은 마일로는 펜 역에서 길모퉁이를 돌아 9번 애비뉴의 공중전화 박스로 들어갔다. 길 건너편에는 간판에 토끼풀 문양이 새겨진 블라니 스톤이라는 바가 보였다. 그는 동전을 넣고 그레인저의 개인 휴대폰 번호를 눌렀다. 통화연결음이 세 번 울리고 나이 든 목소리가 들렸다. "음, 여보세요?"

마일로가 샤론의 느릿한 남부 사투리를 흉내 내어 말했다. "네에, 토마스 그레인저 씨 맞으신가요?"

"그런데요."

"네에, 저는 엘리스 세탁소의 게리 엘리스라고 합니다만, 어제 여기 셔츠를 맡기고 가셨던데…… 가게 점원이 영수증을 잃어버려서 확인하려고 연락 드렸습니다. 집으로 직접 가져다 드리는 거 맞지요?"

그레인저는 잠시 말이 없었다. 그 짧은 순간 동안 마일로는 혹시라도 그레인저가 자신의 의중을 이해하지 못한 건 아닌지 걱정이 되었다. 하지만 그렇지 않았다. "네. 맞습니다."

"네에, 저기, 주소는 가지고 있는데, 시간을 잘 몰라서……. 오늘 저녁 몇 시쯤 가져다 드리면 될까요?"

잠시 정적이 흐르더니 그레인저가 대답했다. "6시가 좋습니다. 어떠신가요?"

"네에, 선생님. 그러면 그때 가겠습니다."

전화를 마친 마일로는 블라니 스톤으로 들어갔다. 어둡고 우울한 술집 안은 문학, 영화, 음악 분야에서 이름을 떨친 아일랜드인들의 사진으로 가득했다. 마일로는 바의 의자에 앉았다. 맞은편에 보노(아일랜드 록밴드 U2의 보컬)의 사진이 걸려 있었고, 두 자리 떨어진 곳에는 면도를 하지 않은 깡마른 남자가 앉아 있었다. 아마도 단골인 듯했다. 바텐더는 머리카락이 붉은 나이 든 여자였는데, 그녀의 억양은 더블린이 아니라 뉴저지 출신처럼 들렸다. "뭐로 드릴까?"

"보드카. 스미노프 주세요."

"앱솔루트밖에 없는데."

"그럼 그걸로 주세요."

바텐더가 샷을 재는 동안 마일로는 고개를 돌려 창문 너머를 바라보았다. 길 건너 공중전화가 선명하게 보였다. 그가 다비도프를 한 개비 꺼내자, 바텐더가 술을 건네며 말했다. "여기 금연인데?"

"네?"

"그거요." 바텐더는 마일로의 입에 물린 담배를 가리켰다.

"아, 미안합니다."

30분 동안 마일로는 바에 앉아서 밖을 지켜보았다. 누군가 통화를 추적하여 지문이라도 채취하러 오는 게 아닌지 확인하기 위해서였다. 바텐더가 말을 걸었지만 마일로는 대화를 거부했고, 그러자 옆자리에 앉은 단골이 매너가 없다며 시비를 걸었다. 마일로는 그동안 쌓인 짜증을 이 취객에게 풀어버릴까 고민하다가, 살인이라도 날까 두려워 돈을 지불하고 조용히 술집을 나갔다.

마일로는 1번 지하철을 타고 북쪽의 웨스트 86번가로 향했다. 그는 신선한 빵과 소량의 커피를 파는 프랑스식 카페에 들어갔다. 뉴욕의 낡고 높다란 아파트 건물들에 둘러싸여 눈에 잘 띄지 않는 카페였다. 마일로는 흡연이 가능한 야외 테이블에 자리를 잡았다.

시몬스가 확실한 증거를 잡았다면 국토안보부 이름으로 주요 일간지들에 테러리스트 혐의 따위를 내걸고 마일로의 사진을 실었을 것인데, 신문에는 별다른 기사가 없었다. 아니, 그러지 않을지도 모르겠다. 국토안보부는 테러리스트의 사진을 신문에 싣거나 하지 않는다. 테러리스트들이 신문에 실린 사진을 보고 달아나 다른 곳에서 활동을 재개할지도 모르기 때문이다.

마일로에게는 정보가 필요했다. 시몬스가 그를 체포하려는 정확한 동기를 알지 못하면 그녀가 다음에 어떤 행동을 취할지 예측할 수가 없다.

그에게 필요한 것은 전체적인 설명이었다. 지금까지 모인 정보의 조각들은 서로 들어맞지가 않았다. 예를 들어, 타이거에 관한 정보. 타이거는 자신을 죽음으로 내몬 고객에게 복수하기 위해, 마일로가 자신을 추적하여 발견하도록 유도했다. 그 말을 믿는다고 해도 그 고객이란 자는 어떻게 마일로에 관한 자료를 입수한 것일까? 타이거는 단지 "자료"를 읽었다고만 말했다. 그것은 〈회사〉의 자료였을까? 아니면 외부 자료?

그리고 안젤라의 경우. 안젤라는 아니라고 해도, 누군가가 중국에 기밀을 팔아넘겼다. 그러지 않고서야 문제의 공문이 유출된 경로를 설명할 수 없었다. 마일로는 중국에 대해 생각해 보았다. 중국의 정보기관, 즉 공안부는 안젤라가 조사를 받고 있다는 사실을 알았을까? 아니면 안젤라가 중국의 중요한 원유 공급지인 수단을 주시하고 있다는 사실을 알았을까? 안젤라는 자신도 모르는 새 다가가서는 안 될 무언가에 너무 가까이 다가간 것일까?

마일로는 머리가 어지러웠다. 누가 안젤라의 수면제를 바꿔치기했는지 가늠할 수가 없었다. 프랑스 정보부일까? 그들은 아이너의 감시용 꽃배달 차를 눈치채고는 안젤라가 혐의를 받고 있다는 것을 알았을지도 모른다. 하지만 그렇다 하더라도 프랑스 정보부와 사이가 좋았던 안젤라를 해칠 이유는 없었다.

가장 유력한 해답은 타이거의 고객인 허버트 윌리엄스=얀 클라우스너가 실마리라는 것이었다. 얼굴은 드러났지만 정체를 알 수 없는 남자. 고객 X를 위해 일하는 사내.

변수와 미지수가 너무나도 많았다. 마일로는 담배를 움켜쥐고 깊이 빨아들이고는 문득 기억이 난 듯 아이팟을 꺼내어 프랑스 갈의 노래를 틀었다. 하지만 노래를 들어도 초조함은 여전히 가시지 않았다.

# 26

톰 그레인저가 사는 424 웨스트엔드 애비뉴 81번가의 거대한 아파트 건물은 아내인 테리가 유방암으로 사망하기 전에 구입한 것이었다. "웨스트 리버 하우스"라는 이름의 이곳은 <회사원>의 거처로서는 호화롭기 그지없었다. <회사>에서는 가끔씩 그레인저가 어떻게 이렇게 잘 살 수 있는지 의심하는 불만의 소리마저 들렸다. 하지만 이 집과 뉴저지에 있는 호숫가 작은 집을 빼면 그레인저에게는 달리 재산이랄 게 없었다. 가진 돈을 전부 아내의 실패한 장기 치료에 쏟아 부었던 것이다.

해가 높은 건물들 너머로 지고 있었다. 20분 동안 마일로는 유리창으로 뒤덮인 길 건너 캘훈 스쿨의 그림자 속에 숨어서 웨스트 리버 하우스를 살폈다. 퇴근해서 귀가하는 거주자들, 그들과 얘기를 나누는 활기찬 건물 관리인, 페덱스와 중국 음식점과 피자헛의 배달원들. 이윽고 그는 웨스트 리버 하우스의 지하 주차장으로 접근하여 재규어 한 대를 따라 경사를 내려갔다. 주차장의 외곽을 돌아서 가면 보안 카메라를 피할 수 있었다.

마일로는 제3자가 알아서는 안 될 것들을 논의하기 위해 몰래 톰 그레인저를 만나러 올 때면 이 경로를 이용했었다. 이때 까다로운 점은 천장에 달린 보안 카메라에 주의하여 계단통에 이르는 과정이었다. 얼굴을 돌린 채 카메라의 시야 속으로 들어가는 것 말고는 달리 방법이 없었는데, 그렇게 하면 카메라에 포착되더라도 보통 키의 남자라는 것 이상의 특징은 파악되지 않을 것이었다.

마일로는 18층까지 걸어 올라가 계단통에서 조용히 6시가 되기를 기다렸다. 이윽고 시간이 되자 그는 문을 살짝 열고 불이 은은하게 밝혀진 복도를 들여다보다가 얼른 몸을 뒤로 당겼다. 복도 끝의 의자에 페덱스 배달원이 앉아 있었다. 의자 옆에는 상자가 하나 놓여 있었고 배달원은 아이팟을 만지작거리고 있었다.

마일로는 열린 문가에 쭈그리고 앉아 눈을 감았다. 그는 배달원이 배달을 마치는 소리, 또는 배달원을 로비까지 태우고 내려갈 엘리베이터의 도착을 알리는 유쾌한 신호음을 기다렸다. 하지만 5분이 지나도 아무런 소리가 들리지 않자 마일로는 불현듯 깨달았다. 다시 복도를 내다보니 배달원은 눈을 감고 있었다. 그의 한쪽 귀에는 아이팟의 이어폰이 꽂혀 있었지만 다른 쪽 귀에는 옷깃 안으로 이어지는 피부색의 전선이 꽂혀 있었다.

마일로는 조용히 문을 닫았다. 전화 때문이었다. 〈회사〉는 지난밤 그레인저의 전화를 추적했거나, 공중전화로 걸려온 게리 엘리스 세탁소의 전화를 추적했던 것이다. 마일로는 그제야 자신이 실수했음을 깨달았다.

다른 방법이 없다고 생각한 마일로는 계단을 내려왔다. 상자를 옮기는 것처럼 보이기 위해, 그는 재킷을 둥글게 말아 복부 쪽에서 붙든 뒤 올 때 이용한 경로를 되돌아 주차장을 나섰다.

톰 그레인저는 바보가 아니었다. 냉전 기간의 절반 이상을 현장에서 활동한 그는 분명 지금의 상황을 파악했을 것이다. 마일로는 다시 캘훈 스쿨의 그림자 안으로 들어가 바위에 걸터앉았다. 한 시간 후, 지나가던 히피가 그에게 담배를 청했다. 무엇을 하고 있느냐는 그의 질문에 마일로는 여자친구를 기다리고 있다고 대답했다. "요새 여자들이란, 참." 히피가 말했다.

"그러게요."

마침내 마일로의 인내심이 결실을 거두었다. 7시가 지나 도시의 인공 불빛이 밝혀질 때쯤, 관리인이 밖으로 나가는 그레인저에게 인사하는 것이 보였다. 그레인저는 길모퉁이를 돌아 81번가로 들어서더니, 주위를 둘러보지 않고 곧바로 센트럴 파크로 향했다. 1분 후 관리인이 문을 열자 다른 남자가 건물에서 나왔다. 페덱스 유니폼이 아니라 정장을 입은 남자였다. 남자는 휴대폰으로 통화를 하며 보도로 나서더니, 마찬가지로 81번가를 걸어 내려갔다.

마일로는 그 남자가 누군지 알고 있었다. 그것은 대사관에서의 현장 근무를 끝내고 최근에 귀국한 마흔다섯 살의 레이놀즈라는 요원이었다. 마일로는 반 블록 정도 떨어져 그의 뒤를 쫓았다.

그레인저, 레이놀즈, 그리고 마일로는 브로드웨이를 건너 암스테르담 애비뉴에서 왼쪽으로 방향을 틀었다. 그레인저는 450번 애비뉴의 랜드 타이 키친이라는 식당으로 들어갔다. 레이놀즈는 길 건너 부리토 빌이라는 멕시코 음식점 근처에 자리를 잡았고, 마일로는 같은 블록의 남쪽 코너에 멈춰서 기다렸다. 떼 지어 식당으로 향하는 젊은이들이 마일로의 곁을 스쳐 갔다.

10분이 채 되지 않아 테이크아웃 상자들로 가득한 비닐봉지를 들고 식당을 나오는 그레인저가 보였다. 마일로는 건물의 그림자로 몸을 숨겼다. 그레인저가 모퉁이 근처에 나타나더니 봉지를 높이 들어 내용물을 확인하고는 쓰레기통 옆에 멈춰 섰다.

조금 뒤쪽에서는 레이놀즈가 그 광경을 지켜보고 있었다. 그레인저는 상자를 꺼내어 냄새를 맡은 다음 한 번 열어보고 다시 봉지에 담았다. 이번에는 훨씬 작은 다른 상자를 꺼내어 냄새를 맡고 얼굴을 찡그리더니 상자를 열었다. 그는 역겹다는 표정으로 고개를 젓고 상자를 쓰레기통에 던진 뒤 다시 81번가로 나가서 집으로 향했다. 레이놀즈는 그레인저의 뒤를 따랐지만 마일로는 움직이지 않았다.

여기까지 걸어오면서 마일로는 다른 미행자가 없는지 유심히 살폈다.

집중 감시를 위해서는 세 명으로 팀을 짜는 것이 보통이었다. 마일로는 불현듯 사태의 배후에 피츠휴가 있을 것이라는 생각이 들었다. 피츠휴가 레이놀즈에게 지금의 일을 맡긴 것은 현재 그에게 아무런 임무도 없기 때문이었을 것이다. 그리고 일을 조용히 처리하기 위해 레이놀즈와 정체를 알 수 없는 페덱스 배달원으로 이루어진 최소한의 팀을 구성했을 것이다.

두 사람의 모습이 사라지자 마일로는 쓰레기통으로 뛰어가서 아까의 상자를 잽싸게 꺼냈다. 상자는 비어 있는 듯 가벼웠다. 마일로는 멈추지 않고 암스테르담 애비뉴를 달려 82번가에 접어든 뒤 센트럴 파크를 향해 동쪽으로 달렸다. 가는 길에 상자를 열어보니 종이쪽지 하나가 들어 있었다. 마일로는 쪽지를 꺼내고 상자를 길가의 쓰레기통에 버렸다.

마일로는 일본 여행객들이 지도를 보며 무언가를 의논하고 있는 가로등 근처에서 멈춰 섰다. 작은 정사각형 모양의 쪽지를 펼쳐보니, 원망스럽게도 몇 자 적혀 있지 않았다. 그레인저는 해답 대신 해답을 얻기 위한 방법을 제시했을 뿐이었다. 어쩌면 그도 마일로처럼 사태를 명확히 파악하지 못하는 것인지도 몰랐다.

쪽지에는 해외 휴대폰 전화번호와 함께 다음과 같은 글이 적혀 있었다.

프랑크푸르트에 있는 E:
마지막 낙타 / 정오에 쓰러졌다.

여기에 한마디가 덧붙여져 있었다.

행운을.

# 27

마일로는 최근 운영이 재개된 JFK 공항 1번 터미널에서 10시에 출발하는 싱가포르 항공을 기다렸다. 그는 가족들을 데리러 플로리다로 돌아가고 싶은 욕구를 억누르며 소지품을 다시 확인한 후 기념품점에서 물건들을 샀다. 여분의 티셔츠, 속옷, 디지털 손목시계, 강력 접착테이프.

면세품을 파는 국제공항 터미널은 마치 국적 없는 지하 세계 같았다. 마일로는 여행객들로 붐비는 브루클린 비어 가든이라는 술집으로 들어가서는, 테이블 위에 휴대폰을 올려놓은 채 혼자 앉아 있는 네덜란드 비즈니스맨 하나와 말을 텄다. 의약품 무역을 하는 비즈니스맨은 이스탄불행 비행기를 기다리고 있었다. 마일로는 그에게 맥주 한 잔을 사준 뒤, 자신이 NBC 방송국에서 광고주 모집을 담당한다고 소개했다. 마일로가 즉석에서 지어낸 이야기에 흥미를 느낀 남자는 보답으로 그에게 맥주 두 잔을 대접했다. 남자가 맥주를 가지러 바에 간 동안 마일로는 남자의 휴대폰을 테이블 밑에서 열어 SIM 카드를 빼냈다. 그리고 휴대폰 안에 자신의 SIM 카드를 대신 집어넣고는 다시 테이블 위에 올려놓았다.

비행기에 탑승하기 전에 마일로는 휴대폰을 켜고 바꿔치기한 SIM 카드를 이용하여 티나에게 전화를 걸었다. 통화연결음이 세 번 울린 뒤 티나의 조심스러운 목소리가 들렸다. "네……?"

"여보, 나야."

"아." 티나가 말했다. "그래."

마일로가 불안한 침묵을 깨며 말했다. "저기, 미안하게 됐……."

"지금 무슨 소리 하는 거야?" 티나가 신랄한 목소리로 말했다. "이게 미안하다고 될 일이야? 그런 식으로 넘기지 마. 설명을 해 보라고."

수화기 너머에서 가벼운 여자아이의 목소리가 들렸다. "아빠야?"

마일로는 공복에 마신 맥주가 피에 섞여 머리로 몰리는 것을 느꼈다. "나도 몰라. 내가 아는 거라곤 국토안보부 사람들이 내가 하지도 않은 일로 나를 잡으려 한다는 것뿐이야."

"당신이 안젤라를 죽였대." 티나가 말했다.

"나도 아빠랑 얘기할래!" 스테파니의 목소리가 들렸다.

그제야 마일로는 사태를 깨달았다. 시몬스는 그가 안젤라를 죽였다고 생각하는 것이다. "생각을 좀 정리해봐야겠어."

다시 정적이 흘렀다. 그리고 뒤에서 스테파니의 보채는 목소리가 들려왔다. "아빠랑 얘기할래!"

마일로는 티나가 원하는 대로 상황의 설명을 시도했다. "들어봐. 그 사람들이 뭐라고 말하건, 그건 진실이 아니야. 나는 안젤라를 죽이지 않았어. 아무도 죽이지 않았어. 나도 상황 파악이 안 돼서 그 이상은 말할 수가 없어."

"알겠어." 티나가 낮은 목소리로 말했다. "자넷 시몬스 요원은 당신을 의심하는 데에는 정당한 근거가 있다고 말했어."

"당연히 그러겠지. 하지만 시몬스가 제시하는 증거는…… 사실 그런 게 있는지조차 모르겠군. 당신한테 증거를 얘기했어?" 마일로는 티나가 뭔가 알고 있기를 바라며 물었다.

"아니."

"짐작할 수 있는 것은 누군가 날 일부러 모함하고 있다는 것뿐이야."

"하지만 왜?" 티나가 통렬한 목소리로 물었다. "도대체……."

"나도 몰라." 마일로가 티나의 말을 잘랐다. "왜인지를 알면 누군지 알 수 있고, 누군지를 알면 왜인지 알 수 있겠지. 하지만 그러기 전까지 국토안보부는 나를 살인자 내지 반역자라고 생각할 거야."

또다시 정적이 흘렀다.

마일로는 또다시 설명을 시도했다. "그 여자가 뭐라고 말하든, 나는 부끄러운 짓을 한 게 없어."

"그걸 어떻게 증명할 건데?"

'증명이라니? 국토안보부에? 아니면 당신에게?' 마일로는 그렇게 묻고 싶었지만 입 밖으로 내지는 않았다.

"오스틴으로 갈 거지?"

"내일쯤 갈 거야. 그런데 당신은 지금 어디야?"

"다시 연락할게. 사랑……."

"아빠야?"

마일로는 몸을 움찔했다. 티나가 말없이 스테파니에게 전화기를 넘긴 것이다. "어이, 꼬마 아가씨. 잘 지내고 있어?"

"나 피곤해. 아빠 친구들 때문에 자다가 깨났단 말이야."

"미안, 미안. 친구들이 나빴다, 그치?"

"언제 올 거야?"

"일 끝나면 바로 갈게."

"응, 알았어." 스테파니의 말투는 티나와 너무나도 닮아 있었다. 마일로는 또다시 위경련이 일어나는 것을 느꼈다. 티나가 어디론가 가서 자리에 없었기 때문에 마일로는 그대로 전화를 끊었다.

마일로는 늘어선 의자들 너머에 무리지어 있는 가족들을 바라보았다. 어떤 가족은 곧 있을 비행을 고대하고 있었고, 어떤 가족은 벌써부터 지루해하고 있었다. 새로이 위경련이 일어나자 마일로는 뻣뻣한 몸을 일으켜 세웠다. 그는 카펫이 깔린 터미널을 뛰듯이 가로질러서 무빙워크를 지나 화장실로 향했다. 변기가 있는 칸으로 들어가 문을 닫자 구토가 몰려왔고, 그는 아직 몸에 흡수되지 않은 맥주를 토해냈다.

마일로는 입을 닦아내고 물로 헹군 뒤 복도로 돌아왔다. 일단 구토를 하고 나자, 다음 할 일을 생각해내는 것을 방해하던 머릿속의 장애물이 사라진 기분이 들었다. 마일로는 비행기 탑승 후에는 티나에게 전화를 거느라 사용했던 네덜란드 남자의 SIM 카드를 쓰고 싶지 않았기에 지금 마지막으로 전화를 한 통 걸기로 했다. +33 1 12. 프랑스어로 프랑스 텔레콤의 전화번호 안내 서비스임을 알리는 여자 교환수의 목소리가 들렸다. 마일로는 그녀에게 파리에 사는 다이안 모렐의 전화번호를 문의했다. 검색된 번호는 하나밖에 없었고, 그는 그 번호로 연결을 부탁했다. 파리의 시각은 아직 새벽 5시였고, 전화를 받은 여자의 목소리는 약간 겁에 질려 있었다. 이름은 다이안 모렐이겠지만, 나이가 예순은 되어 보였다. 마일로는 말없이 전화를 끊었다.

밑져야 본전이었다. 애초에 손쉽게 다이안 모렐에게 전화를 걸어 안젤라 예이츠와 이리엔 대령에 관해 한가로이 대화를 나눌 수 있으리라고 생각하지는 않았다. DGSE에 연락하여 다이안 모렐의 사무실이나 집 전화번호를 알려달라고 할 수도 있겠지만, 금세 위치 추적이 되어 〈회사〉에 보고될 것이다. 마일로는 다이안 모렐과 충분한 시간적 여유를 가지고 천천히 대화를 나누고 싶었다. 그는 배터리를 빼내고 SIM 카드를 꺼내 쓰레기통에 버렸다.

* * * * *

여덟 시간 후인 금요일 오후 1시. 플렉시 유리 너머의 머리가 희끗희끗한 독일인이 무표정한 얼굴로 여권 사진을 눈앞의 잘 차려입은 지친 표정의 비즈니스맨과 대조하고 있었다. "라이오넬 돌란 씨?"

"네." 마일로가 환하게 웃었다.

"일 때문에 오셨나요?"

"다행히도 아닙니다. 여행 왔어요."

그렇게 말을 내뱉자 마일로에게 싫은 기억들이 떠올랐다. 수많은 공항들과 국경경비대원들과 세관원들과 여행가방들. 신문을 펼쳐 든 사복 경찰들과 요원들. 때로는 마일로 자신도 신문을 펼쳐 들고 공항에 앉아, 어쩌면 나타나지 않을 접선자를 몇 시간이고 기다리고는 했다. 거대하고 흉물스러운 유럽 공항들 중 하나인 이곳 프랑크푸르트 공항도 마일로가 자주 들르던 공항 중 하나였다.

국경경비대원이 마일로에게 여권을 넘기며 말했다. "즐거운 휴가 보내세요."

'침착하게, 서두르지 말고.' 마일로는 배낭을 메고 세관원들을 지나쳤다. 유럽의 세관원들은 대개 정장을 입은 사람을 귀찮게 하지 않았다. 마일로는 곧바로 수화물 찾는 곳의 군중들을 뚫고 자동차들이 가득한 소란스러운 거리로 나가서, 다비도프를 한 개비 꺼내 피웠다. 장시간 비행 후에 피우는 것임에도 생각보다 맛이 없었다. 그는 담배를 다 피우고 택시 타는 곳의 공중전화로 향했다. 마일로는 대서양을 건너는 동안 암기한 전화번호를 눌렀다.

세 번의 통화연결음 뒤에 목소리가 들렸다. "Ja?(네?)"

"마지막 낙타." 마일로가 말했다.

잠시 침묵한 후에 상대편이 대답했다. "정오에 쓰러졌다?"

"제임스, 나야."

"마일로?"

"만날 수 있을까?"

전화를 받은 아이너는 그리 반가운 목소리가 아니었다. "음, 지금 뭣 좀 하는 중인데."

"지금?"

"응, 어." 아이너가 말했다. 그때 입을 막힌 사람이 비명을 지르려 애

쓰는 소리가 수화기 너머로 들려왔다. 마일로는 목이 조여 왔다. 그것은 그에게 익숙한 소리, 바로 입에 재갈이 물린 사람이 내는 소리였다.

"언제 끝나는데?"

"그게…… 모르겠네. 40분 정도?"

"어디지?"

"도이치 은행인데, 여기가……."

"쌍둥이 빌딩에 있는 건가?"

"맞아."

마일로는 거울 유리를 번쩍이며 경제 중심지에 우뚝 솟아 있는 유명한 쌍둥이 빌딩의 고층 사무실을 상상했다. 운수 나쁜 CEO 하나가 포박당하고 재갈이 물린 채 책상 아래 처박혀 있는 상황에서 아이너는 아무렇지도 않게 마일로와 시간 약속을 정하며 전화통화를 하고 있는 것이다. 〈여행업〉이 얼마나 거친 세계인지 새삼 느낄 수 있었다.

"저기, 프랑크푸르트 오페라 하우스 알지? 2시쯤 그 앞에서 보자. 우리도 문화생활 할 줄 안다는 걸 확인도 할 겸 말이야."

"그런데 그렇게 큰 소리로 말해도 되나?"

아이너가 대답했다. "흠, 여기 있는 남자? 10분 후면 아무 말도 못 할 테니 신경 쓰지 마."

입이 막힌 남자가 울부짖는 소리가 점점 높아졌다.

# 28

마일로는 승객이 별로 없는 청결한 열차를 타고 프랑크푸르트 중앙역까지 갔다. 그는 그곳에서 내려 배낭을 어깨에 메고 교통이 혼잡한 정오의 거리를 지나 프리덴스브뤼케 역까지 걸어간 뒤, 다리를 건너지 않고 왼쪽으로 돌아 마인 강가에 늘어선 선착장을 올라갔다. 잘 차려입은 비즈니스맨들, 청소년들, 연금을 받는 노인들의 모습이 보이자, 마일로는 파리에 있을 때의 광경들을 떠올렸다. 고작 일주일 전의 일들이었다.

그는 길가의 자판기에서 슈니첼 샌드위치를 하나 뽑아들고 강가에서 떨어진 빌리 브란트 광장의 길쭉한 공원으로 간 뒤, 벤치에 앉아 유리로 덮인 현대적인 프랑크푸르트 오페라 하우스 건물을 바라보았다. 남자를 곧 처리할 것이므로 신경 쓰지 않아도 괜찮다고 아이너가 말하기는 했지만, 마일로는 지나가는 사람들을 유심히 살폈다. 붙잡히지 않으려면 지난 6년간 잊고 지냈던 바로 그 습관을 되살려야 했다.

〈여행객〉들은 주변 상황 파악이 중요하다는 점을 숙지하고 있다. 방이든 공원이든 일단 들어서면 즉시 퇴로들을 파악하고, 주변에 무기로 쓸 만한 물건들이 있는지 봐둬야 한다. 의자, 볼펜, 편지 봉투 여는 칼, 심지어, 지금 마일로가 앉은 벤치 뒤에 있는 것과 같은 낮고 헐겁게 드리워진 나뭇가지. 그리고 사람들의 얼굴을 살펴야 한다. 이쪽을 주시하는 사람이 있는가? 또는 〈여행객〉들이 그리하듯 무관심을 가장하는 사람이 있는가? 〈여행객〉들은 스스로가 먼저 상대에게 접근하는 법이 없다. 진짜 실력자들은 표적이 자신에게 접근하도록 유도한다.

햇살이 밝게 쏟아지는 공원의 도로 경계석 쪽에 자동차 시동이 걸리지 않아 애를 먹는 여자 하나가 보였다. 저것은 전형적인 술책이다. 저렇게 우물쭈물하고 있으면 표적이 스스로 걸어와 도움의 손길을 내민다. 바로 그때 붙잡는 것이다.

열두 살 정도 되어 보이는 어린아이 두 명이 공원에 우뚝 선 불 켜진 커다란 유로 표지판 밑에서 놀고 있었다. 또 다른 잠재적인 함정. 〈여행객〉들은 목적 달성을 위해서라면 아이들이라도 기꺼이 이용한다. 아이가 넘어져 다친 척한다. 그리고 도우러 다가가면 아이의 "부모"가 나타난다. 단순한 방식이다.

공원의 동쪽 가장자리에서는 대학생 하나가 카메라를 세로로 들고 땅 위를 내려다보는 높다란 유럽 중앙은행을 찍고 있었다. 도시에서는 이런 식으로 사진을 찍는 이들이 흔하다. 누가 어느 방향에서 자신의 사진을 찍고 있을지 모를 일이다.

"손들어, 카우보이!"

마일로는 펄쩍 뛰며 몸을 틀다가 벤치에서 떨어질 뻔했다. 아이너가 손가락 권총을 마일로에게 겨냥하며 미친 듯이 낄낄거리고 있었다. "놀랐잖아!"

"실력이 녹슬었군." 주머니 속에 손을 넣으며 아이너가 말했다. "꼰대, 너 이런 식으로 하면 해 지기 전에 목이 달아날걸."

마일로는 격하게 울리는 심장을 진정시키며 숨을 가다듬었다. 아이너와 악수를 하며 그가 말했다. "네가 가진 정보를 알려줘."

아이너는 오페라 하우스를 바라보며 고개를 끄덕였다. "좀 걷자."

두 사람은 서두르지 않고 걸음을 옮겼다.

"네가 생각하는 정도로 심각한 상황은 아니야." 아이너가 말했다. "〈여행객〉들이 투입되지는 않았어. 네 사건은 아직 그 정도로 중요하지는 않거든. 톰한테서 네가 찾아올 거라는 말을 들었지."

그것이 사실이라면 안심이었다. 마일로는 아이너와 만나야 한다는 사실 때문에 상황이 심각한 것은 아닐까 걱정이 되었던 것이다. “톰한테 내가 찾아오게 된 이유를 들었나?”

“다른 데서 들었어. 아침 식사를 할 때 영사관에 있는 친구가…….” 아이너는 길가에 다다르자 말을 멈추고 어떻게 말을 이을지 고민했다. “그 친구는 보안 수칙을 경시하지는 않지만 또 그렇게 엄수하는 편도 아니거든. 듣기로는 모든 대사관과 영사관으로 마일로 위버를 찾으라는 연락이 전달됐다더군.”

“〈회사〉의 연락인가?”

“국무부였어.”

“그래서 다들 찾고 있나?”

“찾고 있지. 이렇게 대사관 전체에 뿌려지는 연락은 흔한 게 아니니까. 추적이 이스탄불까지 이어졌다가 막혔다는 얘기를 들었어.”

마일로는 일전의 네덜란드 남자에게 미안함을 느끼며 길을 건넜다. 남자가 가진 휴대폰이 터키의 〈회사〉 요원들을 인도하는 횃불이 되었을 터였다. 하지만 남자의 SIM 카드가 추적됨으로써 거꾸로 자신이 JFK 공항에서 비행기를 탄 것이 발각되었으리라는 것을 깨닫자 미안함은 곧 사라졌다. 아마 비행기 출발 시각도 이미 파악됐을 것이다. “여기서 할 일은 어떻게 됐어?” 마일로가 오페라 하우스의 문 앞에서 아이너에게 물었다. “다 끝났나?”

아이너가 손목시계를 들여다보았다. “18분 전에 완료했어. 이제부터 너랑 쭉 같이 있어도 돼.”

마일로는 아이너가 들어가도록 문을 열며 물었다. “차는 있나?”

“차라면 언제든지 구할 수 있지.”

“좋아.” 두 사람은 넓고 현대적인 로비로 들어섰다. 아이너가 내부의 카페로 가려 하자, 마일로는 그의 팔을 붙잡고 화장실 쪽의 복도로 끌어

당겼다.

"어디 술 마실 만한 장소라도 있는 거야?"

"다른 출구가 있어. 따라와."

"이런 편집증 환자 같으니라고."

마일로가 자동차를 탈취하는 방법은 구형 자동차의 문에 지레를 쑤셔 넣는 것뿐인 반면 아이너는 보다 최신의 도구를 가지고 있었다. 그것은 자동차의 자동 잠금장치를 열 수 있는 작은 리모컨이었다. 아이너는 메르세데스 C 클래스 세단에 리모컨을 갖다 댔다. 그가 작고 붉은 버튼을 누르자 25센트 동전 크기의 리모컨은 숫자 조합들을 훑으며 차문을 여는 암호를 탐색해 갔다. 40초 후 자동차의 경보가 해제되는 소리가 들리며 차문이 툭 하고 부드럽게 열렸다. 아이너가 자동차의 시동을 거는 데에는 1분 정도가 걸렸다. 두 사람은 차를 몰고 프랑크푸르트 밖으로 나섰다.

"어디로 갈까?" 아이너가 물었다.

"파리."

목적지를 듣고도 아이너는 놀라지 않았다. "프랑스에 도착할 때까지 몇 시간 걸릴 텐데. 조심해야 할 거야. 차 주인이 도난 신고를 할 테니까."

"그럼 빨리 몰아."

아이너가 그 말에 동의하며 액셀을 밟았다. 차는 비스바덴으로 이어지는 A3번 도로로 넘어갔다가 다시 도로를 바꿨다. 그들은 한 시간 후 프랑스로 향하는 넓고 부드러운 A6번 도로로 접어들었다.

"무슨 일인지 얘기해 주지그래?" 아이너가 물었다.

마일로가 차창 밖의 고속도로가 펼쳐진 광경을 바라봤다. 뉴욕의 북쪽 변두리와 다를 게 없는 풍경이었다. "다이안 모렐, 즉 르네 베르니에와 할 얘기가 있어."

"공산주의 소설가?"

"그래, 바로 그 여자."

"뭘 위해서?"

"보다 명료한 사태 파악을 위해서. 안젤라를 조사하게 된 이유는 따지고 보면 이리엔 대령이었으니까."

아이너는 곰곰이 생각을 하더니 다시 마일로에게 물었다. "그리고?"

" '그리고' 라니?"

"내 도움이 필요한 다른 이유가 있을 거 아니야? 너는 남들이 네 말을 곧이곧대로 믿어주길 바라는 경향이 있어." 마일로가 대꾸하지 않자 아이너가 말을 이었다. "내가 일을 잘하는 이유가 뭔지 알아?"

"글쎄. 잘난 외모 덕분에?"

"생각을 가급적 안 하기 때문이야. 사태를 이해하는 척하지 않는다는 거지. 톰이 전화를 걸어서 내리는 지시 하나면 충분해. 통화 중에는 톰이 곧 신인 셈이지. 하지만 마일로, 너는 톰이 아니야."

아이너의 말을 수긍하며 마일로는 지금까지의 일을 요약했다. 느닷없이 끝나버린 휴가, 그리고 그레인저의 비밀스러운 연락. "여기 유럽에서 일어난 일들은 전부 이리엔 대령과 르네 베르니에가 시발점이야. 행동하기 전에 우선 사실들을 제대로 파악해야 해."

"좋아." 아이너가 말했다. "그럼, 다이안 모렐로부터 정보를 얻은 다음에는?"

"그때 가서 다시 뭘 할지 결정해야겠지."

〈여행객〉들의 일이라는 게 늘 그렇듯, 아이너는 마일로를 도우라는 지시의 유효기간이 다음 지시가 떨어질 때까지만임을 잘 알고 있었다. 내일 아침이면 지금 옆자리에 타고 있는 이 남자를 제거하라는 연락을 받을지도 모를 일이었다. 하지만 비록 잠정적이더라도 일단은 상황이 확실하다는 것에 그는 만족했다.

차 안에는 아이팟 용 어댑터가 장치되어 있었다. 마일로가 가방 속에서 자신의 아이팟을 꺼내어 어댑터에 끼우자 곧이어 프랑스 갈의 목소리가 차 안을 가득 채웠다.

"이게 뭐야?" 아이너가 짜증 난다는 듯 물었다.

"세계 최고의 음악."

독일과 마찬가지로 유럽 연합 국가인 프랑스로 들어가는 경계를 건넜을 때는 4시 30분이 지나 있었다. 경찰차가 세 대 있었지만 두 사람의 차를 통제하지는 않았다. 차의 앞유리 너머로 낮게 걸린 태양이 보였다. 가끔씩 파리 쪽에서 흘러 다니는 잿빛 구름 조각이 태양을 가렸다. "이 차는 내일까지만 사용하자." 아이너가 말했다. "르노를 한번 찾아보자고. 자동차를 구입하기 전에 모든 유럽 차종들을 다 시험해 볼 생각이야."

"톰이 허락하지 않을걸? 자동차를 사면 등록을 해야 할 텐데?"

그런 것은 신출내기 〈여행객〉들이나 하는 고민이라는 듯, 아이너가 어깨를 으쓱했다. "만일의 경우를 대비해 위조 신원을 준비해 뒀지. 그 이름으로 미리 이것저것 구입해 두는 편이 좋거든."

마일로는 자신이 몇 년에 걸쳐 만들어 놓은 돌란의 신원을 떠올렸다. "아파트도 샀나?"

"작은 거 하나 샀어. 남부에."

다른 〈여행객〉들, 적어도 야무진 〈여행객〉이라면 마찬가지로 그런 준비를 할 것이다. "그런데 프랑크푸르트에서는 무슨 용무가 있었던 거야? 은행원들한테 예의범절이라도 가르친 건가?"

아이너는 벗겨지는 아랫입술을 깨물며 마일로에게 어디까지 얘기해 줄지를 고민했다. "은행에서 하는 일이란 게 원래 좀 지저분하지. 임무는 꽤나 간단했어. 정보를 얻어내고 증거를 인멸한다."

"성공했나?"

"물론이지. 늘 그렇지만." 아이너가 말했다.

"어련하시겠어."

"못 믿는 거야?"

마일로가 뜸을 들인 다음 말을 꺼냈다. "〈여행객〉이 겪는 성공과 실패의 양은 같다. 〈여행객〉에게 있어서 성공과 실패는 동일한 것, 즉 완료된 임무일 뿐이다."

"이런. 그것도 〈블랙북〉에서 나온 말인가?"

"너도 하나 있으면 좋을 거야. 그게 있으니 사는 게 편해지더군."

아이너의 지친 표정을 보자 마일로는 만족감을 느꼈다. 〈여행객〉 생활을 할 당시 마일로는 불규칙한 바이오리듬 탓에 어느 날은 자살을 하고 싶다가도 다른 날은 천하무적이라도 된 기분이 들고는 했었다. 아이너에게서는 바로 그 두 번째 기분이 너무 자주 나타났고 이는 그를 갑작스러운 죽음으로 몰고 갈지도 몰랐다. 아이너가 마일로의 말에 귀 기울이도록 하는 방법이 그를 속이는 것뿐이라면 그렇게 할 수밖에 없었다.

"어디서 발견했어?" 어둠이 내리는 도로를 바라보며 아이너가 물었다.

"볼로냐." 신빙성을 더하기 위해 마일로는 그것이 매우 희한한 일이었다는 듯한 투로 말을 이었다. "서점이었어. 믿을 수 없겠지만."

"정말이야?"

"먼지투성이의 오래된 서점이었지. 책 선반이 천장까지 닿아 있었어."

"거긴 어떻게 찾았어?"

"실마리들을 따라갔지. 다 설명하면 지루할 거고 마지막 실마리를 발견한 것은 스페인의 이슬람 사원이었어. 그 사원의 이맘(imam: 이슬람교 사원에서 예배를 인도하는 성직자)이 가진 코란의 책등에 끼워져 있더라고. 신기하지 않나?"

"허어." 아이너가 말했다. "그 마지막 실마리란 게 뭐였지?"

"서점 주소와 책 선반의 위치. 물론 맨 꼭대기의 선반이었지. 그래서 아무도 우연히 발견하지 못한 거야."

"책 크기는 큰가?"

마일로가 고개를 저었다. "팸플릿보다 조금 클걸."
"얼마나 걸린 거야?"
"책을 찾는 데 말인가?"
"처음부터 말이야. 찾으려고 노력을 기울인 순간부터 찾아낼 때까지."
마일로는 아이너에게 책을 찾는 것이 어려웠다는 인상을 주고 싶었지만, 동시에 찾을 수 있다는 희망을 주고 싶었다. "6개월이나 7개월 정도. 일단 길을 찾으면 점점 더 속도가 붙게 돼. 누군지 몰라도 그 남자, 실마리들을 아주 적절하게 배치해 놨더군."
"남자라는 건 어떻게 알지?"
"책을 찾아 봐." 마일로가 말했다. "그럼 저절로 알게 될 거야."

# 29

파리 도착 30분 전부터 푸르스름한 먹구름이 낮게 드리워진 여름의 태양을 가리더니 비가 오기 시작했다. 아이너가 와이퍼를 작동시키며 다가오는 폭풍우를 향해 욕을 해댔다. "그래, 어디로 갈까?"

마일로는 시계를 보았다. 저녁 7시. 다이안 모렐을 찾아가고 싶었지만 금요일에 이렇게 늦게까지 사무실에 있을 것 같지는 않았다. "안젤라의 집으로 가자. 오늘 밤은 거기서 자야겠어."

"그럼 나는?"

"여자친구 만나러 가야지?"

아이너가 머리를 좌우로 갸웃거렸다. "여자친구가 시간이 있을지 모르겠군."

마일로는 아이너의 여자친구가 실존 인물인지 문득 궁금해졌다.

아이너는 안젤라가 살던 동네의 길을 따라 천천히 차를 몰며, DGSE에서 온 감시자가 없는지 살폈다. 거리에는 지켜보는 사람도, 승합차도 없었기에 아이너는 두 블록 떨어진 곳에 마일로를 내려줬다. 마일로는 거센 빗방울을 맞으며 안젤라의 집까지 달렸다. 그는 현관에서 얼굴의 빗물을 털어내고 초인종을 찾았다. 늘어선 초인종들의 두 번째 열 맨 아래에 "M. 가뉴"라는 이름이 보였다. 그 옆에는 별모양이 손으로 그려져 있었다. 마일로는 초인종을 눌렀다.

인터폰을 통해서 M. 가뉴의 목소리를 듣기까지는 2분 정도가 소요됐다. 그것은 지친 여자의 목소리였다. "Oui?(네?)"

"아, 실례합니다." 마일로가 큰 목소리의 영어로 대답했다. "안젤라 예이츠 때문에 왔습니다. 저는 안젤라의 오빠예요."

여자의 헉 하는 숨소리가 들리고 현관문의 잠금장치가 풀렸다. 마일로는 문을 열고 안으로 들어갔다.

가뉴 부인은 남편을 여읜 육십 대 후반의 할머니였다. 건물을 관리하던 남편이 2000년도에 죽자, 결국 그녀가 새로운 건물 관리인이 되었다. 가뉴 부인은 마일로를 자신의 밀실 같은 응접실로 데리고 가서 그러한 자초지종을 들려줬다. 안젤라로부터 형제가 있다는 이야기를 들은 적이 없었음에도, 가뉴 부인은 마일로가 그녀의 오빠라고 믿었다. "참 조용한 여자였지. 그렇죠?" 가뉴 부인이 기묘하고 흐릿한 영어로 물었다.

마일로는 안젤라가 말수가 적었다고 대답하며 가뉴 부인의 말에 동의했다.

그는 다음 주에 파리의 구세군에서 안젤라의 물건을 수거하러 이곳에 올 것이며, 자신은 그전에 집 안의 중요한 물건들을 챙기러 왔다고 말했다. 그는 프랑스어를 하지 못한다는 사과를 덧붙이며, 혹시 신원 증명을 요구할 것에 대비해 자신의 이름을 라이오넬이라고 소개했다. 가뉴 부인이 와인을 권하자 마일로는 그녀가 적적해하고 있다는 사실을 깨달았다.

"내가 어떻게 영어를 배웠는지 말해 드릴까?" 가뉴 부인이 물었다.

"어떻게 배우셨나요?"

"2차 대전이 끝날 때쯤인데, 내가 아직 어린애였을 때에요. 아니, 아기였을 때. 아버지가 독일인들에게 죽임을 당했고 어머니는, 어머니 이름은 마리였는데, 나랑 내 오빠인 장과 함께 살았어요. 장은 지금은 죽었답니다. 어머니는 미군을 만났어요. 흑인이었어요, 흑인. 앨라배마에서 온 덩치 큰 까만 남자. 그는 우리 집에 살았어요. 어머니를 많이 사랑했고, 저랑 장한테도 잘 해줬어요. 그러나 오래가진 않았어요. 좋은 일들은 오래가지 않아요. 하지만 내가 열 살이 될 때까지 살면서 나한테 영어랑 재즈를 가르쳤어요." 가뉴 부인은 추억을 떠올리며 소리 내어 웃었다. "돈이 생기면 우리를 데리고 갔어요. 나는 진짜로 빌리 홀리데이를 봤어요."

"그러셨군요." 마일로가 미소를 지으며 말했다.

가뉴 부인이 흥분하지 말라는 듯 손을 저었다. "물론 나는 어린애여서 이해를 못 했어요. 빌리 홀리데이는 내가 이해하기에는 너무 슬펐어요. 나는 찰리 파커나 디지 길레스피가 좋았어요. 그래요." 그녀가 끄덕이며 말했다. "그런 음악이 나한테 맞았어요. 어린애한테는 말이에요. '소금 땅콩, 소금 땅콩'." 가뉴 부인이 노래를 불렀다. "이 노래 알아요?"

"멋진 노래죠."

대화는 40분 가까이 이어졌고, 마일로는 초조함을 드러내지 않으려 애써야 했다. 그는 여기까지 오는 길에 누군가 감시를 하고 있었을 것이고, 이곳 어딘가에는 촬영 중인 경찰 카메라가 있을 것이며, 이제 곧 다이안 모렐과 그녀의 잘생긴 파트너가 자신을 체포하기 위해 문을 열고 들이닥칠 것이라는 기분이 들었다. 하지만 아이너가 지적하듯 그것은 편집증적인 망상일지도 몰랐다. 안젤라가 죽은 지 벌써 일주일이 지났다. DGSE는 그렇게 오랫동안 요원을 차 안에 우두커니 앉힌 채 감시를 진행하는 데 돈을 쓰지는 않을 것이다.

마일로는 가뉴 부인의 이야기가 마음에 들었다. 그녀의 이야기는 유럽의 재건 시기에 대한 마일로의 향수를 자극했다. 짧았지만 프랑스와 미국이 서로 우호적이었던 그때. 프랑스 사람들은 미국의 재즈 음악에 빠져 있었고, 할리우드 영화가 선박에 실려 수입되었으며, 마일로의 아이팟을 채우고 있는 예예 걸(ye-ye girl)들은 영어 팝송을 모방한 노래들을 불렀다. 마일로가 프랑스 갈을 언급하자 가뉴 부인은 즉시 〈Poupée de Cire, Poupée de Son〉의 한 소절을 부르기 시작했다. 마일로의 눈이 반짝이고 뺨이 따뜻해졌다.

가뉴 부인은 몸을 가까이 기울여 물렁한 자신의 손가락으로 마일로의 손을 꼭 쥐었다. "동생 생각이 나죠? 자살을 하다니……. 당신이 아무것도 할 수 없었다는 사실을 알아야 해요. 인생은 계속되는 거예요. 계속되어야 하는 거예요."

가뉴 부인의 말에서는 상황을 진실로 이해하는 자만이 가질 수 있는 신념 같은 것이 느껴졌다. 마일로는 문득 그녀의 남편이 어떻게 죽었는지가 궁금해졌다. "저기, 아직 숙소를 예약하지 못했는데 허락하신다면 오늘 여기서……."

"그래요." 가뉴 부인이 마일로의 손을 꼭 쥐며 그의 말을 잘랐다. "이번 달 집세는 다 냈어요. 있고 싶은 만큼 있어요."

가뉴 부인은 기다란 열쇠로 안젤라 집의 현관을 연 다음 마일로에게 열쇠를 건넸다. 그녀는 집 안이 엉망인 것을 보더니 놀란 표정을 지었다. "경찰들이에요." 가뉴 부인이 성난 목소리로 말하며 적합한 속어를 떠올렸다. "짭새 놈들. 없어진 물건이 있으면 얘기해요. 내가 경찰에 항의할게요."

"아마 괜찮을 겁니다." 마일로는 그렇게 말하고는 가뉴 부인에게 도와줘서 감사하다는 인사를 한 뒤, 갑자기 생각난 듯 물었다. "동생이 죽기 전에 이상한 방문객들은 없었습니까? 부인께서 전에 본 적이 없는 친구들이라든지 아니면 집을 고치러 온 사람들이라든지요?"

가뉴 부인이 눈을 감으며 마일로의 팔을 문질렀다. "희망을 품고 있는 거죠? 그래요. 동생의 자살을 믿고 싶지 않을 거예요."

"그런 게 아니라……." 마일로가 말을 꺼냈지만 가뉴 부인이 한 손을 들어 올리며 그의 말을 막았다.

"짭새들도 그걸 물어봤어요. 하지만 그날 나는 여동생의 일을 거들고 있었어요. 꽃집에서요. 아무도 못 봤어요."

가뉴 부인이 나가자 마일로는 냉장고에서 샤도네이를 한 병 꺼내어 유리잔을 채웠다. 그는 술을 들이켜고 다시 잔을 채운 뒤, 소파에 앉아 무엇을 할지 고민했다.

'잠들지 말자. 티나와 스테파니 생각은 하지 말자.'

침실이 하나밖에 없는 소박한 아파트였지만, 보통의 프랑스 아파트들과 달리 방들이 널찍했다. 다이안 모렐과 동료들이 마구잡이로 뒤진 탓에 집 안은 난장판이었다. 세계 어느 곳의 경찰도 자신이 어질러 놓은 것을 치워야 한다는 생각은 하지 않는다. 마일로는 아직 경찰이 뒤지지 않은 곳들을 살피기로 했다.

타이거 추적은 안젤라의 개인적 프로젝트였다. 안젤라는 예산을 요청하지도, 대사관에 진행상황을 보고하지도 않았다. 따라서 진행경과의 기록은 대사관에 보관되어 있지 않을 것이므로 분명 집 안 어딘가에 있을 터였다. 물론 전부 암기할 수도 있겠지만, 마일로는 안젤라가 그 정도로 머리가 좋지 않기를 빌었다.

탐색은 부엌에서부터 시작됐다. 부엌에는 물건을 숨길 만한 장소가 많다. 수도관, 가스관, 가전제품, 용기들로 가득 찬 찬장. 마일로는 움직이는 소리가 들리지 않도록 스테레오를 켜서 클래식 록 방송을 틀었다. 60년대 샹송부터 70년대 프로그레시브 록까지 다양한 음악이 흘러나왔다. 그는 찬장에서 접시와 컵을 빼내고 키친타월을 뽑아냈다. 배관들의 느슨한 접합부분들을 살피고, 서랍과 테이블의 밑면들을 더듬고 냉장고의 음식들도 빠짐없이 살폈다. 마멀레이드, 연성 치즈, 상해 버린 고기 속에 손가락을 넣어 뒤졌다. 냉장고의 접합부분을 확인하고 앞으로 빼내어 뒤편의 격자 모양으로 배치된 튜브를 살폈다. 서랍에서 드라이버를 꺼내 전자레인지, 전화기, 자동 조리 기구를 분해하기도 했다. 두 시간 후 스테레오에서는 벨벳 언더그라운드의 〈Heroin〉이 흘러나오고 있었다. 마일로는 패배를 인정하고 물건들을 원래대로 돌려놓았다.

굳이 다시 정리할 필요는 없었지만 그는 지난주까지 깔끔했던 안젤라의 집을 떠올렸던 것이다. 옷이 더러워지고 녹초가 되었지만, 마일로는 차마 집을 이런 상태로 두고 떠날 수가 없어서 시간을 들여 부엌을 깨끗이 치워놓았다. 어차피 밤새 할 일도 없었다.

화장실을 점검하는데 아이너가 초인종을 눌렀다. 안으로 들어온 젊은 〈여행객〉의 손에는 그리스식 샌드위치와 기름 묻은 튀김 봉지가 들려 있었다. 아이너 자신은 미행자를 살피며 아파트 출입구 쪽 길가에 서서 저녁을 먹고 난 뒤였다. "아무도 없었어. 적어도 내일 아침까지는 안전할 거야."

안젤라가 숨진 현장에 오래 있고 싶지 않았기에, 마일로는 아이너에게 침실을 맡겼다. 집을 조사할 힘이 얼마나 남았는지 알 수 없었다. 피곤 때문에 눈앞이 흐렸지만, 마일로는 계속 작업을 밀어붙였다. 그는 변기 옆에 앉아 온수기로 이어진 배관을 흔든 다음 그 위를 손으로 더듬었다. 바로 거기였다. 작은 알루미늄 상자의 모서리가 손가락에 와 닿았다. 크기는 엄지손가락 두 개 정도. 상자는 자력으로 배관에 달라붙어 있었다.

상자의 겉면에는 옛날 프랑스의 주류 광고 그림이 붙어 있었다. 뉴욕에 사는 유럽 마니아들은 그 광고의 포스터로 거실을 도배하고는 했다. 빅토리아풍의 붉은색 드레스를 입은 갈색 단발머리 여자가 양손을 맞댄 채 흥분한 표정으로 유리잔들과 마리 브리자드의 주류 희석 음료병이 올려진 쟁반을 바라보고 있는 그림. 포스터에는 "Plaisir D'été(여름의 즐거움)" 라는 문구가 적혀 있었다.

상자는 자석 열쇠 보관함이었다. 안에는 실제로 세잎 클로버 모양의 문 열쇠가 들어 있었지만, 어디 열쇠인지를 나타내는 표식은 없었다. 마일로는 주머니에 열쇠를 넣고 상자를 배관 뒤에 재위치 시켰다.

그는 아이너에게 열쇠에 대해 알리지 않았다. 또 다른 실마리를 찾을 때까지는 말해도 별 의미가 없었기 때문이다. 하지만 열쇠 말고 다른 물건은 나타나지 않았다. 결국 그들에게 남은 것은 깨끗이 청소된 아파트뿐이었다.

# 30

안젤라가 사망한 침대는 아이너가 사용하기로 하고 마일로는 소파에서 잠을 청했다. 그는 금세 의식을 잃고 잠이 들었는데, 아침 늦게 깨어보니 담요에 감싸인 몸이 땀에 흠뻑 젖어 있었다. 바지 주머니에서 꺼낸 기억이 없는 열쇠가 마일로의 주먹에 꼭 쥐어져 있었다.

두 사람은 정오까지 안젤라의 집에 머물렀다. 가뉴 부인이 계단 아래에서 그들에게 작별 인사를 했다. 마일로가 친구 "리차드"를 소개하자 가뉴 부인은 아이너를 향해 애석한 미소를 지었다. 마치 아이너도 죽은 안젤라의 오빠라고 여기는 듯했다.

밖에는 다시 비가 쏟아지고 있었다. 자동차를 향해 달려가면서 아이너가 제대로 된 미국식 아침식사를 파는 식당을 안다고 말했지만, 마일로는 멈추지 않고 일을 진행하고 싶었다. "파리 제20구로 가자."

아이너가 자동차의 앞유리를 쳐다보다가 입을 열었다. "설마 DGSE 본부로 갈 생각은 아니겠지?"

"다이안 모렐이 거기서 일하잖아."

"그건 알아. 하지만 안젤라를 살해한 혐의로 네가 미국 정부의 추적을 받고 있는 상황이라면 DGSE가 널 기꺼이 붙잡아서 넘길 텐데?"

"그래서 너의 도움이 필요하다는 거야. 총은 가지고 있지?"

아이너는 좌석 아래로 손을 넣어 작은 마카로프 권총을 꺼냈다. 아이너가 총을 숨기는 것을 알아차리지 못했다는 사실이 마일로를 불안하게 했다. "이 녀석이 내 지원병이야. 어제 마인 강에서도 사용했지."

두 사람은 긴 도로를 달려 파리를 순환하는 아돌프 피나르 대로를 향했다. 그리고 남쪽에서 파리 외곽순환도로 쪽 출구로 빠진 후 로터리를 거쳐 모르티에 대로에 도착했다. 바로 그곳의 141번지에 평범해 보이는 DGSE 본부 건물이 있었다. 비가 본부 건물의 벽면을 타고 흘러내리고 있었다. 차가 건물을 지나쳐 두 블록 떨어진 곳에 이르렀을 때 마일로는 유리로 만들어진 공중전화 부스를 발견했다. "여기 세우고 차 방향을 돌려."

마일로는 내리는 비를 맞으며 부스로 향했다. 부스에 전화번호부가 없어서 마일로는 12번 전화번호 안내서비스를 통해 DGSE 중앙 사무소의 번호를 알아냈다.

5분 동안 수많은 자동음성 메뉴들을 거친 끝에 등장한 남자 교환원에게 마일로가 말했다. "Pourrais-je parler à Diane Morel?(다이안 모렐 씨와 통화할 수 있을까요?)"

"Ne quittez pas.(기다리세요.)" 교환원이 말했다. 잠시 통화대기 음악이 흐르더니 다시 교환원이 나타났다. "La ligne est occupée.(통화 중입니다.)"

통화 중인 것을 보니, 다이안 모렐이 사무실에 있는 것은 확실했다. "Je la rappellerai.(다시 걸겠습니다.)" 마일로는 전화를 끊고 아이너를 향해 한 손가락을 추켜올려 기다리라는 신호를 보냈다. 1분 후 그는 다시 전화를 걸었다. 아까의 남자가 전화를 받았다.

마일로는 목소리를 낮게 깔았다. "Il y a une bombe dans vos bureaux. Elle explosera dans dix minutes.(당신들 사무실에 폭탄이 있다. 10분 후에 폭발할 것이다.)"

마일로는 전화를 끊고 자동차로 달려갔다. "가자."

두 사람은 두 블록 뒤쪽의 DGSE 본부 건물 앞 사거리에 차를 세웠다.

"시동 끄지 마." 빗소리를 뚫고 희미하게 경보음이 울렸다. "전진이나 후진할 준비를 해. 내가 말하면 움직여."

"도대체 무슨 짓을 한 거야?" 건물에서 사람들이 나오고 있었다. 그들은 서두르지도 않았지만 그렇다고 느긋해 보이지도 않았다.

"조용히."

시간적인 여유가 없었던 탓에 건물을 빠져나온 사람들은 대부분 우산을 챙겨 나오지 못했다. 주말이어서인지 대피자의 수는 스무 명 남짓이었는데, 그 무리 속에서 마일로에게 낯익은 두 사람이 보였다. 그들은 함께 길 건너 카페의 차양 아래로 가서 비를 피했다.

"전진." 마일로가 말했다.

"뭐?"

"빨리!"

아이너는 1단 기어를 넣고 차를 앞으로 몰아서 도로에 고인 물을 튀기며 카페로 다가갔다. 모렐과 그녀의 파트너가 그곳에 서 있었다. 담배를 피우며 양팔로 몸을 감싸던 다른 대피자들이 일제히 마일로와 아이너의 메르세데스로 눈을 돌렸다. 마일로는 차 창문을 내려 모렐과 시선을 맞췄다. "타요."

모렐과 파트너가 같이 걸어나오자 마일로가 손가락으로 모렐을 가리켰다. "당신만."

"혼자서는 안 갈 거예요." 모렐이 말했다.

마일로가 아이너를 돌아보자 아이너는 어깨를 으쓱했다. 다시 마일로가 모렐에게 말했다. "알았으니 어서 타요."

파트너가 문을 열고 차의 뒷좌석에 앉자, 모렐이 그 뒤를 이어 반대쪽 문을 열고 차에 올라탔다. 그녀가 문을 닫기도 전에 아이너가 차를 몰았다.

"당신 짓인가요?" 모렐이 숨이 가쁜 목소리로 마일로에게 물었다. "폭탄 말이에요."

"미안합니다. 대화를 좀 하고 싶어서요."

모렐의 파트너가 고개를 저었다. "대화하는 방법이 참 고약하군."

마일로가 그를 향해 웃으며 손을 내밀었다. "일단 두 분 휴대폰을 넘겨주시지요."

"싫은데요." 모렐이 말했다.

마일로는 급기야 아이너가 숨겨 놓은 권총을 꺼내 들었다. "부탁합니다."

# 31

터널 안에서의 위험스러운 유턴을 포함하여 추적을 막기 위한 각종 조치들을 취한 뒤, 그들은 파리 중심부를 빠져나와 교외로 접어들었다. 자동차는 레 릴라의 한산한 술집 앞에서 멈췄다. 약간의 논쟁을 거친 합의 끝에 마일로와 모렐은 뒤쪽 테이블에 함께 앉았고 모렐의 파트너인 아드리엔 램버트와 아이너는 바에 앉아 서로를 노려보았다. 지저분한 작업복 차림의 뚱뚱한 바텐더가 테이블로 에스프레소를 가져 왔다. 모렐이 마일로에게 말했다. "파리에서 다시 만나뵙게 되어 반갑군요, 위버 씨."

마일로는 바텐더에게 고맙다는 인사를 하고 그가 바를 향해 걸어가는 것을 지켜봤다.

"저와 대화하고 싶으셨다고요?"

"궁금한 게 있습니다."

"이런 우연의 일치가!" 모렐이 테이블을 두드렸다. "저도 궁금한 게 있거든요. 미국 친구들이 그러던데 당신 쫓기고 있다면서요? 그런데 당신이 유럽에 들어온 기록은 없더군요. 여권 이름이 뭔지 알려줄 수 있나요?"

"미안합니다. 대답할 수 없는 질문이군요."

"그렇다면 안젤라 예이츠를 죽인 이유는요?"

"누가 안젤라를 죽였는지 모릅니다. 그걸 알아내려고 온 거예요."

다이안 모렐은 가슴께에 팔짱을 끼고 테이블 너머의 마일로를 바라봤다. "그럼 왜 저처럼 별 볼 일 없는 공무원한테 신경을 쓰시는 거죠?"

"브르타뉴에 별장을 가진 당신 친구 때문이죠." 마일로가 말했다. "그가 런던에서 일하던 시기에 당신은 그를 주말마다 만났습니다. 그러면서 동시에 사회주의 소설을 한 편 쓰고 있었죠. 소설 평이 좋더군요. 당신의 중국인 친구는 당신을 만나기 위해 영국 해협을 건너오곤 했다죠?"

다이안 모렐은 입을 벌렸다가 다물고는 몸을 쭉 펴서 의자에 등을 기댔다. "재미있네요. 누구한테서 들었죠?"

"친구에게서 들었습니다."

"CIA는 이것저것 많이도 아네요, 위버 씨." 모렐이 활짝 웃었다. "사실 당신들이 부럽기도 했어요. 우리는 직원도 몇 명 없는데다가 해마다 사회주의자들이 예산을 가지고 시비를 걸죠. 70년대에는 사회주의자들 때문에 조직 전체가 날아갈 뻔하기도 했어요." 모렐은 고개를 흔들었다. "즉, 저는 공산당 선언 스타일의 글을 쓸 입장이 아니란 거죠."

"그럼 제가 들은 정보가 잘못된 거군요."

"꼭 그렇진 않아요."

"그래요?"

다이안 모렐은 마일로가 흥미로워한다는 것을 알아챘다. "전부 말씀드리죠. 얘기가 좀 길지만."

마일로는 참을 준비가 됐다는 표정을 지었다.

모렐이 미간을 문지르며 말했다. "지난 주 금요일 당신은 안젤라 예이츠와 함께 점심을 먹었어요. 그리고 같은 날 밤 아이너 씨와 함께 그녀의 집을 감시했죠. 당신은 아이너 씨보다 일찍 감시 장소를 떠났지만 다시 돌아와서 예이츠를 만났어요. 그리고 몇 시간 후, 예이츠는 독살당했습니다. 의사들 말로는 바르비투르에 의한 독살이라더군요. 그녀가 평소 복용하던 수면제가 바르비투르로 바꿔치기 되어 있었어요."

"맞습니다." 마일로가 말했다.

"토요일 오전 5시 16분. 아이너 씨와 그의 동료가 아파트로 들어갔어요. 그런 뒤 아이너 씨는 당신이 묵고 있던 호텔로 갔죠. 곧이어 당신과 아이너 씨는 뒷문을 통해 호텔을 빠져나갔습니다." 모렐이 골초처럼 헛기침을 해댔다. "그리고 당신들은 파리를 떠나기 전에 우리와 마주쳤어요. 기억하시죠?"

"아이너는 떠날 계획이 아니었습니다." 마일로가 말했다. "호텔 뒷문을 사용했던 것은 저에게 급한 일이 있었기 때문입니다."

"집으로 돌아가기 위해?"

마일로가 끄덕였다.

"아이너 씨는 비행기를 타진 않았지만 마찬가지로 파리를 빠져나갔어요. 유감스럽게도 우리는 자동차를 타고 공항을 떠나는 그를 놓쳤어요. 어느 순간 사라져 버렸죠."

"어딘가 갈 곳이 있었겠죠."

"만일 그때 안젤라 예이츠가 죽었다는 걸 알았더라면 당신들을 공항에서 체포했을 겁니다. 유감스럽게도 그날 오후에야 그 사실을 알았죠."

모렐은 입술을 오므리며 마일로를 바라봤다.

"제가 무슨 말 하고 싶은지 아시겠죠? 안젤라 예이츠는 당신들에게 계획적으로 살해당한 것으로 보입니다."

"그런가요?"

다이안 모렐은 마일로를 응시했다. 자넷 시몬스와 달리 다이안 모렐의 얼굴에는 가벼움이 없었다. 모렐의 부은 두 눈은 마치 그녀의 인생이 "괴로움"이라는 주제로 서술되어 왔을 듯한 인상을 주었다. "게다가 당신은 안젤라 예이츠의 죽음에 대해 아무것도 모른다고 말하지만, 아까의 얘기를 되짚어 보면 과연 그럴까요? 당신은 아이너 씨와 모종의 임무를 수행하기 위해 파리로 왔죠. 그리고 안젤라가 죽자마자 떠났어요." 모렐이 말을 멈췄다. "제가 놓친 부분이 있다면 말씀해 보시죠."

"안젤라는 제 친구였습니다." 잠시 입을 다물고 있던 마일로가 대답했다. "안젤라를 죽인 건 제가 아닙니다. 아이너도 아니에요. 만일 아이너가 범인이라면 즉시 당신들한테 넘겼을 겁니다."

"궁금한 게 있어요." 모렐이 손가락을 들어 올리며 말했다. "제임스 아이너 씨의 정체는 뭔가요? 미국 대사관에서 일하는 것 같긴 한데 공식적인 기록은 없어요. 파리에 온 지는 3개월 정도 됐죠. 그는 파리에 오기 전에는 독일에 3주간 있었고, 그전에는 이탈리아에 두 달간 있었어요. 그 전에는 프랑스, 포르투갈, 스페인 등에 있었죠. 3년 반 전 스페인에 올 때까지는 유럽에 머물렀던 기록이 전혀 없어요. 그는 도대체 누구죠?"

그것이야말로 마일로가 피하고 싶던 질문이었다. 모렐은 아마도 사전 연구를 철저히 한 모양이었다. "모릅니다." 마일로가 대답했다. "정말이에요. 그러나 다른 정보라면 드릴 수 있습니다. 우리끼리의 사적인 비밀로 한다는 조건하에서요."

"말씀해 보세요."

"안젤라 예이츠는 반역 혐의를 받고 있었어요. 기밀을 팔아넘겼다는 혐의죠."

"누구에게요?"

"중국에게."

모렐은 재빠르게 눈을 깜빡거렸다. 마일로는 〈회사〉가 절대로 인정하지 않을 이 정보가 제임스 아이너에 대한 다이안 모렐의 의문을 떨쳐버리기를 바랐다. 이윽고 모렐이 말했다. "묘하군요."

"묘하다니요?"

"저 역시 사적인 비밀로 했으면 하는 얘기가 있어요."

마일로가 고개를 끄덕였다.

"1년 전만 해도 예이츠와 저는 친한 친구였어요. 그래서 저 역시 사건의 진상을 알고 싶은 겁니다. 안 그랬으면 당신을 쏘아 죽여서 시신을 미국에 넘겼겠죠."

"다행입니다."

"여하튼 하고 싶은 말은…… 저도 안젤라로부터 미국의 기밀을 빼내려고 한 적이 있다는 거예요." 모렐은 입술을 깨물며 고개를 흔들었다. "안젤라가 중국에 기밀을 팔았다는 건 너무도 의외입니다. 제 생각엔 안 그랬을 것 같지만."

"저도 그렇게 생각합니다." 그때 마일로는 불현듯 깨달았다. 1년 전이라면……. "이런."

모렐이 앉은 자세를 바로 했다. "왜 그러시죠?"

이 여자가 바로 안젤라에게 실연을 안겨준 애인이다. 다이안 모렐이 기밀을 빼내기 위해 접근했다는 사실을 알고 안젤라는 마음의 상처를 입은 것이다. "아무것도 아닙니다. 얘기 계속하시죠."

모렐은 캐묻지 않고 말을 이었다. "안젤라는 우리 쪽에 기밀을 팔지 않았어요. 대신 다른 사람과 접촉을 했죠. 우리는 그녀가 어떤 남자와 만나는 것을 포착했어요."

"붉은 턱수염의 남자?" 마일로가 말했다.

모렐이 얼굴을 찌푸리며 고개를 저었다. "아니에요. 왜 그렇게 생각했죠?"

"그냥 그런 느낌이 들었습니다. 계속 말씀하세요."

"안젤라가 만난 사람은 수염을 기르지 않은 고령의 남자였어요. 말하자면 우리의 친구 안젤라는 이중스파이였던 겁니다."

마일로가 모렐을 쳐다보며 말했다. "어느 나라의 스파이였다는 겁니까?"

"유엔입니다."

마일로는 황당한 나머지 웃음조차 나오지 않았다. "인터폴 말씀이시죠? 그렇다면 가능하겠지만……."

"아니, 유엔이에요."

마일로가 껄끄러운 웃음을 지으며 말했다. "유엔에는 첩보 기관이 없습니다. 아마 안젤라는 유엔으로부터 정보를 얻고 있었던 게 아닐까요?"

모렐은 고개를 저었다. "우리도 처음엔 그렇게 생각했습니다. 안젤라가 만난 남자는 파리의 유네스코 본부에서 일하는 사람이었어요. 이름은 예브게니 프리마코프."

"프리마코프?" 마일로가 멍한 표정으로 대답했다.

"아는 사람인가요?"

마일로는 느닷없는 충격을 숨기며 고개를 저었다. 설마 예브게니가……. "계속하세요."

"뒷조사를 해 봤어요. 프리마코프는 예전에 KGB 요원이던 사람입니다. 마지막 계급은 대령이었는데 KGB가 FSB로 전환되었을 때도 계급은 그대로 유지됐죠. 2000년에 FSB를 그만두고 유엔 제네바 사무소에 들어갔어요. 당분간 특별한 일은 없었지만, 2002년에 그는 독일 대표들과 함께 독자적인 첩보 기관의 설립을 기획했습니다. 첩보 기관이 수집한 정보가 있으면 유엔의 안전보장 이사회가 보다 적절한 의사결정을 내릴 수 있다는 게 그들의 주장이었죠. 물론 투표까지 가지도 않았어요. 중국, 러시아, 미국이 명백한 반대의사를 밝혔죠."

"결국 제 말이 맞군요." 마일로가 말했다. "안젤라를 스파이로 고용할 유엔 첩보 기관이 애초에 존재하지 않았다는 거잖습니까?"

모렐이 고개를 끄덕였지만 그것은 의혹이 불식됐다는 뜻은 아니었다.

"프리마코프는 2003년 초부터 반년 정도 종적을 감춘 적이 있습니다. 그리고 7월에 다시 나타났을 때는 안전보장 이사회 군사참모위원회의 재무부에 들어갔죠. 그는 지금까지 인사이동 없이 쭉 그 자리를 지켰어요. 분명 뭔가 있는 거죠."

"예브게니 프리마코프라는 남자가 유엔의 비밀 첩보 기관을 운영하고 있다는 겁니까? 불가능해요."

"어째서 불가능하죠?"

"유엔에 그런 기관이 있다면 저희가 이미 알고 있을 겁니다."

"당신도 그 '저희'에 포함될 거라는 말씀인가요?"

마일로의 얼굴이 붉어졌다.

"저는 6년 전부터 유럽 지역을 전담했어요. 그러니 유럽 지역에 새로운 첩보 기관이 생기는 것쯤 파악 못할 리가 없습니다. 그런 건 숨길 수 있는 일이 아니거든요. 처음에는 설명할 수 없는 사건들과 채워야 할 틈새들이 생기죠. 하지만 1, 2년 후면 그것들이 서로 명료하게 연결되면서 비로소 새로운 기관의 실체가 드러나게 됩니다."

"확신하지 마세요." 모렐이 웃으며 말했다. "프리마코프는 70년대 독일에서 소련 정보부의 작전들을 성공적으로 완수한 바가 있습니다. 바더 마인호프의 네트워크를 도와줬죠. 조용히 일처리를 하는 사람입니다."

"그렇군요." 마일로는 여전히 받아들일 수 없었지만 그 이유를 다이안 모렐에게 말할 수는 없었다. 그것은 〈회사〉에도, 심지어 아내에게도 말할 수 없는 이유였다. "그럼 이제 이리엔 대령에 대해 알려주시겠습니까?"

"이미 다 아시는 것 아닌가요? 먼저 말씀해 보세요."

마일로가 먼저 말을 꺼냈다. "당신은 주말마다 별장에서 대령을 만났습니다. 하지만 실은 그를 이용하고 있었던 거죠. 아마 어쩔 수 없이 그와 잤을지도 모르겠습니다. 어쨌든 당신은 대령이 들고 다니던 노트북 컴퓨터에서 원하는 정보를 빼낼 수 있었어요. 맞습니까?"

다이안 모렐은 대답 없이 잠자코 마일로의 말을 들었다.

"이것은 대령을 주시하고 있던 MI6로부터 얻은 정보입니다. MI6는 대령이 심장발작을 일으키자 그를 구한 뒤 노트북의 데이터를 복사해 갔어요. 그런 연유로 우리는 대령이 미대사관의 내부 문서들을 가지고 있음을 알게 됐죠. 그 문서들은 대령이 자신의 별장에서 만난 허버트 윌리엄스, 또는 얀 클라우스너로 알려진 남자로부터 입수한 겁니다. 우리는 윌리엄스가 안젤라로부터 그 문서들을 입수했다고 생각했기 때문에 그녀를 감시했죠."

"그래서 아이너 씨가 안젤라를 죽인 건가요?"

마일로는 고개를 저었다. "이해를 못하시는군요. 아이너는 안젤라를 죽이지 않았어요. 그녀가 누구에게 정보를 넘기는지 밝히려 했을 뿐입니다."

마일로의 얘기를 듣는 모렐의 얼굴이 점점 붉어졌다. 그녀는 몹시 화가 난 듯 보였지만 소리를 지르거나 하지는 않았다. 모렐이 조용히 입을 열었다. "담배 있나요? 사무실에 두고 와서요."

마일로는 다비도프를 두 개비 꺼내 하나를 그녀에게 건넨 다음 불을 붙여줬다. 모렐은 연기를 깊이 빨아들인 후 내뱉더니 담배를 바라보았다. "맛이 별로군요."

"유감입니다." 자신이 내뿜은 연기에 둘러싸여 마일로가 말했다. "안젤라의 이웃들은 만나봤습니까? 안젤라는 매일 밤 수면제를 복용했어요. 따라서 약이 바꿔치기 된 것은 금요일 오후였을 겁니다. 살인자가 건물로 들어가는 것을 본 사람이 있을지도 몰라요."

"매일 밤 수면제를 복용했다고요?"

"아마도요. 확실친 않습니다만."

"왜 그런 바보 같은 짓을……." 모렐이 테이블 위의 재떨이를 뚫어지게 바라보았다. "우울증이 있었나요?"

"그렇진 않았어요."

모렐은 다시 담배 연기를 빨아들였다. "안젤라의 이웃들을 만났어요. 그들에게서 방문객들의 인상착의를 들었습니다. 하지만 파리 같은 대도시에서는 수리공이나 배달원들의 방문이 일상다반사죠."

"의심스러운 사람은 없었습니까?"

모렐은 고개를 저었다. "이웃들 말로는 안젤라는 찾아오는 사람이 별로 없었다고 해요."

"안젤라와 얘기를 나눈 적 있습니까? 그러니까…… 작년에요."

"가끔요. 어쨌건 같은 업계에서 일하고 있으니까요. 계속 친구처럼 지냈습니다."

"안젤라가 당신에게 정보를 요청한 적은 없었습니까?"

"가끔 있었죠. 저도 마찬가지였고요."

"롤프 빈터버그라는 사람에 대해 물어본 적이 있었나요?"

모렐이 눈을 깜빡였다. "네, 한 번 있었어요. 그 사람에 대한 정보가 있는지 물어봤죠."

"있었습니까?"

"없었어요."

"라만 가랑이라는 사람은요?"

모렐의 얼굴이 굳어졌다. 마일로에 대한 일말의 믿음이 순식간에 사라져 버린 듯한 표정이었다. "그 일은 실수였어요. 우리도 실수할 때가 있습니다. CIA도 마찬가지 아닌가요?"

마일로는 모렐의 반응을 이해하고 자신의 의도를 설명했다. "그런 뜻이 아닙니다. 안젤라와 라만 가랑은 서로 협력하고 있었어요. 누가 물라 살리 아마드를 죽였는지 알아내기 위해서였죠. 당신이 그 일을 돕지는 않았습니까?"

다시 모렐이 고개를 저었다. "안젤라와 마지막으로 만난 건 2주 전입니다. 그리고 1주일 후에 안젤라는……." 모렐이 자세를 고쳐 앉았다. "안젤라는 그 나이 어린 테러리스트의 죽음 때문에 기분이 좋지 않았어요. 우리가 라만 가랑을 죽였는지 물어봤죠."

"뭐라고 대답했습니까?"

"사실대로 말했어요. 우리는 그의 죽음에 대해 아무것도 모른다고."

마일로는 모렐의 말을 의심하지 않았다. 2주 전 라만 가랑의 소식을 들은 안젤라는 아마도 탁월한 첩보원답게 모든 잠재적인 용의자들을 검토하고 조사했을 것이다.

모렐은 에스프레소의 빈 잔을 들여다봤다. "아까 이리엔 대령 얘기를 하셨잖아요……."

"네."

"노트북 컴퓨터 얘기도 하셨는데……."

"맞습니다."

모렐은 목덜미를 긁었다. "위버 씨, 대령은 별장에 노트북을 들고 온 적이 없습니다. 런던에 있는 대사관 밖으로 가지고 나온 적이 없었죠. 그건 용인할 수 없는 보안 규정 위반이니까요."

"당신이 보지 못한 게 아닙니까?"

"대령이 가지고 다니는 물건은 전부 봤습니다."

"하지만 그건……." 마일로는 말끝을 흐렸다. "불가능해요"라고 말하고 싶었지만, 사실 불가능한 일도 아니었다. 이리엔 대령이 심장발작을 일으켰었던 배와 그레인저의 뉴욕 사무실 사이 어딘가에서 누군가가 거짓말을 한 것일지도 모른다.

모렐은 마일로의 표정 변화를 알아채고 자세히 살펴보려는 듯 몸을 앞으로 기울였다. "제가 중요한 얘기를 했나 보죠?"

거짓말을 해도 소용이 없을 것이라고 생각한 마일로는 사실대로 얘기했다.

"왜 그런 잘못된 정보를 얻게 됐는지 조사해 보셔야겠군요."

"맞습니다." 모렐이 딱히 대꾸하지 않자 마일로가 활짝 웃으며 말을 이었다. "듣기론 소설이 꽤 괜찮다던데요?"

"네?"

"당신이 썼다고 알려진 소설 말입니다."

"아, 그거." 모렐이 몸을 뒤로 젖히며 말했다. "몇 년 전 외무부의 컴퓨터 프로그래머가 자살을 한 적이 있습니다. 자살 자체는 이상할 게 없었지만, 알고 보니 오래전부터 쿠바의 남자친구에게 정보를 넘기고 있었더군요. 그녀는 골수 마르크스주의자였죠. 아시겠지만 프랑스에서는 마르크스가 아직 죽지 않았어요. 소지품들을 조사하던 중에 그녀가 쓴 소설을 발견했습니다. 사람들에게 보여준 적은 없었나 봐요. 아마 사후에 발견되어 출간되기를 바랐는지도 모르겠습니다." 모렐이 말을 멈췄다. "하지만 그 소설은 대령이 저를 아름다울 뿐 아니라 문학적 재능까지 갖춘 여자라고 생각하게끔 만드는 데 쓰였죠. 죽은 여자에게는 조금 미안합니다."

모렐이 먼 곳을 응시하며 슬픈 표정을 지었다. 마일로가 말했다. "그녀는 당신을 사랑했어요. 당신도 아시겠지만."

"네?" 사랑이라는 단어에 모렐은 소스라치게 놀랐다.

"안젤라 말입니다. 카페에서 만났을 때 프랑스 귀족 집안 따님에게 차였다고 말했었죠. 바로 당신 말입니다."

모렐은 지저분한 테이블보의 끄트머리를 잡아당기며 말했다. "귀족 집안 따님?"

"칭찬일 겁니다."

모렐은 고개를 끄덕였다.

마일로가 짐짓 부드럽게 말했다. "어디서 만났죠?"

"무슨 말이에요?"

"안젤라는 사생활을 드러내기 싫어했습니다. 사적인 관계는 비밀로 하려 했겠죠. 게다가 애인이 무려 DGSE 요원이라면 더더욱."

다이안 모렐은 어깨를 으쓱하며 마일로를 정면으로 응시했지만 대답은 하지 않았다.

"안젤라의 집에서는 만나지 않았을 테죠. 사람들에게 들킬 수 있으니까. 마찬가지 이유로 당신 집에서도 만나지 않았을 겁니다. 어딘가 다른 장소를 이용했겠죠."

"그럼요. 보안에 주의해야죠."

"어디서 만났습니까? 안젤라에게 다른 거처가 있었나요?"

모렐이 웃으며 말했다. "그렇게 말씀하시는 걸 보니 이미 안젤라의 아파트를 뒤지셨군요. 안젤라가 당신의 무죄를 증명할 증거를 어딘가 다른 곳에 숨겨뒀기를 바라는 거죠?"

"간단히 말하면 그렇습니다."

"그렇다면 운이 없으시군요. 우린 처음에 친구의 아파트에서 만났어요. 파리 제19구에 있는 아파트입니다. 하지만 거기엔 아무것도 없을 거예요. 거기서 두세 번 정도 만나다가 나중에는 호텔을 이용했어요."

"친구 집의 주소를 알려주시겠습니까?" 마일로가 물었다.

"다비 당제르 거리 37번지 아파트 7호예요. 다뉴브 역 근처입니다." 마일로는 주소를 복창하여 암기했다. 모렐이 마일로에게 물었다. "이제 붉은 턱수염의 남자에 대해 한번 들어볼까요?"

마일로가 눈을 깜빡이자 모렐이 말했다.

"게임은 그만 합시다. 얘기해 주세요."

"안젤라가 그 남자와 함께 있는 광경이 포착됐습니다. 이름은 허버트 윌리엄스. 저희는 그가 안젤라를 중국과 연결시켜준 접선자라고 생각했죠."

다이안 모렐이 고개를 끄덕였다.

"왜 그러시죠?"

"안젤라의 이웃 여자가 금요일 오후 4시경 턱수염이 붉고 억양이 특이한 남자를 아파트 건물로 들였다고 했어요. 아파트 건물의 토대를 검사하러 온 토목기사라고 자신을 소개했다더군요."

"이웃 여자는 그 남자와 계속 같이 있었습니까?"

"아니요. 그녀는 마침 외출을 하던 참이었어요."

"그 남자가 안젤라를 살해한 범인이겠군요."

"그런 것 같아요." 모렐은 바를 향해 시선을 돌렸다. 아이너와 램버트가 무언가에 관해 열띤 대화를 나누고 있었다. “비가 그쳤네요. 할 얘기는 끝나셨나요?”

“그런 것 같습니다. 이 일을 어떻게 처리할 생각이시죠?”

“이 일?”

“우리의 만남 말입니다. 사무실에 돌아가면 뭐라고 하실 생각입니까?”

모렐은 심사숙고하는 표정으로 입술을 오므렸다. “보고는 해야겠죠. 이미 우리가 함께인 것을 본 사람들이 많으니까.”

마일로가 고개를 끄덕였다.

“하지만 즉시 보고할 필요는 없어요. 더욱이 작성한 보고서가 미국 대사관에 전달되기까지는 시간이 걸릴 거고요. 하루나 이틀 정도.”

“이틀로 하시죠. 가능하겠습니까?”

“노력해 볼게요.”

왠지 마일로는 모렐의 말을 믿을 수 있었다. “오늘 솔직하게 얘기해 주셔서 감사합니다.”

모렐이 마일로를 향해 몸을 기울였다. “나중에라도 당신네 상관들을 만나시면 말씀 전해주세요. 만일 파리에서 한 번만 더 허위 정보 때문에 사람이 죽는다면 미국 정부는 프랑스 공화국에서 더는 운신의 자유를 누리지 못할 거라고요. 아시겠죠?”

“전달하겠습니다.” 마일로가 말했다.

마일로는 협력해 준 모렐에게 많은 것을 빚졌지만, 정작 자신은 그녀에게 줄 것이 아무것도 없다는 생각에 초라함을 느꼈다. 하지만 문득 모렐에게 보답할 한 가지 방법이 떠올랐다.

“아시겠지만 안젤라는 당신과의 연애가 실패하자 일에 몰두함으로써 자신을 달랬습니다. 제게 그렇게 말했죠. 하지만 수면제를 복용한 것은 그 때문이 아니었습니다. 안젤라가 죽은 것은 당신 탓이 아니에요.”

모렐은 고개를 끄덕이려다 자신과 마일로의 입장을 상기하며 동작을 멈췄다. "당연하죠. 그건 당신들 탓이에요."

모렐은 자리에서 일어나 바를 향해 걸어가서는 램버트의 소매를 당겼다. 아이너가 물어보는 눈길을 보내자 마일로는 앉은 자리에서 고개를 끄덕였다. 아이너가 모렐과 램버트에게 휴대폰을 건네자 DGSE 요원들은 시원하고 축축한 오후의 공기 속으로 걸어나갔다. 잠시 동안 마일로와 아이너는 텅 빈 문가를 바라봤다.

# 32

다비 당제르 거리는 중앙의 린 에 다뉴브 광장에서 불규칙한 꽃잎처럼 뻗어나온 여섯 개의 주요 거리 중 하나였다. 그곳에 도착한 그들은 마일로의 결정에 따라, 아이너가 차 안에 남아 거리를 감시하는 동안 마일로가 배낭을 들고 모렐이 알려준 집으로 들어가기로 했다. 마일로는 램버트의 행동에 대해서는 확신할 수 없지만 적어도 모렐만큼은 어느 정도 믿을 수 있었다. "총이 필요한가?" 아이너가 물었다.

"총은 나쁜 짓을 할 때만 필요한 거야."

37번지는 다비 당제르 거리가 시작되는 지점에 있었는데, 그 한쪽 모퉁이는 광장 한가운데 있는 다뉴브 역을 마주보고 있었다. 안젤라의 아파트에서 발견한 열쇠가 건물의 정문에 들어맞지 않자 마일로는 초인종들을 살폈다. 초인종들 옆에는 아파트의 호수 대신 이름들이 적혀 있었다. 마일로는 그중에서 "다뉴브 전기"라는 사무실 하나를 찾아내어 초인종을 눌렀다.

"Nous sommes fermés.(영업 안 합니다.)" 남자의 목소리가 대답했다.

"S'il vous plait. C'est une urgence.(부탁드립니다. 긴급 상황이에요.)" 마일로가 말했다.

"Oui?(네?)"

"Mon ordinateur.(컴퓨터가 말썽이에요.)"

대답이 없다가 이윽고 한숨 소리가 들리더니 아파트의 정문이 징 하고 열렸다. "Quatrième étage.(5층이에요.)"

"Merci.(감사합니다.)"

마일로는 정문을 열고 들어가 계단통 아래에 몸을 숨겼다. 그는 줄지어 놓인 다섯 개의 지저분한 쓰레기통 뒤에 쭈그리고 앉았다. 오래된 양배추와 상한 고기 냄새가 코를 찔렀다.

이윽고 위쪽에서 문이 열리고 목소리가 들렸다. "어디 있어요?" 누군가 투덜거리더니 계단을 쿵쿵대며 내려왔다. 노인 하나가 1층까지 내려와서는 정문을 내다보고는 "Merde.(미친놈.)"라고 내뱉더니 다시 느릿느릿 계단을 올라갔다. 문이 닫히는 소리가 들리자 마일로는 악취 나는 밀폐된 공간을 나와 계단을 올라갔다.

다행히도 7호는 4층에 있었기에 전기기사의 사무실을 거칠 필요가 없었다. 7호의 초인종 옆에는 "마리 뒤퐁"이라는 이름이 적혀 있었다. 미국식 이름으로 치면 "제인 스미스" 같은 느낌의 이름이었다.

실제로 뒤퐁이라는 사람이 그곳에 살리라고는 생각하지 않았지만 마일로는 일단 초인종을 눌렀다. 대답이 없었다. 7호 안에서는 아무 소리도 들리지 않았지만 옆집인 6호에서 TV 소리가 들렸다. 포뮬러 원 경기가 방송되고 있었다.

아파트의 문은 유럽의 전형적인 구식 현관문이었다. 육중한 문에는 두 개의 작고 불투명한 창문이 달려 있었다. 창문은 안쪽에서 열리는 것이어서 겁 많은 연금 생활자들은 문을 열 필요 없이 그 창문을 통해 방문객들과 얘기를 나눌 수 있었다. 문에는 잠금장치가 두 개 달려 있었다.

잠금장치를 보는 순간 마일로는 가슴이 내려앉은 것 같았다. 확인할 필요도 없이 가망이 없었다. 마일로가 문 중앙의 열쇠구멍에 열쇠를 집어넣자 이중 자물쇠가 육중한 소리를 내며 열렸다. 하지만 문 손잡이 아래에 있는 두 번째 자물쇠의 열쇠가 어디에 있을지는 알 수 없는 노릇이었다. 마일로는 도어 매트 아래를 찾아봤지만 그곳에는 아무것도 없었다.

원망스럽게도 안젤라의 보안 관념은 지나치게 철저했다. 오래된 문틀은 육중했고 겉면이 강철로 보강되어 있었다. 마치 안젤라 예이츠 자신의 화신인 듯한 훌륭한 보안 장치였다.

마일로는 1층으로 내려가 마당으로 나갔다. 건물을 올려다보니 3층부터 테라스들이 늘어서 있었다. 테라스들에는 유리로 된 미닫이문이 달려 있었고, 테라스와 테라스 사이 1.5m 정도의 공간에는 작고 길쭉한 유리창이 보였다. 아마도 화장실의 창문인 듯했다.

배수관이 건물 모서리를 따라 위쪽으로 뻗어 있었지만, 흔들려서 안전하지가 않았다. 마일로는 건물 4층으로 올라가 6호의 초인종을 눌렀다.

1분 후 문에 달린 창문이 살짝 열리더니 젊은 남자가 나타났다. "Qui est là?(누구시죠?)"

"어……." 마일로가 당황한 목소리로 말했다. "영어 할 줄 아세요?"

남자가 어깨를 으쓱했다. "조금요."

"휴, 다행입니다. 혹시 화장실 좀 쓸 수 있을까요? 하루 종일 여자친구인 마리를 기다리고 있었거든요. 그런데 방금 연락이 와서는 도착하려면 30분은 더 걸릴 것 같다고 하네요. 부탁드립니다."

젊은이는 발을 조금 들어 올려 마일로의 몸을 위아래로 훑어봤다. 총이 있는지 확인하는 것 같았다.

마일로는 남자에게 빈손과 열린 배낭을 내보였다. "옷가지들뿐이에요." 마일로가 설명했다. "정말입니다. 그냥 큰 거 좀 해결하려고 그래요."

남자가 마침내 마일로의 말을 믿고 문을 열었다. 마일로는 연기를 멈추지 않고 손가락으로 방향을 가리키며 물었다. "이쪽인가요?"

"네."

"고맙습니다."

화장실로 들어간 마일로는 문을 잠그고 시끄러운 환풍기를 튼 다음, 남자가 TV를 보던 곳으로 돌아가기를 잠자코 기다렸다.

아까 본 작은 유리창이 욕조 위로 머리 높이쯤에 달려 있었다. 두꺼운 창틀은 샤워하면서 튀었던 물과 쌓인 먼지 탓에 지저분했다. 걸쇠를 풀자 창문은 순순히 열렸다. 마일로는 배낭을 열어 강력 접착테이프를 꺼내어 재킷, 넥타이, 와이셔츠를 테이프로 묶었다. 그는 배낭을 변기 옆에 내려 둔 뒤 러닝셔츠 차림으로 테이프 롤을 입에 물고 욕조 모서리 위에 올라가 창문 밖으로 머리를 내밀었다. 75cm 정도 오른쪽 아래편에 마리 뒤퐁의 테라스 난간이 보였고, 그것의 1.5m 왼쪽에는 마일로가 있는 6호의 테라스가 보였다. 바로 아래는 딱딱한 마당의 바닥이었다.

창문이 좁았지만 몸을 세로로 하자 마일로는 어깨를 밖으로 꺼낼 수 있었다. 그 높이에서 몸을 지탱하는 것은 쉬운 일이 아니었다. 화장실 안에서 허우적거리던 다리가 샤워 커튼의 막대에 닿았다.

이윽고 그의 허리가 창밖으로 나왔다. 그의 몸은 땀에 젖었고 테이프를 꽉 물고 있는 입이 숨을 헐떡이고 있었다. 누군가 봤다면 마치 아파트 건물에서 사람의 몸통이 자라나는 것처럼 보였을 것이다. 마일로는 한쪽 팔로 외벽을 짚고 몸을 벽에 직각이 되도록 지탱했다. 무게중심이 불안하여 벽에서 손을 떼면 아래로 곤두박질칠 지경이었다. 마일로는 다른 한 손을 이용하여 입에 물고 있던 테이프를 뒤퐁의 집 테라스로 던졌다. 테이프가 테라스의 난간에 부딪혔다.

마일로가 이런 일을 해 본 것은 무척 오래전이었다. 그는 문득 자신의 몸이 더 이상 이런 동작에 맞지 않음을 깨달았다. 티나가 이따금 지적하는 것처럼 그는 살이 쪘고, 아이너가 놀리는 것처럼 나이가 들었다. 마일로는 자신이 파리의 아파트 건물 4층 높이 창문에 우스꽝스럽게 매달려 있다는 현실을 납득하기가 힘들었다.

'그만 생각하자.'

몸을 창밖으로 더욱 내밀자 엉덩이가 창문틀을 빠져나와 허리를 굽힐 수 있게 되었다. 마일로는 창문 안의 구부러진 무릎을 이용하여 몸이 떨어지지 않도록 지탱했다. 양손을 뻗자, 벽에서 떨어진 손들이 잠시 허공을 허우적거리더니 뒤퐁의 집 테라스 난간에 닿았다. 다리를 창문 밖으로 빼낼 때 바닥으로 떨어질까 봐 겁이 난 마일로는 필요 이상으로 강하게 난간을 붙잡았다. 두 다리를 쭉 펴자 다리가 창문을 빠져나오면서 몸이 아래를 향해 축 늘어졌다. 복부가 테라스의 콘크리트 바닥 모서리를 들이받자 속이 뒤집힐 것 같았다. 손은 난간을 놓치지 않았고 난간은 무너지지 않았다. 마일로는 오므린 입술로 숨을 내쉬며 힘을 모아 천천히 몸을 위로 끌어당겼다.

화끈거리는 팔은 제대로 말을 듣지 않았다. 마일로는 한쪽 다리를 테라스 모퉁이에 올려놓고 사지를 동원하여 난간 위를 향해 발버둥쳤다. 마침내 마일로는 테라스 난간의 바깥 모서리로 올라가는 데 성공했다. 온몸이 피로와 충격에 휩싸였지만 아직 목숨은 붙어 있었다. 그는 난간을 넘어가 쭈그려 앉았다. 빨갛게 얼얼한 손이 떨리고 있었다.

하지만 안심할 여유가 없었다. 마일로는 강력 접착테이프를 들고 60cm 길이의 띠를 10개 뜯어내어, 테라스의 유리창에 테이프 띠들을 하나하나 붙여 정사각형 모양을 만들었다. 팔꿈치로 정사각형의 중앙을 가격하자 테이프가 붙은 유리창이 소리 없이 깨졌다. 테이프를 떼어내니 들쭉날쭉한 구멍이 생겨났다. 마일로는 그 속으로 팔을 집어넣고 안쪽의 잠금장치를 풀었다.

마일로는 집 안에 머물지 않고 곧장 현관으로 간 다음 벽에 걸려 있는 열쇠를 이용해 잠금장치를 풀고 다시 6호로 가서 초인종을 눌렀다. TV의 볼륨이 줄어들더니 문에 붙은 창문이 열렸다. 아까의 젊은이가 마일로를 보더니 입을 쩍 벌렸다.

"죄송합니다." 마일로가 말했다. "화장실에 배낭을 두고 왔지 뭐예요."

얼이 빠진 남자가 뭔가 말을 하려다가 말고 집으로 들어갔다. 30초 후 남자가 문을 열고 마일로에게 배낭을 건네며 물었다. "어떻게 나간 거예요?"

“고맙다는 말씀을 드릴까 하다가 TV 보시는 데 방해하는 거 같아서 그냥 나왔습니다. 화장실에서 냄새 안 나게 창문 열어뒀어요.”

남자가 마일로의 지저분한 러닝셔츠와 바지를 보며 얼굴을 찌푸렸다. “무슨 일 있었어요?”

마일로는 자신의 몸을 내려다본 다음 엄지손가락으로 7호의 열린 현관문을 가리켰다. “마리가 돌아왔거든요. 그리고…… 그다음은 모르시는 게 나을 거예요.”

# 33

마일로는 부서진 테라스의 유리조각이 흩어져 있는 거실에서부터 조사를 시작했다. 조그만 책상 안의 내용물에는 수많은 DVD들도 포함되어 있었다. 〈어울리지 않는 사람들〉, 〈북북서로 진로를 돌려라〉, 〈차이나타운〉, 〈뜨거운 것이 좋아〉. 안젤라의 취향을 잘 보여주는 컬렉션이었다. 그때 초인종이 울리자, 총을 들고 오지 않은 것을 후회하며 마일로는 신발을 벗고 살금살금 현관으로 다가갔다. 하지만 그것은 다행히도 아이너였다. 그는 마일로에게 휴대폰을 건넸다. "전화 받아."

마일로는 휴대폰을 받아들고 거실로 돌아갔다. 수화기 너머에서 그레인저의 목소리가 들렸다. "혼자 있나?"

아이너는 부엌을 얼쩡거리고 있었다. 냉장고가 열리는 소리를 들으며 마일로가 대답했다. "네."

"나 해고당했네."

"네?"

"피츠휴는 휴가라고 표현했지만 그게 아니야. 자네한테 국토안보부의 추적에 대해 알려줬다고 화를 내더군. 게다가 벤자민 해리스의 자료까지 보여줬으니……."

"그건 어떻게 알았답니까?"

"누군가가 일러바쳤겠지만 그건 중요하지 않아. 짐 싸서 일주일 정도 뉴저지로 내려가 있을 생각이야. 도시는 이제 지긋지긋해."

죄책감이 마일로의 혈관을 타고 흘러들었다. 노인의 모든 것이었던

〈회사〉 생활이 마일로 때문에 순식간에 날아가 버린 셈이다.

"뭘 좀 알아냈나?" 그레인저가 물었다. "아이너가 그러던데 DGSE 요원을 만났다며?"

"톰, 제가 이렇게 도망 다니는 것이 옳은 것인지 모르겠어요. 순순히 〈회사〉로 돌아가는 편이 낫지 않을까 싶습니다."

"돌아오면 안 돼." 그레인저가 못을 박았다. "시몬스가 피츠휴를 만났다고 말한 거 기억하지? 시몬스는 자네가 파리에 머물렀다는 사실을 알고는 안젤라의 사건에 대한 자료를 요청했어. 나는 거절했지만 겁먹은 피츠휴가 화요일에 자료를 내줬지." 그레인저가 말을 멈췄다. "마일로, 이게 다 감시 카메라 영상의 공백 때문이야. 중간에 감시 장비를 끄지 말았어야 했어."

"하지만 허락하셨잖습니까."

"덕분에 나도 이 꼴이 됐지. 아무튼 뭘 알아냈는지 얘기해 봐."

마일로는 가장 중요한 사실들을 전달했다. 우선 그는 안젤라의 혐의가 애초에 누군가가 계략적으로 꾸민 것이었다는 보고를 했다. "이리엔 대령은 노트북 컴퓨터를 대사관 밖으로 가지고 나온 적이 없어요. 다이안 모렐로부터 확인했습니다. 다시 말해 누군가 거짓말을 했다는 것이죠. MI6에 있다는 친구일지도 몰라요. 연락해서 확인해 보시는 게 좋겠습니다."

"불가능해. 피츠휴가 MI6에 나의 임기 종료를 알렸어. 그쪽에서는 이제 나한테 정보를 주지 않을 거야."

"알겠습니다. 저는 지금 안젤라의 은신처에 있어요. 도움이 될 만한 것이 있는지 조사 중입니다."

"무엇을 찾아내든 물리적인 증거가 아니라면 소용없다는 걸 명심해. 거기서 아무것도 안 나오면 어떻게 할 텐가?"

"모르겠습니다."

"막다른 골목에 부닥치거든 뉴저지로 연락을 하게. 방법을 생각해 볼 테니까. 전화번호는 알지?"

"다시 알려주세요."

마일로는 책상에서 펜과 종이를 꺼내어 그레인저의 호숫가 별장의 973으로 시작하는 전화번호를 적었다.

"한 가지 더." 그레인저가 말했다. "내가 나가면 〈여행업〉은 피츠휴의 소관이 될 거야. 지금은 피츠휴가 자네의 소재를 모르지만 만약 아이너랑 같이 있다는 사실을 알게 되면…… 어떻게 될지 짐작하겠지?"

아이너가 부엌에서 찾아 낸 스니커즈 초코바를 씹으며 나타나더니, 안젤라가 거실 벽에 걸어놓은 누드 스케치를 바라보았다. 마일로가 대답했다. "네."

그레인저는 미덥지 않은 듯 말을 이었다. "피츠휴가 아이너에게 전화를 걸 거야. 자네를 처리하라는 명령을 내리겠지. 생포하거나 죽이라고 할 거야. 가능한 빨리 아이너에게서 떨어지도록 하게."

"알겠습니다." 아이너가 누드 그림에서 눈을 떼고 마일로를 바라보며 웃어 보였다. "저기, 톰."

"왜?"

"티나가 연락을 하거든 말씀 좀 전해 주세요. 저는 무사하다고, 가급적 빨리 돌아가겠다고요."

"그래. 하지만 부인 성격 알잖나. 내 말 안 믿을 거야."

마일로는 전화를 끊고 휴대폰을 아이너에게 돌려주며 침실의 조사를 요청했다.

"아까는 길에서 망보라고 했잖아?"

"이게 더 중요해." 말은 그렇게 했지만 실은 아이너를 감시하기 위해서였다. 피츠휴가 언제 아이너에게 전화를 걸지 모를 일이었다.

* * * * *

조사는 20분 만에 끝났다. 다비 당제르 거리의 은신처가 안전할 것이라고 믿었는지, 안젤라는 늘어가는 타이거 관련 자료들을 서류철 안에 넣어 조그만 TV 맞은편 이케아 소파 아래에 숨겼을 뿐이었다. 문서, 사진, 메모가 적힌 쪽지로 이루어진 자료는 전부 200건은 되어 보였다. 안젤라는 정보를 손쉽게 추가할 수 있도록 클립으로 자료들을 정리해 놓았다. 예를 들어 라만 가랑에 대한 새로운 정보가 생기면 클립으로 집힌 그의 사진과 기본정보 위에 그것을 끼워 넣는 식이었다. 전화통화 내역과 직접 찍은 사진 등, 마일로는 자료의 세밀함에 경외심마저 들었다.

그는 자료 뭉치를 들고 침실로 갔다. 아이너가 열린 옷장 앞에서 안젤라가 신던 구두의 굽을 떼내어 빈 공간을 들여다보고 있었다. "이봐." 마일로가 말했다. "이제 나가자."

두 사람은 몽마르트에 있는 저렴한 프랑스식 식당으로 가서 구운 양고기를 먹으며 자료들을 검토하기 시작했다.

"안젤라 혼자 이걸 다 모았단 말이야?" 아이너가 물었다.

"그래."

"생각보다 실력이 좋네."

"최고지."

최근 안젤라는 롤프 빈터버그의 은행 기록들을 중점적으로 조사하고 있었다. 그녀는 협력자들을 통해 취리히에 소재한 은행 세 곳의 기록을 입수했는데, 그중 두 곳에 롤프 빈터버그가 계좌를 개설한 기록이 있었다. 계좌들은 개설된 지 얼마 후 새뮤얼 로스에 의해 해지되었다. 쪽지 하나에 안젤라의 메모가 적혀 있었다.

취리히의 롤프 빈터버그 자택.
혼자인가?
아니다.

무슨 회사?

쪽지 밑으로 첨부된 명단에는 취리히 소재 회사들의 이름이 행간 여백 없이 나열되어 있었다. 회사들은 사업 영역에 따라 분류되어 있었다. 안젤라가 그 회사들에 관심을 가진 이유나 선별 기준은 알 수 없었다. 네 번째 페이지에는 "우그리테크 SA"라는 회사가 검은색 마커로 동그라미 쳐져 있었다. 산더미 같은 후보들 속에서 왜 유독 이 회사를 집어냈는지는 알 수 없었다. 안젤라에게 나름의 근거가 있었으리라고 생각할 수밖에 없었다. 아이너가 훑어보고 있는 절반의 자료들도 마찬가지일 터였다.

마일로는 우그리테크라는 이름에서 석연치 않은 느낌을 받았다. 페이지를 넘겨보니 우그리테크의 홈페이지 화면을 출력한 종이가 있었다. 그 자료에 따르면 회사의 주력 부문은 아프리카를 위한 기술 전달이었다. 곱슬머리의 잘 생긴 남자가 매혹적인 웃음을 짓고 있는 사진이 마일로의 눈에 띄었다. 이사장 로만 우그리모프.

마일로가 큰 소리로 숨을 내쉬자 아이너가 자료에서 눈을 떼며 물었다. "뭐 찾아낸 거 있어?"

"네가 가진 자료에 우그리테크라는 회사에 관한 정보가 있나?"

아이너는 고개를 젓더니 다시 자료를 읽기 시작했다. 마일로는 눈을 감았다. 2001년 9월 11일 오전 10시 27분. 열세 살의 잉그리드 콜이 베네치아의 자갈길로 추락한 바로 그날. 그리고 로만 우그리모프의 외침.

"난 그녀를 사랑한다고, 이 개새끼야!"

마일로는 사람을 쉽게 미워하는 편이 아니었다. 〈회사〉에서 일하며 온갖 정보들을 접하다 보면 극악무도한 범죄자들의 관점마저 이해하게 되어버리므로 증오심은 오래 지속되지 못한다. 그러나 마일로는 당시의 사건을 잘 알고 있었음에도 절대로 잉그리드 콜의 죽음을 납득할 수가 없었다.

9월 13일. 임신 중이었던 티나 크로우의 신병이 안전해지자, 마일로는 병원을 빠져나와 우그리모프의 저택으로 갔지만 방문은 성사되지 않았다. 가슴의 총상 때문에 무력을 쓸 수도 없었다. 하지만 로만 우그리모프가 경멸 받아 마땅한 인간임은 분명했다. 그 사내는 자신이 무적이라고 굳게 믿고 있었다. 어떤 범죄를 저지르든 수표 몇 장 끊어주면 그것으로 해결되었다. 이탈리아 경찰들은 우그리모프가 보호하던 소녀의 죽음과 관련하여 그를 단 한 번 심문했을 뿐이었다. 그들이 돈을 받고 작성했을 경찰 기록에서, 불쌍한 소녀의 죽음은 자살로 처리되었다.

"여기 있다." 아이너가 말했다.

마일로는 아이너가 들어 보이는 종이를 바라보며 눈을 깜빡였다. "뭐가?"

"우그리테크."

프랑스어 일간지 〈르 땅〉(Le Temps)의 2006년 11월 4일자 기사의 사본이었다. 기사에는 수단의 에너지 광산부 장관 아와드 알-자즈의 유럽 순방 일정과 방문 예정국들의 명단이 실려 있었다. 순방의 목적은 내전으로 훼손된 수단의 전기 에너지 인프라를 대체할 새로운 인프라의 투자자를 확보하는 것이었다. 기사 두 번째 칼럼에 실린 우그리테크 사의 로만 우그리모프 이사장과 알-자즈 장관의 회의 일정에 파란색 동그라미가 쳐져 있었다. 제네바의 우그리모프 자택에서 개최된 회의에는 여러 미국 투자자들이 참석했다. 자택의 주소는 나와 있지 않았다.

이것이다. 이것이 안젤라가 발견한 연결고리다. 실로 감탄할 만한 솜씨였다.

안젤라는 타이거가 우그리테크 사를 통해 대금을 받았으리라고 추측했던 것이다. 2001년의 그 끔찍한 사건이 없었더라면 우그리테크라는 이름이 안젤라의 눈길을 끌지 않았을 것이므로 여기에는 운도 따랐다고 할 수 있었다.

그러나 안젤라는 이 사실을 마일로에게 알리지 않았었다. 그를 신뢰하지 않았던 것일까?

"그럼 다음 목적지는 어디지?" 아이너가 물었다.

"이젠 나 혼자 가도록 할게." 마일로가 말했다. "이미 너한테서 도움을 충분히 받았어."

"나도 관심이 생겼어. 수단에서 암살 사건이 일어났는데 웬 회사들이 자금을 댔다질 않나, 게다가 중국인 대령의 노트북 컴퓨터는 없어졌대지. 〈여행객〉이라면 구미가 당길 만한 사건 아니겠어?"

사건을 파헤치는 이유가 마일로 자신을 보호하기 위해서라는 의심을 받지 않기 위해서, 마일로는 완곡한 반박을 했지만, 일단 시작하면 끝을 봐야 직성이 풀리는 아이너를 설득할 수는 없었다.

"다음 목적지는 어디야?"

마일로는 자신이 실수한 것은 아닐까 다시금 후회가 됐다. 그것은 아이너를 끌어들인 것뿐만 아니라 현재의 상황 전반에 대한 후회였다. 디즈니 월드에서 순순히 체포되었더라면 오히려 사건이 순탄하게 마무리되었을지도 몰랐는데 그때는 그레인저가 다그치는 바람에 차분히 생각할 여유가 없었던 것이다. 그러지 않았더라면 지금쯤 거실에 앉아 라면을 먹으며 스테파니가 세상에 대한 견해를 늘어놓는 것을 듣고 있을지도 모른다.

하지만 〈여행객〉에게 결과의 가정 따위는 사치이다. 〈여행업〉에는 후회를 위한 시간이 없다. 아니, 후회는 〈여행객〉에게 있어서 질병과도 같다. 그런 생각들을 물리치며 마일로가 말했다. "제네바로 갈 거야. 자동차에 기름은 있나?"

아이너가 머리를 갸웃거렸다. "여기 좀 있어봐. 새 차를 구해 볼게."

# 34

티나는 이따금 자신이 주어진 환경에 감사할 줄 모른다는 기분이 들었다. 그녀는 베네치아에 있을 때 그곳의 더위와 먼지와 수많은 여행객들이 너무도 싫었고, 심지어 배 속의 무거운 아기까지도 견딜 수가 없었다. 그 때만 해도 그것은 마치 세상이 선사할 수 있는 최악의 상황처럼 느껴졌다. 하지만 프랭크 도들을 만나고 난 뒤, 최악의 상황이란 따로 있음을 깨달았다.

어쨌건 티나는 베네치아에서의 첫 며칠간을 감사하는 마음 없이 보냈다. 그녀는 눈앞의 소중한 것을 보지 못하고 지나치는 데 일가견이 있었다. 토요일 아침의 텍사스 오스틴에서 티나는 그때와 같은 일이 되풀이되지나 않을까 걱정스러웠다.

지금의 상황은 베네치아에 있을 때와 무척 비슷했다. 중요한 누군가가 갑자기 모습을 감췄고, 부모님 댁의 후문 현관에 앉은 자신은 땀을 심하게 흘리고 있었다. 오스틴도 베네치아처럼 덥고 습했기에 에어컨이 가동되는 집을 나서면 기력이 쏙 빠졌다. 딸과 단둘이 있는 것도 베네치아에서와 같은 점이었다.

"레모네이드 마실래?" 어머니가 미닫이 유리문 틈으로 고개를 내밀며 묻자, 새삼 티나는 자신이 스테파니와 단둘이 있는 것은 아님을 깨달았다. 적어도 겉으로는 그랬다.

"응, 엄마. 고마워."

"금방 가져올게."

한나 크로우가 냉방을 위해 문을 닫았고 티나는 갈색 잡초를 바라보았다. 울타리 옆에서는 얼마 전 심어진 포플러 나무 두 그루가 죽어가고 있었다. 이것은 베네치아와는 다른 점이었다. 오스틴 북부의 교외에서는 물이 귀했다. 넓은 대지는 황량했고 주택들에는 높은 울타리가 쳐져 있었다. 베네치아와는 전혀 다른 모습이었다.

한나는 시원한 레모네이드가 든 커다란 플라스틱 컵을 들고 티나 옆의 접이식 의자에 앉았다. 잠시 동안 두 사람은 말라버린 풀을 바라보았다. 한나는 실제 나이인 쉰여섯보다 젊어 보였다. 텍사스의 태양 아래에서 그을려진 그녀의 피부는 분홍빛을 띠었다. 한나는 자신도 남편 미구엘처럼 남쪽 사람 특유의 보기 좋게 그을린 피부를 가졌으면 좋겠다고 말하는 한편 자신과 남편의 장점을 섞은 듯한 티나의 올리브 색 피부를 부러워하고는 했다. 이윽고 한나가 입을 열었다. "남편 소식은 있니?"

"전화 안 올 거야."

"설마."

티나는 사태를 이해하지 못하는 아니, 어쩌면 이해하지 않으려는 어머니에게 짜증이 났다. "전화 할 수 없어, 엄마. 〈회사〉는 마일로가 범죄자라고 생각해. 그래서 무죄를 증명하기 전에는 이쪽에 연락을 취할 수 없단 말이야."

"하지만 전화 한 통쯤은……."

"아니라니까! 전화 한 통으로도 위치를 추적당할 수 있어." 손가락으로 딱 소리를 내며 티나가 말했다. "그런 위험을 감수할 수는 없다고."

한나가 서글픈 웃음을 지었다. "지금 그 말 어떻게 들리는지 아니?"

"알아요. 과대망상증처럼 들리겠지."

한나가 끄덕였다.

"하지만 그렇지 않아. 셰필드 씨네 집 앞에 주차된 승용차 봤지? 아까 얘기했던 자동차 말이야."

"셰필드 씨 친구겠지."

"그럼 왜 차 안에서 안 나오는데?"

오스틴에 온 이틀 동안 아무리 자세하게 설명을 해도 한나는 티나의 말을 믿지 않았다. '아빠도 이해를 한 마당에 엄마는 왜 그러지 못할까?'

"어쨌든, 네가 다시 와서 기쁘구나. 스테파니를 보는 것도 몇 달 만인지……."

티나는 눈을 감았다. 어떻게 하면 엄마를 납득시킬 수 있을까? 티나의 부모들은 마일로가 CIA에서 일한다는 사실을 알고 있었다. 그들은 마일로의 업무가 기밀 정보를 분석하는 것이라고 알고 있었으며, 따라서 저녁 식사 중에 마일로가 회사 얘기를 할 수 없다는 점을 이해했다. 그들은 티나와 마일로가 만난 계기라든지, 마일로가 총을 소지할 수 있을 뿐 아니라 유사시 사용도 할 수 있는 〈회사〉 직원이라는 사실은 알지 못했다.

셰필드 씨네 집 옆의 승용차에 타고 있는 것은 마일로 가족의 휴가를 망쳐놓은 장본인인 자넷 시몬스 요원 밑에서 일하는 자들이었다. 티나가 느낀 시몬스의 첫인상은 "세상에서 제일 못된 년"이었다. 하지만 며칠이 지난 지금 티나는 시몬스가 자신의 논리를 설명하려고 나름대로 애썼다는 사실을 떠올렸다. "네, 저는 마일로 위버 씨가 안젤라 예이츠를 포함한 두 사람을 살해했다고 생각합니다. 그래서 체포하려는 거예요. 하지만 그는 왜 도망친 것일까요? 당신은 그 이유를 아시나요?"

"모르겠는데요."

"바로 그거예요. 위버 씨는 무죄일지도 몰라요. 저는 그가 하는 얘기에도 귀를 기울일 생각입니다. 하지만 그러려면 일단 그가 눈앞에 나타나야겠죠." 시몬스는 고개를 흔들었다. 사시인 한쪽 눈이 먼 곳의 벽을 향했다. "이렇게 갑자기 도망치는 것은 결코 좋은 행동이 아닙니다. 혹시 저에게 알려주지 않은 뭔가가 있나요? 위버 씨가 어디로 갔는지 아신다거나……?”

티나는 솔직하게 아무것도 모른다고 대답했다. 그리고 자기가 아는 것이 정말로 아무것도 없음을 깨달았다. 쩨쩨한 패트릭은 늘 마일로를 의심했었다. 그것은 그가 자기 연민에 빠진 형편없는 인간이기 때문이었을까? 아니면 내가 놓친 뭔가를 패트릭은 눈치챘던 것일까?

한나가 무언가 말을 마무리하고 있었다. “……방금 구운 맛있는 토르티야 어떠니?”

“응? 뭐라고?”

한나 크로우는 미소를 지으며 딸의 팔을 쓰다듬었다. “I-35번 도로 옆에 있는 새로 생긴 식당 있잖니. 오늘 저녁에 같이 가자꾸나. 어때?”

“응…… 좋아요.”

* * * * *

미구엘 크로우는 열아홉 살 때부터 몸집이 컸다. 그 무렵 그는 장학금을 받고 텍사스 대학교의 공과대학에 입학했다. 학교에 다니기 위해 과달라하라에서 오스틴으로 건너오자마자 그는 2년마다 한 번씩 학교를 방문하는 석유회사 직원 모집자들과 상담하며 자신의 미래를 설계하기 시작했다. 졸업과 동시에 그는 엑슨모빌에 일자리를 얻어 새 신부인 한나를 데리고 알래스카의 유전으로 떠났고, 덕분에 한나는 비교문학 공부를 포기해야 했다. 그리고 알래스카의 놈에서 티나가 태어났다. 티나가 여섯 살 때 가족은 엑슨모빌 본부가 있는 댈러스 교외 어빙으로 이사를 갔다. 그곳에서 미구엘은 멕시코 국적자로서는 최초로 회사의 이사가 되었지만, 석유관련 대기업에 대한 국민적 증오가 치솟은 2000년에 조기 퇴직을 해야 했다.

퇴직 후 미구엘은 오스틴의 망해 가는 자전거 가게 하나를 사들였고,

가게를 확장하여 이름을 다시 지은 뒤 지역 일간지에 광고를 실었다. 미구엘의 가게는 그곳 사람들로부터 "자전거의 월마트"라는 비난을 들었다. 티나도 미구엘의 가게로 인해 많은 동네 자전거 가게가 문을 닫게 됐다는 사실을 불만스레 지적하고는 했다.

"아빠가 하는 일이 환경을 살리는데도 기쁘지 않은 거니?"

티나는 아버지의 사업 윤리에는 반대했지만 그를 무척 좋아했다. 예순이 다 된 나이에도 풍채가 좋고 피부가 거무스름한 미구엘은 언뜻 보면 멕시코 출신 레슬링 선수처럼 보였다. 하지만 그는 스테파니와 함께 있을 때면 사업 따위는 까맣게 잊어버리고 바닥에 앉아 손녀의 장단에 맞춰 함께 떠들고는 했다.

그날 아침 미구엘은 스테파니를 데리고 자전거 가게에 다녀오겠다며 나가더니, 결국은 처키치즈(Chuck E. Cheese: 아이들 전용 음식점)에 들러서 놀다가 배스킨라빈스에서 디저트를 먹고 2시가 다 돼서야 집에 돌아왔다. 스테파니의 녹색 멜빵바지에는 아이스크림 얼룩이 짙게 묻어 있었다. 한나는 스테파니의 옷을 벗겨 들고 얼룩을 지우러 갔고, 스테파니는 갈아입을 옷을 찾아 돌아다녔다. 미구엘은 우편물들을 가지고 자신의 집무실로 가더니 곧 다시 거실로 돌아왔다. 그의 주머니에는 편지 봉투 하나가 찔러 넣어져 있었다. 미구엘이 무심코 와이드스크린 TV를 켜자 CNN의 주가 방송이 화면에 떠올랐다.

"스테파니는 어땠어?"

"사람들이 예쁘다고 난리였다. 나중에 사업 협상할 때 데리고 가야겠어."

"먹을 거 너무 많이 사준 거 아니지?"

미구엘은 대답 없이 소파에 허리를 펴고 앉더니 아무도 없는 문가를 힐끔거렸다. 그러고는 주머니에서 불룩한 봉투를 꺼내어 티나 옆으로 던졌다. "그거 좀 봐라."

티나는 봉투를 집어 들고 손으로 휘갈겨 써진 주소를 읽었다. 누구의 글씨인지 알 수 있었다. 발신 주소는 적혀 있지 않은 봉투 안에는 티나와 스테파니를 위해 보관해 달라고 당부하는 쪽지와 함께 빳빳한 여권 두 개가 들어 있었다.

"세상에……." 티나는 로라 돌란이라는 이름 옆에 붙어 있는 자신의 사진을 보았다. 스테파니의 이름은 켈리였다.

거실로 들어온 한나를 본 티나가 여권을 다시 봉투에 쑤셔 넣었다. 그녀는 아버지가 어머니에게는 여권에 대해서 알리지 않았을 것이라고 생각했다. 한나는 거실을 지나 세제를 가지러 화장실로 들어갔다.

"이게 뭐라고 생각하니?" 한나가 거실을 나가자, 미구엘이 물었다.

"모르겠어."

"도망갈 준비일까?"

"아마도."

미구엘은 MSNBC의 경제 뉴스로 채널을 돌렸다. 한나가 다시 거실을 지나가다가 물었다. "여보, 스테파니 밥 못 먹게 간식 너무 많이 사준 거 아니지?"

"아이스크림만 사줬어. 처키치즈에서는 게임만 했다고."

한나는 못미더운 듯 흠 하고 숨을 내뱉더니 이내 사라졌다.

미구엘이 한숨을 쉬었다. "일이 어떻게 돌아가는지 모르겠지만 만약 네 남편이 너랑 사랑스러운 손녀를 데리고 딴 나라로 뛸 작정이라면 각오하라고 해."

"그럴 생각은 아닐 거야."

"그럼 이 여권은 뭐냐?" 티나가 대답이 없자 미구엘은 채널을 이리저리 돌리며 중얼거렸다. "내가 가만두지 않을 거야."

# 35

역사적으로 유럽 공동체를 겉돌았던 스위스는 유럽연합에 가입되어 있지는 않았지만 2005년 6월 국민투표를 통해 셴겐 조약에 가입함으로써, 서로 여권 없이 국경을 오고 갈 수 있는 유럽 국가들의 무리에 합류하게 되었다. 덕분에 파리의 남쪽 동네에서 아이너가 탈취한 르노 클리오는 손쉽게 스위스로 들어갈 수 있었다. 스위스까지는 네 시간 반이 걸렸다. 날이 어두워진 세 시간째부터는 마일로가 운전대를 잡았다.

운전대를 바꾸기 전까지 마일로는 아이너의 펜라이트를 사용하여 안젤라의 자료들을 읽었다. 대부분은 주변적인 정보였다. 라만 가랑의 신용카드 기록, 우그리테크가 콩고 민주공화국, 케냐, 수단에 컴퓨터 시스템을 설치했다는 기사들, 그리고 왜 자료에 집어넣었는지 알 수 없는 유엔 웹사이트의 일일보고.

**정오 브리핑 개요**

장소: 유엔 본부 (뉴욕)

일시: 2007년 6월 20일 수요일

수단 주재 유엔 대표단은 평화협정 실시를 위한 원조를 강화할 방법을 논의함.

- 오늘 브리핑에서 수단 주재 유엔 대표단은 지난 주말에 타에

브룩 제리훈 특별대표 대리가 이드리스 압델 가디르 국무 장관과 가진 논의를 보고함.

- 논의의 주요 안건은 수단 주재 유엔 대표단과 국가통합정부 간의 고위급 협의회 개최였음. 포괄적 평화협정 이행을 위한 유엔 대표단의 지원을 보다 집중화하고 효율화하는 것이 동 협의회의 목적임.
- 한편 유엔 대표단은 어제 남부 다르푸르 지역을 이동 중이던 국제 NGO 차량 한 대가 신원을 알 수 없는 남자에게 총격을 당했다고 보고함.
- 같은 날 국제 NGO 직원 다섯 명이 탑승한 수송 차량 두 대가 서부 다르푸르 지역을 이동하던 중 신원을 알 수 없는 무장한 남자 두 명에게 습격을 받아 소유품과 통신장비를 강탈 당했음.

이어서 "수단 정부, 쿠데타 계획 저지"라는 제목의 중국 〈인민일보〉 2004년 9월 25일 자 기사가 나타났다.

> 금요일 오후에 수단 정부를 전복시키려는 이슬람 세력의 계획을 저지했다고, 수단 내무부가 성명을 통해 발표했다.
>
> 수감 중인 이슬람 세력의 지도자 하산 알-투라비가 이끄는 대중의 회당의 분자들이 수도 하르툼에서 금요 기도회가 끝난 직후인 오후 2시(1100 GMT)에 쿠데타를 실행할 계획이었다고 성명은 밝혔다……

이것은 3년 전의 사건이었다. 지금의 수단에서는 물라 살리 아마드의 암살로 인해 길거리에서 격렬한 시위가 한창이었다.

마일로는 집중하기가 힘들었다. 자동차 변속으로 인한 강한 진동 때문에 아래쪽 척추가 아파 왔다. 안젤라의 은신처로 들어갈 때 한바탕 곡예를 한 탓에 온몸이 얼얼한데다가 잠도 부족했다. 그는 전화를 걸어 티나와 스테파니의 목소리를 듣고 싶었다. 그들이 지금 어디에 있는지 알고 싶었다.

마일로는 잠시 후에 아이너로부터 운전대를 넘겨받았다. 얼굴을 비비며 어두운 한밤의 고속도로를 바라보자 잡념들이 머릿속을 오고 갔다. 문득 마일로는 스파이 영화나 드라마에서는 항상 명확한 목표가 존재한다는 점을 떠올렸다. 중요한 사실을 증명할 대화가 기록된 테이프라든가, 특정한 의문에 대한 해답을 가진 남자. 바로 이런 단순함이 그런 영화나 드라마를 재미있게 만드는 것이었다. 하지만 실제 첩보 활동은 그리 단순명쾌하지 않았다. 축적되는 사실들의 많은 부분은 쓸모없는 정보였고 좀처럼 해답으로 이어지지 않았다. 어떤 사실에 주목하고 어떤 사실을 무시할지 제대로 결정하기 위해서는 끈기 있고 숙련된 안목이 필요하다. 안젤라는 바로 그런 안목을 갖추고 있는 요원이었다. 마일로는 자신에게도 그런 안목이 있는지 확신이 서지 않았다.

"으앗!" 아이너가 잠에서 깨며 소리쳤다.

마일로가 눈을 깜빡거렸다. 그는 고속도로 밖으로 이탈하려는 자동차를 홱 틀어 다시 도로로 들어왔다.

"뭐 하는 거야! 자살할 작정이야?"

"미안해."

"운전대 나한테 넘겨." 아이너가 몸을 일으켜 앉으며 혀로 이빨을 닦았다. "지금 어디지?"

"방금 국경을 넘었어. 저기 봐." 머리 위에 표지판이 있었다.

## 출구 1
## 제네바 중심가

## 라 쁘하이으
## 꺄후쥬
## 뻬흘리

두 사람은 어느 호텔에 묵을지에 관해서 언쟁을 했다. 마일로는 호텔 드 쥬네브처럼 눈에 띄지 않는 작은 호텔을 원했지만 아이너가 반대했다. "그런 여인숙에 가자고? 그런 데서 묵다간 싸우기도 전에 지쳐 쓰러지겠다." 호텔 드 쥬네브는 여인숙이 아니었지만, 아이너는 〈여행객〉이 쓸 수 있는 예산에 한도가 없다는 점을 이용하여 언제나 최고급 숙소에 묵었다. 요트가 즐비한 제네바 호의 선착장들을 내려다볼 수 있는 호텔 보 리바쥬가 바로 그런 숙소였다.

"차가 제네바로 들어온 것이 추적되면 호텔 보 리바쥬 같은 곳이 제일 먼저 수색당할 텐데?" 마일로가 말했다.

"차는 못 찾을 거야. 왜 그렇게 걱정이 많아?"

"도주 중이잖아."

"집어치우고 그냥 나를 믿어."

호수로 직결되는 드 라 세르베트 거리를 따라 차를 몰면서, 마일로는 아이너의 말에 웃음이 나올 뻔했다. 그것은 피곤한 탓도 있었지만, 〈여행객〉은 타인을 믿어서는 안 된다는 기초적인 사실 때문이었다. 혹시 누군가 믿어야 할 상황이더라도, 같은 〈여행객〉만은 가급적 피해야 할 대상이었다.

두 사람은 호텔 뒤편에 차를 세웠다. 시각은 새벽 1시경이었지만 선착장은 사람들과 음악소리로 활기찼다. 아이너는 졸음이 가신 듯, 호수 중앙의 낚싯배에서 들려오는 삼바 리듬에 맞춰 손가락을 딱딱거렸다.

아이너는 지갑에 있는 다섯 개의 신용카드 중 잭 메서스타인이라는 이름의 카드로 방을 빌렸다. 5층의 인접한 방 두 개의 열쇠를 받은 후, 아이너는 마일로에게 속삭였다. "올라가. 나는 차를 버리고 올 테니."

"지금?"

"건너 건너 아는 녀석이 있는데, 잠도 안 자고 일하거든."

"휴대폰 좀 빌릴 수 있을까?"

아이너가 미심쩍은 듯 머뭇거렸다.

"걱정 마." 마일로가 말했다. "집에 전화하려는 건 아니야."

사실이었다. 그것은 단지 아이너가 도중에 "새로운 지시"를 받을까 봐 취하는 조치였다.

올라가기 전에 마일로는 로비에 비치된 전화번호부를 훑어보았지만 우그리모프라는 이름은 찾을 수 없었다. 마일로는 돌란의 신용카드를 이용해 ATM에서 스위스 프랑을 넉넉히 인출한 다음 프런트의 직원에게로 다가가, 자신의 옛 친구인 로만 우그리모프가 근처에 살고 있는데 혹시 들어본 적이 없는지 물었다. 예상대로 직원은 우그리모프를 알고 있었다. 그 정도의 부자라면 사람들 눈에 띌 수밖에 없는 것이다. "그 친구 집이 어디에 있는지 아시나요?" 직원은 마일로가 쥔 돈을 쳐다보며 애석한 듯 고개를 저었지만 지폐를 몇 장 받더니 호텔 바에서 화이트 와인을 홀짝이는 아름다운 매춘부에게로 마일로를 안내했다. 마일로를 잠재적인 고객으로 생각한 매춘부는 그의 팔을 더듬었다. 마일로가 그녀를 찾아온 이유를 말하자 매춘부는 화들짝 놀라며 뒤로 물러섰다. "당신 경찰이에요?"

"그 남자의 옛 친구입니다."

"고객들이 지불한 돈에는 비밀 유지 서비스도 포함되는데요?"

"그렇다면 저도 돈을 내도록 하죠."

알고 보니 로만 우그리모프는 그녀의 고객이 아니었지만, 그녀가 속한 작은 매춘 공동체의 소녀가 그를 상대한 적이 있었다. "매우 어린아이에요. 그 사람, 어린애를 좋아하더라고." 200달러에 상당하는 250프랑을 받은 매춘부는 전화를 걸어 우그리모프의 주소를 알아낸 뒤 뢰벤브로이 맥주 컵받침 위에 그것을 끼적거렸다.

호텔의 "디럭스 룸"은 마일로가 〈여행객〉일 때 묵었던 수백 개의 중저가 숙소들과는 전혀 다른 세계였다. 거대한 침대의 머리판에는 로맨틱한 장식용 천이 늘어뜨려져 있었고 방 한편에는 2인용 안락의자가 놓여 있었다. 전반적으로 고풍스러운 우아함을 지닌 방이었다. 두 사람이 들어갈 수 있는 대리석 욕조에, 창문으로는 호수와 유람선과 야경이 내려다보였다. '가족도 없이 혼자 이런 데 묵다니…… 낭비잖아.'

# 36

두 사람은 아침을 거르고 호텔을 나섰다. 차를 몰면서 아이너는 제네바 변두리에서 불법 카센터를 운영하는 친구에게 르노 자동차를 넘긴 대신 지금의 대우 자동차를 받았다고 마일로에게 말했다. 스페인에서 도난된 대우 자동차는 새로 페인트칠이 된 뒤 스위스 차량으로 등록되어 있었다. 저렴한 차종이었지만 울퉁불퉁한 제네바 호의 북쪽 호숫가에서도 승차감이 좋았다.

"오늘 아침엔 좀 나아 보이는군." 아이너가 운전을 하며 말했다. "좋은 일이라도 생겼나?"

"잠을 잘 자서 그래." 사실이긴 했지만 단지 그것만은 아니었다. 아마도 갑작스레 예전의 생활로 돌아온 것이 이유일 터였다. 아침에 깨어난 마일로는 여전히 지쳐 있었지만, 다시 〈여행객〉이 된 기분이 들자 그의 두뇌가 불안을 가두는 기술을 기억해 낸 것이었다. 그것은 필수적이지만 결국은 임시방편적인 기술이었다. 가둬 놓은 불안은 언젠가는 폭발하여 사람을 완전히 망가뜨리는 법이기 때문이었다. 마일로가 자살을 시도했던 6년 전 그때가 바로 그런 순간이었다. "왠지 희망적인 기분이 든 탓일지도 모르겠군."

"〈블랙북〉에는 희망에 관한 것도 언급되어 있겠지?" 아이너가 물었다. 아이너는 마일로가 이번에도 〈블랙북〉의 지혜를 알려주지 않을까 기대하며 그를 힐끔 쳐다보았다. 기다렸다는 듯 마일로가 말을 꺼냈다.

"〈블랙북〉은 희망에 지나치게 빠지지 말라고 하더군."

구불구불한 산길을 따라 어렴풋이 보이는 저택들을 지나자, 이윽고 전기로 작동하는 우그리모프의 집 대문이 나타났다. 비디오카메라와 인터폰이 대문 이곳저곳에 달려 있었다. 시각은 11시 30분경. 마일로는 차에서 내려 서걱서걱한 자갈길을 걸었다. 대문 스피커 옆의 버튼을 누르자 묵직한 목소리의 러시아 억양이 섞인 프랑스어가 들렸다. "Oui?(네?)"

마일로가 러시아어로 대답했다. "찰스 알렉산더가 만나러 왔다고 로만 씨에게 좀 전해 주십시오."

정적이 흘렀고, 뒤를 돌아보니 차 안에서는 아이너가 기대에 찬 눈빛으로 마일로를 바라보고 있었다. 스피커에서 딸칵 하는 소리가 나더니 로만 우그리모프의 목소리가 들렸다. "알렉산더-위버 씨? 오랜만이군요."

마일로가 비디오카메라를 들여다보며 웃음과 함께 손을 흔들어 보였다. "30분이면 됩니다, 로만 씨. 얘기 좀 합시다."

"같이 오신 친구분은?"

"저만 들여보내 주시면 됩니다."

"그럼 친구분은 거기서 기다리시면 되겠군요."

마일로는 자동차로 다가가 아이너에게 밖에서 기다리라고 말했다. 몇 분 후 대문 안쪽에서 검은 메르세데스 한 대가 나무들을 천천히 지나 다가오는 것이 보였다. 차에서 두 명의 남자가 내렸고, 그중 한 명은 마일로가 6년 전 베네치아에서 봤던 얼굴이었다.

"안녕하세요, 니콜라이 씨." 마일로가 말했다.

니콜라이는 마일로를 기억하지 못하는 척했고, 다른 남자가 대문을 열었다. 마일로가 들어가자 두 남자는 마일로의 몸수색을 하고 나서 다시 대문을 닫은 다음, 그를 차의 뒷좌석에 태워 안으로 들어갔다.

마일로는 길고 구불구불한 길의 끝에 나타날 우그리모프의 집이 웅장하리라고 예상했지만, 집은 의외로 소박했다. 메르세데스가 멈춘 곳에 나타난 것은 낮고 넓은 석조 건물이었다. 집은 중간 부분이 정면으로 돌출한 U자 모양이었고, 곡선의 안쪽에는 돌로 된 마당과 수영장이 있었다. 우그리모프는 그곳에서 알루미늄 안락의자에 앉아 거품이 나는 분홍색 음료수를 홀짝이며 마일로를 기다리고 있었다. 그는 흠 하는 소리를 내더니, 음료수를 유리 테이블 위에 올려놓고 마일로에게 다가와 악수를 청했다. 6년이 지난 지금 우그리모프의 숱 많은 잿빛 머리카락은 하얗게 세어 있었다. "오랜만이군요." 우그리모프가 러시아어로 말했다.

마일로도 오랜만이라고 인사를 하며 우그리모프가 권하는 안락의자에 앉았다.

"마실 것 좀 드릴까? 니콜라이가 자몽 다이키리를 만들었는데 맛있어요."

"저는 괜찮습니다."

"좋으실 대로." 우그리모프가 자신의 안락의자에 몸을 파묻으며 말했다.

따뜻한 정오의 태양이 반들거리는 돌들에 반사되어 눈이 부셨다. "정보가 좀 필요합니다, 로만 씨."

"정보라면 제가 적격이죠. 그게 바로 저의 사업이니까. 하지만 이번에는 협박 같은 건 안 하시겠지?" 우그리모프가 웃음을 지으며 물었다. "지난번 협박하셨을 때 기분이 많이 상했거든요."

"당신이 그 소녀를 죽였잖습니까. 똑똑히 봤습니다."

"위버 씨, 당신은 테라스를 보고 있지 않았어요. 아니, 아무도 테라스를 보고 있지 않았지. 적어도 그 애가 뛰어내렸을 땐 말이야." 우그리모프는 짐짓 슬픈 척 머리를 흔들었고, 마일로는 그가 표현하는 감정은 전부 거짓이라고 생각했다. 우그리모프가 말을 이었다. "당신이 손가락질하지 않더라도 나는 이미 충분히 슬프단 말이오."

"그 얘기를 하려고 온 것은 아닙니다. 당신의 회사, 우그리테크에 대해 물어볼 게 있습니다."

"아, 그거 좋군요. 마침 새로운 투자자들을 물색 중이었거든."

"롤프 빈터버그가 누굽니까?"

우그리모프는 입술을 오므리더니 고개를 저었다. "모르겠는데."

"그럼 롤프 빈터버그가 스위스 유니온 은행에 입금한 30만 달러에 대해서는 아시겠죠? 새뮤얼 로스가 그 돈을 모두 인출한 뒤 계좌를 해지했습니다만. 아니면 작년 말 이곳에서 당신이 수단의 에너지 광산부 장관과 가진 회의는 어떤가요?"

우그리모프는 후루룩 소리와 함께 다이키리를 들이켜며 유리잔 너머로 마일로를 응시했다. 그는 유리잔을 테이블 위에 올려놓으며 말했다. "우그리테크가 뭐 하는 회사인지 아시나요, 마일로 씨?"

"별로 관심 없습니다."

"관심을 가지셔야 할 텐데요." 우그리모프가 손가락을 흔들며 말했다. "우리는 좋은 일을 하죠. 아프리카 흑인들에게 21세기를 선사하는 일. 중국에서 대목을 건지려는 사람들도 있지만 나는 그보다 낙관적이에요. 우리의 과거에 우리의 미래가 있다고나 할까. 바로 옛날에 우리가 거쳐 갔던 검은 대륙에 말이지. 아프리카에는 잠재력이 있어요. 광물, 석유, 광활한 대지. 천연자원들이 수두룩하죠. 하지만 아프리카는 스스로를 다스리지 못하고 있어. 그 이유가 뭔지 아시나요?"

마일로는 우그리모프가 진지하게 묻는 것인지 확신하지 못하며 대답했다. "부패한 정부 때문일까요?"

"정부가 부패한 것은 사실이지. 하지만 그것은 원인이 아니라 결과입니다. 아프리카가 가진 문제들의 근간은 한마디로 '무지'예요."

마일로는 코를 문지르고 앉은 자세를 바로 했다. "로만 씨, 저는 당신의 인종차별적 발언을 들으러 온 게 아닙니다."

러시아 남자는 큰 소리로 웃더니 금세 표정을 고쳤다. "제 앞에선 정치적인 올바름 따위는 접어두시죠. 아프리카 흑인들이 멍청하다는 뜻이 아닙니다. 무지라는 건 객관적 지식의 부족이죠. 그것이 아프리카에 내린 저주예요. 왜 아프리카 사람들은 콘돔을 사용해도 에이즈를 예방할 수 없다고 믿을까요?"

"천주교 사제들이 그렇게 가르치겠죠."

"좋습니다. 그렇다면 천주교가 아프리카의 무지를 부추긴다고 할 수 있겠군요. 그렇다면 처녀와 섹스를 해서 HIV를 없앨 수 있다고 생각하는 까닭은요?"

"무슨 말인지 알겠습니다."

"알아들으신 것 같군요. 저의 우그리테크는 아프리카의 정체된 무지를 타파하려는 노력의 일환입니다. 제 이름을 따서 회사 이름을 지었다는 점이 다소 자아도취적으로 보일지도 모르겠습니다만. 아무튼 그 노력의 시작은 컴퓨터와 인터넷입니다. 작년에는 나이로비의 학교와 커뮤니티센터에 2,000대의 컴퓨터를 설치했죠."

"하르툼에는 몇 대나 설치했습니까?"

"비슷한 만큼 설치했죠. 정확히 기억이 안 나는군."

"그것 때문에 에너지 광산부 장관이 이곳에서 당신을 만난 겁니까?"

우그리모프는 빈 다이키리 잔을 바라보았다. "니콜라이!" 우그리모프가 외치자 대머리의 사내가 나타났다. "한 잔 더 만들어 주겠나?"

니콜라이는 고개를 끄덕인 후 잔을 가지고 안으로 들어갔다.

"대답은?" 마일로가 물었다.

로만 우그리모프는 맞붙인 양손바닥을 입술 앞으로 가져갔다. "마일로 위버 씨, 들리는 소문에 의하면 도피 중이시라던데 맞습니까?"

마일로는 잠시 침묵하다가 대답했다. "맞습니다."

"자기편한테서 도망치는 사람들은 항상 저를 찾아오더군요. 묘하지 않나요?"

"질문에 답하지 않을 겁니까?"

"진정해요. 그렇게 서두를 필요 없잖습니까? 다이키리라도 한잔?"

"고맙습니다만, 됐습니다."

"사람을 죽이셨나?"

"아닙니다."

"내가 그 말을 믿지 않는대도 원망할 순 없겠지? 당신도 나를 믿지 않았으니까. 나의 소중한 잉그리드는 자살한 거지 내가 죽인 게 아니라고 말해도 말이지."

"공평하군요."

갑자기 미소가 우그리모프의 얼굴을 스쳐갔다. "지난번 함께 얘기한 거 기억합니까? 그때 당신 심기가 불편했었는데. 총상을 입었었죠? 그러니 언짢은 것도 당연했겠지만."

"기분이 나빴던 것은 당신이 내 질문에 답하지 않았기 때문이었습니다." 마일로가 기억을 떠올리며 말했다. "왜 프랭크 도들이 당신을 만났는지 대답하지 않았잖습니까? 지금이라도 말해 보시죠?"

"질문이 참 많군."

마일로는 어깨를 으쓱했다.

"단순한 상황이었어요, 위버 씨. 프랭클린 도들은 새로운 신원이 필요했지. 남아프리카인으로서의 신분증. 그는 저의 지인들 중 그를 신속히 도와줄 수 있는 사람이 있다는 것을 알았던 겁니다."

"그래서 당신을 찾아갔던 겁니까? 그 부탁을 하기 위해서?"

"부탁은 며칠 전에 미리 했어요. 당신들에게 죽임을 당한 날은 신분증을 찾으러 왔던 거지. 시체를 뒤져봤다면 여권을 찾아내셨을 텐데?"

마일로는 당시 사건에서 손을 떼고 있었기 때문에 그 후의 진행상황을 듣지 못했다. "잉그리드라는 아이는 이 상황과 무슨 관련이 있습니까?"

우그리모프의 표정이 변했다. "잉그리드 콜. 아름다운 아이였지. 당신은 만난 적이 없지만…… 혹시 사진이라도 본 적이 있나요?"

"테라스에 있는 것을 봤습니다. 사건 전날 밤에."

우그리모프가 침을 삼키는 소리가 들렸다. "프랭크 도들은 얼간이야. CIA 사람들이 얼간이라는 건 알았지만 그 정도일 줄은 몰랐어. 그건 단순한 거래였다고. 그냥 돈을 내고 여권을 찾아가면 되는 거였어. 그런데 나를 협박해서 일을 망친 거요. 내가 단순한 잉그리드의 후견인이 아니라는 증거를 가지고 있다더군. 분명 사진이었겠지."

"너무 어린 소녀였습니다, 로만 씨."

"열세 살." 우그리모프가 수긍하며 아랫입술을 살짝 깨물었다. 그의 시선은 마일로를 지나쳐 유리문을 향하고 있었는데, 아마도 유리에 비친 자신의 반영을 보는 듯했다. "임신 중이었어. 나의…… 우리의……." 우그리모프는 눈을 감고 헛기침을 하다가 마일로를 똑바로 바라보며 말했다. "이 사실이 밝혀졌다면 사업에 큰 지장이 있었을 거요. 내가 그 아이를 사랑하게 된 정황이나 그 사랑의 성격에 관심을 갖는 사람은 없었을 테니까. 사람들한테는 숫자가 전부지."

마일로는 스테파니를 떠올리며, 열세 살 난 소녀가 무언가를 믿게끔 조종하는 것은 어려운 일이 아닐 것이라고 생각했다. 아마 사랑마저도 그럴 것이다. 마일로는 황급하게 스테파니와 잉그리드의 모습이 겹치는 상상을 떨쳐냈다. "프랭크 도들의 협박을 무력화시키려고 아이를 죽인 거군."

"잉그리드가 뛰어내린 거야." 우그리모프가 속삭였다.

마일로는 몇 년이 지난 지금 우그리모프가 그 거짓말을 진실이라고 믿어 버리게 된 것은 아닐까 생각했다.

"비극이었어. 게다가 뒤를 따라 도들이 죽는 바람에 일이 복잡하게 꼬여버렸지요. 어쨌건 곧이어 뉴욕에서 일어난 엄청난 사건에 묻혀 버렸지만." 우그리모프가 갑작스럽게 미소를 지었다. "하지만 그 와중에 행복한 일도 있었지! 그때 당신은 지금의 부인을 만났지요?"

마일로는 우그리모프가 너무 많은 것을 안다는 사실에 불안했지만 내색하지는 않았다. 아직은 그가 필요했다.

"맞습니다. 지금도 같이 살고 있죠."

"그렇다고 들었습니다."

"누구에게서 들었죠?"

또다시 우그리모프가 미소를 지었다.

마일로가 말했다. "안젤라 예이츠를 기억합니까? 베네치아에서 저와 같이 있었던 요원입니다."

"그럼요. 얼간이 도둑들을 처리한 아름다운 여성 말이죠? 최근에 자살했다는 기사를 읽었습니다만. 그리고 당신이 그녀를 살해한 혐의로 쫓기고 있다는 소식도 들었지. 사실인가요?"

"안젤라는 살해당했습니다. 하지만 범인은 제가 아니에요."

"아니라고?"

"아닙니다."

우그리모프는 입술을 오므렸다. "우그리테크에 대한 당신의 질문들은 안젤라 예이츠의 죽음과 관련이 있나요?"

"그렇습니다."

"그렇군요." 우그리모프는 혀로 입술을 핥았다. "마일로 씨, 안젤라 예이츠가 얼간이 도둑을 죽인 그날 우리의 세계에는 엄청난 변화가 일어났죠. 코란이 뭐에 쓰는 물건인지도 몰랐던 이들이 지금은 그것을 읽고 있어요." 우그리모프가 미소를 띠며 말했다. "적어도 코란이 전하는 메시지 정도는 안다고들 생각하죠."

"그 말은 당신도 세상과 함께 변했다는 뜻인가요?"

우그리모프가 머리를 갸웃거렸다. "그렇게 말할 수 있을지도 모르겠군요. 우선순위가 바뀌었달까? 다양한 피부색을 가진 친구들이 생겼답니다."

"테러리스트들에게 컴퓨터를 공급하고 있습니까?"

"설마요. 그런 게 아닙니다. 그럴 리가 없죠."

"그렇다면 중국?"

우그리모프가 영문을 모르겠다는 표정으로 얼굴을 찌푸리며 머리를 저었다.

마일로는 러시아 사람과 대화할 때는 말을 돌려서 할 필요가 있다는 것을 잘 알고 있었지만, 이제 슬슬 짜증이 나기 시작했다. "말씀을 해주시죠."

"대신 나한테 뭘 주실 수 있나?"

마일로는 우그리모프 정도로 영향력 있는 상류층 인사에게 무엇을 줄 수 있을지를 고심하며 대답했다. "정보를 드리죠."

"무엇에 대한?"

"당신이 원하는 것은 뭐든지요. 물어보시면 제가 아는 한 대답해 드리겠습니다."

니콜라이가 신선한 자몽 다이키리를 들고 돌아와서 잔을 우그리모프 옆에 놓았다. 우그리모프가 미소를 지으며 마일로에게 말했다. "당신 일하는 스타일이 마음에 드는군요, 마일로 위버 씨."

두 사람은 말없이 니콜라이가 자리를 뜨기를 기다렸다.

# 37

"알고 싶다고 한 것이 두 가지였죠? 하나는 은행에 돈을 입금한 롤프 빈터버그라는 사람, 다른 하나는 저와 수단 정부와의 관계."

"그렇습니다."

"공교롭게도 이 두 가지는 관계가 있다고 할 수 있죠. 아니, 실은 깊은 관계가 있어요. 아시다시피 내겐 힘이 있습니다. 하지만 그건 마치 거품 같은 힘이지. 언제 팍 하고 터져 없어질지 모르니까. 예를 들어, 얼간이 프랭크 도들이 협박했을 때는 나의 사적인 취향 때문에 그 거품이 터질 뻔했죠. 요즘은 입지가 확고해져서 그런 일로는 다치지 않겠지만 6년 전만 해도 사업 협상을 성사시키려면 세간의 이목에 신경 써야 했어요. 유럽 시장의 환영을 받으려고 한창 노력 중이었죠." 우그리모프는 어깨를 으쓱했다. "한마디로 연약했지."

"그래서 잉그리드를 죽였군요. 연약한 부분을 없애기 위해."

우그리모프는 화제를 떨쳐내기 위해 손사래를 쳤다. "과거 얘기는 이제 그만합시다. 제가 말하려는 것은 그 비극이 일어난 후의 얘기예요. 정확히 3개월 후인 2001년 12월. 한 청년이 미국인 친구들을 통해 나에게 접근했죠. 당신과 비슷한 이유로. 다시 말해 나를 협박했다는 겁니다. 도대체 내가 뭘 어쨌길래 하느님이 나한테 이러시는가 싶었죠. 도대체 왜? 그런데 이번엔 여자 문제가 아니었어요. 보다 심각한 문제였지."

"무슨 문제였습니까?"

우그리모프가 재빨리 고개를 흔들었다. "비밀이라 말하기 좀 곤란하군요. 돈 문제라는 것 정도만 알려드리면 충분할 거 같습니다만. 어쨌든 이 청년은 나의 비밀에 대해 자신이 입을 다물 뿐 아니라 다른 사람들이 알지 못하도록 손을 써주겠다고 했지요. 말하자면 나의 보호자 역할을 자청했달까."

"이름은?"

"스테판 루이스라고 소개하더군요. 그래서 나도 줄곧 그 이름으로 불렀어요."

"미국인인가요?"

"이름은 가짜일지도 모르겠지만 미국인이라는 것은 사실이었을 겁니다. 안하무인이었거든. 마치 온 세상이 자기 것인 양."

"당신에게 뭘 바랐던 겁니까?"

우그리모프는 다이키리를 들이킨 뒤 일어나서 테라스의 문을 닫았다. 그는 한가로이 자리로 걸어 돌아오며 숲으로 이어지는 마당 저편을 뚫어지게 바라보았다. 그는 자리에 앉아 목소리를 낮춰 말했다. "그가 나에게 시킨 일은 당신도 이미 알고 있는 것입니다. 현금을 줄 테니 취리히의 은행들에 입금하라는 것이었죠. 액수는 그때그때 달랐어요. 나는 내 부하의 이름과 '새뮤얼 로스'라는 이름으로 공동 계좌를 개설했습니다. 별수 없었어요. 당신이라도 마찬가지였을 걸? 난 녀석이 시키는 대로 했어요. 자주 있는 일은 아니었지. 1년에 한두 번 정도? 딱히 위법 행위는 아니었습니다. 부하에게 위조 서류를 들려 보내서 계좌를 만들었어요. '롤프 빈터버그'는 최근 2년간 계좌를 개설할 때 사용했던 이름이었습니다."

바로 이것이었다. 마일로는 갑작스러운 전율을 느꼈다. 타이거에게 암살의 대금을 지불하기 위한 단순한 돈세탁. 안젤라는 해답의 코앞까지 왔었던 것이다. 마일로는 큰 기대 없이 우그리모프에게 질문을 던졌다. "턱수염을 길렀습니까?"

"뭐라고요?"

"스테판 루이스. 붉은 턱수염이 있었습니까?"

우그리모프의 표정이 밝아졌다. "당신도 녀석을 아는군! 머리카락도 수염도 붉은색이었지. 붉은 턱수염을 길렀어요. 이미 알고 있었던 거군요!"

그렇다. 이것이 바로 연결고리이다. 마일로는 고개를 저으며 대답했다. "아직은 아닙니다. 하지만 조만간 만나보고 싶군요. 얘기를 계속하시죠."

"할 수 있는 얘긴 거의 다 했습니다. 녀석은 약속을 지켰죠. 돈과 관련된 나의 비밀은 새어 나가지 않았어요. 이따금 나를 찾아와 유로화 현금과 은행에서 해야 할 지시사항 따위를 전달했지. 그러면 나는 부하인 '빈터버그' 에게 그 지시대로 하도록 시켰죠. 그런데 몇 년 후 스테판 루이스와의 거래에서 오히려 제가 득을 보게 됐습니다. 문제가 좀 생기는 바람에, 독일의 공무원들이 나를 그쪽으로 보내달라고 스위스 정부에 요청했어요. 정말 겁이 좀 났었지. 그런데 루이스에게 그 얘기를 했더니 어떻게 한 건지 모르겠지만 스위스 정부가 날 건드리지 못하도록 조치를 취해주더군요." 우그리모프는 존경스럽다는 듯 고개를 끄덕였다. "적어도 최근까지는 그랬었지."

"무슨 일이 있었습니까?"

"월요일에 스위스 외교부에서 공문을 받았어요. 새로 들어선 스위스 정부는 더 이상 내가 스위스 시민으로서 적합하지 않다고 결정했다는 내용이었죠. 베를린의 열 받은 훈족 놈들 때문에 말이지."

"그래서 루이스에게 연락을 했군요."

"연락? 전화번호도 모르는데 어떻게? 그렇게 간단한 방식으로 만나진 않았어요. 하지만 기막힌 우연이 일어났죠. 나흘 전에 루이스가 마지막으로 찾아왔던 겁니다. 나는 운이 좋다고 생각했죠. 다시 부탁을 할 수 있을 테니까. 그런데 놈은 이번엔 현금과 지시사항을 전달하러 온 것이 아니었어요. 빈손이었지. 계약이 끝났다고 알려주더군. 협조해 준 것에 감시한다는 인사와 함께, 자기 쪽에서는 그와 나의 사소한 관계를 발설하지 않을 거라고 말했죠. 제 쪽에서 먼저 발설하지 않는다면 말입니다. 나를 괴롭히는 독일 문제와 관련해서는 더 이상 도와줄 수 없다고 하더군. 이미 계약은 끝났으니까."

마일로로서는 굉장한 행운이었다. 스위스 외교부의 공문 덕분에 로만 우그리모프의 분노가 복수심으로 바뀐 것이었다. 만약 그 일이 없었다면 우그리모프는 스테판 루이스와 맺었던 장기 거래에 대해 입을 다물었을 것이다. 스테판 루이스, 얀 클라우스너, 허버트 윌리엄스. 놈은 도대체 몇 개의 이름을 가지고 있는 것일까?

우그리모프가 헛기침을 하고 다이키리를 홀짝였다. "마일로 위버 씨, 당신이 무슨 일을 꾸미는지는 모르겠지만 제가 그 표적이 아니길 바랍니다."

"아닐 겁니다." 마일로가 사실대로 얘기했다. "이제 수단에서 대해 말씀해 주시죠."

"아! 그래요. 아마 마음에 드실걸. 방금 얘기했던 것과 수단에는 모두 이 미꾸라지 같은 루이스라는 사내가 관련되어 있으니까요."

마일로가 무릎 위에 손을 올려놓고 말했다. "말씀해 보시죠."

"작년 10월 아직 루이스와 내가 친구였을 때의 일이었죠. 놈이 찾아와서 부탁을 하나 했어요. 수단 에너지 광산부 장관 알-자즈를 이곳으로 초대해 달라는 부탁. 자기 친구들이 수단 에너지 산업에 투자를 하고 싶어 한다더군. 물론 나는 알-자즈 장관과 아는 사이였지만 그를 별로 좋아하지는 않았어요. 컴퓨터를 설치해 주자마자 해체해서 다른 용도로 쓰는 것 같았거든. 어쨌든 루이스는 협력 관계를 유지하려면 부탁을 들어달라고 했고 나는 알았다고 했죠. 그래서 초청 공문을 보냈더니, 장관이 승낙했어요. 11월 4일에 여기로 왔죠. 루이스도 네 명의 무뚝뚝한 미국 비즈니스맨들을 데리고 왔어요. 혹시 궁금하실까 봐 미리 말씀드리자면……."

우그리모프가 한 손을 들어 올리며 말했다. "그들은 이름을 말해주지 않았어요. 무례한 작자들이었지. 루이스의 요청대로 나는 응접실에서 기다렸습니다. 그런데 조금 있자니까 장관이 고래고래 소리를 지르면서 뛰쳐나오는 게 아니겠어요? 그는 복도를 쿵쾅거리며 내려가더니 현관을 나갔죠. 경호원이 그 뒤에 바짝 붙어 있었어요. 나는 잘 들어가시라는 인사를 하러 쫓아갔습니다. 장관이 열 받아 있는 걸 보니 왠지 고소하더라니까. 그때 그가 뭐라고 말했는지 아세요?"

마일로는 고개를 저었다.

"장관은 '제기랄, 우리는 우리가 원하는 사람들에게 팔 권리가 있어!' 라고 말하더군요. 네, 그렇게 말했어요. 그러고는 '우리 대통령을 협박할 테면 해 봐. 당신네 대통령을 묻어 버릴 테니까!' 라고 덧붙였죠." 우그리모프가 열렬히 고개를 끄덕이며 말했다. "참으로 흥미진진한 저녁이었지."

"그들이 무엇을 의논했는지는 모르십니까?"

우그리모프가 고개를 저었다. "루이스 패거리들은 오자마자 도청장치가 있는지부터 확인했죠. 회의가 끝난 다음에는 아무 말 없이 나갔어요. 난 술을 퍼마신 다음 곯아떨어졌지. 뭐랄까, 내 집인데 내가 주인이 아닌 것 같았어요. 무슨 말인지 알겠죠?"

"네. 압니다."

마일로는 짧게 대답한 뒤 우그리모프를 바라보며 다시 사건의 연결고리를 생각해 보았다. 허버트 윌리엄스는 미국 비즈니스맨 그룹의 대리자였다. 수단 에너지 장관과의 회담이 결렬되자 비즈니스맨들은 타이거를 고용하여 이슬람 급진파 지도자를 암살했다. 이것이 중요한 점이었다. '우리 대통령을 협박할 테면 해 봐.' 타이거의 생각이 맞았다. 암살은 민중들의 분노를 북돋워 그렇지 않아도 불안정한 정부를 더욱 불안정하게 만들어 버렸다. 다만 그 배후에는 테러리스트가 아니라 비즈니스맨들이 있었다. 그렇다면 암살의 이유는? '제기랄, 우리는 우리가 원하는 사람들에

게 팔 권리가 있어!'

무엇을 판다는 것인가?

미국이 수단에게서 탐낼 만한 것은 하나밖에 없다. 바로 원유이다.

하지만 수단은 원유를 중국에 수출하고 있었다. 미국 회사들은 금수조치 때문에 수단으로부터 원유를 살 수 없었다.

태양이 견디기 힘들게 뜨거웠다. 마일로는 자리에서 일어나 유리문 쪽으로 걸어가서는 지붕 처마의 그림자 아래로 들어가 숨을 골랐다.

"마일로 위버 씨, 괜찮아요?"

"괜찮습니다. 얘기는 그게 다입니까?"

우그리모프는 의자에 앉은 몸을 늘어뜨리며 얼음이 녹은 다이키리를 입술에 가져다 댔다. "그게 전부입니다. 자, 그럼 이제 교대할 시간이군요. 아무 질문이라도 해보라고 했죠?"

"답을 안다면 알려드리겠습니다."

"좋습니다." 러시아인이 말했다. 얼굴에 처량하고도 진지한 빛이 감돌았다. "저는 어디로 가면 좋을까요?"

"네?"

"조만간에 스위스를 떠나게 될 겁니다. 어디로 갈까요? 조건은 날씨가 좋고 독일 은행가 놈들이 따라올 수 없는 곳. 미국도 생각해 봤지만, 요즘은 미국인들에게 호감이 안 생겨서 말이죠."

"수단은 어떠세요?"

"하!" 우그리모프의 웃기다는 듯한 반응을 보고, 마일로는 그가 자신으로부터 아무것도 원하지 않는다는 사실을 깨달았다. 그는 단지 복수심에서 정보를 제공했던 것이다.

"루이스에 대한 정보는 없습니까?" 마일로가 물었다. "정체를 캐 보셨겠죠?"

"물론 캐 봤지. 몇 년 전에."

"성과는?"

"성과라…… 그런 놈들은 자기 흔적을 잘 숨기죠. 단지 두 개의 다른 이름을 알아냈습니다. 하나는 허버트 윌리엄스. 파리에서 사용했던 이름이었죠."

"나머지 하나는 얀 클라우스너?" 마일로가 물었다.

우그리모프가 얼굴을 찌푸리더니 고개를 저었다. "아니요. 케빈 트리플혼."

"트리플혼?"

러시아인이 고개를 끄덕였다. "가명을 몇 개나 사용했는지는 알 수가 없죠."

트리플혼. 마일로는 생각했다. 그는 그 이름을 머릿속에서 되뇌다가 마침내 깨달았다. 모든 것이 밝혀지지는 않았지만 이것으로 충분했다. 〈여행객〉 케빈 트리플혼. 그가 바로 얀 클라우스너, 허버트 윌리엄스, 그리고 스테판 루이스였던 것이다. 사진 속에서 이리엔 대령과 함께였던 것도, 안젤라를 감시하기 위해 또는 그녀에게 누명을 씌우기 위해 그 곁을 맴돌았던 것도 바로 트리플혼이었다.

마일로는 정신을 잃었다. 다시 눈을 떴을 때는 우그리모프가 마일로의 뺨을 치며 다이키리를 먹이고 있었다. 쓴맛이 나고, 뒷골이 쑤셨다.

"자기 몸은 자기가 보살펴야죠, 마일로 씨. 다른 사람이 돌봐줄 수는 없는 노릇이니까. 충고 하나 하자면, 가족들에게 의지하세요. 다른 사람은 안 됩니다." 우그리모프가 일어나서 외쳤다. "니콜라이!"

니콜라이는 미심쩍은 눈초리로 괴로워하는 마일로를 쳐다보며 차를 정문까지 운전했다. 잦아드는 충격 속에서 마일로는 우그리모프의 마지막 말을 떠올렸다. '가족들에게 의지하세요. 다른 사람은 안 됩니다.' 그가 그런 말을 하다니 왠지 기묘했다.

정문에는 아이너가 마일로의 다비도프를 피우며 서 있었다. 메르세데스가 다가오는 것을 보자 그는 담배를 땅바닥에 버렸다. 다리에 힘이 조금 돌아온 마일로가 차에서 내렸다. 니콜라이도 함께 차에서 내리더니 아이너를 가리키며 말했다. "당신!" 딱딱하고 화가 난 영어로 니콜라이가 말했다. "담배꽁초 버리지 마!"

# 38

시내로 운전을 하며 아이너는 마일로에게 제네바가 자신이 가장 좋아하는 도시들 중 하나라고 말했다. "거리를 한번 둘러봐. 여자들 말이야. 도대체 흥분을 진정시킬 수가 없다니까!"

"아, 그래." 마일로가 스쳐가는 나무들을 바라보며 말했다.

"너한테도 느끼게 해주지. 오늘 어딘가 잠입할 계획이라도 있는 게 아니라면 말이야. 설마 그럴 계획은 없겠지?"

마일로가 고개를 저었다.

"좋아. 오늘 밤은 좀 즐기자고." 제네바 호에 가까워지자 나무들을 대신하여 집들이 나타났다. "우그리모프의 집에서 무슨 일이 있었는지 얘기해 주지그래? 어쨌거나 우리는 지금 한패잖아?"

마일로는 아무 말도 하지 않았다. 〈여행업〉의 수칙 중 하나는 알고 있는 사실을 너무 많이 공개하지 말라는 것이었다. 하물며 바로 그 〈여행업〉이 지금의 모든 상황을 초래했다는 사실은 더더욱 말할 수 없는 노릇이었다. 더욱이 마일로 자신도 아직 상황을 완전히 이해한 것이 아니었다. 거짓말도 〈여행업〉의 요령 중 하나였으므로 그는 아이너에게 거짓말을 하기로 했다. "우그리모프에게는 도움될 만한 정보가 없었어. 예상 못한 바는 아니지만."

"우그리테크는?"

"누군가 그의 회사를 통해 돈을 주고받았을지도 모르지만, 우그리모프 자신은 전혀 모르더군."

아이너는 마일로의 실패담에 얼굴을 찌푸렸다. "뭐, 그래도 우리는 일단 제네바에 왔잖아? 내가 웬만한 가이드보다 안내를 잘한다고. 오늘 밤 놀러 가는 거지?"

"알았어." 마일로가 말했다. "하지만 그전에 낮잠부터 좀 자야겠군."

"그래, 꼰대. 이제 젊지 않으니까."

호텔 보 리바쥬에 도착한 시간은 오후 4시였다. 마일로가 낮잠 자는 동안 아이너는 단골 사창가에서 나름의 휴식을 취하기로 했다. "꽤 고급스러운 곳이야. 위생상태도 좋고 대접도 융숭하지. 너도 한번 하지그래?"

마일로는 아이너에게 즐거운 시간을 보내라고 말한 뒤, 무료 〈헤럴드 트리뷴〉 신문을 집어 들고 엘리베이터를 탔다. 올라가면서 신문을 보니 1면 아래쪽에 온화하게 생긴 나이 든 남자의 사진이 있었다. 노인은 흰머리를 빗어 넘기고 부드럽게 미소를 짓고 있었다. 프랑크푸르트에서 전달된 기사로서, 10년째 도이치 은행의 이사직을 맡고 있던 에두아르트 슈틸만이 은행 건물 29층 사무실에서 구타를 당해 죽었다는 소식이었다. 경찰은 아직 사건의 단서를 찾지 못했다. '단서가 나올 리가 없지.' 신문을 침대 위에 올려놓고 옷을 벗으며 마일로는 생각했다.

〈여행객〉 시절 마일로는 이따금 이런 상황에서 졸음이 쏟아지곤 했다. 정보의 벽에 부닥쳐 육체적으로도, 정신적으로도 기력이 소진되어 버리는 것이다. 아무리 〈여행객〉이라고 해도 한 번에 추리해 낼 수 있는 연결고리에는 한계가 있다. 마치 예술 작품을 창작할 때처럼 시간과 숙고가 필요하다. 게다가 마일로의 〈여행객〉으로서의 실력은 평균적이었다. 저녁에 잠에서 깨어 샤워를 하고 옷을 갈아입을 때에도, 그는 여전히 정보의 과부하에 머리가 어지러웠다.

그런 탓에 마일로는 아이너가 "내일 아침에 떠나게 됐어."라고 말해도 아무런 의심을 하지 못했다.

"그래?"

"임무 지시가 떨어졌어. 다른 지역으로 가야해. 이제 너 혼자서 할 수 있겠지?"

"애써 봐야지."

마일로가 플래티넘 글램 클럽에서 머문 것은 한 시간 남짓이었다. 번지르르한 클럽은 제네바 호에서 흘러나오는 론느 강을 마주한 쉬제 강변에 자리 잡고 있었고, 안은 울렁거리는 주파수로 들썩였다. 들어간 지 15분 만에 마일로의 귀는 시끄러운 테크노 음악으로 먹먹해졌다. 주위에는 클럽을 가득 메운 스위스의 부유층 자제들이 소리를 지르며 말을 주고받고 있었다. 번쩍거리는 조명, 벽 위를 어지럽게 어른거리는 광선. 아이너는 군중을 뚫고 댄스 플로어로 향하더니 시야에서 사라졌다. 입장료에는 음료수가 포함되어 있었지만, 바까지 걸어가는 것은 꽤나 힘든 일이었다. 바에는 밝게 염색된 뾰족 머리를 한 몸이 좋은 젊은 남자들이 있었다. 그들은 'DJ 재지 슈바르츠'가 플레이하는 괴로운 리듬에 맞춰 술병 돌리기를 하는 중이었다. 마일로는 뒤로 물러서다가, 짧은 스커트를 입은 아름다운 여자들과 몸을 부딪쳤다. 길고 알록달록한 음료수 병을 손에 들고 있는 그녀들은 마일로에게 전혀 신경을 쓰지 않았다. 마일로는 줄지은 소파들을 향해 군중을 뚫고 걸었지만, 도착했을 때는 이미 빈자리가 없었다. '도대체 나는 여기서 뭐 하고 있는 거야?' 라고 생각하며 마일로는 출입구를 향했다.

출입구가 마일로의 시야에 들어오는가 싶더니, 갑자기 은빛 라메 원피스를 입은 여자가 길을 막아섰다. 검고 곧은 앞머리를 한 그녀의 가슴께에는 기다란 모히토 병이 들려 있었다. 여자가 활짝 웃음을 지으며 소리를 질렀지만 마일로는 알아들을 수가 없었다. 그가 잘 안 들린다는 제스처로 손을 귀에 갖다 대자, 여자가 그의 목덜미를 잡아채더니 그의 귀에다 입을 가져다 대며 말했다. "춤출래요?"

마일로는 여자의 자존심이 상할까 봐, 그녀의 촉촉한 어깨를 쓰다듬으며 춤추고 싶지 않다고 말했다.

"친구분 말로는 당신이 춤추고 싶어한다던데!" 거짓말하지 말라는 듯 여자가 웃음을 지으며 마일로를 흘겨봤다.

마일로가 영문을 알 수 없다는 표정을 짓자 여자는 그의 등 너머를 가리켰다. 세련된 헤어스타일들 속에서, 아이너가 자기만큼이나 키가 큰 금발의 젊은 여자와 함께 있는 것이 보였다. 그는 댄스 플로어에서 신나게 몸을 흔들며 마일로에게 엄지손가락을 추켜올려 보였다.

"저 사람이 벌써 돈 냈어요!" 여자가 소리를 질렀다.

느릿한 성격의 마일로가 상황을 파악하는 데는 시간이 조금 걸렸다. 그는 몸을 숙여 여자의 뺨에 키스를 한 후 말했다. "다음에 춥시다."

여자가 나가려는 마일로를 붙잡고 말했다. "돈은 어떡해요?"

"그냥 가져요."

여자에게서 벗어난 마일로는 클럽으로 입장하는 회색 정장과 넥타이 차림의 젊은이들을 뚫고 마침내 계단을 올라 론느 강을 마주보는 시원한 길거리로 나섰다. 귓속이 아직도 웅웅거렸다. 길거리도 클럽만큼이나 붐볐다. 네 명의 건장한 문지기들이 클럽으로 들어가려는 술 취한 난동꾼들과 실랑이를 벌이고 있었다. 굳이 클럽으로 들어가려 하지 않고 보도 위에서 와인, 맥주, 담배 따위를 주고받는 이들도 있었다. 술 취한 여자 하나가 길 위에서 빙글빙글 몸을 돌리자, 레드불 캔을 손에 쥔 그녀의 친구들이 그 광경을 보며 깔깔댔다. 지나가던 메르세데스 한 대가 경적을 울리자, 여자는 즐거운 표정으로 훌쩍 뛰어올라 길을 비켰다. 마일로는 호텔을 향해 걷기 시작했다.

마일로는 한동안 잊고 있었던 유럽 도시의 공허함을 느꼈다. 젊은 아이너에게 유럽의 도시들은 음악과 폭력, 그리고 무분별한 섹스로 가득한 유원지였다. 마일로도 예전에는 그렇게 생각했지만, 이제 그는 도시들이 결국 다 똑같다는 것을, 도시에서 일어날 수 있는 수많은 일들이 어차피 비슷하다는 것을 깨달아 버렸다. 마일로는 각각의 도시가 가진 고유한 매력을 느낄 수 있을 만큼 한 곳에 오래 머물러 본 적이 없었다. 그에게 있어서 밝게 불 밝힌 도시들은 모두 "도시"라는 관념의 반영일 뿐이었다. 어느 도시든 별다를 게 없었다.

마일로는 눈을 비비고 호숫가를 향해 걸었다. 호수는 어두워서 잘 보이지 않았다. 받아들이기 힘들었지만 이제 모든 것이 명확했다. 트리플혼은 그레인저의 지시를 받는 〈여행객〉이다. 처음부터 그레인저가 모든 상황을 조종했던 것이다.

마일로는 편의점에서 앱솔루트 한 병을 산 다음 호텔 프런트에서 열쇠를 받아 들고 엘리베이터를 탔다. 엘리베이터의 고급스러운 거울 인테리어가 왠지 메스꺼웠다. 그는 방에 도착해서 옷을 벗고는 호텔 컴퓨터로 티나에게 그가 무사하다는 것을 알리는 메시지를 보낼까 생각했다. 하지만 지금쯤이면 〈회사〉와 자넷 시몬스가 티나의 이메일 계정을 확인하고 있을 터였다. 마일로는 잔에 보드카를 따라서 들이켰다.

목덜미 아래가 서서히 지속적으로 쑤셨다. 마일로는 자신이 "절망"에 사로잡혔음을 깨달았다. 간단한 수법이었다. 일단 표적이 쫓기게 만든 다음 그를 가족들로부터 멀리 떨어뜨려 놓는다. 그리고 그가 유일하게 신뢰했던 사람에게 이용당했음을 깨닫게 하면, 마침내 표적은 무너지기 시작한다. 2001년에 바로 안젤라가 그렇게 무너졌다. 지금 배신당했다는 사실에 절망한 마일로에게는 안정적인 무언가가 필요했다. 그것은 바로 아내와 딸, 지금은 볼 수도, 만질 수도, 얘기할 수도 없는 가족이었다. 하지만 그런 가족이나마 존재하지 않는다면 지금 상황은 2001년과 다를 게 없었다. 베네치아의 운하에 우두커니 서서 자살을 생각하던 그때. 가족이 없다면 뛰어내리지 못할 이유가 없었다.

우울한 와중에도 마일로는 보드카 한 잔으로 술을 끝냈다. 그는 아이너가 새로운 지시를 받았다는 것을 상기하며 다음 할 일을 생각했다.

* * * * *

제임스 아이너가 호텔로 돌아온 것은 새벽 3시가 다 돼서였다. 마일로는 미리 그와 아이너의 방 사이의 문을 강제로 열어 두었다. 그는 배낭을 싸서 옷장 안에 넣고 호텔 전화를 사용하여 비행기 출발시간들을 확인한 뒤 침대에 드러누웠지만 잠들지는 않았다. 이윽고 아이너가 옆방으로 들어오는 소리가 들렸다. 그는 무언가에 걸려 넘어지며 욕을 퍼붓더니 화장실로 들어갔다. 마일로는 강력 접착테이프를 등 뒤에 숨기고 아이너의 방으로 몰래 들어갔다. "뜨거운 밤 보냈나?" 마일로가 외쳤다.

"뭐?" 살짝 열린 화장실 문을 통해 아이너의 놀란 목소리가 들려왔다. "아, 별로였어. 안 자고 있었네?"

"응." 마일로는 느긋하게 아이너의 침대 발치에 걸터앉으며 말했다. 아이너가 볼일을 보는 지금 처리할 수도 있겠지만, 친구인 그에게 굴욕을 주고 싶진 않았다.

"이봐." 아이너가 말했다.

"왜?"

"여긴 어떻게 들어온 거야?"

젠장.

마일로는 재빨리 화장실로 가 문을 열고, 마카로프를 겨누려는 아이너의 손을 발로 걷어찼다. 커다란 총성이 조그만 공간에 울려 퍼지고 총알이 욕조 위 타일에 박혔다. 바지를 발목까지 내린 채 아이너가 일어서려고 하자 마일로는 팔꿈치로 그의 어깨를 강하게 가격했다. 아이너가 다시 변기 위로 주저앉았다. 마일로는 한 손으로 아이너의 턱을 그러잡고 뒤로 밀어붙였다. 아이너의 뒷머리가 벽에 부딪혔다. 마카로프가 바닥에 떨어졌다.

마일로는 다시 한 번 아이너의 머리를 벽에다 찧었다. 아이너의 충혈된 눈이 불거졌다. 그는 입을 벌려 말을 하려고 했지만 마일로가 팔꿈치로 목을 가격하는 바람에 한마디도 할 수가 없었다. 마일로는 떨어진 마카로프를 주워들었다.

마일로는 아이너를 다치게 하고 싶지 않았지만, 일단은 겁을 줘야 했다. 그가 샤워 커튼을 잡아채자 고리들이 막대에서 뜯어졌다. 마일로는 커튼을 침실 바닥에 깔았다.

마일로가 화장실로 돌아와 보니, 아이너가 힘겹게 헐떡거리며 다시 일어나려 하고 있었다.

"가만히 있어." 마일로가 총을 들며 말했다. 아이너는 마일로가 자신을 죽일 작정은 아닐 것이라고 생각하며 마음을 놓았다. 그러나 다음 순간, 마일로가 발치까지 구겨져 내려간 아이너의 바지를 잡아채어 변기에서 끌어 내린 뒤 화장실에서 질질 끌어냈고, 겁에 질린 아이너는 팔을 휘저으며 신음을 했다. 셔츠가 가슴께까지 끌어 올려졌고 악취 나는 배설물이 바닥을 더럽혔다.

이렇게까지 심한 굴욕을 준 것을 미안해하며 마일로는 접착테이프를 뜯어내 아이너의 손목과 발목을 묶었다.

마일로는 숨을 크게 내쉬며 아이너를 샤워 커튼 위로 끌어올렸다.

"왜 이래?" 아이너가 가까스로 말을 내뱉었다.

"걱정하지 마." 마일로가 침착한 목소리로 말하며, 커튼의 한쪽을 접어 아이너의 몸을 덮었다. 커튼 끄트머리가 아이너의 얼굴을 가렸다.

"왜 이러냐고!"

마일로는 아이너가 숨을 쉴 수 있도록 커튼 끄트머리를 접었다. 아이너의 얼굴은 시뻘게져 있었다. 비닐에 덮여 질식사할까 봐 겁에 질렸던 것이다. "아무 일 없을 거야." 마일로가 다시금 아이너를 안심시키며, 커튼의 나머지 한쪽으로 그의 몸을 덮었다. 아이너는 이제 커튼으로 둘둘 말린 상태가 되었다. 마일로가 이로 접착테이프를 뜯으며 말했다. "제임스, 내 말 잘 들어. 난 떠나야 해. 하지만 그전에 네가 나를 쫓지 못하도록 조치를 취해야 했어. 난 너처럼 실력 있는 〈여행객〉의 추적을 따돌릴 자신이 없거든. 그래서 잠시 동안 네가 움직이지 못하도록 할 거야. 무슨 말인지 알겠지?"

아이너가 숨을 고르며 고통스러운 후두를 통해 말했다. "알겠어."

"좋아. 믿지 않아도 할 수 없지만, 나도 이렇게까지 하고 싶지는 않았어. 하지만 네가 쫓아오지 못하게 하려면 어쩔 수 없다."

"우그리모프가 뭐라고 했지?" 아이너가 힘겹게 말했다.

마일로는 사실대로 대답하려다가 생각을 고쳤다. "안 되지, 제임스. 피츠휴한테 보고하려고? 아직은 안 돼."

아이너가 축축한 눈을 깜빡거렸다.

마일로는 뜯어낸 테이프를 아이너의 입에 붙였다. 그리고 일어나서 샤워 커튼으로 에워싸인 아이너의 어깨부터 발까지를 남은 테이프로 둘렀다. 아이너가 주위의 물건을 집어 들지 못하도록 하기 위한 조치였다. 그는 테이프를 두르기 위해 아이너의 몸을 이리저리 굴리며 발과 어깨를 들어 올렸다. 되도록 친절하게 하려고 했지만, 비닐 커튼과 접착테이프는 이미 친절과는 거리가 멀었다. 아이너가 바지를 내린 채 커튼과 허벅지를 똥으로 더럽히고 있다는 사실은 더더욱 친절하지 않았다. 그는 진심으로 마일로를 죽이고 싶은 심정일 것이었다.

작업이 끝나자 마일로는 아이너를 침대 옆으로 굴렸다. 본래의 빛을 찾은 아이너의 눈이 입에 붙은 회색 테이프 위로 이글거리고 있었다. 마일로는 마카로프를 들어 아이너에게 보인 후 서랍장 안에 집어넣었다. 비스듬히 끌어내려진 침대의 매트리스가 아이너를 짙은 어둠 속에 가뒀다. 그것이 방음 기능을 하여 아이너가 내는 소리는 밖으로 새어나가지 못하게 되었다. 호텔 청소부가 올 때까지는 발견되지 않을 것이다.

마일로는 아이너의 지갑에서 600달러에 상당하는 스위스 프랑을 꺼내

주머니에 넣었다. 자동차 열쇠도 가져갈까 했지만 그러지 않았다. 그는 아무 말 없이 배낭을 메고 호텔을 나섰다.

마일로는 미행당하지 않기 위해 두 대의 택시를 갈아탔다. 그는 제네바 국제공항에 도착하여 출발하는 비행편을 파악했다. 다음 비행기는 7시 30분 에어 프랑스 1243편이었다. 마일로는 돌란의 신용카드로 3천 달러에 가까운 비행기 표를 산 다음 탑승하는 곳으로 달렸다. 한 시간 동안 샤를드골 공항에서 대기하면서, 마일로는 다시금 불안감에 휩싸였다. 부은 눈을 한 다이안 모렐이 어딘가 있을 것만 같았지만 그녀의 모습은 보이지 않았다.

이윽고 비행기에 탑승한 마일로는 문득 아이너의 말이 떠올랐다. '톰이 전화를 걸어서 내리는 지시 하나면 충분해. 통화 중에는 톰이 곧 신인 셈이지.'

〈여행객〉들은 주어진 지령의 이유를 묻지 않는다. "신"은 트리플혼에게 파리에서 안젤라 예이츠를 감시하라는 지시를 했다. 아무것도 몰랐던 아이너는 안젤라의 사진을 찍기에 바빴다. "신"은 트리플혼에게 이리엔 대령을 만나라고 지시했다. 사진 속의 트리플혼은 그저 대령에게 담배를 빌리는 중이었을 뿐인지도 모른다. "신"의 지시에 따라, 트리플혼은 어둠의 권력을 가진 러시아 비즈니스맨이 이런저런 은행 계좌로 돈을 입금하도록 했다. "신"의 지시에 따라, 트리플혼은 저명한 암살자를 고용하여 여러 명의 표적들을 제거했다. "신"의 지시에 따라, 트리플혼은 안젤라의 수면제를 바르비투르로 바꿔치기했다. 심지어 트리플혼이 밀란의 카페 의자에 몰래 주삿바늘을 설치하여, 크리스천 사이언스 신자인 타이거가 그의 정체를 모른 채 서서히 죽어가도록 만든 것도 바로 "신"의 지시를 따른 것이었다.

트리플혼에게는 아무런 책임이 없었다. 그레인저가 "신"이라면 트리플혼은 "욥"일 뿐이었다. 모든 것은 "신"이 만든 것이었다.

# 39

월요일 오후 JFK 공항에 도착한 마일로는 긴장하며 주위를 살폈다. 하지만 끝이 보이지 않는 줄을 기다려 여권 심사를 받은 라이오넬 돌란은 무사히 미합중국으로 입국할 수 있었다. 기다리는 곳을 표시한 기둥들을 보니 디즈니 월드가 떠올랐다. 마일로는 여드름투성이의 뻣뻣한 젊은 직원을 통해 허츠 렌터카의 쉐비를 한 대 빌렸다. 그는 공항 밖으로 나가 자동차 열쇠를 빙글빙글 돌리며, 터질 듯한 여행가방에 몸을 기댄 여행자들이, 지친 뉴욕 버스 기사들과 차비 실랑이하는 것을 지켜보았다. 택시들이 오고 갔고, 구석구석에는 무전기와 다른 장비들로 무장한 경찰들이 서 있었다. 하지만 삼십 대 후반의 불안한 남자가 턱을 문질러가며 주위를 두리번거리는 것에 신경 쓰는 사람은 아무도 없었다. 마일로는 렌트한 쉐비를 찾으러 갔다.

마일로는 물건들을 가지러 스팅어 창고로 가고 싶었다. 여분의 신용카드, 예전에 사용하던 ID 카드들, 그리고 여러 가지 유용한 무기들이 그곳에 보관되어 있었다. 하지만 그 대신 마일로는 북쪽 I-95번 도로로 향했다. 그는 롱아일랜드를 빠져나와 뉴로셸로 가다가, 패터슨 시를 향해 서쪽으로 방향을 틀었다. 스팅어 창고는 도움될 만한 물건들이 많았지만 지금쯤이면 발각되었을지도 모른다. 새삼 마일로는 자신의 어리석음을, 자신이 지금껏 여러 가지 빈틈을 만들었음을 깨달았다. 갑자기 그는 공항에 있던 어깨가 딱 벌어진 사내들이 〈회사원〉들이었던 게 아닌가 하는 생각이 들었다. 한 명은 렌터카 카운터 뒤에, 나머지는 에어컨을 최대로 가동시킨 검은 SUV 안에 있었다.

마일로는 초조함을 드러내지 않도록 주의하며 차의 속도를 높였다. 그는 남쪽으로 방향을 틀어 맨해튼과 평행선을 그리며 뉴저지 주를 달렸다. 호팟콩 호까지 이제 한 시간 정도 남았다. 그레인저는 아마도 마일로가 미국으로 들어오는 것을 알았을 것이다. 〈회사〉에 지원을 요청했을까? 현재로서는 아무것도 확실한 것이 없었다. 지금은 그저 과속탐지 레이더를 든 뉴저지 경찰들에게 저지당하지 않도록 운전해 가는 수밖에 없었다.

이윽고 고속도로를 가로지르는 산이 보였다. 주말에 가족들과 함께 그레인저 부부를 만나러 올 때면, 마일로는 맨해튼 바로 곁에 펼쳐진 자연의 경치를 보고 묘한 기분이 들었다. 도시에 있으면 온 세상이 콘크리트, 강철, 유리로 만들어진 듯한 기분이 들기 마련이다. 숲은 언제나 놀라움을 선사한다. 티나와 스테파니를 만나게 된 6년 전의 포르토로즈 출장 때처럼, 마일로는 이런 산속에서의 삶이야말로 자신에게 균형을 가져다줄 것 같은 기분이 들었다.

하지만 마일로는 이미 장소의 이동이 새로운 전망을 가져다주리라고 기대할 나이가 지났다. 〈여행객〉일 당시 마일로가 간과했던 점은 바로 사람이 장소를 만든다는 사실이었다. 사람이 있어야 자연도 의미를 갖는다. 지금은 가족이 있는 곳이 바로 마일로가 있어야 할 장소였다.

그레인저의 부인인 테리가 아직 살아 있었을 때, 마일로와 티나는 스테파니를 데리고 그들 부부를 만나러 이 길을 운전해 가곤 했다. 테리 그레인저는 분열증적인 끼를 가진 여자였다. 그녀는 파티를 열어 사람들과 함께 술을 마시며 즐거운 시간을 보내는 한편, 어떤 날은 혼자서, 심지어 남편으로부터도 떨어져 지내기도 했다. 어쨌든 "스위치가 올라간" 테리는 훌륭한 접내자였다. 그럴 때면 티나는 톰과 테리 부부의 호숫가 집이 마치 텍사스에 있는 자신의 친가인 양 즐거운 시간을 보낼 수 있었다.

톰(Tom), 테리(Terri), 티나(Tina), 텍사스(Texas). T가 참 많기도 하다. 마일

로는 티나가 파리(Paris)에 간 패트릭(Patrick)과 폴라(Paula)에 대해 얘기했던 것을 떠올리며 미소를 지었다.

오랫동안 티나는 암 치료를 받는 테리의 곁을 지키며 다정한 친구 역할을 했다. 하지만 상태가 악화되어 가망이 없다는 진단이 내려졌을 때, 테리는 방향을 틀었다. 그녀는 티나를 만나는 것을 피했고 전화 통화를 하더라도 짧게 끝냈다. 티나가 끝까지 자기 곁에 머물면서 괴로움을 겪는 것을 원치 않았던 것이다.

마일로는 브래디 드라이브에 늘어선 소나무들 아래에 주차를 했다. 그곳은 해안가에서 멀지 않았지만 그레인저의 집에서는 1km 정도 떨어진 지점이었다. 마일로는 배낭을 메고 길을 나섰다. 픽업트럭과 포드 자동차들이 마일로의 옆을 지나쳤다. 이따금 운전자들이 경적을 빵빵거리며 손을 흔들었다. 마일로도 웃으며 손을 흔들어 보였다. 목적지에 다가오자 마일로는 길을 벗어나서 숲으로 들어가 호숫가를 향했다.

그레인저가 부동산에 매물로 나온 호숫가의 집을 구입한 것은 70년대의 일이었다. 집은 루스벨트 대통령으로부터 영감을 받은 스타일의 오두막집으로, 30년대에 지어진 것이었다. 그레인저는 이 집의 소유주였던 사업가가 돈을 아끼기 위해 부인과 하인들을 데리고 맨해튼으로 집을 옮겼다고 말했다.

그레인저 부부는 거미와 고슴도치들의 서식지가 된 하인들의 숙소를 그대로 방치했다. 침실 세 개짜리 이층집 하나를 관리하는 것도 벅찬 일이었다.

마일로는 40분 동안 숲을 빙빙 돌며 여러 각도에서 그레인저의 집을 관찰했고, 나무들 속에 감시 장치가 숨겨져 있는지를 살폈다. 숲에 수상한 물건이 없음을 확인한 마일로는 집으로 다가갔다. 거실 창문이 뚫린 먼 쪽 벽 근처에는 그레인저의 메르세데스가 주차되어 있었다. 작은 부두가 있었지만 보트는 보이지 않았다.

현관문은 잠겨 있지 않았다. 마일로는 집으로 들어가서 안을 둘러보며 아무도 없는 것을 확인했다. 그는 현관 옆의 계단을 올라 침실을 지나쳐 그레인저의 집무실로 향했다. 작은 집무실의 커다란 창문 밖으로 호팟콩 호가 내려다 보였다.

사진가들의 용어를 빌리자면 지금은 "매직 아워"였다. 저물어 가는 태양의 광선이 절묘하게 굴절하여 사람들의 얼굴을 마치 임산부의 얼굴처럼 발갛게 물들이는 시간. 창문으로 보이는 호수의 빛깔이 발갰고, 그 위의 작은 형체 역시 발갰다. 그것은 바로 낚시를 하는 톰 그레인저의 모습이었다.

마일로는 책상 서랍들을 뒤졌다. 잠겨 있는 맨 아래 서랍은 다른 서랍 안의 드라이버를 이용해 강제로 열어야 했다. 예전에 이곳을 방문했을 때 마일로는 서랍 안의 내용물을 본 적이 있었다. 그레인저가 발지 전투 중에 독일 군인으로부터 빼앗은 루거 권총과 9mm 총탄. 마일로는 총의 약실을 확인하고 탄창을 장전했다.

그레인저가 보트를 부두의 말뚝에 묶고 있을 때 늘어뜨린 손에 권총을 든 마일로가 나무 뒤에서 나타났다. 내색을 안 한 것인지도 모르지만, 그레인저는 마일로를 보고도 놀라지 않은 것 같았다. 마일로가 물었다. "고기는 좀 잡았습니까?"

그레인저는 고개를 들지 않은 채, 로프를 묶느라 힘이 든 듯 숨을 가쁘게 내쉬었다. "안 잡혀. 최근 몇 년간 하나도 안 잡혔어. 어떤 미친놈이 호수에 이상한 걸 버려서 물고기가 다 죽은 게 아닌가 몰라." 그레인저가 몸을 일으키며 마일로를 바라봤다. "그런데 생각해 보면 테리가 죽은 다음부터 안 잡힌단 말이지. 어쩌면 내 탓일지도 모르겠군." 그는 마일로의 손에 들린 루거 권총을 보고 얼굴을 찡그렸다. "설마 책상 서랍을 망가뜨린 건가?"

"그런 셈이죠."

그레인저가 고개를 저었다. "맨 위 서랍에 열쇠가 있었을 텐데……."

"미안하군요."

"아, 그래." 그레인저는 낚싯대와 미끼를 배에서 꺼내려다, 맑은 하늘을 바라봤다. "그냥 여기 두고 가도 되겠군. 비는 안 올 테니까."

"그렇게 하세요." 마일로가 총을 든 채 손짓을 했다. "가시죠."

저항. 지금 상황에서 결여된 요소는 바로 저항이었다. 그레인저는 단지 망가진 책상 서랍에 대해 불평을 했을 뿐이었다. 그렇다. 그레인저는 마일로가 올 것을 알았던 것이다. 아마도 따분한 하루하루를 낚시질로 때우며 마일로를 기다리고 있었을 것이다.

두 사람은 거실에 자리를 잡았다. 그레인저는 술병들이 든 찬장으로 가서 10년산 스카치위스키 병을 꺼냈다. 그는 위스키를 콜린스 글라스에 따르고 병을 다시 찬장에 집어넣은 다음, 다른 잔에는 핀란디아 보드카를 따랐다. 그는 푹신한 소파에 앉은 마일로에게 보드카를 건넨 후, 폭이 좁은 가죽 의자에 앉았다. 두 사람 사이에는 낮은 커피테이블이 있었다. 벽 쪽에는 집이 지어졌을 때부터 있었던 골동품 라디오가 보였다. 그레인저가 말했다. "그래. 무사히 돌아왔구먼."

"무사히 돌아왔습니다."

"그리고 나를 찾아왔군. 여기 오기 전에 만난 사람은 없나?"

"없습니다."

"좋아." 그레인저가 스카치위스키를 홀짝거렸다. "말해 보게. 어떤 증거를 모았나?"

마일로가 숨을 들이켰다. 그는 그레인저에게 해답이 있음을 알았지만, 그에게서 해답을 끌어낼 방법을 정하지 못했다. 사실 마일로에게는 가용한 수법이 없었다. 오랜 친구이자 딸의 대부, 그리고 동시에 마일로의 수법을 꿰뚫고 있을 〈회사원〉 그레인저에게는 아무런 방법도 쓸 수 없었던 것이다. 마일로가 말했다. "무죄를 증명할 증거 따위 모을 필요가 없다는 사실을 깨달았죠. 내가 쫓기도록 일을 꾸민 것은 바로 당신이니까."

"자네를 도우려고 했던 거야."

마일로는 소리라도 지르고 싶었다. 딱히 할 말은 없었지만 입을 열면 아무 말이든 바로 튀어나올 것 같았다. 그레인저는 마일로에게 친구이자 가족과도 같은 존재였다. 안락한 의자들, 고풍스러운 장식품들로 꾸며진 거실, 유리잔으로 술을 들이켜는 두 사람. 이 모든 것이 마일로에게 소리를 지르고 싶은 충동을 일으켰다.

마일로는 보드카를 커피테이블 위에 올려놓고 부엌으로 갔다.

"증거는?" 그레인저가 외쳤다.

마일로는 아무런 대답 없이 두꺼운 강력 접착테이프를 들고 거실로 돌아왔다.

그레인저의 얼굴에서 미소가 사라졌다. "이봐, 마일로. 대화로 풀어보자고."

마일로는 이로 빠득 하는 소리를 내며 테이프의 끝을 떼어냈다. "아니요, 톰. 그렇게는 못하겠어요."

그레인저는 반항해도 소용없음을 알고 입을 다물었다. 마일로는 테이프의 끝을 의자 뒤에 붙이고 그레인저의 몸 위로 테이프를 다섯 번 둘렀다. 노인은 어깨부터 팔꿈치까지 의자에 들러붙은 꼴이 되었다. 마일로는 이로 테이프의 다른 쪽 끝을 뜯어 의자 뒤에 고정시킨 뒤, 뒤로 물러나 작업이 잘 마무리되었는지 확인하고 소파로 돌아갔다.

"대신 위스키를 먹여 줘야 해." 그레인저가 말했다.

"알고 있습니다."

"채찍으로 때린 다음 당근 주는 꼴인가?"

"미끼로 꾄 다음 잡아 올리는 거죠." 마일로가 눈을 깜빡거리며 말했다. 어느새 태양이 산 너머로 저물어서 그레인저의 얼굴이 잘 보이지 않았다.

"그래, 말해 보게." 그레인저가 말했다. 마일로는 거실 스탠드를 켰다. "무슨 증거를 모았나? 추측이나 전해들은 얘기 말고 증거 말일세."

마일로가 소파로 돌아가 앉았다. "당신은 나를 함정에 빠뜨렸어요. 도망갈 필요가 없는데도 디즈니 월드에서 도망가도록 나를 유도했죠. 나는 단지 혐의를 받고 있었을 뿐이었는데 말입니다."

그레인저가 고개를 끄덕이며 움직거렸지만 묶인 몸은 움직이지 않았다.

"지금까지 전부 당신 짓이었어요. 당신이 로만 우그리모프에게 돈을 넘겼고, 우그리모프는 다시 그 돈을 타이거에게 넘겼어요. 당신이 트리플혼에게 지시를 내렸고, 트리플혼은 타이거를 고용했죠. 나에게 타이거의 〈여행객〉 시절 자료를 보여주지 않았던 것은 바로 그 때문이에요. 피츠휴가 타이거를 발굴했다는 사실 따위는 상관없었죠."

"그래." 그레인저가 뜸을 들이며 인정했다. "자네가 말한 이유 때문에 자료를 숨긴 건 사실이야. 하지만 결국 보여줬던 이유는 테렌스 피츠휴가 타이거를 발굴했기 때문일세."

"옆길로 새지 맙시다. 요점은 타이거를 움직인 것이 바로 당신이라는 겁니다. 안젤라는 나처럼 타이거를 조사하고 있었고, 그래서 당신은 안젤라를 죽였죠. 트리플혼을 시켜서."

"그래."

"이리엔 대령은 이 사건과 아무 상관없어요. 마치 트리플혼이 대령과 만나는 것처럼 보이도록 교묘하게 사진을 조작했을 뿐이죠."

머뭇거리며 그레인저가 말했다. "MI6 얘기도 내가 꾸민 거였어."

"수단의 물라 살리 아마드 암살도 당신이 지시한 거군요."

"그래." 마일로가 결론을 지을 기미를 보이지 않자 그레인저는 아까의 질문을 되풀이했다. "증거는? 증거를 가지고 말하는 거겠지?"

마일로는 대답을 망설였다. 물리적인 증거를 확보하지 못했다고 실토하면 그레인저는 입을 다물어 버릴지 모른다. 하지만 능수능란한 그레인저에게 거짓말을 할 수도 없는 노릇이었다. 증거를 내놓으라고 끝까지 물고 늘어질 것이 분명했다.

하지만 마일로의 침묵이 결국 대답이 되었다. 그레인저는 탐탁지 않은 듯 고개를 저었다. "젠장, 마일로. 증거가 없군?"

"없습니다."

"가서 뭐 하다 온 거야? 술이나 퍼마신 건가?"

마일로는 대화의 주도자가 누구인지 상기시켜줄 요량으로 자리에서 일어나, 스카치위스키 잔을 들고 그레인저의 입술에 갖다 댔다. 그레인저가 위스키를 홀짝였다. 마일로는 잔을 다시 테이블 위에 내려놓으며 말했다. "부탁이니 도대체 무슨 영문인지 얘기해 봐요."

그레인저는 잠시 생각하더니 고개를 끄덕였다. "스스로 파악할 수 없다면, 좋아, 말해주지. 아주 해묵은 이유야. 미국이 다른 나라들을 못살게 구는 이유 말이야."

"원유?" 마일로가 말했다.

그레인저는 어깨를 으쓱하려 했지만 접착테이프가 동작을 억제했다.

"비슷해. 표면적인 이유는 '원유' 지. 하지만 100점짜리 정답은 '제국' 이야. 거기에 '중국' 을 언급하면 보너스 점수를 줄 수 있어."

# 40

그레인저는 일단 말을 시작하자 멈추지를 못했다. 그는 접착테이프에 몸을 결박당했지만, 머리를 이리저리 휘적거리며 사건의 자세한 경위를 설명했다. 마치 오랫동안 참아온 것을 드디어 뱉어내는 것처럼 보였다.

"어린애처럼 굴지 말고 잘 들어봐, 마일로. 아프리카에는 원유가 지천에 널렸어. 하지만 사상 최고의 부패 정부들로도 가득하지. 수단이 평화와 사랑의 땅일까? 아니야. 수단인들은 서로를 물어뜯으며 싸우는 중이었어. 그 와중에 우리는 살짝 개입하기로 결정한 거지. 가급적 평화롭게 일을 진행하려고 했어. 자네도 알 거야. 우리 쪽 사람들이 우그리모프의 집에서 수단의 에너지 광산부 장관을 만났지. 중국에 원유 수출하는 것을 멈추고 대신 미국에 팔라고 그에게 말했어. 금수조치를 철회하고 돈도 더 주겠다고 말이야. 무슨 뜻인지 알겠나? 수단 대통령에게 대통령궁과 기념 조각상을 지을 돈을 주겠다는 거였어. 하지만 대통령은 자긍심이 강한 사람이었지. 자기 손으로 국민을 죽인 정치가들은 보통 그래. 장관이 대통령에게 전화를 걸어 물어보더니, 바로 우리 제안에 퇴짜를 놓더군. 그래서 회유에서 협박으로 넘어갔지. 제안을 받아들이지 않으면 대통령과 수단의 상황이 지금보다 더 엿 같아 질 거라고 말이야."

"결국 원유 때문에 벌어진 일이군요."

"마일로, 자네 말하는 게 꼭 18년 전 엑슨 발데즈 유출 사고를 아직까지도 들먹이는 운동가들이랑 똑같군. 더 넓은 시각으로 보게나. 그래야 상황을 제대로 파악할 수 있어. 원유를 잃는 것은 대수가 아니야. 나라

하나쯤 우리한테 원유를 안 판다고 해서 꿈쩍이나 할 것 같아? 문제는 원유가 아니야. 문제는 보다 시대적인 것이야. 바로 중국 말일세. 중국의 원유 소비량은 해가 거듭함에 따라 증가하고 있어. 그들은 경제 성장을 위해 더욱더 많은 원유를 필요로 하고 있지. 뭐, 당장 원유 수입량의 7퍼센트쯤 줄어든다고 중국이 무너지진 않아. 하지만 내년에도 똑같은 양이 줄어든다면? 10년 뒤에도 마찬가지라면? 중국에겐 입수 가능한 모든 원유가 필요해. 현재 그 3분의 1을 아프리카에서 수입하고 있지. 즉, 아프리카가 없으면 중국의 발전도 없는 거야."

"하지만 그 말도 결국 원유가 원인이라는 거잖습니까?"

접착테이프의 포박 아래로 그레인저는 의자팔걸이 위의 팔을 움직이더니 손가락을 들어 올려 보였다. "기다려. 이야기는 아직 시작에 불과해. 중국이 원유를 확보하려면 선결 과제가 무엇일까? 바로 아프리카의 정치적 안정이야. 중국은 유엔에 수단 사태 개입을 요청하고 있지. 하지만 미국은 결의안들에 거부권을 행사할 거야. 안전보장이사회 상임 이사국이니까 원할 때면 언제든 정당하게 거부권을 행사할 수 있거든. 중국이 코너에 몰릴 때까지, 즉 중국이 스스로 수단 사태에 개입할 때까지 거부권을 행사한다, 바로 이게 핵심이야. 수천 명의 인민해방군을 수단으로 파견하게 만드는 거지. 미국은 이미 이라크 때문에 쓸데없이 진을 빼고 있어. 이제 중국에게 '이라크들' 을 선사할 차례야. 그리고 어떻게 대처하는지를 지켜보는 거지."

마일로는 무릎 위로 손깍지를 끼고 노인을 바라보았다. 그레인저의 얼굴은 마치 비밀을 풀어놓음으로써 새로운 피를 수혈 받기라도 한 듯 생기가 넘쳤다. "그런 수법에 동의하는 겁니까?"

테이프에 묶인 그레인저는 할 수 있는 만큼 어깨를 으쓱해 보였다.

"느리지만 효과는 있을 거라고 생각하네. 게다가 논리가 아주 훌륭하지. 몇 번의 거부권 행사와 한 번의 암살. 그렇게 간단하게 제국 하나를 무너뜨릴 수 있는 거야. 국가 정부들은 자신이 천하무적이라는 잘못된 믿음을 가지고 있거든."

"아직 질문에 답하지 않았습니다."

"그런 수법을 오랫동안 믿어 왔네. 하지만 일이 좀 꼬였지. 물라 살리 아마드 같은 테러 동조자 한 명쯤 제거한대도 불만 가질 사람은 없어. 오히려 세상에 좋은 일을 하는 거지. 그런데 뜻밖에 혼선이 일어난 거야. 간단한 문제가 아니었어. 제거해야 할 목격자들이 생겼지. 예를 들어 안젤라가 만났던 라만 가랑."

"그리고 안젤라."

"그래." 그레인저가 말했다. "알겠지만 원래 계획은 안젤라를 모함해서 쫓아내는 것이었어. 그녀가 전화로 타이거의 사진을 달라고 부탁했을 때 나는 그녀가 사건의 진상에 너무 가깝게 접근했다고 판단했지. 그래서 반역죄를 뒤집어 씌워서 사직시키려고 했던 거야. 최악의 경우, 진상의 흔적이 사라질 때까지 잠시 감금할 작정이었지. 그런데 이미 나 같은 바보라도 놓치기 힘들 만큼 많은 빈틈들이 생겨 버렸어. 죽은 목격자들이 너무 많았거든. 그래서 안젤라에게 마지막 압박을 가하기 위해 자네를 보내기로 결정한 거야. 타이거를 실제로 만남으로써 사건의 진상에 가장 가까이 다가간 자네가 그 일에 적합하다고 생각했지. 안젤라의 오랜 친구이기도 하고 말이야. 암살을 지시할 때와 비슷했어. 약간의 조치를 취하고 나서 혼란이 빚어지면 나야 윗사람들에게 일이 이렇게 될 줄 몰랐다고 둘러대면 그만이었지."

"내가 그런 조치를 위한 매듭을 풀기를 바랐군요."

"그래. 그런데 자네가 내게 전화를 걸었던 거 기억하나? 안젤라와 점심을 먹은 다음 말이야." 그레인저가 한숨을 쉬었다. "그 연락이 바로 안젤라의 사형 선고가 된 거야."

마일로는 그때 무슨 말을 했는지 떠올려 봤지만 2주간 일어났던 수많은 일들에 가려져 당시 대화의 기억은 희미했다.

그레인저가 말을 이었다. "자네는 안젤라가 롤프 빈터버그의 뒤를 캐고 있다고 말했어. 즉, 안젤라는 거기서 한 발자국만 더 접근하면 우그리모프를, 다시 한 발자국 다가오면 우리를 발견할 참이었지. 자네가 전화했을 때 사무실에 누가 같이 있었는지 아나?"

"피츠휴가 있었군요."

"맞아. 사무실 의자에 앉은 그가 나더러 당장 트리플혼에게 전화를 걸라고 했지. 안젤라를 가능한 빨리 제거하라고 말일세."

"하지만……." 마일로가 다음에 올 단어들을 찾지 못한 채 말을 멈췄다. 안젤라의 죽음이 정말로 나의 탓이란 말인가? "피츠휴가 나간 다음에 명령을 철회할 수도 있었잖습니까?"

"그럴 수도 있었겠지." 그레인저가 다시 어깨를 들썩였다. "하지만 그때는 나도 너무 겁이 났었어."

마일로는 술병이 든 찬장으로 가서 잔에 보드카를 채웠다. "더 마실래요?"

"더 마시지. 고맙네."

마일로는 그레인저의 잔에 보드카를 따른 후 잔 언저리를 그레인저의 입술에 들이밀었다. 노인은 술을 한 모금 마시더니 쿨럭거렸다.

"내 위스키는 어디 있나?"

마일로는 대답하지 않았다. 그레인저의 잔을 옆으로 치운 뒤, 그는 자신의 잔을 들어 술을 한 모금 마셨다. "납득이 안 돼요. 변명하려고 꾸며낸 얘기 같습니다."

그레인저는 자신의 창백한 입술을 핥았다. "무슨 말인지 알겠네. 첩보활동, 특히 〈여행업〉은 결국 이야기 꾸미기야. 이야기를 지어내다 보면 어느새 지나치게 많은 층들이 생겨버리지. 진실과 꾸며낸 이야기를 구별하기 힘들 정도로. 하지만 지금 내가 하는 말은 진실이야. 묻고 싶은 게 있으면 물어보라고."

"디즈니 월드에서 달아나라고 연락한 이유는 뭐죠?"

"이미 답을 알고 있잖나? 두 가지야. 하나는 자네가 체포당하지 않고 조사를 계속할 수 있도록 하기 위해, 다른 하나는 자네가 추적의 압박을 받도록 하기 위해. 자네가 휴가를 떠나는 바람에 곤란했어. 다시 일을 하도록 만들어야 했지. 그렇게 하려면 그 방법밖에 없었어."

"타이거의 자료를 보여준 것도 그래서였군요." 마일로가 말했다. "내가 피츠휴를 불신하게 하려고 타이거의 자료를 보여준 것이군요. 피츠휴가 당신을 쫓아내고 직접 내게 연락할 것에 대비해서요."

그레인저가 끄덕였다. "타이거와 피츠휴가 연결되었다는 사실, 자네가 진짜 상황을 파악하게끔 시동을 걸었던 거야. 자네가 아무런 실마리 없이 그 둘의 관계를 파악하지는 못할 테니까. 오해하지 마. 피츠휴가 타이거를 발굴한 것에는 별 의미가 없어. 그는 남들에게 그 사실을 알리고 싶지 않았지만, 알려졌대도 치명타는 아니야. 자네에게 바랐던 것이 바로 치명타를 날릴 방법을 찾아내는 것이었어. 물리적인 증거 말일세." 그레인저는 고개를 저었다. "마일로, 내가 자네를 과대평가했네. 자네는 아무것도 찾지 못했어."

"당신으로 이어지는 길을 찾아냈죠."

"길이라……. 하지만 그게 무슨 소용인가? 자네가 비디오테이프라든지 지문이라든지 은행 기록 같은 것을 들고 오리라고 기대했는데……. 내가 이 사태의 공범이라는 것조차 증명할 수 없잖은가? 혹시 지금 대화를 녹음하고 있지 않다면 말이지. 녹음하고 있나?"

마일로는 고개를 저었다.

"그런 건 조잡한 수작이야. 어차피 이런 상황에서의 자백은 법정에서 효력도 없지." 그레인저가 말을 멈췄다. "나의 혐의조차 증명할 수 없다면 피츠휴가 사건을 조종했다는 것은 어떻게 증명할 참인가? 이 사건에서 피츠휴는 '말'로서만 존재해. 직접 행동한 적이 없단 말이지. 피츠휴는 로만 우그리모프를 만난 적도 없어. 두 사람은 같은 장소에 있어도 서로 알아보지 못할 거야. 그런 놈을 몰아붙일 증거를 어떻게 찾을 셈인가?"

마일로는 참으로 놀랍다고 생각했다. 강제로 퇴직을 당한 채 본인의 집에서 본인의 의자에 접착테이프로 묶인 채 본인의 총으로 위협을 받고 있으면서도, 그레인저는 여전히 아메리카 애비뉴 사무실에서 〈여행객〉들을 통제하는 태도로 말했다. "톰, 당신은 이제 지시를 내릴 입장이 아닙니다."

지금 본인의 입장이 얼마나 우스꽝스러운지를 상기한 듯 그레인저가 한숨을 내쉬었다. "내가 일을 그만두는 편이 나았을지도 몰라. 나 때문에 일이 이 지경이 됐다는 건 알고 있나?"

마일로는 대답하지 않았다.

"언제부터 시작됐는지 알고 있냐는 말일세. 타이거를 고용한 것은 자네가 〈여행객〉 일을 그만둔 직후였어. 예전에 자네는 타이거로부터 트위드카머의 파시스트 정치인을 보호한 적이 있지. 타이거의 암살은 수포로 돌아갔지만 우리는 놈의 실력에 주목했어. 나중에 참고할 수 있도록 그 정보를 기록해뒀지. 이튿날 자네가 베네치아로 갔을 때, 뉴욕의 우리 사무실은 테러리스트의 공격을 받았어. 미국은 군대를 집결시켜 아프가니스탄을 침공할 준비를 했지. 하지만 피츠휴와 몇몇 사람들은 다른 곳에서도 뭔가 일이 벌어지리라 생각하고 대처 방안을 논의했어. 피츠휴는 나를 만나러 이곳 별장으로 왔어. 사무실은 재건축 중이었고, 여기라면 도청당할 염려도 없었으니까. 계획된 작전에 〈여행객〉을 이용할 수 없겠느냐고 묻더군. 즉, 사우디아라비아나 이란의 인사들을 제거하기 위해 중동으로 〈여행객〉들을 잠입시킬 수 없는지 말이야. 나는 〈여행객〉들에게 그런 식의 암살은 훈련시키지 않으니 용병을 고용하는 편이 좋겠다고 대답했지. 이를 테면, 타이거 같은 용병 말일세." 그레인저가 끄덕였다. "그래. 처음에 타이거 얘기를 꺼낸 것은 나야. 일주일 후 피츠휴가 구체적인 방안을 가지고 돌아왔지. 〈여행객〉 하나가 타이거를 추적해 내어 고객으로서 그에게 접근한다는 계획이었지."

"트리플혼."

"맞아."

마일로는 지난 6년간 벌어졌던 습격과 암살을 떠올렸다. 그가 공통분모를 찾으려고 진을 뺐던 사건들. 독일에서 사망한 이슬람 온건파 인사, 프랑스 외무부 장관, 영국의 비즈니스맨. 과연 무엇이 그들의 죽음을 한데 묶는가? 그것은 지금까지 풀리지 않던 의문이었으며, 결국 사건들 간에 아무런 연관성이 없으므로 각기 다른 이의 사주로 진행됐을 것이라는 당황스러운 결론을 내릴 수밖에 없었다. 하지만 그렇지 않았다. 물론 때때로 다른 고객들도 있었겠지만, 트리플혼=허버트 윌리엄스=얀 클라우스너=스테판 루이스가 타이거에게 의뢰한 암살들은 모두 미국의 외교정책이라는 공통분모를 깔고 있었던 것이다.

마일로에게 떠오른 것은 암살 사건들뿐만이 아니었다. 사무실 컴퓨터 앞에서 보냈던 6년. 〈여행중개인〉들의 노고. 그리고 눈앞에 있는 이 남자의 거짓된 협조. 마일로는 결국 쫓아서는 안 될 표적을 쫓아 6년을 바친 꼴이었다.

"타이거가 나를 찾아온 것은 나에 관한 자료를 입수했기 때문이었습니다." 마일로가 느닷없이 말을 꺼냈다. "그것도 당신이 꾸민 일입니까?"

"내가 트리플혼을 통해 타이거에게 자료를 넘겼어. 그전에 타이거에게 HIV를 주입하라는 상부의 지시가 있었지. 지시를 거부할 방법은 없었어. 타이거에게 정보를 흘리는 수밖에 없었지. 피츠휴는 타이거가 자신이 어디서 HIV에 걸렸는지 알아내지 못할 거라고 생각했지만 그건 과소평가였어. 나는 성적 금욕을 지키는 종교인인 타이거가 HIV의 원인을 파악해 내리라 생각했네. 그리고 자신을 죽음으로 내몬 자들이 마지막으로 넘겨

준 정보, 바로 자네에 관한 자료를 보고 자네를 찾아가리라 생각했지."

"모든 것이 계획대로 됐군요." 노인의 뛰어난 판단력에 놀라며 마일로가 말했다.

"전부는 아니야. 바로 자네가 문제였어. 자네가 추적을 당하다가 증거를 가지고 돌아오리라 예상했는데 그러지 못했잖나. 아이너까지 붙여줬는데……. 그는 지금 어디 있나?"

마일로가 헛기침을 했다. "잠시 못 움직이게 해 놨습니다."

"잘 처신했군. 어쨌건 내가 하고 싶은 말이 뭔지 알겠나? 난 자네에게 줄 수 있는 도움은 다 줬지만, 결국 자네의 능력을 지나치게 신뢰한 꼴이 됐어."

"당신은 안젤라와 나에게 다 털어놨어야 했어요. 그게 최선이었을 겁니다."

그레인저는 하품을 참으며 입술을 오므렸다. "그럴지도 모르지. 하지만 일의 자초지종을 말해줬다면 어떻게 했을 텐가? 나는 자네를 알아. 자네는 이제 인내심이 없어. 곧바로 피츠휴에게 책임을 물으며 무력을 행사했겠지. 증거 같은 건 찾으려고도 안 했을 거야. 〈여행객〉 시절에 했던 것처럼 피츠휴와 그 일당들을 몰아붙여서는 그대로 깔아뭉개 버렸을걸? 상황을 멈출 물리적 증거를 찾을 생각은 하지도 않고 말이야. 한마디로, 늘 하던 대로 깡패짓을 했을 걸세."

"하지만 이제 다 끝났어요. 암살자는 죽었습니다."

"다른 암살자가 없을 것 같나? 상황이 복잡해지긴 했지만, 지금까지 그 수법이 꽤나 잘 통했다는 것은 사실이야. 스리랑카에 본거지를 둔 캄보디아 남자를 하나 봐 뒀지. 아직 별명 같은 건 없지만 차라리 그게 나아. 지금 이 순간에도 잭슨이 그를 추적하고 있네."

마일로는 잔에 남은 보드카를 전부 들이켜고, 보드카 병을 꺼내어 그와 그레인저의 잔을 채웠다. "그래서 내가 어떻게 하길 바라는 겁니까?"

"이런, 마일로. 머리 좋은 자네가 그런 질문을 하다니. 증거도 없는 마당에 자네에게 남은 게 뭐라고 생각하나? 바로 내가 하는 말이야. 자네가 지금 여기 있다는 것을 피츠휴가 안다면, 자네에게 아무 말도 못하도록 나를 처리할 걸세."

"그들은 내가 어디 있는지 모릅니다."

"그 점을 확실히 하는 게 좋을 거야. 왜냐하면 나를 처리한 다음에는 나에게 들은 말을 남에게 전하지 못하도록 자네를 처리할 테니까."

마일로는 신경이 욱신거리는 뺨을 손으로 문질렀다. 그는 그레인저의 말이 옳다는 것을 깨닫고 불안해졌다.

하지만 그 순간 또 다른 해석이 떠올랐다. 그레인저는 거짓말을 하고 있을지도 모른다. 궁지에 몰린 이 노인은 마일로를 이용하여 아메리카 애비뉴의 사무실로 복귀하려고 하는 것이다. 어쩌면 그레인저는 사태가 이렇게 될 것에 미리 대비했던 것인지도 모른다. 그가 말했듯이 첩보 게임은 결국 이야기 꾸미기이다. 따지고 보면 그레인저도 물리적 증거 하나 없이 실제 사건들 사이를 메울 이야기들만 늘어놓고 있는 것이다.

문득 마일로는 자신이 숨을 멈추고 있음을 깨닫고는, 숨을 들이쉬었다. 그레인저 같은 베테랑이나 꾸며댈 수 있는 실로 굉장한 이야기였다. 아직도 마일로가 마음 한편에서 그레인저의 이야기를 믿고 있다는 점은 그 이야기가 훌륭하다는 사실의 반영이었다. 술을 기다리는 그레인저에게 보드카를 먹인 후, 마일로는 건너편으로 가 앉았다.

마일로가 입을 열려고 할 때 테이블 위에 놓인 전화기가 울렸다. 마일로가 그레인저를 바라보며 물었다. "기다리는 연락이 있었습니까?"

"몇 시지?"

"11시입니다."

"이곳 사람들하고 안 어울린 지 오래됐는데……. 아마도 피츠휴가 확인차 전화를 한 모양이군."

마일로는 자리에서 일어나자 술기운이 머리로 몰렸지만 움직이는 것이 힘든 정도는 아니었다. 그는 등불을 껐다. 어둠 속에서 계속 전화기가 울렸다. 일곱 번째 전화벨. 마일로는 커튼이 드리워진 창가로 다가가 어두운 밤의 호수를 바라봤다. 달빛이 나무들과 자갈길 위로 쏟아지는 듯싶더니, 이내 구름이 흘러와 달빛을 살며시 가렸다. 아홉 번째 벨소리를 끝으로 전화기가 울음을 멈췄다. 마일로는 무엇을 믿어야 할지 갈피를 잡을 수가 없었다. "떠나도록 하죠."

"부탁일세." 그레인저가 말했다. "지쳐서 쓰러질 것 같아. 하루 종일 낚시를 했더니 힘이 다 빠졌다고."

뒤를 돌아보니 그레인저의 어두운 윤곽이 들썩이고 있었다. 그는 접착테이프로 묶인 가슴께로 턱을 떨구고는 큰 숨을 헐떡이고 있었다. "괜찮아요?"

그레인저가 고개를 들었다. "피곤한 것뿐이야. 여하튼 누군가 밖에 있다면 〈회사〉에서 온 사람임에 틀림없어. 맨해튼에서 몇 달 동안 쫓기다가 지저분한 은신처에서 총 맞아 죽느니 차라리 여기 침대 위에서 죽는 게 나아."

마일로는 창가로 돌아갔다. 보이는 것은 정적이 흐르는 호수와 달빛. 만일 정말로 미행당한 것이 아니라면 서두를 필요는 없다. 마일로는 상황을 빨리 끝내고 싶어서 조급했을 뿐이다. 그는 들고 있던 커튼을 놓았다. "아침 일찍 떠납시다. 그리고 같은 침대에서 자도록 하죠."

"자넨 항상 나를 좋아했었지."

"술을 많이 마셨군요."

"이제 시작이야." 그레인저가 말했다. "테이프 좀 풀어주겠나? 위스키 좀 마시고 싶군. 보드카는 속이 너무 쓰리단 말일세."

# 41

두 사람은 마일로가 부엌 서랍에서 찾아낸 로프로 서로 손목이 묶인 채 위층 침실에서 함께 잠을 청했다. 전반적으로 평탄한 수면이었지만 도중에 한 번 그레인저가 일어나 앉더니 말을 시작했다. "나는 처음에 그 계획이 마음에 들지 않았어. 그 점은 알아달라고. 그래서 〈여행객〉들은 암살에 맞지 않다고 거짓말을 했던 거야."

"그 이야기는 됐습니다." 마일로가 말했다. "잠이나 자요."

"이렇게 될 줄 알았더라면 애초에 싹을 잘라낼 방법을 찾았을 거야. 정말일세. 그냥 〈여행객〉들이 직접 암살을 하도록 했더라면 통제라도 가능했을 텐데……."

"잠이나 자라니까요." 마일로가 거듭 말하자 그레인저는 베개 위로 머리를 떨구더니, 마치 방금 전의 말은 잠꼬대였다는 듯 코를 골기 시작했다.

잠에서 깨어 각자 면도와 샤워를 할 때도, 마일로는 그레인저와 멀리 떨어지지 않도록 주의했다. 아침 식사는 마일로가 만든 스크램블드에그와 토스트였다. 식사를 반쯤 마칠 때까지 아무 말이 없던 그레인저가 다시 입을 열었다. 마일로가 자기를 믿어주기를 간절히 바라는 것 같았다. "정말 난 자네가 증거를 발견하리라고 생각했어. 바보 같은 아이디어였을지도 모르지만, 당시는 나름 괜찮은 방법이라고 생각했지." 그레인저는 말을 멈추고 마일로가 음식물을 씹는 것을 바라봤다. "내 말 안 믿나?"

마일로가 달걀을 삼켰다. "네." 마일로는 그레인저가 떠드는 것이 싫어서 대답했다. "안 믿습니다. 설령 믿는다고 해도 어차피 당신을 사무실로 끌고 갈 겁니다. 나는 이런 식으로 지낼 수 없어요. 당신만이 상황을 제대로 돌려놓을 수 있습니다. 저를 위해, 그리고 티나를 위해."

"아……." 그레인저가 힘없이 웃었다. 그는 침을 삼키며 말했다. "자네에겐 가족이 있었군. 자네 말이 맞아. 자네는 이 사건으로 경력을 망치기에는 아직 젊어. 〈회사〉는 어떻게든 내가 사건의 유일한 배후자라고 몰아세울 거야. 나를 쫓아낸 다음에는 캄보디아 녀석을 이용해서 새롭게 시작할 테지."

마일로는 그레인저에게 동정심이 들지 않았다. 지금은 자신의 앞날 외에는 신경을 쓸 수가 없었다. 할 일은 간단하다. 일단 그레인저를 맨해튼으로 끌고 가서 초기 수사에 협조한다. 그러고 나서 텍사스에 있는 가족들을 데려오면 된다.

그레인저가 식사를 끝내자 마일로가 접시들을 헹궈냈다. "갈 시간입니다."

마일로의 마음을 읽은 듯 그레인저가 말했다. "삶을 되찾을 시간이란 말이구먼."

마일로는 재킷을 입고 그레인저에게 블레이저를 건넸다. 건네기 전에 주머니 안을 뒤져 아무것도 없음을 확인했다.

"자네도 짐작하겠지만, 나는 아직 마음 한편에서 사건의 진상을 자네에게 알려준 것이 제국에 대한 배신행위라고 생각하고 있네. 웃기지 않나? 2차 대전 후에 미국은 제국이 아니라 개처럼 영역 표시를 해 왔지. 하지만 9. 11 테러가 터지고 나자 더 이상 몸을 사릴 필요가 없게 됐어. 마음껏 폭탄을 떨어뜨리고, 죽이고, 고문할 수가 있게 됐지. 왜냐하면 우리에게 맞서는 자들은 전부 테러리스트로 몰아세울 수 있었고, 테러리스트의 의견 따위는 들을 필요가 없었으니까. 자네, 진짜 문제가 뭔지 아나?"

"옷이나 입어요."

"바로 나 같은 사람들이야." 그레인저가 말을 이었다. "제국에 필요한 건 강철 같은 배짱을 지닌 이들이지. 나는 강인하지 못해. 민주주의를 전파하기 위한 행동이라고 믿으면서도 여전히 자기변명을 하려 들거든. 전진하려면 젊은 친구들에게 의지해야 하지. 그들은 우리 세대와 다르게 아주 강인하니까. 그런 면에서 피츠휴는 젊은 세대에 가깝군."

"옷 입어요." 마일로가 되풀이했다. 그레인저는 못마땅한 표정으로 마일로를 쳐다보더니 팔을 블레이저에 집어넣었다.

두 사람은 집을 나섰다. 나무 그늘이 드리워진 시원한 아침이었다. 마일로가 현관문을 잠그는 동안 그레인저는 양손을 엉덩이에 붙인 채 집을 바라보았다. "그리울 거야."

"감상에 빠지지 말아요."

"솔직하게 말하는 걸세, 마일로. 난 늘 자네한테 솔직했다는 걸 알아두게. 최소한 이 집 안에서는 그랬어."

마일로는 그레인저의 팔꿈치를 잡아끌고 계단을 내려갔다. 보도는 낙엽으로 뒤덮여 있었다. "내 차가 있는 곳까지 걸어가야 합니다. 당신 차를 쓸 수는 없으니까요."

"그래, 걸을 수 있을 걸세." 그레인저가 웃으며 말했다.

무언가가 마치 모기처럼 마일로의 귓가를 윙윙거리는가 싶더니, 다음 순간 그레인저가 몸을 부르르 떨었다. 그의 팔꿈치를 통해 마일로에게도 진동이 전해졌다. 그레인저의 얼굴에는 웃음이 아직 남아 있었지만, 그의 고개는 뒤로 젖혀져 있었고 이마의 모습이 달라져 있었다. 이마에 난 작은 구멍의 그림자. 두 번째 윙윙거림이 들리고 그레인저의 오른쪽 어깨가 퍽 하며 뒤로 밀려났다. 피가 뿜어져 나오고 있었다. 마일로가 팔꿈치를 놓자 그레인저는 옆으로 쓰러졌다. 뒷머리에 뚫린 커다란 피투성이 구멍에서 혈액과 뇌수가 흘러나와 땅바닥을 적시고 있었다.

마일로는 그레인저의 시신을 바라보았다. 오랫동안 바라본 것 같았지만 실은 4분의 1초도 안 되는 시간이었다. 하지만 시간이란 상대적인 법이다. 시신을 내려다보는 그 순간은, 마일로가 자신의 판단이 잘못되었음을 깨닫고 저격수의 총알이 준 것 못지않은 강한 충격을 받을 여유가 생길 정도로 길게 늘어나 있었다. 그레인저의 이야기는 사실이었다. 그는 마일로에게 진상을 털어 놓으면 목숨을 잃게 되리라는 것을 알고 있었다. 마일로 역시 무사하지는 못할 것이었다.

다시 총알이 스쳐갔다. 마일로는 뒤로 몸을 날려 땅바닥에 엎드린 뒤, 현관의 세 단짜리 계단 뒤로 몸을 웅크렸다. 마일로는 루거를 꺼내어 입술 사이로 숨을 헐떡이며 생각했다. '세 발. 소음기. 소음기는 명중률을 떨어뜨려 사정거리에 제한을 준다. 따라서 저격수는 멀지 않은 곳에 있을 것이다.'

질문: 저격수는 이쪽으로 다가올까? 아니면 있는 자리에서 기다릴까?

정답: 오늘은 화요일이다. 즉, 우편물이 오는 날. 아침 9시 30분쯤에 우체부가 도착할 텐데, 저격수도 이 점을 알 것이다. 지금 시각은 9시 정각.

저격수가 이 조잡한 계단을 주시하고 있을 것이므로, 마일로는 나갈 수가 없었다. 하지만 30분이 지나기 전에 저격수는 어떻게든 접근하려 들 것이다. 마일로는 눈을 감고 귀를 기울였다.

그는 머릿속을 휘젓고 있는 생각들을 막아보려 했지만 불가능했다. 그레인저의 이야기는 모두 사실이었다. 그것이 바로 진실이고 유일한 설명이었다. 그레인저가 감시 카메라가 달리지 않은 아메리카 애비뉴 19층의 고문실에서 사실을 불기 전에 그를 제거한다. 마일로 역시 이야기를 퍼뜨리기 전에 제거한다. 피츠휴의 결정은 모두 이곳 조용한 호숫가에서 실현될 예정이었던 것이다.

디나와 스테파니는 어떤 상황일까? 아마 오스틴에서 감시를 받고 있으리라는 것은 알 수 있었다. 하지만 누구의 감시를? 〈회사〉? 아니면 국토안보부? 마일로는 문득 감시자가 자넷 시몬스이길 바라는 자신을 깨닫고 놀랐다.

만일 여기서 살아나갈 수 있다면…….

아니, '여기서 살아나간 다음에' 라고 하자. 이것은 〈여행업〉의 또 다른 원칙이다. 결코 자신의 생존 능력을 의심하지 말 것. 의심하는 순간 실수가 따른다.

여기서 살아나간 다음에는, 그 다음에는…….

그만. 한 번에 하나씩만. 귀를 기울여라. 지금 존재하는 것은 오직 소리뿐이다. 걸을 때는 총을 조준할 수 없을 것이다.

저벅, 저벅. 지금이다.

마일로는 일어나서 뒷걸음질을 치며 팔꿈치를 약간 굽힌 채 루거를 앞으로 겨냥했다. 사정거리를 벗어난 180미터 정도 떨어진 지점에서 사냥용 위장을 한 형체가 멈칫하더니 소총을 들어 올렸다. 마일로는 집 뒤로 몸을 숨겼다.

백병전(무기를 가지고 직접 몸으로 맞붙어 싸우는 전투)이 유리할 것이라고 판단한 마일로는 호숫가 쪽의 벽을 따라 달려 내려가 식당 창문을 찾았다. 팔꿈치로 창문을 깨자 유리의 부서지는 소리가 호수에 울려 퍼졌다. 창문 안으로 들어가려는데 마른 땅을 달리는 발걸음 소리가 들려왔다.

깨진 창문을 통과한 마일로의 몸이 카펫 위에 부딪히자, 총이 손에서 떨어지며 의자 아래로 굴러갔다. 마일로는 다시 총을 집어 들고, 집의 정면을 향해 창문이 나 있는 거실로 갔다. 조금 떨어진 지점에서 마일로는 밖에 있는 저격수의 모습을 볼 수 있었다. 저격수는 총신이 긴 소총을 등에 매달고 장갑 낀 손에 시그 자우어 권총을 든 채 집을 빙 둘러가려는 중이었다. 저격수의 모습이 사라지기 전에 마일로는 그의 인상착의를 포착했다. 남자는 장신이었다. 커다란 코에는 코뼈가 부러졌던 흔적이 있었고, 헌팅캡을 쓴 얼굴의 아래쪽 절반은 붉고 짙은 턱수염으로 덮여 있었다.

마일로는 식당의 입구로 돌아와 문틀 뒤에 숨어서 깨진 창문을 향해 총을 겨눈 채 잠자코 기다렸다. 그때 집의 반대편, 마일로가 기억하는 도면에 따르면 손님용 침실 쪽에서 창문이 깨지는 소리가 났다. 마일로는 황급히 침실로 달려가 닫힌 문을 열어젖히고 총을 겨눴다. 깨진 창문 가에는 아무도 보이지 않았다.

다시 창문이 깨지는 소리가 들렸다. 이번에는 거실. 서둘러 거실로 돌아갔지만 역시 아무도 없었다.

이제 트리플혼이 들어올 수 있는 입구는 각기 다른 방에 있는 세 개의 창문이 되었다. 마일로는 계단을 올라 층계참에서 기다렸다. 총알의 표적이 되는 면적을 줄이기 위해 그는 몸을 쭈그리고 앉았다.

이 지점에서는 저격수가 안으로 들어오는 소리를 들을 수 있었지만 어느 창문인지는 확신할 수 없었다. 그러나 상관없었다. 어떤 경로로 들어오든, 마일로에게 접근할 수 있는 유일한 통로는 바로 이 계단이었다.

3분이 지나는 동안 발걸음 소리와 벌컥 하고 문이 열리는 소리가 들렸을 뿐, 아무도 계단 아래에 모습을 나타내지 않았다. 트리플혼은 2층으로 오기 전에 먼저 1층을 뒤지고 있을 터였다. 이윽고 출신을 알 수 없는 억양의 영어로 고음의 목소리가 말했다. "이리 내려오는 게 좋을 거야."

"내가 왜 내려가야 하지, 트리플혼?"

잠시 침묵이 흘렀다. "웃긴 이름이군. 너는 누구지?"

"네가 아는 사람이다. 마일로 위버. 유럽 지역 담당자."

"글쎄, 누군지 모르겠군."

"한때 찰스 알렉산더로 통했지."

정적이 흐르더니 '젠장' 하고 중얼거리는 듯한 속삭임이 들렸다. 〈여행객〉들은 다른 〈여행객〉을 죽이는 것에 거리낌이 없었고, 실제로 그런 일은 언제라도 벌어질 수 있었다. 하지만 아이너가 친절하게 알려준 것처럼 '찰스 알렉산더' 는 인구에 회자되는 이름이었던 것이다.

"누가 너를 여기로 보냈지?" 마일로가 물었다. 총을 잡은 손에 땀이 배어 있었다.

"누가 지시를 내리는지는 알고 있을 텐데?"

"마당에 쓰러져 있는 남자 말인가?"

"그레인저?" 〈여행객〉이 말했다. "최근에는 그가 지시를 내린 적이 거의 없었다."

눈이 축축했던 탓에 마일로는 트리플혼이 별안간 계단을 지나치며 총을 쏘아대는 순간 즉각적으로 반응하지 못했다. 난사되는 총알이 계단 위쪽에 날아와 박혔고, 마일로는 두 번의 때늦은 대응사격을 했다. 트리플혼은 계단 옆의 벽 뒤로 몸을 숨겼다.

"적당한 위치를 확보할 수 없을 거다." 마일로가 외쳤다. "포기하고 집에서 나가."

"난 참을성이 많거든."

마일로는 숨을 내쉬며 천천히 일어났다. "10분 후면 우체부가 올 거다. 참을성으로는 해결할 수 없을 거야." 말을 하면서 마일로는 삐걱거리는 소리가 나지 않도록 조심하며 벽에 붙어 두 계단을 내려갔다.

"우체부도 죽일 거야." 트리플혼이 말했다.

마일로는 다섯 계단을 더 내려갔다. 이제 열 계단 남았다. "피츠휴가 해명하느라고 애를 좀 먹겠군. 민간인은 죽이지 못하게 되어 있을 텐데?"

또다시 정적이 흐르자 마일로는 멈춰 섰다. 트리플혼이 말했다. "내가 나간다 해도 집 밖에서 여전히 기다리고 있으리라는 걸 알 텐데?"

마일로는 움직이는 동시에 말을 할 수 없었다. 목소리를 들으면 트리플혼은 그가 다가오는 중이라는 것을 알아차릴 것이다. 마일로가 말했다. "그럼 어떻게 할 텐가? 그레인저의 시신을 조사하러 경찰들이 와 있을 텐데 그 와중에 나를 쏠 작정인가? 자, 트리플혼. 이제 다 끝났어."

"네가 진짜로 찰스 알렉산더라면, 그런 것쯤 문제가 안 된다는 걸 알 거야."

트리플혼이 그 말을 하는 동안 마일로는 대꾸없이 재빨리 두 계단을 내려갔다.

"네가 알렉산더라면, 임무 실패란 용인될 수 없다는 것을 알고 있을 텐데?"

마일로는 두 계단을 더 내려갔다. 밑에서 여섯 계단 위 지점. 이 정도라면 충분하다.

"알렉산더? 내 말 듣고 있나?"

마일로가 팔을 뻗자 권총은 모퉁이에서 세 계단 떨어진 지점에 위치되었다. 모퉁이 뒤에서 트리플혼이 말했다. "그래, 네 말이 맞을지도 모르겠군. 그냥 임무의 절반을 완수한 것으로 만족하고 돌아가야겠어." 그 말이 끝나자 갑자기 트리플혼이 모퉁이에서 튀어나왔다. 그는 조금 전에 총알이 표적 아래로 빗나갔다는 점을 감안해서 이번에는 보다 높이 조준을 하고 있었다.

트리플혼이 난사를 시작하는 순간, 마일로가 쏜 총알이 트리플혼의 가슴에 박혔다. 그는 바닥에 피를 흘리며 뒤로 나자빠지더니 현관문으로 밀려가 부딪혔다. 그는 권총을 쥔 채 마일로를 보며 눈을 깜빡거렸다.

"제기랄." 입에 거품을 물며 트리플혼이 말했다. "당했군."

"방탄조끼를 입었어야지."

사냥용 재킷의 어둡고 밝은 녹색 무늬가 피에 물들어 단색으로 변해갔다. 마일로가 트리플혼의 손을 발로 걷어차자 총이 거실 쪽으로 미끄러졌다. 마일로는 트리플혼의 머리맡에 쭈그리고 앉아 그의 얼굴을 바라봤다. 바로 코르소 셈피오네의 카페에서 타이지에게 돈 가방과 HIV를 선사한 남자의 얼굴이었다. "누가 너에게 지시를 내렸는지 말해."

트리플혼은 기침을 하며 단단한 목재 바닥 위로 피를 토하고는, 고개를 저었다.

마일로는 무력을 써서 대답을 강요할 마음은 없었다. 그는 지시를 내린 것이 테렌스 피츠휴라는 것을 알고 있었다. 더 이상 필요한 정보는 없었다. 마일로는 트리플혼의 이마를 총으로 쏜 뒤, 시체를 뒤져 휴대폰과 조그만 자동차 잠금 해제 장치를 발견했다. 유럽에서 아이너가 사용하는 것을 보며 마일로가 부러워했던 장치였다.

마일로는 현관문을 빠져나와 그레인저의 시신을 지나쳐 숲으로 들어갔다. 문득 구토가 몰려왔다. 낙엽 속에 웅크리고 앉은 채 마일로는 이것이 죽음의 현장을 겪었을 때 일어나는 구토 증세와 다름을 느꼈다. 이것은 충분한 음식물 섭취 없이 아드레날린이 지나치게 분비된 탓에 일어나는 구토 증세였다. 죽음의 현장보다는 자신이 현실의 평범한 인간들과 다르게 반응하고 있다는 사실이 마일로를 더욱 괴롭혔다.

마일로는 풀 위로 게워낸 토사물을 바라보았다. 지금 그는 〈여행객〉으로서 생각하고 〈여행객〉으로서 느끼고 있었다. 불균형한 생각과 불균형한 기분.

마일로는 괴로움을 느꼈지만, 마일로 안의 〈여행객〉은 다음에 취할 조치를 계획하고 있었다. 마일로는 〈여행객〉의 판단을 거부하지 않고 그저 손등으로 입을 훔친 뒤 그레인저의 집으로 돌아갔다.

5분 후 그레인저의 자동차 열쇠를 손에 쥔 채 깨진 거실 창문 뒤에 숨어 내다보고 있으려니, 작은 우편물 트럭이 진입로에 난 바퀴 자국을 지나 덜컹거리며 다가왔다. 트럭은 그레인저의 시신이 보이는 지점에서 멈췄고, 하얀 유니폼을 입은 뚱뚱한 운전사가 차에서 내렸다. 운전사는 시체와 트럭의 중간 지점까지 접근하더니 다시 황급히 트럭에 올라탔다. 트럭이 방향을 돌려 굉음과 함께 먼지구름 속으로 사라졌다.

최대 10분 정도의 여유가 있었다.

마일로는 현관문을 열었다. 그는 검은 대형 쓰레기봉투에 담긴 트리플혼의 시체를 들고 계단을 내려간 뒤, 그레인저의 시체를 지나 그의 메르세데스로 향했다. 그는 트리플혼의 시체를 트렁크에 싣고 운전대를 잡았다. 메르세데스는 재빨리 우회전을 하여 간선도로로 들어서더니, 산이 있는 방향으로 달리기 시작했다. 그 뒤로 경찰차의 낮은 사이렌 소리가 점점 커져왔다.

마일로가 23번 도로 위쪽에서 시체를 버리기에 좋은 지점을 발견했을 때, 조수석에 놓인 트리플혼의 휴대폰이 조용히 진동했다. 발신자 표시제한. 네 번째 진동에서 마일로는 전화를 받았지만 아무 말도 하지 않았다.

피츠휴의 목소리가 들렸다. "미국인은 리머스에게."

마일로는 멈칫하며, 확실치 않지만 정답이라고 생각한 것을 단조로운 억양으로 속삭였다. "커피를 한 잔 더 따라주었다."

"일은 끝났나?"

"네."

"둘 다?"

"네."

"문제없었나?"

"없었습니다."

피츠휴가 한숨을 쉬었다. "좋아. 잠시 쉬도록 하게. 다시 연락하지."

〈추운 나라에서 온 스파이〉. 마일로는 암호문의 출처를 떠올리며 전화를 끊었다.

> 미국인은 리머스에게 커피를 한 잔 더 따라주면서 말했다. "돌아가서 한잠 자는 게 어떻습니까?"

그럴 수 있다면 얼마나 좋겠어. 마일로는 생각했다.

# 42

세 명의 남자가 교대로 감시를 하고 있었다. 밤부터 이른 아침까지를 맡은 덩치 큰 사내는 70년대에나 유행하던 콧수염을 기르고 있었다. 티나가 사내에게 붙인 이름은 "조지"였다. 아침 6시부터 오후 2시까지 감시를 맡은 "제이크"는 마르고 키가 크며 윗머리가 벗겨졌는데, 항상 두꺼운 소설책을 들고 운전석에 앉아 있었다. 월요일 오후인 지금 밖에 있는 남자는 "윌"이다. 적어도 그녀가 커다란 레모네이드 컵을 들고 붉은 승용차로 다가가서 그의 진짜 이름을 묻기 전까지는 그랬다.

눈빛이 드러나지 않도록 조종사 선글라스를 낀 채 바라보던 사내는, 티나가 접근하는 것을 깨닫고 앉은 자세를 바로 했다. 그가 귀에 꽂은 이어폰을 잡아채어 빼는 것을 보며, 그녀는 마일로와 마일로의 아이팟을 떠올렸다. 티나가 다가가자 사내는 차 창문을 내렸다.

"안녕하세요." 티나가 말했다. "목이 마르실 것 같아서요."

사내는 티나의 말에 당황했다. "저…… 음…… 아니요, 괜찮습니다."

"경계하지 마세요." 티나가 윙크를 하며 말했다. "그리고 선글라스 좀 벗어봐요. 눈을 볼 수가 없잖아요. 눈빛을 보여주지 않는 사람은 믿을 수가 없거든요."

사내는 선글라스를 벗으며, 밝은 햇볕 때문에 눈을 깜빡였다. "정말, 저는 별로……."

"여기요." 그녀는 자동차 창문 안으로 컵을 쑥 들여놨다. 컵을 받지 않으면 레모네이드를 무릎 위로 엎지를 기세였다.

사내는 보는 사람이 없는지 살피는 듯 주위를 둘러봤다. "고맙습니다."

티나가 몸을 바로 세우며 말했다. "성함이 어떻게 되시죠?"

"로저입니다."

"로저 씨." 그녀가 되뇌었다. "제 이름은 당연히 아시겠죠?"

당황한 사내가 고개를 끄덕였다.

"다 드시면 컵은 돌려주세요."

"그러죠."

티나가 집에 들어가자 소파에 드러누워 히스토리 채널을 보고 있던 미구엘이 그녀에게 기분 좋은 일이라도 있었냐고 물었다.

티나는 예전에 마일로와 "적敵"에 관해 했던 얘기를 떠올렸다. 마일로는 자신의 스파이 시절 얘기를 하는 법이 거의 없었지만, 이따금 관련된 경구警句들을 내뱉고는 했다. 그때 두 사람은 TV로 옛날 영화를 보고 있었다. 영화 속에서 적이었던 두 명의 스파이들은 전반부에는 서로 총을 쏘아대더니, 지금은 어느덧 카페에 앉아 지난 일에 대해 차분히 담소를 나누고 있었다. "이해가 안 돼." 티나가 말했다. "왜 저 사람은 저 사람을 안 쏘는 거야?"

"지금은 소용이 없거든." 마일로가 대답했다. "상대방을 죽여도 득 될 게 없잖아. 서로 목숨을 노릴 필요가 없을 때 스파이들은 가능하면 저런 식으로 대화를 해. 나중에 도움될 만한 것을 배울 수 있으니까."

한 시간이 지나기 전에 로저가 현관문을 두드렸다. 문을 열어준 한나는 선글라스를 벗는 로저를 보며 눈을 깜빡거렸다. "그거, 우리 컵인가요?"

로저는 그렇다고 대답하며 컵을 한나에게 건넸다. 그때 티나가 모습을 나타내더니 큰 목소리로 말했다. "로저 씨, 들어오세요."

"그건 별로 좋은 생각이……."

"어차피 당신 임무는 제가 도망가지 못하게 하는 거잖아요?"

로저가 헛기침을 했다. "글쎄요, 정확히 그렇지는 않습니다. 무슨 일이 생기지 않도록 지켜보고 있을 따름이죠."

"뭐라고요?" 한나가 말했다.

"와, 신난다." 티나가 웃음을 지으며 말했다. "농담이에요, 로저. 어서 들어오세요. 밖은 덥잖아요."

이렇게 그들은 대화를 하게 되었다. 티나는 로저에게 레모네이드를 한 잔 더 따라줬다. 두 사람이 부엌 식탁에 앉자 티나의 부모들은 그들을 남겨두고 부엌을 나갔다. 티나는 심문할 작정은 아니지만 자신도 현재의 상황에 대해 조금은 알 권리가 있다고 로저에게 말했다. 정보를 마음대로 공개할 입장이 아닌 로저는 세 번째 레모네이드를 받아들면서 말을 해도 될지 망설였다.

"그 사람이 무슨 생각하는지 알아요." 티나가 말했다. "당신 상관 자넷 시몬스 말이에요. 제 남편을 살인자라고 하더군요. 그게 말이 된다고 생각하세요? 무엇 때문에 제 남편이 자기의 가장 친한 친구를 죽이겠어요?" 티나가 고개를 저었다. "말이 안 된다고 생각하시죠?"

로저는 그것이 마치 본인처럼 단순한 사람에게는 너무 복잡한 문제라는 듯 어깨를 으쓱했다. "저기요……." 로저가 마침내 말을 꺼냈다. "별로 고민할 문제는 아닙니다. 시몬스 요원은 일처리가 확실한 사람이에요. 연륜이 있죠. 그녀의 말에 따르면 강력한 증거가 있습니다. 그런 상황에서 당신 남편은 도망을 친 거예요." 로저는 손바닥을 앞으로 하여 양손을 들어 올렸다. "제가 아는 것은 그 정도입니다. 됐습니까?"

사내의 순진한 표정을 보자 티나는 그가 정말로 그 정도밖에 알지 못함을 믿을 수 있었다. 이것은 마치 스타벅스의 직원에게 화가 났지만 그 자리에 없는 매니저를 향해 분을 풀어야만 하는 상황이었다.

그럼 나는 무엇을 할 수 있을까? 마일로의 연락을 그저 기다려야 하나? 티나는 마일로가 연락했을 때 가혹하게 대했던 것을 후회하며 일주일을 보냈다. 마일로는 지금 어디 있을까? 살아는 있을까? 세상에, 이렇게도 아는 게 없다니!

그러던 중 화요일 밤에 이메일로 연락이 왔다. 컬럼비아 대학의 계정으로 온 이메일은 티나를 위한 메시지라는 것을 숨기기 위해 스무 명의 다른 사람에게 동시 발송된 단체 이메일의 형식을 취하고 있었다. 다른 주소들의 철자가 약간씩 잘못되어 있었기에 티나는 그 사실을 알 수 있었다. 발신자의 이메일 주소는 janestuk@yahoo.com이었다. 내용은 아래와 같았다.

**전달: 텍사스식 바비큐 파티!**

친애하는 친구들에게,

드류의 열아홉 번째 생일을 맞이하여 진짜배기 텍사스식 바비큐 파티에 여러분을 초대합니다. 장소는 로레타의 집 뒷마당, 시간은 7월 19일 목요일 저녁 6시입니다. 신나는 파티가 될 거예요!

– 제인 & 스튜 코왈스키

코왈스키 부부는 스테파니와 같은 학교를 다니는 드류의 부모들이었지만, 드류는 이제 겨우 일곱 살이었다. 그녀는 답장 버튼을 눌러 며칠간 오스틴에 있을 예정이라 파티에 가지 못해서 미안하고, 대신 진짜배기 텍사스식 바비큐 소스를 선물로 가져가겠다고 회신했다.

그리고 목요일 5시, 마침내 나가야 할 시간이 되었다. 스테파니는 한나와 함께 슈츠 앤 래더즈 보드게임을 하고 있었고 미구엘은 소파에 드러누워 경제 뉴스를 보고 있었다. 티나는 미구엘의 열쇠 꾸러미를 집고 흔들었다. "아빠, 링컨 자동차 좀 쓸 수 있을까? 아이스크림 사러 가려고."
미구엘은 TV에서 눈을 떼면서 얼굴을 찌푸렸다. "나도 같이 갈까?"
티나는 고개를 젓고 미구엘의 뺨에 가볍게 입을 맞춘 다음, 스테파니에게 금방 다녀올 테니 얌전하게 놀고 있으라고 말했다. 게임에서 이기고 있던 스테파니는 그것을 멈출 마음이 없어 보였다. 집을 나서기 전에 티나는 휴대폰을 현관문 테이블 옆에 올려놓았다. 인공위성으로 휴대폰을 추적하는 것쯤 식은 죽 먹기라는 것은 TV를 봐서 잘 알고 있었다. 그녀는 벽에 걸린 재킷 두 벌을 들어 세탁물처럼 보이도록 포개어 접었다.
밖으로 나가자 후끈거리는 열기가 덮쳐 왔다. 티나는 재킷을 꼭 쥐고 잠시 멈춰 섰다가 포장된 진입로를 향해 걸어갔다. 그곳에는 미구엘이 매년 새것으로 교체하는 링컨 타운카가 주차되어 있었다. 자동차 문을 열면서 티나는 셰필드 씨네 이층집 앞에 주차된 붉은 승용차를 쳐다봤다. 티나를 보고 있지 않은 척했지만 로저가 자동차 시동을 걸기 위해 몸을 기울이고 있음을 알 수 있었다.
제기랄.
티나는 평정을 잃지 않았다. 그녀는 재킷을 조수석에 올려놓은 뒤 서서히 진입로를 빠져나가 우회전을 하여 시내로 들어가는 고속도로로 접어들었다. 백미러로는 계속 붉은 승용차를 주시하고 있었다.
티나는 고속도로 옆의 작은 쇼핑센터로 가서 코인 빨래방 앞에 주차를 했다. 붉은 승용차가 그녀의 자동차로부터 두 열 뒤에서 멈춰 섰다. 빨래방에는 조용히 가동되는 에어컨에 맞서서 세탁기들이 열을 내며 돌아가고 있었다. 티나는 재킷을 세탁기 안에 집어넣었지만 동전은 투입하지 않았다. 목요일 오후 빨래방을 찾은 몇 안 되는 손님들은 그녀의 행동에 딱히 신경을 쓰지 않았다. 티나는 창가 근처의 빈자리에 앉아 주차장을 바라보았다.
티나는 시간이 얼마나 걸릴지 모르겠지만 로저가 계속 차 안에만 있을 수 없으리라고 생각했다. 로저는 빨래방 안을 볼 수 없을 것이며, 날씨가 덥기 때문에 마실 것을 사러 가거나 화장실에 가야 할 것이다. 이윽고 40분이 지나자 짙은 선글라스를 낀 로저가 차에서 나와 빨래방 옆의 세븐일레븐을 향해 걸음을 재촉했다.

지금이야.

티나는 재킷을 내버려 두고 밖으로 달려나가서는 찌는 듯한 열기에 아랑곳없이 타고 온 자동차 안으로 뛰어들었다. 자동차는 끼익 하는 소리와 함께 서둘러 주차장을 빠져나가다가 하마터면 자전거를 탄 사람을 칠 뻔했다. 티나는 고속도로로 나가지 않고 우회전하여 뒷길로 빠져나간 다음, 쇼핑센터 뒤에 차를 세웠다. 티나는 차에서 내려 그라피티가 그려진 높은 벽을 돌아, 주차장이 보이는 모퉁이까지 달렸다. 그녀의 심장이 마구 뛰고 있었다.

빨래방과 세븐일레븐은 멀리 떨어져 있었지만, 선글라스를 낀 로저가 빨간색과 흰색으로 디자인된 빅걸프 음료수 컵을 들고 나오는 것을 볼 수 있었다. 그가 멈칫하자 티나는 얼른 고개를 모퉁이 뒤로 숨겼다. 로저는 두리번거리더니 자동차로 달려갔다. 로저의 차가 곧바로 주차장을 나가지 않자, 티나는 그가 임무 실패를 보고하며 지시를 기다리고 있으리라고 생각했다. 이런 녀석들은 항상 그렇다. 지시가 없으면 아무것도 할 수 없는 것이다.

이윽고 붉은 승용차는 티나가 운전했던 길을 되짚는가 싶더니, 좌회전을 하여 고속도로로 들어가서는 중앙 차선을 넘어 티나의 부모님 집을 향해 유턴을 했다.

티나는 자신이 국토안보부 요원을 따돌렸다는 사실에 희열을 느꼈다. 이것은 아무나 할 수 있는 일이 아니었다.

티나는 자동차의 시동을 걸고 떨리는 손이 진정될 때까지 잠자코 기다렸다. 아직 가시지 않은 희열이, 되살아나는 두려움과 섞이고 있었다. 저들이 엄마와 아빠에게 무슨 짓을 하는 건 아닐까? 아니면 스테파니에게? 어차피 잠시만 그들의 눈을 벗어날 생각이므로 그것은 지나친 걱정이었다. 하지만 저들은 이메일의 내용을 파악했을지도 모른다. 나의 계획을 알아차리고는 나를 조종하기 위해 가족들을 납치할지도 모른다.

과연 그런 방법을 쓰기도 하는지는 TV에서 본 것만으로 판단할 수가 없었다.

티나는 차를 몰아 뒷길을 내려갔다. 차창 밖의 무너질 듯한 작은 주택들 안에는 마른 잔디조차 보이지 않았다. 철망 울타리가 둘러쳐진 마당들은 건조한 여름 날씨 탓에 마치 건조 지대의 축소판처럼 보였다. 티나는 포장된 183번 도로로 접어들어 북쪽의 브릭스로 향했다.

고속도로 커브의 흙투성이 공터에는 벽면이 커다란 창문들로 뒤덮인 넓은 건물이 서 있었다. 간판에는 "로레타의 부엌"이라고 적혀 있었다. 티나는 어릴 때 이곳에 온 적이 있었고, 결혼한 다음에는 이곳을 "진짜배기 텍사스식 바비큐" 식당이라고 소개하며 마일로를 데려왔었다. 두 사람은 이따금 티나의 부모들 몰래 집을 빠져나와 이곳에서 브리스킷과 그레이비 소스를 끼얹은 비스킷을 먹으며 그들의 인생 계획을 얘기하고는 했다. 그들은 짐짓 합리적인 확실성을 가지고 여러 가지 공상들을 펼쳤었다. 스테파니를 어느 대학으로 보낼지, 복권이 당첨되어 은퇴하면 어디로 갈지, 마일로가 늙어서 불임 진단을 받기 전에 아들을 낳으면 어떤 이름을 붙이고, 어떤 사람으로 키울지.

밖에는 손님들의 픽업트럭과 대형트럭들이 열기를 받으며 주차되어 있었다. 티나는 두 대의 대형트럭 사이에 차를 세우고 6시까지 기다리다가 더운 먼지를 뚫고 식당 안으로 들어갔다.

안에는 피크닉 테이블을 둘러싼 건설 노동자들과 트럭 운전사들이 손에 기름을 묻혀 가며 식사를 하고 있었다. 마일로의 모습은 보이지 않았다. 티나는 주문하는 창구로 가서 분홍빛 뺨을 한 소녀에게 브리스킷, 그레이비를 얹은 비스킷, 립을 주문했다. 소녀는 티나에게서 돈을 받은 뒤 주문 번호를 건넸다. 티나는 햇볕에 그을리고 땀에 젖은 사내들이 떠들고 웃는 속에서 빈자리를 찾아 앉았다. 유심히, 하지만 우호적으로 바라보는 사내들의 시선에 그녀는 반응하지 않았다.

창문을 통해 티나는 고속도로와 먼지투성이 주차장을 바라보았다. 기다려도 마일로의 모습은 보이지 않았다. 그런데 갑자기 등 뒤에서 "나 왔어" 하며 어깨를 건드리는 마일로의 목소리가 들렸다. 어느새 티나 곁에 마일로의 뺨이 다가와 있었다. 티나는 그의 얼굴을 붙잡고 키스를 했다. 어느새 눈물이 흐르고 있었다. 두 사람은 잠시 동안 그저 서로를 부둥켜안았다. 티나는 마일로를 뒤로 밀어내며 그의 모습을 살폈다. 마일로는 지쳐 보였다. 그의 눈가는 처져 있었고 안색이 창백했다. "죽었을까 봐 걱정했어."

마일로는 티나에게 키스를 하며 말했다. "아직은 살아 있어." 그는 주차장을 살펴보았다. "미행하는 사람이 아무도 없는 것 같은데 어떻게 빠져나온 거야?"

티나는 소리 내 웃으며 거친 마일로의 뺨을 쓰다듬었다. "나도 그 정도 수는 쓸 줄 알아."

"27번 손님!" 창구의 소녀가 외쳤다.

"우리야." 티나가 말했다.

"여기 앉아 있어." 마일로가 창구로 가서 먹을 것으로 넘치는 쟁반을 들고 돌아왔다.

"어디에 있었던 거야?" 옆에 앉은 마일로를 보며 티나가 물었다.

"아주 여러 곳에. 톰이 죽었어."

"뭐?" 티나는 마일로의 팔을 꽉 쥐었다. "톰이?"

마일로는 고개를 끄덕이며 목소리를 낮췄다. "누군가 그를 죽였어."

"누군가라니…… 누가?"

"그건 중요하지 않아."

"그게 왜 안 중요해? 체포했어?" 그렇게 물어보면서 티나는 자신의 질문이 바보 같다고 생각했다. 마일로와 몇 년을 같이 살았지만 〈회사원〉의 업무 방식에 대해서는 아무것도 아는 게 없었다.

"체포하진 않았어. 총을 쏜 남자는…… 내가 죽였어."

티나는 눈을 감았다. 시큼한 바비큐 소스가 코를 찌르자 토할 것 같은 기분이 들었다. "그 사람…… 그 사람이 당신도 죽이려고 했어?"

"그래."

티나는 눈을 뜨고 남편을 바라봤다. 그녀는 밀려오는 감정을 이겨내며 그를 꼭 붙잡았다. 드디어 남편이 돌아왔다는 생각에 티나는 사랑하는 사람을 잡아먹기라도 할 듯한 격렬한 애정을 느꼈다. 연애 시절 이후 그런 기분은 처음이었다. 티나의 이가 수염으로 까칠한 마일로의 뺨을 문질렀다. 뺨을 적시는 눈물의 맛이 느껴졌다. 마일로의 눈물일까? 아니, 그는 울고 있지 않았다.

마일로가 말했다. "중요한 건 모두들 내가 그레인저를 죽였다고 생각할 거라는 점이야. 지금은 도망 다닐 수 있지만, 일단 그들이 마음만 먹으면 미국에 내가 살 수 있는 안전한 장소는 없을 거야."

티나는 스스로를 통제하며 마일로에게서 물러났다. 양손은 아직 마일로의 몸 위에 놓여 있었다. 마일로 역시 티나에게 손을 얹고 있었다. "그럼 이제 어떻게 되는 거야?"

"그 점에 대해 며칠 동안 생각해 봤어." 마일로가 이상하리만치 무미건조하게 말했다. "아무리 생각해 봐도 문제를 해결할 길이 없어. 〈회사〉는 나를 죽이려고 할 거야."

"뭐? 죽인다고? 왜?"

"그건 중요한 게 아니야." 마일로는 그렇게 대답한 다음 티나가 반박하기 전에 덧붙였다. "이것만 알아줘. 다시 발각된다면 나는 그땐 틀림없이 죽게 될 거야."

티나는 마일로의 이성적인 태도를 모방하려고 애쓰며 고개를 끄덕였다. "찾고 있던 증거는 발견했어?"

"아니."

티나는 마치 이런 일들을 자기 세상의 일부인 양 이해할 수 있는 것처럼 다시 고개를 끄덕였다. "그럼 이제 어떻게 해야 하는 거야?"

마일로는 코로 거친 숨을 내쉬며 아직 손대지 않은 음식을 바라보았다. 음식에 시선을 고정시킨 채 그가 말했다. "사라지는 거야. 나, 당신, 스테파니 모두 함께." 마일로는 한 손을 들어 올렸다. "우선 내 말을 듣고 대답해 줘. 생각보다 어려운 일은 아니야. 숨겨둔 돈도 있어. 새로운 신원들도 준비했고. 내가 보낸 여권은 받았지?"

"응."

"유럽으로 가는 거야. 베를린과 스위스에 아는 사람들이 있어. 제대로 된 생활을 할 수 있어. 그 점만큼은 나를 믿어줘. 물론 쉽지는 않을 거야. 예를 들어 당신 부모님. 부모님을 만나러 미국으로 오는 것은 힘들 거야. 그분들이 우리가 있는 곳으로 오셔야 해. 하지만 만날 수는 있어."

마일로의 말하는 속도는 느렸지만 티나는 자신이 그의 말을 제대로 알아들은 것인지 확신할 수 없었다. 한 시간 전만 해도 그녀가 상상할 수 있는 최악의 소식은 마일로의 부상이었다. 그런 생각을 하면 당장에라도 쓰러질 것만 같았다. 그런데 지금 마일로는 그들 가족이 지구상에서 사라져야 한다고 말하는 것이다. 내가 과연 제대로 알아들은 것인가? 그렇다. 제대로 알아들었다. 마일로의 얼굴이 그렇게 말하고 있다. 티나의 대답은 두뇌에서 제대로 처리되지 않은 채 튀어나왔다. "안 돼, 마일로."

# 43

30분 전 스위트워터를 지나면서부터 그는 울고 있었다. 자동차를 운전하고 처음 몇 시간 동안은 눈물이 흐르지 않았다. 그저 빨갛게 충혈된 눈이 쓰렸을 뿐이다. 무엇이 감정을 폭발시켰는지는 알 수 없었다. 미국 중서부 가족의 모습이 실린 생명보험 광고 게시판 때문일지도 모른다. 보험에 가입된 행복한 가족은 마일로를 향해 웃고 있었다. 아마도 그 때문이었을 것이다. 하지만 그건 중요하지 않았다.

눈앞에서 태양이 평탄하고 메마른 서부 텍사스의 풍경 위로 타오르는 불꽃처럼 저물고 있었다. 그 광경을 지켜보면서 마일로는 자신이 지금 벌어진 일을 감당할 준비가 되어 있지 않았음을 깨달았다. 살아남기 위해 〈여행객〉은 우발적인 상황을 예측하고 대비해야 한다. 하지만 함께 떠나자는 자신의 제의를 아내가 거절할 가능성을 그는 고려조차 하지 않았던 것이다. 이것은 애초에 마일로가 탁월한 〈여행객〉이 아니라는 증거였다.

그는 티나가 내세웠던 이유들을 되새겨 보았다. 처음에는 티나가 아니라 스테파니가 문제였다. "마일로! 어떻게 여섯 살 난 애한테 앞으로 나른 이름을 써야 하고 지금까지 사귄 친구들이랑 헤어져야 한다고 말할 수 있겠어?" 마일로는 아빠가 없어지는 것보다는 그게 훨씬 낫지 않겠냐고 반문하려다가 아무 말도 하지 않았다. 스테파니에게는 아직 패트릭이 있다는 대답을 들을까 봐 두려웠던 것이다.

그리고 결국 티나 자신의 문제도 제기되었다. "유럽에서 내가 뭘 할 수 있겠어? 난 스페인 말도 제대로 못 한단 말이야!"

분명 티나는 마일로를 사랑했다. 마일로가 괴로워하는 것을 보고 티나는 그의 얼굴을 부여잡고 상기된 뺨에 키스를 하며 계속 사랑한다는 말을 반복했다. 하지만 지금 중요한 것은 그것이 아니었다. 티나는 마일로를 너무도 사랑했지만 등 뒤에 암살자가 있지 않을까 벌벌 떨며 세계 곳곳을 전전하는 생활을 하며 딸의 장래까지 망칠 수는 없는 노릇이었다. "그런 생활이 어떨 거 같아? 나랑 스테파니의 입장에서 한 번 생각해 봐."

마일로는 이미 그런 생활을 상상해 봤었다. 온 가족이 함께 유로 디즈니랜드로 가는 상상. 플로리다에서 중단된 휴가를 웃음소리와 달콤한 사탕으로 마무리하는 것이다. 이제 휴대폰으로 전화를 걸어 그들을 방해할 사람은 아무도 없을 것이다. 달라지는 것이 있다면 단지 이름뿐이었다. 라이오넬, 로라, 그리고 켈리.

이윽고 마일로는 눈물이 흐른 이유를 깨달았다. 그것은 티나가 옳다는 것을 자신도 알기 때문이었다. 그레인저의 죽음 때문에 제정신이 아닌 그는 필사적인 몽상가가 되어 디즈니랜드라는 신기루가 자신들의 세상이 될 수 있으리라고 착각했던 것이다.

그런 착각에 너무 깊이 빠진 나머지, 그는 그것이 얼마나 철없는 공상인지를 깨닫지 못했던 것이다.

지금 나는 어디에 있나? 사막. 사방이 광막하다. 두 가지 색조의 평탄한 공허. 가족은 사라졌고 〈회사〉의 유일한 아군은 나의 어리석음 때문에 죽어버렸다. 이제 남은 아군은 단 한 명뿐이었다. 절대 연락을 하고 싶지도, 연락을 받고 싶지도 않은 아군.

뉴멕시코 주의 홉스로 넘어간 마일로는 주유소 겸 편의점으로 들어갔다. 하얀 벽은 색이 벗겨져 있었고 에어컨은 없었다. 마일로는 카운터 뒤에서 땀을 흘리는 뚱뚱한 여자에게 가서 지폐를 동전으로 바꿨다. 그녀는 수프 캔 더미 옆의 공중전화를 가리켰다. 마일로는 동전을 전부 집어넣고 디즈니 월드에서 암기했던 번호를 눌렀다.

"Da?(여보세요?)" 나이 든 남자의 낯익은 목소리가 들렸다.

"저예요."

"미하일?"

"도움이 필요합니다, 예브게니."

# 2부

# 《여행업》은 이야기 꾸미기

2007년 7월 25일 (수) ~ 7월 30일 (월)

# 1

테렌스 앨버트 피츠휴는 한때 톰 그레인저가 일했던 22층 사무실에 서 있었다. 하지만 이제 톰 그레인저는 없었다. 책상 뒤편 천장 높이의 통유리창 너머로는 도시의 정글 위로 덮개처럼 펼쳐진 고층빌딩들이 보였다. 반대편의 블라인드 너머로 보이는 칸막이들의 벌판에서는 창백한 젊은 〈여행중개인〉들이 〈여행객〉들의 전달사항을 분석하며 랭글리의 CIA 본부로 보낼 얄팍한 〈여행안내서〉를 작성하고 있었다. 이것을 근거로 본부의 분석가들은 정치가들에게 제출할 정책 참고용 보고서를 작성할 것이다.

피츠휴는 자신을 향한 〈여행중개인〉들의 증오를 느낄 수 있었다.

하지만 증오의 대상은 테렌스 앨버트 피츠휴라는 구체적인 인물이 아니라, 추상적인 관념이었다. 이런 현상은 세계 도처의 〈회사〉 사무실에서 흔히 일어나는 일이었다. 부서장과 부하직원들 간에는 일종의 애정이 싹트게 마련이므로, 부서장이 쫓겨나거나 살해당하면 부서는 금방이라도 터질 듯한 울분으로 가득 차게 된다. 특히 〈여행중개소〉처럼 외부와 차단된 부서인 경우는 직원들이 더욱 부서장에게 의지하고 있었으므로 울분은 더욱 강렬하다.

그들의 증오는 나중에 해결할 문제라고 생각하며, 피츠휴는 블라인드를 내리고 그레인저의 컴퓨터로 향했다. 그가 죽은 지 일주일이 지났건만 아직도 뒷정리가 끝나지 않았다. 그것은 톰 그레인저가 원래 정리와는 거리가 먼 인간이기 때문이었다. 그레인저를 포함한 나이 든 냉전시대의 전사들은 오랫동안 아름다운 비서에게 의존한 탓에 사무실 정리에 서툴렀다. 이 늙은이들에게 지급한 컴퓨터는 금세 지구상에서 가장 엉망진창인 기계가 되어 버리곤 했다. 그레인저의 경우는 컴퓨터뿐만 아니라 모든 것이 엉망이었다.

처음에 피츠휴는 그레인저가 벌인 난장판을 깨끗이 처리했다고 생각했다. 지시를 내리고 나서 확인 전화를 걸었을 때, 트리플혼은 묘하고 밋밋한 말투로 임무를 완수했다고 보고했다. 모든 것이 순조로웠다.

하지만 피츠휴가 현장에 도착했을 때 집 안에서 발견된 것은 핏자국뿐이었다. 왜 트리플혼은 쓸데없이 위버의 시체를 치운 것일까? 이튿날 검시 결과를 보고 받은 피츠휴는 심장이 멎는 것 같았다. 피는 위버의 것이 아니었다. 밝혀지지 않았지만, 피츠휴는 핏자국의 주인이 누군지 알 수 있었다.

그때 전화를 받은 것은 트리플혼이 아니라 마일로 위버였던 것이다.

일주일 동안 위버를 찾아 정신없이 미국 전역을 뒤졌지만 소득이 없었다. 그런데 오늘, 기적이 일어났다.

피츠휴는 네트워크 서버에 접속하여 암호를 입력한 후 아침에 촬영된 영상을 재생했다. 감시 담당 기술자가 여러 대의 카메라로 찍힌 영상을 신속히 편집한 것이었다. 〈회사〉 바깥을 촬영한 영상은 도심지 외곽의 지친 통근자들이 서로 부대끼며 출근하는 광경으로 시작됐다. 9:38. 화면 아래에 시각이 표시되어 있다. 기술자가 설정해 놓은 화살표는 군중 속에 섞인 누군가의 머리를 따라 움직이고 있다. 그는 아메리카 애비뉴의 〈회사〉 반대편 보도를 걷다가 멈추더니 도로를 건너 노란색 택시들을 비집고 〈회사〉를 향해 뛰기 시작한다.

영상이 전환되면서 〈회사〉 쪽 보도의 카메라가 찍은 장면이 나타났다. 남자의 신원은 이미 파악되었고 로비에는 경비원들이 배치되어 있다. 위버는 길거리에서 고민하듯 머뭇거린다. 방향을 잃어버린 사람처럼 그가 멈춰 서자, 사람들이 그를 부딪치며 지나친다. 이윽고 위버는 처음 의도한 대로 건물 현관을 향한다.

로비 높은 곳에 매달린 카메라의 영상. 위버는 경비원들의 위치를 확인할 수 있는 지점에 서 있다. 덩치 큰 흑인인 로렌스는 문가에, 다른 한 명의 경비원은 야자나무 옆에서 대기 중이다. 엘리베이터가 있는 복도에 숨은 다른 두 명은 카메라의 시야 밖에 있다.

위버가 들어서자 그를 기다리던 로렌스가 다가온다. 처음에는 아무 문제가 없는 듯하다. 친밀하고 낮은 목소리로 두 사람이 대화를 나누는데, 다른 세 명의 경비원들이 접근한다. 위버는 다가오는 그들을 보고 공포에 질려 허둥댄다. 마일로 위버가 느닷없이 발길을 돌렸기에, 피츠휴는 그가 허둥대고 있다고 생각했다. 그런 행동을 예상하고 있던 로렌스가 위버의 어깨를 붙들자, 위버는 로렌스의 얼굴을 주먹으로 가격한다. 도착한 다른 경비원들이 위버를 덮친다.

약간의 소동이 있었을 뿐, 장면은 매우 고요하다. 카메라에 잡히지 않았지만 접수대의 아름다운 글로리아 마르티네즈가 헉 하고 숨소리를 낸다. 이윽고 모두가 일어서고, 등 뒤로 돌려진 위버의 손목에 수갑이 채워진다. 세 명의 경비원이 그를 엘리베이터로 끌고 간다.

희한하게도 위버는 프런트 데스크를 지나며 웃고 있다. 심지어 글로리아를 향해 윙크까지 하며, 무언가 말을 건넨다. 카메라에는 잡히지 않았지만, 경비원들과 글로리아는 그의 익살맞은 농담을 알아들었다. "같이 여행 온 친구들을 잃어버렸어요."

19층의 고문실에 도착하자, 위버의 유머 감각은 곧 사라졌다.

"왜 그를 죽였나?" 피츠휴가 첫 마디를 내뱉었다. 그의 다음 행동이 위버의 대답에 달려 있었다.

위버는 손을 의자 뒤로 묶인 채 피츠휴를 보며 눈을 깜빡였다. "누구를 말입니까?"

"맙소사, 톰 말이다! 톰 그레인저!"

잠시 정적이 흘렀다. 피츠휴는 위버가 무슨 말을 할지 예측할 수 없었다. 이윽고 위버가 어깨를 으쓱하며 말했다. "톰이 안젤라 예이츠를 죽였어요. 그 때문입니다. 안젤라가 기밀을 유출했다고 모함한 다음에 죽였죠. 톰 그레인저는 저와 당신에게 거짓말을 했어요. 〈회사〉에 거짓말을 했습니다." 위버는 계속 말을 이었다. "저는 톰을 진심으로 좋아했습니다. 그런데 그는 저를 이용한 거예요."

그렇다면 마일로는 트리플혼을 죽이고 나서 사적인 감정으로 톰 그레인저까지 죽인 것인가? 사실이라면 이것은 덥고 눅눅한 피츠휴의 삶에 시원하고 신선한 공기 같은 소식이었다. "네가 톰 그레인저에 대해서 어떻게 생각하든 상관없어. 톰은 CIA의 베테랑이고 너의 직속상관이었다. 너는 그를 죽인 거야. 이제 너의 상관이 된 내 기분이 어떨 것 같나? 네 마음에 안 드는 짓을 하면 다음 표적은 내가 될 테니 벌벌 떨면서 살아야 되나?"

피츠휴는 아직 심문도 제대로 못 했는데 회의에 갈 시간이 되었다며 짐짓 신경질을 냈다. "조직 개편이니, 구조 개혁이니, 네놈들이 벌여놓은 일을 처리하느라 골치가 아파."

나가면서 피츠휴는 로렌스에게 속삭였다. "실오라기 하나 없이 벌거벗기고 '블랙홀' 을 실시해."

로렌스는 충혈된 눈으로 역겨운 듯한 표정을 지었다. "알겠습니다."

'블랙홀' 은 매우 간단한 것이었다. 피심문자를 벌거벗긴 후 나체 상태에 적응하도록 잠시 동안 그대로 둔다. 그리고 한 시간 정도 지나서 불을 끈다.

'블랙(black)' 은 시공간적 감각을 잃게 하지만 그것만으로는 효과가 없다. 곧이어 '홀(hole)' 이 찾아온다. 몇 시간 후, 또는 몇 분 후에, 적외선 안경을 낀 경비원들이 2인 1조로 들어와 피심문자를 개 패듯 팬다. 빛이 없으므로 존재하는 것은 형체 없는 주먹질뿐이다.

시간, 빛, 물리적 안정감을 없애면 피심문자는 불을 밝힌 방에 앉아 아는 것을 전부 불어버리고 싶게 된다. 위버는 내일 아침까지 블랙홀 속에 갇혀 있을 것이고, 그때가 되면 피츠휴의 존재마저도 고마워할 것이다.

사무실로 돌아온 피츠휴는 파리와 제네바에서 위버와 함께 행동했던 아이너의 보고서를 읽었다. 마일로에게 공격을 받았음에도 아이너는 마일로가 안젤라를 죽이지 않았을 것이라고 주장했다. "수면제를 바꿔치기할 시간은 있었지만 그럴만한 동기가 없었음. 오히려 보고자 본인보다 절실하게 안젤라 예이츠의 살해자를 찾고자 했음."

근거 없는 추측. 피츠휴는 아이너의 보고서에 파란색 폰트로 평가를 적고, 자신의 이니셜과 날짜를 쳐 넣었다.

4시가 조금 지나자 누군가 문을 두드렸다. "네. 들어오세요."

자넷 시몬스 요원이 문을 열고 들어왔다.

피츠휴는 불편한 심기를 숨기기 위해 자넷 시몬스의 첫인상을 떠올렸다. 그는 시몬스 요원이 저런 차림을 하지만 않는다면, 매력적인 젊은 여성으로 보일 수도 있으리라고 생각했다. 과하게 뒤로 넘긴 검은 머리카락과 바지가 지나치게 헐렁한 감청색 정장. '레즈비언 바지' 라고 피츠휴는 속으로 생각했다.

"아직 워싱턴에 계시는 줄 알았습니다." 피츠휴가 말했다.

"위버를 잡았다면서요?" 등 뒤로 양손을 맞물리며 시몬스가 대꾸했다.

피츠휴는 에어론 체어에 몸을 파묻으며 그녀가 그 사실을 어떻게 알았는지 의아해했다. "제 발로 찾아온 겁니다. 정문으로 당당하게 들어왔죠."

"지금 어디에 있죠?"

"몇 층 아래에 있어요. 침묵 요법을 실시하고 있습니다. 하지만 벌써 톰을 죽였다고 실토했어요."

"이유는?"

"분노. 그레인저가 자기를 이용했다고 하더군요. 자기를 배신했다고요."

시몬스는 의자를 손으로 건드렸지만 앉지는 않았다. "마일로 위버와 얘기하고 싶군요."

"그러셔야죠."

"지금요."

피츠휴는 여러 가지 다른 생각들에 마치 정신분열이라도 일으킬 듯 머릿속이 복잡했다. 그는 고개를 갸웃거리며 말했다. "되도록 빨리 얘기하실 수 있도록 하겠습니다만 오늘은 안 됩니다. 오늘은 심문 일정이 없어요. 그리고 내일 하루는 제가 혼자서 그를 심문할 겁니다. 아시다시피 보안을 위한 조치이죠."

시몬스는 결국 의자에 앉았다. 그녀의 오른쪽 눈은 맨해튼을 내려다보고 있었고, 왼쪽 눈은 피츠휴를 바라보고 있었다. "관할권을 문제 삼을 수도 있어요. 마일로 위버는 톰 그레인저를 국내에서 살해했으니까요. 그 점은 아시겠죠?"

"그레인저는 우리 쪽 사람입니다. 국토안보부와는 관계없어요."

"요점을 흐리지 마세요."

피츠휴는 의자 속으로 몸을 파묻었다. "마일로 위버를 천적으로 생각하는 겁니까? 그는 그저 타락한 일개 〈회사원〉일 뿐입니다."

"한 달 동안 세 사람이나 죽였어요. 타이거, 안젤라 예이츠, 그리고 톰 그레인저. 아무리 타락한 〈회사원〉이라도 그건 참 대단한 짓이잖아요?"

"설마 정말로 그가 세 사람을 다 죽였다고 믿으시는 겁니까?"

"그건 얘기해 보면 알겠죠."

피츠휴는 혀로 이빨을 훑었다. "제 말 좀 들어주세요. 하루만 제가 그를 전담하게 해 주십시오. 모레 금요일에 대화의 시간을 갖게 해 드릴 테니." 그는 뻣뻣한 세 손가락을 들어 올렸다. "약속드립니다."

시몬스는 마치 선택의 여지 속에서 고민하듯 그의 말을 곰곰이 생각했다. "그럼 모레로 하죠. 하지만 지금 주셔야 할 게 있어요."

"뭘 말입니까?"

"마일로에 관한 자료. 공개된 것은 필요 없어요. 당신이 갖고 있는 자료를 주세요."

"그건 시간이 좀……."

"당장요, 테렌스 씨. 당신이 자료를 빼돌리거나 조작할지도 모르잖아요? 마일로 위버와의 재회를 기다리는 동안 읽을 거리가 필요해요."

피츠휴는 입술을 오므렸다. "적대적으로 반응할 필요는 없을 것 같군요. 우리의 목적은 같잖습니까? 바로 저희 쪽 요원을 죽인 놈에게 평생 콩밥을 먹이는 것 말이죠."

"의견이 일치해서 기쁘네요." 그렇게 말했지만 시몬스의 얼굴에 기뻐하는 기색은 없었다. "그럼 자료를 주세요."

"10분 정도는 기다려 주시겠죠?"

"좋아요."

"로비에서 기다리고 계시면 내려보내겠습니다."

"부인은 어떻게 됐나요?" 자리에서 일어나며 시몬스가 물었다. "티나 말이에요. 그녀도 심문했나요?"

"위버가 부인을 만난 사실을 알고, 오스틴에서 간단한 심문을 했습니다만 부인은 아무것도 모르더군요. 그녀에게서는 손 뗐습니다. 이미 물어볼 만큼 물어봤어요."

"그렇군요." 시몬스는 악수를 청하지 않고 방을 나갔다. 피츠휴는 "레즈비언 바지"를 입은 그녀가 칸막이들로 가득한 미로 같은 사무실을 성큼성큼 걸어가는 모습을 지켜보았다.

그는 책상 위의 전화기를 들고 49번을 눌렀다. "예, 본부장님." 군인 같은 말투의 경비원이 전화를 받자마자 피츠휴가 대뜸 물었다. "이름?"

"스티븐 노리스입니다."

"내 말 잘 들어, 스티븐 노리스. 듣고 있나?"

"아…… 예, 본부장님."

"앞으로 나한테 미리 알리지 않고 국토안보부 자식들을 위로 올려보내면 여기서 쫓겨날 줄 알아. 방탄복 대신에 조지 부시가 그려진 티셔츠를 입고 바그다드 주재 미국 대사관 정문에서 경비를 서게 될 줄 알라고."

## 2

자닛 시몬스는 그랜드 센트럴 스테이션 위의 그랜드 하얏트 호텔 23층에 숙소를 잡았다. 그녀가 업무를 할 때면 늘 그렇듯, 호텔방은 금세 엉망이 되었다. 호텔 담요를 싫어하는 시몬스는 즉시 그것들을 치워 침대 아래에 쌓아 놓고는 그 위로 여분의 베개(그녀는 베개 하나로 충분했다), 룸서비스 메뉴, 알파벳 순으로 정리된 고객 서비스 책자, 그리고 침대 옆 탁자에 놓인 각종 자질구레한 물건들을 던져 놓았다. 신경에 거슬리는 물건들을 모두 치우고 난 다음에야 시몬스는 침대 위에 앉아 노트북 컴퓨터를 열고 새로운 워드 파일을 열어 자신의 생각들을 옮겨 적을 수 있었다.

그녀는 테렌스 피츠휴가 마음에 들지 않았다. 자신의 가슴을 향한 피츠휴의 시선도 짜증이 났지만 문제는 그것이 아니었다. 시몬스가 싫었던 것은 그녀의 말 하나하나가 실망스러운 뉴스라는 듯 동정하며 찌푸리는 피츠휴의 얼굴이었다. 가식적인 표정. 시몬스가 안젤라 예이츠의 죽음을 알고 피츠휴의 워싱턴 사무실에 들이닥쳤을 때도 그는 그런 표정을 지으며 말했다. "제가 알아서 잘 처리하겠습니다. 안심하세요."

당시 피츠휴의 협조를 기대하지 않았던 시몬스는 이튿날 오후 머레이 레인 242번지의 사무실로 도착한 우편물을 보고 매우 놀랐다. 철저히 검열된 익명의 자료는 바로 안젤라 예이츠에 대한 감시 자료였다. 바로 그날 저녁 11시 38분. 마일로 위버가 안젤라 예이츠의 아파트에 들어갔고 이 지점에서 아무런 이유 없이(사실, 감시 자체에 대한 이유조차 제시되어 있지 않았지만) 화면이 끊겼다. 그리고 카메라가 다시 작동했을 때 위버의 모습은 사라져 있었다. 30분 후, 안젤라 예이츠는 바르비투르로 인해 숨졌다. 일을 꾸미는 게 가능했던 한순간, 그곳에는 마일로 위버가 있었다.

그로부터 얼마 후 시몬스는 디즈니 월드에서 갑작스러운 상황에도 평정을 잃지 않은 마일로의 부인과, 잠에서 깨어 졸려 하는 귀여운 딸을 만났다. 그들은 시몬스와 오바크, 그리고 총을 흔들어 대는 두 명의 남자의 모습에 어리둥절했다. 마일로 위버는 이미 그곳에 없었다. 그레인저가 그에게 귀띔을 해줘 도망쳤다는 사실이 밝혀졌다.

그런데 일주일 전, 톰 그레인저가 뉴저지에서 죽은 채 발견되었다. 살인 현장은 무언가가 이상했다. 앞마당에 놓인 그레인저의 시신에는 별다른 것이 없었지만, 집 안의 유리창 세 개가 바깥쪽으로부터 부서져 있었던 것이다. 게다가 현관문 바로 안쪽의 계단 밑에는 누구의 것인지 알 수 없는 혈흔이 있었고, 계단에는 시그 자우어 9mm 총탄 일곱 개가 박혀 있었다. 아무도 해명하려 들지 않았지만 현장에 제3자가 있었음이 분명했다. 피츠휴는 그저 당황한 시늉을 할 뿐이었다.

오스틴에서는 티나 위버가 세 시간 동안 종적을 감추는 일이 일어났다. 로저 샘슨에게 심문을 받은 티나는 마일로가 스테파니를 데리고 함께 미국을 떠나자고 제안했지만 거절했다고 대답했다. 마일로는 또다시 어디론가 사라졌고, 시몬스는 이제 그를 찾아내는 것은 불가능하리라고 여겼다. 그런데 오늘 아침, 국토안보부가 CIA의 초특급 비밀 부서인 〈여행중개소〉에 심어놓은 매튜로부터 반가운 연락이 온 것이었다.

왜 마일로는 제 발로 잡혀 들어갔을까?

시몬스는 글로리아 마르티네즈로부터 건네받은 마닐라지 봉투를 열어 안에 든 자료를 읽었다.

1970년 6월 21일 노스캐롤라이나 롤리에서 출생. 양친은 윌마 위버, 시어도어 위버. 첨부된 〈롤리 뉴스 앤드 옵저버〉 신문기사에 의하면 1985

년 10월 I-40번 도로의 모리스빌로 나가는 출구 근처에서 음주운전 차량 한 대가 다른 차량에 정면으로 충돌하는 사고가 있었다. 음주운전자인 데이빗 폴슨은 사망했고, 두 번째 차량에 타고 있던 캐리 출신의 윌마 위버와 시어도어 위버 역시 사망했지만 두 사람의 아들인 마일로는 무사했다.

시몬스는 필요한 사실들을 워드 문서 안에 적어 넣었다.

증빙서류는 없었지만 자료에 의하면 당시 열다섯 살이었던 마일로 위버는 노스캐롤라이나 옥스퍼드의 성 크리스토퍼 고아원에 들어갔다. 1989년경 작성된 또 다른 신문기사에 의하면, 화재가 발생하여 성 크리스토퍼 고아원 건물과 그 안에 있던 기록들은 모두 불타 없어졌다. 그것은 마일로가 노스캐롤라이나를 떠난 지 1년 후의 일이었다.

당시 마일로 위버는 장학금을 받고 펜실베이니아의 조용한 산동네에 있는 조그만 록 헤이븐 대학교에 들어가 있었다. 출석이 불규칙한 마일로는 체포된 적은 없었지만 지역 경찰들에 의해 "마약 상용자들과 연루되었다"는 혐의를 받고 있었고, "웨스트 처치 가와 4번가 모퉁이의 마리화나 파티가 정기적으로 벌어지던 낡은 주택들에서 많은 시간을 보냈다"는 내용이 몇 페이지에 걸쳐 적혀 있었다. 입학 당시 마일로는 전공을 정하지 않았지만, 1학년이 끝날 무렵에 국제관계학을 선택했다.

록 헤이븐 대학교는 작은 학교였지만, 동부해안 최대 규모의 교환학생 프로그램을 운영하고 있었다. 1990년 가을, 3학년인 마일로는 영국 플리머스의 마존(Marjon: University College Plymouth St Mark & St John)에서 공부를 하게 되었다. 자료에 따르면 마일로 위버는 금세 몇 명의 친구들과 어울려 다니게 되었다. 대부분 브라이튼 출신인 그들은 사회주의 정치사상에 빠져 있었고 스스로를 노동당으로 칭했지만, 사실 "생태 무정부주의"에 가까웠다(시몬스는 그 용어가 향후 10년간은 대중으로부터 인지도를 얻지 못할 것이라고 생각했다). 그 무리 속에는 CIA에 협조하는 MI5의 첩자가 숨어 있었는데, 그는 위버에게 "접근" 가치가 있다는 보고를 전했다. "그의 이상은 본 집단의 이상과 일치하지 않는다. 하지만 자기 자신보다 거대한 무언가를 지향하는 욕구를 보면 그가 열성적으로 임무에 임하리라 예측할 수 있다. 덧붙여 그는 유창한 러시아어와 훌륭한 프랑스어를 구사한다."

마일로가 펜실베이니아로 돌아갈 날이 한 달 남은 12월 말, 런던으로 주말여행을 간 그에게 "접근"이 시도되었다. MI5의 첩자 "애비게일"은 그를 채링 크로스에 있는 마키 클럽으로 데려갔다. 마일로는 임대한 안쪽 방에서 보고서상에 "스탠"이라는 이름으로 등장하는 런던 사무소장을 소개받았다.

대화가 순조로웠는지 사흘 후 플리머스에서 두 번째 만남이 있었다. 그 후 마일로는 학교를 자퇴했고, 영국 비자가 없었던 탓에 친환경 무정부주의자 친구들과 은둔 생활을 하게 되었다.

마일로의 채용 과정은 놀랍도록 신속히 이루어진 것이었다. 시몬스는 그 점을 워드 문서에 적어 넣었다. 마일로의 첫 번째 임무에 관해서는 더 이상 특별한 사항이 없었고, 자료는 WT-2569-A-91번 문서로 넘어갔다. 하지만 시몬스는 당시 마일로의 역할이 3월로 종료되었음을 알 수 있었다. 그때쯤 그가 CIA 급여 명단에 등장했고, 노스캐롤라이나의 퍼퀴맨스 카운티로 보내어져 〈농장〉보다는 덜 유명하지만 그에 못지않은 인정을 받는 알베말 만 근처의 하비 포인트에서 4개월간 훈련을 받았기 때문이다.

마일로는 런던으로 파견되었고, 역시 이곳저곳을 떠돌다가 〈회사〉에 채용된 안젤라 예이츠와 함께 (자료가 맞다면 두 차례) 일하게 되었다. 자료에는 그들이 연인 사이였다는 보고와 함께 안젤라 예이츠가 레즈비언이었다는 다소 상반된 보고가 있었다.

마일로 위버는 런던에 거주하는 러시아인 공동체 안에 정착했다. 그곳에서의 그의 임무는 자료의 다른 부분들을 통해 짐작할 수 있었다. 마일로 위버는 외교관부터 보잘것없는 사기꾼까지 다양한 러시아인들과 어울렸다. 임무의 초점은 두 가지였다. 하나는 급속히 성장 중인 러시아 마피아가 런던 지하세계에 자리 잡는 것을 감시하는 것이었고, 또 하나는 죽음의 문턱에 다다른 소련 제국이 이따금 모스크바로부터 파견하는 스파이들을 찾아내는 것이었다. 마일로 위버는 범죄조직 검거에도 유능했지만(처음 1년간 그가 제공한 정보 덕분에 두 건의 중요한 검거가 이루어졌다), 그의 진짜 재능은 스파이 색출에 있었다. 그는 러시아 정보기관 내부에 세 명의 주요 정보원(데니스, 프란카, 타데우스)을 확보하게 되었다. 2년 동안 그는 15명의 비밀 요원을 발견했고, 그중 실력이 좋은 11명을 설득하여 이중첩자로 만들었다.

그러던 중 1994년 1월에 보고서의 어조가 달라졌다. 마일로의 점진적인 알코올 중독과 과도한 여색女色(안젤라 예이츠와 관련된 것이 아님은 확실했다), 그리고 정보원이었던 타데우스로 인해 마일로 자신이 이중첩자가 되었다는 혐의 등이 나열되었다. 6개월 후 마일로는 〈회사〉에서 해고되어 비자가 취소되었고, 미국행 비행기 표를 지급받게 되었다.

이것으로 마일로 위버의 이력의 첫 단계가 마무리되었다. 자료에 기록된 두 번째 단계는 7년 전인 2001년 쌍둥이 빌딩이 무너진 한 달 후에 시작되었다. 그는 토마스 그레인저의 사무실에 "관리자"의 직위로 다시 채용되었는데, 그 자세한 경위는 명확하지 않았다. 1994년과 2001년 사이의 기간에 대해서는 아무런 정보가 없었다.

시몬스는 그것이 의미하는 바를 정확히 알고 있었다. 1994년의 해고는 구실에 지나지 않았다. 그 후 7년간 마일로 위버는 비밀 첩보 임무를 수행했던 것이다. 그레인저의 초특급 비밀 부서의 일원이 된 것을 보면, 그가 〈여행객〉이었다는 사실을 알 수 있었다.

보고서에는 마일로 위버의 성공적인 이력이 깔끔하게 요약 정리되어 있었다. 현장 요원에서 비밀 요원, 그리고 행정 요원이 되기까지의 이력. 사라진 7년 속에 시몬스가 원하는 답이 있을지도 몰랐지만 그것은 미스터리로 남겨 두어야 했다. 그녀가 〈여행업〉에 대해 알고 있다는 사실이 피츠휴에게 밝혀지면 매튜의 입지가 위태로워질 것이다.

그때 불현듯 시몬스는 중요한 사실을 깨달았다. 그녀는 자료를 앞으로 넘겨 마일로 위버의 유년시절에 관한 보고를 다시 살폈다. 노스캐롤라이나 롤리. 옥스퍼드의 고아원. 영국으로 가기 전에 조그만 문과대학에서 보낸 2년. 시몬스는 이 사실들을 "그는 유창한 러시아어와 훌륭한 프랑스어를 구사한다"는 "애비게일"의 보고와 비교해 보았다.

그녀는 휴대폰으로 전화를 걸었다. 곧 조지 오바크의 깊고 혼미한 목소리가 들렸다. "뭡니까?" 그제야 시몬스는 시간이 11시가 다 되었음을 깨달았다.

"집이에요?"

오바크 요원의 늘어지는 하품 소리가 들렸다. "사무실이에요. 쓰러지기 일보 직전입니다."

"부탁할 게 있는데요."

"잠자라는 거 말고 다른 건가요?"

"받아 적어 봐요." 시몬스는 마일로 위버의 유년시절에 관한 세부사항들을 읊었다. "아직 생존한 위버 집안사람들을 찾아봐요. 자료에는 모두 사망했다고 나왔지만 먼 육촌 친척이라도 찾을 수 있다면 좋겠군요."

"샅샅이 조사할 필요가 있다는 것은 알지만 이건 좀 지나치지 않나요?"

"생각해 봐요, 조지. 양친이 사망한 지 5년 만에 러시아어를 유창하게 했다잖아요. 노스캐롤라이나의 고아가 어떻게 그럴 수 있나요?"

"수업을 듣고 열심히 공부했겠죠."

"조사나 해 봐요. 알았죠? 그리고 성 크리스토퍼 고아원에 있던 사람들도 한번 찾아봐요."

"알겠습니다."

"고마워요." 시몬스는 말을 마치고 전화를 끊은 뒤, 다른 번호를 눌렀다.

늦은 시간임에도 티나 위버의 목소리는 깨어 있었다. 수화기 멀리서 TV 시트콤의 소리가 들려왔다. "누구세요?"

"안녕하세요, 위버 부인. 자넷 시몬스입니다."

티나가 잠시 침묵하다가 대답했다. "특수 요원님이시군요."

"저기, 우리의 첫 만남이 그리 유쾌하지 않았다는 점은 알아요."

"알고 계세요?"

"로저가 오스틴에서 당신과 면담을 했을 텐데 태도가 어땠나요? 너무 몰아붙이지 말라고 말은 해 뒀는데……."

"로저 씨는 참 상냥한 분이었죠."

"몇 가지 사안에 관해 당신과 얘기를 하고 싶은데, 내일 시간 어떠신가요?"

다시 정적이 흘렀다. "남편 체포하는 거 도와달라는 말씀이시군요?"

'모르고 있구나.' 시몬스는 생각했다. "진실을 밝힐 수 있도록 도와주세요, 티나. 그뿐입니다."

"뭘 물어보실 생각인데요?"

"음……." 시몬스가 말했다. "마일로의 과거에 대해 잘 아시겠죠?"

머뭇거리며 티나가 대답했다. "네."

"살아 있는 친척은 없나요?"

"마일로가 알고 있는 친척은 없어요." 말을 마치며 티나는 단어의 형태가 아닌 목이 막히는 듯한 소리를 냈다.

"티나? 괜찮아요?"

"네, 그냥……." 그녀가 숨을 헐떡였다. "딸꾹질이 나서……."

"물 좀 마셔요. 내일 얘기하죠. 아침에 갈게요. 10시나 10시 반쯤?"

"네." 티나가 동의하며 전화를 끊었다.

# 3

피츠휴는 웨스트 44번가의 맨스필드 호텔에서 운전사가 모는 〈회사〉 차량을 탄 뒤, 아침 9시 30분에 아메리카 애비뉴의 〈회사〉 건물 앞에 내렸다. 사무실로 들어온 그는 책상 위의 전화기를 들어 번호를 눌렀다.

"존?"

"네, 본부장님." 밋밋한 목소리가 대답했다.

"5번 방으로 가서 내가 내려갈 때까지 일을 좀 해 주겠나? 한 시간 내에 갈 테니."

"얼굴도요?"

"아니, 얼굴은 빼고."

"알겠습니다."

피츠휴는 전화를 끊고 이메일을 확인한 뒤, 넥셀에 접속하여 그레인저의 사용자명과 암호를 집어넣었다. 국토안보부에 잠입해 있는 살로부터의 메시지가 도착해 있었다.

예기치 못한 사태 발생. 시몬스가 〈여행중개소〉 본부로 향함.

"고맙기도 해라." 피츠휴가 컴퓨터를 향해 말했다. 시몬스가 어제 〈여행중개소〉 본부를 급습하기 전에 이 메시지가 도착했다면 쓸모가 있었을지도 모른다. 피츠휴는 살에게 크리스마스 보너스를 줘도 될지 고민이 되었다.

책상에는 우편물들이 쌓여 있었다. 공문들 사이에 그레인저 앞으로 온 덴버 소인의 누런 봉투 하나가 보였다. 피츠휴는 "보안 확인" 도장이 수두룩하게 찍힌 봉투를 찢어 열었다. 안에는 러시아 연방이 발급한 벽돌색 여권이 하나 들어 있었다.

피츠휴는 손톱으로 여권을 펼쳤다. 안에는 마일로 위버의 최근 사진이 있었다. 뭔가 비난하는 듯한 졸린 눈, 늘어진 턱살. 마치 소련 강제 노동 수용소에서 살아 돌아온 남자 같은 얼굴이었다. 하지만 사진 옆에 적힌 이름은 Михайл Евгенович Властов, "미하일 예브게노비치 블라스토프"였다.

"오호라, 이게 뭔가." 피츠휴가 속삭였다.

그는 사무실 문을 열고 칸막이 속의 〈여행중개인〉들 중 한 명을 향해 손가락을 까딱거렸다. 그를 방으로 들인 뒤 문을 닫은 피츠휴는 사실 그의 이름을 모르면서도, 마치 알고 있는데 떠오르지 않는다는 듯 손가락을 딱딱거렸다.

"해롤드 린치입니다." 〈여행중개인〉이 이름을 말했다. 그는 많아야 스물다섯 정도로 보였다. 그의 금발 머리카락이 땀에 흠뻑 젖은 채 매끄럽고 넓은 이마 위로 말려져 있었다.

"맞아, 해리. 새로운 일거리가 생겼어. 마일로 위버가 러시아 스파이인지 확인하는 일."

영문을 알 수 없다는 표정이 린치의 얼굴에 떠올랐지만, 피츠휴는 개의치 않고 말을 이었다.

"절호의 기회야. 마일로 위버가 우리 쪽 정보에 접근한 다음에, 또는 그와 동시에 러시아 연방보안국에 접근한 적이 있는지 알아봐. 그리고 정보 중에 러시아와 관련된 기밀정보가 있는지도 알아보라고. 그리고 이거," 피츠휴는 린치에게 여권과 봉투를 건넸다. "사람을 시켜서 알아봐. 가능한 수단은 다 동원하라고. 이것을 보낸 게 누구인지, 그 사람 키는 몇이고, 무슨 음식을 좋아하는지 샅샅이 파악해."

갑작스러운 상황의 변동에 어쩔 줄 몰라하며 린치는 여권을 바라봤다.

"자, 가서 일 봐."

누가 보냈는지 몰라도 여권은 뜻밖의 선물이었다. 심문을 시작하기도 전에 굉장한 무기가 생긴 셈이었다. 살인죄와 반역죄. 둘 중 하나라면 마일로에게 빠져나갈 구멍이 있을지 모르겠지만, 두 개를 동시에 벗어나지는 못할 것이다.

피츠휴는 자넷 시몬스에게도 이 희소식을 알리기로 마음먹었다. 분홍색 옷을 입은 뚱뚱한 여비서가 시몬스의 전화번호를 찾아내어 전화를 걸어 주었다. 신호음이 두 번 울리고 목소리가 들렸다. "시몬스입니다."

"오늘 뭐가 나타났는지 짐작도 못 하실 겁니다."

"네, 못 하겠습니다만."

"마일로 위버의 러시아 여권."

시몬스는 말이 없었다. 엔진 소리가 들리는 것을 보니 운전 중인 듯했다. "그래서 어떻다는 거죠?" 시몬스가 물었다. "이중 국적?"

피츠휴의 예상과 달리 시몬스의 반응은 그다지 즐거워 보이지 않았다. "이중 첩자일지 모른다는 겁니다, 자넷 씨. 우리가 발급한 여권이 아니거든요."

"여권은 본인 이름으로 되어 있나요?"

"아니요. 미하일 예브게노비치 블라스토프라는 이름으로 돼 있습니다."

시몬스는 다시 말을 멈췄다. "어디서 난 거예요?"

"익명입니다. 지금 알아보고 있어요."

"알려줘서 고마워요, 테렌스 씨. 마일로 씨에게 제 안부 전해주시고요."

10시 30분, 피츠휴는 엘리베이터에 탄 뒤 카드 열쇠를 이용해 19층으로 내려갔다. 그곳에는 칸막이가 들어찬 사무실 대신, 창문 하나 없이 문들만 두 개씩 짝을 지어 늘어선 벽들이 복도에 펼쳐져 있었다. 짝을 지은 두 개의 문 중 하나는 고문실로, 나머지 하나는 모니터와 기록용 장비가 가득한 통제실로 이어져 있었다. 평범한 회색 서류철을 들고 피츠휴는 5번 방의 통제실로 들어갔다.

안에는 술꾼이자 대식가인 전직 요원 네이트가 모니터들 앞에 앉아 러플 감자칩을 우적우적 먹고 있었다. 화면에서는 벌거벗겨진 마일로 위버가 몸 이곳저곳에 전기충격을 받으며 고문실 바닥 위에서 비명을 지르고 있었다. 그의 비명소리가 좁은 방에 통렬히 메아리쳤다.

피가 튄 하얀 작업복을 입은 작고 깡마른 존이 묵묵히 작업을 진행하고 있었다. 경비원 하나가 고무장갑을 낀 손으로 위버의 어깨를 짓누르고 있었고, 벽 옆에 서 있는 덩치 큰 흑인 경비원은 입을 닦으며 그 광경을 지켜보고 있었다.

"저 자식 뭐 하고 있는 거야?" 피츠휴가 물었다.

감자칩을 꺼내며 네이트가 말했다. "오늘 아침에 먹은 것을 게워냈어요. 저기, 발밑에 보이죠?"

"세상에. 당장 나오라고 해."

"지금요?"

"그래, 지금!"

네이트는 무선 헤드셋을 쓰고 키보드를 눌렀다. "로렌스."

흑인은 몸을 뻣뻣이 굳히더니 한 손가락을 귀에 가져다 댔다.

"나와요. 지금."

위버의 비명소리를 뒤로하고 로렌스는 느릿느릿 문가로 걸어갔다. 복도에서 기다리던 피츠휴는 자기보다 머리 하나는 더 커 보이는 경비원의 가슴을 꼿꼿한 손가락으로 찔러댔다. "한 번만 더 그런 꼴 보이면 쫓겨날 줄 알아. 알았어?"

고개를 끄덕이는 로렌스의 눈가가 축축했다.

"로비로 돌아가서 질질 짜지 않을 사내놈을 올려보내."

한 번 더 고개를 끄덕이고 로렌스는 엘리베이터로 걸어갔다.

존이 미리 준비를 해 놓고 있었기에, 피츠휴가 문을 열고 들어갔을 때 마일로 위버는 벽에 기댄 채 웅크리고 있었다. 그의 가슴, 다리, 사타구니 여기저기에서 피가 스며 나오고 있었다. 반대편 벽에는 경비원이 부동자세로 서 있었고, 존은 작업 때 사용한 전극들을 챙기고 있었다. 마일로 위버가 울기 시작했다.

"유감스러운 일이야." 피츠휴가 팔짱을 낀 채 말했다. 그는 팔꿈치로 서류철을 툭툭 건드리고 있었다. "한순간의 복수심 때문에 지금까지 쌓은 경력을 전부 변기 속으로 흘려 내려버린 꼴이잖나. 나는 도저히 이해를 못 하겠군. 머리로도." 피츠휴는 관자놀이를 톡톡 건드렸다. "가슴으로도." 이번에는 가슴을 가리키며 말했다. 피츠휴는 쭈그려 앉아 위버의 붉은 눈을 마주 보며 서류철을 열었다. "이것이 마일로 위버가 자기 존엄성을 지키는 방법이더군." 피츠휴가 서류철을 마일로가 볼 수 있도록 휙 하고 돌렸다. 한 페이지 크기의 컬러 사진들. 톰 그레인저가 뉴저지 호팟콩호에 있는 자택 앞에 쓰러져 있었다. 피츠휴는 마일로가 자세히 볼 수 있도록 사진을 한 장씩 넘겼다. 집의 콘크리트 계단에서 5m 정도 떨어진 지점에 놓인 시신의 위치를 보여주는 파노라마 사진들. 어깨와 이마에 생긴 구멍들의 클로즈업 사진들. 표적에 박혀 들어간 뒤 손상 범위를 넓히는 부드러운 덤덤탄 두 발이 그레인저의 몸을 뚫고 나오며 대량의 내용물을 배출시킨 탓에 시신은 심하게 훼손되어 있었다.

격렬한 울음과 함께 마일로는 균형을 잃고 바닥으로 넘어졌다.

"통곡 한번 잘하는군." 피츠휴가 일어나며 말했다.

작은 하얀색 고문실 안의 사람들은 잠자코 기다렸다. 마일로가 크게 숨을 쉬고 눈물을 자제했다. 그는 젖은 눈과 흐르는 콧물을 닦고 구부정한 자세로 일어섰다.

"전부 불라고." 피츠휴가 말했다.

"알았어요." 마일로가 대답했다.

# 4

자넷 시몬스 요원은 이스트 강을 건너 느릿느릿한 브루클린의 차량들을 뚫고 나갔다. 7번가에서 불쑥 튀어나오는 행인과 아이들 때문에 이따금 급제동을 해야 했다. 시몬스는 그들에게 욕을 하며 생각했다. 사람들은 늘 저런 식이다. 자신이 가는 길에 무엇이 도사리고 있을지 조금도 모른 채 살아간다. 자동차, 포격, 스토커, 또는 당신을 다른 사람으로 오인하여 감방에 가두거나 머리에 총알을 박아 넣을지도 모르는 세계 곳곳의 안보 기관 요원들.

본능적으로 시몬스는 가필드 플레이스를 가로지르는 지점 근처의 7번가에 주차를 했다. 건물 창문을 통해 누군가 지켜보고 있을지도 몰랐기 때문이었다.

테렌스 피츠휴에게 이런저런 불평을 해댔지만, 사실 시몬스에게는 마일로 위버 사건에 대한 관할권이 없었다. 비록 마일로 위버가 톰 그레인저를 국내에서 살해하긴 했지만, 두 사람 모두 CIA 요원이었기에 이는 온전히 〈회사〉의 소관이었다.

그렇다면 시몬스가 이토록 고집을 부리며 사건에 끼어들려는 이유는 무엇일까? 그녀는 확신할 수 없었지만 아마도 안젤라 예이츠의 죽음 때문일 것이라고 생각했다. 수컷들이 지배하는 조직 사회 속에서 나름의 성공을 거둔 여성이 한창때 살해를 당했다. 바로 시몬스가 테네시에서 순순히 놓아준 남자에 의해서였다. 그렇다고 해서 예이츠의 죽음을 시몬스의 탓이라고 할 수는 없을 터였지만, 그녀는 왠지 모를 책임감을 느꼈다.

이런 고상하고도 복잡한 책임감은 종종 시몬스를 골치 아프게 했다. 국토안보부의 깡마르고 창백한 숫처녀 심리치료사는 초조하고 어색한 동작을 취하며 그러한 감정의 저변을 지적하고는 했다. 그녀는 살면서 만나는 사람들 하나하나에 대해 책임져야 할 의무나 가능성이 없음에도 책임을 질 수 있다고 생각하는 것이 자넷 시몬스의 문제라고 말했다. "통제. 당신은 자신이 모든 것을 통제할 수 있다고 생각하는 거예요. 그건 심각한 인지적 착오지요."

"나한테 통제 문제가 있다는 말인가요?" 시몬스가 비아냥거리듯 말했지만, 숫처녀는 보기보다 완강했다.

"아니요, 자넷 씨. 당신 문제는 과대망상이에요. 다행인 것은 그에 어울리는 직업을 선택했다는 거죠."

그에 따르면 마일로 위버의 과오를 바로잡으려는 시몬스의 욕구는 정의, 공감, 인류애, 양성평등 따위와는 전혀 관계없는 것이었다. 물론 그렇다고 해서 그녀의 행동이 올바르지 않다고 할 수는 없었다. 숫처녀 치료사도 그 점은 인정할 것이다.

하지만 몇 주 동안 이러한 시몬스의 욕구는 단순한 물증 부족으로 인해 해소되지 못하고 있었다. 위버가 희생자들의 죽음과 관련 있다는 것은 알 수 있었지만, 그 밖의 다른 것이 필요했다. 바로 살인 동기였다.

위버의 적갈색 벽돌집은 주위의 다른 적갈색 벽돌집들에 비해 확연히 낡아 보였다. 건물의 정문이 잠겨 있지 않아서, 시몬스는 그대로 문을 열고 계단을 올랐다. 3층 마일로의 집앞에서 그녀는 초인종을 눌렀다.

잠시 후 누군가 맨발로 부드럽게 나무 바닥을 밟으며 다가오는 소리가 들렸다. 문에 달린 조그만 구멍이 어두워졌다.

"티나 씨?" 시몬스가 국토안보부의 ID 카드를 꺼내 들어 보였다. "자넷입니다. 시간을 조금만 내주세요."

도어체인이 풀리는 소리가 들렸다. 브래지어를 착용하지 않은 채 잠옷

바지와 티셔츠를 입은 맨발의 티나 위버가 문을 열고 시몬스를 바라보았다. 지난번 디즈니 월드에서 봤을 때와 똑같은 모습이었지만 그때보다 지쳐 보였다.

"제가 안 좋은 시간에 찾아왔나 봐요?"

티나 위버가 시몬스를 보며 몸을 약간 움츠렸다. "당신하고 얘기해도 되는 건지 모르겠어요. 남편을 괴롭히는 장본인인데……."

"마일로 씨가 두 사람을 죽인 것 같아요. 아니, 어쩌면 세 명. 그냥 넘길 수는 없는 일이죠."

티나는 어깨를 으쓱했다.

"마일로 씨가 돌아왔다는 건 아시나요?"

티나는 언제 어디로 돌아왔는지를 묻지 않은 채 눈만 깜빡였다.

"제 발로 걸어 들어왔다는군요. 지금 맨해튼 사무실에 있어요."

"그이는 무사한가요?"

"고생은 좀 하겠지만 무사해요. 들어가도 될까요?"

티나에게는 더 이상 시몬스의 말이 들리지 않았다. 그녀는 현관문을 열어둔 채 복도를 걸어 거실로 향했다. 시몬스도 그녀를 따라 커다란 평면 스크린 TV와 저렴해 보이는 낡은 가구들이 놓인 천장이 낮은 거실로 들어갔다. 티나는 소파에 앉아 무릎을 턱밑으로 끌어당긴 채 시몬스가 자리에 앉는 것을 바라보았다.

"스테파니는 학교에 갔나요?"

"지금은 여름 방학 기간이에요. 다른 사람한테 돌봐달라고 부탁했어요."

"직장에서 당신이 돌아오기를 기다리지 않나요?"

"물론 기다리죠." 티나가 팔에 묻은 무언가를 닦아냈다. "하지만 도서관 관장 정도 되면 일정 조정이 가능하죠."

"컬럼비아 대학 에이버리 건축 미술 도서관이라……, 멋있어요."

티나는 시몬스가 설마 진짜로 멋있다는 뜻으로 하는 말은 아니리라는 표정을 지었다. "저한테 질문하실 게 있죠? 대답하는 데는 자신이 있어요. 연습을 많이 했으니까."

"연습이라면…… 최근에 말인가요?"

"이틀 전 〈회사〉에서 깡패들을 보냈어요. 바로 이 거실로요."

"그건 몰랐어요."

"서로 얘기를 잘 안 하시나 봐요?"

시몬스는 머리를 갸웃거렸다. "기관들은 협력을 하더라도 상대방을 마치 별거 중인 부부처럼 대하거든요. 그래도 서로 의논 정도는 한답니다." 시몬스는 언짢은 기색을 감추느라 미소를 지었다. 티나의 심문을 오래전에 마쳤다는 피츠휴의 말은 거짓이었던 것이다. "사실 지금 다양한 각도에서 당신 남편을 조사하고 있는데, 그렇게 개별적으로 파악된 사실들을 서로 연결시키고자 하는 중이에요."

티나가 눈을 깜빡거렸다. "다양한 각도라면……?"

"말씀드렸다시피 일단 살인사건이 있죠. 두 건의 살인 혐의, 그리고 한 건의 확인된 살인."

"확인? 어떻게?"

"마일로 씨가 자백했어요. 토마스 그레인저를 살해했다고."

시몬스는 티나가 격분할 것에 대비해 마음의 준비를 했지만 그럴 필요가 없었다. 티나의 눈이 축축이 붉어지더니 눈물이 흘러내렸다. 이어서 조용한 흐느낌과 함께 그녀는 온몸을 떨었다. 끌어 올린 무릎이 흔들렸다.

"저, 미안합니다만……."

"톰이라고?" 티나가 입을 열었다. "톰 그레인저라고……? 그럴 리가 없어." 그녀는 머리를 흔들며 말을 내뱉었다. "마일로가 왜 톰을 죽이겠어? 톰은 스테파니의 대부란 말이야!"

티나는 얼굴을 아래로 한 채 잠시 동안 울더니 다시 고개를 들었다.

빰이 축축하게 젖어 있었다.

"뭐라고 말하던가요?"

"네?"

"마일로요. 자백했다고 그랬잖아요. 대체 뭐라고 해명을 하던가요?"

시몬스는 어떻게 말을 해야 할지 고민했다. "마일로 씨 말로는 톰이 자기를 이용한 사실을 알고 홧김에 죽였다더군요."

티나는 눈가를 훔쳤다. 묘하게 진정된 표정으로 그녀가 말했다. "홧김에?"

"네."

"아니. 마일로는 홧김에 그런 행동을 할 사람이 아니에요."

"사람들의 참모습을 알기란 힘든 법이죠."

티나는 얼굴에 미소를 지으며 유쾌하지 않은 목소리로 말했다. "아는 척하지 마세요, 요원님. 6년 동안 매일매일 애 키우는 스트레스를 함께 하며 살다 보면 상대방이 어떤 사람인지 정도는 알 수 있다고요."

"좋아요. 아까 한 말은 취소하죠. 그러면 한번 말씀해 보시죠. 마일로 씨가 그레인저를 죽인 이유가 뭘까요?"

티나는 금세 결론을 도출했다. "제 생각에 가능한 이유는 두 가지밖에 없어요. 〈회사〉가 그렇게 하라고 지시를 내렸거나……."

"나머지 하나는?"

"가족을 지키기 위해."

"남편이 가족을 지키는 데 신경을 많이 썼나요?"

"그랬어요. 유별날 정도는 아니었지만. 만일 우리가 심각한 위험에 처했다고 판단했다면 그 위험을 제거하기 위해 어떤 짓이라도 했을 거예요."

"알겠습니다." 시몬스가 그 점을 머릿속에 집어넣으며 말했다. "일주일 전에 마일로 씨가 당신을 만나러 텍사스로 갔다고 들었습니다만. 그때 부모님 댁에 계셨죠?"

"저와 얘기를 하고 싶어했어요."

"구체적으로 무슨 얘기를……?"

티나는 입안을 깨물며 생각에 잠겼다. "로저 씨한테 들어서 아실 텐데요?"

"될 수 있으면 간접적인 보고에 의존하고 싶지 않아요. 마일로 씨가 당신한테 하려던 얘기가 뭐였죠?"

"떠나자는 얘기였어요."

"텍사스를?"

"우리의 인생을요."

"무슨 뜻인지 모르겠군요." 시몬스가 거짓말을 했다.

"그건 말이죠, 요원님, 바로 마일로에게 문제가 생겼다는 뜻이었어요. 예를 들어, 저지르지도 않은 살인 혐의로 마일로를 쫓는 당신 말이에요. 톰이 죽었다는 얘기도 했어요. 하지만 톰을 죽인 것은 다른 자였고, 마일로는 바로 그자를 죽였다고 말했죠."

"그 다른 사람은 누구죠?"

티나는 고개를 흔들었다. "자세한 건 말해 주지 않았어요. 유감스럽게도 마일로는 늘 그런 식으로……." 티나는 말을 멈췄다. "늘 그런 식으로 제가 감당하지 못할 세부 사항들의 언급을 피했죠. 아무튼 자신이 살아남을 길은 사라지는 것뿐이라고 하더군요. 〈회사〉가 자기를 톰 그레인저의 살인자로 간주하고 제거할 거라고요. 마일로는 저와 스테파니도 함께 떠나기를 바랐어요." 기억을 떠올리며 티나는 침을 꿀꺽 삼켰다. "여권도 이미 준비해 뒀더군요. 우리들 각각의 위조 여권 말이에요. 가족의 성은 돌란이었죠. 마일로는 함께 유럽으로 가서 돌란 가족으로서 새로운 인생을 시작하자고 했어요." 티나는 또다시 입안을 깨물었다.

"그래서 뭐라고 대답하셨죠?"

"보시다시피 저는 지금 유럽이 아니라 미국에 있잖아요?"

"거절하셨군요. 이유는?"

티나는 자넷 시몬스의 이해력 부족에 놀랐다는 표정으로 그녀를 뚫어지게 쳐다보았다. "이유야 수두룩하죠, 요원님. 여섯 살 난 애한테서 인생을 빼앗고 새로운 이름을 준다면 아이의 마음에 상처가 나겠죠? 저는 유럽 말을 하나도 못하니까 일자리를 구하지 못할 거고요? 게다가 매일매일 등 뒤에 누가 있지 않을까 불안에 떠는 생활이 행복할까요? 네?"

시몬스는 마치 일주일 전 남편의 부탁을 거절한 순간부터 연습이라도 한 듯 티나의 입에서 수사의문문들이 술술 터져 나오는 것을 볼 수 있었다. 티나가 늘어놓는 이유들은 남편에게서 등을 돌린 것을 정당화하기 위해 만들어낸 구실에 지나지 않았다. 애초에 제의를 거절한 것과는 상관이 없었다.

"마일로는 스테파니의 생부가 아니죠?"

진이 빠진 채 티나가 고개를 끄덕였다.

"생부의 이름이……." 시몬스는 기억을 떠올리려고 애쓰는 척하며 이미 알고 있는 사실을 말했다. "패트릭, 패트릭 하드먼?"

"맞아요."

"그가 스테파니와 함께 보낸 시간은 얼마나 되죠? 그러니까 당신이 마일로 씨와 살기 전에요."

"전혀 없어요. 제가 임신 중에 헤어졌으니까요."

"그럼 당신이 마일로 씨를 만난 것은……."

"스테파니를 출산한 날이에요."

시몬스는 진심으로 놀라워하며 눈썹을 치켜세웠다. "정말인가요? 흥미롭군요."

"그러시겠죠."

"장소는……?"

"꼭 아셔야 해요?"

"네. 알아야 할 것 같아요."

"베네치아."

"베네치아?"

"거기서 만났죠. 저는 휴가 중이었어요. 임신 8개월째에 혼자 그곳에 갔죠. 거기서 만나선 안 될 사내와 어울리게 됐어요. 아니, 시각을 달리 하면 만나야 할 사내였는지도 모르겠군요."

"만나야 할 사내라는 건……." 시몬스가 거들었다. "그 사람 덕분에 마일로 씨를 만났기 때문이군요?"

"네."

"당시 상황에 관해 얘기해 주시겠어요? 지금은 어떤 정보라도 도움이 된답니다."

"남편을 감옥에 집어넣는 데 도움이 된다는 거겠죠."

"말씀드렸을 텐데요? 진실을 알기 위해 당신의 도움이 필요합니다."

티나는 발을 바닥에 내려놓고 앉은 자세를 바로 한 다음 시몬스를 정면으로 마주 보았다. "좋아요. 정말 알고 싶으시다면."

"알고 싶어요."

# 5

티나는 베네치아의 날씨에 도무지 적응할 수가 없었다. 대운하 옆의 노천카페에서조차 견디기 힘든 더위였다. 카페로부터 저만치에는 돌로 만들어진 거대한 아치 모양의 리알토 다리가 보였다.

바다가 둘러싸고 강이 흐르는 베네치아였지만 날씨는 서늘하기는커녕 습도만 높았다. 강 때문에 습도가 높아지는 오스틴에서와 똑같은 현상이었다. 하지만 오스틴에 있을 때는 불룩한 배 속에 들어찬 8개월 된 히터 때문에 발이 붓거나 등 아래쪽이 고통스럽지는 않았다.

사람들이 적었다면 조금 더 견딜 만했을지도 몰랐다. 거리는 마치 전 세계의 여행객들이 한꺼번에 이탈리아로 몰려와 땀을 흘리고 있는 것 같았다. 임신한 여자가 사람들이 넘쳐나는 이곳의 좁고 울퉁불퉁한 보도를 수월히 걸어 다니며 한쪽 팔에 짝퉁 루이비통 가방을 열 개씩 매단 아프리카 노점상들을 피하는 것은 불가능한 일이었다.

티나는 오렌지 주스를 홀짝이며 지나가는 수상버스를 애써 넌지시 바라보았다. 수상버스는 카메라를 든 여행객들로 가득했다. 그녀는 테이블 위에 펼쳐 놓은 페이퍼백으로 다시 눈을 돌렸다. 「출산을 기다리며 대비할 것들」이란 제목의 책이었다. 지금 읽고 있는 부분은 "스트레스성 요실금"에 관한 12장이었다. 굉장하군. 티나는 속으로 빈정거렸다.

그만 좀 해, 티나.

티나는 자신에게 감사하는 마음이 너무도 부족하다고 느꼈다. 마거릿, 재키, 트레버가 알면 뭐라고 하겠어? 그들은 아기가 태어나서 사회생활에 종지부를 찍기 전에 마지막으로, 티나가 베네치아에서 호화로운 4박 5일 휴가를 보낼 수 있도록 자신들의 돈을 다 털어서 선물을 준 것이었다.

"그런 얼간이 말고도 남자는 많아." 트레버는 그렇게 말했었다.

물론 호색한 패트릭이 남자의 유일무이한 표본은 아니겠지만 이곳에서 마주치는 표본들도 시원치 않기는 마찬가지였다. 게으른 눈을 한 이탈리아 남자들은 걸어가는 여자 엉덩이만 보면 휘파람을 불거나, 쉬익 하는 소리를 내거나, 뭐라고 중얼거리며 추파를 던졌다. 하지만 티나는 예외였다. 임신한 여자의 모습은 사내들로 하여금 자신들을 두들겨 팰 여력이 남은 어머니의 모습을 떠올리게 했던 것이다.

티나의 부른 배는 그녀를 남자들로부터 보호해줄 뿐 아니라, 그들이 그녀를 위해 문을 열어주도록 하는 기능까지 했다. 낯선 이들은 그녀에게 웃음을 지어 보였고, 이따금 노인들은 높은 건물들을 가리키며 그녀가 이해할 수 없는 역사를 한바탕 늘어놓기도 했다. 티나는 상황이 나아지고 있다고 생각했다. 적어도 간밤에 도착한 패트릭의 이메일을 읽기 전까지는 그랬다.

패트릭(Patrick)은 폴라(Paula)와 함께 파리(Paris)에 있었다. P가 참 많기도 하지. 패트릭은 티나가 방향을 잠깐 틀어서 폴라를 만나러 올 수 있는지 물었다. 이메일에는 "폴라가 너를 정말 만나고 싶어해."라고 적혀 있었다.

이런 문제를 피하려고 바다를 건너 이곳까지 왔건만 이 무슨…….

"실례합니다."

테이블 너머에서 미국인 남자 하나가 그녀를 내려다보며 웃고 있었다. 나이는 오십 대 정도였고 정수리의 머리카락이 벗겨져 있었다. 그는 빈 의자를 가리켰다. "앉아도 될까요?"

남자는 웨이터에게 보드카 토닉을 주문하고는 수상버스 한 대가 미끄러져 지나가는 것을 지켜보았다. 강을 쳐다보는 게 지루했는지 그는 책을 읽고 있는 티나의 얼굴을 쳐다보았다. 이윽고 그가 말을 꺼냈다. "한 잔 사드려도 될까요?"

"아……." 티나가 말했다. "아니요, 괜찮아요." 티나는 예의 바르게 웃어 보인 다음 선글라스를 벗었다.

"죄송합니다." 남자가 더듬거렸다. "저는 혼자 왔는데 보아하니 그쪽도 혼자시라 마실 것을 대접해도 괜찮을 것 같아서요."

이상한 남자는 아닌 것 같다. "그럴까요, 그럼? 고맙습니다. 저, 성함이……?" 티나는 눈썹을 치켜세웠다.

"프랭크라고 합니다."

"고마워요, 프랭크. 저는 티나예요."

티나가 손을 뻗자 두 사람은 격식을 차리며 뻣뻣한 악수를 했다. "샴페인으로 하실래요?"

"이걸 못 보셨군요." 티나는 팔걸이를 잡고 의자를 뒤로 뺀 다음 자신의 크고 둥근 배를 만졌다. "8개월 됐어요."

프랭크는 벌린 입을 다물지 못했다.

"임신한 여자 처음 보세요?"

"저는 그냥……." 프랭크는 벗겨진 머리를 긁적였다. "이제 알겠군요. 그 얼굴 홍조……."

또 시작이군. 티나는 그렇게 말하고 싶은 것을 참았다. 굳이 성질을 낼 필요는 없었다.

웨이터가 보드카 토닉을 가지고 오자 프랭크는 오렌지 주스를 한 잔 더 주문했다. 티나는 평범한 오렌지 주스의 터무니없는 가격을 불평했다. "양도 어찌나 적은지……." 그녀는 작은 유리잔을 들어 보였다. "어이가 없다니까요."

티나는 또다시 부정적인 말들이 튀어나오고 있음을 걱정했지만, 프랭크는 오히려 맞장구를 치며(그는 티나가 거리에서 봤던 짝퉁 루이비통을 언급했다) 불평에 동참했다. 어느새 두 사람은 여행업의 어리석음에 대해 함께 신이 나서 떠들고 있었다.

티나는 프랭크에게 자신이 보스턴에서 매사추세츠 공과대학 미술 건축 도서관 사서로 일한다고 말하며, 아기의 아버지인 형편없는 남자가 자기를 버리고 떠났다는 사실을 슬며시 빈정거렸다. "제 인생 얘기를 전부 늘어놨네요. 기자이신가요?"

"부동산 중개인입니다. 일은 베네치아에서 하지만 전 세계의 매물을 취급하죠. 지금 이 근방에 있는 저택의 계약을 체결하는 중입니다."

"그래요?"

"러시아 거물한테 팔았죠. 상상도 못하실 만큼 어마어마한 값으로."

"네, 상상이 안 되는군요."

"앞으로 48시간 안에 계약서에 서명을 받아야 하지만, 그때까지는 시간이 비어요." 프랭크는 고심하다가 조심스레 말을 이었다. "함께 극장에 가시지 않겠습니까?"

티나는 다시 선글라스를 썼다. 문득 패트릭이 그녀를 떠난 5개월 전에 마거릿이 했던 열성적인 충고가 떠올랐다. "그 자식은 애야. 너는 좀 더 나이 든 사람을 만나야 해. 책임감 있는 남자 말이야." 그 말을 진지하게 고민하지는 않았지만 마거릿의 오지랖 넓은 충고에는 언제나 나름의 지혜와 논리가 있었다.

프랭크의 출현은 티나로서는 뜻밖의 즐거움이었다. 그는 티나를 카페에 남겨두고 나갔다가 5시에 돌아왔다. 맞춤 양복을 입은 프랭크의 손에는 말리브란 극장의 티켓 두 장과 환각을 일으킬 듯한 향기를 풍기는 오렌지색 백합 한 송이가 들려 있었다.

티나는 오페라에 대해 잘 몰랐고 그다지 관심도 없었다. 프랭크는 마치 자신도 오페라에 문외한인 듯 겸손을 떨었지만 사실은 전문가 수준의 지식을 지니고 있었다. 그가 오페라 하우스 1층 플라테아의 좌석을 구매

한 덕분에, 두 사람은 〈세 개의 오렌지에 대한 사랑〉의 등장인물인 왕자, 클루브스의 왕, 트루팔디노를 훤하게 볼 수 있었다. 프랑스어로 된 오페라였기에, 프랭크는 이따금 티나에게 몸을 기울여 그녀가 놓쳤을 만한 줄거리를 속삭여 알려주었다. 하지만 이 오페라는 공주들이 잠들어 있는 세 개의 오렌지를 찾아 모험을 떠난 저주받은 왕자에 관한 부조리극이었기 때문에 줄거리가 그리 중요하지는 않았다. 다른 관객만큼 많이 웃을 수는 없었지만 티나는 알아들을 수 있는 농담들에서 나름의 즐거움을 느꼈다.

오페라가 끝나고 프랭크는 티나를 변두리의 작은 이탈리아 식당으로 데려가 저녁을 대접했다. 그는 식사를 하며 오랫동안 국외거주자로서 유럽에서 지냈던 얘기를 들려줬고, 티나는 그것을 매우 흥미롭게 경청했다. 그러던 중 프랭크가 다음 날 아침 식사를 대접하겠다고 하자, 티나는 그의 제안이 불순하다 못해 무례하다고 생각했다. 하지만 결국 잘못된 판단이었음을 알게 되었다. 티나를 호텔까지 바래다준 프랭크는 그녀의 볼에 유럽식 키스를 한 뒤 잘 자라는 인사만 남기고 돌아갔던 것이다. 길거리의 이탈리아 남자들과는 다른 진짜 신사라고 티나는 생각했다.

화요일 아침 일찍 일어난 티나는 서둘러 씻은 뒤, 다음 날 아침 미국행 비행기를 탈 준비를 위해 짐을 챙겼다. 이제 겨우 시차 적응이 끝난데다가 재미있고 교양있는 남자까지 만났는데 떠나야 할 시간이 됐다는 것이 안타까웠다. 그녀는 베네치아에서의 마지막 날인 오늘은 유리직공琉璃職工을 보러 보트를 타고 무라노에 가야겠다고 생각했다.

그녀를 데리러 온 프랭크에게 티나는 그날의 계획을 말했다. 두 사람은 비둘기 떼로 뒤덮인 거대한 산 마르코 광장을 향해 걸었다. "이번엔 제가 낼게요." 티나가 말했다. "한 시간 후에 출발하는 보트가 있어요."

"가고 싶지만……." 티나를 노천카페로 안내하며 프랭크는 진지하게 말을 꺼냈다. "이놈의 일이 문제예요. 그 러시아 고객이 언제 만나자고 할지 모르거든요. 근처에 대기하고 있지 않으면 계약을 그르칠지도 모른답니다."

유럽식 아침 식사를 하는 도중 프랭크가 갑자기 입을 다물더니 긴장된 얼굴로 티나의 어깨너머를 바라봤다.

"왜 그래요?" 프랭크의 시선을 따라가 보니 검은 옷을 입은 목이 두꺼운 대머리 남자가 군중을 헤치며 걸어오고 있었다.

"계약……." 프랭크는 아랫입술을 깨물었다. "지금 만나자는 건 아니었으면 좋겠는데……."

"괜찮아요. 우리는 나중에 다시 만나기로 해요."

거친 인상의 대머리 남자는 두 사람의 테이블로 다가왔다. 땀이 흐르는 그의 머리가 반짝거렸다. "당신." 강한 러시아 억양으로 남자가 말했다. "준비가 됐어."

프랭크는 냅킨으로 입술을 닦았다. "식사 끝내고 가면 안 될까요?"

"안 돼."

프랭크는 당황스럽게 티나를 힐끔 쳐다보더니, 떨리는 손으로 냅킨을 테이블 위에 올려놓았다. 공포 때문인지, 아니면 고액의 수수료를 받을 생각에 흥분해서 그런 것인지 알 수 없었다. 프랭크는 티나를 보며 웃음을 지으며 말했다. "저택 구경하고 싶지 않아요? 아주 볼 만하답니다."

티나는 아직 끝내지 못한 식사와 러시아 남자를 번갈아 바라봤다. "아무래도 그건 좀……."

"괜찮아요." 프랭크가 그녀의 말을 자르며 러시아 남자를 향해 말했다. "문제 될 거 없겠죠?"

남자는 혼란스러운 표정을 지었다.

"그렇게 합시다." 프랭크는 티나가 일어나도록 거들었다. "너무 빨리 걷지 마요." 그가 러시아 남자에게 말했다. "이 숙녀분 몸 상태는 당신 몸과는 다르다고요."

저택의 정문으로 들어가 어둠 속으로 이어지는 가파르고 좁은 계단을 마주하자 티나는 괜히 따라왔다는 생각이 들었다. 좀 더 현명했어야 했다. 저 대머리 러시아 남자는 액션 영화에 등장하는 슬라브족 폭력배 같은데다가, 산 마르코 광장에서 여기까지 걸어오느라 발에 상처까지 났다. 그런데 지금은 눈앞에 언덕 같은 계단이 나타난 것이다.

"저는 아래에서 기다리는 게 낫겠어요." 티나가 말했다.

프랭크가 겁에 질린 듯한 표정을 지으며 말했다. "힘들어도 일단 올라가시면 후회 안 하실 겁니다. 제 말 믿으세요."

"하지만 제……."

"따라와." 벌써 계단의 전반부를 반쯤 올라간 러시아 남자가 말했다.

프랭크가 티나에게 손을 뻗었다. "도와드리죠."

티나는 프랭크의 손을 잡았다. 어쨌건 지금까지의 프랭크는 완벽히 신사적이었다. 티나는 간밤의 오페라와 저녁 식사를 떠올리며 발뒤꿈치의 아픔을 잊으려고 애썼다. 프랭크의 도움을 받아 올라온 계단의 끝에는 참나무로 된 문이 있었다. 뒤돌아보니 고풍스러운 건물 특유의 삭막하고 어슴푸레한 어둠이 보였다. 이윽고 러시아 남자가 문을 열자 어둠은 사라졌다.

안으로 발을 들여놓은 티나는 프랭크가 옳았음을 깨달았다. 분명히 계단을 올라올 가치가 있는 광경이었다.

프랭크는 티나의 손을 잡고 견목으로 된 마룻바닥을 지나 현대적인 목재 소파로 다가갔다. 러시아 남자는 다른 방으로 들어갔다. "거짓말이 아니었네요." 티나는 몸을 돌려 눈앞의 광경을 감상했다.

"제 말이 맞죠?" 프랭크는 러시아 남자가 들어간 방을 힐끗 쳐다보았다. 문이 조금 열려 있었다. "저는 계약서에 서명을 받으러 잠깐 들어갔다 올게요. 그 다음에 찬찬히 구경합시다."

"정말요?" 티나는 어린아이처럼 들떠 하며 뺨을 붉혔다. "그럴 수 있다면 좋죠."

"빨리 올게요." 프랭크는 계단을 오르느라 열과 땀이 난 티나의 어깨를 건드린 뒤 방으로 들어갔다.

대학 도서관에서 일하는 티나는 「아비테어」, 「I. D.」, 「월페이퍼」 같은 잡지를 통해 복잡하고 화려한 가구들을 간접적으로 많이 접했지만 실제로 본 것은 이번이 처음이었다. 구석에는 세르지우 호드리게스가 디자인한 검은 가죽과 임부이아 나무로 만들어진 킬린 안락의자가 놓여 있었고, 그 맞은편에는 1972년 슈트라슬 인터내셔널의 라운지 체어가 놓여 있었다. 티나가 앉아 있는 의자는 조아킴 텐레이로가 디자인한 자단나무 소파였다. 티나는 내심 이 방이 돈으로 환산하면 얼마일지 궁금해졌다.

문득 소리가 들려 고개를 들어보니 십 대 초반으로 보이는 아름다운 소녀가 테라스로부터 걸어오고 있었다. 허리춤까지 곧게 드리워진 갈색 머리카락, 보얀 살결, 반짝이는 눈동자. 분홍색 여름 원피스 위로 사춘기가 된 몸의 윤곽이 드러나 있었다.

"안녕?" 티나가 웃으며 말을 걸었다.

소녀의 시선이 티나의 배 위로 떨어졌다. 소녀는 흥분한 듯 독일어로 뭔가를 말하더니 티나의 옆으로 와서 앉았다. 소녀는 머뭇거리며 작은 손을 티나의 배 근처로 들어 올렸다. "해도 돼?"

티나가 고개를 끄덕이자 소녀는 티나의 배를 쓰다듬었다. 마음이 편해졌는지 소녀의 뺨에 생기가 돌았다. 소녀는 자신의 배를 탁탁 두드렸다. "나도 있어."

티나의 얼굴에서 웃음이 사라졌다. "임신했다고?"

소녀는 대답을 정하지 못하고 얼굴을 찡그렸다가 들뜬 표정으로 고개를 끄덕였다. "Ja.(응.) 아기가 있어. 아기가 생겨."

"아……." 티나는 소녀의 부모들이 지금 어떤 심정일지 궁금했다.

"잉그리드." 소녀가 말했다.

티나는 작고 건조한 소녀의 손을 잡았다. "나는 티나야. 여기 사니?"

잉그리드는 질문을 알아듣지 못한 듯했다. 다음 순간 문이 열리더니 나이 든 남자가 나타났다. 그는 키가 컸고 잿빛 곱슬머리를 하고 있었으며 입고 있는 양복은 먼지 하나 없이 깨끗했다. 웃으며 걸어 오는 남자의 뒤로 온순한 얼굴의 프랭크가 따라 나왔다.

잉그리드는 티나의 배 근처에서 손뼉을 쳤다. "Schau mal, Roman!(이것 좀 봐, 로만!)"

그들에게 다가온 로만이 티나의 손을 잡고 손가락 마디에 키스를 했다. "임신한 여인만큼 아름다운 존재는 없지요. 만나뵙게 되어 반갑습니다. 성함이……?"

"크로우. 티나 크로우예요. 잉그리드의 아버지 되시나요?"

"자랑스러운 삼촌이죠. 로만 우그리모프라고 합니다."

"네, 우그리모프 씨. 집이 정말 아름답네요. 너무 멋있어요."

우그리모프는 고개를 끄덕여 감사를 표한 후 소녀를 향해 말했다. "잉그리드, 프랭크 도들 씨께 인사하렴."

소녀는 일어서서 예의 바르게 프랭크의 손을 잡고 흔들었다. 우그리모프는 잉그리드의 어깨 위에 손을 얹고 프랭크를 똑바로 바라보며 말했다. "저한테는 잉그리드밖에 없답니다. 아시겠어요? 저의 온 세상이나 다름없죠."

잉그리드는 수줍게 웃었다. 우그리모프의 말에서는 왠지 모를 과도한 신념 같은 것이 느껴졌다.

프랭크가 말했다. "티나, 우리는 나가야 할 것 같아요."

진심으로 저택의 다른 곳을 구경하고 싶었던 티나는 그 말에 실망했지만, 프랭크의 목소리가 어쩐지 불안했기에 나가는 편이 좋겠다는 생각이 들었다. 게다가 잉그리드의 임신과 그녀의 삼촌을 자칭하는 남자의 행동은 그녀를 불편하게 했다.

티나가 일어서다가 몸을 기우뚱하자, 잉그리드가 다가와 그녀를 부축했다. 티나는 프랭크의 팔을 잡았다. 그는 소리를 내지 않고 입을 움직였다. 아마도 저택 구경을 하지 못한 것 때문에 미안하다는 말을 한 듯했지만, 그것은 중요한 문제가 아니었다.

두 사람은 아까의 러시아 폭력배를 따라 계단을 내려갔다. 내려가는 것은 올라올 때보다는 훨씬 수월했다. 반쯤 내려갔을 때 뒤에서 잉그리드의 목소리가 들렸다. 소녀는 마치 노새처럼 히이힝 하는 콧소리를 내며 큰 소리로 웃고 있었다.

대머리 러시아 남자가 광장으로 이어지는 정문을 열었을 때, 티나는 상황이 뭔가 석연치 않음을 깨달았다. 두 사람이 입구의 그늘진 계단으로 나가자 러시아 남자가 안에서 문을 닫았다. 티나가 말을 꺼냈다. "프랭크, 잘 이해가 안 가요. 저 사람 이제 막 저택 계약서에 서명했을 텐데 어떻게 벌써 들어가서 살고 있는 거죠?"

프랭크는 그녀의 말을 듣고 있지 않았다. 그는 엉덩이에 손을 올린 채 길의 왼편을 올려다보고 있었다. 저편의 건물 출입구에서 티나와 나이가 비슷해 보이는 여자 하나가 걸어나오더니, 두 사람이 있는 쪽으로 달리기 시작했다. 여자가 위협적인 목소리로 외쳤다. "프랭크!"

프랭크의 부인인가? 이것이 티나에게 맨 처음 떠오른 생각이었다.

한편 오른쪽에서는 웬 남자가 재킷을 휘날리며 달려오고 있었다. 자갈이 깔린 거리를 질주하는 남자의 손에는 총이 들려 있었다. 저 남자는 뭐지? 그러나 티나가 미처 생각을 정리하기도 전에 저택의 위쪽에서 로만 우그리모프가 그들을 향해 외치는 소리가 들렸다. 별안간 모든 것이 하나의 점으로 수렴되고 있었다. "난 그녀를 사랑한다고, 이 개새끼야!"

티나는 앞으로 발을 옮기려다가 물러섰다. 프랭크는 위를 올려다보고 있었다. 무시무시한 비명소리가 허공을 가르더니 낮은 흐느낌으로 변했다. 마치 급속도로 지나가는 기차 소리처럼 흐느낌의 음고는 재빠르게 높아졌다.

도플러 효과. 별다른 이유 없이 티나의 머릿속에 그 용어가 떠올랐다.

그때 눈앞으로 무언가가 떨어져 내리는 것이 보였다. 펄럭이는 분홍빛. 갈색 머리카락. 몸. 소녀. 그 아이. 잉그리드. 그리고…….

10시 27분. 잉그리드 콜은 티나로부터 1m 떨어진 지점에 추락했다. 쿵. 으드득. 파열된 뼈. 찢어진 살. 피. 정적.

티나는 숨이 막혔다. 그녀는 몸을 움직일 수 없었고 비명조차 지를 수 없었다. 프랭크가 권총을 꺼내어 세 번 방아쇠를 당기더니 달아나기 시작했다. 부인인지 애인인지 아니면 강도인지 정체를 알 수 없는 아까의 여자가 프랭크의 뒤를 쫓았다. 티나는 발을 헛디디는 바람에 뒤편 자갈길 위로 넘어졌다. 비명을 지르는 것 말고 아무것도 할 수 없었다.

총을 든 남자가 티나의 곁에 나타났다. 그는 티나에게서 1m 떨어진 곳에 놓인 분홍빛과 붉은빛이 섞인 덩어리를 보며 어리둥절한 표정을 지었다. 이윽고 남자가 티나의 존재에 주목하자 티나는 비명을 멈췄다. 남자와 그의 총이 두려웠던 것이다. 그러나 두려움과 상관없이 다시 비명이 터져 나왔다. "애가 나오고 있어요! 의사를 불러줘요!"

"저는……." 남자가 말했다. 그는 프랭크와 여자가 달려간 방향을 바라보았지만, 그들의 모습은 이미 보이지 않았다. 기진맥진한 모습으로 남자가 티나 옆에 주저앉았다.

"의사 좀 불러 달라고!!!" 티나가 소리를 질렀다. 멀리서 짧고 날카로운 총성이 세 번 들려왔다.

남자는 마치 사라져가는 유령이라도 보듯 티나를 쳐다본 뒤 휴대폰을 꺼냈다. "진정해요……." 그는 전화번호를 누르고 이탈리어어로 무언가를 말했다. 티나는 "암불란짜(ambulanza)"라는 단어를 알아들을 수 있었다. 남자가 전화를 끊었을 때야 티나는 그가 가슴 어딘가에 총상을 입었음을 깨달았다. 그의 셔츠가 금방 터져 나온 반짝이는 피로 물들어 거무스름했다.

하지만 그 순간 티나의 머리는 실용적인 모성 본능으로 가득 차 있었다. 앰뷸런스를 불렀으니 남자가 총에 맞았던 말던 나와는 상관없는 일이다. 이대로라면 아기는 안전할 것이다. 마음이 진정되었고 진통의 속도가 느려졌다. 남자는 티나를 보며 그녀의 손을 꽉 붙잡았다. 지나치게 꽉 붙잡은 나머지, 마치 그녀가 거기에 실재한다는 사실을 인식하지 못하는 듯 보였다. 여자가(나중에 그녀의 이름이 안젤라 예이츠임을 알게 됐지만) 길 아래쪽에서 나타났다. 여자는 울고 있었다. 남자는 슬픈 눈으로 동료를 바라보았다.

티나가 말했다. "그런데…… 당신 누구예요……?"

"뭐라고요……?"

티나는 잠시 숨을 골랐다. "그거 총…… 이잖아요……."

그 소식에 충격이라도 받은 듯, 남자는 총을 쥔 손을 펼쳤다. 총이 덜커덕 땅에 떨어졌다.

"당신……." 티나는 말을 하며, 진통을 진정시키기 위해 오므린 입술로 숨을 세 번 내쉬었다. "당신…… 도대체 뭐예요……?"

"저는……." 남자는 티나의 손을 더욱 힘주어 붙잡으며 막힌 목소리로 말을 이었다. "저는 여행객입니다."

# 6

자넷 시몬스는 티나가 아직도 6년 전 당시의 기억에 숨이 막혀 함을 알 수 있었다. 질문을 하는 시몬스를 외면하며 티나는 입을 벌린 채 커피 테이블을 바라보고 있었다.

"그 남자가 마일로 씨였군요?"

티나가 고개를 끄덕였다.

시몬스는 망설이며 질문을 던졌다. "마일로 씨의 말은 무슨 뜻이었을까요? 자기가 여행객이라고 한 것 말이에요. 그런 상황과는 조금도 어울리지 않는 대답이잖아요."

티나는 엄지손가락으로 눈물을 닦고 마침내 고개를 들었다. "마일로는 오른쪽 폐에 총을 두 발 맞고 피를 흘리면서 죽어가고 있었어요. 그런 상황인데 대답이 어울리는지 아닌지가 중요하겠어요?"

시몬스는 티나의 말에 동의했지만 "여행객"이라는 단어를 통해, 2001년 당시 마일로가 초특급 기밀 사항인 본인의 직책을 생전 처음 본 사람에게 드러낼 정도로 상태가 말이 아니었음을 알 수 있었다. 하지만 마일로는 신속히 회복하였고, 티나는 그것이 직책의 이름이라는 것을 끝내 알지 못했다. "마일로 씨는 무엇을 하고 있었나요? 베네치아에서 말이에요. 당신한테 알려줬을 것 같은데요? 그는 총을 들고 있었잖아요? 게다가 총격이 있었고, 당신이 하루를 같이 보낸 남자가 달아나기까지 했죠."

"달아난 게 아니라 죽었어요." 티나가 정정했다. "그날까지 마일로는 현장 요원이었어요. 그리고 프랭크. 프랭크 도들은 정부의 3백만 달러를 훔쳤었죠."

"미국 정부의?"

"네, 미국 정부. 그날 밤 마일로는 사직서를 냈어요. 저나 프랭크 때문은 아니었어요. 그날 일어났던 9. 11 테러 때문도 아니었죠. 그는 단지 당시의 삶을 견딜 수가 없었던 거예요."

"그 와중에 당신이 나타난 거군요."

"제가 나타났죠."

"조금 뒤돌아가 보도록 해요. 당신과 마일로 씨는 똑같은 이탈리아 병원으로 옮겨졌죠. 거기서 스테파니가 태어났고요. 마일로 씨가 다시 당신을 찾아온 것은 언제였나요?"

"마일로는 제 곁을 떠난 적이 없었어요."

"무슨 뜻이죠?"

"수술을 받은 마일로는 제 병실 바로 위층으로 옮겨졌고, 깨어나자마자 간호사실로 기어들어가서는 제 병실 번호를 알아냈죠."

"당신 이름을 몰랐을 텐데요?"

"같은 시간에 입원했으니 시간으로 확인한 거죠. 저는 분만을 한 다음 나가떨어져 있었어요. 깨어보니 마일로가 침대 옆의 의자에서 자고 있었죠. TV에서는 이탈리아 뉴스가 나오고 있었어요. 말은 알아듣지 못했지만 세계무역센터가 어떤 지경이 됐는지는 똑똑히 볼 수 있었죠."

"알 만하군요."

"당신은 몰라요." 티나의 목소리에 감정이 되살아났다. "사태를 깨닫고 저는 울기 시작했어요. 그 소리를 듣고 마일로가 깨어났죠. 저는 우는 이유를 알려주기 위해 TV를 가리켰고, 상황을 파악한 마일로도 울기 시작했어요. 병실에서 우리 둘은 함께 울었어요. 그때부터 서로에게서 떨어질 수 없게 되었죠."

시몬스가 그들의 러브 스토리를 곱씹는 동안, 티나는 DVD 플레이어의 시계를 확인했다. 12시가 넘어 있었다. "이런." 티나가 일어섰다. "스테파니 데리러 가야 해요. 점심은 같이 먹기로 했거든요."

"하지만 아직 질문이……."

"나중에요." 티나가 말했다. "저를 체포할 계획이 아니라면요."

"나중에 다시 얘기할 수 있나요?"

"일단 전화해 주세요."

시몬스는 티나가 나갈 준비를 하는 것을 기다렸다. 5분 뒤 티나는 가벼운 여름 원피스를 차려입고 나타났다. "다른 각도는 뭔가요?"

"네?"

"마일로를 다양한 각도에서 조사하고 있다고 하셨잖아요? 그러다가 이야기가 딴 길로 샜죠. 하나의 각도는 살인이고, 다른 각도는 뭐죠?"

시몬스는 지금 그 문제를 거론하고 싶지 않았다. 그녀 자신이 해답을 찾아내기 전에 그 이야기를 해버린다면 티나 위버가 둘러댈 거리를 생각해 낼 시간적 여유가 생기게 될 것이기 때문이었다. "그 얘기는 내일 하기로 해요."

"짧게 요약한 것으로 부탁드려요."

결국 시몬스는 티나에게 여권에 대한 이야기를 들려줬다. "마일로 씨는 러시아 국민이었어요. 아무도 몰랐던 사실입니다."

티나의 뺨이 상기됐다. "아니, 그건 위조 여권일 거예요. 마일로는 스파이잖아요. 러시아에서 임무를 수행하기 위해 만든 여권이겠죠."

"마일로 씨가 그런 말을 하던가요?"

티나는 재빨리 고개를 저었다.

"미하일 블라스토프라는 이름을 언급한 적은?"

다시 티나는 고개를 저었다.

"당신 말이 맞을지도 몰라요. 단순한 착오였을 수도 있죠." 시몬스가 너그럽게 미소를 지었다.

두 사람은 가필드 플레이스를 내려갔다. 서로 다른 방향으로 헤어지기 전에, 시몬스는 머뭇거리며 그날의 대화에서 가장 중요하다고 생각했던 점을 티나에게 털어놓았다. "저기요, 티나 씨. 당신이 남편과 함께 달아나지 않은 이유들, 그럴듯하지만 솔직히 저는 믿지 않아요. 너무 실용적이랄까요? 당신이 남편의 제안을 거절한 진짜 이유는 따로 있습니다."

티나의 얼굴이 순간 일그러지며 비웃음을 띠는가 싶더니, 긴장이 풀리며 원래 상태로 돌아왔다. "요원님께서는 그 이유를 아신다는 건가요?"

"당신은 더 이상 남편을 믿지 않아요."

딱딱하고 어색한 웃음이 티나의 얼굴을 스쳐 지나갔다. 그녀는 자동차를 향해 걸음을 옮겼다.

시몬스가 모퉁이를 돌아 7번가로 접어들 때 휴대폰이 울렸다.

"짐 챙겨요." 조지 오바크가 말했다.

시몬스는 그 말이 무슨 뜻인지 몰라 잠시 어리둥절했다. "뭐라고요?"

"윌리엄 T. 퍼킨스."

"누구요?" 리모컨으로 차 문을 열며 시몬스가 물었다.

"윌마 위버의 결혼 전 이름은 윌마 퍼킨스였어요. 윌리엄 T. 퍼킨스가 그녀의 아버지고요. 마일로 위버의 외할아버지인 셈이죠. 사우스캐롤라이나 머틀 비치의 코브넌트 타워라는 곳에 있대요. 1926년생이고 현재 나이 81세."

"나이까지 계산해 주다니, 고맙네요." 시몬스가 흥분을 감추며 말했다. "그런데 우리는 왜 여태까지 그 사실을 몰랐던 거죠? 특별한 이유라도 있나요?"

"알아본 적이 없었으니까요."

정보기관이란 게 이다지도 무능하다고 시몬스는 생각했다. 누구도 마일로의 외할아버지가 살아 있는지 알아볼 생각조차 못한 것이다. "주소를 보내줘요. 코브넌트 타워 쪽에는 제가 방문할 거라고 알려주고요."

"언제 가려고요?"

시몬스는 후덥지근한 차 안으로 들어가며 생각했다. "오늘 밤."

"비행기 예약할까요?"

"네." 시몬스는 손목시계를 보며 결정을 내렸다. "6시경으로요. 좌석은 세 개 예약해 줘요."

"세 개?"

시몬스는 차에서 내려 문을 잠근 뒤 다시 마일로 위버의 집으로 향했다. "티나 위버와 스테파니 위버도 함께 갈 거예요."

# 7

진실, 세 가지 거짓말, 그리고 몇 가지 생략. 이것이 마일로가 아는 전부였다. 프리마코프는 나머지는 본인이 알아서 하겠다고 약속했다. 뉴멕시코의 앨버커키에서 꽤 오랫동안 머물렀지만, 이 노인이 마일로에게 알려준 것은 거의 없었다. 대신 그는 지금 테렌스 피츠휴가 마일로에게 하는 것처럼 질문을 던질 뿐이었다. 테네시에서 시작되어 뉴저지에서 피투성이로 종결된 이야기에 관한 질문들. 마일로는 그 이야기를 너무 많이 반복한 탓에 본인의 인생보다 더 익숙할 지경이었다. "자세하게 얘기해 봐." 프리마코프는 거듭 강요했다.

하지만 프리마코프가 마일로에게 물어본 것은 그 이야기뿐만이 아니었다. 그는 밝혀서는 안 될 기밀들에 대해서도 캐물었다. 발설하면 국가 반역이 될 사항들이었다. "내 도움이 필요하다면서?" 결국 마일로는 모두 실토할 수밖에 없었다. 〈여행업〉의 위계체계, 〈여행객〉들의 수, 살의 존재와 연락 방식, 국토안보부와 〈회사〉의 관계, 그리고 〈회사〉가 예브게니 프리마코프에 대해서 아는 것과 모르는 것들.

그로부터 닷새가 지나서야 프리마코프는 말을 꺼냈다. "이제 됐어. 아무것도 염려하지 마라. 사무실로 돌아가서 사실대로 얘기하되, 세 번의 거짓말과 몇 번의 생략이 필요할 거야. 나머지는 내가 처리하마." 하지만 마일로는 그 "나머지"의 내용을 알 수 없었다.

그리고 지금 마일로의 믿음은 분명 흔들리고 있었다. 믿음은 블랙홀을 당할 것임을 알았을 때 비틀거리더니, 그날 아침 존이 끔찍한 장치들로 가득한 서류가방을 들고 5번 고문실로 들어왔을 때 죽어가기 시작했다.

"안녕, 존?" 마일로가 인사를 건넸지만, 아마추어가 아닌 존은 그런 수작에 아무 대꾸도 하지 않았다. 그는 가방을 바닥에 내려놓고 배터리 팩, 전선, 전극을 꺼낸 후, 두 명의 경비원에게 마일로의 벌거벗은 몸을 누르도록 부탁했다.

전기 충격을 받고 나자 마일로의 믿음은 문자 그대로 남김없이 날아가 버렸다. 신경과 두뇌가 끊기는 듯한 고통 때문에 그는 고문실 바깥에 있는 그 무엇도 믿을 수 없게 되어 버렸다. 웅크린 몸이 차가운 바닥에서 격렬하게 진동했다. 아무것도 들리지 않았다. 고문이 잠시 멈출 때마다 마일로는 비명을 지르며 진실을 털어놓고 싶었다. 아니야, 난 그레인저를 죽이지 않았어! 바로 첫 번째 거짓말에 대한 부정. 하지만 아무도, 아무것도 묻지 않았다. 전기 충격을 멈춘 존은 그저 마일로의 혈압을 체크하며 기계를 충전할 뿐이었다.

믿음을 되살린 것은 뜻밖의 인물의 뜻밖의 행동이었다. 그것은 바로 그의 발목을 붙잡고 있던 로렌스였다. 그는 전류가 마일로의 몸을 훑고 지나가는 것을 보다가 갑자기 잡은 손을 풀더니, 뒤돌아서 토하기 시작했다. 존이 작업을 멈추며 로렌스에게 물었다. "괜찮아요?"

"저는……." 말을 잇지 못한 채, 로렌스는 일어서며 젖은 눈을 닦았다. 하지만 다시 구토가 몰려오자 그는 벽에 기댄 채 배 속에 든 것을 몽땅 게워냈다.

존은 개의치 않고 전극을 마일로의 젖꼭지에 다시 장착했다. 다른 이들도 금세 로렌스의 반응에 공감할 것이라고 생각하자 마일로는 고통 속에서도 안도감을 느낄 수 있었다. 하지만 그런 일은 일어나지 않았다. 그러던 중 피츠휴가 들어와 그에게 사진들을 들이밀었다.

"그레인저를 죽였다고 했지?"

"네."

"그 밖에 또 누구를 죽였나?"

"〈여행객〉. 트리플혼이요."

"그레인저를 죽인 것은 언제지? 〈여행객〉을 죽이기 전인가, 후인가?"

"죽이기 전. 아니 죽인 후."

"그러고 나서?"

마일로가 기침을 했다. "숲 속을 걸었어요."

"그 다음에는?"

"토했습니다. 그리고 비행기를 타고 텍사스로 갔어요."

"돌란의 여권을 사용했나?"

마일로는 고개를 끄덕인 후, 인정하고 싶지 않은 진실을 말하기 시작했다. "아내와 딸을 데리고 사라지려고 했습니다." 이미 피츠휴가 알고 있는 사실들이었다. "그런데 거절당했어요. 적어도 티나는 거절했죠." 마일로는 어렵사리 몸을 펴고는 피츠휴를 바라봤다. "가족도 없어지고, 직업도 없어지고, 게다가 〈회사〉와 국토안보부에 쫓기는 신세가 됐어요."

"그로부터 일주일." 피츠휴가 말했다. "그동안 종적을 감췄던데……?"

"앨버커키에 있었어요."

"거기서는 뭘 했나?"

"술 마셨어요. 아주 많이. 하지만 계속 그렇게 살 수 없다는 걸 깨달았죠."

"평생 술에 절어 사는 사람들이야 흔하잖나. 자네만 유별난 이유는 뭔가?"

"도망 다니면서 살기 싫었습니다. 언젠가는……." 마일로는 잠시 멈췄다가 말을 이었다. "언젠가는 가족들에게 돌아가고 싶었습니다. 가족들이 받아줘야 하겠지만……. 그런데 그렇게 하려면 자수하는 수밖에 없었어요. 법정의 관대한 처분을 바랄 수밖에 없었죠."

"꿈도 야무지군."

마일로는 그 말에 대꾸하지 않았다.

"앨버커키에 머무는 동안은 어디에 묵었지?"

"붉은 지붕 여관."

"동행은?"

"혼자였어요." 바로 두 번째 거짓말이었다.

"누구와 말을 섞었나? 일주일이면 짧지 않은 기간인데?"

"웨이트리스들이요. 애플비스라든가, 칠리스에서요. 그리고 바텐더도. 하지만 중요한 얘기는 안 했습니다." 그는 말을 멈췄다. "그 사람들은 제가 무서웠던 것 같아요."

마일로와 피츠휴는 서로를 바라봤다. 한 명은 옷을 입고 다른 한 명은 벌거벗은 상황이었다. 이윽고 피츠휴가 말했다. "지금까지의 상황을 처음부터 끝까지 되짚어 볼 거야. 기억력 테스트라고 생각할지도 모르겠지만 그렇지 않아. 왜냐하면 이건 진실성 테스트니까." 피츠휴는 마일로의 얼굴에다 대고 손가락으로 딱 소리를 냈다. "무슨 말인지 알겠나?"

마일로가 움직임으로 인한 고통을 견디며 고개를 끄덕였다.

"의자 두 개 가져와." 피츠휴가 누구한테랄 것도 없이 말을 던졌다. 남아 있던 경비원은 지시의 대상이 자신임을 깨닫고 고문실을 나갔다. "존, 멀리 가지 말고 대기하고 있어."

존은 짧게 고개를 끄덕이고 가방을 들었다. 방을 나서는 그의 모습은 흡사 방금 판매를 성사시킨 피투성이 백과사전 세일즈맨처럼 보였다.

경비원이 알루미늄 의자를 가지고 돌아와 마일로가 앉도록 도왔다. 피츠휴는 그 맞은편에 앉았다. 의자에 앉은 마일로가 옆으로 넘어지자 피츠휴는 테이블을 가져오라고 지시를 내렸다. 덕분에 마일로는 반들반들한 하얀 테이블 위로 쓰러져 몸을 지탱할 수 있었다. 피가 테이블 위로 선을 그리며 흘렀다.

"처음부터 얘기해 봐." 피츠휴가 말했다.

첫날 다섯 시간 가까이 진행된 보고에서는 독립기념일인 7월 4일을 시작으로, 불운했던 파리 여행이 끝나고 미국으로 돌아온 7월 8일 일요일까지 이어지는 사건들이 열거되었다. 이야기가 길지는 않았지만, 피츠휴가 종종 끼어들면서 이런저런 질문들을 던진 탓에 시간이 걸렸다. 타이거가 블랙데일에서 자살한 시점에 이르렀을 때, 피츠휴는 위버의 뺨이 피묻은 포마이카 테이블 위로 미끄러지는 모습에 얼굴을 찌푸리며 테이블을 두드렸다. "놀라운 소식이었겠군."

"네?"

"샘 로스? 알-아바리? 뭐, 이름은 됐고, 그 녀석이 〈여행객〉이었다는 것 말이야."

마일로는 지저분한 손을 테이블 위에 올려놓고 손등 위에 턱을 얹었다. "물론 놀랐어요."

"정리해 보면, 타이거라는 바보 같은 이름의 암살자가 미국에 온 것은 단지 자네랑 얘기를 나눈 뒤 생을 마감하기 위해서였다?"

마일로는 손가락 마디 위에 올려놓은 고개를 끄덕였다.

"그런데 자네가 〈여행객〉이었다는 자료는 어떻게 놈의 손에 들어간 거지? 일급비밀이었을 텐데 말이야?"

"그레인저가 넘겼습니다."

"허!" 피츠휴가 의자를 뒤로 밀며 외쳤다. "내가 제대로 들은 게 맞니? 톰이 타이거와 한패였다는 엄청난 주장을 하는 게 맞느냐고?"

"그런 것 같습니다."

"그런데 자네는 귀중한 정보들을 가진 새뮤얼 로스가 눈앞에서 자살하도록 놔뒀단 말이지?"

"막을 시간이 없었어요. 놈이 너무 빨랐습니다."

"막고 싶지 않았던 게 아닌가? 놈이 죽기를 바랐던 거 아니냐고? 어쩌면 자네는 놈이 입속에 캡슐을 숨긴 것을 알고는 손을 집어넣어 터뜨렸을

지도 모르지. 놈은 몸이 약했어. 얼굴은 온통 자네의 지문으로 덮여 있었지. 자네처럼 힘센 사내라면 그런 것쯤 식은 죽 먹기였을 거야. 혹시 그레인저의 지시를 받은 거 아닌가? 아까부터 계속 그 불쌍한 친구를 비난하고 있잖나?"

마일로는 그 말에 대꾸하지 않았다.

그가 안젤라 예이츠를 조사하러 파리로 떠나기 직전 아침에 그레인저와 나눴던 대화에 이르렀을 때, 피츠휴가 다시 끼어들었다.

"그레인저에게 타이거에 대해 물어봤다는 건가?"

"하지만 그레인저는 대답을 뒤로 미뤘습니다." 마일로가 말했다. "자료를 보여주는 게 무슨 대수라고 그러는지, 그때는 이해하지 못했어요. 보기까지 시간이 오래 걸렸죠."

"뭘 봤다는 건가?" 마일로가 대답하지 않자 피츠휴는 등을 의자에 기대며 다리를 꼰 채 말했다. "그레인저가 자네한테 자료를 보여줬다는 걸 알아. 자네가 파리에서 돌아왔을 때 말이야. 내가 벤자민 마이클 해리스를 고용했다고 해서 이 사건에 연루되었을 거라고 생각하지 않길 바라네. 미국에서는 잘못된 직원 채용은 범죄가 아니야."

마일로는 피츠휴를 바라봤다. 다음에 할 말을 "거짓말"이라고 불러야 할지 "생략"이라고 칭할지 확신이 들지 않았다. 세상에는 명확하게 구분할 수 없는 것들이 존재하는 법이다. "네. 당신이 이 일에 관계됐다 해도 지금까지의 비밀 유지가 설명될 수 없다는 걸 압니다. 당신과 톰은 한패가 아니었어요."

"그래. 톰은 타이거와 한패였던 거야."

"그래서 사태를 파악하는 데 그렇게도 시간이 걸렸던 거예요." 마일로가 말했다. "그레인저는 저를 혼란시키려고 타이거에 대한 자료를 보여줬던 겁니다. 당신을 의심하도록 말이죠."

피츠휴는 그 말에 흡족해 보였다.

마일로의 이야기는 계속 이어졌고, 피츠휴는 종종 헛갈리는 척하며 이야기를 멈추고 명쾌한 설명을 요구했다. 마일로가 파리에 자진해서 머물렀던 얘기를 했을 때 피츠휴가 물었다. "하지만 아이너의 증거들을 봤잖나? 사진들 말이야."

"네. 하지만 그 사진들이 과연 무엇을 뜻할까요? 안젤라가 허버트 윌리엄스에게 정보를 주는 장면? 아니면 반대로 그가 안젤라에게 정보를 주는 장면? 어쩌면 안젤라는 자기도 모르는 새 누군가의 음모에 빠진 것이 아니었을까요? 윌리엄스가 그녀의 수사 과정을 파악하기 위해 감시 중이었을 수도 있죠. 또는 안젤라가 실제로 반역죄를 지었고, 윌리엄스는 타이거와 안젤라 두 사람 모두를 조종하면서 중국에 정보를 판 것일지도 모릅니다. 그렇다면 그의 고객은 한 사람이 아니었던 거죠. 어쩌면 중국마저도 허버트 윌리엄스의 고객이었는지도 몰라요."

"그놈의 중국, 골치 아파 죽겠군."

"맞아요."

그때 피츠휴의 휴대폰이 진동했다. 그는 고개를 끄덕이고 신음을 하더니 전화를 끊었다. "자. 아주 긴 하루였구먼. 자네는 이야기를 아주 잘 해줬어. 내일 이 음모에 관해서 더 깊이 파고 들어가 보자고. 알겠나?" 피츠휴는 그가 앉은 쪽의 깨끗한 테이블 표면을 두드렸다. "오늘은 아주 만족스러워."

"먹을 것 좀 주세요." 마일로가 말했다.

"그럼, 그럼. 입을 것도 가져다주지." 피츠휴는 의자를 뒤로 밀고 일어서며 미소를 지었다. "매우 흡족하군. 소상히 말해 준 덕분에 이 비참한 사건에서 점점 사람 냄새가 나고 있어. 내일은 더욱 그렇게 되기를 바라네. 예를 들어, 티나 말이야. 내일은 자네와 부인 사이가 어떤지 얘기해 보자고. 사랑스러운 의붓딸과의 관계도."

"딸입니다." 마일로가 말했다.

"뭐?"

"딸이라고요. 의붓딸이 아닙니다."

"참, 그렇지." 피츠휴가 졌다는 듯 양손을 들어 올렸다. "자네 말이 옳아, 마일로."

피츠휴가 방을 나가자 마일로는 프리마코프의 지시사항을 떠올렸다.

'새빨간 거짓말 세 번이면 돼. 어차피 너의 삶 자체가 거짓이었는데 이제 와서 새삼스럽게 변할 필요는 없잖아?'

## 8

"놀라게 하고 싶진 않지만……." 집으로 돌아온 티나에게 자넷 시몬스가 속삭였다. "당신 시할아버지가 어디 있는지 알아냈어요. 마일로의 외할아버지 말이에요. 당신도 함께 만나러 가는 게 좋을 것 같아요."

"그럴 리가 없어요. 마일로의 가족들은 전부 죽었어요."

"가서 만나보면 진상을 알 수 있겠죠."

그리고 지금, 라 과디어 공항을 출발하여 머틀 비치로 향하는 엔진이 두 개 달린 스피리트 항공사의 비행기 안에서 티나는 스테파니 옆에 꼭 달라붙어 있다. 스테파니는 본인이 원하는 대로 창가 자리에 앉았다.

스테파니로서는 급작스럽지만 신나는 상황이었다. 티나는 딸에게 하룻밤 해변으로 놀러 갔다 올 것이라고 둘러댔다. '정말 착한 애야. 2주 전 디즈니 월드에서는 깡패 같은 국토안보부 요원들이 종적을 감춘 아빠를 찾는 걸 보고 놀랐을 텐데 그때부터 계속 이런 일들이…… 스테파니가 무슨 죄가 있다고 이런 일들을 견뎌야 하는 걸까……?'

"컨디션 괜찮니?"

스테파니가 둥글게 오므린 양손바닥에다 대고 하품을 하며 잿빛 구름을 바라봤다. "좀 피곤해."

"나도 그렇단다."

"그런데 정말 놀러 가는 거야?"

"그런 셈이야. 짧은 휴가. 누굴 만나야 할 일이 좀 있어. 그 일이 끝난 다음에는 바닷가 가서 놀다 오자. 좋지?"

딸이 어깨를 으쓱하자 티나는 괜스레 걱정이 됐다. 스테파니가 물었다. "그런데 저 아줌마는 왜 같이 가는 거야?"

"시몬스 씨가 싫으니?" 복도 건너편 좌석에서 블랙베리의 버튼을 누르는 시몬스를 보며 티나가 물었다.

"저 사람 아빠를 안 좋아하는 거 같아."

'착한데 똑똑하기까지…… 어쩌면 제 엄마보다 똑똑한지도 모르겠어.'

티나는 어째서 자신이 이 갑작스러운 여행 제의에 동의했는지 다시금 자문했다. 자넷 시몬스 요원을 전적으로 신뢰하는 것은 아니지만, 보상이 너무도 매혹적이었다. 드디어 남편의 가족을 만날 수 있는 것이다. 결국 그녀가 시몬스를 따라온 이유는 신뢰라기보다는 호기심이었다.

그들은 8시가 되기 전에 머틀 비치에 도착했다. 비행기가 착륙을 시도하자 티나는 스테파니를 깨웠다. 어둠 속에서 점점이 반짝이는 불빛들이 해안선을 따라 희미해지는 광경이 창 밖으로 보였다. 머틀 비치 공항에는 마중 나온 국토안보부 요원이 없었다. 시몬스는 직접 토러스 자동차를 빌린 후 블랙베리를 이용해 가야 할 방향을 파악했다.

목요일 저녁이었지만 한여름이라서 그런지, 지나가는 지붕 없는 지프차들 위에는 웃통을 벗은 발정 난 남자 대학생들이 무릎까지 오는 반바지와 우스꽝스러운 야구모자 차림으로 밀러와 버드와이저의 길쭉한 캔을 흔들어대고 있었다. 쳐다보는 티나의 일행을 향해 웃음을 지으며, 금발로 염색한 그들은 모욕적인 제스처를 취했다. 클럽들에서 음악이 흘러나왔지만, 알 수 있는 소리는 쿵쾅거리는 단조로운 댄스 리듬의 진동뿐이었다.

코브넌트 타워는 머틀 비치 북쪽의 숲이 우거진 지역에 자리 잡고 있었다. 두 개의 길게 뻗은 5층짜리 건물 사이로 풀과 나무가 자라나 있었다. "예쁘다." 밖을 바라보며 스테파니가 말했다.

뺨이 발그스름하고 생기가 넘치는 시설 책임자, 데이드레 샤뮤스는 국토안보부 요원이 코브넌트 타워의 거주자에게 관심을 갖는 이유를 알기 위해 근무 시간이 지났음에도 퇴근하지 않고 남아 있었다. 그녀는 코브넌트 타워가 의료 시설이 있기는 하지만 양로원은 아니라고 말했다. "우리는 독립적인 삶을 장려하고 있답니다."

윌리엄 T. 퍼킨스는 2동의 1층에 살고 있었다. 샤뮤스는 티나의 일행을 퍼킨스의 방문까지 안내하며 도중에 만난 거주자 한 명 한 명에게 과하게 열성적으로 인사를 건넸다. 이윽고 그들은 14호 원룸 앞에 멈춰 섰다. 샤무스가 문을 두드리며 진지한 목소리로 퍼킨스를 불렀다. "퍼킨스 씨! 손님들이 오셨어요!"

"씨발, 떠들지 좀 마!" 화가 난 사나운 목소리가 들렸다.

불현듯 티나는 스테파니가 걱정됐다. 저 문 뒤에는 무엇이 도사리고 있을까? 아마도 시할아버지가 계시겠지. 하지만 그녀는 마일로가 그에 대해 몰랐다는 것을 납득할 수 없었다. 만약 알았다면 티나에게 알려줬을 것이다. 과연 저기 있는 사람은 어떤 사람일까? 티나는 샤무스를 옆으로 불러냈다. "아이가 기다릴 만한 장소가 있을까요? 안에 데리고 들어가면 안 될 것 같아요."

"사실 퍼킨스 씨가 성깔이 있기는 해요. 하지만……."

"부탁해요." 티나가 고집을 꺾지 않고 말했다. "TV룸 같은 데 없을까요?"

"복도 저쪽에 하나 있어요."

"고맙습니다." 티나는 시몬스를 향해 말했다. "금방 올게요."

티나는 스테파니를 데리고 복도를 따라 내려갔다. 복도 오른쪽 세 번째 방 안에는 소파 세 개와 라지보이 안락의자 하나가 놓여 있었고, 일곱 명의 노인이 〈제시카의 추리극장〉의 재방송을 보고 있었다.

"여기서 좀 기다릴 수 있겠니?"

스테파니는 티나에게 가까이 오라고 손짓을 한 뒤 소곤거렸다. "여기, 냄새나."

"조금만 참아 봐. 부탁할게. 응?"

스테파니는 냄새가 너무도 싫다는 뜻으로 얼굴을 찡그리면서 고개를 끄덕였다. "금방 와야 해?"

"문제가 생기면 우리 14호에 있으니까 그쪽으로 와. 알았지?"

14호의 문은 열려 있었고 사무스와 시몬스는 안에 들어가 있었다. 티나가 14호로 걸어가는 도중 갑자기 편집증적 망상이 밀려왔다. 그것은 마일로가 디즈니 월드에서 도망친 후 티나의 세계에 심문자와 안보 요원들이 들끓기 시작하면서부터 찾아오기 시작한 편집증적 망상이었다.

망상은 마일로의 목소리로 그녀에게 말을 걸었다. "지금 무슨 일이 벌어질 건지 알려줄게, 티나. 잘 들어봐. 일단 저 사람들은 당신과 스테파니를 떨어뜨릴 거야. 당신이 대화를 끝낼 때쯤 스테파니는 없어져 있을 테지. 그냥 사라져버리는 거라고. 노인들한테는 약을 먹여서 아무것도 기억 못 하게 할 거야. 시몬스는 자기가 스테파니를 데리고 있다고 직접적으로 말하지는 않겠지만 당신이 짐작할 수 있게끔 할 거야. 그리고 당신한테 짧은 문서를 하나 주겠지. 카메라 앞에서 소리 내 읽으라고 말이야. 문서에는 남편이 도둑이고 반역자이고 살인자이니 평생 감옥에 가두라는 내용이 쓰여 있을 거야. 그것을 읽으라고 시몬스는 다그치겠지. 그래야 사랑스러운 스테파니가 어디 있는지 알 수 있을 거라고 말이야."

이건 단지 망상일 뿐이라고 티나는 자신을 다그쳤다. 단지 망상일 뿐이라고.

티나는 열린 문 앞에 멈춰 14호를 들여다보았다. 사무스는 만면에 미소를 가득 머금은 채 나가려는 참이었고 시몬스는 의자에 앉아 있었다. 그 옆에는 머리카락이 없고 몸이 쪼그라든 남자가 휠체어에 앉아 있었다. 세파를 겪은 좁은 얼굴은 일그러져 있었고, 테가 검은 커다란 안경알이 눈의 크기를 확대시키고 있었다. 시몬스 요원이 티나를 향해 안으로 들어오라고 손짓했고, 노인은 누런 틀니를 드러내며 미소를 지었다. "티나,

이분이 윌리엄 퍼킨스 씨예요. 윌리엄 씨, 이쪽은 티나 위버. 당신 손자며느리입니다."

퍼킨스는 악수를 하려고 손을 들다가 멈칫하며 시몬스를 쳐다봤다.

"이 여자가 무슨 소리 하는 거야?"

"안녕히 계세요!" 샤무스가 그들끼리 시간을 보낼 수 있도록 방을 나서며 인사를 건넸다.

# 9

그것은 윌리엄 T. 퍼킨스에게는 받아들이기 힘든 사실이었다. 그는 처음에는 손자 같은 건 없다고 하더니, 나중에는 마일로 위버라는 이름의 손자가 없다고 말을 바꿨다. 욕설이 섞인 퍼킨스의 항변을 들으며, 티나는 그가 여든한 살의 생애 내내 상종 못 할 인간이었으리라는 인상을 받았다. 그는 두 명의 딸이 있었지만 둘 다 십 대 후반에 변변한 인사도 없이 집을 떠났다고 말했다.

"선생님 딸 윌마는 남편 시어도어와의 사이에 마일로라는 아들을 낳았어요. 그가 바로 당신 외손자입니다." 시몬스가 몰아붙였다. 반박할 수 없는 증거가 제시되기라도 한 듯, 퍼킨스는 결국 손자가 한 명 있다는 사실을 인정할 수밖에 없었다.

"마일로……." 퍼킨스는 고개를 저었다. "개한테나 붙일 만한 이름이야. 줄곧 그렇게 생각했지. 하지만 엘렌은 내 의견 따위 안중에도 없었어. 걔 언니도 마찬가지였지."

"엘렌?" 티나가 말했다.

"어릴 때부터 말썽이었지. 1967년에 열일곱 살 난 여자애가 LSD를 복용했다고. 열일곱 살에! 열여덟 살에는 웬 쿠바 공산당원 놈이랑 자면서 돌아다녔지. 이름이 호세 어쩌구였는데……. 아무튼 다리털도 안 밀고, 완전히 비뚤어져 버렸지."

"퍼킨스 씨, 죄송하지만……." 시몬스가 말했다. "저희는 엘렌이 누구인지 몰라요."

어리둥절한 표정으로 퍼킨스가 잠시 안경알에 확대된 눈을 깜빡거렸다.

"걔가 바로 내 빌어먹을 딸이야! 당신들 마일로라는 애의 엄마 얘기하는 거 아니었나?"

티나가 소리를 내며 숨을 들이쉬었다. 시몬스가 말했다. "마일로의 어머니는 윌마인 줄 알았는데요?"

"아니야." 퍼킨스가 몹시 짜증을 내며 정정했다. "마일로가 네 살인가 다섯 살이 됐을 때 윌마가 데려가긴 했지. 윌마랑 시어도어는 아기를 가질 수가 없었거든. 그리고 엘렌은, 도대체 무슨 짓을 하고 있었는지 모르겠지만 하여간 세계 여기저기를 싸돌아다니고 있었어. 윌마는 나한테 아무 말도 하지 않았지만, 걔가 알고 지내던 예드 핀켈슈타인이라는 유대인 놈한테 듣기로는 엘렌이 먼저 그런 제안을 했다더군. 엘렌은 독일 놈들이랑 여기저기 어울려 다니고 있었어. 70년대 중반이었지. 경찰에 쫓기기까지 했어. 아마 애가 있으면 움직임에 제약이 생길 거라고 생각한 모양이야. 그래서 윌마한테 애를 키워달라고 부탁한 거지." 온몸을 으쓱하더니 퍼킨스는 무릎을 탁 쳤다. "상상이 가나? 제 새끼를 그렇게 떼어놓고 손을 털어버렸다고!"

시몬스가 말했다. "핀켈슈타인이라는 사람은 지금 어디 있습니까?"

"땅속에 묻혔지. 1988년에."

"그럼 당시 엘렌은 뭘 하고 있었던 거죠?"

"칼 마르크스를 읽고, 마오쩌둥을 읽었지. 혹시 요제프 괴벨스도 읽었으려나? 독일어로 말이야."

"독일어?"

퍼킨스는 고개를 끄덕였다. "독일에 있었어. 서독 말이야. 엄마가 되기를 포기한 후에. 걔는 맨날 상황이 힘들어지면 그냥 포기해 버렸어. 내가 뭐라고 좀 했어야 했는데. 부모가 되는 건 장난이 아니라고 말이야."

"하지만 당시 당신과 엘렌은 전혀 왕래가 없었죠?"

"그건 걔가 결정한 일이야. 독일 친구놈들과 어울려 다니면서 친지들하고 완전히 연락을 끊은 거라고."

"하지만 언니인 윌마는 예외였군요."

"뭐?" 퍼킨스가 헷갈려 하며 물었다.

"윌마는 예외였다고요. 엘렌은 언니인 윌마하고는 연락을 했죠?"

"그래." 퍼킨스가 실망한 목소리로 말하더니 무언가를 떠올리고는 얼굴이 밝아졌다. "핀켈슈타인. 그 사람한테 들었는데—그 사람 독일신문을 읽을 수 있었거든—엘렌이 경찰에 잡혔다더군. 감옥에 갇혔다는 거야. 왜인 줄 알아?"

티나와 시몬스는 대답을 기다리며 퍼킨스를 바라봤다.

"무장 강도. 그게 이유였지. 엘렌과 유쾌한 빨갱이 친구놈들이 은행털이까지 한 거야! 어떻게 그런 짓을 해서 세상의 노동자들을 구한다는 건지, 원!"

"본명으로 나왔나요?" 시몬스가 예리하게 물었다.

"본명?"

"엘렌의 본명이 신문에 나왔습니까?"

퍼킨스는 잠시 생각한 후 어깨를 으쓱했다. "사진이 나왔어. 핀켈슈타인 말로는…… 아! 그래, 독일 이름이었는데……. 엘자였던가? 그래, 엘자. '엘렌' 하고 비슷한 이름이었지."

"연도는요?"

"78년? 아니, 79년. 1979년이었어."

"그 사실을 다른 사람에게도 얘기하셨나요? 예를 들어, 대사관에 연락을 하셨나요? 따님이 감옥에서 풀려나게끔 말이죠."

침묵이 불편한 손님처럼 윌리엄 T. 퍼킨스를 엄습했다. 그는 고개를 저었다. "마누라한테도 얘기 안 했어. 엘렌이 그러길 원하지 않았을 테니까. 우리랑 완전히 연을 끊었다고. 도움 따위는 바라지 않았을 거야."

티나는 노인이 지난 28년 동안 그 말을 스스로에게 끊임없이 되뇌었을 거라고 생각했다. 자기 딸을 버린 것을 정당화할 수 있는 유일하지만 빈약한 이유. 티나가 남편을 버린 것을 정당화하기 위해 내세운 이유가 빈약했던 것과 같았다.

티나는 몸을 꼿꼿이 펴는 시몬스를 보며 능숙한 프로의 자세를 느꼈다. 시몬스의 표정과 목소리는 단호하면서도 고집스럽지 않았다. 그녀는 이곳에 온 이유를 명확히 알고 있었고 필요한 것을 얻으면 바로 떠날 작정이었다. "말씀하신 걸 정리해 보도록 하죠. 집을 나온 엘렌은 질이 나쁜 무리들과 섞이게 됐습니다. 처음에는 마약 상용자들, 다음에는 정치적 불순분자들이었죠. 공산당원이나 무정부주의자들 말이에요. 그리고 여러 곳을 돌아다녔습니다. 독일에도 갔죠. 1970년에는 아이를 낳습니다. 그게 바로 마일로였죠. 74, 75년쯤에 마일로를 언니인 윌마와 형부인 시어도어에게 맡깁니다. 그들 부부는 마일로를 친자식처럼 키우죠. 1979년에 독일에서 은행 강도 혐의로 체포되었다는 것이 엘렌의 마지막 소식이었습니다. 엘렌은 석방되었나요?"

사실들이 이토록 간결하게 정리되어 나열되는 것을 듣고 윌리엄 퍼킨스는 충격을 받은 듯했다. 개별적인 부분들은 이상할 것이 없었으나 이처럼 하나로 합쳐지니 비극적인, 또는 도무지 믿기지 않는 이야기가 되어버린 것이다. 티나 역시 정리된 이야기를 듣고 망연자실했다.

다시 입을 연 퍼킨스의 목소리는 속삭임에 가까웠다. "석방되었는지는 모르겠어. 확인해 보지 않았으니까. 엘렌이 나한테 연락한 적은 한 번도 없었어."

티나가 울음을 터뜨렸다. 창피했지만 더 이상 자제할 수가 없었다. 모든 것이 엉망진창이었다.

퍼킨스는 놀란 얼굴로 티나를 바라보다가 의아한 표정으로 시몬스를 향해 고개를 돌렸다. 시몬스는 아무 말도 하지 말라는 뜻으로 고개를 저은 뒤 들썩이는 티나의 등을 쓰다듬으며 속삭였다. "티나, 아직 판단하기엔 일러요. 마일로는 그런 사실을 전혀 몰랐을 수도 있어요. 바로 그런 진실을 밝히기 위해 우리가 이곳에 온 거잖아요?"

티나는 시몬스의 이성적인 판단에 동의하듯 고개를 끄덕이고는 마음을 가다듬었다. 그녀는 훌쩍임을 멈추고 코와 눈을 닦은 뒤 숨을 거듭 들이쉬었다. "미안합니다." 티나가 퍼킨스를 향해 말했다.

"신경 쓰지 마, 아가씨." 퍼킨스가 앞으로 몸을 기울여 무릎을 두드리자 티나는 기분이 언짢았다. "울보가 아니더라도 가끔 눈물을 짜야 할 때도 있는 거야."

"고마워요." 티나는 무엇이 고마운지 몰랐지만 일단 감사의 말을 전했다.

"괜찮으시다면……." 시몬스가 말했다. "다시 마일로 얘기를 해 볼까요?"

퍼킨스는 아직 기력이 남았음을 보여주려는 듯 앉은 자세를 바로 했다. "말해 봐."

"79년에 엘렌은 종적을 감췄고 6년 후인 1985년에는 윌마와 시어도어가 자동차 사고로 사망합니다. 맞나요?"

"맞아." 고민할 필요 없는 단순한 사실들이었다.

"그리고 마일로는 노스캐롤라이나 옥스퍼드에 있는 고아원으로 보내지죠. 맞습니까?"

퍼킨스는 즉시 대답하지 않았다. 그는 얼굴을 찡그린 채 시몬스의 말과 자신의 기억들을 하나하나 대비하더니 고개를 저었다. "아니야. 걔 아빠가 데려갔어."

"아빠?"

"그래."

티나는 다시 눈물이 나려는 것을 꾹 참았다. 그러자 메스꺼움이 밀려왔다. 전부가, 그녀가 마일로의 삶에 대해 그녀가 알고 있던 전부가 거짓이었고, 그로 인해 그녀 자신의 삶도 많은 부분 거짓이 되었다. 사실들 하나하나에 의심의 여지가 생긴 것이다.

"그 아버지라는 사람은……." 시몬스는 마치 이미 다 알고 있었다는 듯 말을 꺼냈다. 그녀는 어쩌면 실제로 전부 알고 있었는지도 몰랐다. "그 남자는 장례식 후에 나타난 모양이군요. 아니면 장례식장에 나타났나요?"

"정확히는 모르겠어."

"어째서죠?"

"나는 장례식에 안 갔으니까."

"알겠어요. 구체적으로 무슨 일이 있었습니까?"

"나는 장례식에 가기 싫었어." 퍼킨스가 말했다. "하지만 마누라는 잔소리를 해댔지. 딸 장례식이라나 뭐라나. 그래, 살아 있을 때 나랑은 눈도 안 마주치려고 했던 딸년이었지. 그런데 죽었을 때 굳이 만나러 갈 필요가 있나? 마누라는 '그럼 마일로는 어쩌고요? 우리 손자잖아요. 우리 아니면 누가 돌봐요?' 라고 말했지. 그래서 나는 '여보, 15년 동안 우리를 본 적도 없는 애가 이제 와서 우리랑 같이 살고 싶겠어?' 라고 말했어. 하지만 마누라의 생각은 달랐지. 아마 댁들은 마누라가 옳다고 생각할지도 모르겠군. 그럴지도 모르겠어." 퍼킨스는 양손을 들어 올렸다. "그래, 나도 지금은 그렇게 생각해. 하지만 그때는 몰랐다고. 나는 고집을 굽히지 않았지." 퍼킨스가 이 말을 하며 윙크를 하자 티나는 목구멍으로 위액이 차오르는 것을 느꼈다. "마누라는 장례식에 갔어. 난 집에 남았지. 마누라가 돌아올 때까지 일주일 동안 혼자 밥을 차려 먹었다고. 결국, 마누라는 손자를 데려오지 못했지만 그리 언짢아 보이지는 않았어. 난 무슨 일인지 알고 싶지 않다고 말했지만 마누라는 마음대로 얘기를 풀어놨지. 늘 그런 식이었다니까."

"뭐라고 하던가요?" 토할 것 같은 몸을 굳힌 채 티나가 물었다.
"지금 얘기하려는 참이야." 퍼킨스가 코를 훌쩍였다. "마누라는 마일로의 아빠란 사람이 소식을 듣고 아들을 데리러 왔다고 하더군. 게다가 그 사람은 그냥 아빠가 아니었어. 러시아인이었거든. 못 믿겠지?"
"네." 티나가 속삭였다. "못 믿겠어요."
일단 일체의 의심을 접어두기로 했던 시몬스는 퍼킨스의 이야기를 재촉했다. "그 러시아 사람의 이름은요?"
윌리엄 T. 퍼킨스는 수십 년간 꺼내보지 않았던 기억을 되살리느라 두 눈을 꼭 감고 뇌졸중이라도 일어난 듯 이마를 감쌌다. 이윽고 붉어진 얼굴로 그가 이마에서 손을 뗐다. "예비…… 아니, 게니…… 맞아. 예브게니. 마누라가 그랬어. 예브게니라고."
"성은요?"
퍼킨스가 숨을 내쉬자 입술에 침이 하얗게 묻어났다. "그건 기억이 안 나는구먼."
티나는 숨이 막혔다. 그녀는 일어섰지만 난폭하고 급작스러운 상황의 변화가 여전히 그녀의 목을 조르고 있었다. 시몬스와 퍼킨스는 티나가 다시 자리에 앉아 말을 꺼내기를 기다렸다. "예브게니 프리마코프."
시몬스가 충격이라도 받은 듯 티나를 바라보았다.
퍼킨스는 윗입술을 깨물었다. "그런 것 같기도 하군. 요점은 어디선가 불쑥 튀어나온 그 빨갱이 자식이 마누라를 설득하더니 손자를 데려갔다는 거야."
시몬스가 그의 말을 끊었다. "마일로 자신의 의견이 반영된 건가요?"
"내가 어찌 알겠나?" 그렇게 말했지만 퍼킨스는 곧 자신의 추측을 제시했다. "내 생각으로는 손자한테 마누라는 생면부지나 마찬가지야. 갑자기 얼굴도 모르는 할머니가 자기를 데려가겠다고 나타난 꼴이라고. 그런데 한편에서는 웬 러시아인 아빠가 짠하고 나타난 거지. 러시아 사람들이 어떤지 알잖아? 남들로 하여금 하늘이 빨갛다고 믿게 만들 능력이 있는 작자들이지. 손자 녀석한테 러시아가 얼마나 멋진 나라인지 떠들어댔을 거야. 자기를 따라가면 재미있을 거라고 말이야. 그런 일이 없었던 게 천만다행이지만, 내가 열다섯 살 난 꼬마였대도 아빠를 따라서 동쪽 나라로 갔을 거야. 그게 고기찜이랑 청소에 미친 할머니를 쫓아가는 것보다는 나으니까." 퍼킨스가 잠시 말을 멈췄다. "바로 우리 마누라가 그런 할머니였거든."

"사회복지과에서는 아무 말도 안 하던가요? 갑자기 나타난 외국인이 열다섯 살 난 미국인 소년을 멋대로 데려가게 두지는 않았을 텐데요?"

퍼킨스는 손바닥을 들어 보였다. "내가 어찌 알겠어? 나한테 묻지 마. 난 그 자리에 있지도 않았다고. 하지만……." 그는 이마를 찌푸렸다. "그런 작자들한테는 보통 돈이 많잖아? 돈으로 해결할 수 있었겠지."

"아닐 거예요." 시몬스가 반박했다. "프리마코프라는 남자가 마일로 씨를 데려갈 수 있는 유일한 방법은 유언장이에요. 따님이 유언장을 통해 그에게 양육권을 부여했다면 가능했을 거라는 말이죠."

퍼킨스는 고개를 저었다. "불가능해. 윌마가 우리를 좋아하지 않기는 했지. 나를 증오했어. 하지만 러시아 놈팡이한테 자기 아들을 넘길 정도는 아니었어. 나는 딸을 그런 멍청이로 키우지는 않았다고."

시몬스는 티나를 힐끔 쳐다보며 상황을 전부 파악했다는 듯 윙크를 했다. 시몬스는 대화를 통해 원하는 것을 얻은 것 같았지만 티나는 그것이 무엇인지 이해할 만한 정신이 없었다. 지금까지의 이야기들은 마일로에게 도움될 것이 없었다. 시몬스가 퍼킨스에게 말했다. "마지막으로 한 가지만 더 말씀해 주세요."

"말할 수 있는 거라면."

"윌마와 엘렌은 왜 당신을 미워한 겁니까?"

퍼킨스가 눈을 다섯 차례 깜빡거렸다.

"제 말씀은……." 마치 입사시험 인터뷰라도 하듯 시몬스가 말을 이어 나갔다. "정확히 따님들한테 무슨 짓을 하신 거죠?"

정적이 흘렀다. 이윽고 노인은 긴 한숨을 내뱉었다. 마치 눈앞에 앉은 낯선 방문객들에게 자신의 영혼과 죄악을 드러내 보일 준비를 하는 듯했다. 하지만 그렇지 않았다. 그는 기력과 앙심으로 가득 찬 목소리로 느닷없이 문을 가리키며 외쳤다. "내 집에서 당장 꺼져 버려!"

티나는 방을 나서며 시몬스에게 모든 것을 말하리라 생각했다. 그 순간만큼은 자신에게 거짓으로 일관한 남편이 너무도 미웠다.

스테파니는 TV룸에서 노인들의 귀여움을 받고 있었다. 티나는 스테파니를 데리고 TV룸을 나오며 불현듯 뭔가를 떠올렸다. "이런, 세상에."

"왜 그래요?" 시몬스가 물었다.

티나는 요원의 눈을 들여다보았다. "베네치아에서 돌아온 다음 스테파니의 출생 신고를 하러 마일로와 함께 보스턴으로 갔어요. 그때 마일로는 스테파니의 미들 네임을 지어주고 싶다고 간청했죠. 저는 딱히 미들 네임을 지을 계획은 없었지만 상관은 없었어요. 남편에게는 그것이 상당히 의미 있는 일인 것처럼 느껴졌죠."

"미들 네임이 뭐였나요?"

"엘렌."

# 10

심문자들이 도착하기 30분 전 두 명의 경비원이 고문실로 들어오더니 중국 음식이 들어 있던 용기를 치우고 물병을 교체한 뒤, 테이블과 의자와 바닥에 묻은 피를 닦아냈다. 밤새 오래된 쿵파오 치킨 냄새와 자신의 땀 냄새 때문에 메스꺼웠던 마일로는 덕분에 조금 마음이 편해졌다.

이윽고 피츠휴가 안으로 들어왔고 그 뒤로 시몬스가 나타났다. 마일로가 마지막으로 시몬스를 본 것은 디즈니 월드에서였고 마지막으로 그녀와 얘기를 나눈 것은 블랙데일에서였다. 시몬스도 마치 마일로처럼 자신이 발산하는 냄새 속에 갇혀 잠 못 이루기라도 한 듯 피곤한 얼굴이었다.

'잊지 마라.' 예브게니는 말했었다. '시몬스가 너를 구원할 거야. 하지만 그걸 안다는 내색은 하지 말거라.'

마일로는 팔짱을 낀 채 말했다. "저 여자하고는 얘기하지 않겠습니다."

시몬스가 미소를 지었다. "그래요. 만나서 반가워요."

피츠휴는 굳이 웃음을 짓지 않았다. "마일로, 그것은 나와 자네가 결정할 수 있는 문제가 아니야."

"상태가 안 좋아 보이네요." 시몬스가 말했다.

마일로의 왼쪽 눈은 자주색으로 부어올라 있었고 아랫입술은 찢어져 있었다. 한쪽 콧구멍에는 피가 엉겨붙어 있었다. 제일 심하게 멍이 든 부분은 오렌지색 바지의 아래쪽이었다. "계속 궁지에 몰리고 있죠."

"알 만하군요."

피츠휴는 자신이 앉으려던 의자를 시몬스가 먼저 차지했기 때문에 경비원에게 의자를 하나 더 가져오라고 지시했다. 의자가 오기를 기다리는 1분 30초간의 침묵 속에서 시몬스는 마일로를 뚫어지게 쳐다보았다. 마일로 역시 그에 맞서 눈도 깜빡이지 않고 시몬스를 응시했다.

경비원이 가져온 의자에 앉으며 피츠휴가 말했다. "내가 한 말 명심하게, 마일로. 기밀 사항들 말이야."

시몬스가 얼굴을 찌푸렸다.

"알고 있습니다." 마일로가 말했다.

"좋아." 피츠휴가 말했다. "그리고 그전에 의논할 게 있는데……." 피츠휴가 재킷 주머니에 손을 넣자 시몬스가 그의 옷깃에 손을 얹으며 제지했다.

"아직 아니에요, 테렌스 씨." 시몬스가 손을 거두며 말했다. "일단 사건의 줄거리부터 듣고 싶습니다."

"뭡니까?" 마일로가 앉은 자세를 꼿꼿이 하며 말했다. "그 안에 뭐가 들었습니까?"

피츠휴가 주머니에서 손을 꺼냈지만 거기에는 아무것도 들려 있지 않았다. "걱정하지 말게. 일단 이야기부터 하자고. 알겠나? 어제 마쳤던 부분부터 말이야."

마일로는 피츠휴를 쳐다봤다.

"당신이 디즈니 월드로 출발하려던 시점부터 시작하죠." 시몬스는 피츠휴로부터 어제 인터뷰를 요약한 것을 들어서 알고 있었다. 숙련된 심문자답게 그녀는 손바닥을 펼쳤다. "인정하기는 싫지만 디즈니 월드에서 그 짧은 시간 동안 탈출한 것은 훌륭했어요. 아주 잘했어요."

"이 여자, 계속 이런 식으로 얘기할 작정일까요?" 마일로의 물음에 피츠휴는 어깨를 으쓱할 뿐이었다.

"당신은 그냥 얘기나 하면 돼요." 시몬스가 말했다. "빈정거릴지 말지는 제가 알아서 할 테니까요."

"맞습니다." 시몬스의 말에 동의하며 피츠휴가 마일로에게 말했다. "그냥 계속하게." 그는 다시 시몬스를 향해 말했다. "그래도 가급적이면 자제해 주시죠."

마일로는 디즈니 월드에서 있었던 일을 이야기하며 한 가지 사실을 생략했다. 바로 스페이스 마운틴에서 예브게니 프리마코프를 만났다는 사실. 당시 마일로는 티나에게 여러 가지 거짓말을 했지만, 프리마코프가 안젤라 예이츠에게 무슨 일이 있었는지 물어보러 마일로를 찾아왔다는 점은 사실이었다.

프리마코프와의 만남을 숨기는 것은 어렵지 않은 일이었다. 심문자들의 보편적인 관심사인 사건의 인과관계에는 아무런 지장을 주지 않기 때문이다. 덕분에 마음이 놓인 마일로는 눈앞에 있는 두 사람의 행동을 관찰할 여유가 생겼다.

피츠휴의 앉은 자세는 어제에 비해 경직되어 있었다. 그는 어제는 세상의 모든 시간이 자신의 것인 양 굴더니, 오늘은 마치 심문의 내용 따위 안중에도 없다는 듯 마일로를 재촉했다. 이따금 그는 "그래, 그래. 그건 이미 알고 있는 거야."라며 말을 자르려고 했다.

하지만 그럴 때마다 시몬스는 피츠휴를 막았다. "테렌스 씨, 저는 모르는 부분이에요. 국토안보부의 정보가 빈약하다는 사실은 잘 아실 텐데요?" 그녀는 다시 마일로를 향해 말했다. "얘기 계속하세요." 시몬스는 사건의 모든 것을 빠짐없이 알고자 했다.

마일로는 시몬스의 요구대로 느리고도 확고하게 세부사항들을 얘기했다. 심지어는 아이너가 구해 온 르노의 색상까지 얘기했는데 시몬스는 그 말에 대해 "멋진 차였겠군요."라며 감상을 말했다.

"그 친구, 보는 눈이 있었죠."

면담 후반부에 접어들어 마일로의 얘기가 마침내 우그리모프와의 만남에 이르렀을 때, 시몬스가 말을 자르며 피츠휴에게 물었다. "이 우그리모프라는 남자, 미국의 체포자 명단에 있나요?"

피츠휴가 어깨를 으쓱했다. "저는 그 사람에 대해 아무것도 모르겠습니다. 마일로, 자네는?"

"명단에 없습니다." 마일로가 말했다. "미국 내에서 법을 어긴 적이 없으니까요. 마음대로 출입국 할 수 있습니다. 실제로 마음대로 출입국 하는 것 같지는 않습니다만."

시몬스가 고개를 끄덕인 후 양 손바닥을 테이블 위에 얹었다. "그 사람에 대해서는 나중에 다시 얘기해 보기로 하죠. 하지만 먼저 마음에 걸리는 것이 있어요. 당신은 그렇게 사건의 연결고리들을 파악하고 나서 톰 그레인저를 죽였다는 말인가요?"

"맞습니다."

"홧김에?"

"비슷해요."

"믿을 수 없어요."

마일로가 시몬스를 바라봤다. "자넷 씨, 저는 많은 일들을 겪었습니다. 당신에게는 저의 그런 반응이 이해가 안 갈지도 모르죠."

"그렇다면 당신은 상관을 죽임으로써 자신의 주장을 조금이나마 증명해 줄 유일한 증거를 없앤 꼴이군요."

"저는 천재가 아니니까요."

정적 속에서 갑자기 자넷 시몬스의 휴대폰이 울렸다. 시몬스는 휴대폰 액정화면을 본 다음 구석으로 걸어가 손가락으로 한쪽 귀를 막고 전화를 받았다. 다른 두 사람은 시몬스가 통화하는 광경을 지켜보았다. "그래요. 잠깐만. 천천히요. 네? 네. 아니, 그러니까 아니라고요. 안 그랬어요. 진짜에요. 저는 관계없어요. 아니, 그러지 말아요. 제가 갈 때까지 아무것도 손대지 말아요. 알겠죠? 시간은……." 시몬스는 마일로와 피츠휴 쪽을 힐끔 쳐다봤다. "30분, 아니 45분 정도 걸릴 거예요. 그때까지 기다려요. 그럼 있다가 봐요."

시몬스는 탁 소리를 내며 휴대폰을 닫았다. "지금 나가봐야겠군요."

마일로와 피츠휴가 눈을 깜빡거렸다.

"내일 다시 얘기할 수 있을까요?"

마일로가 대답할 기색이 없자, 피츠휴가 일어서며 중얼거렸다. "그렇게 하시죠."

시몬스가 고문실을 둘러보았다. "그리고 마일로 위버 씨를 다른 곳으로 옮겨야겠습니다."

"뭐라고요?" 피츠휴가 말했다.

"MCC에 독방을 하나 마련해 뒀어요. 내일 아침까지 거기로 이송하세요."

MCC란 공판 전에 죄수를 감금하는 시설인 뉴욕 메트로폴리탄 교정센터(Metropolitan Correctional Center)의 약자로, 맨해튼 남쪽의 연방수사국 옆에 위치하고 있었다.

"왜죠?" 마일로가 물었다.

"그래." 신경질이 난 표정으로 피츠휴 역시 물었다. "왜입니까?"

시몬스는 피츠휴를 바라보며 다소 위압적으로 대답했다. "당신의 전면적인 통제권이 미치지 않는 곳에서 마일로 위버 씨와 얘기를 나누고 싶기 때문이죠."

시몬스가 마술사처럼 두 사람의 시선을 사로잡자 방 안의 공기가 전부 빠져나가는 느낌이 들었다. 이윽고 그녀는 고문실을 나갔다.

마일로가 말했다. "시몬스 씨는 CIA를 신뢰하지 않나 봅니다."

"미친년." 피츠휴가 말했다. "내 심문이 언제 끝날지는 내가 정해." 피츠휴는 엄지손가락으로 마일로의 어깨를 밀쳤다. "저 여자가 왜 저렇게 열 받아서 짜증 내는지 알겠나?"

마일로가 고개를 저었다.

"자네 얼굴이 버젓이 찍힌 러시아 여권 때문이야. 미하일 예브게노비치 블라스토프라는 이름의 여권."

놀라움이 마일로의 얼굴을 뒤덮었다. 예브게니의 계획이 무언지는 모르겠지만 마일로의 비밀 생활을 노출하는 것까지 포함할 리가 없었다.

"어디서 입수한 겁니까?"

"그건 자네가 알 바 아니야."

"위조 여권일 겁니다."

"위조가 아니야. 〈회사〉도 이렇게까지 완벽하게 만들 수는 없다고."

"그래서 그게 어쨌단 말입니까?"

피츠휴가 다시 재킷 속에 손을 넣어 접힌 종이를 몇 장 꺼낸 뒤 테이블 위에 펼쳤다. 마일로는 종이에 시선을 돌리지 않은 채 피츠휴의 눈을 응시하며 무심히 물었다. "저게 뭡니까?"

"기밀 정보들. 러시아 쪽으로 새어나간 정보들이야. 새어나가기 직전에 자네 손에 있었던 정보들이지."

천천히, 마일로의 시선이 피츠휴로부터 문서로 옮겨졌다. 첫째 장에는 다음과 같이 적혀 있었다.

러시아 연방, 모스크바

사건번호: S09-2034-2B (여행업)

정보 1: (참조. 알렉산더) 데니스토프(담당관)로부터 불가리아 대사관의 기록 테이프(참조. 작전명 앤젤헤드)를 입수함. 미국 대사관을 통해 전달할 예정. 11/9/99.

정보 2: (참조. 핸델) 사망한 FSB 요원(세르게이 아렌스키)의 소지품을 입수함. 불가리아 대사관의 기록 테이프 사본 포함 (참조. 작전명 앤젤헤드). 11/13/99.

간결하게 정리된 스타일로부터 해리 린치가 작성한 문서임을 알 수 있었다. 그는 일처리가 뛰어난 〈여행중개인〉이었다. 1999년 찰스 알렉산더로 활동하던 마일로는 모스크바 주재 불가리아 대사관의 기밀 테이프를 입수한 적이 있었다. 그것은 앤젤헤드라는 작전과 관련된 테이프였다. 나흘 후 핸델이라는 〈여행객〉이, 사망한 (또는 자신이 살해한) FSB 요원의 시신에서 앤젤헤드 테이프의 사본을 찾아냈다. 마일로는 사본이 러시아 쪽으로 넘어간 경위는 알지 못했다.

그는 문서를 넘기며 나머지를 읽다가, 셋째 장에서 움직임을 멈췄다.

이탈리아, 베네치아
사건번호: S09-9283-3A (여행업)

정보 1: (참조. 알렉산더) 미화 3백만 달러를 횡령한 혐의로 프랭크 도들을 추적함. 9/10/01.

정보 2: (참조. 엘리엇) FSB 정보원(빅토르)을 통해 프랭크 도들의 미화 3백만 달러 횡령과 그것을 되찾기 위한 베네치아 작전의 실패에 대해 러시아 측이 알고 있음을 확인함. 10/8/01.

피츠휴는 위아래가 거꾸로 놓인 문서를 읽으며 말했다. "그래. 자네가 마지막으로 수행한 작전의 정보까지 모스크바에 넘어갔더군."

마일로는 문서를 피츠휴 쪽으로 돌려놓았다. "왜 그렇게 물불 안 가리십니까? 현장 요원과 관련해서 이런 문서는 얼마든지 만들어 낼 수 있습니다. 정보라는 건 새어나가기 마련이니까요. 프랑스나 스페인이나 영국 쪽으로 새어나간 정보도 얼마든지 있을 텐데요? 내기라도 할까요?"

"하지만 자네 얼굴 사진이 찍힌 프랑스나 스페인이나 영국 여권은 없지."

그 순간 마일로는 깨달았다. 피츠휴는 더 이상 마일로의 자백 따위에 관심이 없었다. 이중간첩 혐의에 비하면 살인죄는 아무것도 아니었다. 이 혐의가 입증되면 피츠휴의 경력에 황금 트로피가 추가됨과 동시에 마일로의 인생은 독방 내지 무덤으로 처박힐 것이었다.

"누가 여권을 준 겁니까?"

피츠휴는 고개를 저었다. "그건 말할 수 없지."

아니, 피츠휴는 여권을 건넨 것이 누구인지 알지 못한다. 하지만 마일로는 그것이 누구인지 잘 알고 있었고, 그로 인해 남아 있던 한 줌의 믿음마저 증발해 버릴 참이었다.

# 11

머틀 비치에서 아침을 맞은 티나는 스테파니를 데리고 바닷가로 나갔다. 잠 못 이루며 흘렸던 눈물은 이제 거의 잊혔고 마음은 어제보다 가벼웠다. 딸이 대서양의 물속에서 첨벙거리는 것을 빌려 온 안락의자에 앉아 지켜보며, 티나는 마치 남편이 바람을 피웠지만 이미 과거가 된 남편의 여자를 감시하거나 공격하는 것이 불가능해진 상황에 처한 기분이 들었다. 그것은 중학교 시절에 미국 역사에 대한 대안적 해석들을 읽다가, 포카혼타스가 식민지 시대 세력 투쟁의 노리개였고 존 롤프와 함께 런던으로 갔다 다시 미국으로 돌아오는 항해 도중에 폐렴인가 결핵으로 사망했음을 알았을 때와 비슷한 기분이었다.

하지만 그 당시 무너져버린 조국의 신화가 티나를 젊은이 특유의 독선과 분노로 가득 채웠다면, 지금 산산조각이 난 남편에 대한 믿음은 그녀에게 모욕과 자괴감만을 안겨 주었다. 티나는 자신이 잘한 일이 한 가지 있다면, 그것은 함께 달아나자는 마일로의 마지막 부탁을 거절한 것이었음을 깨달았다.

그런 기분은 라 과디어 공항에 내려 브루클린으로 가는 공항 셔틀버스를 탈 때 더욱 강렬해졌다. 거리는 숨이 막혔고, 익숙한 가게 앞 풍경은 지난날이 던지는 비난처럼 느껴졌다. 이제 티나의 삶은 지나간 것과 새로운 것으로 나누어졌다. 무지했기에 황홀했던 지난 인생과 알아버렸기에 끔찍한 새로운 인생.

티나는 한 톤은 되어 보이는 짐을 끌고 딸의 뒤를 따라 걸었다. 스테파니는 집 열쇠를 흔들며 계단을 뛰어 올라갔다. 티나가 두 번째 층계참에 이르렀을 때 이미 문 앞에 도착한 스테파니가 집에 들어갔다가 나오더니 난간에 코를 누른 채 말했다. "엄마."

"왜 그러니?" 티나가 가방을 어깨너머로 젖어지며 물었다.

"집이 완전히 엉망이 됐어. 아빠가 돌아왔나?"

티나는 형용할 수 없는 희망으로 가득 차, 가방을 내던지고 계단을 뛰어올랐다. 거짓말을 했건 안 했건, 마일로가 돌아온 것이었다. 하지만 눈앞에 펼쳐진 광경은 현관 옆 테이블의 뽑혀 뒤집힌 서랍들과 바닥에 널브러진 동전, 버스 티켓, 음식점 배달 메뉴, 열쇠들이었다. 벽에서 떼어 내어진 테이블 위의 거울은 찢긴 뒷면의 종이를 드러낸 채 앞뒤가 뒤집혀 있었다.

티나는 스테파니에게 현관에서 기다리라고 말한 뒤 방을 하나하나 살폈다. 마치 길 잃은 코끼리가 침입한 듯한 파괴의 현장. 그녀는 '티나, 정신 차려. 코끼리가 어떻게 계단을 올라올 수 있겠어.' 라며 자신을 다그쳤다. 신경 발작이 일어날 지경이었다.

티나는 시몬스가 주었던 번호로 전화를 걸었고, 시몬스는 차분하게 자신은 그 난장판과 관계가 없으며 바로 갈 테니 아무것도 건드리지 말라고 지시했다.

"아무것도 만지지 마." 티나가 전화를 끊으며 외쳤지만 스테파니는 현관에 보이지 않았다. "애, 어디 있니?"

"화장실." 짜증 난 듯 대답이 들려왔다.

스테파니와 나는 이런 일들을 얼마나 더 견딜 수 있을까? 티나는 스테파니에게 급작스럽게 늘어난 식구들, 즉 새로이 등장한 증조할아버지와 디즈니 월드에서 이미 만난 적이 있는 할아버지에 대해 말하지 않았다. 하지만 영리한 스테파니는 그날 아침 호텔에서 티나에게 물었다. "어제 할아버지랑 할머니들 사는 데서 누구랑 얘기한 거야?"

티나는 딸에게 계속 거짓말로 일관할 수가 없어서 짧게 대답했다. "아빠에 대해 알고 있을지도 모르는 분."

"아빠한테 도움이 되는 거야?" 얘기해 준 적이 없음에도 스테파니는 마일로가 곤경에 처했음을 직감하고 있었다.

"응, 그럴 거야."

티나는 스테파니를 세르지오 피자로 데려가 콜라를 사준 다음 패트릭에게 전화를 걸었다. 그가 술도 취하지 않았고 정신도 말짱한 것 같았기 때문에 그녀는 패트릭에게 피자 가게로 와달라고 부탁했다.

시몬스보다 먼저 패트릭이 도착했고, 세 사람은 함께 티나의 아파트로 돌아갔다. 스테파니의 방은 그나마 괜찮았기에 티나는 스테파니에게 방에서 소지품을 살피도록 한 다음, 패트릭에게 그동안의 일들을 남김없이 들려주었다. 얘기를 들은 패트릭은 시몬스가 도착하기 전에 몹시 흥분한 상태가 되었다. 마일로를 향해 질투심을 불태웠던 순간에조차, 그는 그런 어마어마한 일들이 있으리라고는 상상하지 못했던 것이다. 이제 그는 마일로에 대한 비난을 퍼붓는 대신 눈물을 흘리는 티나를 달래야 했다. 그때, 시몬스가 현관으로 들어왔고 패트릭이 고개를 돌렸다.

"이 난장판은 당신들 짓이라는 게 뻔하니까, 굳이 안 했다고 말할 필요 없어요. 당신들 말고 달리 누가 있겠어?"

시몬스는 다그치는 사내를 무시하고 집을 둘러보다가, 스테파니를 발견하고 미소를 지으며 인사를 했다. 그녀는 조그만 캐논 카메라를 들고 방들을 하나하나 촬영했다. 구석에 서서 다양한 각도로 사진을 찍은 뒤, 쭈그리고 앉아 분해된 TV, 산산조각이 난 꽃병(티나는 그것이 부모에게서 받은 선물이라고 했다), 잘게 찢어진 소파 쿠션, 부서진 작은 금고 따위를 살폈다. 금고 안에 있던 얼마 안 되는 귀금속은 도난당하지 않은 채 그대로 들어 있었다.

"사라진 물건은 없나요?" 시몬스가 다시 물었다.

"없어요." 이런 난장판을 벌여놓고도 가져갈 가치가 있는 물건이 아무것도 없었다는 사실 또한 썩 기분 좋은 일은 아니었다.

"알겠어요." 시몬스가 몸을 곧게 폈다. "전부 기록했습니다. 이제 집을 정리하도록 하죠."

그들은 빗자루와 쓰레받기, 그리고 시몬스가 편의점에서 사온 대형 쓰레기봉투를 들고 청소를 시작했다. 조각난 거울 옆에 쭈그리고 앉아 자신의 모습이 비치는 파편들을 줍던 시몬스는 상냥한 목소리로 말했다. "티나 씨?"

티나는 드라이버를 가지고 TV의 뒤판을 다시 제자리에 끼워 넣고 있었다. "네?"

"〈회사〉 사람들이 며칠 전에 왔었다고 했죠? 제가 방문하기 이틀 전에요."

"맞아요."

시몬스는 TV가 있는 곳을 향해 걸어갔다. 유리와 도자기의 깨진 조각을 주워담고 있던 패트릭이 시몬스에게 비난의 눈초리를 보냈지만, 그녀는 그의 시선을 무시했다. "〈회사〉 사람들이었다는 걸 어떻게 알았죠?"

티나는 드라이버를 바닥에 떨군 후 손목으로 이마에 흐르는 땀을 닦아냈다. "무슨 말씀이에요?"

"자기들이 〈회사〉에서 왔다고 그러던가요? 아니면 당신이 짐작한 건가요?"

"그 사람들이 그렇게 말했어요."

"ID 카드를 제시하던가요?"

티나는 잠시 생각하더니 고개를 끄덕였다. "네, 현관에서. 한 명은 짐 피어슨, 다른 한 명은…… 맥스 뭐라는 이름이었는데…… 성은 기억이 안 나는군요. 폴란드 쪽 이름 같아요."

"무슨 질문을 하던가요?"

"요원님께서는 이미 아실 텐데요?"

"아니요. 모릅니다."

티나가 TV 뒤에서 나와 소파로 걸어가 앉았다. 패트릭은 어떻게 하면 시몬스에게 저항적인 모습을 보일 수 있을까 궁리한 끝에, 티나의 뒤로 다가가 그녀의 어깨에 손을 얹었다. "또 심문할 작정입니까?"

"네." 시몬스가 말했다. 그녀는 처음 심문 때와 마찬가지로 소파 맞은 편 의자에 앉았다. "티나 씨, 쓸데없을지도 모르겠지만, 그 사람들이 무슨 질문을 했는지 알아야겠어요."

"그 사람들이 집을 이렇게 만들었다고 생각하시나요?"

"네, 아마도."

티나는 기억을 떠올리며 생각에 잠겼다. "평이한 질문들로 시작했어요. 마일로가 어디 있는지를 물었죠. 그리고 오스틴에서 마일로와 무슨 얘기를 했었는지도요."

"그가 함께 떠나자고 제안했을 때 말이군요." 시몬스가 거들며 말했다.

티나는 고개를 끄덕였다. "저는 〈회사〉 사람들에게 이미 알려줬다고 말했죠. 물론 요원님 쪽 사람들에게도 얘기했지만. 아무튼 그들은 혹시 제가 빠트린 부분이 있을지도 모른다면서, 도움이 될 테니 다시 얘기해 달라고 했죠. 그 사람들 사실 굉장히 상냥했어요. 고등학교에 있는 진로 상담사들처럼. 짐 피어슨이라는 사람은 목록에 적힌 항목들을 읽으면서 그중에 제가 아는 것이 있는지 물어봤어요."

"목록이라고요?"

"작은 스프링 공책에 적혀 있었죠. 대부분 이름들이었어요. 제가 모르는 사람들의 이름이었죠, 한 명만 빼고."

"그건 누구였죠?"

"우그리모프. 로만 우그리모프. 전에 말씀드렸었죠? 제가 베네치아에서 만났던 남자 말이에요. 그들이 왜 우그리모프의 이름을 들먹였는지는 모르겠지만, 어쨌건 시키는 대로 사실을 얘기했어요. 한 번 만난 적이 있는데, 그 사람이 여자아이를 죽였고 그래서 싫어한다고요. 언제였냐고 묻길래 2001년이라고 대답했죠. 우그리모프에 대한 얘기는 그것을 끝으로 더 물어보지 않았어요." 티나가 어깨를 으쓱했다.

"그 밖에 어떤 이름들이 거론됐죠?"

"거의 외국계 이름이었어요. 롤프 윈터…… 뭐라더라……?"

"빈터버그?"

"맞아요. 스코틀랜드 쪽 이름도 있었는데…… 그렇지, 피츠휴."

"테렌스 피츠휴?"

티나는 다시 고개를 끄덕였다. 시몬스는 얘기를 계속 듣고 싶다는 표정을 지었다. "피츠휴라는 사람에 대해 아는 게 없다고, 누군지도 모르겠다고 말했지만 그들은 믿지 않더군요. 왜인지 모르겠어요. 빈터버그를 모르는 것은 그렇다 쳐도 피츠휴를 모른다는 것은 납득이 안 간다는 반응이었죠." 티나는 고개를 흔들었다. "이렇게 말하더군요. '마일로 씨한테서 피츠휴와 돈 문제에 대해 들은 적이 없습니까?' 저는 그런 적 없다고 대답했죠. 그랬는데도 저를 계속 몰아붙이더라니까요. 그러다가 짐 피어슨이 '그 얘기는 못 들어보셨나요? 피츠휴가 제네바에서 장관과…….' 라면서 뭔가 물어보려 했지만, 맥스가 그의 팔을 치며 말을 막았죠. 마침내 제가 짜증이 치밀어 오를 대로 올랐다는 것을 눈치채고는 짐을 챙겨서 떠나더군요."

티나의 말을 들으며 시몬스는 다시 블랙베리를 꺼낸 다음 "짐 피어슨과 맥스……."라고 적어 넣었다.

"성은 모르겠어요."

"어쨌건 〈회사〉 ID 카드를 제시했다는 거죠?"

"네. 제가 보기엔 진짜 같았어요. 마일로의 ID 카드는 많이 봤으니까요. 주머니에 있는 걸 꺼내지 않아서 세탁기에 같이 넣어버릴 때가 종종 있었거든요."

"그 사람들 왜 피츠휴에 대해 궁금해하는지는 얘기하지 않던가요?"

티나는 고개를 저었다. "맥스는 자기들이 말을 너무 많이 했다고 생각한 것 같아요." 티나는 잠시 말을 멈췄다. "정말 그 사람들이 집을 이 지경으로 만들었을까요? 짜증 나는 사람들이긴 했지만 이런 짓을 할 사람들 같진 않았는데."

"말했잖아요, 티나 씨. 국토안보부는 아니에요. 가택 수색 계획이 있었다면 제가 몰랐을 리가 없죠."

"〈회사〉는요?"

"〈회사〉일지도 모르지만, 제가 아는 한 그쪽에도 이런 계획은 없었어요."

티나가 빙긋이 웃음을 지었다. "아직 서로 협력은 하시나 봐요?"

"네." 시몬스가 일어서며 대답했다. "좋아요. 일단 집 정리를 마칩시다. 혹시라도 낯선 물건이 발견되거든 알려주세요."

그들은 전자 제품들을 재조립하고, 깨진 액자들을 주워담고, 쿠션의 속을 다시 채워 넣었다. 그것은 모두에게 힘든 작업이었고, 어느덧 세 시간이 지났다. 작업을 반 정도 마쳤을 때 패트릭은 가지고 있던 보드카 병을 열었다. 시몬스는 정중히 사양했지만, 티나는 기다란 잔에 보드카를 따라 한입에 털어 넣었다. 집 정리가 진행되는 동안, 스테파니는 이 모든 광경을 짜증스럽게 지켜보며 자기 방에서 인형들을 제자리에 재배치했다. 7시가 되어 정리가 끝날 무렵, 스테파니가 방에서 라이터 하나를 들고 나왔다. 워싱턴 D. C. 펜실베이니아 노스웨스트 애비뉴 1401번지에 있는 "라운드 로빈"이라는 술집의 홍보용 라이터였다.

"이건 어때요?" 시몬스가 고무장갑을 낀 손으로 라이터를 들고 이리저리 살펴보며 말했다.

"그게 뭐죠?" 티나가 물었다. 눈앞의 물리적 증거를 보자 아드레날린이 분출되는 듯했다.

"영문을 알 수 없는 물건이군요." 시몬스는 라이터를 불빛 가까이 가져갔다. "이 술집 어딘지 알아요. 거물급 정치인들의 단골 술집이죠. 하지만 지금 사건과는 관련이 없을지도……."

"어설픈 요원들이군요." 티나가 말했다. "물건을 흘리고 다니다니."

시몬스는 라이터를 지퍼락 봉지에 담아 주머니에 넣었다. "요원들이 얼마나 칠칠맞은지 상상도 못하실 거예요."

"저는 알 것 같습니다." 패트릭이 단호하게 말했다. 대화에서 따돌림을 당한 패트릭의 처지가 처량하여 티나는 하마터면 웃음이 나올 뻔했다.

시몬스가 떠날 채비를 하는데 휴대폰이 울렸다. 그녀는 부엌으로 가서 전화를 받았다. 한순간, 평소의 시몬스 요원답지 않은 들뜬 목소리가 들려왔다. "정말이에요? 뉴욕에? 아주 좋아요!"

시몬스가 본래의 사무적인 얼굴을 한 채 부엌에서 나왔다. 그녀는 패트릭에게 도와줘서 고맙다는 인사를 한 다음, 티나를 따로 현관 쪽으로 불러내어 다음 날 아침에 예브게니 프리마코프를 만나게 됐음을 알려줬다. 티나는 발이 땅에 얼어붙는 것 같았다. "그 사람이 뉴욕에 있다고요?"

"유엔 본부로 올 거예요. 약속 시각은 아침 9시. 같이 만날래요?"

티나는 잠시 고민하다가 고개를 저었다. "도서관에 가 봐야 해요. 그동안 못한 일들을 처리해야 하거든요." 그녀는 말을 멈췄다. 시몬스는 그녀의 거짓말을 간파하고 있었다. 사실, 티나는 두려웠던 것이다. "하지만 나중에 요원님이…… 아…… 모르겠어요……."

"만남에 대해 전부 알려드릴게요. 그럼 괜찮겠죠?"

"글쎄요……." 티나가 말했다. "괜찮겠죠."

# 12

피츠휴는 마일로의 음식을 배달시켰던 33번가의 중국 음식점에서 식사를 했다. 그는 다른 손님들을 피해서 구석 자리에 앉아, 살이 넥셀을 통해 보낸 메시지를 찬찬히 살펴보았다.

저녁 6시 15분 J 시몬스가 국토안보부 부장대리에게 테렌스 A 피츠휴의 은행 및 통화 기록을 액세스할 권한을 요청함. 현재 심사 중.

사천풍 닭요리를 먹으며 피츠휴는 생각에 잠겼다. 그의 감이 맞았다. 시몬스는 그를 전혀 신뢰하고 있지 않았다. 불신은 그녀의 목소리와 그를 대하는 모습에 여실히 드러나 있었다. 그것은 단순한 기관 간의 경쟁의식이 아니라 흡사 적을 대하는 듯한 강도 높은 경계심이었다. 그런데 지금, 시몬스는 심지어 국토안보부장에게 피츠휴의 개인 기록을 조사할 권한을 요청한 것이다.

피츠휴는 시몬스의 시도를 꺾기 위해 전화를 한 통 걸었다. 이제 그녀의 요청은 틀림없이 거절될 것이다.

그럼에도 피츠휴는 여전히 자신이 수세에 몰린다는 꺼림칙한 기분을 떨칠 수 없었다. 마일로 위버를 끝장내고 수사를 종결하여 잠재적인 위협을 제거하기 위해서는, 자신이 공격자의 입장에서 모든 것을 통제해야 하는 상황이었던 것이다.

여권. 그것이 비장의 카드였다. 피츠휴는 누가 여권을 보냈는지 여전히 파악하지 못했다. 감식 결과에서 한 올의 흰 머리카락이 나왔을 뿐이었다. 단백질을 다량 섭취한 쉰에서 여든 살 사이의 백인 남성. 하지만 첩보 요원의 절반은 그 조건에 해당될 터였다. 피츠휴는 더 이상 고마운 제보자에 대해서는 생각하지 않기로 했다. 집중해야 할 것은 시몬스가 지금까지의 수고를 물거품으로 만들기 전에 사건을 종결하는 것이었다.

그때 낯선 이가 다가와 프랑스어로 말을 거는 바람에, 피츠휴의 사고의 흐름이 끊겼다. "오랜만입니다." 남자가 손을 내밀어 악수를 청했다. 고민의 바닷속에 잠겨 있던 피츠휴는 남자의 느닷없는 출현에 당황하며 손을 내밀었다. 그의 눈앞에는 육십 대 정도로 보이는 하얀 곱슬머리의 잘 생긴 남자가 서 있었다. 어디서 만난 사람이더라?

"실례지만……." 악수를 하며 피츠휴가 말을 꺼냈다. 왠지 낯익은 얼굴이었지만 도무지 알 수가 없었다. "저를 아시나요?"

남자가 미소를 거두며 언어를 영어로 바꿨다. 그는 영어가 모국어는 아닌 듯했지만 유창하게 구사했다. "저기……, 버나드 씨 아닌가요?"

피츠휴는 고개를 저었다. "죄송하지만 사람을 잘못 보셨군요."

남자가 손바닥을 앞으로 들어 올려 보이며 말했다. "아닙니다. 제가 실수를 했군요. 방해해서 죄송합니다."

남자가 식당을 걸어나갔다. 피츠휴는 그가 자기 자리로 돌아갈 거라고 생각했지만, 그는 식당 문을 열고 밖으로 나갔다. 일부러 식당 안으로 들어온 것을 보니 피츠휴를 버나드라는 친구로 단단히 착각한 모양이었다. 프랑스인인가? 아니, 그의 억양에는 슬라브계의 느낌이 있었다. 체코 사람인가?

* * * * *

도시 외곽으로 열한 블록 떨어진 그랜드 하얏트 호텔의 23층에서 시몬스는 시트를 벗겨낸 침대 위에 앉아 국토안보부 데이터베이스에 검색어를 집어넣으며 짐 피어슨이라는 〈회사〉 요원의 기록을 뒤졌다. 검색된 정보는 아무것도 없었다. 비슷한 이름들로도 검색해 봤지만 여전히 아무것도 나오지 않자, 시몬스는 〈여행중개소〉에 심어둔 매튜에게 메시지를 보내어 CIA 본부 컴퓨터를 확인하도록 부탁했다. 국토안보부가 기록을 입수하지 못한 것인지도 몰랐다.

시몬스는 답장을 기다리며 예브게니 프리마코프에 관한 정보를 살펴보았다. 다음 날 아침이면 유엔 총회 건물 로비에서 그를 만날 수 있다. 이것은 조지의 표현을 빌리자면 황당하리만치 믿기지 않는 일이었다.

실로 그랬다. 유엔 웹사이트에는 예브게니 프리마코프가 브뤼셀의 안전보장 이사회 군사참모위원회 재무부 소속이라고 소개되어 있었다. 회계 담당이라고? 거짓말이다. 그가 뉴욕에 온 것은 환상적인 우연의 일치일까? 아니면 미국 측이 자신을 불러들여 아들과 관련된 질문을 던지리라 예상했기 때문일까?

시몬스는 국토안보부 웹사이트의 보안 페이지에 접속하여, 한때 KGB의 대령이었던 예브게니 알렉산드로비치 프리마코프의 대략적인 약력을 검색해 냈다. 1959년 KGB에 들어가 60년대 중반에 스파이 활동을 시작. 알려진 활동지는 이집트, 요르단, 서독과 동독, 프랑스, 영국. 소련이 몰락하고 KGB가 FSB로 탈바꿈했을 때, 조직에 남아 군사방첩防諜부의 부장으로 근무. 그러던 중 2000년이 되었을 때 FSB를 그만두고 유엔에서 새로운 일을 시작.

그 밖에 입수된 정보는 거의 없었다. 단지 2002년 유엔의 미국 대표가 프리마코프의 배경 확인을 요청한 적이 있었는데, 그 이유나 결과 보고는 나와 있지 않았다.

지난 몇 년간 국토안보부는 과거와 현재의 테러 사건들과 관련된 FBI의 자료를 입수하고 있었다. 시몬스는 그 자료들을 모아 놓은 하위 메뉴에서 엘렌 퍼킨스에 관한 정보를 발견했다. 엘렌이 범죄 두 건의 공범으로서 결석 상태에서 유죄 판결을 받았다는 내용이었다. 한 건은 1968년 해리스 은행 시카고 지점 강도 사건, 다른 한 건은 1969년 밀워키 제7지구 경찰 본부 방화 미수 사건이었다. 그녀는 캘리포니아 오클랜드에서 최종 목격된 뒤 종적을 감췄다.

윌리엄 퍼킨스는 엘렌, 즉 당시의 엘자 퍼킨스가 독일에서 은행 강도를 저질렀다고 말했었다. 하지만 뜻밖에도 FBI의 자료에는 그 사건에 관한 정보가 없었다. 시몬스가 구글 검색 엔진에 "엘자 퍼킨스 독일 무장 강도" 라는 단어들을 집어넣자 70년대 독일 테러리스트 집단들의 역사를 소개하는 사이트가 검색되었다. 바더 마인호프, 독일 적군파, 사회주의 환자집단, 그리고 "6월 2일 운동". 6월 2일 운동의 구성원 명단에는 미국인 엘자 퍼킨스가 포함되어 있었다. 웹사이트에는 그녀에 관해 다음과 같이 적혀 있었다.

> 1972년 10월에 6월 2일 운동에 합류. 카리스마적인 인물 프리츠 토이펠의 권유를 받은 것으로 추정. 타 구성원들에 비해 비교적 오랜 기간 활동했으나, 1979년에 체포되어 슈투트가르트의 슈탐하임 교도소에 수감. 같은 해 12월, 감방에서 자살.

* * * * *

고문실의 문이 열리고 세 명의 경비원이 들어왔다. 로렌스의 한쪽 눈의 붓기는 이제 가라앉고 있었다. 로렌스는 들고 있는 수갑과 족쇄를 마일로의 손목과 발목에 채웠다. 경비원들은 비틀거리는 마일로를 끌고 복도를 지나 엘리베이터를 탄 뒤, 카드 열쇠를 이용하여 지하 3층의 주차장으로 내려갔다.

경비원들은 영화 속 무장경찰들이 사용할 법한 하얀색 밴에 마일로를 태웠다. 뒷좌석에는 길쭉한 철제 의자 두 개가 놓여 있었다. 로렌스는 의자에 뚫린 구멍들로 마일로의 수갑과 족쇄의 사슬을 묶어 넣었다. 차는 거리로 나와 남쪽을 향했다. 선팅된 차창 너머로 지금이 밤임을 알 수 있었다. 마일로가 오늘이 금요일인지 토요일인지를 묻자, 건너편에 앉은 로렌스가 손목시계를 보며 대답했다. "아직 금요일이야. 이제 곧 토요일."

"눈은 어때? 좀 나아 보이기는 하는데……."

로렌스가 눈을 만지작거렸다. "참을 만해."

밴은 맨해튼 남부의 폴리 광장에서 골목으로 접어든 후, MCC 건물을 돌아 지하의 보안 주차장으로 내려갔다. 밴의 운전자가 신분증과 죄수 이송 명령서를 제시하자, 주차장 경비원들은 차단 장치를 들어 올려 그들을 통과시켰다. 밴은 철제 엘리베이터 옆에 멈춰 섰다. 이윽고 엘리베이터의 문이 열리자 그들은 마일로의 결박을 풀고 엘리베이터에 올라탔다.

"여기는 룸서비스 같은 거 해줄까?" 마일로가 순진한 얼굴로 물었다.

두 명의 경비원이 어리둥절한 눈으로 마일로를 바라보았다. 로렌스가 웃으며 대답했다. "적어도 1인실은 줄 거야."

"오기 전에는 안 그랬나?"

"여하튼."

* * * * *

컴퓨터에서 이메일 수신을 알리는 신호음이 울렸다. 매튜의 답장이었다. 짐 피어슨이라는 〈회사원〉의 기록이 있기는 하지만, 마흔 살이었던 1998년에 신친성 심장병으로 사망했다는 내용이었다.

따라서 티나가 만난 짐 피어슨은 〈회사원〉이 아니라는 사실이 밝혀졌다. 위조 신분증 하나면 손쉽게 할 수 있는 일이니 놀라울 것은 없었다.

국토안보부에도 짐 피어슨이라는 요원은 없었다. 그렇다면 다음 단계는? 바로 스테파니가 자기 방에서 발견한 라이터. 라운드 로빈. 워싱턴의 정치가들과 그 수행원들의 단골 술집.

시몬스는 인터넷 브라우저 창 두 개를 열어 하원의원과 상원의원의 데이터베이스에 접속한 뒤, 직원 명단에서 짐 피어슨이라는 이름을 검색했다. 하원의원 쪽에는 아무 결과가 없었지만, 상원의원 쪽에서 "짐 피어슨"이 검색되었다. 미네소타 주의 공화당 상원의원 네이선 어윈의 일정 담당관. 사진은 없었다. 시몬스는 링크를 통해 네이선 어윈의 홈페이지로 들어가 그 밑에서 일하는 스무 명의 임원들을 하나하나 살폈다. 역시 짐 피어슨의 이름이 있었고, 그 몇 줄 위에 "막시밀리안 그리보브스키"라는 입법 담당관의 이름이 보였다. 바로 티나가 경황이 없어서 기억하지 못한 생소한 폴란드계 이름이었다.

* * * * *

피츠휴가 맨스필드 호텔 방에 돌아와 있는데, 10시경에 휴대폰이 울렸다. 그는 스카치위스키 한 병을 들고 오긴 했지만 과음은 삼가고 있었다. "칼로스?" 상원의원의 경직된 목소리가 들렸다.

피츠휴가 헛기침을 한 뒤 물었다. "처리됐습니까?"

잠시 정적이 흘렀다. "그런 요청은 없었다더군."

"잠깐만요. 무슨 말씀입니까?"

"다시 말해, 칼로스, 자네 때문에 내가 바보가 됐다는 거야. 기껏 높으신 나리께 부탁을 했는데, 그 사람이 한다는 말이 아무도 자네 뒤를 캔 적이 없었다는 거야. 아무도 그런 요청은 하지 않았다고. 분명히 말해두겠는데, 그런 사람들한테 부탁을 할 수 있는 기회는 많지 않아. 자네 덕분에 소중한 기회 한 번을 허비해 버렸어."

"만일 그런 요청이 없었다면……." 피츠휴가 말을 꺼냈지만 상원의원은 이미 전화를 끊은 상태였다.

피츠휴는 구토가 밀려오는 것 같았다. 하지만 그것은 네이선 어윈 의원이 화를 냈기 때문은 아니었다. 오랫동안 워싱턴에서 일했던 그는 상원 의원들의 분노라는 건 그들에게 뭔가 좋은 일을 해주는 순간 바로 풀어진다는 점을 잘 알고 있었다. 피츠휴의 기분을 불편하게 한 것은 적절한 채널로 전달된 살의 메시지가 잘못된 정보였다는 사실이었다. 6년간 국토안보부에 심어진 살은 〈여행업〉 최고의 정보원이었다. 그의 정보에 빈틈이 있었던 적은 한 번도 없었다. 그런데 하필 지금, 이런 오류가 발생한 것이다.

'아니면…….' 피츠휴는 위스키를 들이켜며 걱정스레 생각했다. '국토안보부가 살의 정체를 파악하고는 〈여행중개소〉로 허위 정보를 보내도록 하는 건지도 모른다. 과연 그럴까?'

피츠휴는 위스키를 옆으로 치우고 노트북을 끌어당겼다. 전원을 켜고 넥셀 계정에 접속할 때까지 시간이 걸렸다. 그는 서둘러 살에게 보낼 간결한 이메일을 작성했다.

잘못된 정보로 판명됨. 실수한 것인지, 계획이 변경된 것인지 답변바람.
또는 정체가 발각되었는지 알려주기 바람.

피츠휴는 트랙패드 버튼을 강하게 눌러 이메일을 발송했지만, 곧 실수라는 것을 깨달았다. 만일 살의 정체가 발각되었다면 국토안보부는 이미 살의 계정을 감시하고 있을 것이다. 그렇다면 그들은 어떤 조치를 취할 것인가? 살의 이름으로 답장을 보낼까? 아마 그럴 것이다. 그 답장을 보고 살의 정체가 발각되었는지를 알 수 있는 방법은? 국토안보부는 나의 판단을 어떤 방향으로 유도할 것인가?

# 13

택시는 아침의 차량들을 뚫고 1번 애비뉴에 이르러 라울 발렌베리 산책로에 멈췄다. 택시에서 내린 시몬스는 황급히 잔디밭을 가로질러 사복 차림의 보안 요원들과 뉴욕 경찰관들을 지나쳤다. 이제 곧 9시였다. 그녀는 여행객들의 긴 대기열을 뚫고 금속탐지기가 기다리는 출입구로 갔다. 베트남인 경비원에게 국토안보부 ID 카드를 제시하자 시몬스를 유니폼 차림의 두 명의 여성에게로 안내했다. 여자들은 맨손과 폭발물 탐지기를 이용하여 시몬스의 몸을 샅샅이 검색했다.

유엔 총회 건물 안에는 60년대 스타일의 길쭉한 로비가 있었다. 역대 사무총장들의 초상화, 낮은 가죽 소파, 슬로건이 적힌 현수막, 예정된 행사들의 목록 따위가 로비 이곳저곳을 장식하고 있었다. 시몬스는 늘어뜨려진 푸코의 진자 아래로 걸어 들어갔다. 시몬스에게는 예브게니 프리마코프의 사진이 없었으므로, 그가 그녀를 찾아오기를 잠자코 기다릴 수밖에 없었다. 그는 분명 시몬스의 얼굴을 알고 있을 터였다. 오바크의 말에 따르면 이 약속 장소도 프리마코프 자신이 정한 것이었다.

시몬스의 눈앞으로 다양한 인종과 국적의 얼굴들이 지나갔다. 여러 유엔 회원국들 출신의 직급이 낮은 직원들과 인턴들이었다. 시몬스는 이혼하고 얼마 되지 않아 무언가 특별한 것이 있으리라 기대하며 이곳을 방문한 적이 있었다. 당시 그녀는 잠시나마 국제주의적인 온기를 느꼈고, 국가들의 혼합체인 이곳에서 일해보고 싶다는 생각까지 했었다. 하지만 그 후 시몬스는 대부분의 미국인들이 그렇듯 유엔의 성공담보다는 실패담을 더 자주 접하게 되었고, 그녀를 찾아온 국토안보부의 모집자로부터 신설된 국토안보부에는 다른 기관들을 괴롭히는 불필요한 행정절차 따위는 없다는 설명을 듣고 나서, 결국 자신의 천성에 어울리는 애국을 택했다.

"위를 보세요." 나이 든 남자가 다가오더니 웃으며 시몬스에게 말했다. 러시아 억양이었다.

시몬스는 고개를 들었다. 금도금이 된 구형 물체가 철삿줄에 매달려 흔들리고 있었다.

"참으로 훌륭한 장식품입니다." 프리마코프도 진자를 올려다보며 등 뒤로 손을 움켜잡은 채 말했다. "우리 눈앞에 있는 사물들의 모습과는 달리 지구가 돌고 있다는 물증이죠. 우리가 보고 느끼는 것이 늘 완벽한 진실은 아니라는 점을 깨닫게 해줍니다."

시몬스는 예의상 진자를 잠시 쳐다보다가 손을 내밀었다. "국토안보부에서 일하는 자넷 시몬스라고 합니다."

프리마코프는 악수를 하는 대신 그녀의 손가락 마디를 자신의 입술로 가져가 키스를 했다. "유엔에서 일하는 예브게니 알렉산드로비치 프리마코프입니다. 잘 부탁드립니다."

프리마코프가 잡은 손을 풀자, 시몬스는 손을 자신의 블레이저 주머니에 집어넣었다. "프리마코프 씨의 아들 마일로 위버에 대해 묻고 싶은 게 있습니다."

"마일로 위버?" 프리마코프는 말을 멈췄다. "저에게는 당신 나이 정도의 멋진 딸이 둘 있답니다. 한 명은 베를린의 소아과 의사이고 다른 한 명은 런던에서 변호사 일을 하고 있죠. 하지만 아들이라……." 그는 미소 지으며 고개를 저었다. "아들은 없습니다."

"1970년에 엘렌 퍼킨스와의 사이에서 낳은 아드님을 모르시나요?"

프리마코프는 변함없이 자신감 있는 환한 미소를 지은 채 말했다. "혹시 배고프십니까? 저는 아침을 못 먹었거든요. 미국에서 아침을 거르는 것은 상상도 못할 일이죠. 미국 특유의 성대한 아침식사는 세계 요리사에 큰 공헌을 했다고 생각합니다."

시몬스는 어렴풋이 웃음을 지었다. "맞아요. 그럼 아침 식사하러 갈까요?"

두 사람은 함께 잔디밭을 가로질렀다. 이따금 프리마코프는 서류가방을 들고 반대방향으로 걸어가는 사람들에게 고갯짓으로 인사를 했다. 자신의 영역인 이곳에서 인정을 받는 위치에 오른 프리마코프로서는 국토안보부 요원 하나가 과거의 비밀을 들먹이며 위협을 한다고 해도 마음 졸일 이유가 없었다. 하지만 그의 한 가지 움직임만큼은 긴장되어 보였는데, 그것은 이따금 두툼한 손가락을 들어 올려 파리를 쫓듯 뺨을 훑는 동작이었다. 그것을 제외하면 회색 정장과 푸른색 넥타이, 딱 들어맞는 의치를 한 프리마코프의 모습은 고풍스러운 우아함 그 자체였다.

프리마코프가 시몬스를 데려간 곳은 미국 스타일을 표방한 값비싼 식당으로, 별도의 아침식사 메뉴가 제공되고 있었다. 안내원이 창가 자리를 권하자 프리마코프는 입술을 핥으며 손으로 뺨을 두드린 후 구석 칸막이 공간을 부탁했다.

프리마코프는 스크램블드에그, 토스트, 소시지, 햄, 감자튀김으로 구성된 "헝그리 맨" 메뉴를 주문했고 시몬스는 커피 한 잔을 시켰다. 프리마코프는 시몬스에게 다이어트 중이냐며 농담을 했다. "시몬스 씨는 몸매가 훌륭하시니 굳이 그러실 필요 없습니다. 오히려 조금 체중을 늘리셔도 좋을 정도예요."

시몬스가 남자로부터 이런 말을 듣는 것은 무척 오래간만의 일이었다. 그녀는 웨이트리스를 불러 잉글리쉬 머핀을 하나 주문했다.

음식이 나오기 전에 두 사람은 프리마코프의 이력에 대해 얘기를 나눴다. 그는 자신이 KGB에서 대령의 지위까지 올랐고 FSB에서도 그 계급을 유지하며 일을 지속했다는 사실을 거리낌 없이 인정했다. 그가 자신의 조직에 환멸을 느낀 것은 90년대 중반이었다. "러시아가 자국 기자들까지 살해했다는 것을 아십니까?"

"들은 적이 있어요."

프리마코프는 고개를 저었다. "슬픈 일입니다. 하지만 내부에서는 막을 방법이 없지요. 그래서 이런저런 선택지들을 고민하다가 새로운 천 년이 도래하는 2000년에 자국의 하찮은 이익보다 넓은 세상을 위해 일하기로 결정했습니다."

"훌륭한 결정 같군요." 시몬스는 자신에게도 그런 선택지가 있었음을 상기하며 말했다. "하지만 유엔은 무력하죠."

프리마코프는 두꺼운 눈썹을 치켜세우며 고개를 끄덕여 시몬스의 의견에 동의했다. "신문에는 실패한 얘기들만 실릴 뿐이지요. 성공담들은 재미가 없으니까요."

따끈한 요리가 담긴 접시들을 들고 웨이트리스가 돌아왔다. 프리마코프가 식사를 시작하자 시몬스가 말했다. "저는 한 가지 사실을 알고 싶을 뿐이에요. 예전의 과오 따위는 관심 없어요. 제가 알고 싶은 것은 마일로 위버의 정체입니다."

음식을 씹으며 프리마코프는 시몬스를 바라봤다. "그렇군요. 아까 당신이 말한 그 마일로라는 사람……."

시몬스는 나름대로 한껏 애교 있는 미소를 지으며 말했다. "부탁입니다, 예브게니 씨. 엘렌 퍼킨스 얘기부터 시작해 볼까요?"

시몬스를 바라보던 프리마코프는 먹고 있던 음식으로 시선을 옮긴 다음, 과장된 어깻짓과 함께 들고 있던 포크와 나이프를 내려놓았다. "엘렌 퍼킨스?"

"네. 그녀에 대해 얘기해 주세요."

프리마코프는 옷깃에서 여자의 머리카락처럼 보이는 것을 털어내고 재빠른 동작으로 뺨을 어루만졌다. "아름답고 매력적인 여성 앞에서는 어쩔 수가 없군요. 러시아 남자들이 이렇습니다. 지나치게 로맨틱해서 늘 손해를 봐요."

시몬스는 다시 애교스러운 미소를 지었다. "감사드립니다, 예브게니 씨."

프리마코프가 얘기를 시작했다.

"엘렌은 특별한 사람이었어요. 일단 그 점을 염두에 두셔야 합니다. 마일로의 모친은 미국에서 얘기하듯 그저 그런 예쁜이가 아니었답니다. 솔직히 외모가 그렇게 아름다운 편은 아니었지요. 60년대의 세계 곳곳은 장발을 한 좌파 천사들로 가득했습니다. 평화는 믿지 않더라도 사랑은 여전히 믿는 히피들 말입니다. 대부분은 자기들이 하는 활동을 제대로 이해하지 못했어요. 엘렌의 가정도 그랬지만 다들 가정환경이 좋지 않았지요. 그들이 원한 것은 새로운 가족이었습니다. 그것을 위해서라면 죽음도 불사할 기세였지요. 어쨌든 베트남에 파병된 불쌍한 인간들과 달리 명분이 있는 죽음이 될 테니까요." 그는 포크로 시몬스를 가리키며 말을 이었다. "하지만 엘렌은 그것이 낭만적인 몽상일 뿐임을 알고 있었습니다. 명석한 반동분자였죠."

"어디서 만나셨나요?"

"요르단. 아라파트의 훈련소에서 만났습니다. 엘렌은 미국에서 몇 년간 과격한 사상에 물들고 있었고, 저를 만났을 때는 팔레스타인 해방기구와 흑표범단에 심취해 있었습니다. 시대를 조금 앞서 간 셈이지요. 1967년 당시 미국에는 엘렌이 대화를 나눌 만한 인물이 없었어요. 그래서 그녀 자신과 마찬가지로 시민권을 박탈당한 친구 몇 명과 함께 요르단으로 건너간 겁니다. 거기서 엘렌은 아라파트와 저를 만났어요. 하지만 그녀는 저보다는 아라파트에게 훨씬 더 깊은 인상을 받았지요."

프리마코프가 말을 멈추자 시몬스는 자신이 정적을 채워 넣어야 할 상황임을 깨달았다. "거기서 무슨 일을 하고 계셨나요?"

"국제 평화를 장려하는 일을 하고 있었습니다만?" 프리마코프는 씁쓸한 미소를 지었다. "KGB는 그곳의 투사들에게 돈을 얼마나 쓸지, 어떤 이들을 우리 쪽으로 포섭할 수 있을지 알고자 했습니다. 진심으로 팔레스타인 걱정을 한 게 아니라 미국과 절친한 중동 국가인 이스라엘을 괴롭히고 싶었던 것이지요."

"엘렌 퍼킨스가 KGB의 일원이 된 건가요?"

프리마코프는 뺨을 쓰다듬었다. "그렇게 만들 계획이었습니다. 하지만 엘렌은 제 의도를 간파했어요. 저의 관심이 세계 혁명보다는 밥줄을 지키는 데 있음을 안 겁니다. 제가 우호적인 전사들을 많이 확보할수록 퇴직 후 연금 보장이 수월해진다는 사실을 말입니다. 저더러 위선자라고 비난을 퍼부었죠." 그는 머리를 흔들었다. "그녀는 격렬했어요. 소련이 저지른 잔혹 행위들을 일일이 열거했습니다. 우크라이나 대기근, 서베를린을 굶겨 죽이려고 했던 일, 56년의 헝가리 혁명 무력진압. 반박하기 힘들었죠. 일단 우크라이나 사태는 스탈린 개인이 정신이 나가서 저지른 짓이라고 해명했습니다. 서베를린과 헝가리에 관해서는 서구의 반혁명주의자들을 비판함으로써 반박하려고 했지만, 엘렌은 변명 따위 듣고 싶지 않다며 말을 막더군요. 그래요. 변명이라고 했지요."

"즉, 엘렌 퍼킨스는 당신들과 협력할 생각이 없었군요." 시몬스는 이야기의 흐름을 이해했다고 생각하며 말했다.

"정반대입니다. 말씀드렸다시피 엘렌은 영리했어요. 그녀에게 요르단은 전채 요리 같은 것이었습니다. 무슨 말씀인지 아시겠지요? 엘렌의 오합지졸 무리들은 총과 폭탄을 다루는 법을 배워야 했기 때문에 지원이 필요했습니다. 당시 모스크바는 씀씀이가 후했지요. 그래서 엘렌은 저를 이용하고 싶어했습니다. 한편, 저는 이미 임무에 실패한 것이나 다름없었어요. 다시 말해, 그녀를 사랑하게 되었다는 뜻입니다. 정말 열정적인 여자였어요."

시몬스는 알겠다는 듯 고개를 끄덕였지만 사실 프리마코프의 이야기를 납득할 수 없었다. 시몬스는 냉전시대의 미묘한 분위기를 이해하기에는 젊은 세대였다. 그녀가 부모로부터 들은 혁명의 60년대는 그녀에게는 추상적인 역사의 일부일 뿐이었다. 혁명 분자를 사랑하는 것은 코란의 구절을 닥치는 대로 외치며 자살하는 폭탄테러범을 사랑하는 것과 마찬가지였다. 시몬스로서는 상상하기 쉽지 않은 일이었다. "엘렌은 윌리엄, 그러니까 그녀의 아버지와는 왕래가 없었죠?"

유쾌했던 프리마코프의 얼굴이 순식간에 굳어졌다. "없었습니다. 혹시 연락하려고 했다면 제가 말렸을 겁니다. 쓰레기 같은 작자였어요. 그가 엘렌과 그녀의 언니 월마에게 무슨 짓을 했는지 아십니까?"

시몬스는 고개를 저었다.

"딸들의 순결을 빼앗았어요. 열세 살이 되었을 때 어른이 된 선물이라고 말입니다." 수십 년이 흘렀지만 프리마코프가 느꼈던 분노는 아직도 가시지 않았다. "지난 60년 동안 미국이나 러시아가 죽인 수많은 선량한 사람들을 떠올리면 모욕감을 느낍니다. 그들은 그렇게 죽임을 당했는데, 그따위 인간이 아직도 살아 숨 쉬고 있다는 것은 인간에 대한 모독입니다."

"그 사람, 그렇게 잘 지내고 있지는 않아요."

"살아 있다는 것도 과분합니다."

# 14

10시에 MCC에서 있을 예정이었던 마일로 위버의 심문 시간에 맞출 수 없을 듯하여, 시몬스는 잠시 양해를 구한 뒤 계산대 옆으로 가서 전화를 걸었다. 두 번의 신호음이 울리고 피츠휴가 전화를 받았다. "네?"

"예정보다 늦어질 것 같아요. 30분 정도."

"무슨 일입니까?"

시몬스는 피츠휴에게 사실대로 말하려다가 생각을 바꿨다. "죄송하지만 MCC 로비에서 기다려 주세요."

자리로 돌아왔을 때 프리마코프는 아침식사를 절반 정도 끝낸 상태였다. 시몬스는 말을 끊어서 미안하다며 사과를 하고 얘기를 계속하도록 청했다. "즉, 당신과 엘렌은 연인 사이가 됐던 거군요?"

"네." 프리마코프는 냅킨으로 입술을 닦았다. "1968년 가을 약 두 달간 엘렌과 저는 연인으로서 행복한 시간을 보냈습니다. 그러던 어느 날 엘렌이 사라져 버렸지요. 그녀와 그녀의 친구들 모두 연기처럼 사라져버렸습니다. 저로서는 충격이었어요."

"무슨 일이 있었나요?"

"아라파트 본인한테 듣기로, 그들은 밤에 훈련소를 빠져나가려고 했습니다. 하지만 당연히 붙잡혔고 훈련소 변두리의 작은 방에 감금됐지요. 판결은 아라파트에게 달려 있었습니다. 엘렌은 그에게 자신들이 싸움의 무대를 중동에서 미국으로 옮길 계획이었다고 해명했어요. 이스라엘에 대한 미국의 지원을 뿌리 뽑겠다는 거였죠."

"유대인들을 죽이겠다는 뜻이었나요?"

"그렇습니다." 프리마코프가 말했다. "아라파트는 그녀의 말을 믿고 그들을 풀어줬습니다. 하지만 엘렌은……." 프리마코프는 찬송을 바치는 기독교 신자처럼 양손을 들어 올려 흔들었다. "대단한 여자예요! 세계 최고의 거짓말쟁이를 속인 겁니다. 엘렌은 유대인을 죽일 생각이 없었어요. 반유대주의자가 아니었지요."

시몬스는 이스라엘의 공격 목표들이 표시된 지도가 걸린 팔레스타인 해방기구의 훈련소에서 1년 동안 매일매일 가르침을 받은 엘렌이 반유대주의자가 아니라는 말을 믿을 수가 없었다. "그걸 어떻게 아시죠?"

"엘렌이 직접 말했습니다. 6개월 후인 1969년 5월이었지요."

"그 말을 믿으셨군요?"

"네. 믿었습니다." 프리마코프의 진심 어린 표정을 보자 시몬스는 엘렌을 향한 그의 신뢰에 동조할 듯한 기분이 들었다. "그때 저는 서독으로 파견되어 이제 막 은행과 백화점들을 파괴하기 시작한 혁명적 학생 집단들 사이를 기웃거리고 있었습니다. 그런데 하루는 본에서 웬 젊은 미국 여성이 저를 찾는다는 얘기를 들었지요. 문자 그대로 심장이 두근거렸습니다. 엘렌이기를 바랐는데, 정말로 엘렌이었지요. 그녀는 홀로 남겨져 쫓겨 다니는 신세였습니다. 그녀와 친구들이 은행을 털고 경찰서에 불을 지른 것이지요. 그녀는 친애하는 흑표범단의 도움을 받기 위해 캘리포니아로 도망쳤습니다만, 그들은 엘렌을 정신병자 취급했어요. 그때 엘렌에게 떠오른 것은 전년도에 일어났던 안드레아스 바더와 구드룬 엔슬린의 슈나이더 백화점 폭탄 테러였습니다. 독일에서 같은 생각을 가진 동지들을 찾아보리라 생각했던 것이지요." 프리마코프는 한숨을 쉬며 입술을 핥았다. "엘렌은 그 생각을 실행에 옮겼습니다. 그런데 독일에 온 지 몇 주 일 후, 웬 러시아 뚱보가 이런저런 질문들을 하며 돌아다닌다는 소문을 들은 겁니다."

"뚱보?"

프리마코프는 자신의 날씬한 몸을 내려다보았다. "그때는 몸매에 신경을 안 썼답니다."

"엘렌과의 재회는 어땠나요?"

프리마코프는 이런저런 생각에 고개를 갸웃거렸다. "처음에는 사무적인 분위기였습니다. 엘렌은 말하곤 했지요. '혁명의 정상적인 과정을 방해하는 성적 관계란 자본주의적 감상에 지나지 않는다' 라고. 그녀의 말이 옳을지도 모르겠습니다. 여하튼 확실한 건, 저는 그전보다 더 격렬하게 그녀를 사랑했고, 그녀가 서독 내 혁명활동을 정리한 자료를 요구했을 때 즉각 내놓았다는 것입니다. 저는 엘렌을 다른 동지들에게 데려가 소개했는데, 그들 대부분은 그녀를 폐인으로 여겼습니다. 엘렌의 과격한 시각이 불균형의 징후라고 생각했던 것이지요. 아시겠지만 독일의 '자유의 전사' 들은 한가족으로서 활동했는데, 엘렌은 가족이라는 개념마저 자본주의의 소산이라며 비판했거든요. 어쨌건……." 그는 말을 이었다. "우리는 다시 연인이 되었고 69년도 말에 엘렌이 임신을 했습니다. 피임약을 복용하는 것을 깜빡했던 것 같아요. 서구 집단들을 전복시켜야 한다는 사명에 온통 정신이 팔려 있었으니 그런 것쯤 잊어버린다 해도 무리는 아니었지요."

프리마코프는 다시 빰을 쓰다듬었고, 시몬스는 이야기가 이어지기를 기다렸다.

"엘렌은 낙태하려고 했습니다. 하지만 제가 반대했지요. 당시 저는 점점 자본주의적 인간이 되어가는 중이었고, 아기가 태어나면 저와 엘렌을 하나로 묶어주리라 생각했어요. 하지만 쓰레기 같은 부친에게 당한 경험이 있는 엘렌은 가족 집단에 대해 긍정적인 시각을 가질 수가 없었습니다. 그래서 저는 '혁명가들이 자식을 안 낳으면 누가 그 혁명을 이어가겠어?' 라고 반문했어요. 결국, 그 말이 엘렌을 설득했습니다. 마일로라는 이름도 그녀가 지은 것이에요. 나중에 안 사실이지만 엘렌이 어렸을 때 애지중지하던 개의 이름이 마일로더군요. 좀 유별난 짓입니다만. 엘렌은 본인의 이름도 '엘자'로 바꿨어요. 신원 증빙서류를 꾸미는 것은 제가 도와주었습니다. 그것은 안전을 위해서이기도 했지만 심리적인 문제이기도 했어요. 엘렌에게 있어서 아기는 새로운 혁명의 세계로 들어가는 열쇠인 셈이었습니다. 그래서 자신도 해방된 여성으로서 다시 태어나야 한다고 생각했던 겁니다."

"당신과 엘렌은 함께 살았나요?"

다시 프리마코프는 고개를 갸웃거렸다. "그게 참 아이러니입니다. 제가 아들을 원한 것은 엘렌을 더욱 가까이에 두고 싶었기 때문입니다. 하지만 결과는 엘렌의 완전한 해방이었어요. 저란 남자는 그저 자본주의적 소시민에 불과했지요. 아쉬울 때 사용하는 남성의 성기. 엘렌은 저를 그런 식으로 불렀습니다. 그녀의 곁에는 써먹을 수 있는 다른 성기들이 있었지요. 저는 그 무리 중 하나일 뿐이었습니다."

"상처받으셨겠군요."

"네, 상처받았어요. 정말로 상처받았습니다. 제가 할 수 있는 최선의 역할은 엘렌이 동지들과 함께 파괴의 향연을 벌이러 나간 사이 애를 봐주는 것 정도였습니다. 아들을 얻고 그녀를 잃은 셈이지요. 결국, 좌절에 빠진 저는 그녀에게 요구했습니다. 네, 요구했어요, 결혼해 달라고. 어쩌자고 그런 말을 했는지……. 그것은 자본주의에 굴복하는 행위였고 엘렌은 아들이 저의 사악한 사상에 물들기를 원치 않았습니다. 때는 적군파가 위세를 떨치던 1972년이었지요. 모스크바에서는 저더러 그들을 통제하라고 아우성이었습니다. 그것은 이미 우리의 손을 떠난 일이라고 보고하자 저를 러시아로 소환하더군요." 프리마코프는 모든 것이 그의 손을 떠났다는 표현으로 양 손바닥을 활짝 펼쳐 보였다. "저는 그야말로 자포자기 상태였습니다. 심지어 마일로를 유괴할 생각까지 했어요." 그는 조용히 웃음을 지었다. "진담이에요. 제 밑에 있던 두 명의 정예 요원에게 지시를 내렸습니다. 하지만 당시 모스크바에서 새로이 파견된 요원이 낌새를 챘지요. 그의 보고를 받은 중앙 본부는 아까 말한 두 명의 요원에게 지시를 내렸습니다. 결국, 저는 부하들이 겨누는 총부리에 몰려 모스크바로 돌아갈 수밖에 없었습니다." 프리마코프는 숨을 길게 들이쉰 뒤 큰 소리로 내뱉으며, 손님들로 가득한 식당을 둘러보았다. "그렇게 치욕적으로 서독을 떠나야 했답니다."

"그 후 엘렌이 어떻게 되었는지는 아시나요?"

"잘 알지요." 프리마코프가 수긍했다. "저는 여전히 보고서들에 접근할 권한이 있었어요. 소녀 팬들이 연예인을 좇듯 엘렌의 흔적을 추적했습니다. 당시 적군파의 재판이 유럽의 신문 헤드라인을 온통 장식하고 있었지만 엘렌은 무사했습니다. 듣기로는 아기를 데리고 동독으로 도망쳤다가 다시 서독으로 돌아와서 6월 2일 운동에 합류했다더군요. 그리고 1974년에 경찰이 베를린 외곽의 그뤼네발트에서 울리히 슈뮈커의 시신을 발견했습니다. 슈뮈커 자신이 가담했던 6월 2일 운동의 동지들에게 살해당한 것이지요." 프리마코프가 얼굴을 찌푸리며 말을 멈췄다. "엘렌이 그들과 함께 슈뮈커의 처형에 가담했는지는 잘 모르겠습니다. 여하튼 3개월 후 그녀는 노스캐롤라이나에 다시 나타났어요. 언니 윌마를 찾아가 마일로의 입양을 부탁했습니다. 상황을 보아하니 자신이 행복한 결말을 맞지 못하리라는 것을 알고, 아들을 보호하려고 했던 것이지요. 엘렌은 윌마에게 마일로를 혁명 분자로 길러 달라는 요청은 하지 않았지만, 조부모들에게만은 절대 보내지 말라고 부탁했어요. 윌마는 그 부탁을 따랐습니다."

"엘렌은 체포됐죠?"

프리마코프는 고개를 끄덕였다. "1979년이었지요. 같은 해에 결국 엘렌은 죄수복 바지로 목을 매 자살했습니다."

자넷 시몬스는 한 인간의 생애를 전부 들었다는 사실에 벅찬 기분을 느끼며, 몸을 뒤로 젖혀 의자에 기댔다. 구멍투성이의 수수께끼 같은 인생이었지만, 어쨌든 그것도 인생임에는 틀림없었다. 시몬스는 엘렌 퍼킨스를 눈앞에 데려다 앉히고 그녀가 내린 결정 하나하나의 이유를 캐묻고 싶은 심정이었다. 프리마코프가 그토록 명백하게 불균형한 여자를 사랑한 까닭을 알 수 없었지만, 사람에게 이끌린다는 것이 원래 그렇다는 생각이 들었다. 그러나 시몬스는 머리를 흔들어 그런 생각들을 떨쳐냈다. "그래서 마일로는 노스캐롤라이나의 이모, 이모부와 함께 살게 된 거군요. 마일로는 자신과 그들 간의 관계라든가, 본인의 친어머니가 누구인지를 알고 있었나요?"

"물론입니다. 윌마와 시어도어는 솔직한 사람들이었습니다. 게다가 그들의 손에 맡겨졌을 당시 마일로는 이미 네 살이었지요. 엄마를 기억하고 있었습니다. 하지만 다른 사람들에게는 비밀이었어요. 현명한 엘렌은 만에 하나 마일로의 정체가 관계 당국에 드러나면 자신을 잡기 위한 미끼로 이용될 것이라고 생각한 것입니다. 그래서 윌마와 시어도어는 남들한테는 마일로를 입양기관에서 데려왔다고 말했어요. 윌마가 말하기를, 엘렌은 가끔씩 마일로를 만나기 위해 신원을 위조해서 입국했다고 합니다. 하지만 윌마는 엘렌이 다녀간 후에야 그 사실을 알게 되고는 했지요. 만남은 엘렌이 창문을 두드려서 마일로가 창문을 빠져나오면, 두 사람이 함께 한밤의 거리를 걸어 다니는 식으로 이루어졌습니다. 윌마는 겁에 질렸어요. 엘렌이 아닌 다른 사람이 창문을 두드려서 마일로를 꾀어낼까 봐 걱정되었던 거지요. 하지만 아시다시피, 엘렌의 방문은 마일로가 아홉 살이 되던 해로 끝을 맺었습니다."

"윌마 부부는 엘렌의 죽음을 마일로에게 알려줬나요?"

"네. 시간이 조금 지난 후에. 그리고 마일로는 이미 저에 대해서는 알고 있었습니다. 가끔씩, 일 년에 한 번 정도였던 것 같은데, 저는 마일로를 찾아갔어요. 마일로를 데려가려는 시도는 하지 않았습니다. 그 아이는 미국 시민이었으니까요. 사람 좋은 시어도어가 있었으니 또 다른 아버지가 필요한 것도 아니었고요. 제가 마일로의 양육권을 승계했다는 사실은 장례식에 가서야 알았습니다. 처음에는 영문을 몰랐지만, 마일로의 할머니가 남편 빌이 딸의 장례식에 오지 못한 변명을 하는 것을 들으니 알겠더군요. 저는 그들에게 마일로를 넘기지 않기로 결심했습니다."

"그렇게 마일로는 러시아로 갔던 거군요."

"네." 프리마코프가 눈을 가늘게 떴다. "〈회사〉 지원서에는 그 사실을 써넣지 않았을 겁니다. 학교 기록에도 적혀 있지 않을 거예요. 제가 그렇게 하라고 제안했습니다. 당시만 해도 세상은 동과 서로 나뉘어 있었지요. 지금과는 다른 동과 서 말입니다. 그 사실이 마일로의 미래에 악영향을 끼칠까 봐 걱정되었어요. 그래서 얘기를 좀 꾸며내기로 말을 맞췄지요. 이모와 이모부가 돌아가신 후 3년간 고아원에서 지냈던 것으로 하자고 말입니다. 그들이 마일로의 친부모가 아니라는 것을 굳이 남들한테 알릴 필요는 없었어요. 사실상 진짜 부모나 다름없었으니까요."

"3년간의 인생을 꾸며내라는 건 어린아이가 받아들이기에는 힘든 부탁이었을 텐데요?" 시몬스가 물었다.

"보통의 경우라면 그럴 것입니다. 하지만 마일로는 예외였지요. 수배 중인 어머니가 방문했다는 사실을 생각해 보세요. 엘렌은 매번, 그녀와 마일로의 관계를 남들한테는 비밀로 해야 한다고 명심시켰습니다. 그래서 이미 마일로의 머릿속에는 비밀스러운 인생을 위한 공간이 따로 마련되어 있었어요. 저는 그 안에 몇 가지를 추가했을 뿐입니다."

"냉전이 끝난 다음에는 마일로의 기록을 사실대로 수정할 수도 있지 않았나요?" 시몬스가 반박했다.

"마일로에게 물어보시면 아시겠지만, 저는 그러려고 했어요. 하지만 스무 살 애송이에게 감쪽같이 속았다는 것을 알면 〈회사〉의 윗사람들 심기가 불편해질 거라며 마일로가 만류했지요. 마일로는 조직이 돌아가는 모양새를 알고 있었어요. 조직의 결점을 드러내는 구성원은 그동안의 수고에 아랑곳없이 조직의 이빨에 물리게 되지요."

시몬스는 그 말을 수긍할 수밖에 없었다.

"마일로는 러시아를 끔찍이도 싫어했습니다. 날마다 마일로에게 모스크바와 러시아적 전통의 아름다움을 알려주려고 애썼습니다만 그 아이는 이미 미국에서 많은 시간을 보낸 상태였어요. 마일로에게 보이는 것은 부패와 추문뿐이었습니다. 딸들이 보는 앞에서 제가 인민의 압제자들을 위해 일한다며 비난하기까지 했습니다. 그것도 아주 유창한 러시아어로 말이죠. 하지만, 정말로 마음이 아팠던 것은, 제가 자신이 저지르는 범죄 행위를 인식조차 하지 못하며 자본주의적 소시민의 온실 안에 갇혀 있다는 비난을 받았을 때였어요." 프리마코프는 눈썹을 치켜세우며 말을 멈췄다. "그것은…… 마치 눈앞에 엘렌이 나타나서 제게 소리를 지르는 것만 같았습니다."

프리마코프의 딱한 상황에 자넷 시몬스는 웃음을 지었다. "하지만 아드님과 연락을 끊지는 않으셨죠? 마일로가 휴가 중이었던 2주 전, 그를 찾아갔어요. 무슨 일이었나요?"

프리마코프는 의치의 위치를 똑바로 맞추려는 듯, 입안 쪽을 씹어댔다. "시몬스 씨, 당신은 지금 자신이 원하는 정보를 얻고 있습니다. 제가 이렇게 허심탄회하게 얘기하는 이유는 아들의 신병을 확보하고 있는 당신에게 솔직히 얘기한들 그 아이에게 해가 되지 않으리라고 믿기 때문입니다. 말씀하셨다시피 냉전은 이미 끝났으니까요. 하지만 얘기를 계속 듣고 싶으시다면 반대로 저에게 알려주셔야 할 것이 있습니다. 마일로가 지금 어떤 상황인지를 말입니다. 디즈니 월드에서 마지막으로 만나긴 했지만 그 후 소식을 전혀 듣지 못했으니까요."

"마일로는 살인 혐의로 체포되어 있습니다."

"살인? 누구를?"

"한 명이 아닙니다. 우선 CIA 요원인 토마스 그레인저가 있지요."

"톰 그레인저?" 프리마코프가 고개를 저었다. "믿을 수 없어요. 톰은 어른이 된 마일로에게는 아버지와도 같은 존재였습니다. 오히려 저보다도 더 아버지 같았지요."

"이미 자백했습니다."

"이유를 말했습니까?"

"그것은 함부로 밝힐 수 없군요."

프리마코프는 손가락으로 뺨을 어루만지며 고개를 끄덕였다. "톰의 사망 소식은 이미 알고 있었습니다. 마일로가 아들이라서 두둔하는 것이 아니라는 점은 알아주세요. 저는 자본주의에 동의하는 한 사람으로서 공명정대한 처벌의 중요성은 잘 알고 있습니다."

"그러실 거라고 생각해요."

"하지만 저는 그저……." 프리마코프는 시몬스의 차가운 눈을 들여다보며 말을 멈췄다. "아닙니다. 늙어서 그런지 헛소리가 많았군요. 디즈니월드에서의 일을 알고 싶으시다고요?"

"네."

"별일은 아니었습니다. 안젤라 예이츠에게 무슨 일이 생겼는지 알고 싶었지요. 저는 그녀가 아주 훌륭한 요원이라고 생각했습니다. 위대한 미국의 소중한 자산이랄까요?"

"안젤라 예이츠를 아시나요?"

"그럼요." 프리마코프가 말했다. "같이 일해보자는 제안을 한 적이 있지요."

"어떤 일이었죠?"

"정보 관련 임무였습니다. 안젤라 예이츠는 첩보원이었으니까요."

"잠깐만……." 시몬스가 잠깐 말을 멈췄다. "안젤라 예이츠를 전향시키려 했다는 말씀인가요?"

프리마코프는 발언의 수위를 조절하듯, 천천히 고개를 끄덕였다. "국토안보부, CIA, 국가안보국—여러분들도 한시도 쉬지 않고 유엔 직원들을 꾀어내려고 하잖습니까? 유엔이 똑같은 짓을 한다고 해서 비난받을 일은 아닐 텐데요?"

"그건……." 시몬스는 다시금 말을 멈춰야 했다. "마치 유엔 내부에 정보기관이 있다는 말씀처럼 들리는군요."

"말도 안 됩니다!" 프리마코프가 다시 손바닥을 앞으로 펼쳐 보이며 외쳤다. "유엔에 그런 게 있을 리가요. 그런 것이 있다면 일단 미국 정부가 가만 두지 않겠지요. 하지만 외부인이 제공하는 정보는 마다하지 않습니다."

"안젤라가 뭐라고 대답하던가요?"

"딱 잘라 거절했습니다. 굉장한 애국자였어요. 저는 어떻게든 설득해 보려고 미끼까지 던졌습니다. 유엔이 타이거를 추적하는 데 관심이 있다고 알려줬지요. 하지만 역시 거절하더군요."

"언제 적 일이었나요?"

"작년 10월이었습니다."

"그 후 안젤라 에이츠가 타이거 추적에 많은 공을 들였다는 사실은 알고 계시나요?"

"알고 있습니다."

"어떻게……?"

"관련된 정보가 생길 때마다 그녀에게 알려줬거든요."

두 사람은 잠시 말없이 서로를 바라보았다. 이윽고 프리마코프가 말을 이었다.

"유엔은 타이거 체포의 공을 원치 않았습니다. 타이거의 활동을 막고 싶을 뿐이었지요. 그의 암살 활동이 유럽의 경제를 흔들고 아프리카를 불안정하게 만들고 있었으니까요. 안젤라 에이츠는 자신이 입수하는 정보들이 유엔 쪽에서 나왔다는 것을 알지 못했어요. 그저 운이 아주 좋다고 생각했지요. 그것도 틀린 말은 아닙니다만."

"마일로는요?"

"마일로?"

"왜 마일로에게는 정보를 주지 않으셨죠? 그도 타이거를 쫓고 있었을 텐데요?"

프리마코프는 어떻게 대답할지를 고민하다 입을 열었다. "마일로 위버는 제 아들입니다. 저는 마일로를 아들로서 사랑하고, 저를 아버지로 뒀다는 사실이 그의 경력에 손상을 주지 않도록 조치를 취하기도 했습니다. 하지만 그것과는 별개로 마일로가 저의 한계를 물려받았다는 사실을 인정하고 있습니다."

"어떤 한계를 말씀하시죠?"

"말하자면 안젤라 예이츠만큼 명석하지 않다는 한계랄까요? 마일로가 타이거를 체포하기는 했지만 그것은 타이거 본인이 의도했기 때문이었지요." 프리마코프는 시몬스를 보며 눈을 깜빡거렸다. "오해하지 마세요. 마일로는 매우 영리한 친구입니다. 다만 지금은 세상에 없는 그의 옛친구보다는 영리하지 않다는 뜻이에요."

프리마코프는 식어버린 스크램블드에그를 한 입 먹었다. 시몬스가 말했다. "예브게니 씨는 많은 것을 알고 계시는군요."

프리마코프가 머리를 숙이며 말했다. "고맙습니다."

"로만 우그리모프에 대해서는 뭘 아시나요?"

프리마코프가 잡고 있던 포크를 떨어뜨렸다. 포크는 접시에 부딪히며 쨍그랑하는 소리를 냈다. "시몬스 씨, 험한 말을 해서 죄송합니다만 로만 우그리모프라는 작자는 마일로의 조부 못지않게 쓰레기 같은 인간입니다. 그도 소아성애자라는 사실을 아십니까? 일례로 그는 몇 년 전 베네치아에서 그의 아이를 임신한 미성년의 소녀를 살해했어요." 입맛이 떨어진 듯

프리마코프는 접시를 옆으로 치웠다.

"그를 개인적으로 아시나요?"

"당신이 아는 것만큼 잘 알지는 못할 겁니다."

시몬스는 몸을 뒤로 빼며 말했다. "저만큼이라니요?"

"아니면 적어도 CIA만큼은 말입니다. 〈회사〉는 여러 수상쩍은 인간들을 동료로 삼고 있지요."

"잠깐만요." 시몬스가 말했다. "로만 우그리모프가 〈회사원〉들과 마주친 일이 있었는지 모르겠지만, 〈회사〉와 협력 관계에 있지는 않아요."

"굳이 숨기실 필요 없습니다." 프리마코프가 말했다. "그쪽의 관리자 하나가 로만 우그리모프와 즐겁게 저녁 식사하는 사진들을 입수했습니다."

"어떤 관리자 말씀이시죠?"

"중요한 문제입니까?"

"네. 중요한 문제예요. 로만 우그리모프를 만난 게 누군가요?"

프리마코프는 입술을 오므리며 생각에 잠기더니 고개를 저었다. "기억이 나지 않는군요. 하지만 원하시면 사진들의 사본을 보내드릴 수 있습니다. 일 년 전 제네바에서 입수한 것들이지요."

"제네바……." 시몬스가 조그맣게 속삭인 후 자세를 바로 했다. "오늘 보내주실 수 있나요?"

"물론입니다."

시몬스는 펜과 메모장을 꺼내 주소를 쓰기 시작했다. "저는 메트로폴리탄 교정센터에 있을 거예요. 이것이 그 주소입니다. 거기 보안 담당에게 맡겨 주세요." 그녀는 페이지를 찢어내어 프리마코프에게 건넸다.

프리마코프는 실눈으로 주소를 읽은 뒤 종이를 반으로 접었다. "찾아내는 데 시간이 좀 걸릴 겁니다. 1시 정각에 전해 드려도 괜찮겠지요?"

"그럼요." 시몬스는 손목시계를 확인했다. 지금 시각은 10시 15분이었다. "감사합니다, 예브게니 씨." 두 사람은 자리에서 일어났고, 프리마코프가 시몬스에게 손을 내밀었다. 시몬스가 그의 손을 잡자 프리마코프는 다시 그녀의 손을 입술로 가져가 키스를 했다.

"저야말로 무척 즐거운 시간이었습니다." 프리마코프가 진지한 목소리로 말했다. "시몬스 씨, 푸코의 진자를 잊지 마세요. 마일로가 살인을 자백했다지만 저는 믿지 않습니다. 비록 아들과 떨어져 지낸 지 오래됐어도 당신보다는 제가 마일로를 더 잘 압니다. 그는 자기 아버지를 죽일 사람이 아니에요."

# 15

MCC의 심문실은 아메리카 애비뉴의 〈회사〉 건물의 고문실과 매우 비슷했지만 중요한 차이가 있었다. 바로 창문이 하나 달려 있다는 점이었다. 높은 곳에 위치한 조그만 창문은 쇠창살로 막혀 있었지만, 창문 덕분에 마일로는 사흘 만에 처음으로 햇빛을 볼 수 있었다. 그제야 마일로는 자신이 얼마나 햇빛을 그리워했는지를 깨달았다.

그렉이라는 이름의 예의 바른 교도관이 수갑과 족쇄를 찬 마일로를 의자에 결박시켰고, 5분 뒤에 두 사람이 들어왔다. 시몬스는 예전처럼 완벽한 전문가의 자세를 견지하고 있었지만, 피츠휴는 왠지 컨디션이 나빠 보였다. 피곤한 눈 밑이 처져 있었고, 팔짱을 껴대는 모양새는 다소 방어적으로 보였다. 무슨 일이 있었던 것이 분명했다.

마일로는 이야기를 이어갔다. JFK 공항에 도착해서 차를 빌려 호팟콩 호로 가서 그레인저의 별장에서 1km 정도 떨어진 곳에 차를 세운 다음 숲을 지나 별장에 도착했다는 이야기. 이전처럼 시몬스가 마일로의 말을 멈추며 세부사항들을 확인했기 때문에 진행 속도는 느렸다.

마일로는 그레인저와의 대화를 요약했다. “그는 두려워하고 있었어요. 그의 모습을 보니 바로 알겠더군요. 처음에는 자기는 트리플혼이 우그리모프와 타이거를 만난 것과 아무 관련이 없다고 주장했어요. 결국에는 알고는 있었다고 시인했지만 자신이 지시한 일은 아니라고 하더군요. 윗선에서 조종하고 있었다면서요.”

“윗선이라면 누구 말인가요?”

마일로는 고개를 저으며 피츠휴를 바라보았다. 피츠휴는 입안을 씹어 대고 있었다. "그건 밝히지 않았습니다." 마일로가 말했다. "음모론으로 설명하려 했지요. 거물급 권력의 음모, 뭐, 그런 거 말이에요. 중국의 석유공급로를 차단하려는 계획의 일부였다고 말했습니다."

"그 말을 믿었나요?"

마일로는 머뭇거리다 고개를 끄덕였다. "네. 중국의 석유공급 차단이라는 목적은 믿었습니다. 하지만 그레인저 자신의 지시가 아니라는 말은 믿지 않았죠. 사실 전부터 낌새는 채고 있었습니다. 애스콧이 〈회사〉를 접수한 것 때문에 그의 심기가 불편했다는 것은 알고 계시죠?"

"네." 시몬스가 대답했다. "진술서를 읽어서 알고 있어요."

"톰은 겁에 질려 있었어요. 그때는 그가 〈여행중개소〉의 행보라든가, 그의 밑에서 일하는 사람들의 모가지가 잘릴 것을 걱정하고 있다고 생각했어요. 물론 그것도 틀린 말은 아니었겠지만 그렇게까지 전전긍긍할 일은 아니었죠. 그는 자신의 비밀 프로젝트가 어긋날까 봐 두려웠던 겁니다. 저에게서 타이거의 자료를 숨긴 게 누군지 생각해 보세요. 바로 톰입니다. 타이거 추적을 위한 저와 안젤라의 협력을 방해한 것은? 그 역시 톰이었죠."

"그래요." 시몬스가 동의했다. "하지만 타이거를 당신에게로 유도하기 위해 당신에 대한 자료를 건네준 것은 누굴까요?" 마일로가 즉시 대답하지 않자 시몬스가 스스로 대답했다. "그것도 바로 톰이에요."

마일로는 고개를 저었다. "정반대입니다. 제 자료를 넘긴 것은 타이거가 저를 처리하게 만들려는 의도였어요."

"톰은 타이거가 당신을 죽이리라고 예상한 거군요."

"그렇습니다."

"얘기 계속하시죠."

마일로는 그레인저가 궁지에서 탈출하기 위해 필사적이었다는 이야기를 했다. "그러기 위한 최선책이 뭘까요? 바로 윗사람들에게 책임을 떠넘기는 겁니다."

"여기 계신 피츠휴 씨 같은 분들 말인가요?" 시몬스가 웃으며 예를 들었다.

피츠휴는 처음에는 웃지 않았지만, 곧 마지못한 웃음을 지으며 몸을 앞으로 기울였다. "그래, 마일로. 그레인저가 내 이름에 먹칠을 하려고 했단 말이지?"

"그랬습니다. 그것 말고는 도리가 없었겠죠. 머리에 떠오르는 사람들의 이름을 죄다 들먹이더군요. 자기 이름만 빼놓고요."

"그래서 그레인저를 죽였단 말이군?" 피츠휴가 이야기를 재촉하며 물었다.

"네. 죽였습니다."

시몬스는 가슴께에서 팔짱을 끼며 마일로를 잠시 바라보다가 입을 열었다. "별장의 현관 바로 옆에 누군가 다른 사람이 죽은 흔적이 있었어요. 사방이 피투성이였죠. 게다가 창문 세 개가 부서져 있었죠. 2층으로 올라가는 계단에는 총탄 일곱 개가 박혀 있었고요"

"그랬을 겁니다. 그건 트리플혼이에요."

"당신이 죽였나요?"

"월요일 밤에 몇 시간 동안 톰을 심문했습니다. 방법은 모르겠지만 그때 톰이 트리플혼에게 연락을 했던 것 같아요. 제가 올 것을 알고 사전에 대비한 건지도 모르죠. 어쨌든 이튿날 아침에 트리플혼이 습격했어요. 저는 계단에 몰려 갇힌 꼴이 됐지만 운 좋게 그를 제압할 수 있었습니다."

"그때 톰은 어디 있었죠?"

"부엌에 있었습니다. 그가 밖으로 나가려고 창문을 깨뜨렸을 겁니다."

"밖으로?" 시몬스가 말을 막았다. "하지만 창문은 밖에서 안을 향해 깨져 있었어요."

마일로는 불안한 표정으로 말을 멈췄지만 시몬스가 세부사항들을 명료하게 기억하고 있음을 내심 반겼다. "말씀드렸다시피 저는 잘 모르겠습니다. 톰이 빠져나갔다는 것밖에 모르겠어요. 트리플혼의 시체 옆에 서 있는데 톰이 달아나는 게 보였어요. 저는 아무 생각도 할 수 없었습니다. 분노에 사로잡혔죠. 트리플혼의 소총을 들고 톰을 겨냥해 두 발 쏘았습니다."

"한 발은 이마에, 다른 한 발은 어깨에."

마일로가 끄덕였다.

"톰이 달아나는 중이었다고 했죠?"

"네."

"하지만 총알은 그의 정면을 관통했어요."

마일로는 기쁨을 감추며 눈을 깜빡거렸다. 상황은 프리마코프의 말대로 흘러가고 있었다. "그의 이름을 외쳤더니 멈춰 서서 돌아보더군요."

시몬스는 이미 알고 있다는 듯한 표정을 지었다. "그래도 한 가지 이상한 게 있어요."

마일로는 무엇이 이상한지 물어볼 마음이 없는 듯 테이블을 응시했다.

"당신은 트리플혼의 시체는 치웠지만 톰의 시체는 그대로 두었습니다. 왜 그랬죠?"

마일로는 시몬스의 눈을 피하며 고개를 저었다. "톰을 관통한 탄환이 트리플혼의 것임이 밝혀질 테니까요. 다들 트리플혼이 발포했다고 생각하게 됐겠죠. 저 대신 그가 혐의를 받았을 겁니다. 하지만 제가 간과한 것은 그가 존재하지 않는 인물이라는 사실이었어요. 그는 비밀 요원이었으니까요."

"즉, 〈여행객〉이라는 말이군요."

마일로는 고개를 들어 시몬스의 눈을 바라보았다. 피츠휴가 자세를 고쳐 앉으며 말했다. "그게 무슨 말씀입니까?"

"거짓말은 그만두기로 해요. 당신네 특수 요원들에 대해서는 벌써 몇 년 전부터 알고 있었습니다. 그냥 묻는 말에 대답이나 하세요."

마일로는 어떻게 하면 좋을지 묻는 시선으로 피츠휴를 보았고, 뺨의 안쪽을 질겅질겅 씹던 피츠휴는 결국 고개를 끄덕일 수밖에 없었다.

"맞습니다." 마일로가 말했다. "그는 〈여행객〉이었습니다."

"고마워요. 이제 그 점이 밝혀졌으니 얘기를 계속해 봐요."

마일로는 트리플혼의 시신을 호팟콩 호 근처의 산중에 버렸지만 정확한 위치는 기억나지 않는다고 말했다. 그러고 나서 인터넷 카페에 들러 티나에게 암호화된 이메일을 보냈다는 이야기를 했다.

"바비큐 파티 말이군요." 시몬스가 빙긋 웃으며 말했다. "감쪽같이 속았어요. 우리는 티나의 말을 듣기 전엔 몰랐거든요."

"그렇다면 저의 계획이 실패했다는 것도 아시겠군요. 티나는 함께 떠나자는 저의 부탁을 거절했으니까요."

"굳이 사견을 말하자면, 가지고 있는 것을 모두 털어버리고 다른 곳으로 떠날 수 있는 사람은 그리 많지 않답니다."

"어쨌건 저는 궁지에 몰린 겁니다. 가족 없이는 아무 데도 가고 싶지 않았는데, 그 가족이 저와 떠나려 하지 않았던 거예요."

"그래서 자네는 차를 몰고 앨버커키로 가서는 붉은 지붕 여관에 묵게 됐지." 피츠휴가 끼어들었다.

"그렇습니다."

"확인된 사실인가요?" 시몬스가 물었다.

피츠휴가 고개를 끄덕이는데, 누군가 심문실의 문을 두드렸다. 피츠휴가 문을 빼꼼히 열자 교도관의 목소리가 새어 들어왔다. "자넷 시몬스 요원 앞으로 온 물건입니다."

"누가 보낸 거요?" 피츠휴가 물었지만, 시몬스는 재빨리 자리에서 일어나 문을 열어젖히고 교도관으로부터 납작한 마닐라지 편지봉투를 건네받았다.

"잠깐만 기다려주세요." 시몬스가 복도로 나가며 말했다.

피츠휴는 마일로를 바라보며 크게 한숨을 쉬었다. "참으로 엄청난 일이야."

"뭐가 말입니까?"

"전부 다 말일세. 톰 그레인저가 이렇게까지 주도면밀하게 상황을 통제하고 있으리라고 짐작이나 했겠나?"

"저 역시 아직까지도 믿기지 않습니다."

시몬스가 심문실로 돌아왔다. 겨드랑이 아래로는 아까의 봉투가 끼워져 있었고 뺨이 눈에 띄게 붉었다.

"무슨 일입니까?" 피츠휴가 물었지만, 시몬스는 그의 질문을 무시하고 자리에 앉았다.

시몬스는 마일로를 뚫어지게 쳐다보며 무언가를 곰곰이 생각하더니, 봉투를 테이블 위에 놓고 그 위에 손바닥을 올렸다. "마일로 씨, 러시아 여권에 대해 설명해 보세요."

마일로는 봉투 안에 무엇이 들었는지 궁금해하며 시몬스의 질문에 대답했다. "그 얘기 들었습니다. 그건 위조 여권입니다. 속임수라고요. 저는 러시아 국민이 아닙니다."

"하지만 당신 아버지는 러시아 사람이죠."

"제 아버지는 미국인입니다. 오래전에 돌아가셨어요."

"그래요? 그럼 오래전에 돌아가신 분이 어떻게 2주 전에 디즈니 월드에 나타나 당신과 비밀 회동을 하셨는지 설명해 보시죠?"

"뭐라고요?" 피츠휴가 놀란 목소리로 말했다.

시몬스는 피츠휴의 반응을 무시했다. "대답해 봐요, 마일로 씨. 함께 달아나자는 당신의 부탁을 거절했지만, 당신 부인도 우리와 똑같은 사람이에요. 당신은 부인에게 예브게니 프리마코프를 소개하면서도 눈앞에 있는 그가 그녀의 시아버지라는 사실을 숨겼어요. 그리고 이틀 전, 우리는 당신의 외할아버지도 만났습니다. 윌리엄 퍼킨스. 익숙한 이름이죠?"

마일로는 숨이 막혔다. 머릿속이 온통 윙윙거렸다. 이 여자가 어떻게 그 사실을 아는가? 아버지는 '나를 믿어.' 라고 말했지만 그가 이런 것까지, 이런 식으로 비밀을 탄로하는 것까지 계획했을 리가 없었다. 마일로는 피츠휴를 향해 고개를 돌렸다. "할 말 없습니다. 저는 미국과 〈회사〉에 몸 바치고 있습니다. 저 여자 말 듣지 마세요."

"저를 보고 말해요." 시몬스가 말했다.

"싫어요." 마일로가 말했다.

"마일로, 저분 말대로……." 피츠휴가 입을 열었다.

"싫다고!" 마일로가 소리를 지르며 의자에서 뛰쳐나오려 했지만 철컹거리는 쇠사슬의 소음이 작은 방을 채울 뿐이었다. "싫어! 당장 꺼져 버려! 대화는 끝이야!"

어느새 교도관 두 명이 들어와 마일로의 어깨를 붙잡고 발을 차올려 쓰러뜨린 후, 그를 바닥에 눌러 제압했다. "끌고 나갈까요?" 한 명이 피츠휴에게 물었다.

"아니요." 자리에서 일어서며 시몬스가 말했다. "그냥 두세요. 테렌스 씨, 저 좀 잠깐 볼까요?"

두 사람이 방을 나갔고, 교도관들의 손에 눌린 채 마일로는 마음을 추슬렀다. 예상 밖의 전개에 충격을 받기도 했지만, 그가 격분한 이유는 다른 데 있었다. 그것은 그의 비밀스러운 장소가 파헤쳐졌다는 사실에 대한 신경증적인 반응이었다. 그들은 이제 알고 있다. 아니, 문제는 그들이 아니다. 티나가 알고 있다.

마일로는 앞으로 고꾸라지며 이마를 테이블에 부딪쳤다. 티나가 알고 있다. 티나는 이제 남편의 정체를 알고 있다. 자기가 지금껏 알고 있던 남편이 가짜였다는 사실을 알고 있다.

이제 결말이 어떻게 되든 중요치 않았다. 마일로가 원하는 것은 오로

지 가족의 품으로 돌아가는 것이었는데, 아마도 가족은 더 이상 그를 반기지 않을 것이다.

무심결에 그는 멜로디를 흥얼거렸다.

Je suis une poupée de cire,
Une poupée de son

그 멜로디가 마음을 완전히 무너뜨리기 전에 마일로는 흥얼거림을 멈췄다.

닫힌 문 뒤에서 피츠휴가 알아들을 수 없는 말로 고래고래 소리 지르더니, 곧이어 멀어지는 발걸음 소리가 들렸다. 시몬스는 혼자서 심문실로 들어왔다. 여전히 겨드랑이에 봉투를 끼고 있었지만 뺨의 홍조는 사라져 있었다. 그녀가 교도관들에게 말했다. "카메라와 마이크를 꺼 주세요. 알겠죠? 전부 말이에요. 끈 다음에는 문을 세 번 두드려 주세요. 들어오지는 마시고요."

교도관들은 고개를 끄덕이고 죄수를 내려다본 뒤, 방을 나갔다.

시몬스는 마일로 맞은편 자리에 앉아 봉투를 테이블 위에 올려놓고 말없이 기다렸다. 마일로 역시 아무 말 없이 자세를 고쳐 앉을 뿐이었다. 쇠사슬에서 조그만 소음이 들렸다. 마일로는 사태를 파악하는 노력을 기울이지 않기로 마음먹었다. 파악하면 할수록 죽고 싶은 심정이었다. 이윽고 세 번의 노크가 들리자 비로소 시몬스는 부드러운 미소를 지었다. 그녀는 블랙데일에서 만났을 때처럼 심문 기술 훈련에서 배웠을 법한 상냥한 목소리를 사용하며, 심리적인 거리를 좁히기 위해 몸을 마일로 가까이로 기울였다.

시몬스는 봉투에서 사진들을 한장 한장 꺼내어 마일로를 향해 늘어놓았다. 모두 세 장이었다. "사진 속의 사람들, 누군지 알아보겠어요?"

장소는 중국음식점이었고 두 명의 남자가 악수를 하고 있었다. 마일로는 입을 다물었다. 마침내 어찌 된 영문인지 이해할 수 있었다.

'세 번째 거짓말을 할 때가 오면 저절로 알게 될 거야.'

마일로가 입을 열었다. 격하게 소리를 지른 탓에 목소리가 갈라져 있었다. "조명이 어둡습니다."

시몬스는 마일로의 말이 진담인지 잠깐 생각에 잠겼지만, 조명은 어둡지 않았다. "여기 이 사람, 테렌스 씨 같지 않나요?"

마일로가 고개를 끄덕였다.

"그리고 테렌스 씨의 친구 같은 저 남자……, 누군지 알겠어요?"

마일로는 사진 속의 얼굴을 살피는 척하다가 고개를 저었다. "잘 모르겠습니다. 모르는 사람인 것 같은데요."

"로만 우그리모프에요. 당신은 당연히 이 남자의 얼굴을 기억하고 있을 텐데요?"

마일로는 수긍하지 않고 단지 입술을 오므리며 고개를 저을 뿐이었다.

시몬스는 사진들을 정리해서 다시 봉투에 집어넣고 마치 기도를 하듯 양손을 가슴 앞에서 마주 댔다. 그녀의 목소리는 상냥하고 가벼웠다. "지금 여기에는 우리 둘밖에 없어요, 마일로 씨. 테렌스는 건물 밖으로 나갔습니다. 그는 이제 끼어들 수 없어요. 더 이상 그 사람을 보호할 필요 없습니다."

"무슨 말인지 모르겠군요." 마일로가 조그맣게 속삭였다.

"그만 해요." 시몬스가 부드럽게 말했다. "진실을 말해도 아무 일 없을 거예요. 약속할게요."

마일로는 곰곰이 생각에 잠긴 후, 뭔가 말할 듯 보였지만 곧 생각을 바꿨다. 그가 거친 숨을 내쉬며 말했다. "자넷 씨, 우리는 개인적으로 사이가 좋지 않지만 나는 당신이 약속을 지킬 사람이라고 믿습니다. 하지만 그걸로는 부족해요."

"부족하다는 것은…… 당신 자신에게?"

"다른 사람들에게요."

시몬스는 몸을 뒤로 젖히며 눈을 가늘게 떴다. "누구 말이죠? 당신의 가족들?"

마일로는 대답하지 않았다.

"가족들 문제는 제가 보장할게요, 마일로 씨. 아무도 그들을 건드리지 못할 겁니다."

마치 그 말이 신경을 건드린 양, 마일로는 몸을 움찔했다.

"그러니 테렌스를 보호하는 것은 그만둬요. 알겠죠? 그 사람은 이제 아무 짓도 못 해요. 우리가 하는 말을 듣지도 못한다고요. 여기는 당신과 나, 우리 둘밖에 없어요. 그러니 사실대로 얘기해 봐요."

마일로는 고민하다가 다시 고개를 저었다. "자넷 씨, 도청을 완벽하게 피하는 일 따위는 불가능해요." 그는 숨을 내쉬며 문을 쳐다보더니 시몬스를 향해 몸을 기울였다. 세 번째 거짓말을 조그맣게 속삭이기 위해서였다. "그와 거래를 했습니다."

"테렌스와?"

마일로는 고개를 끄덕였다.

시몬스가 잠시 마일로를 쳐다보았다. 마일로는 잠자코 시몬스가 스스로 나머지 세부 사항들을 채워 넣기를 기다렸다. "그레인저를 살해한 죄를 뒤집어쓴다는 거래였군요." 시몬스가 자신이 짐작한 바를 말했다.

"맞습니다."

"그리고 모든 것을 그레인저의 책임으로 돌린다?"

마일로는 그 물음에 굳이 대답하지 않은 채 다음과 같이 말했다. "형량이 짧을 거라고 약속했어요. 그리고……." 그는 침을 꿀꺽 삼켰다. "가족들에게는 손대지 않겠다고요. 그러니 뭔가 조치를 취하실 작정이라면 제 가족들을 목숨 걸고 지켜줄 각오를 해야 할 겁니다."

# 16

폴리 스퀘어에 위치한 MCC 건물의 심문실에 들어가기 전부터, 그는 상황이 급속도로 나빠지고 있음을 깨달았다. 이유는 살로부터 온 답장 때문이었다.

발각되지 않았음. 마지막 송신한 이메일은 J 시몬스의 여행중개소 본부 방문에 관한 것임. 그 정보에 오류가 있다는 것은 무슨 뜻인가?

어떻게 보아도 유감스러운 내용이었다. 가능한 상황은 세 가지였다.

1. 메시지를 보내는 것은 살이 아니었다. 살은 이미 발각되었고 국토안보부의 누군가가 피츠휴를 혼란시키기 위해 살의 이름으로 메시지를 보내고 있었다.
2. 메시지를 보내는 것은 살이었다. 하지만 그는 발각된 상태이고 새로운 상관들의 지시대로 메시지를 작성해서 보내고 있었다.
3. 메시지를 보내는 것은 살이었다. 하지만 그는 자신이 발각된 사실을 모른다. 다만, 일전의 메시지 한 통은 다른 누군가가 보낸 것이었고, 발신자는 지금 피츠휴가 허둥대는 꼴을 지켜보고 있다.

셋 중 어떤 상황이든 모두 안 좋은 소식이었다.

하지만 피츠휴는 심문 전에 마음을 가다듬었다. 확실한 것은 그를 타이거, 안젤라 예이츠, 심지어 그레인저에게로 연결시킬 실마리가 아무것도 없다는 점이었다. 지금까지의 작전은 모두 그레인저를 통해 이루어졌고, 그레인저는 이제 세상을 떠났다. 마일로 위버를 제외하면 누구도 피츠휴를 위협할 수 없었다. 사건은 끝났다. 끝나야 했다.

하지만 피츠휴의 자기 최면은 거기까지였다. 일단 시몬스가 위버의 진짜 아버지를 밝힌 것이 그를 당황하게 했다. 어떻게 〈회사〉가 그 사실을 여태까지 모를 수 있었단 말인가. 그러고 나서 시몬스가 그를 복도로 불러냈다.

"네이선 어윈 상원의원의 보좌관들이 티나 위버에게 당신에 대해서 물어봤다던데, 이유가 뭘까요?"

"네?" 피츠휴는 전혀 모르는 일이었다. "도대체 무슨 말씀인지 모르겠군요."

마치 뺨을 세게 얻어맞기라도 한 듯, 자넷 시몬스의 두 뺨이 선명하게 붉었다. "일전에 로만 우그리모프를 전혀 모른다고 하셨죠?"

피츠휴가 고개를 끄덕였다.

"즉, 그를 만나신 적이 없겠군요?"

"물론이죠. 그런 걸 왜 물어보십니까?"

"그럼 이건 뭘까요?" 시몬스는 피츠휴에게 봉투를 건네어 직접 열어보도록 했다. 봉투 속에는 한 페이지 크기의 사진 세 장이 들어 있었다. 중국 식당 구석 자리의 작은 테이블이 어딘가에 숨겨진 광각 렌즈 카메라에 찍혀 있었다.

"잠깐만요." 피츠휴가 입을 열었다.

"당신과 우그리모프 씨는 무척 친한 사이처럼 보입니다만." 시몬스가 말했다.

피츠휴는 눈앞에 부연 안개가 끼는 느낌 속에서 어젯밤의 기억을 떠올렸다. 착각한 남자. 피츠휴를 다른 사람으로 착각한 남자였다. 그는 어렵사리 자넷 시몬스에게 시선의 초점을 맞췄다. "누가 준 사진입니까?"

"그건 중요치 않아요."

"중요합니다!" 피츠휴가 소리를 질렀다. "모함이에요. 모르겠습니까? 이건 어젯밤 찍힌 사진입니다! 이 남자는 저를 다른 사람으로 착각했을 뿐입니다. 그렇게 말하면서 사과했다고요. 제 손을 잡고 악수를 하더니 저를……." 피츠휴는 기억을 떠올렸다. "버나드! 그래요, 버나드인 줄 알았다고 그랬습니다!"

"이 사진들은 작년 제네바에서 찍힌 거예요." 피츠휴의 광적인 반응과 대조적으로 시몬스의 목소리는 차분했다.

이윽고 피츠휴는 깨달았다. 이 여자의 짓이다. 항상 이 여자가 문제였다. 자넷 시몬스와 국토안보부가 나를 노리는 것이다. 이유는 확실치 않다. 살을 그곳에 심어놓은 것에 대한 보복일지도 모른다. 마일로 위버를 잡으려 했던 것, 톰 그레인저에 대해 불만을 제기한 것, 이 모든 것이 그녀의 진짜 목적을 숨기기 위한 연막이었던 것이다. 바로 테렌스 앨버트 피츠휴를 매장시키려는 음모. 피츠휴는 생각했다. '이럴 수가. 그렇다면 타이거나 로만 우그리모프 따위는 처음부터 관심도 없었던 거야.' 이것이야말로 미끼로 꾄 다음 잡아 올리는 수법이었다.

마침내 피츠휴는 할 말을 떠올렸다. "다 거짓말입니다. 저는 로만 우그리모프를 몰라요. 이 사건을 저지른 자들과는 하등의 관련도 없단 말입니다." 그는 심문실을 가리키며 말했다. "죄인은 저 안에 있는 놈입니다. 증거를 위조하고 싶으면 마음대로 해 보시죠. 그렇다고 진실이 바뀌진 않습니다."

흥분한 피츠휴는 MCC를 나와 자신이 묵는 호텔 근처의 바를 향했다. 바는 여행객들로 가득했다. 피츠휴는 늘 하던 대로 아버지와 할아버지가 즐겨 마시던 스카치위스키를 주문했다. 그의 주위에는 메이슨-딕슨 경계선 남쪽에서 온 얼빠진 사내들이 맥주를 벌컥벌컥 들이켜고 있었다. 옆에는 여자들이 와인 칵테일을 홀짝이며 그들의 남자들이 들려주는 이야기에 웃고 있었다.

어째서 사태가 이렇게까지 악화되었을까? 그것도 이렇게 갑자기? 어디서부터 잘못되었지?

피츠휴는 한발 물러서서 사태를 조망해 보려고 했지만 쉽지 않았다. 혹시 그가 아프리카에서 행했던 작업이 문제가 됐을지도 모른다. 정당하다고 할 수 있는 그의 행동들은 수많은 방식으로 해석될 여지가 있다. 그러나 피츠휴는 자신의 해석이 옳은지, 자신이 눈앞에 놓은 증거들의 이면에 숨겨진 진실을 파악하고 있는지 확신할 수 없었다.

6시가 지나자 누군가 주크박스로 저니의 노래를 틀었고, 피츠휴는 그것이 마치 자기더러 나가라는 신호인 양 느껴졌다. 그는 브로드웨이의 극장들로 향하는 주말 여행객들의 흐름 속으로 섞여 들어갔다. 그는 그 익명의 무리의 일원이 되고 싶었지만, 맨스필드 호텔에서 한 블록 떨어진 길모퉁이에 놓인 공중전화를 보고 그럴 수 없음을 깨달았다. 지금은 도움이 필요했다.

피츠휴는 동전을 전화기에 집어넣고 과용해서는 안 될 전화번호를 눌렀다. 신호음이 다섯 번 울리고 어윈 상원의원의 경계하는 목소리가 들렸다. "여보세요?"

"접니다." 피츠휴는 그렇게 말하다가 응당 해야 할 말을 떠올렸다. "칼로스. 칼로스입니다."

"그래, 어떻게 지내나, 칼로스?"

"좋지 않습니다. 마누라한테 들킨 것 같아요. 제가 만나는 여자 말입니다."

"그러니까 그 여자 그만 만나라고 내가 말했잖나? 모두에게 민폐라고 말이야."

"덧붙여 마누라는 당신 얘기도 알고 있어요."

정적이 흘렀다.

"문제는 없을 겁니다." 피츠휴가 말했다. "하지만 도움이 필요해요. 저를 보호해 줄 사람 말입니다."

"사람을 보내줄까?"

"네. 그렇게 해주시면 좋죠."

"그 여자는 여전히 호텔에서 만나는가?"

"네." 상원의원의 인내심에 내심 기뻐하며 피츠휴가 말했다. "만나기로 한 시간이……." 피츠휴는 저물어가는 태양 아래에서 손목시계를 확인했다. "오늘 밤 10시입니다."

"가능하면 11시가 좋겠군." 상원의원이 말했다.

"네. 그럼 11시로 하죠."

상원의원이 전화를 끊자 피츠휴는 지저분한 수화기를 후크에 걸고 손을 바지에 문질러 닦았다. 호텔의 벨보이가 피츠휴를 알아보고 미소와 함께 고개를 숙이자, 피츠휴는 인사말을 건넸다. 약속 시각까지는 다섯 시간이 남았고 그전에 술을 깨야 했다. 피츠휴는 호텔의 M바로 가서 커피를 주문했다. 하지만 30분 정도 스무 살의 바텐더, 그리고 큰 꿈을 가진 아름다운 여배우와 대화를 나누고 나니 생각이 바뀌었다. 조금 취해도 해로울 것은 없겠지. 석 잔의 스카치위스키를 마신 뒤 그는 방으로 돌아가 침대 위에 쓰러졌다.

시몬스를 어떻게 처리하지? 상원의원이 가진 연줄이면 그녀를 황량한 국토안보부 지방사무소로 전근시킬 수 있다. 예를 들어 사우스다코타 주의 피어 같은 곳으로. 수사가 완료되어 위버에게 그레인저를 죽인 유죄 선고가 떨어질 때까지만 그녀를 그곳에 붙잡아 두면 된다. 피츠휴는 이제 마일로 위버가 러시아의 이중간첩이라는 혐의에 희망을 걸지 않기로 했다. 그것은 아직 입증되지 않은 것이었다. 지금 확실한 것은 그레인저를 죽였다는 고마운 자백이었다. 위버가 마지막 순간에 말을 바꿀지도 모르지만, 시몬스만 없으면 기록된 진술서를 가지고 어떻게든 할 수 있었다. 침대 옆의 남은 스카치위스키를 집어 들어 잔을 채우며, 피츠휴는 스스로를 안심시켰다. 현 상황에서 시몬스만 몰아내면 된다. 그렇게만 하면 신경이 곤두선 상원의원을 포함하여 모두의 행복과 안전이 보장될 수 있다.

11시 정각. 문을 두드리는 소리에 피츠휴는 잠에서 깼다. 도중에 깜빡 잠이 들었던 것이다. 문의 구멍을 통해 피츠휴와 비슷한 나이의 회색 구레나룻을 기른 남자의 모습이 보였다. 상원의원의 보좌관이다. 피츠휴는 문을 열고 손을 내밀었다. 남자는 그의 손을 잡고 악수를 했지만 이름을 밝히지는 않았다. 이 특별한 사내들은 결코 이름을 말하는 법이 없었다. 피츠휴는 문을 잠그고 TV를 켜서 소리를 가린 뒤, 그레인저의 술병에 든 술을 권했지만 남자는 점잖게 사양했다.

"본론으로 들어갑시다." 남자가 말했다. "전부 말씀해 주시죠."

# 17

자넷 시몬스 요원이 현장에 도착한 것은 7월 30일 월요일 아침, 마일로가 MCC에 들어간 지 나흘째 되는 날이었다. 마일로 위버 사건의 방향을 잡기 시작한 것은 전날인 일요일 아침. 그러던 중, 월요일 오전 5시 휴대폰의 진동에 시몬스는 잠을 깼다. 그것은 국토안보부의 지역 사무소에서 걸려온 연락으로 시몬스가 관심을 가질 만한 911 신고가 있다는 내용이었다. 전화를 끊은 시몬스는 바로 택시를 타고 맨스필드 호텔로 향했다.

세 시간 동안 시몬스는 호텔 방을 둘러보며 피츠휴의 소지품을 살피고, 캐논 카메라를 사용하여 피츠휴가 남긴 쪽지를 촬영했다. 그녀는 사건을 전담한 노련한 강력계 형사와 장시간 대화를 나누었다. 스무 살 남짓의 그는 화려함 뒤에 우울이 도사린 이 도시에 사는 애처로운 인간의 전형이었다. 9시경에 〈회사〉의 담당자가 현장에 도착했다. 그는 시몬스에게 신속히 와 주셔서 감사하다는 인사와 함께 이제 번거롭게 수고하실 필요 없다는 말을 전했다.

멍한 기분 속에서 공복을 느끼며 시몬스는 그랜드 하얏트 호텔로 돌아왔다. 스카이 레스토랑에서 거하게 아침 식사를 하면서 그녀는 지난 나흘간 수집한 정보의 궤적을 곰곰이 되새겼다. 방에 돌아온 시몬스는 테렌스 피츠휴와 로만 우그리모프가 제네바에서 함께 있는 사진을 바라보다가 워싱턴으로 전화를 걸었다. 출입국 관리소의 기록에 따르면, 로만 우그리모프라는 사람이 7월 26일 목요일에 JFK 공항에 입국하였고, 7월 28일 밤 비행기를 타고 출국했다. 바로 어제였다.

시몬스는 조지 오바크 요원에게 전화를 걸어 미네소타 주 네이선 상원의원의 보좌관인 짐 피어슨과 막시밀리안 그리보브스키의 사진을 부탁했다. 한 시간 후 사진들이 이메일로 도착했다.

4시경 시몬스는 파크 슬로프에 도착했다. 그녀는 굳이 아파트 건물로부터 멀리 주차하지 않고, 가필드 플레이스의 마일로 위버의 집 근처에 차를 세운 뒤 곧장 집으로 가서 초인종을 눌렀다. 물건들이 파손되어 버려진 덕에 집은 전보다 널찍하고 밝아 보였다. 일요일 오후를 보내기에 제격이었다. 시몬스는 라이터를 발견한 공로에 대한 보답으로 스테파니에게 줄 쿠키 한 상자를 들고 있었다. 스테파니는 시몬스가 그 일을 기억하고 있다는 사실에 기분이 좋았다. 세 사람은 소파에 앉았고, 시몬스는 노트북 컴퓨터를 열어 짐 피어슨과 막시밀리안 그리보브스키의 사진을 티나에게 보여줬다. 예상은 했지만 티나가 고개를 저으며 전혀 본 적이 없는 얼굴들이라고 말하는 순간 시몬스는 실망으로 가득 찬 상자를 열어젖힌 기분을 느꼈다.

티나는 시몬스에게 예브게니 프리마코프와의 만남에 대해 전부 알려달라고 청했다. 시몬스는 마일로의 가족 얘기를 티나에게 숨길 필요가 없다고 생각하여 프리마코프와의 이야기를 빠짐없이 들려주었다. 이야기가 끝날 때쯤, 세 사람은 엘렌과 그녀의 인생에 대해 경외심을 느낄 지경이었다. "세상에." 티나가 말했다. "진짜 파란만장했군요."

그 말에 시몬스는 웃음을 터뜨렸고, 스테파니는 티나에게 물었다. "파란만장?"

호텔로 돌아온 시몬스는 밤새 분에 겨워 잠을 이루지 못했다. 놀라움과 감탄이 사라지자 남은 것은 분노뿐이었다. 숫처녀 심리치료사가 안다면 이번에도 시몬스의 과대망상증을 지적할 것이다. 과대망상증 환자들은 상황이 그들의 통제 밖에 있다는 생각을 견디지 못한다. 하물며 다른 누군가가 그들의 움직임을 조종하며 상황을 통제하고 있다는 사실을 깨달으면 상태는 악화된다.

분노 속에서 시몬스는 호텔 방의 전화로 유엔에 전화를 걸어 교환원에게 예브게니 프리마코프의 뉴욕 사무실로의 연결을 요청했다. 교환원은 프리마코프가 그날 아침에 뉴욕을 떠났음을 알리며, 그가 휴가 중이므로 9월 17일 이후 브뤼셀 사무소를 통해 연락이 가능할 것이라고 덧붙였다. 시몬스는 수화기를 부서뜨릴 기세로 힘껏 후크에 처박았다.

기력이 한풀 꺾이고 나서야 분노는 가라앉았다. 시몬스는 테네시의 블랙데일에서 가졌던 신선한 에너지를 떠올렸다. 그곳에서부터 움직이기 시작한 그녀의 엔진은 한 달 내내 격렬하게 작동했다. 연료가 떨어지는 것도 당연한 일이었다.

아침에 시몬스는 지하철을 타고 남쪽 폴리 스퀘어의 메트로폴리탄 교정센터로 향했다. 호주머니에서 일상생활의 흔적들을 모조리 꺼내어 보이는 수고로운 보안 검색을 마친 뒤, 마일로 위버의 면회를 요청했다.

교도관들이 수갑과 족쇄를 찬 마일로를 데리고 왔다. 그는 피곤하지만 건강해 보였다. 아메리카 애비뉴에서 맞은 흔적은 약간의 멍으로만 남아 있었다. 살이 약간 찐 듯 보였고 눈의 충혈도 사라져 있었다.

"안녕하세요, 마일로 씨." 시몬스가 인사를 했고, 교도관은 무릎을 꿇고 마일로를 결박한 사슬을 테이블에 묶었다. "건강해 보이네요."

"음식이 진수성찬이랍니다." 마일로가 교도관에게 웃어 보이자, 교도관 역시 일어서며 활짝 웃었다. "그렉, 사슬 똑바로 묶었어요?"

"그럼요, 마일로."

"잘했어요."

그렉은 두 사람을 두고 밖으로 나가 문을 잠근 다음, 강화유리 창문 옆에 대기하며 상황을 지켜보았다. 시몬스는 자리에 앉아 테이블 위로 양손의 손가락들을 깍지 끼었다. "여기서 바깥소식은 들을 수 있나요?"

"그렉이 〈타임스〉 일요일판을 슬쩍 가져다줬지요." 마일로는 목소리를 낮췄다. "남들한테는 비밀입니다. 아셨죠?"

시몬스는 열쇠로 입을 잠그고 멀리 던지는 시늉을 했다. "피츠휴가 죽었어요. 어제 아침 호텔 방에서 시신이 발견됐습니다."

마일로는 놀란 표정으로 시몬스를 보며 눈을 깜빡거렸다. 이 남자는 정말로 놀란 것일까? 시몬스는 알 수가 없었다. 자료도 읽었고 비밀스러운 과거까지 파악했건만 마일로 위버는 여전히 풀리지 않는 수수께끼였다. 마일로가 말했다. "의외의 사건이군요."

"네. 정말 의외예요."

"누구의 짓입니까?"

"검시 결과는 자살이에요. 피츠휴 본인의 권총이 사용됐어요. 유서까지 남겼죠."

마일로가 더욱 놀란 표정을 지었다. 시몬스는 다시금 그 표정의 진정성을 궁금해했다. 마일로가 진지한 목소리로 물었다. "유서에는 뭐라고 쓰여 있었습니까?"

"많은 것이 적혀 있었죠. 제대로 정리되지 않은 글이었어요. 글씨도 엉망이었고요. 아마 취한 상태에서 쓴 것 같아요. 스카치위스키를 5분의 1병 정도 마셨더군요. 글에는 부인에게 하는 말이 많았어요. 요약하면 좋은 남편이 되지 못해서 미안하다는 얘기였죠. 하지만 몇 문장은 이번 사건에 관한 내용이었어요. 자신이 그레인저와 함께 처음부터 일을 꾸몄고, 그레인저의 살해를 지시했다더군요. 그레인저가 당신에게 들려줬다는 이야기대로였어요. 당신이 믿지 않는다고 했던 이야기 말이에요."

"자살인 것은 확실합니까?"

"다르게 설명할 길이 없으니까요. 혹시라도 당신이 저한테 숨기는 정보가 없다면."

마일로는 테이블의 하얀 표면을 응시했다. 생각에 잠긴 그의 숨소리가 들렸다. 이 남자는 무슨 생각을 하고 있는 걸까?

시몬스가 말했다. "피츠휴가 사망한 시간쯤, 그러니까 토요일 밤 늦게서야 깨달은 사실이 하나 있어요. 그것 때문에 상황이 다시금 원점으로 돌아왔죠. 오늘은 바로 그 의문을 풀어 볼까 해요."

"어떤 의문입니까?"

"피츠휴가 익명의 제보자로부터 러시아 여권을 받은 것은 당신이 아메리카 애비뉴로 돌아온 다음 날이었어요. 여권은 진품이었지만 피츠휴가 끝내 알아내지 못한 점이 하나 있었죠. 바로 누가 여권을 보냈는가 하는 것 말이에요."

"저도 그것이 알고 싶습니다."

시몬스는 미소를 지었다. "당신은 이미 알잖아요? 바로 당신의 아버지, 예브게니 프리마코프가 보냈다는 것을. 저로 하여금 당신의 과거에 눈을 돌리고, 당신의 외할아버지를 찾아내고, 마침내 당신의 아버지인 프리마코프 자신을 만나러 오도록 하기 위한 수작이었죠."

마일로는 묵묵히 기다렸다.

"인정하기 싫지만, 훌륭한 솜씨였어요. 여권을 저한테 직접 보낼 수도 있었겠지만, 제가 익명의 제보자가 보낸 물건을 쉽사리 신용하지 않으리란 사실을 안 거죠. 그래서 여권을 피츠휴에게로 보낸 겁니다. 피츠휴가 신이 나서 저에게 그 소식을 전할 거라고 예상한 거죠. 피츠휴는 여권을 이용하면 당신을 매장할 수 있으리라 생각했지만 결과는 정반대였어요. 여권 덕분에 저는 프리마코프를 만났고, 프리마코프는 때마침 테렌스 피츠휴가 로만 우그리모프와 함께 있는 사진을 가지고 있었죠. 그런데 공교롭게도 같은 시간에 로만 우그리모프는 뉴욕에 머물고 있었더군요. 굉장한 우연의 일치라고 생각하지 않나요?"

"모든 것을 음모라고 상상하시는군요."

"그럴지도 모르죠." 시몬스는 마음 한편에서 그녀의 결론이 전부 상상이기를 바라며 그 말에 동의했다. 몇 주 전의 마일로처럼, 시몬스는 타인이 자신을 멋대로 조종하고 있다는 사실에 신경이 곤두섰던 것이다. 하지만 그녀는 그것이 엄연한 사실임을 알고 있었다. "정말이지, 예술적이에요." 시몬스가 말했다. "당신 아버지는 당신을 러시아 스파이로 몰고 갈 법한 물건을 이용해서 오히려 피츠휴의 죄를 밝힐 증거를 제 손에 쥐여준 셈이었죠. 그렇게까지 위험을 감수한 것을 보니 당신 아버지는 아드님을 진심으로 사랑하는 것 같군요."

"터무니없는 얘기예요." 마일로가 말했다. "당신의 행동을 그렇게 완벽히 예측하는 것이 가능할 리가 없잖습니까?"

"가능해요." 시몬스가 재빨리 입을 열어 반박의 근거를 내뱉었다. "당신 아버지는 국토안보부와 〈회사〉의 사이가 무척 안 좋다는 사실을 알고 있었던 거예요. 아마도 당신에게 들었겠죠. 프리마코프는 제가 〈회사〉에 이중간첩이 있다는 낌새를 채는 순간, 〈회사〉를 압박하기 위해 사건에 더욱 깊이 파고들리라는 것을 안 거예요. 결국 이중간첩 대신에 비밀스러운 유년의 기억을 가진 요원을 발견했을 뿐이지만."

마일로는 팔목에 채워진 수갑을 바라보며 시몬스의 말을 곰곰이 생각했다. "말씀대로 일지도 모르겠군요. 적어도 당신의 편집증적 세계에서라면 가능한 일입니다. 어차피 당신에게 피츠휴를 체포할 증거는 충분치 않았습니다. 모두 정황 증거일 뿐이었어요. 하지만 결과적으로 피츠휴가 자살을 한 겁니다. 이건 누구도 예상치 못한 일이잖습니까?"

"정말로 자살을 했다면 말이죠."

"자살이라고 생각하지 않습니까?"

"피츠휴처럼 교활한 작자가 자살을 한다는 것은 이상한 일이잖아요? 오히려 곤경에서 빠져나가기 위해 물불 안 가리는 편이 어울리죠." 시몬스가 말했다.

"그렇다면 누가 죽였다는 겁니까?"

"어떻게 알겠어요? 당신 아버지의 짓인지도 모르죠. 아니면 제가 너무 깊이 파고들어서 피츠휴의 윗분들 심기가 불편했을지도 모르고요. 피츠휴는 유서에서 모든 것이 자기 책임이라는 점을 명확히 밝혔습니다. 어떻게 생각해요? 당신도 악랄한 행정 관료 한 사람이 아프리카에 불안을 초래함으로써 중국의 석유 공급을 교란시키려고 했다고 믿나요?"

마일로는 울적한 표정으로 어깨를 늘어뜨리며 대답했다. "모르겠습니다. 무엇을 믿어야 할지 모르겠어요."

"그렇다면 다른 질문을 드릴 테니 대답해 주세요."

"그럼요. 기꺼이 도와드려야죠."

"앨버커키에 머물렀던 한 주간 뭘 하셨죠?"

"말씀드렸다시피 술을 마셨습니다. 마시고 먹고 싸고 생각했죠. 그러다가 비행기를 타고 뉴욕으로 돌아온 겁니다."

"그랬겠죠." 시몬스가 질렸다는 듯이 일어서며 대답했다. "그렇게 말할 줄 알았어요."

# 여행의 시작

2007년 9월 10일 (월)

~ 9월 11일 (화)

# 1

애초에 마일로는 상황이 어떻게 마무리될지 알고 있었지만, 엄격한 교도소 생활은 그에게 두려움과 의구심을 일으켰다. 교도소라는 공간은 영민한 러시아 사람마저도 밖에서 돌아가는 일에 대한 신념을 잃도록 하기에 안성맞춤인 환경이다. 강제되는 기상 시간, 식사 시간, 그리고 정오에 마당에서 운동하는 시간. 마당에 있노라면 마음은 교도소 담장을 넘어 바깥세상에서 그 순간 벌어지고 있을 일들을 공상하기 시작하지만, 교도소의 이른바 사교 활동이 그러한 사색에 훼방을 놓기 마련이다. 당신은 농구와 어울리지 않으니 자신들에게 합류하라고 권하는 남미 패거리, 당신이 앉아 있는 관람석 스탠드가 자기들의 영역이라고 못 박는 흑인 패거리, 당신은 백인 형제이므로 자신들과 함께 행동해야 한다고 주장하는 스킨헤드들. 마일로처럼 본인은 어떤 집단에도 속하지 않는다는 거부의 말을 내뱉는 순간, 교도소 담장 밖을 공상하던 당신의 마음은 다시금 안으로 들어오게 된다. 안에서 생존하는 것이 급선무가 되어버리기 때문이다.

마일로는 한 달 반 수감 생활의 첫 3주간, 세 차례 생명의 위협을 느꼈다. 최초는 자신의 맨손이 충분한 무기가 되리라고 착각한 대머리 파시스트의 공격이었는데, 마일로는 그의 두 손을 옆 감방의 철장 틈에 처박아 뭉개버렸다. 나머지 두 차례는, 몇 사람이 마일로를 붙잡고 다른 몇 사람이 식기를 뾰족하게 갈아서 만든 흉기로 습격하는 방식이었다. 그들은 마일로의 가슴, 허벅지, 엉덩이에 상처를 낸 뒤 그를 의무실에 내던졌다.

그리고 이틀 뒤, 흑인 패거리들의 관람석 스탠드 아래에서 뉴어크 폭력단의 깡패였던 두 번째 공격자가 조용히 질식사한 채 발견되었다. 지문의 흔적은 없었지만, 침묵의 벽이 마일로 위버를 감쌌다. 수감자들은 그를 눈엣가시로 여겼지만, 건드렸다가는 탈이 날지도 모르니 그냥 두는 편이 낫다고 판단했다.

자넷 시몬스 요원은 주기적으로 마일로를 찾아왔다. 그녀는 마일로의 아버지인 프리마코프라든가 호팟콩 호 서쪽 키타티니 산맥에서 발견된 트리플혼의 시신 등과 관련한 세부사항들을 확인했다. 마일로는 티나와 스테파니에 대해 물었고, 시몬스는 두 사람이 잘 지낸다는 대답으로 일관했다. 어째서 가족들이 자신을 만나러 오지 않는가 하는 마일로의 물음은 시몬스를 불편하게 했다. "티나는 스테파니가 아빠의 이런 모습을 받아들이기 힘들 거라고 생각한 게 아닐까요?"

3주 후 마일로가 의무실에서 부상을 치료받으며 쉬고 있는데 마침내 티나가 찾아왔다. 간호사가 마일로를 휠체어에 앉혀 면회실로 인도했고, 부부는 방탄 유리창을 사이에 두고 수화기를 통해 대화를 나누었다.

이런 상황 속에서도, 아니, 어쩌면 이런 상황 덕분에 티나는 건강해 보였다. 조금 여윈 탓인지 전에 없이 광대뼈가 불거져 있었다. 마일로는 줄곧 두 사람을 가로막은 유리창을 쓰다듬었지만, 티나는 그의 감상적인 심경 표현에 호응하지 않았다. 마치 미리 작성한 진술서를 읽는 것 같은 투로 티나가 말했다.

"난 지금 상황을 전혀 이해할 수가 없어. 이해하는 척하고 싶지도 않고. 어느 날은 당신이 톰을 죽였다고 자백하더니, 다음날은 자넷 시몬스 요원이 그렇지 않다고 하잖아. 도대체 누가 거짓말을 하는 거지?"

"난 톰을 죽이지 않았어. 그게 사실이야."

티나는 활짝 웃음을 지었다. 대답을 듣고 안심이 된 표정처럼 보였지만 마일로는 확신할 수가 없었다. 티나가 말했다. "웃긴 건 말이야, 나는 당신이 그랬다고 해도 받아들일 준비가 되어 있다는 거야. 당신이 스테파니의 대부를 죽였다고 해도 받아들일 수 있다고. 오랫동안 쌓인 믿음이 있으니까. 당신이 톰을 죽였다면 그럴 만한 이유가 있었으리라고 납득할 수 있어. 정당한 살인이었다고 믿을 수 있다고. 알겠어? 그런 게 바로 믿음이야. 하지만 문제는 그게 아니야. 문제는 당신 아버지야. 세상에, 아버지라니! 어떻게 그럴 수가 있어?" 진술서를 읽는 듯한 티나의 태도가 무너지기 시작했다. "도대체 얼마나 더 나한테 그 사실을 숨길 작정이었던 거야? 얼마나 더 스테파니한테 할아버지의 존재를 숨길 작정이었냐고!"

"그건 미안해." 마일로가 말했다. "그건…… 내가 어릴 적부터 했던 거짓말이야. 〈회사〉에도 거짓말을 했지. 시간이 지나자 그 거짓말은 나로서는 또 다른 진실이 되어 버린 거야."

눈에 눈물이 맺혔지만 티나는 울지 않았다. 그녀는 뉴저지의 교도소 면회실에서 무너지는 꼴을 보이고 싶지 않았다. "그걸로는 부족해. 무슨 말인지 알겠어? 그걸로는 부족하다고."

마일로가 화제를 바꿨다. "스테파니는 어때? 스테파니에게는 뭐라고 얘기했어?"

"스테파니는 당신이 회사 일로 출장 간 줄 알고 있어. 장기 출장."

"그리고?"

"그리고라니? 당신 딸이 아빠를 보고 싶어한다는 말이라도 듣고 싶어? 그래, 스테파니는 당신을 보고 싶어해. 하지만 알아둘 게 있어. 진짜 아버지인 패트릭이 강력한 도전자로 부상했다는 거야. 애 봐주는 사람한테서 스테파니를 데려오기도 하고, 심지어 밥도 차려 줘. 자신이 아주 훌륭한 가장임을 증명하고 있다고."

"그래. 잘 됐네." 마일로는 본심과 다른 말을 했다. 패트릭 덕분에 스테파니가 행복한 것은 다행이었지만, 마일로는 그 사내가 가족들 곁에 오래 머물리라고 생각하지 않았다. 패트릭은 끈기 있는 사람이 아니었다. 마일로는 참지 못하고 상상할 수 있는 최악의 질문을 던졌다. "혹시 당신하고 패트릭이……?"

"설령 우리 두 사람이 그런 사이라고 해도 당신이 상관할 바는 아니잖아?"

그 말에 마일로는 더 이상 견딜 수가 없었다. 자리에서 일어나자 가슴의 부상 때문에 통증이 밀려왔다. 티나는 마일로의 고통스러운 얼굴을 보며 말했다. "당신 괜찮아?"

"괜찮아." 마일로는 말을 마치고 수화기를 내려놓은 뒤 교도관에게 의무실까지 데려가 달라고 부탁했다.

9월 10일 월요일에 자넷 시몬스 요원이 마지막으로 면회를 하러 왔다. 그녀는 마침내 증거의 조각들이 하나의 그림으로 맞춰졌다고 알려줬지만, 시간이 이렇게까지 오래 걸린 이유는 언급하지 않았다. 그레인저의 집에 묻어 있던 혈흔은 산에서 발견된 시신의 것과 일치하는 것으로 판명됐다. 또한 시몬스는 프랑스 쪽에 부탁하여, 안젤라 예이츠의 아파트에 있는 수면제 약병을 바꿔치기한 것이 트리플혼임을 입증하는 DNA 감식 결과도 확보했다.

"납득이 안 돼요, 마일로. 당신은 결국 무죄였어요. 그레인저와 안젤라를 죽인 것은 당신이 아니었어요. 타이거의 경우는 어떤지 잘 모르겠지만."

마일로가 거들기 위해 대답했다. "타이거를 죽인 것도 제가 아닙니다."

"그래, 좋아요. 당신은 아무도 죽이지 않았어요. 하지만 한 가지 분명한 사실은 가족들을 지키기 위해 피츠휴와 거래를 했다는 말은 그럴싸한 연막이라는 거예요."

마일로는 잠자코 대꾸하지 않았다.

시몬스는 몸을 기울여 방탄 유리창에 가까이 다가갔다. "궁금한 게 있어요. 어째서 애초에 저한테 솔직히 털어놓지 않았나요? 왜 계속해서 허위 정보를 제공했죠? 게다가 당신 아버지는 왜 저를 뒤에서 조종한 건가요? 나를 엿 먹일 작정이었나요? 저도 이성적인 인간이에요. 말을 했으면 알아들었을 거라고요.”

마일로는 시몬스의 말에 대해 생각해 보았다. 19층의 고문실에 갇혀 있는 동안, 마일로 역시 솔직히 털어놓고 싶은 마음이 간절했다. 하지만 마일로는 그렇게 하지 않은 이유를 기억해 냈다. “사실대로 말했어도 당신은 믿지 않았을 테니까요.”

“믿었을지도 모르죠. 설령 믿지 않았다 해도 적어도 이야기의 진위는 확인은 해 봤을 거예요.”

“증거가 없다고 결론을 내렸을 겁니다.” 그렇게 말하면서 마일로는 두 달 전 타이거가 죽기 전에 했던 말을 떠올렸다. “술래잡기를 해야 했습니다. 제대로 된 첩보원들은 상대가 말한 걸 곧이곧대로 믿으면 안 된다고 생각하니까요. 당신이 어떤 사실을 믿도록 할 방법은, 스스로가 그 사실을 알아냈다고 여기게끔 만드는 것뿐이었습니다. 제가 유도했다는 것을 당신이 눈치채서는 안 되었죠.”

시몬스가 마일로를 쳐다봤다. 아마도 지금껏 조종당했다고 생각하며 바보 취급을 받았다는 기분에 휩싸인 듯 보였지만 마일로는 확신할 수 없었다. 요즘의 그에게는 알 수 없는 것이 너무 많았다. 이윽고 시몬스가 입을 열었다. “좋아요. 그렇다면 네이선 어윈이라는 상원의원은 어찌 된 영문인가요? 당신 아버지는 그 사람 밑에서 일하는 보좌관들의 이름을 사칭한 남자 둘을 보냈어요. 게다가 그들은 〈회사원〉으로 가장했죠. 어째서 제가 상원의원에게 눈을 돌리도록 한 거죠?”

“그것은 아버지에게 물어보시죠.”

“당신은 모른단 말인가요?”

마일로는 고개를 저었다. “그 상원의원이 전반적인 상황과 연결되어 있는 것 같습니다만, 아버지는 저에게 아무것도 알려주지 않았습니다.”

"그럼 뭐라고 하던가요?"

"본인을 믿으라고 하더군요."

마치 믿음이라는 것이 소화하기 어려운 관념이라는 듯, 시몬스는 천천히 고개를 끄덕였다. "결과적으로 당신 아버지의 말이 옳았군요. 내일 행정절차가 완료되면 당신은 자유의 몸이 될 테니까요."

"자유의 몸?"

"혐의가 풀렸으니까요." 시몬스는 등을 의자에 기대며 수화기를 귀에 밀착시켰다. "교도소장 편에 돈이 든 봉투를 맡겼어요. 많지는 않아요. 어디로 가든, 버스표를 구입할 정도의 액수예요. 혹시 머물 곳이 필요한가요?"

"뉴저지에 지낼 곳이 있습니다."

"아, 그렇군요. 돌란의 아파트." 시몬스는 방탄 유리창의 틀로 시선을 돌렸다. "저는 티나하고 얘기한 지 오래됐습니다만……, 만나러 가실 건가요?"

"티나에게는 시간이 좀 더 필요할 겁니다."

"그럴 거예요." 시몬스가 말을 멈췄다. "그럴 만한 가치가 있었다고 생각하세요?"

"네?"

"부모에 대한 일을 숨긴 것 말이에요. 그 덕분에 당신의 〈회사〉 일은 중지되었고 티나는…… 그러니까…… 당신 결혼 생활이 망가질지도 모르잖아요?"

교도소에서 지내는 동안 마일로의 머리는 온통 그 문제로 가득했었기에, 대답은 망설임 없이 튀어나왔다. "아니요. 그럴 만한 가치가 없었습니다."

두 사람은 서로에게 예의 바른 인사를 건네고 헤어졌다. 마일로는 감방으로 돌아가 몇 가지 소지품을 챙겼다. 칫솔, 소설책, 그리고 메모장. 끈으로 묶인 그 조그만 메모장을 통해 마일로는 CIA의 신화를 현실로 바꾸는 중이었다. 메모장의 속표지에는 〈블랙북〉이라고 손글씨로 쓰여 있었다.

만일 교도관들이 메모장을 펼쳐 봤더라도, 그들은 종이를 가득 채운 알 수 없는 다섯 자리 숫자들에 당황했을 것이다. 그것은 교도소 도서관에 소장된 론리 플래닛 여행안내서의 몇 번째 페이지, 몇 번째 줄, 몇 번째 단어를 보라고 지시하는 암호였다. 해독된 텍스트는 마일로 위버답지 않게 의외로 명랑한 어조로 쓰여 있었다.

〈여행업〉이란 무엇인가? 익숙한 CIA의 선전 문구에 따르면 〈여행업〉은 CIA의 준비성, 즉각적 대응 체계, 또는 그들이 올해 새로 만들어낸 용어가 뭐든 간에 바로 그것의 중추이다. 〈여행객〉인 당신은 현대의 자율적 첩보활동의 정수이다. 말하자면 다이아몬드 같은 존재랄까?

앞서 언급한 것들은, 뭐, 다 사실일 것이다. 우리 〈여행객〉들은 혼돈을 뚫고 그 위로 올라가 내려다볼 수 없기에, 혼돈을 다스리는 질서를 알 수 없다. 설령 질서를 알아내더라도(그것이 우리의 일부 기능이기도 하지만), 그렇게 발견된 질서의 파편들은 어차피 상위질서의 파편들에 연결되어 있고, 그 상위질서는 더 높은 상위질서에 의해 통제된다. 끝도 없이 그런 식이다. 따라서 질서의 발견이란 정책입안자와 학자들의 몫이다. 그러니 질서는 잊어버리고 한 가지만 기억할 것. 〈여행객〉인 당신의 주요 기능은 생존이다.

## 2

석방과 함께 마일로에게 반환된 소지품들 중에는 그의 아이팟이 있었다. 지난 두 달간 교도관 하나가 간간이 사용했기에 아이팟은 최대로 충전이 되어 있었다. 버스에서 마일로는 선곡한 프랑스 노래들을 들으며 기분전환을 시도했지만 소용이 없었다. 그는 60년대라는 호시절을 살아간 젊은 프랑스 여가수들의 노래들을 앞부분만 조금씩 들으며 트랙을 넘겼다. 마지막 곡은 〈Poupée de Cire, Poupée de Son〉이었지만, 마일로는 그 노래마저 끝까지 들을 수가 없었다. 이미 울 시기는 지났기에 눈물이 흐르지는 않았다. 그러나 이제 그 노래의 낙천적인 멜로디는 지금 마일로에게 닥친 인생과는 조금도 어울리지 않았다. 그는 아티스트 목록을 스크롤하다가 들은 지 오래된 밴드를 하나 골랐다. 벨벳 언더그라운드.

이것이야말로 현재 마일로가 발을 들인 세계를 반영하는 노래였다.

마일로는 곧바로 돌란의 아파트로 가지 않고, 대신 항만국港灣局 버스터미널에서 내려 지하철을 타고 콜럼버스 로터리로 향했다. 그는 다비도프를 산 다음 센트럴 파크를 정처 없이 걸었다. 공원에는 가족들, 아이들, 그리고 여행객들이 드문드문 보였다. 마일로는 벤치에 앉아 담배를 피워 물었다. 그는 손목시계로 시간을 확인한 다음 담배를 끄고 꽁초를 쓰레기통에 버렸다. 편집증일지도 모르지만 어쨌든 무단투기로 붙잡히기는 싫었다.

마일로는 버스에서 미행자의 존재를 눈치챘다. 이십 대로 보이는 젊은 남자. 콧수염을 길렀고 목이 가늘었다. 남자는 버스에서 줄곧 휴대폰으로 문자 메시지를 보내고 있었다. 그는 마일로를 따라 버스를 내려 지하철역으로 들어왔고, 도중에 전화를 걸어 상관들에게 상황 보고를 했다. 낯선 얼굴이었지만, 마일로는 지난 한 달 동안 〈여행중개소〉가 한바탕 뒤집어진 뒤 새로운 요원들이 충원됐겠거니 생각했다. 그는 미행당하고 있다는 사실에 딱히 개의치 않았다. 〈회사〉는 마일로 위버가 말썽 부리지 않고 얌전히 집에 들어가 잠이 드는지를 확인하려는 것뿐일 것이다.

머릿속에서 루 리드(벨벳 언더그라운드 보컬)가 반짝이는 가죽 부츠에 관한 노래를 부르고 있었다.

마일로는 공원의 남쪽 가장자리를 따라 동쪽으로 걸었고, 미행자는 반 블록 정도 뒤에서 그를 쫓았다. 솜씨가 좋다고 마일로는 생각했다. 상대를 압박해서는 안 된다는 철칙을 잘 지키고 있었다. 공원을 나선 마일로는 두 블록 떨어진 곳에서 57번가 지하철역으로 들어가 시내로 가는 F선 열차를 탔다.

시간이라면 충분했기에, 마일로는 F선이 브루클린까지 늘어선 모든 지하철역들에서 정차하는 완행열차라는 사실에 신경 쓰지 않았다. 승객들이 열차를 타고 내렸지만, 차량의 뒤편에 자리를 잡은 미행자는 마일로의 시선을 피해 새로이 생긴 빈자리로 위치를 옮겼을 뿐이었다.

7번 애비뉴에서 문이 열리자 마일로는 자리에서 일어나며 뒤를 돌아봤다. 뜻밖에 미행자의 모습은 보이지 않았다. 열차에서 먼저 내린 것일까? 플랫폼으로 발을 내딛는 순간, 누군가 황급히 열차 안으로 들어가며 마일로의 옆구리에 부딪혔다. 마일로는 닫히는 열차의 문을 향해 돌아섰다. 긁힌 자국이 있는 플라스틱 유리창 안쪽에서 미행자가 마일로를 바라보고 있었다. 정확히 말하면, 남자는 마일로를 향해 웃음을 지으며 재킷 주머니를 손바닥으로 딱딱 두드리고 있었다. 열차가 움직이기 시작했다.

혼란 속에서 마일로는 자신의 재킷 주머니를 만졌고, 그 안에 낯선 물건이 들어 있음을 깨달았다. 작고 검은 노키아 휴대폰이었다.

마일로는 서둘러 계단을 올라가, 6번 애비뉴를 따라서 가필드 플레이스를 가로질러 걸었다. 다행히 도중에 누가 그를 잡아 세우는 일은 없었다. 이윽고 그는 버클리 캐롤 학교에 도착했다.

이제 곧 하교 시간이었고 학교를 중심으로 두 블록 반경 안에는 자동차들이 가득 주차해 있었다. 보도 위에 서서 아이의 성적과 직장과 가정부에 관해 담소를 나누는 학부모들을 지나쳐, 마일로는 햇볕에 말라 시들어 버린 느릅나무 옆의 눈에 띄지 않는 지점에 자리를 잡았다.

학교의 하교 종소리가 들리고 사람들이 소란스럽게 움직이기 시작할 때쯤 휴대폰이 울렸다.

액정 화면에는 예상대로 발신자 표시제한이라는 문구가 떠 있었다.

"여보세요?"

"몸은 좀 괜찮나?" 아버지가 러시아어로 물었다.

러시아어를 사용할 기분이 아닌 마일로는 영어로 대답했다. "아직 숨은 붙어 있어요." 깜찍한 가방을 멘 아이들이 거리를 가로질러 학부모들의 무리 속에 섞여들고 있었다.

"이렇게까지 오래 걸릴 일은 아니었다만……. 하지만 내가 통제할 수 있는 상황이 아니었단다." 프리마코프가 말했다.

"당연히 통제할 수 없었겠죠."

"〈회사〉에서 너한테 업무 얘기는 하더냐?"

"아직요."

"곧 할 게다." 아버지가 단호히 말했다. "알겠지만, 너는 강등돼서 다시 〈여행업〉 업무를 맡게 될 거야. 그들로서도 방법이 없겠지. 너의 살인 혐의가 벗겨지긴 했지만 회사라는 게 항상 실패를 조직원 탓으로 돌리는 법이니까 말이다."

마일로는 뒤꿈치를 들고 아이들의 무리를 살폈다. 저만치 스테파니의 모습이 보였다. 단발머리가 자라난 탓에 지난 독립기념일 공연의 흔적은 찾아볼 수가 없었다. 눈앞의 스테파니는 교도소에서 지내는 동안 저해됐던 기억 속의 스테파니보다 훨씬 더 예뻤다. 마일로는 길을 가로질러 달려가 스테파니를 안아 올리고 싶은 충동을 가까스로 자제했다.

"마일로?"

"벌써 다 알고 있습니다." 짜증스러운 목소리로 마일로가 대답했다. "제안을 받아들이죠. 이제 됐나요?"

스테파니는 멈춰 서서 주위를 두리번거리다가 익숙한 얼굴을 보고 환하게 웃었다. 아이가 달려가는 방향에는 스즈키 자동차에서 내린 패트릭이 있었다.

"들어봐라." 수화기를 통해 프리마코프의 목소리가 들렸다. "마일로, 듣고 있니? 나도 일이 이런 식으로 되길 바라진 않았다. 하지만 다른 수가 없어. 너도 잘 알잖니? 문제는 그레인저가 아니야. 피츠휴도 아니고. 그들은 그저 개별적인 악당들일 뿐이지. 문제는 조직이야."

패트릭이 스테파니를 들어 올려 뽀뽀를 하고 스즈키로 데리고 갔다. 마일로가 단조로운 어조로 말했다. "지금 저더러 CIA를 와해시키기라도 하라는 건가요?"

"말도 안 되는 소리 하지 마라. 그런 일은 가능할 리도 없을뿐더러 내가 원하는 바도 아니야. 너한테 바라는 건 약간의 국제적 협력이야. 우리 쪽에서 원하는 건 그게 전부다. 그리고 네가 유엔에서 일하지는 않을 것 같아서 하는 말인데……."

"당신 밑에서 일할 생각은 전혀 없어요. 하지만 정보원이 되어 드리죠. 단, 제가 발설해도 괜찮다고 결정한 정보만 알려드린다는 조건입니다."

"그거면 충분하다. 내가 도와줄 일은 없겠니? 티나에게 얘기해 줄까? 티나라면 내부 인물로 대해도 괜찮을 거다. 영리한 사람이니까 이해할 수 있을 거야."

"티나가 이해하기를 바라지 않아요."

"이해하기를 바라지 않는다니, 그게 무슨 뜻이지?"

"티나의 인생은 이미 충분히 불균형해졌습니다. 더 많은 것을 알아버린다면 티나로서는 재앙이에요."

"너는 부인을 과소평가하는구나." 하지만 마일로에게는 더 이상 아버지의 말이 들리지 않았다. 앨버커키에서 보낸 한 주 내내 그의 말은 질리도록 들었다. 아버지의 계획. 아버지의 거래. 하지만 결과적으로 마일로에게 남은 것은 지금의 상황이었다.

패트릭의 스즈키가 아이들을 데리고 집으로 돌아가는 차량들의 행렬에 합류했다. 차 뒷좌석에 선물포장이 된 상자가 놓여 있었다. 스테파니의 생일 선물이었다.

"마일로? 듣고 있니?"

하지만 마일로의 귀에는 어머니의 기묘한 억양을 빌린 거대한 목소리만이 들릴 뿐이었다. 19층 고문실에서도 목소리는 마일로에게 그의 행동들이 전부 그릇된 것임을 끊임없이 주장했지만 그는 듣지 않았다. 그리고 지금, 목소리가 다시 말하고 있다. '지금 보이는 것이 너의 마지막 희망이란다.'

곧이어 아이너의 목소리가 들린다. '〈블랙북〉에는 희망에 관한 것도 언급되어 있겠지?'

이번에는 마일로 자신의 목소리. '〈블랙북〉은 희망에 지나치게 빠지지 말라고 하더군.'

6년 전 오늘의 광경이 눈앞에 펼쳐진다. 마일로가 햇볕에 뜨거워진 베네치아의 자갈길을 피로 물들이며 쓰러져 있다. 임산부 하나가 비명을 지르고, 그녀의 아기는 세상으로 나오기 위해 그녀의 배를 걷어차고 긁어댄다. 그때는 그것이 끝이라고 생각했지만 그렇지 않았다. 그것은 모든 것의, 소중한 모든 것의 시작이었던 것이다.

〈여행객〉의 마음을 되찾은 마일로는 자신의 안에 살고 있는 실의에 빠진 거대한 목소리에게 대답했다. 어머니, 우리에게 희망 같은 것은 필요 없답니다. 끝이란 존재하지 않으니까요.

"무슨 일이야?" 예브게니가 물었다.

스즈키가 길모퉁이를 돌자, 그들의 흔적이 사라졌다.

■ 옮긴이 / 신상일

· 서울대 영어영문학과 졸업
· 전문 번역인

**코드명**
**투어리스트**

2011년 12월 10일 초판 발행

지은이 올렌 슈타인하우어
옮긴이 신상일
펴낸이 이경선
펴낸곳 해문출판사

등 록 1978년 1월 28일 제3-82호
주 소 서울시 서초구 서초동 1328-11 도씨에빛 2차 1420호
전 화 325-4721
팩 스 325-4725

값 13,000원
ISBN 978-89-382-0515-5



국립중앙도서관 출판시도서목록(CIP)

(코드명) 투어리스트 / 지은이: 올렌 슈타인하우어 ; 옮긴이: 신상일. -- 서울 : 해문출판사, 2011
p. ; cm

원표제: Tourist
원저자명: Olen Steinhauer
영어 원작을 한국어로 번역
ISBN 978-89-382-0515-5 03840 : ₩13000

미국 현대 소설[美國現代小說]

843.6-KDC5
813.6-DDC21 CIP2011004776